吉林文史出版社
国学普及文库

阴法鲁 审订

昭明文选译注

主编
陈宏天
赵福海
陈复兴

第三册

昭明文选 译注

目 录

行旅上

3

杂诗下

◎ 赠答三 ◎

◎ 赠何劭王济一首 五言并序 傅长虞

题解

傅咸与何劭、王济"情犹同生,义则师友",然何、王官至侍中,"凤翔"、"龙飞",而自己与之相比尚为小官,不无感慨,故"赋诗以申怀"。

原文

朗陵公何敬祖[1],咸之从内兄;国子祭酒王武子[2],咸从姑之外孙也。并以明德见重于世[3],咸亲之重之。情犹同生,义则师友。何公既登侍中[4],武子俄而亦作[5]。二贤相得甚欢[6],咸亦庆之。然自恨暗劣[7],虽愿其缱绻[8],而从之末由[9]。历试无效,且有家艰[10]。赋诗申怀,以贻之云尔:

日月光太清[11],列宿曜紫微[12]。赫赫大晋朝,明明辟皇闱[13]。吾兄既凤翔[14],王子亦龙飞。双鸾游兰渚[15],二离扬清晖[16]。携手升玉阶[17],并坐侍丹帷[18]。金珰缀惠文[19],煌煌发令姿[20]。斯荣非攸庶[21],缱绻情所希。岂不企高踪[22],麟趾邈难追[23]。临川靡芳饵[24],何为空守

坻[25]。槁叶待风飘[26],逝将与君违。违君能无恋,尸素当言归[27]。归身蓬荜庐[28],乐道以忘饥。进则无云补,退则恤其私。但愿隆弘美[29],王度日清夷[30]。

注释

〔1〕朗陵公:何劭,字敬祖,晋朝人,世袭朗陵公。

〔2〕国子祭酒:国家最高学府国子监主持者。　王武子:王济,字武子,晋人。曾任国子监祭酒。

〔3〕明德:美德。

〔4〕侍中:据《晋书》载何劭曾为散骑常侍,后迁为侍中。侍中,宫廷近侍。

〔5〕亦作:也迁升。王济后来也由国子祭酒迁升为侍中。

〔6〕二贤:指何敬祖、王武子。

〔7〕暗劣:愚笨,无用。

〔8〕缱绻(qiǎn quǎn 浅犬):亲密。情意缠绵,难舍难分。

〔9〕末由:无办法。

〔10〕家艰:指家中有年老的父母。

〔11〕太清:指天。

〔12〕列宿(xiù 秀):指北斗七星。　紫微:指天宫。

〔13〕辟:开辟、建立。　皇闱:朝廷。

〔14〕凤翔:与下文"龙飞",均指升迁。

〔15〕兰渚:有兰草的洲渚,这里喻指官位。

〔16〕二离:指日月。

〔17〕玉阶:指朝廷。

〔18〕丹帷:指皇帝。

〔19〕金珰:帽子上的装饰。　惠文:惠文冠。据《舆服志》说,侍中冠弁,大冠加金珰,附蝉为文。

〔20〕煌煌:高大漂亮。　令姿:美好的形状。

〔21〕攸庶:平常。庶,众多。

〔22〕踪:踪迹。这里指行踪。

〔23〕麟趾:麟的脚印。指何、王两人的高位。

〔24〕芳饵:好的钓鱼食。这里比喻好的手段或方法。

〔25〕坻:水中高地。指钓鱼的高台。

〔26〕槁叶:枯槁的树叶。这里用以自比。

〔27〕尸素:尸位素餐。享受高官厚禄而无所事事。

〔28〕蓬荜庐:茅草屋。

〔29〕隆弘:宏大的事业。

〔30〕王度:指帝王对天下的治理。 清夷:太平。

今译

　　朗陵公何敬祖是我妻子的堂兄,国子祭酒王武子是我姑姑的外孙。他们都因具有美德而被重用。我对他们又爱又敬,正是情如同生,义如师友。何公升迁为侍中,武子不久也升迁为侍中。两位贤人相得甚欢,我也为他们庆贺。然而惭愧的是自己很愚钝,虽然愿意同他们亲密相交,但总没有机会追随其后。我历任官职,政绩不佳,而且家中又有年老的父母。只好写诗抒怀,把此诗送给他们:

　　日月光辉照太空,北斗七星曜紫微。巍巍赫赫大晋朝,堂堂正正立皇闱。何兄既已如凤翔,王济贤侄乘龙飞。双鸾漫游兰沙渚,太阳月亮扬清晖。二人携手升玉阶,并排坐侍在丹帷。金珰缀于惠文冠,煌煌闪烁金光辉。荣耀崇高非寻常,爱慕之情人间微。谁说无心跟随去,麒麟足迹邈难追。面对河水无香饵,何必空占钓鱼台。枯枝败叶随风去,飘零他方难回归。远离二君岂忘情,素餐尸位心有愧。回乡甘居茅草屋,安贫乐道忘寒饥。做官无补人间事,退守田园理家私。但愿国事日兴盛,帝业稳固升平日。

　　　　　　　　　　　　　　　　　　(赵福海译注并修订)

◎ 答傅咸一首 五言   郭泰机

▐▐▒▒░ 题解

郭泰机(生卒年不详),河南(今洛阳东北)人。出身寒素,终生未仕。存诗一首。钟嵘《诗品》称:"泰机'寒女'之制,孤怨宜恨。""寒女"即指《答傅咸》。李善注引傅咸赠诗两句:"素丝岂不洁,寒女难为容。"通篇比喻,怪傅咸不能荐己,为无法实现自我的人生价值而"孤怨宜恨"。

▐▐▒▒░ 原文

皦皦白素丝[1],织为寒女衣[2]。寒女虽妙巧[3],不得秉杼机[4]。天寒知运速[5],况复雁南飞[6]。衣工秉刀尺[7],弃我忽若遗[8]。人不取诸身[9],世士焉所希[10]?况复已朝餐,曷由知我饥[11]?

▐▐▒▒░ 注释

〔1〕皦皦(jiǎo 绞):洁白。 素丝:白丝,丝之本色白。喻泰机之德才。

〔2〕寒女:贫寒之女。寒女衣,谓人贫衣亦贱,有负于丝之美。傅咸诗有"素丝岂不洁,寒女难为容"之句。

〔3〕妙巧:巧妙。

〔4〕秉:执。 杼(zhù 柱)机:织布机,多称机杼。杼,织布机上的梭子。上二句,言有才而不见用。

〔5〕运速:指日月运行之快。

〔6〕雁南飞:雁南飞而求暖,寒女见此尤多感慨,又含岁之将暮人之将老

之意。

〔7〕衣工:制作衣服的工匠。喻当权之人。

〔8〕我:指素丝。泰机自喻。 忽:不注意,不重视。 若遗:如同扔掉的东西。

〔9〕取诸身:取之于身,即反身自求。

〔10〕希:希冀。上二句,言人不能反身自求,当代之事还有何希望呢?换言之,人不能实现自身的价值,还何希望有益于社会呢!

〔11〕况复已朝餐,曷由知我饥:言彼餐而忘我饥,犹居贵而忘我贱,含批评傅咸之意。曷,何。

今译

白白净净好蚕丝,织布来做寒女衣。寒女虽然手巧妙,不能使用织布机。天寒方知秋冬近,何况大雁已南飞。衣工制衣操刀尺,随便扔我如弃遗。自身价值不存在,跻身社会何希冀?况且人家早已餐,怎能知我饿汉饥?

(赵福海译注并修订)

◎ 为顾彦先赠妇二首 五言　陆士龙

▰▰▰ 题解

　　陆士龙本集该题包括四首诗。第一、三首为夫赠诗,二、四首为妇答诗。《文选》录妇答二首,而仍冠以《赠妇》,有误。

　　兄陆机有同题作二首《文选》已录。李善注曰:"集云:为全彦先作。今云顾彦先,误也。"今人姜亮夫先生补充说:"顾荣(字彦先)文采不弱,何用求人代作,若谓是友好调弄之作,而文旨庄静,曾无戏谑,此一也。又第一首末韵云:'愿假归鸿翼,翻飞浙江汜。'则赠者必浙人无疑,彦先(顾荣)吴人,非浙人,不得附会,按全彦先当即仕吴为右大司左军师之全琮后人,琮为吴郡钱塘人,《三国志·吴志》有传,故诗言浙江汜也。全彦先当亦南人,先后入洛仕晋之士。……又《士龙集》亦有《为顾彦先赠妇》四首,第一首云:'我在三川阳,子居五湖阴。'则妇亦不在吴而在钱塘也。则兄弟同作,有如课诗,彼此互证,不为顾作明矣。"(见《陆平原年谱》)

　　以此,这两首诗当为陆云代全彦先妇所作答诗。

　　第一首,前四句述山河阻隔,思妇独守之苦。次六句写思妇内心忧虑。京城多美女,容姿动人,夫君难得忠贞不变。末两句述思妇偶得夫君赠诗,心怀感激,出乎意料。

　　诗中有怨,怨而不怒;结尾转喜,喜而不露。这是古代思妇的典型心态。

原文

悠悠君行迈[1]，茕茕妾独止[2]。山河安可逾[3]，永路隔万里[4]。京室多妖冶[5]，粲粲都人子[6]。雅步擢纤腰[7]，巧笑发皓齿[8]。佳丽良可美[9]，衰贱焉足纪[10]。远蒙眷顾言[11]，衔恩非望始[12]。

注释

〔1〕悠悠：遥远的样子。　君：此指全彦先。　行迈：远行。迈，行。

〔2〕茕茕(qióng 穷)：孤独的样子。　妾：思妇自称。　止：留止。

〔3〕逾：逾越，越过。

〔4〕永路：长路。

〔5〕京室：京城，此指洛阳。　妖冶：艳丽。此指美女。

〔6〕粲粲：光彩耀目的样子。　都：貌美。　人子：女子。

〔7〕雅步：闲雅的步态。　擢：引动，牵动。　纤腰：细腰。

〔8〕巧笑：美好的笑貌。　皓齿：洁白的牙齿。

〔9〕佳丽：指美人。

〔10〕衰贱：姿色衰退身分微贱。此思妇自谓。以上两句意思说京城女子美丽动人，你心里怎么还能记得今已色衰位贱的妻子呢？

〔11〕蒙：收受，领受。有自谦意。　眷顾：垂爱关怀。　言：此指夫君的寄诗。

〔12〕衔恩：领受恩德。　非望：非所期望。以上两句意思说收到你从远方寄来表示眷念关怀的赠诗，领受这种恩德真是始所未曾想到的。

今译

夫君久赴远方去行游，贱妾独在深闺守空床。山高河广艰险安可越，路途阻隔相去万里长。京城女子自来多娇媚，光采照人艳丽美姑娘。闲雅步态引动细身腰，嫣然一笑齿露雪白亮。美貌动人确然可艳美，色衰身贱怎能记心上。偶得远地寄来眷念诗，领受恩德

出乎原所想。

题解

第二首,开头四句以浮海游林,暗喻夫君游上京必将淡忘思妇;又以朝华夕落表达思妇对时去色衰的忧虑。次十二句极力渲染彼都姝子的艳丽与才艺,以思妇的心理揣度夫君贪恋新欢之情。此不言苦,而苦含其中。末四句是对贪色背德的谴责,是自暴自弃的哀怨。由责人而叹己,是闺怨诗的佳作。

原文

浮海难为水[1],游林难为观[2]。容色贵及时,朝华忌日晏[3]。皎皎彼姝子[4],灼灼怀春粲[5]。西城善雅舞[6],总章饶清弹[7]。鸣簧发丹唇[8],朱弦绕素腕[9]。轻裾犹电挥[10],双袂如雾散[11]。华容溢藻幄[12],哀响入云汉[13]。知音世所希[14],非君谁能赞[15]。弃置北辰星[16],问此玄龙焕[17]。时暮复何言[18],华落理必贱[19]。

注释

〔1〕浮海:浮游沧海。此指浮游过沧海的人。《孟子·尽心上》:"孔子登东山而小鲁,登泰山而小天下,故观于海者难为水,游于圣人之门者难为言。"意思是见识过大世面的人,一般的景观就难以有吸引力,受过圣人教诲的人,一般的言论就难以引起兴趣。此句用其义。

〔2〕游林:游览山林。此指游览过山林的人。 观:景观,景物。李善注:"林海,以喻上京也,言游上京,难为容色也。"以上两句意思说游赏过沧海山林,对任何景观也不再引起兴趣;夫君见识过洛京佳丽,自然就把思妇淡忘了。

〔3〕朝华:朝花。此指木槿,朝花而暮落。 忌:畏,怕。 日晏:日晚。

〔4〕皎皎:明洁的样子。 彼姝(shū 殊)子:那都城的美女。彼,指都城。姝,美好。

〔5〕灼灼(zhuó 苗):光洁旺盛的样子。 怀春:饱含春华的朝气。 粲:
美艳。

〔6〕西城:指魏洛京的金墉城。李善注引陆机《洛阳记》:"金墉城在宫之西
北角,魏故宫人皆在中。" 雅舞:原指郊庙朝飨所奏文武二舞。此泛指高雅的
舞乐。李善注引崔豹《古今注》:"魏文帝宫人尚衣,能歌舞,一时冠绝。"

〔7〕总章:古乐官名。《后汉书·献帝纪》:"公卿初迎冬于北郊,总章始复
备八佾舞。"《注》:"总章,乐官名。" 饶:富有,丰厚。此有擅长意。 清弹:清
雅的演奏,指美妙的乐舞。以上两句意思说西城的美女善跳高雅的舞蹈,其中
的女乐工也善于弹奏清美的乐章。

〔8〕鸣簧:指笙管之类的乐器。簧,指笙管之类的乐器。 丹唇:红唇。

〔9〕朱弦:指琴瑟之类的乐器。 绕:以手指弹奏丝弦,故云绕。 素腕:
白嫩的手腕。

〔10〕轻裾(jū 居):轻盈的衣襟。 挥:飘散。

〔11〕双袂(mèi 昧):双袖。

〔12〕华容:美艳的容色。 藻幄(wò 握):饰以文彩的帷帐。

〔13〕哀响:指动人的歌声。 云汉:指云霄。李善注引《列子》:"薛谈学讴
于秦青,辞归。青饯于郊衢,抚节悲歌,声震林木,响遏行云。"

〔14〕希:与"稀"通,少。

〔15〕赞:称赞,赞赏。以上两句意思说世上知音者是很少见的,对于西城
的美色才艺,除去你谁能那样倾心赞赏呢? 内含对夫君的喜新忘故之怨。

〔16〕北辰星:即北极星。思妇自喻,以示己坚贞不渝。

〔17〕玄龙:黑色的神龙。喻美女。此指西城总章宫人。李善注:"言弃彼
北辰之心,而问此玄龙之色。讥好色而不好德。"

〔18〕时暮:日暮,喻垂老。

〔19〕华落:花落,喻色衰。 理:常情。 贱:轻贱,遭鄙弃。

今译

飘浮沧海难再爱溪水,游览山林难再赏景观。姿容颜色贵在年
轻时,朝花夕落最忌日将晚。光采迷人京都美女子,饱含青春气色
艳而鲜。西城宫人善跳高雅舞,女乐巧把清美乐章弹。笙管悦耳声

从红唇发，琴瑟悠扬音出素腕端。轻盈衣襟飘飘似闪电，双双长袖翩翩如雾散。容色光华洋溢帷帐里，绝妙歌声响入云霄间。知音世上向来即稀少，非君赞赏谁能为此叹。弃置忠贞转移北辰心，贪恋此间女色已忘返。如日将暮人老复何言，似花凋落常情必轻贱。

（陈复兴译注并修订）

◎ 答兄机一首五言

陆士龙

题解

晋惠帝元康(291—299)初,陆机被征为太子洗马,有《赠弟士龙》诗(《文选》已录),以己之飘泊动荡与弟之安定不扰相对,别情感人。

本诗为弟陆云之答诗,大致写于机为太子洗马之后,云出补浚仪令之前生活暂时安定时期。

答诗与赠诗句句相对。开头四句以空间与时间对比,哀怨再会之日久远难料。因而满腹愁绪,举杯饯别时,涌上心头的言辞却无从倾诉。中四句以"有绝济"与"无河梁"相对,"神往"与"形留"相对,突出兄弟留去相离之苦。末二句表达兄弟若成异路,不能携手相依之憾。吴淇说:"况牵牛星名,绝无实乎?此明己之不愿仕晋也。"(《选诗定论》)其实,兄弟赠答之情志是灵犀相通的。

原文

悠远途可极[1],别促怨会长[2]。衔恩恋行迈[3],兴言在临觞[4]。南津有绝济[5],北渚无河梁[6]。神往同逝感[7],形留悲参商[8]。衡轨若殊迹[9],牵牛非服箱[10]。

注释

〔1〕悠远:遥远。 极:尽。
〔2〕别促:离别仓促。 会:会聚。此指未来会聚之期。以上两句意思说

机出行之路虽遥远毕竟有尽头，而兄弟仓促离别之后，再会之时却难以料想了。

〔3〕衔恩：满怀情谊。衔，含，怀。　行迈：出行，行远。迈，也谓行。

〔4〕兴言：兴起伤别之言。兴，兴起。此有激起、倾吐意。　临觞（shāng伤）：举怀饯别。觞，酒杯。

〔5〕南津：江南渡口。此指送别处。　绝济：直渡。指无桥可通。

〔6〕北渚（zhǔ煮）：江之北岸。此指告别之处。渚，水中陆地。此指水岸。河梁：桥梁。以上两句南津为云自谓，北渚谓兄机，意思是说我送你在南津，直渡江水还可返回，你辞别于北渚，却无归来的桥梁，就此久别了。含意恰与机赠诗之"我若东流水，子为东跱岳"句相对。

〔7〕神往：身虽在此而心神已往彼。　同逝：此谓同兄机一同逝去。

〔8〕形留：与"神往"相对，谓形体告此。　参商：二星名。参在西，商在东，此出彼没，永不相见。此喻兄弟隔绝。李善注以上两句："言己形虽留而神实往，故曰神往同逝言之感，形留悲参商之隔。"

〔9〕衡轨：衡，车辕前的横木；轨，车后木（吕延济注）。此喻兄弟相依不分。殊迹：异路。此谓南北长离。

〔10〕牵牛：星名。　服箱：驾车。箱，大车之箱。此指车。李善注引《毛诗》："皖彼牵牛，不以服箱。"此句用其义。以上两句与机赠诗"安得同携手，契阔成辟服"句相对，意思说兄弟之间应如衡轨一体携手不分，而今却各自南北，如同异路；牵牛星光闪烁，却不能驾车，我们也与之相似，徒有兄弟之名，而不得相依相聚之实。

今译

　　道路遥远毕竟有尽头，离别匆促再会间隔长。满怀情思恋念行程远，伤别话语举杯胸中涌。送至南津渡江尚可返，辞别北渚欲归无桥梁。心神驰往感如同逝去，形体长留悲似隔参商。衡轨相连今若分异路，牵牛有光不能驾车箱。

（陈复兴译注并修订）

◎ 答张士然一首 五言　　　　陆士龙

▣ 题解

晋武帝太康十年(290)，诗人与兄机应诏同时由吴入洛。本诗即作于赴洛道中，以记一路经历感受。机有《赴洛道中》(《文选》已录)等诗，与本诗意境相通。

张士然，即张悛，字士然。少以文章与机友善(见陆机同题作李善注引孙盛《晋阳秋》)。此前一年，晋武帝曾诏内外群官举贤能，拔寒素。吴平，士然盖先入洛，有赠陆氏兄弟诗，故分别答之。

开头两句写由吴入洛的行程。中八句细述一路所见中原风情土俗。正是一个江南水乡士人对中原平陆村镇的观察与体验，有其独具的眼光与心态，中多陌生隔膜之感，真切自然。后四句抒发对江南故土故旧的怀念之情，深沉而辛酸。

▣ 原文

行迈越长川[1]，飘飘冒风尘[2]。通波激枉渚[3]，悲风薄丘榛[4]。脩路无穷迹[5]，井邑自相循[6]。百城各异俗[7]，千室非良邻[8]。欢旧难假合[9]，风土岂虚亲[10]。感念桑梓城[11]，仿佛眼中人[12]。靡靡日夜远[13]，眷眷怀苦辛[14]。

▣ 注释

〔1〕行迈：行远。迈，也谓行。　长川：此指长江。云与兄机入洛所必经之水。

〔2〕飙飙:飘泊不定。 风尘:风起尘扬。此指中原地带的环境特征。

〔3〕通波:巨大的波涛。通,无所不流。 枉渚(zhǔ 煮):曲岸。枉,曲;渚,水中小块陆地,此指水岸。

〔4〕薄:迫。吹打。 丘榛:丘墓上的灌木丛。丘,墓;榛,丛木。

〔5〕脩路:漫长的路。脩,同"修",长。

〔6〕井邑:村落市镇。井,古制八家为井,此指村落;邑,庶民聚居之所,此指集镇。 循:顺,从。此谓相连有序。

〔7〕百城:多城。此指洛阳一带。

〔8〕千室:千户,千家。此指洛阳一带的居民。 良邻:良善的乡邻。李善注引《晏子春秋》:"愿有良邻,则见君子也。" 以上两句意思说洛阳一带的风俗与吴国大有差异,众多人家也不是有君子之风的良善乡亲。

〔9〕欢旧:欢爱故旧之情。欢,爱;旧,故旧。此指对吴国乡邻的情谊。假合:不真诚的融洽。合,合洽,融洽。这句上承"千室"句,意思说由于感觉此地的民众都非有君子之风的良邻,因而对他们就难以虚假地表现出像喜爱吴国故旧那样融洽的情谊。

〔10〕风土:风俗习惯与地理环境。此指中原洛阳一带的风土人情。 虚亲:不真诚的亲情。这句上承"百城"句,意思说由于自己出生的吴国与此地风俗各异,因而对刚接触的人情环境就连虚饰的亲情也难以产生。

〔11〕感念:感此而忆念。感,指前"难假合"与"岂虚亲"而言。 桑梓:指故乡,此指吴国。桑与梓为古代住宅旁常栽的两种树木,故以喻故乡。 城:当为"域"字传写之误。(见《文选考异》)

〔12〕仿佛:模糊而看不真切。 眼中人:旧时的熟人。此指张士然。

〔13〕靡靡(mǐ 米):迟缓的样子。

〔14〕眷眷:深切怀念的样子。以上两句意思说日以继夜地缓缓而行,离故土愈来愈远了,内心深切怀念故旧友人,也愈加悲辛。

今译

出行赴洛越过长江水,飘泊无定身冒风沙尘。波涛奔涌激荡屈曲岸,悲风呼啸吹打丛树坟。漫长路途愈行愈无尽,村落集镇依序自相连。百城地域习俗各有异,千户人家并非好乡邻。难以假做故旧情融洽,风物土俗岂能虚饰亲。感此忆念江南家园地,眼中恍惚似见故乡人。缓缓行进日夜远离去,深深怀念心中含悲辛。

（陈复兴译注并修订）

◉ 答卢谌一首并书 四言

刘越石

◈ 题解

　　刘越石(271—318),名琨,西晋将领,汉中山靖王刘胜之后,中山魏昌(今河北定州南)人。早年与祖逖为友,二人立志报效国家,闻鸡起舞,互相勉励,传为千古佳话。晋惠帝(司马衷)时封广陵侯;愍帝(司马邺)初,任大将军,督都并州诸军事;元帝(司马睿)时,因曾劝进有功,迁侍中太尉。刘琨忠于晋王朝,长期坚守并州,联合鲜卑贵族拓跋猗卢、段匹䃅与匈奴族刘聪、羯族石勒相对抗。刘聪围晋阳,琨败逃,其父母年迈,不堪鞍马,步担而行,被刘聪从弟刘粲所害。刘琨后又被石勒所败,与部下卢谌投奔段匹䃅,后被段害死。刘琨的一生是战乱的一生,也是戎马的一生,特殊的经历形成其特殊的诗风。钟嵘谓"其源于王粲。善为凄戾之词,自有清拔之气。琨既体良才,又罹厄运,故善叙丧乱,多感恨之词"。(《诗品》)刘勰谓其诗"雅壮而多风"。沈德潜谓"越石英雄失路,万绪悲凉,故其诗随笔倾吐,哀音无次,读者乌得于语句间求之"。(《古诗源》)这些批评都是很中肯的。《答卢谌诗》就体现了这种风格。

　　李善注引王隐《晋书》说,刘琨与卢志亲善。"志子谌,琨先辟之,后为从事中郎。段匹䃅领幽州牧,谌求为匹䃅别驾。谌笺诗与琨,故有此答。"这是对卢谌赠诗的答诗。

　　全诗八节。第一节,哀痛大晋横遭厄运。第二节,慨叹厄运使一切颠倒。第三节,为国破家亡却不能尽忠尽孝而罪己。第四节,在国难中二族皆覆,自己无能,永负冤魂,深化第三节的感情。第五节,表露对卢谌即将离去的惜别之情。第六节,是对第五节内容的展开,感情的深化。第七节,写谌走后,自己缺少知音将异常孤寂。第八节,临别赠言:"竭心公朝。"

刘琨虽在书中谓"称指送一篇",其实"答诗"之思想境界要远高"赠诗"一筹,表现了一位将军的胸怀。刘琨是善叙丧乱的能手。"横厉纠纷,群妖竞逐。火燎神州,洪流华域。"短短四句,丧乱之状毕现。"裹粮携弱,匍匐星奔。"短短两句,惊恐之态写尽。"天地无心,万物同涂","长惭旧孤,永负冤魂","逝将去乎!庭虚情满"。至今读来亦"不能不怅恨"。

原文

琨顿首[1]:损书及诗[2],备辛酸之苦言[3],畅经通之远旨[4]。执玩反复[5],不能释手[6]。慨然以悲[7],欢然以喜[8]。昔在少壮[9],未尝检括[10]。远慕老庄之齐物[11],近嘉阮生之放旷[12],怪厚薄何从而生[13]?哀乐何由而至[14]?自顷辀张[15],困於逆乱[16],国破家亡,亲友雕残[17]。负杖行吟[18],则百忧俱至[19],块然独坐[20],则哀愤两集[21]。时复相与举觞[22],对膝破涕为笑[23],排终身之积惨[24],求数刻之暂欢[25]。譬由疾疢弥年[26],而欲一丸销之[27],其可得乎[28],夫才生于世[29],世实须才[30]。和氏之璧[31],焉得独曜于郢握[32]?夜光之珠[33],何得专玩于随掌?天下之宝,当与天下共之[34]。但分析之日[35],不能不怅恨耳[36]?然后知聃[37]、周之为虚诞,嗣宗之为妄作也[38]。昔骥骥倚辀于吴坂[39],长鸣于良乐[40],知与不知也[41]。百里奚愚于虞而智于秦,遇与不与也[42]。今君遇之矣,勖之而已[43]!不复属意于文二十余年矣[44]。久废则无次[45],想必欲其一反[46],故称指送一篇[47],适足以彰来诗之益美耳[48]。琨顿首顿首。

厄运初遘[49]，阳爻在六[50]。乾象栋倾[51]，坤仪舟覆[52]。横厉纠纷[53]，群妖竞逐[54]。火燎神州[55]，洪流华域[56]。彼黍离离[57]，彼稷育育[58]。哀我皇晋[59]，痛心在目[60]。

天地无心[61]，万物同涂[62]。祸淫莫验[63]，福善则虚[64]。逆有全邑[65]，义无完都[66]。英蕊夏落[67]，毒卉冬敷[68]。如彼龟玉[69]，韫椟毁诸[70]。刍狗之谈[71]，其最得乎[72]？

咨余软弱[73]，弗克负荷[74]。愆衅仍彰[75]，荣宠屡加[76]。威之不建[77]，祸延凶播。忠陨于国[78]，孝愆于家[79]。斯罪之积[80]，如彼山河[81]。斯衅之深[82]，终莫能磨[83]。

郁穆旧姻[84]，嬿婉新婚[85]。不虑其败[86]，唯义是敦[87]。裹粮携弱[88]，匍匐星奔[89]。未辍尔驾[90]，已隳我门[91]。二族偕覆[92]，三孽并根[93]。长惭旧孤[94]，永负冤魂[95]。

亭亭孤干[96]，独生无伴。绿叶繁缛[97]，柔条修罕[98]。朝采尔实[99]，夕捋尔竿[100]。竿翠丰寻[101]，逸珠盈碗[102]。实消我忧[103]，忧急用缓[104]。逝将去乎？庭虚情满[105]。

虚满伊何[106]，兰桂移植[107]。茂彼春林[108]，瘁此秋棘[109]。有鸟翻飞[110]，不遑休息[111]。匪桐不栖[112]，匪竹不食[113]。永戢东羽[114]，翰抚西翼[115]。我之敬之[116]，废欢辍职[117]。

音以赏奏[118]，味以殊珍[119]。文以明言[120]，言以畅神[121]。之子之往[122]，四美不臻[123]。澄醪覆觞[124]，丝竹生尘[125]。素卷莫启[126]，幄无谈宾[127]。既孤我德[128]，又阙我邻。

　　光光段生[129]，出幽迁乔[130]。资忠履信[131]，武烈文昭[132]。旌弓骍骍[133]，舆马翘翘[134]。乃奋长縻[135]，是辔是镳[136]。何以赠子[137]？竭心公朝[138]。何以叙怀[139]？引领长谣[140]。

注释

〔1〕顿首：旧时通用下对上的敬礼，也常用于书信的开头与结束。

〔2〕损书：旧时称别人来信的敬辞，意为降低身分给我来信。

〔3〕备：尽。

〔4〕畅：尽情。　经通：天地之常道谓经，古今之恒理谓通。李善注引董仲舒对策："天地之常经，古今之通义。"　远旨：深远的旨意。

〔5〕执玩：爱弄。　反复：反来复去，此指多次。

〔6〕释手：放手，放下。

〔7〕慨然：愤激的样子。

〔8〕欢然：喜悦的样子。

〔9〕昔：从前。

〔10〕未尝：未曾。　检括：受法度约束。

〔11〕老庄：老聃、庄周。　齐物：此侧重指庄子的相对论。《庄子》中有《齐物论》一篇，内容是齐是非，齐彼此，齐物我，齐寿夭，认为任何事物之间都没有不可逾越的界限，任何事物都没有确定不变的是非标准，"彼亦一是非，此亦一是非"，以此求豁达，实际是从反对认识的片面性走向相对主义。

〔12〕阮生：指阮籍，字嗣宗。三国魏文学家、思想家。与嵇康齐名，"为竹林七贤"之一。与当权的司马氏有一定矛盾。蔑视礼教，尝以"白眼"看待"礼俗之士"；后期则变为"口不臧否人物"，常用醉酒的办法，在复杂的政治斗争中保全自己。　放旷：旷达而不拘礼法。李善注引臧荣绪《晋书》："阮籍放诞，不拘礼教。"

〔13〕怪：惊异。　厚薄：犹贵贱。　何从：从何。

〔14〕哀乐：指悲哀的事与欢乐的事。　何由：由何。

昭明文选
译注

〔15〕辀（zhōu 周）张：同"侜张"。惊惧的样子。

〔16〕逆乱：叛逆作乱。指刘聪攻晋。

〔17〕雕残：凋零。此指死伤。

〔18〕负杖：倚杖，持杖。 行吟：漫步歌吟。屈原《渔父》："屈原既放，游于江潭，行吟泽畔。"

〔19〕百忧：多忧。

〔20〕块然：独处的样子。

〔21〕哀愤：吕延济注："哀谓哀其国家残丧，愤谓愤其贼臣寇乱也。" 两集：指哀愤同至。

〔22〕相与：互相。 举觞：举杯。

〔23〕对膝：触膝。 破涕为笑：转悲为喜。

〔24〕积惨：积忧，即长期累积的忧愁。

〔25〕数刻：短暂，少时。 暂欢：片刻的欢乐。

〔26〕譬由：譬如。 疾痎（chèn 趁）：疾病。痎，热病。 弥年：终年。

〔27〕一丸：指一丸药。 销：消除。

〔28〕可得：可能。

〔29〕才生于世：才为世生。

〔30〕世实须才：世确实需要才。

〔31〕和氏璧：宝玉名。楚人卞和，于荆山得一璞玉，献给厉王，厉王以为欺，断其左足。后武王即位，又献之，复以为欺，再断其右足。及文王即位，卞和抱玉哭于荆山之中。文王使人剖璞，果得宝玉，因称之和氏璧。

〔32〕焉得：怎能。 曜：同"耀"，放光。 郢（yǐng 影）：春秋战国时楚国都邑。 握：与下文"掌"对举。郢握，楚人之手，即楚人独有之意。

〔33〕夜光之珠：俗谓夜明珠，晚间发光，又称"隋珠"。高诱《淮南子》注："隋侯，汉东之国，姬姓诸侯也。隋侯见大蛇伤断，以药傅之。后蛇于江中衔大珠以报之，因曰隋侯之珠，盖明月珠也。"和氏璧、隋侯珠，皆价值连城的宝物。此喻谌。

〔34〕共之：共同享有它。之，指和氏璧、隋侯珠。上数句，意为谌是国家之才，非属我个人所有，离我而就段完全应该。

〔35〕分析：离别。

〔36〕怅恨：惆怅与遗憾。

〔37〕聃(dān 丹)、周:老聃、庄周。即老子和庄子,皆为道家始祖。 虚诞:虚妄荒诞。

〔38〕嗣宗:阮籍,字嗣宗。

〔39〕骒骥(lù jì 陆记):骏马。 倚辀(zhōu 周):驾车。辀,车辕子。 吴坂(bǎn 板):地名。李善注引《古今地名》曰:"真零坂在吴城之北,今谓之吴坂。"

〔40〕良乐:王良、伯乐。王良是古代名御手,伯乐善相马。

〔41〕知:知己。李善注"骒骥"三句,引《战国策》:"楚客谓春申君曰:'昔骐骥驾盐车,上吴坂,迁延负辕而不能进,遭伯乐,仰而鸣之,知伯乐知己也。'"

〔42〕百里奚:春秋时秦穆公的贤相,与蹇叔、由余等共助穆公建成霸业。李善注"百里奚"二句,引《汉书》:"韩信谓广武君曰:'吾闻百里奚居虞而虞亡,之秦而秦伯(霸),非愚于虞而智于秦,用与不用,听与不听耳。'"遇,待遇,任用。

〔43〕勖(xù 序):勉励。

〔44〕属意:用心。

〔45〕废:荒废,荒疏。 次:次序。

〔46〕一反:酬答。卢谌先有诗赠琨,琨答赠故曰反。反,有反馈义。

〔47〕称指:按其旨意。指附和卢谌赠琨之书与诗的意思。

〔48〕适:恰,正好。 彰:显扬。 益美:增美。

〔49〕厄运:困厄的命运。 遘(gòu 够):构成。

〔50〕阳爻(yáo 摇):"—"为阳爻,"– –"为阴爻。爻,构成《易》卦的基本符号。每三爻合成一卦,可得八卦。两卦(六爻)相重可得六十四卦。卦的变化取决于爻的变化,故爻表示交错和变动的意思。 在六:谓乾卦第六,亦曰"上九"。卦辞是:"亢龙有悔。"意思是龙飞得过高,达到又高又燥的极点,既不能上升,又不能下降,进退两难,以致后悔。象征天子有厄运。

〔51〕乾象:乾卦之象。乾为天,坤为地。 栋倾:房屋的正梁倒塌。

〔52〕坤仪:坤卦之象。 舟覆:船翻。李周翰注上句:"天覆如屋,地载如舟,天地倾覆,喻晋室之崩乱。"

〔53〕横厉:纵横凶猛。 纠纷:混乱的样子。

〔54〕群妖:指刘聪等人。 竞逐:相互角斗。群妖竞逐,指刘聪等作乱。

〔55〕火燎:火烧。 神州:泛指中国。

〔56〕华域:指中国。"火燎"二句,比喻群贼横行,竞相奔逐,如火烧水淹,为患中国。

〔57〕彼黍离离:《诗经·王风·黍离》中的句子。黍,谷类。离离,茂盛的样子。《黍离》写战乱中一流浪者之忧思。

〔58〕稷(jì 季):谷物。　育育:生长。

〔59〕皇晋:大晋。皇,大。

〔60〕痛心在目:痛心疾首。

〔61〕无心:谓无心爱育万物,即不仁。

〔62〕同涂:谓皆为刍狗。刍狗,用草扎的狗,祭祀用,用完弃之,任人践踏。以喻其贱。

〔63〕淫:过分,过大。　验:应验。

〔64〕善:多。　虚:空。

〔65〕逆:背叛者。此指刘聪等人。　全邑:完整的小城。

〔66〕完都:完整的大城。小城为邑,大城为都。何焯《义门读书记》:"则此无完都者,乃指晋阳陷也。"

〔67〕英蕊(ruǐ):指花,比喻贤良。

〔68〕毒卉:毒草。　敷(fū 夫):遍地生长。颜师古《汉书》注:"敷,布地而生也。"

〔69〕龟玉:龟甲和玉,都是古代贵重的东西。

〔70〕韫(yùn 运):藏。　椟(dú 毒):木匣。　诸:之。

〔71〕刍狗:有两说。一说,指草和狗。《老子》:"天地不仁,以万物为刍狗;圣人不仁,以百姓为刍狗。"另说,指古代祭祀用茅草扎成的狗,祭后则弃掉。二说皆有轻贱之意。

〔72〕最得:最得其理。指天地不仁,以万物为刍狗之论最得事理。

〔73〕咨(zī 滋):咨嗟,叹息。　余:我。

〔74〕弗克:不能。　负荷:背负肩荷。《左传·昭公七年》:"其父析薪,其子弗克负荷。"费克负荷,即不能担起重任。

〔75〕彰:明。

〔76〕荣宠:恩宠。　屡加:不断增加。荣宠屡加,指迁太尉并州刺史。

〔77〕威之不建:指琨为刘聪所败,父母被害。

〔78〕陨:丧失。

〔79〕愆(qiān 千):失。

〔80〕斯罪:此罪。指不尽忠孝之罪。

〔81〕如彼山河:言丧国亡家之罪如山之高河之深,极言其重。

〔82〕衅(xìn 信):罅隙。

〔83〕磨:磨灭,消除。

〔84〕郁穆:和美的样子。　旧姻:老亲。刘琨之妻为卢谌之姨妈。(李善注)

〔85〕嬿婉:欢好的样子。　新婚:李善注不详。一说谓谌妹嫁琨弟,故谓。

〔86〕忧:忧。

〔87〕敦:勉力。李善注本无上句,依《六臣注文选》补。

〔88〕裹粮:携带干粮。粮,糇粮。　携弱:指琨携携父母。

〔89〕匍匐:竭力。　星奔:如星运行,极言其快。

〔90〕辍:停止。　尔驾:指卢谌车驾。

〔91〕隳(huī 灰):毁坏。　门:指家。

〔92〕二族:指刘琨与卢谌两个家族。　偕:俱,同。　覆:灭。

〔93〕蘖:树砍断重新生出的枝杈。　三蘖:指刘聪、刘曜、刘粲。其父子皆作乱者。　并根:同根。李善注引《汉书》曰:"三蘖之起,本根既朽。"

〔94〕惭:羞愧。

〔95〕冤魂:指卢、刘被害之二族。

〔96〕亭亭:孤直的样子。　孤干:孤生之竹,以喻卢谌。

〔97〕繁缛:彩饰繁多。

〔98〕柔条:细软的枝条。　脩(xiū 休)罕:指节长而枝少。脩,同"修"。绿叶柔条,比喻才能茂盛。

〔99〕实:指竹实。

〔100〕捋(luō):以手握物向一端滑动。　竿:指笔挺的竹竿。

〔101〕翠:绿。　丰寻:满寻。丰,满。寻,古八尺为寻。丰寻,形容其长。

〔102〕逸珠:珠指竹实。以喻嘉德。逸,超过众类。　盈碗:满碗,形容其多。

〔103〕实(shì 是):正。

〔104〕急:迫。　缓:缓解。

〔105〕庭虚:庭中空虚,指卢谌离去。　情满:情满于庭。

〔106〕伊何:如何。伊,语首助词。

〔107〕兰桂:兰草与桂花,以喻君子。

〔108〕茂:繁茂。 春林:春天的林木。比喻段匹磾。

〔109〕瘁(cuì 粹):忧病。 秋棘:秋天的棘草。棘,泛指一般带刺的植物,至秋而枯黄。

〔110〕鸟:指凤凰。 翻飞:上下飞翔。

〔111〕不遑(huáng 黄):无暇。

〔112〕匪:非。 桐:梧桐树,传说凤凰栖于梧桐之上。

〔113〕竹:竹实。传说凤凰之性,非梧桐不栖,非竹实不吃。以上四句,鸟,喻卢谌。桐、竹,喻贤明之君。食、栖,喻食禄。

〔114〕戢(jí 急):收敛,止息。 东羽:东飞的翅膀。永戢东羽,指永远归附幽州。幽州在东,为段匹磾所属。

〔115〕翰:高飞。 抚:举。 西翼:离西东飞的翅膀。翰抚西翼,指东投段匹磾。并州在西,为刘琨所领。

〔116〕敬之:指敬重卢谌。

〔117〕废欢:失掉欢乐。 辍职:停止做事。职,职守。废欢、辍职,言思念卢谌之深。

〔118〕音以赏奏:音乐为欣赏者而奏。此用伯牙鼓琴之典。钟子期死后,伯牙破琴绝弦,因为再无赏音者。

〔119〕殊珍:特别珍爱。

〔120〕文:文章。 言:言意之言。语言。

〔121〕畅神:精神畅达。

〔122〕之子:对卢谌的称谓。 往:前往,指离刘琨而投段匹磾。

〔123〕四美:指音、味、文、言四者。 臻:至。

〔124〕澄醪(láo 劳):清澈的酒,好酒。 覆觞(shāng 伤):翻放酒器。指不饮酒。

〔125〕丝竹:指乐器。 生尘:落满灰尘,指长期不用。澄醪覆觞,指味不至;丝竹生尘,指音不至。

〔126〕素卷:指书。 启:开。

〔127〕幄(wò 握):篷帐。 谈宾:交谈之宾客。

〔128〕既孤我德,又阙我邻:吕向注:"自谌之去,更不为酒乐书谈之事,是

孤阙我邻近之德也。"谓谌离去,琨既失仁德之士,又失亲密之友。

〔129〕光光:勇武的样子。臧荣绪《晋书》:"鲜卑段匹磾,自号大将军。"
段生:段匹磾。

〔130〕出幽:出自深谷。 迁乔:迁至高处。《诗经·小雅·伐木》:"出自
幽谷,迁于乔木。"乔木,高大的树木,此指高处。李善注本无"光光"、"出幽"二
句,依《六臣注文选》补。

〔131〕资忠履信:谓实行忠信之道。资、履,实行,实践。忠,忠诚不贰。信,
信实不欺。

〔132〕武烈:武功盛大。 文昭:文德昭著。李善注引曹植令曰:"相者文
德昭,将者武功烈。"

〔133〕旌(jīng 荆):旗。 弓:弓箭。 骍骍(xīn 辛):调和的样子。《诗经
·小雅·角弓》:"骍骍角弓。"

〔134〕舆:车。 翘翘:远。

〔135〕奋:振起。 縻(mí 迷):索,此指缰绳。

〔136〕辔(pèi 配):马笼头。 镳(biāo 标):马嚼子。

〔137〕何以:以何。 子:指卢谌。

〔138〕竭心:尽心。 公朝:朝廷。

〔139〕叙怀:抒发情怀。

〔140〕引领:指延颈望谌。 长谣:放声长歌。

今译

琨顿首。所赐书信与诗作,备言辛酸之苦,畅论天地之常道,古
今之通理,反复奉读,爱不释手。忽而凄凄然而生悲情,忽而欣欣然
而有喜色。从前少壮之时,未曾受过约束,远慕老庄齐物之理,近赞
阮籍放旷不羁之风。惊异贵贱从何而生?哀乐由何而至?突然惊
慌失措,困于逆乱之中。国破家亡,亲友死伤。负杖而行,漫步歌
吟,各种忧愁同时袭来;孤独而坐,国破家亡之哀,逆臣乱国之愤,两
者同至。此时互相举杯,促膝相谈,破涕为笑,排遣终身之积愁,求
得片刻之欢愉,犹如患病多年,而欲一丸药根除病患,那怎么可能
呢?人才是为整个社会而生的,全社会都需要他。和氏璧怎能只在

楚人手中放光？隋侯珠岂可长期供隋侯赏玩？天下的宝贝，应当让天下人共同所有。只是离别之日，不能不感到惆怅与遗憾罢了。经历世事之后才能知道老庄所为之荒诞，阮籍所行之妄为。从前骏马拉盐车难上吴坂，见王良、伯乐而开心长鸣，这是因为前者不知己后者知己。百里奚在虞而愚钝，到秦而聪明，这是因为前者不用，后者用。今天你投身匹磾是遇知己，只要努力就是了。不再在作文上用心已二十多年了。长期荒废，语无伦次，想您一定希望我回音，所以按您的旨意赠诗一篇，正好可以弘扬君诗之美。刘琨顿首，顿首。

厄运刚刚降临头，阳爻正在乾卦六。乾卦卦象大梁倾，地卦卦象为覆舟。横冲直撞乱纷纷，群妖角逐互相斗。战火熊熊燃中华，洪水滚滚漫神州。那黍生得多茂盛，那稷长得绿油油。哀叹我们大晋朝，让人痛心又疾首。

天地无心爱万物，万物同命如刍狗。祸患太过无应验，福禄极多化乌有。逆贼能够侵全城，正义都城难全守。鲜花偏在盛夏落，毒草严冬遍地生。如那龟甲和宝玉，藏在匣中无人知。上文所谓"刍狗"谈，也许最能合实际。

叹我软弱又无能，先人伟业难担承。过失渐多渐明显，荣誉宠信屡屡增。败给刘聪双亲亡，遭到凶祸四处逃。于国已经失去忠，于家已经失去孝。这些罪过累积起，有如河深与山高。此过所留之瑕痕，终生不能磨灭掉。

和和乐乐是旧亲，欢欢喜喜是新婚。不想如何遭惨败，唯用大义勉自身。带着干粮携二老，竭力逃亡如星奔。君车方来行未止，逆贼已毁我家门。刘卢二族皆覆没，三刘本是同孽根。未报父仇长羞惭，永远愧对是冤魂。

君如孤竹亭亭立，孑然而生无伴侣。绿叶纷披彩饰多，节长而又少旁枝。早晨采摘修竹实，傍晚竹干用手捋。竹干长长已过寻，竹实满碗如珠子。确实能消我忧愁，急忧因而得消释。逝将离我就段生，庭空惆怅情绪满。

人空情满是为何，因为移走桂与兰。使彼春林更繁茂，令我秋棘更荒残。有凤上下不停飞，翻飞无暇来休息。没有梧桐不肯落，没有竹实不肯食。永收羽翼留幽州，振翅高飞离并州。我是多么敬仰你，失去欢乐难理事。

音乐是为赏者奏，美味是因特殊奇。文章功用是明言，语言功用达神意。卢君而今将东去，音味文言全废止。美酒扣杯不再饮，丝竹乐器生灰尘。卷卷藏书无翻阅，帷幄交谈无佳宾。我已孤单无知音，再加寂寞无友邻。

威武雄壮段匹碑，步出深谷登高处。忠诚不欺践诺言，文德武功皆昭著。旌旗宝弓最协调，车马远行迢迢路。提起长长马缰绳，控驭辔头与马嚼。分手以何来相赠，望子竭力为当朝。临行用何来抒情，引颈望君咏歌谣。

（赵福海译注并修订）

◎ 重赠卢谌一首 五言

刘越石

▓▓◆题解

《答卢谌并书》、《重赠卢谌》都是针对卢谌《赠刘琨并书》而发的。但后者与前者不同。前者作于临别之际,后者作于囹圄之中。刘琨兵败投奔段匹磾,本想与之联合抗敌,保卫晋朝;不料因嫌隙被段拘捕。这首诗是被捕后写给卢谌的。

《重赠卢谌》历来被视为最能体现刘琨诗风的代表作。《晋书·刘琨传》称"琨诗(指《重赠卢谌》)托意非常,摅畅幽愤,远想张、陈,感鸿门、白登之事,用以激谌"。其实"摅畅幽愤"更为重要,表现"英雄失路,万绪悲凉"的愤激心境,当是本诗的主旨。刘琨"少负志气,有纵横之才",希望能像姜尚一样建功立业,但事与愿违,身陷囹圄,只好"中夜抚枕叹"。刘琨此时的处境与孔子当年哀叹"甚矣吾衰也。久矣,吾不复梦见周公"的处境一样。"功业未及建,夕阳忽西流","朱实陨劲风,繁英落素秋","何意百炼刚,化为绕指柔"。昔日之慷慨豪迈气概与今日之英雄末路的悲愤心情,凝聚在最后的两句诗中,有撼动心魄的艺术力量。

诗要用形象思维,比兴是不可缺少的。此诗用比颇有特色。一是多用典故。用典也是广义的比。用姜尚等人的典故同自己的遭遇相比:同样有才干,前者功成名就,而自己身陷囹圄;用孔子的典故与自己相比,同病相怜,悲愤心情溢于言表。一是多用形象比喻。用夕阳、浮云比喻时光流逝,用朱实、繁英、华盖、双辂比喻抱负与才干,用劲风、素秋等比喻险恶的形势,更增强了诗的感染力和渗透力。

原文

　　握中有悬璧[1]，本自荆山璆[2]。惟彼太公望[3]，昔在渭滨叟[4]。邓生何感激[5]，千里来相求。白登幸曲逆[6]，鸿门赖留侯[7]。重耳任五贤[8]，小白相射钩[9]。苟能隆二伯[10]，安问党与仇[11]？中夜抚枕叹[12]，想与数子游[13]。吾衰久矣夫[14]，何其不梦周？谁云圣达节[15]，知命故不忧[16]。宣尼悲获麟[17]，西狩涕孔丘[18]。功业未及建[19]，夕阳忽西流。时哉不我与[20]，去乎若云浮[21]。朱实陨劲风[22]，繁英落素秋[23]。狭路倾华盖[24]，骇驷摧双辀[25]。何意百炼刚[26]，化为绕指柔[27]。

注释

　　〔1〕悬璧：一种美玉，又称悬黎。《战国策·秦策》："梁有悬黎，楚有和璞，而为天下名器。"

　　〔2〕荆山：在今湖北省南漳县西，产美玉。传说楚国卞和曾在此得璞，后称"和氏璧"。　璆：美玉。上二句，以美玉喻卢谌才质之美。

　　〔3〕惟：思。　　太公望：指姜太公姜尚。姜尚曾隐居于渭水之滨，周文王出猎，遇姜尚于渭水之南，与之交谈而大悦。曰："吾先君太公曰，当有圣人适周，周以兴，子真是邪？吾太公望子久矣。"于是姜尚号太公望。（事见《史记·齐太公世家》）

　　〔4〕叟：老翁。

　　〔5〕邓生：指东汉邓禹，字仲华，南阳人。李善注引《东观汉记》说，他曾从南阳出发，北渡黄河，赶到邺城投奔光武帝刘秀。下句"千里来相求"即指此。感激：感动奋发。

　　〔6〕白登：山名，在今山西大同东。　　幸：幸亏。　　曲逆：指陈平。汉高祖封其为曲逆侯。《史记·陈丞相世家》载，汉高祖刘邦曾被匈奴围于白登山，陈平献奇计而解围。"白登幸曲逆"指此。

〔7〕鸿门:地名,在今陕西临潼县东。　赖:依靠。　留侯:指张良,汉高祖封张良为留侯。《史记·项羽本纪》载,楚汉相争,项羽在鸿门宴请刘邦,范增谋划席间杀掉刘邦,幸亏张良事先通报刘邦,并有防备计划,借"入厕"溜走,得以幸免。"鸿门赖留侯"指此。

〔8〕重耳:晋文公,名重耳。　五臣:指狐偃、赵衰、颠颉、魏武子、司空季子五位贤臣。据《左传》载,晋献公宠爱骊姬,杀死太子申生,重耳出奔于狄,后借助秦穆公的力量返晋,立为晋侯。重耳任用狐偃等五位贤臣,辅佐自己成就霸业。

〔9〕小白:齐桓公,名小白。　相(xiàng 向):用作动词。　射钩:射钩者,指管仲。《左传》载,管仲先事公子纠,纠同小白争君位,管用箭射小白,中其带钩。后来小白即位,不记前仇,任管仲为相,遂成霸业。

〔10〕苟:如果。　隆:兴盛。　二伯:指齐桓公小白、晋文公重耳。伯,同"霸"。

〔11〕党:同党。指五贤。

〔12〕中夜:夜半,深夜。

〔13〕数子:数人,指姜尚诸人。　游:交往,交游。

〔14〕"五衰"二句:语出《论语·述而》:"子曰:'甚矣吾衰也。久矣,吾不复梦见周公。'"这里用来叹息自己年老体衰,不能成就功业。

〔15〕云:说。　圣:智慧极高,通达事理之人。此指孔子。　达节:通晓自己的职分。《左传·成公十五年》:"圣达节,次守节,下失节。"

〔16〕知命:知道命运演变的必然性。《周易·系辞上》:"乐天知命,故不忧。"意谓乐于接受天的法则,就能知道命运演变的必然性,从而坦然地接受,不会忧愁。

〔17〕宣尼:指孔子。孔丘字仲尼。汉平帝追谥孔子为褒成宣尼公。

〔18〕狩:冬猎。《公羊传》载,鲁哀公十四年冬,在鲁国西面狩猎,获一麒麟,孔子"反袂拭面,涕泣沾袍"。并悲麒麟出非良时,感叹"吾道穷矣"。

〔19〕未及:来不及。

〔20〕不我与:不与我,不待我。与,待。

〔21〕云浮:云飘。

〔22〕朱实:红色的果实。　陨:落。　劲风:强劲的秋风。

〔23〕繁英:繁花。　素秋:秋。《礼记·月令》:"秋之时,其色尚白。"故曰

素秋。

〔24〕华盖：华丽的车盖。

〔25〕骇：惊。 驷（sì 四）：古代一辆套四马，故四马之车亦称驷。 骇：惊。 摧：折。 辀（zhōu 周）：车辕子。"狭路"两句，比喻世途之险恶。

〔26〕何意：怎想到。

〔27〕绕指柔：柔软得能缘指缠绕。

今译

掌上有块真美玉，原来出自荆山璞。想那姜尚太公望，昔隐渭水一老翁。邓禹何等求上进，千里迢迢投光武。白登解围亏陈平，鸿门脱险靠留侯。重耳任贤成霸业，齐桓封相不记仇。果能辅佐两霸兴，何问同党还是仇。夜半拍枕长叹息，想与众贤共交游。我已年老体衰了，为何不能梦庄周。谁说至圣晓职分，乐天知命故不忧？仲尼为获麒麟悲，同病相怜泣孔丘。建功立业来不及，夕阳西下快如流。时间时间不等我，光阴逝去如云浮。朱实落在秋风里，繁花凋零在劲秋。狭路两车相倾盖，惊马翻车辕子折。不意百炼成坚钢，而今化为绕指柔。

（赵福海译注并修订）

◎赠刘琨一首并书四言　　卢子谅

▌题解

　　李善为刘琨《答卢谌诗并书》作注云："段匹磾领幽州牧，谌求为匹磾别驾。谌笺诗与琨。"笺诗即指此作。

　　这是一首二十节一百六十行的长诗。以叙事为主，兼有抒情言理。诗前之《书》，可视为诗序。序说，卢谌不才，而备受琨之重用。随琨五年，互为知己，情同骨肉，叨恩殊深。而今"事与愿违，当忝外役"，不得不离开刘琨而就匹磾麾下。分手之际，"不胜猥憯"，"谨贡诗一篇"，"摅其所抱"。第一至第二节：盛赞刘琨匡扶晋室的才德。第三至第十节：回顾同刘琨之间与日俱增的深厚情谊，充满感恩戴德的思想。第十一至第十二节：插叙何以要投匹磾。第十三至第十七节：接叙对刘琨既知恩图报，又"长徽已缨，逝将徙举"的矛盾心理。第十八至第二十节：用老庄齐生死、等荣辱的遗训劝慰刘琨不要介意他人的谤议，而"上弘栋隆，下塞民望"。理事情俱在。"畅经通之选旨"，谓之理；叙彼此之交往，谓之事；言别离之心境，谓之情。三者有机结合，当是本诗的突出特点，然其思想境界较之刘琨赠诗则稍逊一筹。

▌原文

　　故吏从事中郎卢谌死罪[1]，死罪！谌禀性短弱[2]，当世罕任[3]。因其自然[4]，用安静退[5]。在木阙不材之资[6]，处雁乏善鸣之分[7]。卷异蘧子[8]，愚殊宁生[9]。匠者时眄[10]，不免馔宾[11]。尝自思惟[12]，因缘运会[13]，得蒙接事[14]，自奉清尘[15]，于今五稔[16]。谟明之效不著[17]，候人之讥以彰[18]。大雅含弘[19]，量苞山薮[20]。加以待接弥优[21]，款眷逾昵[22]，与运筹之谋[23]，厕宴私之欢[24]。绸缪之旨[25]，有同骨肉[26]，其为知己[27]，古人罔喻[28]。昔聂政殉严遂之顾[29]，荆轲慕燕丹之义[30]。意气之间[31]，靡躯不悔[32]。虽微达节[33]，谓之可庶[34]，然苟曰有情[35]，孰能不怀[36]？故委身之日[37]，夷险已之[38]。事与愿违，当忝外役[39]，遂去左右[40]，收迹府朝[41]。盖本同末异[42]，杨朱兴哀[43]；始素终玄，墨翟垂涕[44]。分乖之际[45]，咸可叹慨[46]，致感之途[47]，或迫乎兹[48]。亦奚必临路而后长号[49]，睹丝而后歔欷哉[50]？是以仰惟先情[51]，俯览今遇[52]，感存念亡[53]，触物眷恋[54]。易曰[55]：书不尽言，言不尽意。然则书非尽言之器[56]，言非尽意之具矣[57]。况言有不得至于尽意，书有不得至于尽言邪？不胜猥懑[58]！谨贡诗一篇，抑不足以揄扬弘美[59]，亦以摅其所抱而已[60]。若公肆大惠[61]，遂其厚恩[62]，锡以咳唾之音[63]，慰其违离之意，则所谓咸池酬于北里[64]，夜光报于鱼目[65]。谌之愿也，非所敢望也[66]。谌死罪，死罪。

溶哲惟皇[67]，绍熙有晋[68]。振厥弛维[69]，光阐远韵[70]。有来斯雍[71]，至止伊顺[72]。三台摛朗[73]，四岳增峻[74]。

伊陟佐商[75]，山甫翼周[76]。弘济艰难[77]，对扬王休。苟非异德[78]，旷世同流[79]。加其忠贞[80]，宣其徽猷[81]。

伊谌陋宗[82]，昔遘嘉惠[83]。申以婚姻[84]，著以累世[85]。义等休戚[86]，好同兴废[87]。孰云匪谐[88]？如乐之契[89]。

王室丧师[90]，私门播迁[91]。望公归之[92]，视险忽艰[93]。兹愿不遂[94]，中路阻颠[95]。仰悲先意[96]，俯思身愆[97]。

大钧载运[98]，良辰遂往[99]。瞻彼日月[100]，迅过俯仰[101]。感今惟昔[102]，口存心想[103]。借曰如昨[104]，忽为畴曩[105]。

畴曩伊何[106]，逝者弥疏[107]。温温恭人[108]，慎终如初[109]。览彼遗音[110]，恤此穷孤[111]。譬彼樛木[112]，蔓葛以敷[113]。

妙哉蔓葛[114]，得托樛木。叶不云布[115]，华不星烛[116]。承伴卞和[117]，质非荆璞[118]。眷同尤良[119]，用乏骥骏[120]。

承亦既笃[121]，眷亦既亲[122]。饰奖驽猥[123]，方驾骏珍[124]。弼谐靡成[125]，良谋莫陈[126]。无觊狐赵，有与五臣[127]。

五臣奚与[128]？契阔百罹[129]。身经险阻[130]，足蹈幽遐[131]。义由恩深，分随昵加[132]。绸缪委心[133]，自同匪他[134]。

昔在暇日[135]，妙寻通理[136]。尤彼意气[137]，使是节士[138]。情以体生[139]，感以情起[140]。趣舍阋要[141]，穷达斯已[142]。

由余片言[143]，秦人是惮[144]。日碑效忠[145]，飞声有汉。桓桓抚军[146]，古贤作冠[147]。来牧幽都[148]，济厥涂炭[149]。

涂炭既济，寇挫民阜[150]。谬其疲隶[151]，授之朝右[152]。上惧任大[153]，下欣施厚。实祗高明[154]，敢忘所守[155]。

相彼反哺[156]，尚在翔禽[157]。孰是人斯[158]，而忍斯心[159]？每凭山海[160]，庶觌高深[161]。遐眺存亡[162]，缅成飞沉[163]。

长徽已缨[164]，逝将徙举[165]。收迹西践[166]，衔哀东顾[167]。曷云涂辽[168]？曾不咫步[169]。岂不夙夜[170]？谓行多露[171]。

绵绵女萝[172]，施于松标[173]。禀泽洪干[174]，晞阳丰条[175]。根浅难固[176]，茎弱易雕[177]；操彼纤质[178]，承此冲飚[179]。

纤质实微[180]，冲飚斯值[181]，谁谓言精[182]？致在赏意[183]。不见得鱼，亦忘阙饵[184]。遗其形骸[185]，寄之深识[186]。

先民颐意[187]，潜山隐机[188]。仰熙丹崖[189]，俯澡绿水[190]。无求于和，自附众美[191]。慷慨遐踪[192]，有愧高旨[193]。

爰造异论[194]，肝胆楚越[195]。惟同大观[196]，万殊一辙[197]。死生即齐[198]，荣辱奚别[199]？处其玄根[200]，廓焉靡结[201]。

福为祸始，祸作福阶[202]。天地盈虚，寒暑周回[203]。夫差不祀，蠡在胜齐。勾践作伯，祚自会稽[204]。

邈矣达度[205]，唯道是杖[206]。形有未泰[207]，神无不畅[208]。如川之流[209]，如渊之量[210]。上弘栋隆[211]，下塞民望[212]。

注释

〔1〕故吏:犹言老部下。卢谌曾任刘琨主簿、从事郎中等官职,故称。 死罪:书信中下对上的常用套语。李善注引《汉书音义》:"张晏曰:'人臣上书,当冒犯死罪而言。'"

〔2〕禀性:天性。 短弱:低能。

〔3〕当世:当代,所处的时代。 罕:少。 任:用。

〔4〕因其自然:顺其自然。因,随顺。自然,非人为的。

〔5〕用安静退:用则安,退则静。李善注引《曾子》曰:"君子进则能达,退则能静。"

〔6〕阙:缺。 不材:不成材,无用。 资:资质。

〔7〕乏:缺少。 分:名分,职分。"在木"二句,言不善于在错综的矛盾中保存自己。意出《庄子·山木》:庄子行于山中见一棵大树枝繁叶茂,伐木者止其旁而不伐,问其故,则答:无处可用。庄子感悟道:此木以不材得终其天年。庄子出于山,舍故人之家,故人令僮仆杀雁招待。仆问:两雁一能鸣,一不能鸣,杀哪只?主人说:杀不能鸣者。弟子问庄子:山中之木以不材得终其天年,主人之雁以不能鸣而被杀,先生将何处?庄子笑道:我将处于材与不材之间。材与不材之间,似是而非,故免于累。

〔8〕卷:收起来。此有隐退之意。 蘧(qú 渠)子:指蘧伯玉。《论语·卫灵公》:"君子哉蘧伯玉! 邦有道仕,邦无道则可卷而怀之。"

〔9〕愚:此指装傻。 宁生:宁武子。《论语·公冶长》:"子曰:'宁武子,邦有道则知(智),邦无道则愚。其知可及也,其遇不可及也。'"

〔10〕匠者:指木匠。 时眄(miǎn 免):常常看(拟量材而用)。

〔11〕馔(zhuàn 撰):进食。馔宾,供宾客食用。匠者二句,言自己比之于木,则缺不材之质,比之于雁,则乏善鸣之分。上文"短弱"即指此。

〔12〕尝:曾。 思惟:想。

〔13〕缘:依靠。 运会:时势,机遇。

〔14〕得蒙接事:指任刘琨从事中郎之职。李善注引宋衷《保乾图注》:"五运五行,用事之运。"

〔15〕奉清尘:清尘,此指刘琨之行动,奉清尘,指跟随刘琨。人行必起尘,不敢直指尊者,故借尘言之。言清,尊敬之意。

〔16〕稔(rěn 忍):年。

〔17〕谟明:高明的计谋。　著:显示。

〔18〕候(hòu 后)人:周代整治道路及迎送客人的小官。　讥:讥谤。　彰:显露。

〔19〕大雅:君子,此指刘琨。　含弘:度量大。

〔20〕量:度量,胸怀。　苞:容。　山薮(sǒu 叟):高山与湖泽。

〔21〕待接:接待,对待。　弥:更。　优:厚。

〔22〕款眷:挚爱。款,诚。　逾:通"愈"。更加。　昵:近。

〔23〕与(yù 玉):参与。　运筹:策划。　谋:谋略。

〔24〕厕:参加。　宴私:古代祭祀之后的亲属私宴。

〔25〕绸缪(móu 谋):情意深厚。　旨:意旨。

〔26〕骨肉:比喻至亲。父母与子女,以及兄弟姊妹,皆可谓骨肉之亲。

〔27〕知己:彼此相知、情谊深切的朋友。

〔28〕罔喻:不能比。罔,无。

〔29〕"昔聂政"句:《史记·刺客列传》载,聂政为避仇敌来到齐国,以屠宰为业。严仲子(严遂)事韩哀侯,与韩相侠累有仇,流亡齐国,特去拜访聂政,称赞其高义,并请他帮忙刺杀韩相侠累。聂政受一顾之恩,于是只身负剑至韩,侠累方坐府上,政直入,登阶刺死侠累,以身殉义,为严遂报了仇。　殉:为维护正义事业而献出生命。此指以生命相报答。　顾:拜访。

〔30〕"荆轲"句:《史记·刺客列传》载,燕太子丹在秦作人质,曾受秦王之辱,归国后欲报此仇。得荆轲而厚遇之。荆轲持秦王仇敌樊将军头和燕国督亢之地图,将匕首卷入地图之中,携入秦廷。"图穷匕首见",刺秦王未遂,以身殉义。

〔31〕意气:志趣性格。

〔32〕靡躯:身体腐烂,指献出生命。靡,通"糜"。

〔33〕微:无。

〔34〕可庶:指贤者。

〔35〕苟:如果。

〔36〕孰:谁。　怀:思念,怀念。

〔37〕委身:委质,献身。

〔38〕夷险:比喻治乱。

〔39〕外役:外差。指离开刘琨而任段匹磾别驾。对刘琨谓之外。

〔40〕遂:于是。　左右:指刘琨。书信中称对方为左右,以示尊敬。

〔41〕收迹:敛迹。　府朝:指刘琨之官府。李周翰注:"琨为司空三公,有府朝也。"收迹府朝,即离开刘琨官府。

〔42〕本同末异:事物同一本原,而派生出来的支脉则有所不同。此喻放弃初衷而分手,即离开刘琨就任于段匹磾麾下。

〔43〕杨朱:战国时魏人,字子居,又称杨子。　兴哀:发出哀叹。李善注引《淮南子》说,杨子遇歧路而哭,因为可南可北,不知何去何从。

〔44〕墨翟:即墨子,春秋战国之际思想家,墨家学派的创始人。鲁国人,做过宋国大夫,死于楚国。李善注引《淮南子》说:"墨子见练丝而泣之,因为可以黄,可以黑。"李周翰注曰:"墨翟见素丝而泣,曰:'入玄则玄,岂直丝染,人亦然焉。'谵言不能遂初始之情而变也。"　垂涕:下泪。

〔45〕分乖:离别,分手。

〔46〕咸:皆,都。　叹慨:叹息。

〔47〕致感:造成感慨,招致感慨。　途:途径,因由。

〔48〕或:有的。　迫:急。　兹:此指离刘琨而就段匹磾。

〔49〕亦:又。　奚必:何必。　临路:指面对歧路。　长号:长叹。

〔50〕睹丝:指看见素丝。　歔欷(xū xī 虚希):悲泣。

〔51〕是以:因此。　先情:先父之情。先,指卢谌之父卢志。刘琨与卢志友善,故擢拔卢谌为从事郎中。

〔52〕俯览:与"仰惟"对举。仰惟俯览,即想想过去,看看现在。

〔53〕存:生。　亡:死。李善注引《尸子》曰:"其生也存,其死也亡。"

〔54〕眷恋:深切思恋,依恋不舍。

〔55〕"《易》曰"句:语出《易·系辞上》:"子曰:'书不尽言,言不尽意。'"言,指口头语言,即说的话。　意:指意念,即心中所想。

〔56〕然则:既然如此……那么。　器:器具。

〔57〕具:工具。

〔58〕猥懑(wěi mèn 委闷):多闷。

〔59〕揄(yú 于)扬:宣扬。

〔60〕摅(shū 书):抒发。　所抱:胸怀,怀抱。

〔61〕公:对刘琨之敬称。　肆:施。　大惠:大恩惠。

〔62〕遂:通。

〔63〕锡:赐。 咳唾:比喻谈吐、议论。此指刘琨的回信或赠诗。

〔64〕咸池:黄帝之乐曰咸池。相传为黄帝所作,尧增修而用之。主要做宫廷祭祀用。北里:古舞曲名。李善注引《史记》曰:"纣使师涓作新淫声,北里之舞,靡靡之乐。"

〔65〕夜光:夜明珠。 鱼目:《韩诗外传》:"白骨类象,鱼目似珠。"谌以"咸池"、"夜光"比喻刘琨诗文,以"北里"、"鱼目"比喻自己的诗文。

〔66〕愿:心愿。 望:盼望。

〔67〕濬(jùn 俊)哲:深邃的智慧。 《诗·商颂·长发》:"濬哲维商,长发其祥。"《疏》:"有深智者,维我商家之德也。" 皇:指愍帝(司马业)。

〔68〕绍熙:振兴。绍,继。熙,兴。 有晋:晋。有,语助词。

〔69〕振:振兴,举起。 弛维:指松懈之朝纲。

〔70〕光阐:光大,开启。 远韵:指先帝的风度。程千帆《俭腹抄》释"光阐远韵"说。李善注曰:"'韵,德音之和。'犹今通云人之风度矣。"

〔71〕有来:来。有语助词。 斯雍:和睦。

〔72〕至止:至此。 伊顺:和顺。伊,助词,无义。

〔73〕三台:星名。李善注引《汉书》曰:"北斗魁下六星,两两而比,曰之能也。色齐为和,不齐为乖。台,同'能'。" 摛(chī 吃)朗:舒朗,放光辉。

〔74〕四岳:指东岳泰山,南岳衡山,西岳华山,北岳恒山。 峻:山高。

〔75〕伊陟(zhì 志):殷之贤臣。(用李周翰说) 佐:辅佐。 商:商朝。

〔76〕山甫:仲山父,周之贤臣。父,同"甫"。 翼:辅佐。 周:周朝。

〔77〕弘济:大济。

〔78〕异德:不同之德行。

〔79〕旷世:历史长久。 同流:同类。上二句言刘琨之德不异于昔贤(伊陟、山甫),虽与之旷世,也如同一流。

〔80〕忠贞:忠诚坚贞。《国语·晋》:"昔君问臣事君于我,我对以忠贞。"

〔81〕宣:宣扬。 徽猷(yóu 由):美好之道。

〔82〕伊谌:卢谌自谓。伊,语首助词,无义。 陋宗:卑微之姓。即出身卑微。卢谌自谦。

〔83〕昔:从前。 遭:遇。 嘉惠:旧时对他人给予自己恩惠的美称。

〔84〕申:明。 婚姻:指卢谌之妹嫁刘琨之弟。(用吕向说)

〔85〕著:昭著。　累世:几代。累,重迭。吕向注:"累世,从父至子也。"

〔86〕义:情义。　休戚:忧喜祸福。休,美善,福禄。戚,同"慼",忧愁。

〔87〕好:友好。　兴废:成败兴衰。等休戚、同兴废,极言卢刘关系之密切。

〔88〕孰云:谁说。　匪谐:不和谐。匪,不。

〔89〕乐:音乐。　契:契约。此指和谐,一致。

〔90〕王室:指晋室。　丧师:兵败。指刘琨之兵为刘聪所败。刘聪是北方少数民族政权前赵光文皇帝刘渊之子,后杀兄自立,出兵攻陷洛阳,执晋怀帝司马炽,琨父母并遇害。丧师即指此。

〔91〕私门:犹家门。指权贵大臣之家。与"王室"对举。王室称公家,权贵大臣之家称"私门"。李善注引《战国策》曰:"破公家而成私门。"　播迁:失散,流离迁徙。

〔92〕望公归之:此谓离开刘琨后还望回到刘琨身边。公,对刘琨之尊称。

〔93〕视险忽艰:即忽视险艰。李周翰注:"将轻忽其艰险。"

〔94〕兹愿:此愿。指重归刘琨。　遂:成功。

〔95〕中路:中途,指回归刘琨过程中。　阻颠:指卢谌父卢志为刘聪之子刘粲所害。

〔96〕先意:指先父被害事。

〔97〕身愆(qiān 千):自己的过失,罪过。

〔98〕大钧:造化。　载运:运行。载,行。

〔99〕良辰:美好的时光。　遂:因,随。　往:指时间流逝。

〔100〕日月:指过去的岁月。

〔101〕过:超过。　俯仰:瞬间。犹俯身仰头之间。

〔102〕感今:感伤现在。　惟昔:回忆从前。惟,同"维",思。昔,指在刘琨手下时。

〔103〕口存心想:念念不忘。

〔104〕借曰:假如说。借,假。　昨:昨天。

〔105〕畴曩(nǎng):昔时。畴,语助词,无义。

〔106〕伊何:如何。伊,语首助词,无义。

〔107〕逝者:死者。　弥:愈。　疏:久远。李善注引《吕氏春秋》曰:"死者弥久,生者弥疏。"上两句为自问自答。

〔108〕温温:柔和的样子。　恭人:宽和谦恭的人。此指刘琨。

〔109〕慎终:事情一开始就考虑到后果,因而谨慎从事。如初:如始。慎终如初,即始终如一地谨慎从事。李善注引《老子》曰:"慎终如始,则无败事。"

〔110〕遗音:遗言。指谌父之言。

〔111〕恤:忧。　穷孤:穷困而无依靠者。此卢谌自谓。

〔112〕樛(jiū究)木:向下弯曲之木。比喻琨。

〔113〕蔓葛:两种蔓生植物,往往缘木而生。卢谌自喻。　敷:布。

〔114〕眇:通"眇"。微小。

〔115〕云布:像云一般厚密。

〔116〕华:花。　星烛:像星一般光亮。

〔117〕承:受,谓受恩。　侔(móu):等。　卞和:春秋楚人,曾于楚山得一璞玉,琢后乃一宝玉,价值连城,称为和氏璧。

〔118〕荆璞:楚山未琢之玉。上二句言,自己虽受琨之厚爱,却无惊世的才智。

〔119〕眷:恋慕。　尤良:春秋时善御者。李善注引《左传》曰:"邮无恤御赵简子。"杜预注曰:"邮无恤,王良也。"尤,与"邮"字通。

〔120〕用:使用。　骥骤(jì lù记录):皆为良马、骏马。

〔121〕笃(dǔ堵):厚。

〔122〕亲:亲密。

〔123〕饰奖:修饰。奖,李善注引《方言》曰:"凡相被饰亦曰奖。"　驽(nǔ努):能力低下之马。比喻平庸之才。　猥(wěi伟):卑贱。

〔124〕方驾:并驾。方,并。　骏:骏马。　珍:宝。驽与骏相对,猥与珍相对,以"驽猥"喻己,以"骏珍"喻良才。此谓能与良才并驾齐驱,全赖琨之厚爱。

〔125〕弼(bì必):辅佐。　谐:和谐。　靡成:不成。

〔126〕良谟:良谋妙策。　莫陈:无可陈述。

〔127〕觊(jì计):冀望。非分之想。　狐赵:指狐偃、赵衰。　五臣:指赵衰等五人。《左传》载,晋公子重耳及难奔狄,其随者有狐偃、赵衰、颠颉、魏武子、司空季子。重耳回国,五臣辅佐以成霸业。上二句以五臣从晋文喻卢谌事刘琨,言不敢希望如五臣那样立大功,而有志如五臣那样同刘琨共履危厄。

〔128〕奚:何。　与:参与。

〔129〕契阔:劳苦。　百罹(lí离):百忧。罹,忧。上二句言,五臣何故敢与? 五臣契阔逢于百忧。

〔130〕险阻:艰难险阻。

〔131〕蹈:践。 幽遐:荒远之地。"身经"二句,言谌与五臣相类。

〔132〕义由恩深:因恩深而义重。 分(fèn奋)随昵加:分随亲昵而增加。分,职分。昵,亲近。

〔133〕委心:推心置腹。委,付。

〔134〕自同匪他:言谌与琨情同兄弟,不同他人。匪,非。

〔135〕暇日:闲暇之日。

〔136〕妙(miǎo秒)寻:细寻。妙,通"眇",细微。 通理:通达之理。

〔137〕尤:非,此用如动词。

〔138〕节士:指为意气而陨命者。

〔139〕情:情义。 体:亲。

〔140〕感:感激。"昔在"数句,现在才知为意气而忘宗立节,为意气而陨命是不对的。情义缘亲而生,感激之理因情而起。

〔141〕趣舍:或作"趋舍"、"取舍"。趋向或舍弃,即进取或退止。 同要(yāo腰):同求。要,求。趣舍同要,趣与舍一样。

〔142〕穷达:困厄与显达。《孟子》:"穷则独善其身,达则兼善天下。"

〔143〕由余:戎王之臣。《史记·秦纪》载,其先晋人,亡入戎,奉使见秦缪公。缪公以女乐赠戎王,戎王受而悦之。由余数谏不听,遂奔秦。秦用由余之谋伐戎,益国十二,开地千里,遂霸西戎。片言:指由余数谏戎王之言。

〔144〕秦人:指秦缪公。 惮(dàn蛋):畏惧。

〔145〕日磾(dī低):金日磾。李善注引《汉书》云,金日磾本是匈奴休屠五太子,汉武帝拜为侍中,赐金姓。何罗谋反,擅入宫,抽白刃,日磾抱何罗腰,疾呼何罗反,得擒缚之。"日磾效忠,飞声见汉,当指此事。 有汉:汉。有,词首助词,无义。诗以金日磾比喻段匹磾。

〔146〕桓桓:威武的样子。 抚军:段匹磾任抚军。

〔147〕古贤作冠:在众贤之上。古贤,先贤。

〔148〕牧:治民。 幽都:幽州。段匹磾为幽州刺使。

〔149〕济:救。 厥:其。 涂炭:比喻灾难。涂,泥。炭,火。

〔150〕寇挫:敌人挫败。 民阜:民盛。

〔151〕谬:误。 疲隶:卢谌自贱之称,意为庸人。

〔152〕朝右:朝官之上品。古以右为上。此指任段匹磾别驾。

〔153〕上:指君王。 任大:重任。李善注引《管子》曰:"上施厚,则民之报上亦厚。"以上二句,言既怕委以重任,又为上施以厚恩而高兴。

〔154〕祗(zhī 支):敬。 高明:高明之人,此指段匹磾。

〔155〕所守:职守。

〔156〕相:视。 反哺:乌雏长大,衔食哺其母。比喻孝道,报答亲恩。

〔157〕翔禽:飞禽。此指乌鸦。

〔158〕孰:谁。

〔159〕斯心:此心。指卢谌父母被害之仇。

〔160〕每:每次,每当。 山海:喻琨。又何焯《义门读书记》:"凭山海以成高深,用以少谢存没也。山海似不专指越石言之。"

〔161〕庶:庶几,差不多。 觌(dí 敌):见。 高深:指刘琨之德行。

〔162〕遐眺:远眺。 存亡:生死。

〔163〕缅:犹远。 飞沉:犹飞于高空之鸟与沉于水中之鱼,喻相隔遥远。

〔164〕长徽:长长的绳索。 缨:缠绕。长徽已缨,言被段匹磾任用,指为其别驾。

〔165〕逝:发誓,决心。《诗经·硕鼠》:"逝将去女。" 徙举:改变举动。

〔166〕收迹西践:指敛迹于西,即离开并州。践,义同"迹"。西,指并州。

〔167〕衔哀:含哀。指悲其父母遇害。 东顾:向东。东,幽州。

〔168〕曷:何。 涂辽:路途辽远。涂,同"途"。

〔169〕咫(zhǐ 纸)步:极言其近。咫,八寸。

〔170〕夙夜:早晚。

〔171〕谓行多露:因露多而不行。

〔172〕绵绵:长长。 女萝:松萝。蔓生植物,缘木而长。此以女萝自喻。

〔173〕施:附。 松标:松树之干。

〔174〕禀泽:受滋润。 洪干:高大的树干。

〔175〕晞(xī 西)阳:受阳光。 丰条:指松树茂密的枝条。上二句,言女萝是依附松树而生存的。

〔176〕根浅:指女萝根浅,以喻己。 难固:难以长得牢固,喻己地位不稳。

〔177〕茎弱:指女萝茎细弱。 易雕:容易枯萎。

〔178〕操:拿。 纤质:纤弱的本质。

〔179〕承:承受。 冲飚:猛烈的风。飚,同"飙",疾风。此喻机要之事。

〔180〕实微:实在微弱。

〔181〕斯值:逢此。值,逢。

〔182〕精:事物精微之处。李善注引《庄子》曰:"可以言论者,物之粗者也;可以意致者,物之精者也。"

〔183〕致:至。 赏意:赏识。

〔184〕饵(ěr 耳):鱼食。此指筌,捕鱼的工具。李善注引《庄子》曰:"筌者所以得鱼也,得鱼而忘筌;言者所以在意,得意而忘言。"

〔185〕遗:丢掉,脱离。 形骸:形体。

〔186〕寄:寄托。 深识:深刻精微的见识。

〔187〕先民:古之贤者。 颐意:涵养精神意趣。

〔188〕潜山:隐居山林,指巢父和许由之徒。巢许相传为唐尧时人,隐居山林,不出来做官。 隐几:凭几坐忘。隐,凭,倚。几,几案,可倚靠。《庄子·齐物论》:"南郭子綦隐几而坐,仰天而嘘,荅焉似丧其耦。"意谓南郭先生倚几而坐,仰头向天自由地呼吸。别人问他为什么能如此,他回答说:我的心灵活动不为形体所牵制,达到独立自由的境界。耦,同"偶",匹对之意,如精神与肉体为偶。

〔189〕仰:上。 熙:晒,沐浴阳光。 丹崖:红色的山崖。

〔190〕俯:下。 澡:洗浴。

〔191〕无求:不求。 和:与人和。 自附:自然符合。

〔192〕慷慨:慨叹。 遐踪:远踪,即古人之足迹。因古人之踪不可追,故而慨叹。

〔193〕高旨:高人之德操。高人,多指隐士。李善注:"言心慷慨慕古人之远踪,而事与愿违,故有愧高旨。"

〔194〕异论:指毁谤刘琨的舆论。李善引臧荣绪《晋书》曰:"众人谓琨诗怀帝王大志。"

〔195〕肝胆:比喻很近。 楚越:比喻很远。何焯曰:"楚越之语,必当时有以谮之去而议之者,故下文谓惟大观如越石信其不二也。亦不得截取,臧书以牵合被谤。(指善注:谓琨被谤也。)臧荣绪《晋书》曰:'众人谓琨诗怀帝王大志。'"(《义门读书记》)

〔196〕大观:多方面地观察事物。

〔197〕万殊一辙:殊途同归。

〔198〕死生既齐:同生死,生与死一样。

〔199〕奚别:何区别。

〔200〕玄根:道家所谓道之本为玄根。李善注引张衡《玄图》曰:"玄者,无形之类,自然之根,作于太始,莫与为先。"

〔201〕廓焉:空廓。 靡结:无郁结不通之处。李善注:"靡结,谓体道虚通,心无怨结也。"靡结是体与道通的一种境界,立足于玄根,就会达到这种境界。

〔202〕福为祸始,祸作福阶:言福祸相生,互相转化。阶,阶梯。《老子》:"福兮伏祸兮,祸兮福所倚。"

〔203〕天地盈虚,寒暑周回:言物极必反。如月满盈,月缺为虚,万物滋繁为盈,枯槁为虚。寒往则暑来,暑来则寒往,周而复始。

〔204〕"夫差"四句:《史记》载,吴王夫差败齐于艾陵而骄,为越王勾践所灭。破齐,乃亡国之兆。勾践先为夫差所败,栖于会稽,卧薪尝胆,重新强大而灭吴,故栖于会稽是灭吴之福兆。衅,先兆。祀,福。以夫差喻刘聪,以勾践喻刘琨,言琨亦当兴复晋室。

〔205〕邈:远。 达度:度量宏大。此誉刘琨。

〔206〕道:此指道家之道。即宇宙的精神的本原。《老子》:"有物混成,先天地生……可以为天下母。吾不知其名,字之曰道。" 杖:根据,支柱。

〔207〕形:形体,与神相对。 泰:自纵。自由屈伸。

〔208〕畅:通。

〔209〕川流:喻畅。

〔210〕渊量:喻深。

〔211〕弘:弘扬。 栋隆:如栋之隆起。栋,屋大梁。《周易·大过》:"栋隆之吉,不桡乎下也。"栋隆,不下弯,故卦象为吉。弘栋隆喻兴晋室。

〔212〕塞:满。 民望:百姓的希望。

今译

老部下从事郎中卢谌,死罪,死罪!

谌天性低劣,不为时用,顺乎自然。用则达志,不用则守本。比之于树木,我没有不材之资质;方之于鸿雁,我缺乏善鸣之职分。邦无道则隐,我不如蘧子;邦无道则愚,我不如宁生。无不材之资,匠人常常琢磨我够什么材料;缺乏善鸣之分,不免供宾客进餐。我自己曾想,因得逢机遇,能在公手下充任从事郎中之职,随公至今已经五年了。献智慧谋略的功效不明显,而受小人的谤讥则昭著。君子宽宏大度,能容下高山湖泽。公对我特别优厚,待之极亲,使我得以参与运筹帷幄之谋略,享受亲密无间家宴之欢愉,情深意厚,如同骨肉之亲,作为知己,古人无法相比。

从前聂政为报答严遂一顾之恩而献身,荆轲为慕燕丹高义而刺秦。志趣相投,捐躯不悔。虽未遂愿,谓之可惜,然有情之人谁能不怀念他们呢?所以我自投奔您那天,就没考虑过安危。事与愿违我充任外差,就要离开您的身边,离开您的官府,遇到歧路杨朱发出哀叹;白丝染黑,墨子见了下泪。离别之际,皆有感慨,引起感慨的原由,有的比这还要厉害,又何必对歧路而长叹,见染丝而抽泣呢?远念先父之情分,近思刘公之厚爱,感激生者,怀念死者,触景而生眷恋之情。《易经》说,文字写成的书,无法完全表达所要说的话;所要说的话,也无法完全表达意念。那么书并非是完全表达语言的器物;语言也并非是完全表达意念的工具。况且话有不能达到尽意的,书有不能尽言的。不胜多憾,谨献诗一首,不足宣扬君之弘美,抒发自己怀抱而已。若蒙赐以厚惠,得闻公之美谈,以慰别离之念,那便是所说的用"咸池"酬答"北里",以"夜明"回报"鱼目"了。这是谌的愿望,不敢强求也。谌死罪,死罪。

智慧深邃唯怀帝,继承皇统兴晋室。朝纲废弛要整顿,先帝德风重开启。有民来归融融乐,和和顺顺尽到此。三台亮星放光辉,四岳名山增高起。

伊陟辅佐兴殷商,山甫相助周室强。大救艰难与困苦,王德遗风得弘扬。如与前贤非异德,虽隔旷世也同样。再加忠贞品节高,宣扬美道放光芒。

卢谌姓卑身亦微,从前得到公厚爱。结为婚姻表亲昵,友好情谊昭数代。忧喜祸福共命运，成败兴衰同担待。谁说彼此不交融，犹如乐作很和谐。

出师不利官兵败，王公贵戚永离散。翘首盼公心望归，艰难险阻置度外。归公心愿未实现，中途双亲遭祸灾。仰天悲叹家父亡，俯首思过身自责。

造化运行无终止，大好时光已流驶。瞻念流驶好时光，迅速过去如瞬息。感慨当今思过去，口念心想犹自语。假如往事如昨天，忽然过去成历史。

忽成历史又何如，死者自与生者疏。君为谦恭温和人，谨慎从事终如始。阅我先父留遗言，怜悯我这孤独子。君如弯曲一樛木，我如藤蔓攀附你。

好啊幸运一葛藤，能够寄身于樛木。叶子不如浓云厚，花亦不如星光亮。而公待我如卞和，我却不是荆山璞。爱我如同御手良，而我乏力非骥騄。

承蒙先生爱我深，恋慕之情近如亲。修饰我这一劣马，得与骏骑共驰奔。想要助公事未成，良谋佳策无处申。不求建功同狐赵，只愿与公共艰辛。

为何参政如五臣，劳苦百忧不离身。亲历艰难与险阻，足迹踏遍是荒村。恩深自然义务重，亲昵增加增职分。推心置腹情绸缪，如同兄弟非他人。

从前在那闲暇时，仔细寻求通达理。责怪意气用事者，为此丧命黄泉里。情义随着亲密生，感激由于情义起。取舍进退同追求，或"穷"或"达"皆如此。

由余只语与片言，使得秦人心胆寒。日碑冒死去效忠，美名飞声传炎汉。匹碑勇武一抚军，名字可列古贤冠。亲自来到边远地，拯救百姓于涂炭。

百姓涂炭已得救，敌寇挫败百姓强。错爱我这平庸辈，授职别驾众官上。既怕君王委重任，又喜施恩多所有。确实敬重高明者，自己哪敢忘职守。

　　看那反哺黑乌鸦，仅是空中一飞禽。虽说我是一个人，忘却替父报仇心。每登高山望大海，似见山高与水深。遥望生死两茫茫，相隔邈邈若飞沉。

　　别驾已如长缨缠，即将别公投匹碑。收起足迹离并州，含哀怀惧往东迁。谁说那里路遥远，两地不过咫尺间。为何不快早上路，露多沾衣举步难。

　　女萝生长蔓长长，缠缠绕绕松树上。高大树干受润泽，茂密枝上沐阳光。女萝根浅难牢固，细茎嫩弱易凋伤。凭那一身纤弱质，如此重任难充当。

　　弱质实在太微细，而今偏偏居要职。谁说物理有精粗，评价至高在赏识。未曾见到捕住鱼，却已忘了捕鱼器。脱离躯体存精神，寄托见解更透辟。

　　古人涵养得意趣，隐居山林倚案几。上沐阳光红崖上，下浴清泉绿水里。不求人和人自和，天下诸美聚于此。慨叹古贤行难追，有愧崇高境界里。

　　制造异论毁谤我，硬说肝胆如楚越。惟公看事最达观，万物如同出一辙。死生既然都一样，荣辱还有何区别？掌握老庄道之本，一切畅通无郁结。

　　福寿实为祸之始，祸是通向福阶梯。天地盈亏多循环，寒来暑往有周期。吴王夫差有祸端，征兆首先是胜齐。勾践后来能霸世，福兆从前栖会稽。

　　宽宏大度天地宽，老庄之道是依据。躯体有时难自如，精神没有不畅时。如河流水无阻隔，如渊蓄水深无比。上撑栋梁兴晋室，下救百姓如民意。

　　　　　　　　　　　　　　　　（赵福海译注并修订）

◎ 赠崔温一首五言

卢子谅

▌题解

　　这是赠崔悦和温峤的诗。温峤,字太真,曾任刘琨平北参军、大将军从事郎中等职;崔悦,字道儒。二人同卢谌皆在刘琨麾下供过职。此诗作于晋都洛阳失陷离开刘琨为幽州刺史段匹䃅别驾之时。眺沙漠、望旧京、颂李牧、赞赵奢,表达了诗人渴望兴复晋室,建功立业的思想。

▌原文

　　逍遥步城隅[1],暇日聊游豫[2]。北眺沙漠垂[3],南望旧京路[4]。平陆引长流[5],岗峦挺茂树[6]。中原厉迅飙[7],山阿起云雾[8]。游子恒悲怀[9],举目增永慕[10]。良俦不获偕[11],舒情将焉诉[12]? 远念贤士风[13],遂存往古务[14]。朔鄙多侠气[15],岂惟地所固[16]? 李牧镇边城,荒夷怀南惧[17]。赵奢正疆场[18],秦人折北虑[19]。羁旅及宽政[20],委质与时遇[21]。恨以驽蹇姿[22],徒烦飞子御[23]。亦既弛负担[24],忝位宰黔庶[25]。苟云免罪戾[26],何暇收民誉[27]? 倪宽以殿黜,终乃最众赋[28]。何武不赫赫,遗爱常在去[29]。古人非所希[30],短弱自有素[31]。何以敷斯辞[32],惟以二子故[33]。

注释

〔1〕逍遥:优游自得的样子。　城隅:城角。

〔2〕暇日:闲暇无事之日。　聊:姑且。　游豫:游乐。李善注引曹植《蝉赋》:"始游豫乎芳林。"

〔3〕眺:远望。　沙漠垂:指边陲,边疆。垂,通"陲"。

〔4〕旧京:指洛阳。洛阳为西晋都城,已遭战祸。

〔5〕平陆:平原。　长流:长长的流水。

〔6〕岗峦:山岗。　挺:挺拔。　茂树:茂盛的树木。

〔7〕中原:平原。　厉:猛烈。　迅飚:疾风。飚,同"飙"。

〔8〕山阿:山曲。

〔9〕游子:离家远游的人。此卢谌自称。因其在幽州做官故称游子。

〔10〕永慕:长相思。

〔11〕良俦:良朋,好友。　不获:得不到。　偕:指同游。偕,同"俱"。

〔12〕舒情:抒情。

〔13〕贤士:犹贤人。　风:风范。

〔14〕往古:古代。　务:事业。此指前贤之遗风。

〔15〕朔鄙:北方边陲。朔,北。鄙,边。　侠气:豪侠的风骨。

〔16〕固:指地理险要而坚牢。

〔17〕"李牧"二句:李牧,战国人,赵国戍守北方边境的良将。常驻代、雁门,以备匈奴。匈奴来犯,牧出奇阵,左右夹击,大破匈奴十余万骑,单于奔逃,其后十余年匈奴不敢靠近赵国边境。荒夷,指匈奴。

〔18〕赵奢:战国赵人。惠文王时为田部吏,管收租税。平原君家不纳租,赵奢以法治之,杀掉平原君手下管事者九人。平原君认为是贤才,推荐给惠文王,惠文王让他治理国家赋税,卓有成效。秦兵攻韩,惠文王令赵奢将兵救之,大破秦军。　疆场:边境,边陲。

〔19〕秦人折北虑:吕延济注:"奢守赵界,秦军自摧,无侵北之虑也。"

〔20〕羁旅:在外作客之人。　宽政:宽厚的政治。

〔21〕委质:服虔注《左传》云:"古者始仕,必先书其名于策,委死之质于君,然后为臣,示必死节于其君也。"质,形体。委质,谓为君死节,永无二心。　时遇:一时的恩遇。

〔22〕驽蹇(nú jiǎn 奴简)：比喻庸劣。驽，低能之马。蹇，跛脚。李善注引《王命论》曰："驽蹇之乘，不骋千里之涂。"

〔23〕徒烦：白白劳驾。　飞子：即"非子"。周人，柏翳之后。柏翳舜时主管畜牧，畜大繁。非子亦善养马，熟悉马性。李善注引《史记》曰："大雒生非子，非子居大丘，好马及畜，善养息之。"　御：驾驶车马。

〔24〕弛：免除。

〔25〕忝位：有愧于职位。忝，谦词。宰：主管。　黔庶：平民。

〔26〕罪戾(lì 力)：罪过。戾，罪。李善注引《左氏传》陈公子完曰："免于罪戾，弛于负担。"

〔27〕何暇：那有闲暇。　民誉：百姓之赞誉。

〔28〕"倪宽"二句：倪宽，西汉千乘人。官至左内史。倪宽治民，劝农业，缓刑罚，理狱讼，礼贤下士，不求名声，务得人心，吏民皆信而爱之。他收租税，因年景而宽严，允许农民向官府借贷，因此租多半收不上来。后来有战事，倪宽因收租税在最后，应该免职。百姓知道此事，怕他被免，大户车运，小户肩担，交租者络绎不绝，他收租税由最后变为最先。殿：后。黜(chù 处)：免官。最：先。(事见《汉书·倪宽传》)倪宽，《汉书》作儿宽。

〔29〕何武：西汉大臣。字君公，蜀郡人。李善注引《汉书》曰："何武为大司空，其所居亦无赫名，去后常见思。"　赫赫：显耀盛大的样子。　遗爱：古人仁爱之遗风。　去：指死去。

〔30〕古人：指倪宽、何武。　希：希望，希求。

〔31〕短弱：劣弱，软弱无能。　素：故。

〔32〕何以：以何。　敷：铺陈。　斯辞：指本诗。斯，此。

〔33〕二子：指崔悦、温峤。

今译

悠然自得在城角，闲暇姑且来游乐。北眺沙漠是边陲，南望旧都洛阳路。平原引来水长流，山岗挺拔葱葱树。突然中原暴风起，山曲濛濛生云雾。游子心中常悲愁，举目更增相忆苦。良朋好友不偕同，抒发情怀向谁诉？远想古代贤士风，贤士风范永留驻。北方边陲多豪气，地理形势更险固。李牧镇守边塞城，匈奴不敢向南顾。

赵奢边疆树正气，秦人不敢思赵土。作客在外政宽厚，一心不二报知遇。遗憾用我低资质，徒劳御手如飞子。已经解除我负担，充数主管民事务。但愿免除我罪过，哪想捞取民赞誉。倪宽拖税将革职，百姓终于先完赋。何武没有赫赫名，遗爱却在人逝去。古人风范非所期，自己低能自有故。为何铺陈此诗篇，只是因为二子故。

（魏淑琴译注并修订）

答魏子悌一首 五言　　　卢子谅

题解

魏子悌与卢谌同在刘琨麾下共过职。魏之赠诗已不传,这是对赠诗的答诗。虽属一般赠答之作,然字里行间不乏真情实感。二人在共扶晋室的战斗中结下了深厚的友谊。这是经过血与火考验的友谊:"在危每同险,处安不异易。俱涉晋昌艰,共更飞狐厄。"这是在战斗中与日俱增的友谊:"恩由契阔生,义随周旋积。"尽管相互分手,但彼此的心始终是相通的。

原文

崇台非一干[1],珍裘非一腋[2]。多士成大业,群贤济弘绩[3]。遇蒙时来会[4],聊齐朝彦迹[5]。顾此腹背羽[6],愧彼排虚翮[7]。寄身荫四岳[8],托好凭三益[9]。倾盖虽终朝[10],大分迈畴昔[11]。在危每同险[12],处安不异易[13]。俱涉晋昌艰[14],共更飞狐厄[15]。恩由契阔生[16],义随周旋积[17]。岂谓乡曲誉[18],谬充本州役[19]。乖离令我感[20],悲欣使情惕[21]。理以精神通[22],匪曰形骸隔[23]。妙诗申笃好[24],清义贯幽赜[25]。恨无随侯珠[26],以酬荆文璧[27]。

注释

〔1〕崇台:高台。台,高而平的建筑物,供远眺游观之用。　一干:犹一木。
〔2〕珍裘(qiú 求):珍贵的皮衣。　腋(yè 夜):兽腋下的毛皮。腋,胳肢

窝。李善注引《慎子》曰："廊庙之材,盖非一木之枝(支);狐白之裘,非一狐之皮也。治乱安危存亡荣辱之施,非一人之力。"

〔3〕多士、群贤:皆指众多贤才。 大业、弘绩:二者近义,皆指兴国之业绩。

〔4〕遇蒙:蒙遇,有幸遇到。 时来:时机到来。李善注引《汉书》曰:'蒯通曰:'时乎,时不再来。'"

〔5〕聊:姑且。 颜迹:美行。指在刘琨府内供职。

〔6〕腹背羽:翔禽腹背上的羽毛,无助于飞,此诗人自喻。

〔7〕排虚翮(hé 合):搏击长空的翅膀。以喻魏子悌。翮,羽根。引申为鸟翼之代称。排虚,排空,凌空。《淮南子·原道训》:"鸟排虚而飞。"李善注引《韩诗外传》曰:"晋平公游于河而叹曰:'安得贤士与之乐此也?'船人孟胥跪而对曰:'主君亦不好士耳,何患无士乎?'平公曰:'吾食客,门左千人,右千人,何谓不好士?'对曰:'夫鸿鹄一举千里,所恃者六翮耳。背上之毛,腹下之毳,益一把,飞不为加高,损一把,飞不为加下。今君之食客,门左右各千人,亦有六翮在其中矣。将皆背上之毛,腹下之毳耶?'"诗人以此为喻,言我腹背之毛,愧对六翮之羽。

〔8〕寄身:托身。 荫:荫庇。 四岳:东岳泰山,西岳华山,南岳嵩山,北岳衡山。四岳此喻刘琨。卢谌与魏子悌同僚,皆在刘琨手下任职。

〔9〕凭:靠。 三益:三益友。语出《论语·季氏》:"益者三友。""友直,友谅,友多闻,益矣。"意谓有益的朋友有三种:同正直的人交友,同诚实的人交友,同见识广的人交友,这是有益的。三益,谓子悌。上二句言,己寄身于琨,托好于悌。

〔10〕倾盖:停车两益稍稍向一起倾斜。常用来形容新老朋友相遇亲切交谈的情景。盖,车盖。其状如伞。 终朝:早上。言时短。

〔11〕大分:交情,友谊。 迈:越,超。 畴昔:往昔。畴,语助词,无义。

〔12〕每:常常。 同险:同风险。

〔13〕处安:居安。 易:夷,平。与"险"相反。上二句言同安危,共险夷。

〔14〕俱:同。 晋昌:郡名。

〔15〕更:再,又。 飞狐:边塞名。刘何注云:晋昌、飞狐曾为贼所得,刘琨与谌、悌往伐之,为贼所败,奔安次。"晋昌艰"、"飞狐厄"指此。艰、厄,谓灾难。又何焯《义门读书记》:"晋昌艰即指越石晋阳之败。越石父母为令狐泥所害,谌父兄弟亦为聪所害。阳与昌音相近,传写误也。"

〔16〕契阔:离散。引申为厄难。

〔17〕周旋:追随驰逐,此指应战。上二句言,彼此的恩义,是在与贼逆共同战斗中加深的。

〔18〕乡曲:乡里。　誉:声誉。

〔19〕谬充:充数。　本州役:指被段匹䃅征召为幽州别驾事。役,差使。卢谌涿郡人,涿郡属幽州,故称本州役。

〔20〕乖离:别离。

〔21〕悲欣:悲伤与欣喜。将别,悲;今得相聚,喜。　情惕:心情惊惧。

〔22〕理:与情相对,指道理。

〔23〕匪:非。　形骸:形体。

〔24〕妙诗:美妙的诗篇。指卢谌所赠之诗。　笃好:深厚的友情。

〔25〕清义:常理。　幽赜(zé 责):深奥。

〔26〕恨:遗憾。　随侯珠:宝珠。

〔27〕酬:答谢。　荆文璧:指和氏璧,宝玉。因此璞产于荆山,故称。

今译

高台并非一木支,珍裘亦非一狐腋。才士累累成大业,群贤济济创伟绩。承蒙厚恩机遇来,姑且跻身官府里。羞看自己腹背羽,愧对诸君凌空翅。琨如四岳托荫庇,求好还靠魏兄弟。倾盖相叙虽然短,情谊前人难相比。危难时刻同历险,太平时候共安逸。共同经历晋昌险,一道遭遇飞狐败。深情伴随危难生,厚义贴紧征战起。谁说乡里声誉高,谬充别驾本州里。如今别离使我悲,悲欢离合心惊悸。情理全靠精神通,形体相隔难阻止。君赠妙诗诉衷情,文义贯穿深奥理。遗憾我无随侯珠,回报君之和氏璧。

(赵福海译注并修订)

◎ 答灵运一首 五言

谢宣远

▌题解

谢瞻（宣远）与谢灵运为堂兄弟，几乎同龄，都擅长诗文，且志趣相投，互有赠答。《文选》入选瞻赠灵运诗两首。两人同堂叔谢混都以文学著名当世。"瞻文章之美，与从叔混、族弟灵运相抗。"（并见《宋书》、《南史》谢瞻本传）

这首诗写灵运先以《愁霖诗》相赠，感叹久雨出行艰难，抒发眷念亲人的愁苦。瞻当即回敬此诗，表示深有同感。前六句，描写傍晚雨住放晴，仍然寒意逼人，深感凄凉、孤寂。后八句，抒发彼此怀念之情，并借赠答互相安慰。诗中蕴涵着真挚的兄弟情谊。

▌原文

夕霁风气凉[1]，闲房有余清[2]。开轩灭华烛[3]，月露皓已盈[4]。独夜无物役[5]，寝者亦云宁[6]。忽获《愁霖》唱[7]，怀劳奏所成[8]。叹彼行旅艰[9]，深兹眷言情[10]。伊余虽寡慰[11]，殷忧暂为轻[12]。牵率酬嘉藻[13]，长揖愧吾生[14]。

▌注释

〔1〕霁（jì 季）：雨刚刚停止。　风气：风土气候，亦可略称天气。

〔2〕闲：空虚。　清：冷清；凄清。

〔3〕轩（xuān 宣）：窗户。（依李善注）　华烛：华美的烛火。

〔4〕皓:光亮;洁白。　盈:充满,圆满。

〔5〕物役:语本《荀子·正名》"故向万物之美而盛忧,兼万物之利而盛害……夫是之谓以己为物役矣"。意谓自己为了追求物质享受反而为物所役使。亦泛指为人事、外物所牵累。

〔6〕寝:卧,卧室。　宁:安宁;宁静。

〔7〕忽获《愁霖》唱:意谓突然得到灵运所赠《愁霖诗》。谢灵运《愁霖诗序》云:"示从兄宣远。"(依李善注引)　愁霖:久雨。此以义名篇。　唱:歌,吟。此谓诗歌。

〔8〕劳:慰劳。　奏:呈;敬献。敬辞。

〔9〕行旅:出行,旅行。

〔10〕眷言:眷顾,眷念。言,语助词。语出《诗·小雅·大东》:"眷言顾之,潸焉出涕。"

〔11〕伊余:我。伊,语首助词。语出《诗·邶风·谷风》:"不念昔者,伊余来墍。"　寡:少。

〔12〕殷忧:深忧。

〔13〕牵率:即牵帅。犹谓牵引,拉着。　酬:用诗文相赠答。　藻:辞藻。借指华美的诗篇。

〔14〕长揖愧吾生:即长揖愧于吾生。意谓您的赠诗高超,我的答诗笨拙,实在惭愧对待先生,拱手致敬,略表景仰之情。　长揖:古代不分尊卑的相见礼,拱手高举,自上而下。语本《汉书·高帝纪上》:"郦生不拜,长揖。"　吾生:犹言先生。尊称。　愧:惭愧。

今译

傍晚雨住天气凉,空虚房间多清冷。开窗吹灭华灯烛,皓月满室光辉映。独自夜里无牵累,卧室可谓得宁静。突然得到《愁霖诗》,有感慰劳答歌成。慨叹出行艰难事,依依眷念兄弟情。虽然自身少安慰,深忧暂时为减轻。拉杂酬答君华章,拱手惭愧对先生。

(张厚惠译注　陈复兴修订)

◎ 于安城答灵运一首 五言 谢宣远

题解

　　谢灵运《赠宣远》写于东晋安帝义熙十一年（415）夏，谢瞻（宣远）迟至同年冬才写就《于安城答灵运》诗。谢灵运《赠宣远序》："从兄宣远，义熙十一年正月，作《守安城》，其年夏，赠以此诗，到其年冬，有答。"（依李善注引）当时"宣远为安城守"。安城盖指今安徽寿县附近的安城。

　　这首诗用较多的笔墨称颂谢灵运德才优异，为显赫的谢氏宗族增辉。抒发自己无限景仰之情，阐明两人思想一致，都忧惧政局险恶，请求退避高位，希望远祸，明哲保身。全诗自始至终充满深厚的诚挚的兄弟情谊。开头八句极力赞美谢灵运德才兼备，爵位日增，光宗耀祖。次八句写兄弟手足情深，互亲、互爱、互勉，自叹不如。又次八句主要写自己为官僻远，仕途漫长，吉凶难卜，心中忧愁，怀念亲人。再次八句对照写两人，赞扬谢灵运贤能，在京做官，贬抑自己愚拙，在外供职，隐含悲伤、惆怅之情。最后十句着重描写诗人心境，小步、低飞，畏惧高位，想急流勇退，以求避祸，明哲保身。

原文

　　条繁林弥蔚[1]，波清源愈浚[2]。华宗诞吾秀[3]，之子绍前胤[4]。绸缪结风徽[5]，烟煴吐芳讯[6]。鸿渐随事变[7]，云台与年峻[8]。

　　华萼相光饰[9]，嘤嘤悦同响[10]。亲亲子敦予[11]，贤贤吾尔赏[12]。比景后鲜辉[13]，方年一日长[14]。萎叶爱荣条[15]，涸流好河广[16]。

殉业谢成操[17]，复礼愧贫乐[18]。幸会果代耕[19]，符守江南曲[20]。履运伤荏苒[21]，遵涂叹缅邈[22]。布怀存所钦[23]，我劳一何笃[24]。

肇允虽同规[25]，翻飞各异概[26]。超递封畿外[27]，窈窕承明内[28]。寻涂涂既睽[29]，即理理已对[30]。丝路有恒悲[31]，矧乃在吾爱[32]。

跱行安步武[33]，铩翮周数仞[34]。岂不识高远[35]？违方往有吝[36]。岁寒霜雪严[37]，过半路愈峻[38]。量己畏友朋[39]，勇退不敢进[40]。行矣励令猷[41]，写诚酬来讯[42]。

注释

〔1〕弥：益；更加。　蔚：茂盛。

〔2〕浚：深。

〔3〕华宗：荣显的宗族。　诞：大。　秀：美，此谓才能秀美出众。

〔4〕之子：此子。语出《诗·周南·桃夭》"之子于归"。子，古代对男子的尊称或美称。　绍：继承。　胤(yìn 印)：嗣，后代。

〔5〕绸缪(móu 谋)：缠绵，紧缠密绕。语出《诗·唐风·绸缪》"绸缪束薪"。风徽：美好的风范品德。

〔6〕烟煴(yīn yūn 因晕)：同"细缊"、"氤氲"。指天地阴阳之气的聚合，亦称为元气。　芳讯：美好的音问。

〔7〕鸿渐：犹"鸿渐于干"的略语。谓鸿雁从水中进到岸上，此用以比喻仕进。语出《易·渐》："鸿渐于干。"渐，进。　干：水涯。

〔8〕云台：谓高耸入云的台阁。用以比喻爵位高。　峻：高峻。

〔9〕华萼(huā è 花饿)：即"花萼"。亦作"华鄂"。指花和萼。用花萼相依比喻兄弟相亲。典出《诗·小雅·常棣》："常棣之华，鄂不韡韡。凡今之人，莫如兄弟。"

〔10〕嘤嘤:鸟和鸣声。用以比喻朋友同气相求。典出《诗·小雅·伐木》:"鸟鸣嘤嘤。"郑玄笺:"嘤嘤,两鸟声出。其鸣之志,似于有友道然。" 响:声音。

〔11〕亲亲;意谓亲其所当亲。儒家认为亲亲为仁之本。语出《礼记·中庸》:"仁者,人也。亲亲为大。" 敦:犹敦勉,敦睦。

〔12〕贤贤:意谓尊重德才兼备的贤者。语出《论语·学而》:"贤贤易色。"

〔13〕比景后鲜辉:犹言比景后尔鲜辉。意谓论德才光辉我远远比不上您。景:光,光辉。 鲜:少。

〔14〕方年一日长:犹言方年长尔一日。意谓论年纪我比您稍大一点。典出《论语·先进》:"以吾一日长乎尔。"后来,"一日之长"成为成语,用以表示年纪稍大。

〔15〕萎叶:枯萎落叶。用以自喻。 荣:繁荣,繁茂。

〔16〕涸流:枯竭断流。用以自喻。 涸(hé 貉):水干,枯竭。 河广:黄河宽广。语出《诗·卫风·河广》:"谁谓河广。"

〔17〕殉业谢成操:意谓竭力谋求功业而在成全品德上不免内疚。 殉营:求,竭力谋求。 谢:歉疚,犹言内疚,惭愧。 操:操守,品德。

〔18〕复礼:为古语"克己复礼"的略语。意谓约束自己,使言行回到礼仪上。语出《左传·昭公十二年》:"仲尼曰:'古也有志:克己复礼,仁也。'"而《论语·颜渊》作:"子曰:'克己复礼为仁。'" 贫乐:意谓安贫乐道。古代儒家所提倡的立身处世态度。语出《论语·学而》:"未若贫而乐,富而好礼者也。"

〔19〕会:适逢。 果:成事实。 代耕:指官吏的俸禄。古代官吏的俸禄以农民所耕之田的收入为标准,因官吏不耕而食,故称。语出《礼记·王制》:"诸侯之下士,视上农夫,禄足以代其耕也。"

〔20〕符:为"符竹"、"竹使符"的略语。汉代郡守受竹使符赴任,后代因以指郡守。典出《汉书·文帝纪》:"初,与郡国守相为铜虎符、竹使符。" 曲:犹言偏僻之处。

〔21〕履运伤荏苒:意谓四时运行不停而忧伤光阴流逝。履,行走。 荏苒(rěn rǎn 忍染):时光渐渐过去。语本潘岳《悼亡诗》:"荏苒冬春谢。"

〔22〕涂:通"途"。道路。 缅邈(miǎn miǎo 免渺):遥远,意谓瞻望不及。语本潘岳《寡妇赋》:"遥逝兮逾远,缅邈兮长乖。"

〔23〕布:陈述。 存:问候。 钦:钦佩,敬仰。

〔24〕劳:忧愁。　笃(dǔ 赌):深,深厚。

〔25〕肇允:始信。语出《诗·周颂·小毖》:"肇允彼桃虫。"　同规:意谓彼此规模基础相同。

〔26〕翻飞:上下飞行,飞行轻捷的样子。　异概:意谓彼此才量相异。概,量。

〔27〕迢递:辽远。　封畿(jī 机):京都一带地区。

〔28〕窈窕(yǎo tiǎo 咬挑):幽深的样子。　承明:殿名。

〔29〕暌(kuí 葵):违背,乖离。

〔30〕即理:犹"即事穷理"的略语。意谓就事实探求道理。　对:对立。

〔31〕丝路:小路。李善注:"又丝为蹊。"蹊,小路。　悲:眷顾,眷念。

〔32〕在:存问,惦念。　爱:亲爱,亲爱的人。

〔33〕跬(kuǐ):即"跬步"的略语。半步,相当于同在一步。亦用比喻小步。步武:跟着别人足迹走,用以比喻效法,追随。

〔34〕铩翮(shā hé 杀合):同"铩羽"。羽毛摧落。意谓残羽,残翼。语本左思《蜀都赋》"鸟铩翮"。　数仞:意谓很低。语本《庄子·逍遥游》:"不过数仞而下。"仞,长度单位。西汉指七尺长,东汉末指五尺六寸长。

〔35〕岂不识高远:反诘句。难道不知道远走高飞吗?　识:知道。

〔36〕违:离开。　方:一方,一方面。　吝:顾惜。

〔37〕岁寒:一年的寒冬。　严:厉害。

〔38〕过半路愈峻:意谓走路已经走了全程的一半还要多,而最后的路程将更加严峻困难。典出《战国策·秦策五》:"诗云:'行百里者半于九十。'此言末路之难也。"原意谓走一百里路,走了九十里才算走了一半。

〔39〕畏友朋:即畏友朋友。略称"畏友"。意谓品德端重、使人敬畏的朋友。

〔40〕勇退:犹"急流勇退"的略语。旧时用以比喻官吏在顺利或得意时为了避祸及早引退,明哲保身。

〔41〕励:勉励,劝勉。　令:善,美好。　猷(yóu 游):道,法则。

〔42〕写:描摹,抒发。　诚:赤诚。　讯:问,问讯,问候。

今译

枝繁叶茂林葱茏,源深波涌水更清。荣耀宗族出俊才,唯君继

承谢家风。亲情缠绵德行美,辞气祥和吐音问。仕进伴随时势变,爵位跟着流年增。

花萼互衬添光彩,双鸟和鸣心相应。君以亲情敦勉我,我以贤才颂扬君。攀比荣耀君领先,较量岁数我年尊。枯叶羡慕繁茂枝,断流爱好河广深。

追求功业无所成,修养仁德未安贫。有幸恩遇得俸禄,受命江南守安城。日月运行伤时速,足踏征途叹遥远。抒发胸怀忆贤者,我心愁情何其深。

早年德业规范同,成人腾飞路各异。我离京师为郡守,君居帝宫掌秘记。寻觅道路即乖离,探求事理也相对。古人歧路尚多悲,况我兄弟长别离。

小步行走最安适,残翼飞升求数仞。岂不知道登高远?离开常道有悔恨。隆冬霜雪寒彻骨,历程过半更严峻。自量愚拙愧友朋,急求隐退不敢进。勉励奉行君善言,抒发赤诚酬问讯。

(张厚惠译注 陈复兴修订)

◎ 西陵遇风献康乐一首 五言　谢惠连

▓▓▓ 题解

　　谢灵运与谢惠连为堂兄弟。两人相互敬慕,亲密非常,真是同声相应,同气相求。《文选》录入他们的赠答诗凡三首:灵运赠答各一首,惠连赠诗即此首。

　　宋文帝元嘉七年(430),谢惠连第一次出任官职,不得不告别灵运,离开会稽始宁(今浙江上虞),北上彭城(今江苏徐州),任司徒彭城王刘义康法曹参军。(见《宋书》本传)这首诗大概写于这时或稍后,描写这次赴任途中遇险及其感慨。

　　这首诗着重描写谢惠连乘船远行,途经西陵渡口,遭遇狂风、惊涛、雨雪,被迫滞留冷落沙洲避险,抒发远行之苦和沮丧、凄凉之感,表达了对灵运无限惜别、眷念的手足真情。忧愁充满全诗。开头八句写选择佳期乘船北上,而迟迟不行,不忍离别堂兄灵运等亲人。次八句写登船起航之际,灵运前来饯行,兄弟依依惜别。又次八句写远航道路漫长,风浪颠簸之苦与离情别绪之忧。再次八句写西陵渡口遇险,因狂风大作,惊涛骇浪,雨雪交加,而被迫抛锚避难。最后八句写风浪阻隔多时,凄风苦雨成疾,衰叹不幸,忧思难以排遣。

▓▓▓ 原文

　　我行指孟春[1],春仲尚未发[2]。趣途远有期[3],念离情无歇[4]。成装候良辰[5],漾舟陶嘉月[6]。瞻涂意少惊[7],还顾情多阙[8]。

哲兄感仳别[9]，相送越坰林[10]。饮饯野亭馆[11]，分袂
澄湖阴[12]。凄凄留子言[13]，眷眷浮客心[14]。回塘隐舻
枻[15]，远望绝形音[16]。

靡靡即长路[17]，戚戚抱遥悲[18]。悲遥但自弭[19]，路长
当语谁[20]？行行道转远[21]，去去情弥迟[22]。昨发浦阳
汭[23]，今宿浙江湄[24]。

屯云蔽曾岭[25]，惊风涌飞流[26]。零雨润坟泽[27]，落雪
洒林丘[28]。浮氛晦崖巘[29]，积素惑原畴[30]。曲汜薄停
旅[31]，通川绝行舟[32]。

临津不得济[33]，伫楫阻风波[34]。萧条洲渚际[35]，气色
少谐和[36]。西瞻兴游叹[37]，东睇起凄歌[38]。积愤成疢
痗[39]，无萱将如何[40]？

注释

〔1〕孟春：春季第一个月，即农历正月。

〔2〕春仲：即仲春，春季第二个月，即农历二月。

〔3〕趣(qū 趋)：趋向，奔赴。趣，同"趋"。

〔4〕歇：尽，竭。

〔5〕装：行装，出行时用品。　良辰：好日子，与"吉日"义近。语本《楚辞·九歌·东皇太一》："吉日兮良辰。"

〔6〕漾(yàng 样)：泛，浮泛，荡。　陶：乐，快乐。　嘉月：好月份。语本《楚辞·九怀·危俊》："陶嘉月兮总驾。"

〔7〕涂：通"途"。道路。　悰(cóng 丛)：欢乐。

〔8〕还顾：回顾，回头看。语本《史记·滑稽列传》："疾步数还顾。"　阙(quē 缺)：同"缺"。意谓缺憾。

〔9〕哲兄：意谓富有聪明才智的兄长，此称赞灵运。　仳(pǐ 痞)：仳离，分离。

〔10〕坰(jiōng)林：即"林坰"。遥远的郊野。《尔雅·释地》："邑外谓之

郊,郊外谓之牧,牧外谓之野,野外谓之林,林外谓之坰。"

〔11〕饯饯(jiàn 见):设酒宴送行。语出《诗·邶风·泉水》:"饮饯于祢。"野:郊野。　亭馆:本为两个词,此混言不别,泛指人停留食宿的处所。

〔12〕分袂(mèi 妹):别离。　澄(chéng 呈):水静而清。　阴:水的南面。此谓湖水的南面。

〔13〕凄凄:悲伤的样子。　子:先生。表尊敬。

〔14〕眷眷:依恋不舍。语出《诗·小雅·小明》:"眷眷怀顾。"　浮客:意谓乘船远去的行人。惠连自称。

〔15〕回:曲折。　塘:池塘,即前三句中的"湖"。　舻(lú 卢):船头或船尾,亦泛指船。　枻(yì 亦):楫,桨。一说船舵。

〔16〕远望绝形音:承上句申说,意谓远行者乘船沿曲折池塘前往,送行者长久伫立,极目远望,因视线被挡住,看不见船和人影,因距离太远,也听不见声音。　绝:尽,断绝。

〔17〕靡靡(mǐ 米):迟缓。语出《诗·王风·黍离》:"行迈靡靡。"　即:就,走上。

〔18〕戚戚:忧惧。语出《论语·述而》:"小人长戚戚。"　抱:怀抱,存于心怀。　遥:远。

〔19〕悲遥:与上句"遥悲"义同,亦可看作构成修辞格"顶真"。

〔20〕路长当语谁:反诘句。意谓漫长的道路更增添无尽的忧思,应当向谁倾诉呢?

〔21〕行行(xíng 形):走啊走,走着不停。语本《古诗十九首》:"行行重行行。"

〔22〕去去:意谓离去愈来愈远。　弥:更加。

〔23〕浦阳:为"浦阳江"的略语。亦简称为"浦江"。为钱塘江支流,源出浦江县西,在今浙江省境内。　汭(ruì 锐):水的弯曲处。一说水北称汭。《书·禹贡》:"泾属渭汭。"孔传:"水北曰汭。"

〔24〕浙江:即今钱塘江。古浙水,又名之江,因其多曲折,故称浙江。　湄(méi 眉):岸边。

〔25〕屯云:聚集的云层。　曾(céng 层):通"层",重叠。

〔26〕惊:疾,快。　飞:急速如飞,快速。

〔27〕零雨:下雨。一说断断续续下个不停的雨。语出《诗·豳风·东山》:

"零雨其濛。" 坟:堤岸,高地。 泽:沼泽,聚水的洼地。

〔28〕洒:洒落,散落。 丘:丘陵,低矮小山。

〔29〕氛(fēn 芬):云,云气。 晦(huì 会):昏暗。 巘(yǎn 眼):山峰,峰峦。

〔30〕素:白色,用以指代白雪。 惑:迷惑。意谓分辨不清。 原:原野。畴(chóu 筹):犹言田畴。耕地。

〔31〕曲:弯曲。 汜(sì 四):不流通的小河沟。 薄:通"泊",停泊,停船靠岸。 旅:为"行旅"的略语。出行在外的人。

〔32〕通川绝行舟:意谓本来航运通达无阻的水道而行船绝迹。

〔33〕津:渡口,暗指西陵渡。 济:渡过。

〔34〕伫(zhù 住):久立而等待。 楫(jí 及):桨,划桨,即划船。

〔35〕萧条:寂寞,冷落,凋零。 洲渚(zhǔ 主):泛指江中的小块陆地,亦指江中的沙洲。 际:边。

〔36〕气色:景象。 谐和:即和谐,协调,意谓赏心悦目。

〔37〕西瞻兴游叹:意谓向西望心中不免萌发行路难的哀叹。 瞻:望。游:行走,行路。

〔38〕东睇起凄歌:意谓向东看内心难免兴起旅行的凄凉悲歌。 睇(dì 弟):小看,泛指看。

〔39〕愤:怨恨。 疢(chèn 衬):热病,亦泛指病。 痗(mèi 妹):忧病。

〔40〕萱(xiān 宣):为"萱草"的略语。亦作"谖草"。亦名"忘忧"。古人认为可以使人忘忧的一种草。典出《诗·卫风·伯兮》:"焉得谖草,言树之背。"毛传:"谖草令人忘忧。"

今译

原拟孟春即动身,牵延仲春未成行。奔赴上路远有期,思念不尽离别情。打点行装待吉日,泛舟前往乐良辰。展望前程乐观少,回顾往事遗憾深。

仁兄道别感伤多,远送郊野又一程。饯行郊外亭馆里,握别湖南水清静。挽留对话同悲伤,行客眷念情难分。池塘弯曲隐舟楫,远望隔断匿身影。

迟缓踏上漫长路,忧惧远悲存于心。远悲徒然自制止,路长愁思向谁倾?行走不停路转远,越去越远迟缓增。昨日起锚浦阳北,今天停泊浙江滨。

云层聚集掩重岭,急风涌起飞流惊。断续细雨润丘泽,飘飘雪花洒山林。浮云遮掩峰峦暗,积雪覆盖田野隐。曲塘深处停行旅,通达大河无船行。

面临渡口不得过,风浪阻隔船下帆。寂寞冷落沙洲边,景象惨淡心如焚。西望萌生行游叹,东看兴起凄怆吟。怨恨郁结成疾患,如何忘忧去病根?

(张厚惠译注　陈复兴修订)

还旧园作见颜范二中书一首五言

谢灵运

题解

　　诗人为庐陵王刘义真事，被贬为永嘉太守，事经一年，就辞官回始宁旧园(在今浙江省上虞县境)了。这时是少帝景平元年。文帝刘义隆即位之后，即元嘉三年(426)，又起用灵运。灵运矜持不就。文帝命诗人好友范泰等，带亲笔信至始宁劝说他赴京任事。此诗就是呈献给范泰与颜延之的。颜、范时为中书侍郎。

　　开头四句解题，明白表示还旧园乃是平生愿望。次十句写武帝时被挽留朝中，少帝时遭贬谪出守永嘉的心情。次十句写在永嘉郡守任时的心境与生活。次十四句写文帝时重受征召，以及在始宁墅闲居的情景。末尾四句回应题目，表达归隐之志。

　　全诗概括了武帝、少帝、文帝三个时代的生活，有很强的自传性。诗中没有谈玄说理，没有山水观照，尽是直白叙事。但是，痛定思痛，诗人把自己半生的坎坷阅历推开去，客观化，以一定的距离加以静观，平淡中自出一种浓郁的情趣。遭贬的经历可玩，闲居的生活有味，使回忆与现实相衔接，使情思与阅历相参合，使古人与自我相映衬，是这首诗艺术魅力之所在。

原文

　　辞满岂多秩[1]，谢病不待年[2]。偶与张邴合[3]，久欲还东山[4]。圣灵昔回眷[5]，微尚不及宣[6]。何意冲飙激[7]，烈火纵炎烟[8]。焚玉发昆峰[9],余燎遂见迁[10]。投沙理既迫[11],如邛愿亦愆[12]。长与欢爱别[13],永绝平生缘[14]。浮舟千仞壑[15],总辔万寻巅[16]。流沫不足险[17],石林岂为艰[18]。闽中安可处[19],日夜念归旋[20]。事踬两如直[21],心惬三避贤[22]。托身青云上[23],栖岩挹飞泉[24]。盛明荡氛昏[25],贞休康屯邅[26]。殊方咸成贷[27],微物豫采甄[28]。感深操不固[29],质弱易版缠[30]。曾是反昔园[31],语往实款然[32]。曩基即先筑[33],故池不更穿[34]。果木有旧行[35],壤石无远延[36]。虽非休憩地[37],聊取永日闲[38]。卫生自有经[39],息阴谢所牵[40]。夫子照情素[41],探怀授往篇[42]。

▨▨▨▧ 注释

〔1〕辞满:辞去官职。此指辞去永嘉郡守任。满,骄满,指高位。 多秩:俸禄丰厚。秩,指俸禄。

〔2〕谢病:以病辞官。 待年:等待年老。

〔3〕张邴:张良与邴曼容。张良,字子房,祖与父皆相韩。韩为秦灭,良使刺客狙击秦始皇于博浪沙。后参加刘邦起义军,屡出奇计,助汉定天下。曾说:"今以三寸舌为帝师,封万户,位列侯,此布衣之报,于良足矣。愿弃人间事,欲从赤松子学道轻举。"邴曼容,汉琅玡人。京兆尹邴汉的侄子,为官不肯超过六百石,养志自修,以知足为乐,名气比八叔还大。邴应"辞满"句,张应"谢病"句。 合:志趣契合。这句说自己引退,不是由于怕官当大了遭损,与张邴不完全相同,所以句首加个"偶"字,正在于为下句"久欲"张本。

〔4〕东山:谢安的隐居之地。在始宁(浙江上虞)。李善注引檀道鸾《晋阳秋》:"谢安有反东山之志,每形之于言。"

〔5〕圣灵:圣人。中古时对天子的称谓。此指宋武帝刘裕。写此诗时刘裕已死,所以以"灵"字代"人"字,表其人已死。 回眷:屡次眷顾。指宋武帝受晋禅,任灵运为散骑常侍而言。

〔6〕微尚:自己的高尚志向。指退隐东山。微,表谦。微不足道的意思。 宣:宣明,公开说出。

〔7〕何意:何曾料到。 冲飙:猛烈的风暴。指权臣徐羡之等作乱,杀害庐陵王义真,并株连灵运等贤良事。

〔8〕纵:放纵,腾起。

〔9〕焚玉:玉石俱焚。 昆峰:指昆仑山。李善注引《尚书》:"火炎昆岗,玉石俱焚,天吏逸德,烈于猛火。"此喻徐羡之等贬杀刘义真,胡作非为,残酷无行。

〔10〕余燎:余火,余波,连累。 见迁:被迁徙。指诗人自己受株连,被谪为永嘉太守。

〔11〕投沙:投奔长沙。指汉贾谊被贬谪。谊,洛阳人。年少通诸家书,文帝召为博士,升太中大夫。上书言政事,为大臣所忌,出为长沙王太傅。此以贾谊遭遇自喻。 理:法,执法官。 迫:逼迫。

〔12〕如邛(qióng 穷):往临邛去。指汉司马相如困穷事。相如,汉成都人,字长卿,武帝时以献赋为郎。困穷时曾与其妻卓文君在临邛卖酒谋生。此以喻返始宁墅隐居。 愆(qiān 千):失掉。

〔13〕欢爱:指亲人好友。

〔14〕绝:断绝。 缘:因缘,与友好者的交往。

〔15〕千仞:形容江之深。仞,古时七尺或八尺。 壑:沟壑,指江。

〔16〕总辔:指乘马而行。总,用手掌握。辔,马缰绳。 万寻:形容山之高。寻,古时八尺为寻。 巅:山巅。

〔17〕流沫:波涛激荡迸出的泡沫。应"千仞壑",言舟行之险。

〔18〕石林:山名。一名万安山,大石山。在今河南省洛阳县东南,接近登封县界的地方。应"万寻巅",言陆行之艰。

〔19〕闽中:古郡名。指永嘉。秦时永嘉属闽中郡。

〔20〕归旋:返回乡里。

〔21〕事踬(zhì 至):人生遭遇困顿。踬,困顿,颠扑,指被贬谪。 两如直:指处境顺逆,始终正道直行。《论语·卫灵公》:"子曰:'直哉史鱼,邦有道如矢,邦无道如矢。'"意思是有道无道两种形势下皆正直如矢。

〔22〕心惬(qiè 切):心情愉快。 三避贤:指孙叔敖三次罢离相位而无悔恨之意。李善注:"孙叔敖相楚,三去相而不悔,知其非己罪也。"孙叔敖,春秋时楚国令尹,传三任令尹而不喜,三去职而不悔。此喻灵运三次受宋文帝征召事。

〔23〕青云:青天白云之间。喻出离尘世,逍遥山林。

〔24〕栖:栖居。 挹(yì 邑):合手取水。

〔25〕盛明:昌盛修明。指宋文帝刘义隆之世。 荡:荡涤,清除。 氛昏:黑暗的气氛。指徐羡之、傅亮等。此句指宋文帝诛徐羡之等。

〔26〕贞休:纯正而美善。指宋文帝即位之后的政治措施。 康:安定。屯邅(zhūn zhān 谆沾):处境不顺利。政治局面艰难。

〔27〕殊方:与繁荣发达的中原有别的僻远地方。 咸:皆,都。 成贷:成于贷,由于受到恩施而有所成就。贷,施予,帮助。李善注引《老子》:“夫唯道,善贷且成。”只有道才善于施予,而使之完成。

〔28〕微物:小人物。自谦之词。 豫:参与,受到。 采甄:提拔表彰。宋文帝刘义隆即位,诛徐羡之等,同时征召灵运为秘书监。屡召不就,始派光禄大夫范泰带上自己的亲笔信,至始宁墅劝其赴京任职。

〔29〕操:操守。 不固:不坚定。李善注引《楚辞》:“悲灵脩之浩荡,何执操之不固。”此句用其义。

〔30〕质弱:质性柔弱。 版缠:指外物的牵扯纠缠。以上两句是说应征赴任。

〔31〕曾是:乃是。 反:同“返”。 昔园:旧园。指始宁墅。

〔32〕语往:谈及往事。 款然:忠实诚挚的样子。

〔33〕曩基:昔日打好的屋基。

〔34〕更穿:进一步开凿。

〔35〕旧行:指旧时所植的树已成行。

〔36〕壤石:泥土石块。指建筑材料。 远延:到远处运来。延,引,运来。

〔37〕休憩:休养。

〔38〕永日:长日。 闲:悠闲,静闲。

〔39〕卫生:护生全命。 经:道理。李善注引《庄子》:“南荣趎曰:‘愿闻卫生之经而已矣。’老子曰:‘卫生之经乎? 能抱一乎? 能勿失乎? 能与物委蛇而同其波乎? 是卫生之经也。’”

〔40〕息阴:息影。指退职隐居。 谢:辞退,摆脱。 所牵:指尘世俗务的牵累。

〔41〕夫子:指颜延之、范泰。 照:洞察,了解。 情素:真实心情,本心。素,实。

昭明文选
译注

〔42〕探怀：表达内心。　授：赠与。　往篇：叙述往日心志与经历的诗篇。即指本诗。

今译

　　不做高官岂因俸禄多，以病辞职不必待老年。意与张邴只是偶然合，心里早想隐退回东山。圣灵昔日多次相挽留，微贱心志来不及明言。何曾料得风暴骤然至，噬人烈火腾跃升浓烟。玉石俱焚起自昆仑峰，余火蔓延我也遭徙迁。贾谊贬长沙我放永嘉，相如隐临邛我难如愿。长年孤寂与亲友别离，永久隔绝平生断往还。乘舟渡过险要的大江，骑马穿越峻峭的山巅。惊涛溅沫不足以言险，石林山高岂可以谓艰。闽中荒僻怎能久安身，日夜思念何时得归返。处境困穷坚持正道行，屡受征召辞让不赴任。远离尘世身处青云上，栖居深山捧饮泉水甜。光明荡除黑暗妖氛扫，美善平定困难旧局面。远方尽享朝廷恩德厚，卑微如我也荣受征聘。感慨颇深操守不再坚，性情柔弱最易受感染。回想归返昔日故庄园，畅叙往事亲情更纯真。祖传老屋原先筑得牢，旧时水池不需再凿穿。果树花木老早已成行，砖瓦石块不必远处搬。此园虽非理想休息地，暂且可得长时心境闲。养生保命古有真经典，悠然隐退不受俗事牵。愿得先生体察我心性，呈上表我宿志诗一篇。

（陈复兴译注并修订）

登临海峤与从弟惠
连一首五言

谢灵运

　　这首诗写于诗人辞去宋文帝刘义隆授侍中一职，重回会稽始宁之后。临海，郡名，今浙江省天台县。峤，尖顶的高山。强中，地名。李善注引谢灵运《游名山志》："桂林顶，远则嵊尖强中。"今嵊县嶂山下有强口，或即其地。其时，诗人常与族弟谢惠连，以及何长瑜、荀雍、羊璿之等（时称四友），诗酒唱和，"以文章赏会，共为山泽之游"。

　　诗中描写远至临海郡游山。大概是率数百人，伐木辟山，被地方官疑为山贼的那一次。诗的基调不是山水景色，而是由与族弟惠连江边告别，以及登山进程中产生的愁思离绪构成的。

　　诗很讲究章法，富有严整性、和谐性。八句一章，共四章。前章结末一词即后章开头一词。反复迭唱，流转自然，颇有音乐之美。

　　正面写山景，只有"秋泉鸣"、"哀猿响"一联。以猿之"鸣"写泉，以泉之"响"写猿。有生者与无生者相应相浑，意境空远而宏阔。

　　杪秋寻远山[1]，山远行不近[2]。与子别山阿[3]，含酸赴脩轸[4]。中流袂就判[5]，欲去情不忍[6]。顾望脰未悁[7]，汀曲舟已隐[8]。

　　隐汀绝望舟[8]，鹜棹逐惊流[10]。欲抑一生欢[11]，并奔千里游[12]。日落当栖薄[13]，系缆临江楼[14]。岂惟夕情敛[15]，忆尔共淹留[16]。

淹留昔时欢[17]，复增今日叹[18]。兹情已分虑[19]，况乃协悲端[20]。秋泉鸣北涧[21]，哀猿响南峦[22]。戚戚新别心[23]，凄凄久念攒[24]。

攒念攻别心[25]，且发清溪阻[26]。暝投剡中宿[27]，明登天姥岑[28]。高高入云霓[29]，还期那可寻[30]。傥遇浮丘公[31]，长绝子徽音[32]。

注释

〔1〕杪(miǎo 秒)秋：暮秋。农历九月。

〔2〕近：跟前。

〔3〕子：你。指惠连等。　山阿：山中的曲处。

〔4〕脩轸(zhěn 枕)：长长的田间路。轸，当为"畛"。

〔5〕中流：流中，江河中间。　袂(mèi 妹)：衣袖。　就判：分别。

〔6〕情：心情。

〔7〕顾望：回头望。　脰(dòu 豆)：头颈。　悁(juàn 卷)：疲倦。李善注引《说文》："痟，疲也。痟与悁通。"

〔8〕汀曲：水湾。　隐：隐没。

〔9〕绝望：望不到。

〔10〕鹜棹(wù zhào 务照)：水上急驰的舟船。棹，一种划船的工具，此代船。　逐：追逐。　惊流：激流。

〔11〕抑：止，尽。有享尽的意思。

〔12〕并：共同。李善注引《列子》："公孙朝曰：'欲尽一生之欢，穷当年之乐。'"　以上两句说心想与从弟惠连一生共同欢乐，永不分离，一起做千里远游，相伴而行。以想象中的尽乐同游，写眼前的别苦与孤独。

〔13〕栖薄：停泊。栖，栖息，止息。薄，同"泊"。

〔14〕缆：拴船的绳索。　临江楼：楼名。灵运《游名山志》："从临江楼步路南上二里余，左望湖中，右傍长江也。"

〔15〕岂惟：岂只。　情敛：情虑聚集于心。敛，聚。

〔16〕尔:你。指谢惠连。 淹留:滞留,停留。以上两句说不只由于天晚而离愁郁结于心,想到与你曾经逗留临江楼,则更增悲愁之绪。

〔17〕欢:指往日与惠连来此淹留之欢。

〔18〕复增:更增。 叹:悲叹。

〔19〕兹情:此情。指离愁别恨。 分虑:分外忧虑。

〔20〕协:合,契合。 悲端:指秋天。秋日万物肃杀,令人心悲,故谓之悲端。

〔21〕北涧:北面流水的山谷。

〔22〕南峦:南面的山峦。

〔23〕戚戚:悲伤的样子。 新别:刚刚离别。

〔24〕凄凄:悲伤的样子。 久念:旧时的怀念。 攒(cuán):聚集,凝结。

〔25〕攒念:攒聚于心的旧念。 别心:离别忧愁的心绪。

〔26〕清溪:溪名。 阴:水之南。

〔27〕暝:晚上。 剡(shàn 善)中:指剡县。古属会稽郡,今浙江省嵊县。

〔28〕天姥(mǔ 母):剡中山名。在今浙江省新昌县东,近天台山。 岑(cén 涔):小而高的山。

〔29〕霓:虹,日光斜照空中水气反映的光彩。

〔30〕还期:指旧路。

〔31〕傥:倘若。 浮丘公:古仙人名。李善注引《列仙传》:"王子乔好吹笙,道人浮丘公接以上嵩山。"

〔32〕长绝:永远断绝。 徽音:德音。此喻音信,嘉讯。

今译

晚秋遨游访远山,山远难以到跟前。与你告别山湾处,奔赴大路心悲酸。挥手江中就此别,人将离去情难忍。回头凝望颈不倦,江水湾处舟已隐。

船隐江中帆影断,飞船追逐江急流。与你欲尽终生欢,携手共奔千里游。日落将至彼岸泊,停船重登临江楼。岂只夕阳逗离情,更忆与你共停留。

昔时留此同欢欣,今日忆起增悲愁。离情郁结分外苦,更兼秋

75

景愈凄寒。秋泉淙淙响北谷，哀猿啼叫鸣南山。初别愁绪心内酸，回忆旧情愁更添。

忆旧触动离别心，明朝出发清溪岸。夜晚投宿剡中地，黎明攀登天姥山。山势高高入云霄，归返旧路无处寻。若遇仙人浮丘公，与你永远断音讯。

（陈复兴译注并修订）

◎ 酬从弟惠连一首 五言　　谢灵运

▨ 题解

　　灵运与惠连不只是同族兄弟,而且是意气相投交游酬唱的文友。在失意潦倒中,惠连安慰了他的一颗孤寂的心。大约元嘉六年春,惠连从始宁赴京,过钱塘江,曾有一首《西陵遇风献康乐》诗寄给灵运。此诗是灵运的酬作。

　　全诗五首,五换韵。每首八句,开头一词都是前首最后一词的迭唱。这是酬作,也在用意模拟惠连献诗的体式。

　　晤对相得,分离相思,直白的叙述中饱含浓郁的人情。且时有意象显豁之句迸然而出,确有出水芙蓉自然可爱之感。

▨ 原文

　　寝瘵谢人徒[1],灭迹入云峰[2]。岩壑寓耳目[3],欢爱隔音容[4]。永绝赏心望[5],长怀莫与同[6]。末路值令弟[7],开颜披心胸[8]。

　　心胸既云披[9],意得咸在斯[10]。凌涧寻我室[11],散帙问所知[12]。夕虑晓月流[13],朝忌曛日驰[14]。悟对无厌歇[15],聚散成分离[16]。

　　分离别西川[17],回景归东山[18]。别时悲已甚[19],别后情更延[20]。倾想迟嘉音[21],果枉济江篇[22]。辛勤风波事[23],款曲洲渚言[24]。

洲渚既淹时〔25〕，风波子行迟〔26〕。务协华京想〔27〕，讵存空谷期〔28〕。犹复惠来章〔29〕，祇足搅余思〔30〕。倘若果归言〔31〕，共陶暮春时〔32〕。

暮春虽未交〔33〕，仲春善游邀〔34〕。山桃发红萼〔35〕，野蕨渐紫苞〔36〕。鸣嘤已悦豫〔37〕，幽居犹郁陶〔38〕。梦寐伫归舟〔39〕，释我吝与劳〔40〕。

注释

〔1〕寝瘵(zhài 寨)：卧病。瘵，多指肺痨病。　谢：谢绝，远离。　人徒：人众。此指在位的贵官显宦。

〔2〕灭迹：形迹隐退。李善注引《太玄经》："老子行则灭迹，立则隐形。"灭，与"隐"互见。　云峰：高入云霄的山峰。此即诗人隐居的东山。

〔3〕岩壑：指山水。　寓：寓寄，寄住。

〔4〕欢爱：情谊笃厚的好友。指庐陵王刘义真，宋武帝刘裕次子，聪慧好文辞，与诗人交往甚密。后遇害。　隔：隔世。义真已死。一在人世，一入冥府，所以谓"隔"。

〔5〕赏心：心情欢乐。　望：希望。

〔6〕长怀：长久怀念。　与同：与之(指义真)同游。以上几句写对故友义真的怀念和个人心情的孤寂。

〔7〕末路：指衰老落寞。　值：正好遇到。　令弟：指从弟谢惠连，甚得诗人器重，两人往来甚密，情谊殷厚。

〔8〕开颜：面露笑容，心情畅快的表情。　披：坦露。　心胸：指心里话。

〔9〕云：语助词。

〔10〕意得：心情悠然自得。　斯：指与惠连"披心胸"。

〔11〕凌涧：越过山涧。　寻：寻访。

〔12〕散帙(zhì 秩)：打开包书的布套。意即翻开书本。　所知：指古今所知之事。

〔13〕虑：顾虑，担心。与下句"忌"互见。　晓月：晨月。指天亮。

〔14〕曛(xūn 熏)日：落日。曛，黄昏。刘良注此两句："欣然相乐，朝夕不疲，畏日月之流驰。"

〔15〕悟对:会面谈心。　厌歇:满足停止。

〔16〕聚散:指人事变化,有聚必有散。李善注:"言事无常,故聚而必散,成有分离也。"

〔17〕西川:指浦阳江。可能因浦阳江在始宁墅之西,故谓"西川"。惠连赴京华,灵运曾于此送别。其《西陵遇风献康乐》诗有"哲兄感别离,相送越坰林"、"昨发浦阳汭,今宿浙江湄"之句可证。

〔18〕回景:回身。转身。景,通"影",身影。　东山:灵运所居之处。

〔19〕甚:很。

〔20〕情:指离别之情。　延:深长。

〔21〕倾想:深深想念。　迟:待,等候。　嘉音:令人高兴的音讯。

〔22〕果:果然。　枉:枉你赐寄。表谦的说法。　济江:渡江。　篇:诗篇,即惠连《西陵遇风献康乐》一诗。

〔23〕风波:指惠连由浦阳江出发,至钱塘江夜宿而遇暴风雨事。

〔24〕款曲:衷曲。此指亲切感人。　洲渚:指钱塘江岸。以上两句皆指惠连《西陵遇风献康乐》诗意。

〔25〕淹时:久留之时。

〔26〕子:你。指惠连。　行迟:耽误行程。

〔27〕务协:尽快实现。务,邃,迅速。协,合。此有使行动与想法相合,即实现之意。　华京:京华。指刘宋都城建康(今南京市)。

〔28〕讵(jù巨):岂,怎么。　存:存念,心里惦念。　空谷:人迹罕至的山谷。此指诗人隐居的东山。　期:期许,约定。以上两句是说你虽然一心想着赶快到达京城,却没有忘记隐居东山的我。以此连属下四句。

〔29〕惠:赐予。表敬的说法。与"枉"相对。一以尊人,一以自谦,皆表礼让恭敬。　来章:寄来诗章。即指惠连《西陵遇风献康乐》一诗。

〔30〕祇:仅只。　搅:搅动,激起。　余思:稍得平静的思绪。

〔31〕果:实现。　归言:归还的诺言。

〔32〕共陶:共同享乐。

〔33〕未交:未至。

〔34〕仲春:农历二月。

〔35〕红萼:红色的花萼。

〔36〕野蕨(jué决):野菜。蕨,羊齿类植物,春发嫩叶。　渐:初生。　紫

苞：未舒展开的紫色嫩叶。

〔37〕鸣嘤：鸟鸣声。　悦豫：愉快安闲。《诗经·伐木》："嘤其鸣矣，求其友声。"此句以鸟之得友反衬我之离友。

〔38〕郁陶：忧愁郁闷。指对友人的忧思之情。

〔39〕梦寐：睡梦。　伫：立望。

〔40〕吝(lìn 蔺)：鄙吝，肤浅庸俗。　劳：忧劳愁苦。

今译

卧病东山远离开人间，形迹隐遁在云中山峰。山色水声皆送入耳目，故友谢世再不见音容。永远断绝游赏山水乐，久久怀念难得志趣同。潦倒衰颓恰逢贤族弟，眉眼含笑彼此吐心胸。

心胸吐露交游见真诚，悠然自得情趣皆在此。跨越溪涧寻访我居室，翻开书卷相问古今事。夜谈话长唯恐晨月落，昼见情深怕近黄昏时。对面晤谈从无厌倦感，人生变故相聚又分离。

分离之日送君浦江边，回返归途终日居东山。离别时刻难抑心内酸，离别过后愁情更其深。全心倾注等候好音讯，果然赠我渡江作诗篇。险遇风涛一路多辛苦，江畔受阻言辞感人心。

江畔受阻耽误时间久，风涛阻挠行程已拖延。一心向往尽速入京华，岂念空谷再会有诺言。犹能寄来述险惜别诗，只足牵我余愁上心弦。倘若实现归来预约言，共赏暮春佳景乐陶然。

暮春这里虽然尚未到，仲春时节恰好做游遨。山桃树上红蕾挂满枝，野蕨丛生紫叶正丰茂。山鸟嘤鸣相伴多愉悦，独自隐居离情似煎熬。梦里也盼有日乘舟归，帮我消释鄙俗与忧劳。

（陈复兴译注并修订）

◎ 赠答四 ◎

◎ 赠王太常一首 五言

颜延年

▓ 题解

本诗为赠王僧达。太常,官名。僧达早慧,得文帝爱重,召见于德阳殿。以临川王义庆女妻之。少好学,善属文。年未二十,为始兴王后军参军,迁太子舍人。为宣城太守,曾入卫京师,攻讨弑逆。性情放达,自负才地,终不得志。后赐死。

延之赠诗,前半颂赞。“玉水”六句喻僧达内怀才智,自然外现。“历听”六句述其文采德风,灼耀乡邦。后半追忆。“侧同”六句述往昔共同幽居之景。“静惟”六句抒遥怀故旧乐往悲来之情。

王氏有《答颜延年》,即对本诗的酬答。颜王情真义笃,两诗映衬互见。

▓ 原文

玉水记方流[1],琁源载圆折[2]。蓄宝每希声[3],虽秘犹彰彻[4]。聆龙睐九泉[5],闻凤窥丹穴[6]。历听岂多工[7],唯然觏世哲[8]。舒文广国华[9],敷言远朝列[10]。德辉灼邦懋[11],芳风被乡耋[12]。侧同幽人居[13],郊扉常昼闭[14]。林闲时晏开[15],亟回长者辙[16]。庭昏见野阴[17],山明望松雪[18]。静惟浃群化[19],徂生入穷节[20]。豫往诚欢歇[21],

悲来非乐阕[22]。属美谢繁翰[23]，遥怀具短札[24]。

注释

〔1〕玉水：藏玉之水。　方流：指水流波澜呈方形。

〔2〕琁源：藏珠的源泉。　圆折：指水波曲折呈圆形。以上两句李善注引《尸子》："凡水，其方折者有玉，其圆折者有珠也。"意思是说藏玉的流水，波澜现出方形，藏珠的泉水，波澜则现出圆形。喻善德俊才，虽隐必现。

〔3〕蓄宝：藏有珍宝。宝，指珠玉。　每：常常。　希声：声音微弱不响。希，通"稀"。稀薄，薄弱。《老子》："大音希声，大象无形。"

〔4〕秘：隐秘不外现。　彰彻：彰明显著。以上两句意思说蓄藏水中的珠宝，在波澜荡漾之下声音微弱不显，即使隐秘不显也终会彰明外现，比喻人的贤才善德虽隐而不显，终将外现于世。

〔5〕聆龙：细听龙吟。　瞭(qì 气)：视。　九泉：九重之泉，深水。

〔6〕丹穴：传说山名，凤凰所居。

〔7〕历听：遍听。指"聆龙"、"闻凤"。

〔8〕唯：独。　觏(gòu 构)：见。　世哲：当代才德杰出的人。此指王僧达。以上两句意思说遍听龙吟凤鸣，世间岂有那样工于文辞之士，唯独王僧达才堪称一代才俊。

〔9〕舒文：舒展文采。　国华：国家的光华。

〔10〕敷言：铺展言辞。　朝列：一朝的盛美。朝，一个朝代。列，通"烈"，光明，盛美。以上两句赞美王僧达的文章，说他舒展文采使国家光华扩大，敷布言词让一代盛美远扬。

〔11〕灼：发光，照耀。　邦懋：邦国的盛大。懋，盛大，繁盛。

〔12〕芳风：芬芳的德风。　被：遍及。　乡耋(dié 叠)：故乡的老者。此延之自称。颜氏王氏皆琅玡临沂人。以上两句赞美王僧达的道德，意为其道德光辉，照耀邦国更加兴旺，其芬芳的风范也使故乡老者受到感染。

〔13〕侧：不敢言正，表谦之词。　幽人：隐居弃世之士。此指王僧达。

〔14〕郊扉：效野之门。即柴门。

〔15〕林间：里门。林，指野外。间，里门。　时：经常。　晏：晚。

〔16〕亟：屡。　回：回转。　长者：指达官显贵。　辙：车辙。指车驾。以上两句意思说因地处林野，里门又经常晚开，所以贵显者造访则屡屡回转车

驾而去。

〔17〕野阴:林野的阴云。

〔18〕松雪:松间的积雪。吴伯其说:"庭为野阴所侵而昏,山因松雪所映而明。"(《六朝选诗定论》)

〔19〕静惟:静思。 浃:及。 群化:万物的变化。

〔20〕徂生:有生之年即将过去。徂,往。 穷节:穷暮之时,指垂老之年。以上两句意思说静思万物变化不息之理,感到有生之年将成过去,即入垂老之时。

〔21〕豫:安乐。 歇:止。

〔22〕阒:终。张铣注以上两句说:"逸乐之往,信欢之息也;凡奏乐而喜,乐阒而悲。言今悲来自伤,不因乐阒。"

〔23〕属(zhǔ 煮)美:写作诗文而颂其善美之德。属,属文,连缀词句而成文章。 谢:惭愧。 繁翰:华美的文词。翰,鸟羽,毛笔,文词。

〔24〕具:具备,完成。 短札:短信。此指这首赠诗。

今译

藏玉之水流势呈方形,沉珠之泉波澜起圆圈。深蓄珍宝音声常微弱,即或隐秘彰明必外现。细聆龙吟须察九重泉,耳闻凤鸣必视丹穴山。遍听龙凤天下文岂美,唯独见君一代真才俊。舒展文采国光得发扬,铺排言词美德传播远。德行之辉照耀家邦盛,芳美之风感化老乡邻。有幸与隐士共同闲居,郊野柴门白日也常关。林间里门终年开得晚,显贵车马屡次皆回转。庭前昏暗近见野云阴,山间明媚远望松雪寒。静思万物悟出变化理,生命将逝忽入垂暮年。逸乐过去诚然欢欣尽,悲伤自来非因停管弦。作文颂美愧无华词藻,遥相怀念情注短诗篇。

(陈复兴译注并修订)

夏夜呈从兄散骑车长沙一首 五言

颜延年

题解

本诗是延之给从兄颜敬宗和车仲远的赠诗。

元嘉十一年(434),延之因触犯权要刘湛,出为永嘉太守,又因写作《五君咏》,抒发愤懑,而至免官,令思过乡里。此后,隐居不与世事,约七年之久。本诗当作于此间。

前两句解题。次六句描写仲夏夜景,气氛寂静,心情孤索。听风睇月、夜蝉阴虫之句,清新隽永,一洗雕琢之习。后六句以时序之变寓身世之变,因怀人意切,而心事不宁,回应题目。

由炎天暑气预感秋虫哀鸣、荃蕙凋零,以岁候写物变,以物变寓世变,是本诗构思之妙。

原文

炎天方埃郁[1],暑晏阕尘纷[2]。独静阙偶坐[3],临堂对星分[4]。侧听风薄木[5],遥睇月开云[6]。夜蝉当夏急[7],阴虫先秋闻[8]。岁候初过半[9],荃蕙岂久芬[10]。屏居恻物变[11],慕类抱情殷[12]。九逝非空思[13],七襄无成文[14]。

注释

〔1〕炎天:夏日。 埃:尘埃,随风扬起的灰土。 郁:积。
〔2〕暑晏:暑天的夜晚。 阕:息,止。 纷:乱。

〔3〕阙:同"缺",无。　偶:对。

〔4〕星分:以星分夜,以星辰的升落而知夜时的早晚。此指星辰的升落。此句临堂独坐,观参星升落,正是长夜不眠,怀人心切的情状。

〔5〕侧听:侧耳倾听。　薄:迫,激荡。

〔6〕睇(dì 弟):视。

〔7〕急:指蝉鸣声急切。

〔8〕阴虫:指蟋蟀。　先秋:秋之前。

〔9〕岁候:岁时物候。此指由物候显示的岁时变化,如夏则蝉噪,秋则蛩吟。　过半:指岁时度过一半,即夏将去而秋来。

〔10〕荃蕙:两种香草名。以上两句意思说虽正值仲夏却闻秋前蟋蟀之鸣,而知一年时序已然过了一半,香草荃蕙岂能永久散发芬芳?因以自伤。

〔11〕屏(bǐng 饼)居:闲居,隐居。　恻:悲恻,感伤。　物变:物类的变化。

〔12〕慕:思慕,思念。　类:同类,朋友。此指颜敬宗、车仲远。　殷:忧伤。

〔13〕九逝:指神思往复。逝,往。　空思:空自悲思。

〔14〕七襄:指白昼自卯至酉的七个时辰。襄,反,反复,每个时辰更移一次,故谓七襄。典出《诗·小雅·大东》:"跂彼织女,终日七襄。"意谓那个织女(星名),一日七辰,至夜而反复,却不见有织物。　文:文采,花纹,指有文采的织物。此句以织女终日反复而无织物,比喻思友心切,终日不宁,难成文章。

![今译]

炎夏风起灰埃正飞扬,暑气晚消尘土渐廓清。独自静坐面前无亲友,身临厅堂对望参星明。侧听夜风激荡袭树木,遥望圆月破云照太空。夜里蝉噪仲夏声声急,阴处蟋蟀秋前唧唧鸣。物候显示时序将过半,荃草蕙草岂能久芬芳。闲居感伤万物变化速,想慕朋辈胸怀满悲伤。心事往复并非空思虑,终日不宁文章也难成。

(陈复兴译注并修订)

直东宫答郑尚书一首 五言 颜延年

题解

本诗当作于宋武帝永初元年(420)八月。

六月刘裕代晋即帝位,八月立王太子为皇太子,延之为太子舍人。郑鲜之,字道子,开封人。入宋迁太常,都官尚书。为人刚直不阿,曾奏弹自己的外甥权重一时的刘毅。议政率直不隐,诘难高祖,不稍宽假,常使词穷理屈。此种品格风范与延之正相通契,自然流露于诗。

前四句述尚书省与太子宫两相阻隔及彼此所处的环境气氛。次八句述思念鲜之情深意切,至于清夜难眠。后八句述感慨鲜之赠诗,倾慕其节操似高松,感激其知友诚实旧惯。

全诗充满挚友间的思念钦敬之情。流云皓月之景深蕴诗人心怀意绪,用语清丽,并无雕琢。

原文

皇居体环极[1],设险祗天工[2]。两闱阻通轨[3],对禁限清风[4]。跂予旅东馆[5],徒歌属南墉[6]。寝兴郁无已[7],起观辰汉中[8]。流云蔼青阙[9],皓月鉴丹宫[10]。踟蹰清防密[11],徙倚恒漏穷[12]。君子吐芳讯[13],感物恻余衷[14]。惜无丘园秀[15],景行彼高松[16]。知言有诚贯[17],美价难克充[18]。何以铭嘉贶[19],言树丝与桐[20]。

注释

〔1〕皇居：皇帝的宫室。　体：效法，模仿。　环极：众星环绕北极星。

〔2〕设险：布设险阻，指守卫。　祇(zhī 知)：恭敬。此有侍奉意味。　天工：天宫，天帝之宫。此指代行天意的君主。李善注引《尚书》："天工，人其代之。"

〔3〕两闱(wéi 围)：指东宫与中台。延之时为太子舍人，当值东宫；鲜之为尚书，在中台，即尚书省。　通轨：通道。

〔4〕对禁：东宫与中台俱在宫禁之中，故谓对禁。　清风：高洁的德风。指郑鲜之。

〔5〕跂(qǐ 气)：举踵。　东馆：东宫。

〔6〕徒歌：无乐器伴奏的歌唱。　属(zhǔ 主)：注。此谓心思专注。　南墉(yōng 庸)：指中台。李善注："尚书为中台，在南，故曰南墉。"

〔7〕寝兴：卧起。此指夜寝之时。　郁：忧思。

〔8〕辰汉：皆星宿名，即大火星与天河。

〔9〕流云：行云。　蔼：阴暗。　青阙：青黑色的门楼。

〔10〕鉴：照。　丹宫：朱红色的宫宇。

〔11〕踟蹰：不安的样子。　清防：屏风。

〔12〕徙倚：往来徘徊。　漏：刻漏。古计时器。　穷：尽。刘良注："漏尽谓至晓不寐。"

〔13〕君子：指郑鲜之。　芳讯：美好的信息。此指郑鲜之所赠诗。

〔14〕物：指郑诗中所言之事。　恻：悲恻。　衷：内心。

〔15〕丘园：丘墟园圃。指隐居之所。

〔16〕景行：高尚的德行。　高松：喻高洁的品格。此指郑鲜之的品格。

〔17〕言：言辞。此指郑鲜之赠诗。　诚贯：诚心旧惯。贯，通"惯"，习惯。

〔18〕美价：美善的声誉。此指郑诗对延之的赞美。　克：能。　充：充任，领受。

〔19〕铭：铭刻于心。永远不忘。　嘉贶(kuàng 况)：美好的赐予。指郑鲜之赠诗。

〔20〕树：立。此指设置。　丝与桐：制作琴瑟的两种材料，指琴瑟。

今译

　　皇宫像是众星环北极,禁卫森严侍奉天帝宫。东宫中台通道互隔绝,两处相对德风难得见。举首翘望客居太子宫,独自歌吟情思系城南。夜不成眠郁闷永无尽,起身静观银河横西天。流云飘过楼阙变阴暗,皓月照耀宫宇银辉闪。烦恼不安屏风愈寂静,徘徊难宁漏尽已清晨。君子赠来音讯多芳香,感慨世事我心满悲酸。痛惜终无隐居丘园美,仰慕高松德行更坚贞。知君言辞诚实仍旧惯,美善声誉才薄难承担。何以铭记珍贵诗篇妙,设置琴瑟长奏在堂前。

（陈复兴译注并修订）

◎和谢监灵运一首五言 颜延年

▌题解

本诗作于文帝元嘉三年(426)三月。

永初三年(422)五月,武帝卒,太子义符立,是为少帝。时权臣徐羡之、傅亮辅政。庐陵王义真,素好文学,器重颜延之、谢灵运等,接遇颇厚,引起徐等猜忌。于是,颜出为始安郡守,谢外放永嘉郡守。义真同时被杀。

元嘉三年正月,文帝诛徐、傅等。三月征延之为中书侍郎,灵运为秘书监,多所赏遇。颜谢还京之后,谢有《还旧园作见颜范二中书》诗,颜作此诗相和。

前八句述少时的人格理想,以及武帝给予的恩遇。次十句述少帝时世事昏乱,以及个人远放外郡的经历和对朋友的怀念。次十句述文帝时所受的征召知赏,以及个人的端操守贞之志。末六句述谢诗情词之美与己和诗之意。

全诗自述在南朝宋武、少、文帝三世的宦海浮沉,表达对人格理想的追求。处顺处逆,得意失意,始终无玄素之变与雀雉之化,坚持自我人格的独立完整,亦所谓"鸾翮有时铩,龙性谁能驯"(《五君咏》)之意。

▌原文

弱植慕端操[1],窘步惧先迷[2]。寡立非择方[3],刻意藉穷栖[4]。伊昔遘多幸[5],秉笔侍两闱[6]。虽惭丹腾施[7],

未谓玄素睽^[8]，徒遭良时诐^[9]，王道奄昏霾^[10]。人神幽明绝^[11]，朋好云雨乖^[12]。吊屈汀洲浦^[13]，谒帝苍山蹊^[14]。倚岩听绪风^[15]，攀林结留荑^[16]。跂予间衡嶠^[17]，曷月瞻秦稽^[18]。皇圣昭天德^[19]，丰泽振沉泥^[20]。惜无爵雉化^[21]，何用充海淮^[22]。去国还故里^[23]，幽门树蓬藜^[24]。采茨葺昔宇^[25]，翦棘开旧畦^[26]。物谢时既晏^[27]，年往志不偕^[28]。亲仁敷情昵^[29]，兴赋究辞栖^[30]。芬馥歇兰若^[31]，清越夺琳珪^[32]。尽言非报章^[33]，聊用布所怀^[34]。

注释

〔1〕弱植：软弱立身之日。指年少之时。植，立。　端操：正直的节操。

〔2〕窘步：急步。　先迷：迷先，迷失先贤的正道。先，先贤，有端操的前辈。以上两句的意思说，在少小之时即倾慕节操刚直的前辈，急步追随其德行，常恐迷失前贤所导引的方正之道。

〔3〕寡立：缺少立身之本。　方：方正之道。

〔4〕刻意：遏制情欲。　藉：假借，凭借。　穷栖：清贫的隐居。以上两句意思说，因为缺少立身之本不能选择方正之道以济世，所以只能暂借清贫的隐居来成就自己的德操。

〔5〕伊：语助词。　遘（gòu 够）：遇。

〔6〕秉笔：执笔。　侍：服事。　两闱：即两闱，两宫。此指上台和东宫，即武帝和太子。刘裕即皇帝位，延之补太子舍人，又徙尚书仪曹郎、太子中舍人等。

〔7〕丹臒（wò 握）：红色的颜料。此喻皇帝的恩泽。

〔8〕玄素：素玄，白绢染为黑。喻变化。《淮南子·说林》："墨子见练丝而泣之，为其可以黄可以黑。"注："练，白也。闵其化也。"　睽（kuí 奎）：违背，改变。以上两句意思说，对武帝施与的深恩厚泽虽然内心感到很惭愧，但是个人节操始终如一，在险恶的现实中未曾像素丝染黑那样有所改变。

〔9〕徒：只。　良时：明时。　诐（bì 必）：邪僻，倾覆。此指徐羡之等奸臣弄权。

〔10〕奄：急。　昏霾（mái 埋）：昏暗的风雨。霾，风雨夹着尘埃。此指少帝

之日的乱世。以上两句说遭遇少帝乱世，王道倾颓。

〔11〕幽明：鬼域与人间。 绝：断绝。刘良注："谓谢晦等作乱，绝其祭祀。"

〔12〕朋好：朋友。 云雨：云流雨散。 乖：离。以上两句说时世昏乱，人间神鬼相隔，祭祀因而断绝，朋友也是云流雨散，各奔西东。

〔13〕吊：吊问。 屈：屈原。原于楚怀王时忠而被逐，投水而死。 汀洲：水岸沙洲。永初三年少帝即位，延之被外放为始安郡守，路中做《祭屈原文》。

〔14〕谒：拜。 帝：舜帝。 苍山：苍梧山，在今江苏境内。传说舜南巡，死于此。 蹊：路径。以上两句述赴始安郡路上的经历，曾吊问屈原于江洲，拜谒舜帝墓地于苍梧。

〔15〕绪风：相续之风。长风。

〔16〕结：编结。 留黄：香草。以上两句说凭倚山岩而聆听不间断的风声，攀援林木编结香草而赠与远方的友人。

〔17〕跂(qì 气)：举踵。 间：隔。 衡峤(qiáo 桥)：衡山。五岳之一，在今湖南境内。峤，山尖。

〔18〕曷：何。 瞻：望。 秦稽：秦望山与会稽山。秦望，在今浙江杭县，秦始皇东游登此山。会稽，在今浙江绍兴县。谢灵运与颜延之同时因与庐陵王义真过从甚密出为外郡太守，谢在会稽始宁别墅隐居。以上两句意思说，翘首远望而衡山阻挡了视线，何月何日才能重见在会稽山隐居的谢公呢？

〔19〕皇圣：圣皇。此指宋文帝刘义隆。 昭：显耀。 天德：天帝的恩德。

〔20〕丰泽：丰厚的恩泽。 振：举，起。 沉泥：比喻埋没而不得志。以上两句意思说，宋文帝刘义隆显示天帝之德，以丰厚恩泽使延之重新振起于埋没而不得志之时。元嘉三年文帝诛徐羡之、傅亮与谢晦等。延之征为中书侍郎，灵运征为秘书监。二人少帝时同遭外放，文帝时又同受征召。

〔21〕爵：通"雀"。 雉：野鸡。 化：变化。

〔22〕充：足，满足。 海淮：东海淮水。《国语·晋语·昭公》："赵简子叹曰：'雀入于海为蛤，雉入于淮为蜃，鼋鼍鱼鳖，莫不能化。唯人不能，哀夫！'"以上两句与"虽惭"、"未谓"句贯通，意思说虽身受皇圣丰泽，却总不能像雀雉那样善于变化，入海淮就成蛤蜃(海中的两种软体动物，即蛤蜊与大蛤蜊)，我的品格始终不变。

〔23〕国：指始安郡。 故里：指建康。

〔24〕幽门：幽居的柴门。 树：立。 蓬藜：蓬草蒺藜。

〔25〕茨:指覆盖屋顶的茅草。　葺(qì 气):用草盖屋。

〔26〕翦棘:芟除荆棘。棘,荆棘,灌木。　旧畦:旧时的田地。

〔27〕谢:凋落,衰败。　晏:晚。

〔28〕偕:俱,同。以上两句意思说,万物衰败,时序已晚,年华已逝,而志趣却不能与年华的过往同时得以实现。

〔29〕亲仁:亲近仁爱。指谢灵运。　敷:铺陈,表达。　情昵:亲昵的情谊。

〔30〕兴:欣悦。　赋:当做"玩"(依李善注),赏爱。　穷:尽。　辞栖:言辞凄切感人。栖,当做"凄"(依《文选考异》)。以上两句意思说灵运亲近仁爱,在赠诗中表达出亲昵的情谊,言辞凄切感人,使人欣悦赏爱。

〔31〕芬馥:浓郁的芬芳。　歇:止。　兰若:两种香草。

〔32〕清越:清新激越。　夺:取代,超越。　琳珪:皆为美玉。以上两句意思说,灵运赠诗芬芳可以使兰若的香气休止,音韵悦耳超过美玉之声。以上四句皆为赞赏灵运赠诗。

〔33〕尽言:尽其所能言。　报章:酬答赠诗。章,文章,指赠诗。

〔34〕聊:暂且。　布:陈述,表白。　所怀:心情。

今译

少时即仰慕刚直德操,急步追随恐迷先贤路。尚未立身难择方正道,遏制情欲隐居甘清苦。忆昔日曾逢何等幸运,执笔服事于两宫出入。纵然愧对君王恩施厚,人格未变黑白翻而覆。只是遭逢明时出奸邪,王道衰落满天阴云雾。人神不宁祭祀也断绝,友朋别离如雨散云流。吊问屈原于湘水沙洲,拜谒虞舜在苍梧山麓。倚岩崖静听谷中长风,攀林木采摘留茝在手。我举踵望衡山隔视野,何月可见会稽始宁墅。圣明皇帝昭示天帝德,丰厚恩泽举我出泥污。可惜原非雀雉善变化,处境移易性情难驯服。告别守郡上路还故里,柴门重立蒺藜与蓬蒿。采得茅茨修葺昔日屋,铲除杂草开垦旧田畴。万物凋残时序已近晚,年华逝去心志尚未酬。亲近仁爱赠诗达情义,欣悦赞赏辞气多凄楚。芬芳浓郁令香草无味,音韵清越美玉声也俗。搜尽言语难答君诗章,暂以表述胸中真情愫。

(陈复兴译注并修订)

◎ 答颜延年一首 五言

王僧达

▓▓▓ 题解

王僧达(423—458)，南朝宋文学家。琅玡临沂(今山东临沂县)人。自幼聪慧好学，善于写文章。祖上历代为官，是贵公子。宋文帝很赏识他的才华，把皇室临川王刘义庆女许配给他。历任太子洗马、左卫将军等官，官至中书令。为官期间，仍然恣意游猎，往往出猎在外三五日才回府。自负才气门第，言行狂妄放荡，甚至敢于冒犯皇室外戚，不为皇太后所容，终于受高阇谋反事牵连入狱，后赐死。

他与颜延年品格经历相近。延年爱好读书，善著文章。曾任太子舍人、秘书监，官至紫金光禄大夫。自负才气，狂放不羁，每为权贵所不容。故两人声气相通，有诗赠答，而为忘年交。论生年，他比颜晚三十九年;论死年，二人几乎同时，当颜病死二年后，他被赐死。颜寿终正寝，享年七十二岁;他死于非命，只活到三十六岁。

这首诗通过二人相处生活琐事，表现亲密交往的快乐情景，突出志同道合的忘年之交，极力赞美颜文章道德、治国才干都冠绝当时，抒发无限景仰之情。开头八句以历史名人司马相如、鲁仲连作比，盛赞颜道德情操、文章才干如同"珪璋"美玉。中间十句着重描写二人结伴游览和谐欢乐情景，一同晒太阳饮酒，一同春游，领略田园秀色，聆听黄莺"好音"，互相嘘寒问暖、吟诗赠答，因为二人志趣相投，所以能够"略年义"、"弃浮沉"。结尾六句称赞颜赠诗绝妙，当作"兼金"、"宝藏"，而谦称答诗相形见绌，难表深深敬意。

原文

长卿冠华阳[1]，仲连擅海阴[2]。珪璋既文府[3]，精理亦道心[4]。君子耸高驾[5]，尘轨实为林[6]。崇情符远迹[7]，清气溢素襟[8]。结游略年义[9]，笃顾弃浮沉[10]。寒荣共偃曝[11]，春酝时献斟[12]。聿来岁序暗[13]，轻云出东岑[14]。麦垄多秀色[15]，杨园流好音[16]。欢此乘日暇[17]，忽忘逝景侵[18]。幽衷何用慰[19]，翰墨久谣吟[20]。栖凤难为条[21]，淑觍非所临[22]。诵以永周旋[23]，匦以代兼金[24]。

注释

〔1〕长卿：司马相如(前179—前117)，西汉辞赋家。字长卿，蜀郡成都(今四川成都市)人。擅长辞赋，富于文采。 冠：位居第一。 华(huà化)阳：古地区名。因在华山之阳得名。相当于今陕西秦岭以南、四川、云南和贵州一带。

〔2〕仲连：鲁仲连，战国时齐国人。智谋过人，善于排难解纷，周游列国，多有建树。 擅(shàn善)：胜过，扬名。 海阴：海的南边。此指古代齐国(相当于今山东一带)。

〔3〕珪璋(guī zhāng归章)：通作"圭璋"。贵重的玉制礼器。此用以比喻人品高尚美好。语出《诗·大雅·卷阿》："如圭如璋，令闻令望。" 文府：收藏图书的地方。

〔4〕精理：犹言精粹妙理。 道心：犹道德精义。语出《书·大禹谟》："道心惟微。"

〔5〕君子：有德者。 耸(sǒng)：高起，直立。 高驾：犹谓登上高远的境界。

〔6〕尘轨实为林：意谓追随颜的车辙络绎不绝，尘土飞扬，风云际会，君子如林。 轨：犹车辙。车轮滚过的痕迹。

〔7〕崇情：谓清高的情趣。 远迹：谓高远踪迹。

〔8〕清：高洁，清高。 气：气节。 溢：充满。 襟：此指胸襟。

〔9〕结游：犹交游。 略年义：意谓忽略年龄大小与辈分长幼。 年：此指

年龄差别。　义:此指长幼关系。

〔10〕笃(dǔ 赌):诚笃,忠实。　顾:眷顾,怀念。　浮沉:犹盛衰。(依李善注)

〔11〕荣:屋檐两端翘起的部分。犹今飞檐。　偃(yǎn 眼):仰卧。　曝(pù 铺):晒太阳。

〔12〕春酝:犹言春酒。谓春天所酿的酒。语本曹植《酒赋》:"或春酝夏成。"　酝(yùn 运):酿酒。　献酬:谓敬酒劝酒。

〔13〕来岁:来年。　序:通"叙",诉说,谈叙。　暄:为"寒暄"的略语。一作"暄寒"。问候起居寒暖的客套话。

〔14〕轻云:谓轻淡云彩。　岑(cén):小而高的山。

〔15〕垄:垄作。　秀:美。

〔16〕杨园:园名。语出《诗·小雅·巷伯》:"杨园之道。"　流:流传。　好音:意谓美丽的黄鸟(黄莺、黄鹂)的鸣叫声婉转动听。典出《诗·邶风·凯风》:"睍睆黄鸟,载好其音。"

〔17〕乘:趁着。　暇:闲暇。

〔18〕忽忘逝景侵:意谓忽略乃至忘记人的寿命将随着光阴流逝而渐近尽头。　忽:忽略。　逝:流逝,往。　景:日光,谓光阴。　侵:渐近。

〔19〕幽:深。　衷:内心。　慰:慰勉。

〔20〕翰(hàn 汉)墨:犹笔墨。指文辞。　谣:徒歌。即今无伴奏歌唱。吟(yín 银):吟咏,歌咏。

〔21〕栖凤难为条:意谓不容易选择梧桐树枝让凤凰歇息。用以比喻颜德才出类拔萃。　栖:栖息,歇宿。

〔22〕淑:美好。　贶(kuàng 况):赐与,给与。　临:临摹,谓摹仿学习。

〔23〕诵(sòng 颂):朗读。　周旋:古代行礼进退揖让的动作,表示深深敬意。语出《左传·昭公二十五年》:"简子问揖让周旋之礼焉。"

〔24〕匣以代兼金:意谓颜的赠诗可以替代最好的金子,珍藏在匣子里。语出《孟子·公孙丑下》:"王馈兼金一百而不受。"兼金,价值倍于常金的好金子。

今译

相如才华冠华阳,仲连智谋盖海滨。词章如玉耀文坛,道德思想存内心。君子登上高境界,后生追随聚如林。崇高情趣同先贤,高洁清气溢胸襟。交游忽略年与辈,诚信眷念忘荣衰。共卧屋檐晒太阳,春酒芬芳互献斟。来年聚会话寒暄,轻云袅袅出东山。麦垄青青多秀美,杨园黄莺传好音。趁着闲暇寻欢乐,光阴流逝不经心。内心慰勉用何物,诗章在手久诵吟。凤凰栖息难择木,佳作赐我难承担。长久拜读致敬意,珍藏于匣当赤金。

(张厚惠译注　陈复兴修订)

郡内高斋闲坐答吕法曹一首 五言

谢玄晖

题解

本诗作于宣城郡。前此,吕法曹当有赠诗,谢朓以此诗做答。吕法曹,吕僧珍,东平范(今属山东境内)人。法曹,司法之官。吕仕于齐梁两代,荣耀终生。

前半写自然之美。远岫、乔林、鸟散、猿吟等,以景之静见心之闲。后半写人情之美。僧珍在齐即屡受信用,常在帝王之侧,却不忘外守宣城的谢朓,与小人得志恰好相反。因此诗人以美惠颂其德风,以瑶华赞其诗章。始以闲静之眼观照景物,继以感戴之心体悟友情,终以"金门步"与"玉山岑"相对,一为嚣尘,一为闲静,对仕途腾达者不无暗讽之意。

原文

结构何迢遰[1],旷望极高深[2]。窗中列远岫[3],庭际俯乔林[4]。日出众鸟散,山暝孤猿吟[5]。已有池上酌,复此风中琴。非君美无度[6],孰为劳寸心[7]。惠而能好我[8],问以瑶华音[9]。若遗金门步[10],见就玉山岑[11]。

注释

〔1〕结构:结连构架。指屋宇。 迢遰(dì弟):高峻的样子。
〔2〕旷望:远望。 高深:指山川。

〔3〕远岫:远山。

〔4〕乔林:高树林。

〔5〕山暝:山谷昏暗。指日落。

〔6〕君:指吕法曹。　美:指德行美善。　无度:无可量度,无限。

〔7〕寸心:即心。心在胸中方寸之内,故谓寸心。

〔8〕惠:仁爱。

〔9〕问:遗,赠。　瑶华音:指吕法曹的赠诗。瑶华,美玉,此喻诗章的珍贵。

〔10〕遗:废止。　金门:金马门的简称。汉武帝建立,以纪念得大宛名马。东方朔、主父偃、严安等皆待诏于此。后以为官署的代称。此指吕法曹所在的官府。　步:步履。

〔11〕就:近。　玉山:群玉之山。传说为西王母所居。此指郡内高斋。岑:小而高的山。此指山峰。以上两句是盼望之词,意思说吕法曹假如能够废止登金马门之步履,远离嚣尘,淡泊利禄,就可以来到如群玉之山这样的胜境,与我共享闲逸的雅趣。

今译

　　郡守屋宇屹立而庄严,远望可见高峰与江川。窗中含有远方的山峦,庭间俯瞰高高的松林。旭日升起众鸟群飞散,夕阳落山孤猿声悲吟。既在美池上自斟自饮,又在清风中弹奏鸣琴。非您德行美善无量度,谁为我长怀一片诚心。仁爱纯厚与我永结好,赠来诗章贵如碧玉音。假如步履离弃金马门,来此赏玩玉山似神仙。

(陈复兴译注并修订)

在郡卧病呈沈尚书一首五言

谢玄晖

◎题解

谢朓与沈约是南齐文坛好友。

齐建武间,沈约进号辅国将军,征为五兵尚书,迁国子祭酒。曾以文坛权威赞赏过谢朓的诗,谢朓被害早亡,又曾写诗哀悼。本篇是谢朓任宣城太守时写给沈约的赠诗。

开头四句诗人以汉武帝时淮阳太守汲黯自喻,任宣城太守行无为而治。其次四句描写郡内百姓乐业安居,风雨调顺,群聚田畴,忙于耕耘,人宁事息,绝少诤讼,正是自然经济时代的理想境界。复次六句描写郡府中清闲安适的生活。夏室一片清凉,鲜鱼绿酒散发芳香,朱李清凉,荷藕脆嫩。这是以一幅生活小景,显示出郡守善于养民教民,而得到自由与享乐,与达官贵族的奢侈无涉。结尾六句,是扣紧题目表达对沈约的深切思念,往日魂梦不忘,今盼相逢难熬,同时自愧郡治不佳。与前映照,实为自谦之辞。其中颇含借名高位重的沈约引荐入朝之念。

◎原文

淮阳股肱守[1],高卧犹在兹[2]。况复南山曲[3],何异幽栖时[4]。连阴盛农节[5],篝笠聚东菑[6]。高阁常昼掩[7],荒阶少诤辞[8]。珍簟清夏室[9],轻扇动凉飔[10]。嘉鲂聊可荐[11],渌蚁方独持[12]。夏李沉朱实[13],秋藕折轻丝[14]。

良辰竟何许[15]，凤昔梦佳期[16]。坐啸徒可积[17]，为邦岁已期[18]。弦歌终莫取[19]，抚机令自嗤[20]。

注释

〔1〕淮阳：汉郡名。今属河南省。　股肱(gōng 工)：大腿臂膀。比喻左右辅佐君王的臣子。　守：太守。此用汉淮阳太守汲黯事。李善注引《汉书》："(武帝)拜汲黯为淮阳太守。黯伏地，不受印。上曰：'君薄淮阳耶？顾淮阳吏人不相得，吾徒得君重，卧而治之也。'"

〔2〕高卧：高枕而卧。此指无为而治。　兹：指淮阳。

〔3〕南山：指宣城之陵阳山。　曲：指山的弯曲处。宣城位于陵阳山间。

〔4〕幽栖：指隐居。

〔5〕连阴：阴雨连绵。　盛农：盛夏农时。

〔6〕簦(tái 台)笠：皆为用竹或草编的帽子。簦以御暑，笠以御雨。　东菑(zī 兹)：在田野里耕种除草。东，东皋，泛指田野。菑，耕田或除草。

〔7〕高阁：高高的楼阁。此指楼门。

〔8〕荒阶：长满荒草的阶庭。形容门前无人来往。　诤辞：纷争的讼辞。指诤讼案件。

〔9〕珍簟(diàn 殿)：珍贵的竹席。

〔10〕凉飔(sī 思)：凉风。

〔11〕嘉鲂(fáng 防)：美味的鲂鱼。鲂，一种淡水鱼。　荐：进献。

〔12〕渌蚁：代指酒。原为酒上浮起的绿色泡沫。渌，五臣注本作"绿"。方：且。

〔13〕夏李：水果名。　沉：指将朱李沉于水中，使之凉而适口。　朱实：夏季朱红色的果实。

〔14〕秋藕：秋日的荷藕。　折：断。　轻丝：指轻而细的藕丝。

〔15〕良辰：指与友人会面之时。　何许：何所，何处。

〔16〕凤昔：往昔。　佳期：与"良辰"义同。皆指与沈约会面之时。

〔17〕坐啸：闲坐吟啸。李善注引《汉记》："南阳太守弘农成瑨，任功曹岑晊。时人为之语曰：'南阳太守岑公孝，弘农成瑨但坐啸。'"此喻不亲自处理政务。　积：积久。

〔18〕为邦:即为郡,指做太守。 期:一年。

〔19〕弦歌:古时读诗,配以琴瑟,歌咏吟诵。此喻文德教化。

〔20〕抚机:抚倚几案。古时设置小桌于座侧,以作凭倚。机,同"几"。(用梁莅林说) 自嗤:自嘲,自笑。

今译

淮阳太守汉皇股肱臣,汲黯高枕而卧郡大治。何况宣城地处南山湾,无异超离尘俗退隐时。阴雨绵绵盛夏农忙季,戴笠田夫东田耕不迟。郡府高门整日常虚掩,荒草庭阶少有诤讼事。珍贵竹席夏室显清爽,轻便香扇一摇凉风至。鲜美鲂鱼聊且可进献,绿酒一杯暂时独自持。夏李朱实浸入泉水凉,秋日荷藕切断连轻丝。友人面晤究竟在何处,往日空梦相逢遇故知。安坐无为虚度时日久,郡治无成期年已消逝。文德教化终竟无所取,凭倚几案自嘲若有失。

(陈复兴译注并修订)

暂使下都夜发新林至京邑
◎ 赠西府同僚一首 五言   谢玄晖

题解

　　谢朓曾为南齐随王萧子隆文学（官名）。子隆在荆州，喜好辞赋，朓格外受赏识，被长史王秀之所嫉恨，密奏武帝，将其调回京城建康。

　　本诗作于返京途中，以寄赠留荆州诸友。题目交代诗人行程与写作动机。"下都"，指随王所在之荆州地。"新林"，建康西南水浦名。"京邑"，指建康。"西府"，指荆州随王府。

　　开头"大江流日夜，客心悲未央"，情与境谐，为全诗的基调。"秋河"六句呈现于视觉，是一幅秋月夜行图。色调是清冷暗淡，气氛是静寂空旷，正是诗人孤独悲思之情的意象化。"驱车"六句，是触发于内心的思绪，饱含对友人的恋念与难于重逢的怅恨。结尾则抒写出脱网罗远离谗佞的宽松欣慰之感。

原文

　　大江流日夜，客心悲未央[1]。徒念关山近[2]，终知反路长[3]。秋河曙耿耿[4]，寒渚夜苍苍[5]。引顾见京室[6]，宫雉正相望[7]。金波丽鳷鹊[8]，玉绳低建章[9]。驱车鼎门外[10]，思见昭丘阳[11]。驰晖不可接[12]，何况隔两乡[13]。风云有鸟路[14]，江汉限无梁[15]。常恐鹰隼击[16]，时菊委严霜[17]。寄言罻罗者[18]，寥廓已高翔[19]。

注释

〔1〕客心:归客之心。客,诗人自称。　未央:未尽。

〔2〕徒念:只想。　关山:乡关家山。指南朝齐建康。诗人似有家在此。吴伯其《六朝选诗定论》说;"不曰京师,曰京邑,盖其家在焉。故诗中又变化为关山。"

〔3〕反路:指返回萧子隆的荆州之路。

〔4〕秋河:指银河。秋,指季节。　耿耿:明洁的样子。

〔5〕寒渚(zhǔ 主):寒冷的水洲。　苍苍:深青色,形容深秋之色。

〔6〕引顾:引颈看视。　京室:指建康。

〔7〕宫雉:宫墙。

〔8〕金波:月光。　丽:光华。光辉闪耀。　鸡(zhī 支)鹊:汉宫观名。在甘泉宫外。武帝建元中建。

〔9〕玉绳:星名。李善注引《春秋元命包》:"玉衡北两星为玉绳星。"玉衡,北斗第五星。此指北斗星。　建章:汉宫名。汉武帝太初元年建,位于未央宫西。此与鸡鹊皆借指建康的宫观。

〔10〕鼎门:指建康南门。李善注引《帝王世纪》:"春秋,成王定鼎于郏鄏,其南门名定鼎门。盖九鼎所从人也。"故鼎门当指京城南门。

〔11〕昭丘:指楚昭王墓冢。冢之大者为丘。楚昭墓冢在荆州。此代萧子隆所在之荆州。　阳:此指墓冢之南。

〔12〕驰晖:指太阳。　接:交接,看得见。

〔13〕两乡:两地。指荆州与建康。以上两句说太阳往复驰骋,光照九州,在建康尚且看不见它经荆州而过,两地友人相去遥远,更难以相见了。

〔14〕鸟路:鸟儿自由飞行之路。

〔15〕江汉:长江汉水。此形容路途。　限:阻隔。　梁:桥。

〔16〕鹰隼(sǔn 损):此喻奸邪进谗之人。

〔17〕时菊:应时而开的秋菊。此喻贤良之人。　委:凋零。　严霜:此喻谗言中伤。

〔18〕尉(wèi 尉)罗者:布置捕鸟罗网的人。此指奸邪进谗的小人。

〔19〕寥廓:空旷。指苍空。

今译

　　浩大长江日夜向东流,归客悲愁似水波荡漾。只觉身离家山时时近,终知返回荆州路更长。秋季天河似曙泛银辉,寒冷沙洲夜深色青苍。举首凝视眼前建康城,宫墙雄伟与我正相望。月色金黄辉映鸤鹊观,星光玉白低垂建章宫。车驾急驰直达南门外,满腔思绪怀念楚昭冢。荆州朝日建康尚难见,何况友朋阻隔各一方。风云弥漫鸟雀飞去来,江汉水深欲通无桥梁。常年恐惧鹰隼袭击人,适时秋菊百凋零遭严霜。传语阴谋布设罗网者,青天空阔鸿鹄已高翔。

　　　　　　　　　　　　　　　　　　(陈复兴译注并修订)

◎ 酬王晋安一首五言

谢玄晖

▓▓ 题解

本诗当作于齐永明间。谢脁曾在荆州，为随王萧子隆镇西功曹，转文学。子隆好辞赋，重文才，诗人备受赏爱，流连晤对，不舍昼夜。后遭人嫉妒，调还京师，名为新安王中军记室，兼尚书殿中郎，实则冷落孤寂，无所作为。

晋安郡太守王德元，先有赠诗，诗人以此诗奉答，故谓之"酬"。诗中一方面是京师枝秃露重，秋气肃杀；一方面是南中橘柚发荣，雁飞不至。一方面青阁彤闱，百无聊赖；一方面春草秋绿，乐而忘返。诗人把不同的空间位置物象活动剪辑组合，衔接对照，表达对京师庸碌处境的厌倦，对外郡自由放达生活的向往。"谁能久京洛，缁尘染素衣"，正是欲挣脱尘俗归返自然的情思意绪的豁然宣泄。

▓▓ 原文

梢梢枝早劲[1]，涂涂露晚晞[2]。南中荣橘柚[3]，宁知鸿雁飞[4]。拂雾朝青阁[5]，日旰坐彤闱[6]。怅望一涂阻[7]，参差百虑依[8]。春草秋更绿，公子未西归[9]。谁能久京洛[10]，缁尘染素衣[11]。

▓▓ 注释

〔1〕梢梢：形容树枝光秃无叶的样子。 劲：劲挺，挺拔。

〔2〕涂涂：浓厚的样子。 晞：晒干。

〔3〕南中:古地名,即晋安,今福建泉州。 柚(yòu 又):柚树。

〔4〕宁:岂,难道。李善注此句说:"鸿雁南栖衡阳,不至晋安之境,故曰宁知也。"

〔5〕拂雾:晓雾,指清晨。 青阁:朝堂,古百官议事之所。

〔6〕日旰(gàn 干):日晚。 彤闱:指宫门。闱,宫旁门,涂朱红色,故谓彤闱。此指谢朓时所在尚书府。

〔7〕怅望:惆怅眺望。 涂:路途。 阻:阻险。

〔8〕参差:不齐的样子。此有渐次相连的意思。 百虑:各种思虑。 依:相随而来。

〔9〕公子:指王德元。 西归:指从晋安郡归到京都。张铣注以上两句说:"言岁时已改,君犹未归。晋安在国东,则西可知也。"

〔10〕京洛:东京洛阳。此代建康。

〔11〕缁尘:黑色的尘埃。此喻俗世的污浊。 素衣:洁白的衣服。此喻高洁的品格。

今译

　　光秃的树枝清早显得挺拔,浑圆的露珠傍晚才能晾干。南中一带橘柚正发荣滋长,那里怎知大雁南飞避天寒。晨雾濛濛即登朝堂去议事,落日黄昏依然端坐在宫苑。怅然眺望你我相隔路途遥,多种忧虑起伏心中似熬煎。春来芳草可人入秋绿更浓,公子留恋忘归至今仍不返。谁能甘对寂寞长留京洛中,任随俗世烟尘污染白衣衫。

（陈复兴译注并修订）

◎ 奉答内兄希叔一首 五言 陆韩卿

▨ 题解

陆厥(472—499),字韩卿,吴郡吴(今江苏苏州)人。齐永明九年(491)州举秀才,后为王晏少傅主簿,又迁行军参军。"永元元年(499)始安王遥光返,厥父闲被诛,厥坐系尚方。寻有赦,厥感恸而卒,年二十八。"(《南史·陆厥传》)

陆厥"少有风概,善属文"。在诗歌声律方面的主张,接近钟嵘的自然声律论,其理论著作《与沈约书》颇有影响。存诗十一首,但并非自然声律之佳作,故钟嵘称其"自制未优,非言之失也"。

这首"奉答"之诗,乃受父诛连丢官之后所作,故有"归来翳桑柘,朝夕异温凉"的慨叹。希叔,顾胐,厥之妻兄,邵陵王国常侍,地位显赫。顾胐赠陆厥之诗已不存。答诗共五节。第一节:从仕途的天壤落差,引发出"朝夕异温凉"的浩叹。第二节:归隐生活的表层平静,无法掩饰内心深层的波澜。第三节:艳羡希叔仕途的春风得意。第四节:表达不甘寂寞的心理。第五节:寄托"干禄"之心。李善注:"言无轻舟以相从也。"全诗多用典故比喻,将难以直白的心曲,委婉曲折地披露出来,显得非常得体。

▨ 原文

嘉惠承帝子[1],蹦履奉王孙[2]。属叨金马署[3],又点铜龙门[4]。出入平津邸[5],一见孟尝尊[6]。归来翳桑柘[7],朝夕异凉温[8]。

徂落固云是^[9]，寂蔑终始斯^[10]。杜门清三径^[11]，坐槛临曲池^[12]。凫鹄啸俦侣^[13]，荷芰始参差^[14]。虽无田田叶^[15]，及尔泛涟漪^[16]。

春华与秋实^[17]，庶子及家臣^[18]。王门所以贵^[19]，自古多俊民^[20]。离宫收杞梓^[21]，华屋富徐陈^[22]。平旦上林苑^[23]，日入伊水滨^[24]。

书记既翩翩^[25]，赋歌能妙绝^[26]。相如恶温丽^[27]，子云惭笔札^[28]。骏足思长阪^[29]，柴车畏危辙^[30]。愧兹山阳宴^[31]，空此河阳别^[32]。

平原十日饮^[33]，中散千里游^[34]。渤海方淫滞^[35]，宜城谁献酬^[36]？屏居南山下^[37]，临此岁方秋^[38]。惜哉时不与^[39]，日暮无轻舟^[40]。

注释

〔1〕嘉惠：对他人给予的恩惠的敬称。　承：受。　帝子：太子。此指竟陵王萧子良。良，字云英，齐武帝次子。南兰陵人，封竟陵王，官至太傅。李善注引《越绝书》曰："恭承嘉惠，述畅往事。"

〔2〕蹑(xǐ洗)履：鞋着鞋走。蹑，同"蹝"。《汉书·隽不疑传》："胜之蹑履而迎。"颜师古注："蹑，谓纳履未正，曳之而行，言其遽也。"　奉：事奉。　王孙：贵族子弟之通称。此指太傅王晏。字休默，一字士彦。明帝谋废立，晏有佐命之功，领太子少傅衔。

〔3〕属：近。　叨(tāo 掏)：滥。有充数之意。谦逊卑下之辞。　金马：金马门之简称。汉代所设官署，门旁有铜马，故谓之金马门。为重臣待诏之所。叨金马署，指为秀才。厥为州举秀才。

〔4〕点：点污，与"滥"同为谦逊卑下之辞。　铜龙门：汉代太子门名。因门楼上有铜龙，故称。点铜龙门，谓作太子太傅公曹掾。

〔5〕平津：古地名。汉时为平津邑，武帝封丞相公孙弘为平津侯，即此地。故地在今河北省盐山县南。李善注引《汉书》曰："封丞相公孙弘为平津侯，于

是起客馆,开东阁,以延贤人,与参谋议。" 邸(dǐ底):高级官员办事或居住之所。

〔6〕一见:见。含幸得的感情色彩。 孟尝:即田文,战国时齐之贵族,袭父爵,封薛公,号孟尝君。门下有食客数千。此泛指公侯。 尊:尊颜。

〔7〕归来:指离官归家。 翳(yì义):隐。 桑柘(zhè这):桑树。柘,亦属桑类。

〔8〕朝夕:早晚。朝,指做官时。夕,指去官时。 凉温:冷暖。为官则暖,去官则冷。朝夕异凉温,乃是对人情世态之慨叹。

〔9〕徂落:凋零。此指失官。

〔10〕寂蔑:寂寞。 终始:五臣"始"作"如"。 斯:此。

〔11〕杜门:闭门不出,有意与外隔绝。 三径:指归隐后所住的田园。《三辅决录》:"蒋诩归乡里,荆棘塞门,舍中有三径,不出,唯求仲、羊仲从之游。"

〔12〕槛(jiàn见):窗下或长廊旁的栏杆。 曲池:回折的水池。

〔13〕凫(fú浮):泛指野禽之类。 鹄:即天鹅。 啸:叫。 俦侣:同伴,伴侣。《蜀都赋》:"鸿俦鹄侣。"

〔14〕荷茭(jì技):茭荷,出水之荷。茭,菱。 参差:初生不齐的样子。

〔15〕田田:莲叶浮于水面的样子。

〔16〕涟漪(lián yī连一):水的波纹。

〔17〕春华与秋实:春天的花与秋天的果实。华,同"花"。

〔18〕庶子:古代官名,太子官属。汉以后为太子侍从官之一种。南北朝时称中庶子。 家臣:仕于大夫之家者,谓之家臣。

〔19〕王门:王家。

〔20〕俊民:优秀人才。

〔21〕离宫:此指太子居所东宫。李善注引卞壸议曰:"太子所居宫,称东宫。不言太子宫者,二宫以东西为称,明是天子之离宫,使太子居之也。" 杞梓(qǐ zǐ起子):二木名,此喻有用之材。

〔22〕华屋:华丽的宫室,此指太子居所。 徐:指徐干,字伟长,北海剧县(今山东寿光南)人,建安七子之一。 陈:指陈琳,字孔璋,广陵射阳(今江苏宝应东北)人,建安七子之一。

〔23〕平旦:犹平明,即天大亮的时候。指白天。 上林苑:苑名。本秦时旧苑,汉武帝增而广之。司马相如有《上林赋》,极言其侈。故址在今陕西西

安西。

〔24〕日入：日落，与平旦相对，指晚上。　伊水：又叫伊河。发源于河南卢氏县熊耳山，东北流经嵩县、伊阳、洛阳等，南入洛水。　滨：水边。上二句并非实指。李善注："言晨夕侍游，良非一所。"

〔25〕书记：指草拟公事文书。陈琳、阮瑀，皆以擅长草拟公事文书而闻名当世。曹丕在《典论·论文》中，称赞"琳、瑀之表章书记，今之隽也"。　翩翩：形容风致、文采的优美。

〔26〕赋歌：作诗。赋与"书"义近，用如动词。　妙绝：精妙超人。

〔27〕相如：指西汉大辞赋家司马相如。其《子虚》、《上林》等赋，为汉铺排大赋铸出模式。　恧（nù）：惭愧。　温丽：温婉绮丽。

〔28〕子云：谷永，字子云，汉代人。博学经书，工笔札。数上疏言得失。王侯兄弟争名，永与楼护俱为王侯上客。长安流行"谷子云笔札，楼君卿唇舌"之言。上二句意谓，相如善为文章，子云妙于笔札，皆为王侯宾客，然较之内兄希叔尚逊一筹。

〔29〕骏足：骏马。喻希叔。　长阪（bǎn 板）：同"长坂"。即长坡。

〔30〕柴车：简陋之车。自喻。　危辙：险途。

〔31〕兹：此。山阳宴：指竹林之宴。吕延济注："嵇康与向秀居山阳县，常为竹林之宴。"

〔32〕河阳别：河阳别墅。吕延济注："石崇河阳有别业，言我愧无欢宴，空有别业。"

〔33〕平原十日饮：平原，平原君赵胜。《史记》载，秦昭王闻魏齐在平原君家，遗平原君好书曰：寡人闻君之高义，愿为布衣之交。君若光顾，寡人愿与君十日之饮。平原君遂入秦见昭王。

〔34〕中散千里游：中散，即嵇康，字叔夜，谯郡铚（今安徽宿州西南）人。三国魏文学家、思想家、音乐家。竹林七贤之一，官中散大夫，世称嵇中散。干宝《晋纪》言："初，吕安与中散友好，相思即命驾，千里从之。"千里游即指此。游，交游。

〔35〕渤海：渤海郡。魏文帝曾与吴质、徐幹等游于此。　淫滞：久留。

〔36〕宜城：城名。出美酒。　献酬：宾主相互劝酒。

〔37〕屏居：隐居。

〔38〕方秋：初秋。李善注引《汉书》："路博德曰：'方秋，匈奴马肥，未可与

战。'"《广雅》曰:"方,始也。"方秋,喻已知将老。

〔39〕惜:痛惜。　时不与:时间不等人。

〔40〕轻舟:轻快之舟。轻舟之句有"干禄"之意。孟浩然"欲济无舟楫",盖受此影响。

▌今译

　　承蒙太子施恩惠,忙忙碌碌事太傅。叨光跻身金马门,又在铜龙门任职。出入公卿王侯邸,有幸一睹孟尝姿。归来隐居在故乡,朝野冷暖两相异。

　　仕途失意本如此,伴随寂寞无终始。闭门谢客庭园净,近栏闲坐望曲池。凫鹤鸣叫呼伴侣,荷芰新生始参差。曲池虽无田田叶,碧水不时泛涟漪。

　　春花秋实果与因,庶子家臣不可分。王家所以人高贵,自古那里多贤人。东宫招纳栋梁材,华丽宫室有徐陈。清晨陪游上林苑,傍晚事奉伊水滨。

　　草拟文书华采飞,提笔赋诗能超群。相如有憾文婉丽,谷永笔札愧未臻。骏马想奔长坡路,随车害怕辙险深。如今愧对山阳宴,空有别墅无欢心。

　　秦王邀胜十日饮,嵇康会友走千里。渤海同游日久留,宜城与谁酒杯举?屏事隐居南山下,恰逢时节已秋至。痛惜时光不等人,日暮无舟载我去。

(魏淑琴译注并修订)

◎赠张徐州一首 五言　　　范彦龙

题解

　　范云（451—503），字彦龙，南乡武阴（今河南沁阳西北）人。少时即机警有识，善属文，便尺牍，下笔辄成，未尝定稿，时人每疑其宿构。齐时受竟陵王萧子良赏识，为竟陵八友之一。明帝时，官广州刺史。入梁，为吏部尚书，深得高祖信用，以佐命功封霄城县侯。钟嵘《诗品》评其诗曰："清便宛转，如流风回雪。"

　　本诗当作于齐明帝时，诗人于广州刺史任，遭曲江豪族谭俨诬陷下狱，后被赦免。家居赋闲之日，故友北徐州刺史张稷来访，不遇，故以本诗赠。张稷，字公乔，齐明帝时，任北徐州刺史。（据丘希范《侍宴乐游苑送张徐州应诏诗》李善注）稷，一作"谡"，《梁书·范云传》也作"稷"，从之。

　　前半写采樵归来，稚子叙说张徐州来访情况。傧从豪盛，轩盖光辉，显示来客的腾达显赫。后半写诗人的内心活动。先写疑，疑在势利炎凉之世，难得显贵不弃疵贱。后写恨，恨在独有身居显贵，而心存思旧之道，其人却失之交臂，未得一晤。

　　前半以稚子之眼观，稚子之口述，而不以抒情主体的视角做正面描写，情趣格外浓郁，勾起思绪无尽。后半情感意绪则在疑是疑非之中回复，在俗世常情与耳闻事实的反差之间迭宕，自然宛转，磊落恣肆。

原文

　　田家樵采去[1]，薄暮方来归。还闻稚子说[2]，有客款柴扉[3]。傧从皆珠玳[4]，裘马悉轻肥[5]。轩盖照墟落[6]，传瑞生光辉[7]。疑是徐方牧[8]，既是复疑非。思旧昔言有[9]，此道今已微[10]。物情弃疵贱[11]，何独顾衡闱[12]。恨不具鸡黍[13]，得与故人挥[14]。怀情徒草草[15]，泪下空霏霏[16]。寄书云间雁[17]，为我西北飞[18]。

注释

〔1〕田家:农家,农夫。此诗人自谓。　樵采:采樵,打柴。

〔2〕稚子:幼子。

〔3〕款:叩。　柴扉:柴门。

〔4〕傧从:前导与后随人员。　珠玳(dài 代):珠玉玳瑁。指傧从衣冠装饰之盛。

〔5〕裘:皮衣。　轻肥:轻,形容裘;肥,形容马。

〔6〕轩盖:轩车与伞盖。轩,指诸侯卿大夫所乘之车。　墟落:村落。

〔7〕传瑞:驿马符节。

〔8〕徐方牧:指徐州刺史张稷。徐,徐州。方牧,州长,刺史。

〔9〕思旧:思念旧友。此谓腾达之日尚不忘昔日故友。

〔10〕此道:指思旧之道。

〔11〕物情:物理人情。此指俗世之情。　疵贱:因过失而身分卑贱。

〔12〕衡闱(wéi 围):衡门,横木为门。指屋宇简陋,隐者所居。《诗·陈风·衡门》:"衡门之下,可以栖迟。"以上四句意思说张稷身居徐州刺史,却心存古道,与世俗势利之徒不同,专程来访我这犯有过失而地位卑贱的人。

〔13〕恨:遗憾。　鸡黍:指饭食。黍,黍子,黄米。李善注引谢承《后汉书》:"山阳范式,字巨卿,与汝南张元伯为友。春别京师,以秋为期。至九月十五日,杀鸡作黍。二亲笑曰:'山阳去此几千里,何必至?'元伯曰:'巨卿信士,不失期者。'言未绝而巨卿至。"

113

〔14〕故人：旧友。　挥：挥觞，举杯饮酒。

〔15〕怀情：怀念的心情。　草草：忧伤的样子。

〔16〕霏霏：落泪的样子。

〔17〕书：信。　云间雁：云间飞翔的鸿雁，传说可以为人传递书信。李善注引《汉书》："帝思苏武，使谓单于：'天子射上林中，得雁，足有系帛书。'"

〔18〕西北：指徐州。

今译

　　老农入山采樵去，薄暮时分方始还。归来即闻稚子说，曾有客人叩柴门。随从皆佩珠玉饰，裘轻马肥各威严。轩车伞盖照村落，驿马符节光辉闪。疑是张稷徐州牧，既是又疑恐非真。显达思旧昔时有，此道如今不复存。俗情厌弃人微贱，独何光顾草屋寒。遗憾不曾备酒食，能与故友举杯欢。心怀离情徒伤感，泪下潸然空满襟。捎书寄予云间雁，飞向西北为我传。

（陈复兴译注并修订）

古意赠王中书一首 五言　范彦龙

　　本诗当作于齐武帝永明初年,竟陵王萧子良入为司徒,诗人又补记室参军事,寻授通直散骑侍郎。古意,即效古诗之意。王中书,指王融(468—494),字元长,琅玡临沂人,竟陵八友之一,曾任尚书殿中书郎,文藻富丽,援笔立就,时人誉称可比司马相如。齐武帝时,参与机要,接遇北使,多所信用。其人贪嗜功名,云:"车前无八骑卒,何得称为丈夫!"后以拥立竟陵王事,被郁林王下狱赐死,年仅二十七岁。

　　诗前四句写两地阻隔,故友不得相见的怀念之情,以应赠诗之题。次四句写王氏出身人杰地灵之家,赞其超越前贤的才智。再次四句写其所受齐武帝的恩宠殊荣,腾达得志。结尾两句明是诗人自喻,暗则反讽,以乐天安命,知足而乐,向贪好功名,不知自退的故友示警。史实验证,诗人的警戒确然是知交的金玉诤言。

　　摄官青琐闼[1],遥望凤皇池[2]。谁云相去远,脉脉阻光仪[3]。岱山饶灵异[4],沂水富英奇[5]。逸翮凌北海[6],抟飞出南皮[7]。遭逢圣明后[8],来栖桐树枝[9]。竹花何莫莫[10],桐叶何离离[11]。可栖复可食,此外亦何为。岂如鹓鷞者[12],一粒有余赀[13]。

注释

〔1〕摄官：暂充官职。自谦之辞。意思是才德低下，不能称职，暂时充数。摄，代理，暂充。 青琐闼(tà 踏)：青琐门。汉宫门名。此代指诗人任职的官署。青琐，门上镂饰的青色图纹。闼，门。

〔2〕凤皇池：禁苑池沼名。凤皇，即"凤凰"。魏晋南北朝时设中书省于禁苑，掌管机要，接近皇帝，权重于尚书。此代指王融任职的中书省。

〔3〕脉脉(mò 莫)：深情凝视的样子。 阻：阻隔。 光仪：光采仪容。

〔4〕岱山：泰山，在今山东省中部。 饶：富厚，盛多。

〔5〕沂水：水名，源出山东省沂源县。以上两句岱山沂水皆指王融故乡琅琊郡，意思说琅琊王氏多出灵异英奇之士。《南齐书·王融传》说："祖僧达中书令，曾高并台辅。僧达答宋孝武云：'亡父亡祖，司徒司空，父道琰，庐陵内史。母临川太守谢惠宣女，惇敏妇人也。'"

〔6〕逸翮(hé 合)：展翅高飞。 陵：超越。 北海：地名，在今山东省境。此代指三国魏徐幹。幹北海人，建安七子之一，以诗赋著称，深得魏文帝爱重。

〔7〕抟(tuán 团)飞：盘旋高飞。《庄子·逍遥游》："鹏之徙于南冥也，水击三千里，抟扶摇而上者九万里。" 南皮：地名。今属河北省。此代指三国魏吴质。质济阴人，为五官将，深得魏文帝爱重，曾随之射雉于南皮。魏文帝《与朝歌令吴质书》说："足下所治僻左，书问致简，益用增劳。每念昔日南皮之游，诚不可忘。"以上两句意思说王融的灵异英奇远超徐幹吴质，在齐所得恩遇也高出他们在魏的荣宠。

〔8〕圣明后：圣明的君主。此指齐武帝(萧颐)。

〔9〕栖：栖止，止息。 桐树：梧桐树。此指凤凰，以喻王融。李善注引孔安国《尚书传》："圣人受命，则凤皇至。"又引郑玄《毛诗笺》："凤皇之性，非梧桐不栖。"

〔10〕竹花：指竹实。李善注引《毛诗笺》："凤皇非竹实不食。" 莫莫：茂盛的样子。

〔11〕离离：分披繁茂的样子。以上两句以竹花桐叶暗喻王融所受恩荣俸禄优厚。

〔12〕鹪鹩(jiāo liáo 焦辽)：小鸟名。俗称巧妇鸟。此诗人自喻。《庄子·逍遥游》："鹪鹩巢于深林，不过一枝；偃鼠饮河，不过满腹。"意在颂扬去名去

功,乐天安命的人生理想。此句用其意。

〔13〕余赀:剩余的财物。以上两句意思说鹪鹩之鸟,每食一粒米即已知足,无所多求。

▋▋▋今译

我暂充官青锁门,遥望君居凤凰池。谁云彼此相去远,怀念难得会面时。泰山养育灵异人,沂水滋润英奇士。超越北海展翅翔,高腾南皮驾风势。幸逢圣君爱贤才,凤凰栖止梧桐枝。竹花鲜美正繁茂,桐叶浓密绿映日。竹实可食桐树息,此外还有何好嗜。岂知尚有鹪鹩鸟,一粒知足有余赀。

(陈复兴译注并修订)

赠郭桐庐出溪口见候余既未至郭仍进村维舟久之郭生方至一首五言

任彦升

题解

　　任昉一生才高德重，政风清洁，并雅好交结，奖进士友。同时代的刘孝标赞扬他说："道文丽藻，方驾曹王；英特俊迈，联横许郭。类田文之爱客，同郑庄之好贤；见一善则盱衡扼腕，遇一才则扬眉抵掌。雌黄出其唇吻，朱紫由其月旦。"(《梁书·任昉传》)盖不为虚誉，本诗可窥一斑。

　　天监六年春，昉出为宁朔将军、新安(今安徽省境内)太守，自京师赴任，顺江路船行，途经桐庐(今浙江桐庐县西)，与时为桐庐县令的友人郭峙相聚。故作此诗。

　　诗题并兼小序，提挈全篇。溪口，指浙江水路一个口岸。诗人未至，郭即已见候，显示其景仰盼至之心切。仍进村，暗点郭正巡视春田，及其尽心职守关心百姓之政风。诗人虽行程紧迫，却维舟久之，以待郭生，则显出屈太守之尊以就，忘年齿之长以交的美德。

　　正文开头两句写诗人一路内心强抑对友人的思念之苦，以见彼此交谊真挚久长。次四句写凝望中郭生行春返回口岸，并率属官来迎的盛况，以及久别重逢，悲喜难持的情景。久望生悲，萃聚而喜，至于难以自持，情真意切。再四句写诗人预感中前路的艰险悲辛。写前路险，即见别离悲。结尾四句写相遇之欢复归离别之苦。

　　全诗自然宛转，聚散喜悲，情思回荡。诗人之尚贤重义之心，耀然其中。

原文

朝发富春渚[1],蓄意忍相思[2]。涿令行春反[3],冠盖溢川坻[4]。望久方来萃[5],悲欢不自持[6]。沧江路穷此[7],湍险方自兹[8]。叠嶂易成响[9],重以夜猿悲[10]。客心幸自弭[11],中道遇心期[12]。亲好自斯绝[13],孤游从此辞[14]。

注释

〔1〕富春:水名,即富春江,指浙江在富阳县境内的一段。 渚:水岸曲处。

〔2〕蓄意:内心郁结的情思。

〔3〕涿令:涿县令,指后汉滕抚。抚字叔辅,北海剧人。初仕州郡,稍迁为涿令,有文武才用。太守以其能,委任郡职,兼领六县。风政修明,流爱于人。在事七年,道不拾遗。(见《后汉书·滕抚传》)此代指郭峙,言其才德有类滕抚。 行春:巡视百姓春耕情况。《后汉书·郑弘传》:"弘少为乡啬夫,太守第五伦行春,见而深奇之,召署督邮,举孝廉。"《注》:"太守常以春行所主县,劝人农桑,振救乏绝,见《续汉志》也。" 反:此指郭峙由行春之村落,返回迎候诗人之溪口。反,返回。

〔4〕冠盖:冠服与车盖。指官吏。 川坻(chí池):水岸。坻,水中沙洲或高地。

〔5〕萃:聚,会聚。

〔6〕自持:自我控制。

〔7〕沧江:指江水。江水呈青苍之色,故云。 穷:尽,止。

〔8〕湍险:江水湍急险要。

〔9〕叠嶂:重叠的山峰。

〔10〕重(chóng虫):重复,回荡。以上两句意思说山峰高峻,峡谷深邃,易生反响,夜静猿声悲鸣,在山谷间反复回荡,增人忧伤。

〔11〕客心:客游的愁苦心情。 弭(mǐ米):止。

〔12〕中道:途中。此指经过桐庐。 心期:心中期待的友人。此指郭峙。

〔13〕亲好:此指郭峙。 绝:别离。

〔14〕孤游:孤独的客游者。此诗人自谓。

今译

清晨船从富春江岸发,内心郁结苦思情谊浓。德如涿令巡视春田返,衣冠车盖江畔来接迎。凝望良久友人方聚会,由悲转喜难抑心激动。青苍江流平路至此尽,水急势险艰难在前程。崇山叠嶂最易生反响,深谷夜静回荡猿悲鸣。客游心愁幸而至此止,中途相遇知心诉衷情。好友此聚也将自此别,孤客远游相辞继远征。

(陈复兴译注并修订)

◎ 河阳县作二首 五言

潘安仁

◆◆◆ 题解

潘岳做河阳县县令时作此二诗,写登上河阳城所见自然景物,重在抒发自己内心感受。河阳县,地名,似属今湖北宜城县地。

第一首主要写滞官京都洛阳,十年不迁,好不容易盼到外迁,却为区区河阳县令。悲叹命途多舛,从而对自己仕途前景产生疑惑。抒发不甘沉沦下僚的苦闷心情。开头八句以自嘲口吻,谦称无才少德,似乎不宜置身仕途,当归隐躬耕为好。次十二句描写自然景物,"幽谷"与"峻岩"、"落英"与"飞茎"高下对比,表达升降瞬息变迁的哲理,抒发长期沉沦下僚、不得升迁的苦闷,并隐含不满之情。再次十句写登城向南眺望,只见黄河滔滔,北芒苍莽,眷念京都,抒发室迩人远之思。连用三个反诘句,强烈表达自勉、自强精神。县令官职微不足道,当珍惜有生之年,建树"令名"。最后八句写人生短暂如"石火"、"飘尘",应抓紧建立善政,当以谦逊为本,力戒骄矜,为民楷模。

此诗善于用精美词藻描绘自然景物,且融情于景。心理描写细腻、委婉,含蓄表达内心怨愤。语言华美流畅,具有较强艺术感染力。

原文

微身轻蝉翼[1]，弱冠忝嘉招[2]。在疚妨贤路[3]，再升上宰朝[4]。猥荷公叔举[5]，连陪厕王寮[6]。长啸归东山[7]，拥耒耨时苗[8]。幽谷茂纤葛[9]，峻岩敷荣条[10]。落英陨林趾[11]，飞茎秀陵乔[12]。卑高亦何常[13]？升降在一朝[14]。徒恨良时泰[15]，小人道遂消[16]。譬如野田蓬[17]，斡流随风飘[18]。昔倦都邑游[19]，今掌河朔徭[20]。登城眷南顾[21]，凯风扬微绡[22]。洪流何浩荡[23]，脩芒郁苕峣[24]。谁谓晋京远[25]？室迩身实辽[26]。谁谓邑宰轻[27]？令名患不劭[28]。人生天地间[29]，百岁孰能要[30]？颎如槁石火[31]，瞥若截道飙[32]。齐都无遗声[33]，桐乡有余谣[34]。福谦在纯约[35]，害盈犹矜骄[36]。虽无君人德[37]，视民庶不恌[38]。

注释

〔1〕蝉翼：蝉的翅膀，其特点是轻而薄。潘岳借以自喻地位卑微。语出《楚辞·卜居》："蝉翼为重，千钧为轻。"

〔2〕弱冠忝嘉招：史实见《晋书·潘岳传》："岳少以才颖见称，乡邑号为奇童……举秀才。"意谓潘岳年幼聪慧，号称奇童，二十岁上下即举秀才，名重当世。　弱冠：指二十岁左右。　忝嘉招：辱蒙善招，谓举为秀才。　忝(tiǎn舔)：辱。谦词。

〔3〕在疚：犹"嬛嬛在疚"的略语。意谓孤独无依，深深陷于忧患苦痛之中。语出《诗·周颂·闵予小子》："嬛嬛在疚。"　嬛(qióng穷)：同"茕"。孤独无依。　疚(jiù就)：病，此谓忧伤成疾。　贤路：谓进用有才德的人的道路。

〔4〕再升上宰朝：意谓潘岳来到京城洛阳，受到权贵司空荀颛赏识，提拔为司空府的属官司空掾。史实见《晋书·潘岳传》："早辟司空太尉府。"　宰朝：犹"宰府"，官府大堂，谓司空太尉府。宰，犹宰官，亦泛指官员。朝，官府大堂。

〔5〕猥荷公叔举：意谓潘岳谦称自己是凡夫俗子，承蒙重臣推举为官，实在

有愧。　猥(wěi委):平庸,见识短浅的凡才。　荷(hè贺):承受。　公叔举:典出《论语·宪问》:"公叔文子之臣大夫僎与文子同升诸公。"意谓公叔文子的家臣大夫僎,由于文子的荐举,同文子一道高升为国家公卿大臣。

　〔6〕连陪厕王寮:此句顺承上句申说,应合观。此句谓离开家臣卑微官位,跻身于君主官员行列。　连:为"违"的讹字,乃传写致误(依胡克家《文选考异》)。离开。　陪:犹"陪臣"的略语(依李善注)。家臣。　厕:置,参加。寮(liáo僚):同"僚",官员,官僚。

　〔7〕长啸(xiào笑):犹"吟啸"。因感慨而撮口发出长而清越的声音,以发泄胸中苦闷之情。语本《三国志·蜀志·诸葛亮传》裴松之注:"《魏略》曰:'〔诸葛亮〕每晨夜从容,常抱膝长啸。'……夫其高吟俟时。"　归东山:谓潘岳隐居于东山。依李善注引潘岳《天陵诗序》:"岳屏居天陵东山下。"

　〔8〕拥:抱,掌握。　耒:为耒耜的略语。古代耕地翻土的农具。耒是耒耜的柄,耜是耒耜的铲。后世谓农具的总称。　耨(nòu):除草,锄草。

　〔9〕幽谷:深谷。　纤:纤细。　葛:葛藤。

　〔10〕岩:山崖。　敷:布,分布,铺开。　荣:繁荣,茂盛。

　〔11〕落英:落花。　陨(yǔn允):坠落。　趾:脚。此指树根。

　〔12〕飞茎:谓凌空耸立的乔木。　秀:茂盛。　陵:大土山,亦泛指山。乔:高。

　〔13〕卑高亦何常:反诘句。低的深谷、高的山崖哪里能够长久一成不变?

　〔14〕升降在一朝:当与上句合看。意谓低谷可以变为高山,升降变化极快,往往就在须臾之间。　一朝(zhāo召):犹一旦,一时。

　〔15〕恨:遗憾。　良时:美好的时世,谓盛世。　泰:谓天与地通气调和,万物顺遂平安。语出《易·泰》:"象曰:'天地交,泰。'"王弼注:"泰者,物大通之时也。"

　〔16〕小人道遂消:典出《易·泰》:"君子道长,小人道消。"意谓君子道增长,小人道消亡。　道:抽象名词,中国古代哲学范畴。一般指事物运动变化所必须遵循的普遍规律或万物的本体。　以上两句意谓欣逢太平盛世,政治清明,君子道长,小人道消,而我很遗憾,却无所作为。

　〔17〕蓬:即"飞蓬"的略语。蓬草枯后断根,遇风飞旋,故称。语出《诗·卫风·伯兮》:"自伯之东,首如飞蓬。"后世常用以比喻行踪飘泊不定。

　〔18〕斡流:语出《史记·屈原贾生列传》:"万物变化兮无休息,斡流迁兮或

推而还。"意谓万物变化永无止境,旋转迁徙推移往返。　斡(wò 卧):旋转。

　〔19〕昔倦都邑游:意谓昔日潘岳游历京都洛阳,滞官十年不迁,感到苦闷厌倦。　倦:厌倦。　都邑:大城市,谓京城洛阳。

　〔20〕河朔:本泛指黄河以北地区,此借指河阳,因河阳亦位于黄河北岸。　徭:服役。此指充任河阳县令。

　〔21〕眷(juàn 倦):眷念。　顾:看,望。

　〔22〕凯风:南风。《尔雅·释天》:"南风谓之凯风。"　绡(xiāo 消):薄绸。

　〔23〕洪流:巨大的水流。　浩荡:广阔壮大貌。

　〔24〕俦:同"修"。长。　芒:犹"北芒"的略语(依李善注)。　郁:谓苍莽。　苕峣(tiáo yáo 条尧):高耸的样子。

　〔25〕谁谓晋京远:反诘句。谁说晋朝京都洛阳距离河阳远呢?

　〔26〕室迩身实辽:意谓家近而思念的人远离。用以表示思念远人。典出《诗·郑风·东门之墠》:"其室则迩,其人甚远。"后来紧缩成为"室迩人远"成语。　迩(ěr 尔):近。　身:犹人。　辽:远,遥远。

　〔27〕谁谓邑宰轻:反诘句。谁说县令微不足道?　邑(yì 义)宰:旧时谓县令。　轻:轻微,不足贵重。

　〔28〕令名:美名,好名声。　劭(shào 绍):美。

　〔29〕人生天地间:意谓人生于天地之间,匆匆如远行的过客一般,暂住一时。

　〔30〕百岁孰能要:反诘句。谁能够自求活到百岁呢?　要(yāo 邀):通"徼(邀)",希求。

　〔31〕颎(jiǒng 窘):同"炯",光明,明亮。　槁石火:意谓敲打石头所发出的火微弱、短暂。用以比喻人生的短暂。　槁(gǎo 搞):通"考",击,敲打。(依李善注)

　〔32〕瞥(piē 撇):暂现,忽闪一下即逝。　飙(biāo 标):"飙尘"的略语。典出《古诗十九首》:"人生寄一世,奄忽若飙尘。"意谓人生一世,就好像被狂风卷起的尘埃一样,转眼即逝。用以比喻人生无常。　截:拦阻。

　〔33〕齐都无遗声:意谓齐景公身为国君,不修善德,死后,没有在齐国都城遗留好名声。典出《论语·季氏》:"齐景公有马千驷,死之日,民无德而称焉。"

　〔34〕桐乡有余谣:意谓朱邑任桐乡啬夫小官,坚持廉洁、公正,以仁爱、利民为宗旨,博得桐乡吏民爱戴,称颂他的歌谣广为流传。史实见《汉书·朱邑

传》："〔朱邑〕少时为舒桐乡啬夫，廉平不苛，以爱利为行……所部吏民爱敬焉……及死，其子葬之桐乡西郭外，民果（然）共为邑起冢立祠，岁时祠祭，至今不绝。"

〔35〕福谦在纯约：意谓当好自约束，谦逊为本，则永远得福。语出《易·谦》："鬼神害盈而福谦。" 纯：善，好。 约：约束。

〔36〕害盈犹矜骄：意谓祸患无穷由骄傲自满所致。 矜骄：犹骄矜。谓骄傲自满，自以为贤能。 犹：当作"由"。（依胡克家文选考异）

〔37〕君：犹"君临"的略语，主宰，统治，统辖。 德：犹"德音"的略语。（依李善注）谓令闻，好的声誉。语出《诗·小雅·鹿鸣》："我有嘉宾，德音孔昭。"

〔38〕视民庶不佻：意谓示范民众不可苟且、浮薄。 视：古"示"字。示范。佻(tiāo 挑)：同"佻"，偷薄，轻佻。

今译

地位卑微如蝉翼，年登弱冠蒙善招。忧伤成疾妨贤路，再升司空为属僚。凡才愧受贤人举，离开家臣列君朝。感慨长啸隐东山，掌握耒邦锄禾草。深谷茂密细葛藤，峻岭繁荣布枝条。花朵坠落树林下，乔木繁茂赛山高。低高哪能永不变？升降变迁在一朝。惟独遗憾逢盛世，小人道消无勋劳。譬如田野飞蓬走，随风旋转四方飘。昔日厌倦洛阳游，如今主持河阳县。登城眷念望南方，和煦南风如丝绵。洪流滚滚多浩荡，北芒长岭多崄岩。谁说晋朝京都远？室近人远千里遥。谁说县令不足贵？只忧声誉不美好。人生天地如过客，活满百岁谁能求？如敲石火一闪亮，风中尘埃一瞬飘。齐王未留好名声，朱邑盛传美歌谣。谦逊得福善约束，骄矜遭殃由自找。虽无清官德音美，但愿示民不轻佻。

题解

第二首侧重写登河阳城见闻，触景生情，婉转含蓄地表达内心愁苦不满之情。开头十二句描写深秋时节登河阳城所见所闻的秋色秋声，不禁远望遐想，眷念京都王室，怀念远方亲友，愁绪萦绕心头。中间八句主要写河阳芸芸众生,有的如浮萍随波逐流,有的如松萝寄生依附,有的如曲蓬见识短浅。鉴于人心纷乱,风俗虚假,应该像朱博一样纠正弊端,醇化民风,方可期望河阳大治。结尾六句述当县令应该学宓子贱,体恤民情,顺应民心,宽严得当,施善爱民,鸣琴而治。诗人确乎不甘沉沦,有志建立功名,无奈仕途多艰,内心愤愤不平。

同第一首一样,擅长写景抒情。从开头写景数句,即可见其功力,描写细腻,形象生动,词藻美丽,色彩鲜明。

原文

日夕阴云起[1],登城望洪河[2]。川气冒山岭[3],惊湍激岩阿[4]。归雁映兰畤[5],游鱼动圆波[6]。鸣蝉厉寒音[7],时菊耀秋华[8]。引领望京室[9],南路在伐柯[10]。大夏缅无觌[11],崇芒郁嵯峨[12]。总总都邑人[13],扰扰俗化讹[14]。依水类浮萍[15],寄松似悬萝[16]。朱博纠舒慢[17],楚风被琅玡[18]。曲蓬何以直[19]?托身依丛麻[20]。黔黎竟何常[20]?政成在民和[22]。位同单父邑[23],愧无子贱歌[24]。岂敢陋微官[25]?但恐忝所荷[26]。

注释

〔1〕日夕:傍晚,日暮。语出《诗·王风·君子于役》:"日之夕矣,牛羊下来。"

〔2〕洪:大。 河:黄河。

〔3〕川:河流。 气:水气。 冒:升起。

〔4〕惊:惊恐。 湍(tuān):急流。 激:飞溅。 岩阿(ē):山崖的侧边。

〔5〕畤(zhì 至):当作"畤"(依胡克家文选考异)。同"沚"。水中小洲。兰:泽兰,兰草。

〔6〕游鱼动圆波:描写鱼儿在河面漫游,动起环环圆形波纹。

〔7〕鸣蝉厉寒音:意谓寒蝉鸣叫,声音又高又急。语出《礼记·月令》:"〔孟秋之月〕凉风至,白露降,寒蝉鸣。" 厉:尖厉而迅速。

〔8〕时菊耀秋华:意谓季秋时节,黄灿灿的菊花盛开。语出《礼记·月令》:"〔季秋之月〕菊有黄华(花)。" 华(huā花):同"花"。

〔9〕引领:伸长脖子。形容殷切盼望。语出《左传·成公十三年》:"我君景公引领西望。" 京室:古代指王室。语出《诗·大雅·思齐》:"思媚周姜,京室之妇。"

〔10〕伐柯:用以比喻遵循一定的准则。语出《诗·豳风·伐柯》:"伐柯伐柯,其则不远。"

〔11〕大夏:指洛阳大夏门的略称(依李善注)。 缅(miǎn免):遥远。 觌(dí敌):见,相见。

〔12〕芒郁嵯峨:与"芒郁苕峣"义同。 嵯峨(cuó é):高峻的样子。

〔13〕总总:众多的样子。语出《楚辞·九歌·大司命》:"纷总总兮九州。" 都邑:本来大城市称"都",小城镇称"邑"。此泛指一般城市。

〔14〕扰扰:纷乱的样子。语出枚乘《七发》:"其波涌而云乱,扰扰焉如三军之腾装。" 俗化:风俗。 讹(é俄):诈伪,虚假。

〔15〕依水类浮萍:意谓世人就像浮萍依附水面而随波漂荡。 类:相似,类似。

〔16〕寄松似悬萝:其含义与上句略同。意谓世人也像松萝寄生悬挂在松柏上,缺少主心骨。语本《诗·小雅·頍弁》:"茑与女萝,施于松柏。" 萝:松萝,女萝。

〔17〕朱博纠舒缓:意谓朱博上任琅玡太守,大力纠正齐地官员迟缓的陋习。史实见《汉书·朱博传》:"〔朱博〕迁琅玡太守。齐郡舒缓养名……敕功曹:'官属多褒衣大袑,不中节度,自今掾史衣皆令去地三寸。'" 纠:纠正,矫正。 舒缓:舒迟,迟缓。

〔18〕楚风被琅邪:顺承上句申说。意谓由于朱博正确引导,楚、赵官员雷厉风行的作风很快波及琅玡郡。史实见《汉书·朱博传》:"〔朱博在琅玡〕视事数年,大改其俗,掾史礼节如楚、赵吏。" 被:加,及,波及。

〔19〕曲蓬何以直:意谓本来弯曲的蓬草凭借什么生长挺直呢?典出《荀子·劝学》:"蓬生麻中,不扶而直。"原意谓飞蓬生长在麻丛里,不必搀扶而自然长直。 蓬:飞蓬,蓬草。

〔20〕托身依丛麻：意谓蓬草寄生于麻丛之中，四面受到夹扶，自然长得笔直。当与上句合观。　托身：犹寄身。

〔21〕黔黎竟何常：意谓百姓到底凭什么保持安定常态呢？　黔黎：黔首、黎民的合称。指百姓。　常：正常，谓安居乐业。

〔22〕政：政事，政绩。　民和：犹人和，谓得人心。

〔23〕单父(shàn fǔ 善甫)：一作"亶父"。古邑名、县名。春秋时鲁邑，秦置县。治所在今山东单县南。　邑：为"邑宰"的略语。旧指县令。

〔24〕愧无子贱歌：当与上句合观。意谓单父宰、河阳令都是相同的地方官职，自己却没有像宓子贱那样"鸣琴而治"而博得百姓的颂歌，深深感到惭愧。典出《吕氏春秋·察贤》："宓子贱治单父，弹鸣琴，身不下堂，而单父治。"　子贱：宓子贱(宓 fú 伏)。春秋末期鲁国人，名不齐。孔子学生。曾为单父(今山东单县南)宰。

〔25〕岂敢陋微官：反诘句。意谓岂敢轻视河阳县令官职低微？　陋：鄙视，轻视。

〔26〕但恐忝所荷：意谓只是畏惧治理不好而愧对任职。　忝(tiǎn 舔)：辱，有愧于。谦词。　荷(hè 贺)：担任，担负。

今译

太阳落山阴云起，登上城楼望大河。河上水气升山岭，惊涛飞溅山崖阿。归雁反影兰草洲，游鱼水面动圆波。寒蝉叫声高又急，秋菊盛开黄花鲜。伸起脖颈望王室，向南正道有常则。大夏遥远不得见，北芒繁茂显嵯峨。众多河阳县城人，纷乱不醇风俗薄。随水漂泊如浮萍，寄生松柏似女萝。朱博矫正琅玡俗，快捷楚风遍齐国。蓬草如何茎不曲？寄身麻丛自然直。百姓如何方安定？成就政绩在人和。官职等同单父宰，惭愧尚无子贱歌。岂敢轻视小县令？只怕任职遗憾多。

（张厚惠译注　陈复兴修订）

在怀县作二首 五言　　　潘安仁

题解

　　这二首诗为潘岳由河阳县转为怀县令作。怀县,地名,盖属今湖北境。

　　第一首主要描写登城楼居高临下所见,抒发又喜又悲的感触。瓜果、蔬菜、树木等都长势喜人。自叹政绩不显,屡次外任,长期滞留不迁,实在可悲。宠辱、得失尚可无动于衷,而眷念故土的愁绪却无法驱散。开头十句写盛夏酷热难当,挥汗如雨,登城临水,领受凉风,借以解除外界闷热和内心苦闷。中间八句描写登城楼所见:大道两侧参天楄树排列整齐;果园里花朵鲜艳,果满枝头;瓜地里瓜瓞累累,枝蔓繁茂;菜园中姜芋茂盛,大畦大片;水田里稻谷齐整,长势喜人;旱地中黍苗青葱,生长正旺,好一派繁荣丰收景象。末尾十二句主要抒发内心愤懑和怀归忧愁。自京都外出连任河阳、怀县两县令,累计八年不迁。不能不自叹自嘲:"器非廊庙姿,屡出固其宜。"

　　这首诗不是孤立写景,而是追求情景交融。如描写盛暑季节万物欣欣向荣,色彩斑斓,形象生动,旨在衬托诗人仕途艰难,苦苦挣扎,而精神萎靡不振,心力憔悴沮丧,隐含深沉焦急、怨恨之情。

原文

　　南陆迎脩景[1],朱明送末垂[2]。初伏启新节[3],隆暑方赫羲[4]。朝想庆云兴[5],夕迟白日移[6]。挥汗辞中宇[7],登城临清池[8]。凉飙自远集[9],轻襟随风吹[10]。灵圃耀华果^[11]，通衢列高椅^[12]。瓜瓞蔓长苞^[13]，姜芋纷广畦^[14]。稻栽肃仟仟^[15]，黍苗何离离^[16]。虚薄乏时用^[17]，位微名曰卑^[18]。驱役宰两邑^[19]，政绩竟无施^[20]。自我违京辇^[21]，四载迄于斯^[22]。器非廊庙姿^[23]，屡出固其宜^[24]。徒怀越鸟志^[25]，眷恋想南枝^[26]。春秋代迁逝^[27]，四运纷可喜^[28]。宠辱易不惊^[29]，恋本难为思^[30]。

注释

〔1〕南陆迎脩景：意谓地球绕太阳运动，当太阳位于南半球时，迎来夏天长日照。 脩：同"修"，长。 景：日光，太阳。

〔2〕朱明送末垂：意谓迎来夏季的开头，就意味着送走春季的末尾。刘良注："朱明，夏也。送末垂，谓六月将尽之时也。" 朱明：古代称夏季为朱明。语本《尔雅·释天》："夏为朱明。" 末垂：犹"末"，终。

〔3〕初伏：亦称"头伏"。指夏至后第三个庚日为初伏，为伏日的第一阶段。启：开。

〔4〕隆：盛。 赫羲：同"赫戏"，光明盛大的样子。

〔5〕庆(qīng青)云：一种彩云，古代以为祥瑞气。语本《汉书·天文志》："若烟非烟，若云非云，郁郁纷纷，萧索轮囷，是谓庆云。"

〔6〕夕迟白日移：意谓晚上希望太阳按照人的意志移动。 迟：希望。语本《后汉书·章帝纪》："〔建初五年〕诏曰：'朕思迟直士，侧席异闻。'"李贤注："迟，犹希望也。"

〔7〕挥汗：洒汗。 中宇：犹宇中，屋中，居处中。

〔8〕临：站在高处面临低处。

〔9〕飙(biāo标)：指疾风，此泛指风。

〔10〕襟：衣襟，古代指衣服的交领。

〔11〕灵圃(pǔ普)：犹灵囿。意谓神灵所为的园圃。此用以指果园。语出《诗·大雅·灵台》："王在灵圃。" 华(huā花)：同"花"。

〔12〕通衢(qú渠)：四通八达的大道。 椅(yī衣)：木名，即山桐子。

〔13〕瓜瓞(dié迭)：本指大瓜、小瓜，泛指瓜类。 苞(bāo包)：丛生，聚集，繁茂。

〔14〕姜:生姜。　芋(yù玉):俗称芋艿、芋头。　纷:纷繁,繁多。　畦(qí齐):谓分割田地成小块,每一小块即称作畦。此指菜畦。

〔15〕肃:严正。此谓整齐。　仟仟:同"芊芊",茂盛的样子。

〔16〕黍:黍子,加工后的米一般称为黄米。　离离:茂盛。语出《诗·王风·黍离》:"彼黍离离,彼稷之苗。"

〔17〕虚:空虚。　薄:微薄,少。　乏:匮乏。

〔18〕微:低微。　卑:卑下,低下。

〔19〕驱役宰两邑:意谓潘岳被差遣服役,先后任河阳、怀县两县县令。驱:差遣。　役:服役。　宰:同"邑宰",旧指县令。

〔20〕政绩竟无施:意谓主观上有建立功业的志向,但客观条件限制,竟然无从实施。　政绩:谓为政功业,指善政。　施:施行,实行。

〔21〕违:离开。　京辇(niǎn碾):指京都。皇帝坐的车子叫辇,借指京城。

〔22〕四载迄于斯:意谓外任怀县县令至今已经四年了。　载:年。　迄:至,到。　斯:此,谓现在。

〔23〕器:才能。　廊庙:犹庙堂,指朝廷。语本《慎子·知忠》:"廊庙之材,盖非一木之枝也。"　姿:通"资",资质。

〔24〕屡出固其宜:意谓屡次出京都外任小县令本来是自然的。

〔25〕越鸟:谓南方的鸟。越,本为古族名,秦汉以前即分布于长江中下游以南地区。此借指南方。

〔26〕眷恋想南枝:当与上句合观。意谓南方鸟迁徙到北方,仍旧筑巢在朝南的树枝上,表示眷恋本原南方。典出《古诗十九首》:"胡马依北风,越鸟巢南枝。"

〔27〕春秋代迁逝:意谓春去秋来,依次更替,交易而去。语本《离骚》:"春与秋其代序。"王逸注:"代,更也;序,次也;春秋往来,以次相代。"

〔28〕四运纷可喜:意谓春夏秋冬四时运行,颇多变化,实属可喜。　四:为"四时"的略语,四季。

〔29〕宠辱易不惊:意谓宠辱变易而无动于衷。语本《老子》:"何谓宠辱若惊? 宠为下,得之若惊,失之若惊,是谓宠辱若惊。"

〔30〕恋本难为思:意谓依恋本原故土的忧思难以自制,即愁思不已。恋:眷恋,依恋。

今译

南陆迎来长日照，朱明送走春末期。初伏已开新节令，盛暑即将显威力。朝想庆云祥瑞气，夕望白日如意移。挥汗屋中宜离去，登城面临清水池。凉风汇聚自远方，轻襟随风吹飘起。灵囿花艳果满枝，通衢两侧列高椅。瓜瓞累累枝蔓长，姜芋繁多满菜畦。稻谷齐整长势旺，黍稷繁茂可人意。财物匮乏缺日用，官职卑下名声低。差遣出任两县令，竟然无从建政绩。自我离开京城去，迄今四载于此邑。不敢自许廊庙器，屡次出任固所宜。枉怀越鸟思本原，眷恋愁思依南枝。春去秋来相更替，四季物换多可喜。宠辱变易不为惊，依恋故土难以已。

题解

第二首记叙酷暑登城楼吹风解热，游目散心。着重描写触景伤感、内心苦闷。感慨时光白白流逝，多年滞留小小县令，闲散无事，难有作为，抒发急切盼望回归故土而不能如愿的愁思。开头四句感叹岁月飞快流逝，出京外任县令滞留多年不迁。中间四句本想登城远望，排遣内心苦闷，看到历代官署，不禁想起自身仕途艰难，怀县地狭人少，终日清闲无事，建立功业无望，更觉烦燥、痛苦。最后八句描写庭院景物虽美，但非诗人故土。纵然山水远隔，也隔不断眷恋故乡忧思。迫切期望返回故乡，终因策命束缚，不能如愿以偿。

全诗自始至终贯穿感叹、苦闷和愁思。把外界酷热难当与内心苦闷难熬结合起来写，融记叙、写景、抒情于一炉。

原文

我来冰未泮[1]，时暑忽隆炽[2]。感此还期淹[3]，叹彼年往驶[4]。登城望郊甸[5]，游目历朝寺[6]。小国寡民务[7]，终日寂无事[8]。白水过庭激[9]，绿槐夹门植[10]。信美非吾土〔11〕,只搅怀归志〔12〕。卷然顾巩洛〔13〕,山川邈离异〔14〕。愿言旋旧乡〔15〕,畏此简书忌〔16〕。祗奉社稷守〔17〕,恪居处职司〔18〕。

注释

〔1〕我来冰未泮:意谓我赴任怀县县令正是冬季,冰冻尚未融解。语出《诗·邶风·匏有苦叶》:"迨冰未泮。" 泮(pàn 判):融解。

〔2〕时暑忽隆炽:意谓冬去夏来,转眼之间,骄阳似火,酷暑降临。 忽:迅速,转眼之间。 隆:盛。 炽(chì 翅):火旺,此指炽烈,酷热。

〔3〕感此还期淹:意谓感叹出京都外任县令,滞留不迁,返回无期。 淹:滞留,久留。

〔4〕叹彼年往驶:意谓感叹那岁月迅速流逝。 年:犹年月,岁月。 驶:马飞奔,迅速。

〔5〕郊甸:泛指城外,野外。 郊:古代城外称郊。 甸(diàn 店):古代郊外称甸。

〔6〕游目:谓目光由近及远,随意观览瞻望。语出《离骚》:"忽反顾以游目兮,将往观于四荒。" 寺:古代官署名。

〔7〕小国寡民务:意谓尽管怀县地盘小、人口少,但是仍然勉力从事。典出《老子》:"小国寡民。"原意谓国土狭小,人口稀少。 务:治理,勉力从事。

〔8〕寂:犹寂寞,清静,谓政事不繁。

〔9〕白水:谓清流,谓清澈明净的流水。 庭:谓庭院。 激:飞溅,溅起水花。

〔10〕绿槐夹门植:意谓门外两边都栽种着槐树,长得碧绿可爱。

〔11〕信美非吾土:意谓虽然环境真美,却不是我的故乡。 信:真,确实。 土:犹故土。

〔12〕只搅怀归志:意谓景致再好,只能勾起我怀念故乡急于归去的情思。 搅:招引,勾起。

〔13〕卷然顾巩洛:意谓满怀眷念之情,回头望故乡巩县、洛水一带。 卷:为"眷"的讹字,因传写致误(依胡克家《文选考异》),眷念。 顾:回头看。 巩:巩县,今河南巩县,在黄河南岸、洛河下游。 洛:洛水,今河南洛河。巩、洛

為潘岳父親墳墓所在地（依李善注），故借指故鄉。

〔14〕山川邈離異：意謂我與故鄉之間山水阻隔，遠遠分開。　邈（miǎo秒）：遠。

〔15〕願：期望。　旋：歸，回。　舊鄉：故鄉。

〔16〕畏此簡書忌：意謂畏懼這策命文書。典出《詩·小雅·出車》：「王事多難，不遑啟居。豈不懷歸？畏此簡書。」　簡書：策命文書。　忌：顧忌，畏懼。

〔17〕祗奉社稷守：意謂敬奉國家官職，盡職盡責。　祗：胡刻本作「祇」。此據六臣注本改。　奉：事奉，從事。　社稷：謂國家。　守（shòu受）：猶官守，職守。

〔18〕恪居處職司：意謂認真對待職務，謹慎處理政事。　恪（kè課，舊讀què卻）：嚴肅，認真。　居：處，任。　處：對待。　職司：職務。

今譯

　　我來懷縣冰未化，轉瞬酷暑似火熾。感慨滯官返無期，嘆息時光飛奔馳。登城遠望四野外，京城官署若可識。地少人稀勤治理，終日清靜無雜事。庭院清流飛水花，大門兩邊槐樹植。環境真美非故土，勾起懷歸故鄉志。眷念鞏洛回頭看，山水阻隔遠難至。急切期望回故里，畏懼策命久顧忌。國家官職敬從事，嚴守官德竭盡職。

（張厚惠譯注　陳復興修訂）

迎大驾一首五言

潘正叔

题解

　　这首诗写于西晋"八王之乱"期间。西晋惠帝腐败无能，皇族八王内讧，纷纷起来争夺政权，劫持惠帝以令诸侯。这就是历史上所谓"八王之乱"。先是西晋永兴元年(304)，东海王越奉惠帝攻打镇守邺城的成都王颖，失败。惠帝又被成都王颖劫持在邺。次年，东海王越又率三万武士，迎接惠帝重返洛京。诗人选取迎接惠帝重返京都洛阳这个侧面，含蓄地反映了上述历史动乱。诗中描写大好河山、美丽家园横遭战乱破坏，百姓流离道路，无处安身；豺狼当道，贤者被困，令人义愤；时局变乱，祸国殃民，使人忧虑；殷切期待早日结束混乱局面。前半部分凡八句，描写山岭青翠，田野碧绿，洛水湍急，景色优美。百姓白天沿路流离，夜晚无处安歇，困于道路，遭受风寒。后半部分共十二句，假托高士之口，谴责豺狼横行、时局变乱，表达对贤者遭殃的义愤，希望早日平息战乱。

　　假托一位有识之士说话，评论时局，指责变乱，抒发忧愤，显得委婉含蓄，避免直接指斥而招来杀身之祸。这也显示出封建社会黑暗残暴与诗人的难言之隐。

　　描写优美山河，反衬战乱流离，对比强烈，爱憎分明。

原文

　　南山郁岑崟[1]，洛川迅且急[2]。青松荫修岭[3]，绿蘩被广隰[4]。朝日顺长涂[5]，夕暮无所集[6]。归云乘嶷浮[7]，凄风寻帷入[8]。道逢深识士[9]，举手对吾揖[10]。世故尚未夷[11]，崤函方崄涩[12]。狐狸夹两辕[13]，豺狼当路立[14]。翔凤婴笼槛[15]，骐骥见维絷[16]。俎豆昔尝闻[17]，军旅素未习[18]。且少停君驾[19]，徐待干戈戢[20]。

注释

〔1〕南山：山名。此指终南山。　郁（yù 玉）：繁盛的样子。　岑崟（cén yín）：山高峻的样子。

〔2〕洛川：犹"洛水"，水名，即今河南洛河。

〔3〕荫：遮蔽。　脩岭：长岭，长长的山岭。　脩：同"修"，长。

〔4〕繁（fán 繁）：植物名，即白蒿。　被：覆盖，铺满。　隰（xí 席）：低下的湿地，沼泽地。

〔5〕朝日顺长涂：意谓白天顺着漫长道路流徙以避战乱。　涂：通"途"，道路。

〔6〕集：谓歇宿。

〔7〕归：谓落。　乘：覆盖（依李善注）。　巇（xiǎn 显）：车幔。　浮：漂，漂浮。

〔8〕凄：寒冷。　帷：犹"帷盖"的略语。车的帷幔和篷。

〔9〕道逢深识士：诗人假托在路上遇到一位有远见卓识的人士。　深识：犹卓识。高深的见识。

〔10〕举手对我揖：意谓高士拱手向我致以见面礼后，就说了如下一席话。揖（yī 衣）：拱手为礼。古代见面礼节。

〔11〕故：变故，变乱。　夷：平。

〔12〕崤函方崄涩：意谓崤山、函谷关一带形势险要，难以通行，易守难攻，正是兵家必争之地，这里战乱也就最多。　崤（xiáo 淆）函：古代对崤山和函谷关的合称。相当于今陕西潼关以东至河南新安县止。这一带多高峰绝谷，形势险要。　崄：险要，艰险。　涩（sè 色）：艰涩，谓艰险难以通。

〔13〕狐狸夹两辕：意谓狡猾诡诈之徒挟持天子发号施令，以售其奸。　狐狸：用以比喻狡猾诡诈的坏人。　两辕：车的双辕。此用以比喻皇帝的车辕，意指皇帝。

〔14〕豺狼当路立：意谓豺狼站在路中间，横拦去路。比喻贪婪残暴的坏人把持大权。典出《汉书·孙宝传》："豺狼横道，不宜复问狐狸。"

〔15〕翔凤婴笼槛：意谓本来飞翔的凤凰横遭羁绊，关进牢笼。用以比喻贤者被关进监牢。 婴：羁绊，缠绕。 笼：畜养鸟类及虫类的竹编器。 槛(jiàn鉴)：关野兽的笼子。

〔16〕骐骥见维絷：意谓千里马的四脚都被捆绑，不能奔驰。 骐骥(qí jì骑寄)：骏马，千里马。 维絷(zhí执)：拴缚，捆绑。语出《诗·小雅·白驹》："皎皎白驹，食我场苗，絷之维之，以永今朝。"

〔17〕俎(zǔ祖)豆：都是古代盛肉食的器皿，举行祭祀礼时用它，因借以表示礼仪。

〔18〕军旅素未习：当与上句合观。意谓礼仪的事情以前曾经听到过，军队的事情向来不曾学习过。典出《论语·卫灵公》："俎豆之事，则尝闻之矣；军旅之事，未之学也。"

〔19〕且少停君驾：意谓暂且请您稍稍停留。假托高士口气说话，故敬称诗人(潘尼)为"君驾(您)"(依李善注)。

〔20〕徐待干戈戢：意谓慢慢等待战争停止。典出《诗·周颂·时迈》："载戢干戈。" 戢(jí集)：收藏，止息。 干戈：为古代作战时常用的防御和进攻的两种武器，亦为兵器的通称，引申指战争。

今译

南山葱葱且高峻，洛水迅速又湍急。青松遮蔽长山岭，绿蒜铺满沼泽地。白天顺着长路走，晚上无处供休息。落云覆盖车幔飘，寒风入帷找缝隙。路遇见识高深士，拱手为礼致敬意。世间变乱尚未平，崤函艰险必争地。狐狸挟持两辕旁，豺狼当道阻拦立。凤凰羁绊关牢笼，骏马四脚被捆系。俎豆礼仪昔曾闻，军队征战未学习。暂且请您稍停留，慢待战争全平息。

（张厚惠译注　陈复兴修订）

◎ 赴洛二首五言

陆士衡

〓 题解

　　第一首,李善注:"《集》云,此篇赴太子洗马时作。"陆机二十九岁与弟陆云同时入洛,三十岁被太傅杨骏征为祭酒。不久,杨骏诛,征为太子洗马。诗题《赴洛》,似与内容不切。"亲友赠予迈,挥泪广川阴",颇有赠别之意。其实,此为任太子洗马时,回忆离吴入洛时的情景。"希世无高符,营道无烈心",这说明做太子洗马,亦不尽如意,故生回归之念,发出"辛苦为谁心"的慨叹。

〓 原文

　　希世无高符[1],营道无烈心[2]。靖端肃有命[3],假楫越江潭[4]。亲友赠予迈[5],挥泪广川阴[6]。抚膺解携手[7],永叹结遗音[8]。无迹有所匿[9],寂寞声必沉[10]。肆目眇不及[11],缅然若双潜[12]。南望泣玄渚[13],北迈涉长林[14]。谷风拂修薄[15],油云翳高岑[16]。亹亹孤兽骋[17],嘤嘤思鸟吟[18]。感物恋堂室[19],离思一何深[20]！伫立忾我叹[21],寤寐涕盈衿[22]。惜无怀归志[23],辛苦谁为心[24]？

〓 注释

　　〔1〕希世:趋世。迎合世俗,追逐富贵。《庄子·让王》:"原宪笑曰:'夫希世而行,比周而友,……宪不忍为也。'" 高符:祥瑞的命运。吕向注:"高符,瑞命也。"此有幸运、机遇、智巧意。

〔2〕营道:研究道艺。 《礼记·儒行》:"儒有合志同方,营道同术。" 烈心:刚烈的心性,坚韧不拔的精神。

〔3〕靖端:恭谨郑重。 肃:敬。 有命:指君命。

〔4〕假:借。 楫(jí急):划船的短桨,此指船。 越:渡。 江潭:江之渡口。

〔5〕迈:行。赠予迈,即为我送行。

〔6〕广川:大江。 阴:江之南岸。

〔7〕抚膺:抚胸。表示怅恨、慨叹。 携手:手拉着手。解携手,即分手。

〔8〕永叹:长叹。 结:郁结、萦绕。 遗音:余音,此指临别的话语。

〔9〕匿:隐匿。

〔10〕寂寞:无声。 沉:没。李善注"无迹"二句:"言分诀之后,形声俱没。视之无迹,而形有所匿;听之寂寞,而其声必沈也。"

〔11〕肆目:极目远望。肆,尽。 眇(miǎo秒):细看。

〔12〕缅然:茫远的样子。 双潜:指形迹声音俱已消逝。潜,潜没,消逝。

〔13〕玄渚(zhǔ主):江中小洲。

〔14〕涉:经。 长林:茂密的树林。

〔15〕谷风:山谷之风。 修:长。 薄:草木丛生曰薄。

〔16〕油云:油然而生之云。 翳(yì义):蔽。 岑(cén):小而高的山。

〔17〕亹亹(wěi伟):兽行的样子。 骋:奔跑。

〔18〕嘤嘤(yīng英):鸟鸣声。 思鸟:相思之鸟,离伴之鸟。与"孤兽"相对。

〔19〕感物:感触物情。 堂:母亲。 室:妻子。

〔20〕离思:离别之思。 一何:多么,何等。

〔21〕伫立:久立。 忾(xì戏):叹息。《诗·曹风·下泉》:"忾我寤叹,念彼周京。"

〔22〕寤寐(wù mèi悟妹):犹日夜。 衿(jīn今):同"襟"。

〔23〕怀归:思归。怀归志,指思归东吴之心志。

〔24〕辛苦为谁:心思为谁而辛苦。为谁劳心。

今译

趋世富贵无机遇，钻研道艺无恒心。恭谨郑重尊君命，乘着轻舟渡江津。亲朋好友送我行，潸然下泪大江滨。抚胸苦痛相分手，长叹话音蒙耳唇。不见踪影身隐匿，不通音信寂无闻。极目远望望不见，声形皆如入水深。南望玄渚泣泪下，北行遥遥过密林。山谷风吹草木动，油然生云蔽高岑。孤兽亹亹奔腾急，思鸟嘤嘤吐哀音。感物依依恋家小，别离情思何等深。伫立良久我叹息，日夜悲伤泪沾襟。可惜再无归吴志，为谁辛苦用此心。

题解

第二首，在东宫时所作，"托身承华侧"句可证。李善注引陆机《洛阳记》："太子宫有承华门。"陆机两度入东宫为太子洗马。置身东宫，整天跟随太子，单调而又无大作为，如金笼之鸟，难以自由展翅。"思乐乐难诱，曰归归未克"，宦途不如意，方有怀旧思归之念，故出"仰瞻陵霄鸟，羡尔归飞翼"之叹。

原文

羁旅远游宦〔1〕，托身承华侧〔2〕。抚剑遵铜辇〔3〕，振缨尽祗肃〔4〕。岁月一何易〔5〕，寒暑忽已革〔6〕。载离多悲心〔7〕，感物情凄恻〔8〕。慷慨遗安愈〔9〕，永叹废餐食。思乐乐难诱〔10〕，曰归归未克〔11〕。忧苦欲何为？缠绵胸与臆〔12〕。仰瞻陵霄鸟〔13〕，羡尔归飞翼〔14〕。

注释

〔1〕羁(jī 鸡)旅：作客他乡。　游宦：旧称在外做官。

〔2〕托身：犹言寄身。　承华：承华门。东宫门名。　陆机《洛阳记》："太子宫有承华门。"

〔3〕抚剑：执剑。　遵：遵循，跟随。　铜辇(niǎn 撵)：指太子的车饰。辇，人推挽的车，秦汉后特指君后所乘的车。

〔4〕振缨:整理冠缨,表敬肃。振,整。 祗(zhī 支)肃:恭敬严肃。

〔5〕易:改变,推移。

〔6〕革:改变。

〔7〕载离:离别经年。《诗·小雅·小明》:"二月初吉,载离寒暑。"

〔8〕凄恻:哀伤。

〔9〕安愈:安宁。

〔10〕诱:致。

〔11〕克:能。

〔12〕缠绵:犹萦绕。此指心绪郁结。 胸臆:胸怀。

〔13〕仰瞻:仰望。 陵霄鸟:高空之鸟。

〔14〕归飞:回飞。吕延济注"仰瞻"二句:"言瞻望陵空之鸟,愿假尔翼而归飞。"

今译

作客他乡是为官,寄身东宫承华门。执剑护随太子辇,整好冠缨表恭谨。岁月荏苒易流逝,寒来暑往速变迁。别离经年心伤悲,触景生情心凄然。感慨为官失安宁,长声叹息难进餐。心中思乐乐不至,口里言归归去难。忧苦重重欲何为?郁结情绪胸中缠。仰望凌空自在鸟,美慕有翼能飞还。

(赵福海译注并修订)

◎ 赴洛道中作二首 五言　　陆士衡

▌题解

《赴洛道中作》二首，历来被认为是陆机五言诗的代表作。

陆机出身于三国东吴的显宦之家。祖父陆逊，东吴丞相；父亲陆抗，东吴大司马。所谓"文武奕叶，将相连华"。陆机年仅二十，便袭领牙门将。东吴灭亡，他"会逼王命"与弟陆云一起去西晋京都洛阳。可见并非主动要去做官。姜亮夫《陆平原年谱》中说："上年诏内外群官举清能，拔寒素，则所谓逼王命者，州郡催逼上道之命，势非得已。"此去前途如何，尚不得知，心中不能没有疑惧。

第一首，正是写赴洛途中所见所感。

"总辔登长路，呜咽辞密亲"，写行前与亲友洒泪而别；"借问子何之，世网婴我身"，写此行要去做官，而把官场比做"世网"，显然不甚情愿而又心存疑惧；"永叹遵北渚，遗思结南津"，写由南向北。其余数句，则是路上所见所感。"野途旷无人"，"虎啸深谷底"，"哀风中夜流"，"孤兽更我前"，既是所见，又是所感。情为物感，故"沉思郁缠绵"。离开故乡，到举目无亲的陌生的洛阳，自然会有"顾影凄自怜"的孤独感。写得凄凄楚楚，神伤心颓。

▌原文

总辔登长路[1]，呜咽辞密亲[2]。借问子何之？世网婴我身[3]。永叹遵北渚[4]，遗思结南津[5]。行行遂已远[6]，野途旷无人[7]。山泽纷纡余[8]，林薄杳阡眠[9]。虎啸深谷底,鸡鸣高树巅。哀风中夜流[10],孤兽更我前[11]。悲情触物感,沉思郁缠绵[12]。伫立望故乡[13],顾影凄自怜[14]。

注释

〔1〕总辔(pèi 配):提起马缰绳。　长路:征途。

〔2〕密亲:近亲。

〔3〕世网:指社会俗事。　婴:缠绕。

〔4〕咏叹:长叹。　遵:沿着　渚(zhǔ 主):水中小洲。

〔5〕遗思:别离留下的思念。　结:郁结。　津:渡口,指别离之处。

〔6〕行行:行走不停的样子。

〔7〕野途:荒远的道路。

〔8〕纡余:曲曲折折的样子。

〔9〕薄:草丛。　杳(yǎo 咬):深广。　阡眠:同"芊绵",茂密。

〔10〕中夜:夜中,夜里。

〔11〕孤兽:失群的野兽。　更:经。

〔12〕沉思:深深的思念。　郁:郁结。　缠绵:萦绕。心绪郁结。

〔13〕伫立:久立。

〔14〕顾影自怜:形容处境孤独、空虚失意的景况。

今译

　　策马提缰赴征途,哽咽不语别至亲。若问将要何处去?官事繁杂缠我身。放声长叹沿北渚,离思郁结在南津。不停前进行已远,野途荒漠空无人。山泽众多且弯曲,草木丛生极茂繁。猛虎咆哮深谷底,山鸡鸣叫在树巅。凄风呼叫彻夜刮,离群野兽跑我前。触景感物生悲绪,深深思念更缠绵。久久伫立望故乡,顾影自怜多忧烦。

题解

　　第二首,是赴洛途中借景抒怀之作。开头四句,描绘了诗人跨马扬鞭,风尘仆仆的形象。接下去数句,则以凝炼的笔墨写出了旅途的情思。白天提心吊胆,晚间坐卧不宁。而且"抚枕"、"振衣"、"长想"几个连续的动词,把忧心如焚,夜不成眠的情景描绘得淋漓尽致。确实是一篇情景相融的佳作。

原文

远游越山川[1],山川脩且广[2]。振策陟崇丘[3],案辔遵平莽[4]。夕息抱影寐[5],朝徂衔思往[6]。顿辔倚嵩岩[7],侧听悲风响。清露坠素辉[8],明月一何朗!抚几不能寐,振衣独长想[9]。

注释

〔1〕远游:远行。

〔2〕脩:长。

〔3〕振策:挥动马鞭。 陟(zhì 至):登。 崇丘:高岗。

〔4〕案辔(pèi 配):按住马缰绳,任马徐行。案,通"按"。 遵:沿着。平莽,平野。莽,草木丛生之地。

〔5〕抱影:形影相吊之意,形容孤单。 寐:睡。

〔6〕朝徂(cú):早晨启程。 衔思:犹含悲。

〔7〕顿辔:拉住缰绳,使马站住。 嵩岩:高岩,悬崖。

〔8〕素辉:清辉。此指月下露珠的闪光。

〔9〕振衣:披衣而起。振,整。此有披的意思。

今译

离家远游过山川,山山水水长又宽。挥鞭策马登峻岭,提缰徐行过平原。夜宿形影自相伴,晨起含悲又向前。收缰驻马悬崖下,侧耳倾听悲风响。露珠坠下闪清辉,明月皎皎多晴朗。抚几久久不能寐,披衣独自心怅惘。

(赵福海译注并修订)

为吴王郎中时从梁
◉陈作一首五言

陆士衡

陆机兄弟奉诏离开故乡吴郡华亭,到西晋首都洛阳,先辟为祭酒,又征为太子洗马。然陆机思乡之情不断,恰逢吴王晏出镇淮南,陆机上《诣吴王表》,请求"殿下东到淮南,发诏以臣为郎中令"。元康四年,机、云遂同拜郎中令,因得回吴。姜亮夫先生推断:"机、云入吴王幕,顾自左宦,以乡思之故而南,非向壁虚构之词矣。"(见《陆平原年谱》)从题目看,诗为做吴王郎中令时,跟随吴王出镇淮南经过古国梁、陈有感而作。先写受太子厚爱,入崇贤门做了太子洗马;次写应诏做吴王郎中令,随王出镇淮南;最后写经古国梁、陈的感慨。

原文

在昔蒙嘉运[1],矫迹入崇贤[2]。假翼鸣凤条,濯足升龙渊[3]。玄冕无丑士[4],冶服使我妍[5]。轻剑拂鞶厉[6],长缨丽且鲜[7]。谁谓伏事浅[8],契阔逾三年[9]。薄言肃后命[10],改服就藩臣[11]。凤驾寻清轨[12],远游越梁陈[13]。感物多远念[14],慷慨怀古人[15]。

注释

〔1〕嘉运:好运气。指做太子洗马。

〔2〕矫迹:举足。 崇贤:太子宫门。李善注引薛综《东京赋》注:"立崇贤门于东也。"

〔3〕"假翼"二句:吕向注:"凤鸣于梧,龙升于渊,然龙凤皆喻东宫也。假

翼、濯足,机之谦词。"假,借。濯,洗。

〔4〕玄冕:天子祭祀时所穿的冕服。大夫助祭亦服冕服。又陆机《赠潘尼诗》:"舍彼玄冕,袭此云冠。"姜亮夫《陆平原年谱》云:"玄冕,指为太子洗马言,云冠则郎令之服也。"

〔5〕冶服:美服,指官服。　妍:美。

〔6〕拂:摆动。　鞶厉(pán lì 盘力):束腰革带与革带下垂的部分。李善注引《毛诗》郑玄《疏》:"鞶必垂厉以为饰。"

〔7〕长缨:系冠之装饰飘带。　《韩非子・外储说左上》:"邹君好服长缨,左右皆服长缨。"

〔8〕伏事:为公家做事。伏同"服"。

〔9〕契阔:劳苦,勤苦。　逾:超过。

〔10〕薄言:急速。　肃:敬。　后命:后来的命令。对"前命"而言。指做吴王郎中令,随王出镇淮南。《左传・僖九年》:"王使宰孔赐齐侯胙,……齐侯将下拜。孔曰:'且有后命。'"

〔11〕改服:改换官服。藩臣:藩王之臣。此指吴王郎中令。《晋书》本传载:吴王晏出镇淮南,以机为郎中令。去太子洗马职,就任郎中令,故云"改服就藩臣"。

〔12〕凤驾:早起驾车出行。　清轨:清道。

〔13〕梁陈:古国名。此指随吴王就藩所经之地。　刘良注"凤驾"二句:"言早驾寻古人轨迹,经过于梁陈之国。"

〔14〕远念:对远方人思念。　高启《宋倪雅诗》:"事游结深欢,离别生远念。"

〔15〕慷慨:感慨。　刘良注"感物"二句:"感物事吴王而念古人也。古人谓梁孝王臣枚皋马卿之属。"

今译

昔日有幸交好运,举足步入崇贤门。借梧桐树暂歇息,靠龙潭水洗足尘。身着玄冕无丑士,美服使我更英俊。轻轻宝剑垂彩穗,帽上长缨美又新。谁说服事太子短,辛苦劳碌近四年。恭敬急速从后命,换衣随王镇淮南。清晨起驾赴征途,远游经过梁与陈,触景生情多远念,感慨良深思古人。

(赵福海译注并修订　陈延嘉再修订)

始作镇军参军经曲
阿作一首 五言

陶渊明

题解

陶渊明(352—427),东晋时代的大诗人。名潜,字元亮,寻阳柴桑(今江西九江)人。他生于仕宦之家,曾祖陶侃做过大司马,祖茂、父逸都做过太守。外祖孟嘉做过征西大将军。但是到了他这一代,家道破落,陷于贫困。青年时代为生活所迫,曾出外做过几次小官,时间都很短。最后一次做彭泽县令,仅八十几天就辞职了。此后就归田隐居,过了二十余年的田园生活。

他天性淡泊,不慕荣禄,对黑暗的政治,庸俗的官场,格格不入,深恶痛绝。他热爱劳动,热爱纯朴的农民,热爱大自然,向往一种共同劳动共同享乐平等互爱的社会。他的优秀诗篇,都是他的高洁个性的表现。他的诗风平淡自然,浑厚亲切,富有哲理性,对历代诗人都有过多方面的影响。

《始作镇军参军经曲阿作》写于诗人五十三岁的时候。镇军参军,镇军将军参军的简称。镇军将军,指刘裕。晋安帝元兴三年(404),刘裕率众讨桓玄,收复京邑,行镇军将军。渊明在其部下为参军。曲阿,地名,今江苏丹阳。刘裕当时坐镇京口,曲阿距离甚近。渊明赴任经此。但是人虽在赴任的路上,心却在系念隐居的生活。舟行愈远,归思愈殷。对于出仕非但毫无兴致,而且感到很惭愧,似乎连自己曾与之一起享受大自然,自由无拘的高鸟游鱼也颇对不起了。真想在衿,终返园庐,是诗人的自慰,也是他的自励。

原文

弱龄寄事外[1]，委怀在琴书[2]。被褐欣自得[3]，屡空常晏如[4]。时来苟宜会[5]，宛辔憩通衢[6]。投策命晨旅[7]，暂与园田疏[8]。眇眇孤舟游[9]，绵绵归思纡[10]。我行岂不遥，登降千里余[11]。目倦修涂异[12]，心念山泽居[13]。望云惭高鸟[14]，临水愧游鱼[15]。真想初在衿[16]，谁谓形迹拘[17]，聊且凭化迁[18]，终反班生庐[19]。

注释

〔1〕弱龄:弱年,年少。 事外:尘事之外。

〔2〕委:安,安适。 怀:心怀,心神。

〔3〕被褐:穿粗衣。褐,粗麻布的短衣,贫穷者所穿。

〔4〕屡空:常年困乏,食用不足。与"被褐"皆形容生活的清贫。 晏如:安然。

〔5〕时来:时运来临。时,时运,指富贵荣宠的机遇。 苟:姑且。 宜会:逯钦立校注《陶集》作"冥会",更近渊明个性。冥,暗昧,糊糊涂涂。

〔6〕宛辔:放松马辔,不纵马驰骋。宛,屈曲,放松。 通衢:四通八达的大路。此喻仕宦之路。通衢大道宜纵马奔驰,现在却宛辔憩息,喻委屈自己的个性而出仕。

〔7〕投策:投杖。 晨旅:一作"晨装"(逯钦立校注《陶集》),清早的行装。

〔8〕疏:疏远,离别。

〔9〕眇眇(miǎo miǎo 渺渺):遥远的样子。

〔10〕绵绵:缠绵不绝的样子。形容细微的思绪难以断绝。 纡:萦绕。

〔11〕登降:指行路。

〔12〕修涂:长路。指赴仕之路。

〔13〕山泽:隐逸之所。

〔14〕高鸟:高飞之鸟。

〔15〕游鱼:水中行游之鱼。李善注这两句说:"言鱼鸟咸得其所,而己独违

其性也。"

[16]真想：返朴归真之想。指隐居思想。　衿：胸怀。衿，通"襟"。

[17]形迹：身体，行为。　拘：拘束，束缚。

[18]凭：任随。　化迁：造化变迁。此指时运的来临。

[19]反：通"返"。　班生：指班固。　庐：田园茅庐。班固《幽通赋》："终保己而贻则兮，里上仁之所庐。"此指隐居之所。

今译

年少时就寄情尘事之外，心神愉快只在弹琴读书。穿着粗布衣却欣然自得，食器常空照样安然无忧。时运来临暂去胡乱迎合，放缓马缰歇息于坦平路。弃置手杖命人准备行装，暂时要同幽静田园分手。飘飘孤舟水上愈行愈远，绵绵归思心中丝缕萦绕。我的行程怎能说还不远，沉重跋涉似有千里之遥。凝望陌生长途双目困倦，留恋隐居山泽心事煎熬。望云天的飞鸟倍加惭愧，视水中的游鱼尤感不如。归真思想早在心胸潜藏，谁说天性能受形体束缚。暂依时运应付参军之职，终要返回班生仁者之庐。

（陈复兴译注并修订　陈延嘉再修订）

辛丑岁七月赴假还江陵夜行涂口一首五言

陶渊明

题解

渊明于晋安帝隆安三年（399）做江州刺史桓玄幕僚。赴假，休假回乡。这首诗是隆安五年，即辛丑岁七月由故里休假后返江陵任所时作。江陵，地名，今属湖北省。时自领江、荆二州刺史的桓玄镇守于此。涂口，地名，今湖北省安陆县境，渊明返江陵所经之地。

诗人的出仕行为与淡泊本性，一直是矛盾的。本诗表现出了这种矛盾所引起的悔恨与苦闷的心态。秋月、夜景、天宇、河川，是其别友返任的环境，也是其高远豁达品格的衬托，同他要返回的污浊官场恰成对照。他鄙弃商歌之行，不以好爵而荣。虽然也挂虑自己所承担的公务，几乎连觉也睡不好，但是内心向往的依旧是躬耕退隐，衡茅养真。

原文

闲居三十载[1]，遂与尘事冥[2]。诗书敦宿好[3]，林园无世情[4]。如何舍此去，遥遥至西荆[5]。叩枻新秋月[6]，临流别友生[7]。凉风起将夕，夜景湛虚明[8]。昭昭天宇阔[9]，皛皛川上平[10]。怀役不遑寐[11]，中宵尚孤征[12]。商歌非吾事[13]，依依在耦耕[14]。投冠旋旧墟[15]，不为好爵萦[16]。养真衡茅下[17]，庶以善自名[18]。

注释

〔1〕闲居:指渊明住宅寻阳上京闲居。 三十:十,为"二"之讹,三二载,六年。渊明二十九岁初仕,为州祭酒,不久辞归,至三十五岁始为桓玄幕僚,其间赋闲六年。(见逯钦立《陶渊明事迹诗文系年》)

〔2〕尘事:尘俗之事。 冥:冥漠,隔绝。

〔3〕敦:注重、崇尚。 宿好:平素爱好。

〔4〕世情:俗世之情。

〔5〕西荆:指荆州。这两句表现被迫为荆州刺史桓玄充任幕僚而感到悔恨。

〔6〕叩枻(yì 易):即"鼓枻",摇动船桨。

〔7〕友生:朋友。

〔8〕湛:澄清的样子。 虚明:空旷明亮。

〔9〕昭昭:明朗的样子。 天宇:天空。

〔10〕皛皛(xiǎo 小):明洁的样子。

〔11〕怀役:惦记公务。役,公务。 不遑(huáng 皇):不暇。

〔12〕中宵:半夜。 孤征:独自远行。

〔13〕商歌:悲凉低沉的歌,指宁戚商歌自荐事。此喻自荐求官。《淮南子·原道训》:"宁戚商歌车下,而桓公慨然而悟。"许慎注:"宁戚,卫人,闻桓公兴霸,无以自达,将车自往。"

〔14〕依依:向往的样子。 耦耕:两人并耕。《论语·微子篇》:"长沮、桀溺耦耕。"长沮桀溺皆为古时的隐士。"耦而耕",指他们的隐逸生活。

〔15〕投冠:指挂冠辞职。 旋:归。 旧墟:旧居。

〔16〕好爵:指高官厚禄。

〔17〕养真:修养真性。真,指真性,天性。 衡茅:衡门茅屋。衡,横木为门。

〔18〕庶:庶几,将近。

今译

闲居悠闲六年,身外尘事耳不闻。平生嗜好诗与书,隐逸林园俗情远。为何离此赴官职,遥遥奔波到荆州。新秋月下航船发,江流渡头别挚友。凉风吹来夕阳没,夜景清澄月空明。朗晴天宇寥而阔,浩渺江面静而平。挂虑公务难入眠,夜半还要孤独行。悲歌自荐非我事,心神恋慕在耕田。挂冠辞职归乡里,富贵荣华本无缘。柴门茅屋养真性,品德良善名自显。

(陈复兴译注并修订　陈延嘉再修订)

永初三年七月十六日之郡
◎ 初发都一首五言

谢灵运

题解

永初三年(422)五月,宋武帝刘裕死。少帝刘义符立,权臣徐羡之疑庐陵王刘义真有篡夺意,株连灵运,贬为永嘉郡守。此诗当为离都城建康赴永嘉郡时所作。

诗中表达出对都城和挚友义真的深沉眷恋,以及远离官场浪迹山海的幽栖之志。但是,这是无可奈何的。诗人向往的是如李牧、郤克那样建功树勋。他不满足于空享禄位,颐养天年,觉得愧对庐陵王的礼遇器重,不能为其政治上的崛起施展作用

原文

述职期阑暑[1],理棹变金素[2]。秋岸澄夕阴[3],火旻团朝露[4]。辛苦谁为情[5],游子值颓暮[6]。爱似庄念昔[7],久敬曾存故[8]。如何怀土心[9],持此谢远度[10]。李牧愧长袖[11],郤克惭蹒步[12]。良时不见遗[13],丑状不成恶[14]。曰余亦支离[15],依方早有慕[16]。生幸休明世[17],亲蒙英达顾[18]。空班赵氏璧[19],徒乖魏王瓠[20]。从来渐二纪[21],始得傍归路[22]。将穷山海迹[23],永绝赏心悟[24]。

注释

〔1〕述职:古时诸侯定期向天子汇报自己封国的施政情况。此指赴郡守任。 期:预定的期限。 阑暑:暑热消尽。阑,尽。

〔2〕理:治,准备。 棹(zhào 照):划船用具。代船。 金素:秋天。秋于五行属金,色尚白。故谓秋为金素。

〔3〕澄:澄明,清澄。 夕阴:指晚景。

〔4〕火旻(mín 民):指秋天。火,星名,即大火星,二十八宿中的心宿,夏秋夜晚可见,光度很强。旻,秋日的天空。 团:水珠圆转闪动的样子。

〔5〕谁为:为谁。

〔6〕游子:离家远游的人。灵运自谓。 颓暮:令人颓伤的傍晚。 以上两句意思说远行的人出都上路,心情就够沉重的了,又遇上这悲凉的傍晚,更觉辛酸。

〔7〕爱似:谓眷恋亲朋。似,类,指亲朋。 庄:庄子。此指庄子于其书中所描述过的殷切眷念故国及亲朋的流放者。 念昔:怀旧。李善注引《庄子》:"夫越之流人,去国旬月,见所尝见于国中喜,及期年也,见似人者而喜矣。"此用其义。

〔8〕久敬:谓朋友相处,时间愈久,别后情谊愈深。 曾:曾子。 存故:慰问老友。存,问,慰劳。李善注引《韩诗外传》:"子夏过曾子,曰:'入食。'子夏曰:'不为公费乎?'曾子曰:'有三费,饮食不在其中。'子夏曰:'敢问三费。'曾子曰:'少而学,长而忘之,一费也。事君有功,轻而负之,二费也。久友交而中绝,此三费也。'"此用其义。 以上两句意思说,正如庄周、曾参两位古贤所说那样,离开都城时间愈长,愈是对其依恋难忘,愈是久交的老友别后愈感到可敬可爱。

〔9〕怀土:怀念故土。此句紧承前两句,怀土有念昔、存故意。

〔10〕谢:惭愧。 远度:高尚旷达的风度。此句提挈后六句,为少远度而惭愧。 以上两句意思说,怀念故土依恋故友之心是如此殷切,而对比庄、曾那样高尚旷达的风度却感到惭愧了。此中暗含未能助庐陵王刘义真施展抱负而感到内疚自责。

〔11〕李牧:战国时赵之良将,以击匈奴抗秦军有功,封武安君。其人身大臂短,见长袖而惭愧。 长袖:指臂长的人。李善注引《战国策》:"武安君李牧

至,赵王使韩苍数之曰:'将军战胜,王觞将军,将军为寿于前,捽(挥动)匕首,当死。'武安君曰:'身大臂短,不能及地,起居不敬,恐获死罪于前,故使工人为木杖,以接手上,若弗信,请视之。'"

〔12〕郤(xì系)克:春秋时晋大夫。其人腿瘸,见步履轻捷的人,自觉难堪。李善注引《左传》:"使郤克征会于齐,顷公帷妇人使观之。郤子登,妇人笑于房。" 躧(xǐ洗)步:脚步轻快。

〔13〕良时:政治清明的时代。 见遗:被遗弃。

〔14〕丑状:形体丑陋。 以上两句意思说,李牧、郤克虽肢体不健全,而身处明时不被遗弃,貌丑而不为社会厌恶,同样可以为国立功。

〔15〕曰:语助词。 余:灵运自谓。 支离:支离疏。古之以肢体畸形而全生避害的人。支离,肢体支离不健全。疏,其名。《庄子·人间世》中说:支离疏,脸在肚脐下,肩膀过顶,颈后发髻朝天,五脏血管向上,大腿和肋骨相并。平时替人洗衣筛米,养活十口之家。政府征兵征夫,他免除劳役;发放赈济,他则领米领柴。

〔16〕依方:身依方内心游方外的简缩用法。依,依从。方,方域,喻礼教,李善注引《庄子,大宗师》郭象注:"以方内为桎梏,明所贵在方外。夫游外者依内。" 慕:羡慕,向往。 以上两句意思说,我也是现实的支离疏,对于他那身在方内心游方外的全身养生之道,我早就向往了。暗含不能像李牧、郤克那样为世重用的牢骚与愤懑。

〔17〕休明:美善光明。

〔18〕蒙:受。 英达:英明贤达。此指庐陵王刘义真。 顾:关顾,器重。

〔19〕空:徒然,白白。 班:列,同。 赵氏璧:即和氏璧,天下珍宝。先为楚卞和发现,后为赵国所有。故又称赵氏璧。

〔20〕乖:乖离。此有名实不符意。 魏王瓠(hù护):一种体大而无用的葫芦。李善注引《庄子》:"惠子谓庄子曰:'魏王贻我大瓠之种。我树之成,而实五石,以盛水浆,其坚不自举,剖之以为瓢,则瓠落无所容。非不呺然大也,吾为其无用,掊之。'"因为瓠的种子是魏王送给惠子的,所以叫魏王瓠。 以上两句意思说,庐陵王对我极为器重,视同赵氏璧那样的珍宝,可是我名不符实,像魏王瓠一样,体大无用,于世无补。

〔21〕从来:指出仕以来。 渐:渐进,经过。 二纪:即二十四年。十二年为一纪。灵运从永兴(402)至永初(422),一直任职。

〔22〕归路:灵运在始宁(今上虞县)有庄园,此次赴永嘉郡任所,和回乡的路线相同,故谓归路。

〔23〕穷:穷尽,遍历。　迹:胜迹。

〔24〕赏心:知心的朋友。　悟:通"晤"。相对而谈。

今译

　　原想暑热消尽往永嘉赴任,登船上路已是金色的秋天。秋岸反照夕阳景色更澄明,晴空高远朝露晶莹尚流转。辞别都城忧伤眷恋情为谁,游子启程正值悲哀的傍晚。爱恋亲朋似庄周所述怀旧,久交愈敬如曾参慰问故人。既怀念故土老友诚心一片,为何远游惭愧古人气度真。李牧臂短对长袖自感羞愧,郤克瘸腿见捷足而觉难堪。时代清明为国立功不遭弃,形体丑陋不被厌恶不生嫌。我也学那全身养生支离疏,身在方内心游方外久艳羡。生来幸遇美善光明好世运,亲身领受英明贤达恩情深。误被视同稀世珍宝赵氏璧,于世无用只如魏王瓠虚悬。出仕至今已经历二十四载,才寻归路沿此重见故家园。将临高山大海探胜尽游赏,永远隔绝挚友难再促膝谈。

(陈复兴译注并修订)

过始宁墅一首 五言　　谢灵运

题解

诗人赴永嘉郡守任,中途回始宁墅逗留。官场失意,重见家山,倍感亲切,尽情地享受一番山水之乐,似乎强自排遣宦海沉浮的烦恼,明白表示了日后退隐之志。

本诗与陶渊明《归园田居》颇有相近之处,皆有厌弃官场之情,向往山林之趣。但陶的弃官返里,如鱼游于渊,鸟入于林,自我是融化于大自然,人意天趣,浑然和谐。谢的拙宦得静,则在既"穷"又"尽"地享用大自然,而"葺宇"、"筑观",并让乡亲为之"树枌槚",总是另有一番派头,显露出高贵者的心态。

原文

束发怀耿介[1],逐物遂推迁[2]。违志似如昨[3],二纪及兹年[4]。淄磷谢清旷[5],疲薾惭贞坚[6]。拙疾相倚薄[7],还得静者便[8]。剖竹守沧海[9],枉帆过旧山[10]。山行穷登顿[11],水涉尽洄沿[12]。岩峭岭稠叠[13],洲萦渚连绵[14]。白云抱幽石[15],绿筱媚清涟[16]。葺宇临回江[17],筑观基曾巅[18]。挥手告乡曲[19],三载期归旋[20]。且为树枌槚[21],无令孤愿言[22]。

注释

〔1〕束发:古时男孩成童,将头发束成一髻,表示已入童年。此指少年时代。　耿介:光明正大。谓为人有节操,不随俗苟合。

〔2〕逐物:竞逐俗事。物,指俗事,政治活动。　推迁:推移演变。谓情志随时间的推移而变化。

〔3〕违志:违背心志。志,这里指诗人耿介不苟的宿志。

〔4〕二纪:一纪十二年,二纪二十四年。指为官的时间。　兹年:今年。

〔5〕淄(zī 兹)磷:淄,通"缁"。黑色;磷,磨薄。李善注引《论语》:"子曰:'不曰坚乎,磨而不磷;不曰白乎,涅而不淄。'"此喻耿介的操守受到世俗的影响,不那么坚贞清高。　谢:惭愧。　清旷:清高旷达。

〔6〕疲薾(ěr 耳):疲困已极。形容对仕途厌倦的心情。　贞坚:坚贞不渝。

〔7〕拙疾:拙,拙于作官;疾,多病。　倚薄:倚附。此指拙宦与多病相互倚附而发生作用。

〔8〕静者:谓归根返里。此用《老子》"归根曰静,是谓复命"句意。　便:得到便利。

〔9〕剖竹:汉制,剖竹为二,一留中央,一给郡守,以为符信。　沧海:东海的通称。此指刘宋时的永嘉郡。

〔10〕枉帆:使帆船绕个弯儿。枉,曲。　旧山:家山,故乡。此指诗人故居始宁墅。

〔11〕穷:穷尽。此有尽情的意味。　登顿:上山为登,下山为顿。

〔12〕洄沿:逆流而上为洄,顺流而下为沿。

〔13〕峭:险峻。　稠叠:密密重叠。

〔14〕洲:沙洲,水中的陆地。　渚(zhǔ 煮):水中的小块陆地。小洲。

〔15〕幽石:黑石。

〔16〕绿筱(xiǎo 小):细小的竹子。　清涟:清水微波。

〔17〕葺(qì 契)宇:编次茅草,修筑屋宇。　回江:江流的转弯处。

〔18〕筑观(guàn 贯):修建楼台。　基:以为地基。　曾巅:高山之巅。

〔19〕乡曲:乡亲。

〔20〕三载:古时地方官,三年为一任。　期:按期。　归旋:返归乡里

〔21〕枌槚(fén jiǎ 坟甲):白榆和山楸,皆为上好的木材。

〔22〕孤:辜负。　愿言:愿望。言,语助词。

今译

　　年少时心怀光明正大,成年官场奔波性变迁。往日做官是违背心志,至如今恰好二十四年。随世俗难能清高旷达,厌倦极愧于节操坚贞。所赖拙笨疾病互为用,方获得返回旧园之便。受符命出任永嘉郡守,绕航线重游旧时家山。纵情地遍登崇山峻岭,尽兴地畅游上下河川。岩崖险山岭重叠稠密,水中沙洲大小皆相连。白云拥抱黝黑的巨石,绿竹轻拂清水的波纹。面对江湾修葺茅草屋,奠基山巅筑起高楼观。频频招手与乡亲告别,三年任满即重归旧园。且为我栽白榆与山楸,别辜负将隐退的心愿。

　　　　　　　　　　　　　　　　(陈复兴译注并修订)

◎ 富春渚一首 五言　　　谢灵运

题解

富春，江名，即浙江经桐庐、富阳县境的一段。渚，水中沙洲。

诗人从始宁赴永嘉，途中每遇山水佳胜之处，则赋诗述志。本诗描写经渔浦至富春一路景物与个人心情。

前八句写一路景物。雾重浪急，崖岸险阻，过吕梁壑尤其令人惊惧不已。此中渗透了宋少帝即位后，诗人对险恶形势的体验。后十句述个人情志。"洊至"、"兼山"两句所言，是对险恶经历的感发，也是对《易》理的印证。遭风险，宜便习，不失常态；遇艰难，贵止托，顺时而退。此次赴远郡而游，正是实现隐退幽栖的宿志，摆脱了面临的时势危机。

在自然景物描写中表征出社会情势，情志陈述又是景物描写的心理引发，正是本诗的深邃之处。

原文

宵济渔浦潭[1]，旦及富春郭[2]。定山缅云雾[3]，赤亭无淹薄[4]。溯流触惊急[5]，临圻阻参错[6]。亮乏伯昏分[7]，险过吕梁壑[8]。洊至宜便习[9]，兼山贵止托[10]。平生协幽期[11]，沦踬困微弱[12]。久露干禄请[13]，始果远游诺[14]。宿心渐申写[15]，万事俱零落[16]。怀抱既昭旷[17]，外物徒龙蠖[18]。

注释

〔1〕宵济：夜渡。　渔浦：浦名。在富阳县东。　潭：水深处。

〔2〕富春：古郡名。即今富阳县。　郭：外城。

〔3〕定山：江中山名。在今富阳县境。李善注引《吴郡缘海四县记》："钱唐西南五十里有定山，去富春又七十里，横出江中。涛迅迈以避山难，辰发钱唐，已达富春。"朱珔据《读史方舆纪要》以为，"定山，一名狮子山，钱唐东南四十里。"(《文选集释》)　缅：遥远。

〔4〕赤亭：江中山名。在定山东十余里。　淹薄：停泊。薄，同"泊"。

〔5〕溯流：逆流上游。　触：冲着，冒着。　惊急：惊涛急浪。

〔6〕临圻(qí 其)：靠近崖岸。圻，同"碕"，曲岸。　参错：参差交错。

〔7〕亮：信，确实。　乏：缺少。　伯昏：传说中善于登高历险而神色不变的人，即伯昏无人。李善注引《列子》："列御寇为伯昏无人射，引之盈贯，措杯水于其肘上。伯昏无人曰：'是射之射，非不射之射也。当与汝登高山，履危石。临百仞之泉，若能射乎？'于是无人遂登高山，履危石，临百仞之泉，背逡巡，足二分垂在外，揖御寇而进。御寇伏地，汗流至踵。伯昏无人曰：'夫至人者，上窥青天，下潜黄泉，挥斥八极，神气不变。今汝怵然有恂目之志，尔于中殆矣夫。'"分：节，气魄。

〔8〕吕梁壑：即吕梁山下之吕梁洪，在今江苏铜山县东南。李善注引《列子》："孔子观于吕梁，悬水三十仞，流沫三十里，鼋鼍鱼鳖之不能游也。"此以形容江水湍急，崖岸阻险。

〔9〕洊(jiàn 见)至：指大水相继而至，无所阻挡。李善注引《周易》："水洊至，习坎。"王弼注："重险悬绝，故水洊至也，不以坎为隔绝，相仍而至。习乎坎者也。"此借用其义。　便习：熟习，习以为常。这句的意思说历经艰险，要习以为常，保持冷静。

〔10〕兼山：两山相重。李善注引《周易》："兼山，艮。"又："艮其止，止其所也。"意思说个人行动当取决于客观形势，"时止则止，时行则行，动静不失其时，其道光明。"此借用其义。　止托：即托止，暂时停止。这句意思说面对兼山之险，要贵乎托止，知难而退。

〔11〕协：相合。　幽期：隐居之志。

〔12〕沦踬(zhì 至)：困顿而不能自拔。

〔13〕露:显露,表白。　干禄:谋求俸禄。此指离开朝廷,出守外郡。

〔14〕始果:刚才实现。　远游:指出守外郡,游赏山水。　诺:诺言。愿望。

〔15〕宿心:宿志。指昔日隐退的心志。　申写:舒散,施展。

〔16〕零落:舍弃。

〔17〕昭旷:光明旷达。

〔18〕外物:俗事。指爵禄等。　龙蠖(huò 货):谓像龙与蠖那样的浮沉屈伸。李善注引《周易》:"尺蠖之屈,以求伸也;龙蛇之蛰,以存身也。"此借以比喻屈伸显晦。

今译

　　夜渡渔浦水深处,晨达富春城外郭。定山远在云雾间,赤亭水险难停泊。逆水行船冲惊涛,临近崖岸石交错。确无伯昏登高胆,冒险渡过吕梁壑。洪水暴至宜如常,重山艰险知止遇。平生素抱隐逸志,官场困顿力微弱。久已表露守外郡,今始获得远游乐。昔日心愿渐伸展,万事纷扰皆摆脱。心怀光明又旷达,淡薄外物与荣辱。

（陈复兴译注并修订）

七里濑一首五言

谢灵运

题解

七里濑，一名七里滩，在桐庐县严陵山西。两岸高山壁立，连亘七里，水驶如箭。谚云："有风七里，无风七十里。"可见此间行船之难，拉纤之苦。这首诗是赴任永嘉，途经七里濑所作。

逝水，落日，荒林，哀鸟，皆着诗人的心理色彩。时移事易，他深感个人的孤独落寞，所以只能以老庄之言自遣，以超世隐者自慰。

原文

羁心积秋晨[1]，晨积展游眺[2]。孤客伤逝湍[3]，徒旅苦奔峭[4]。石浅水潺湲[5]，日落山照曜[6]。荒林纷沃若[7]，哀禽相叫啸[8]。遭物悼迁斥[9]，存期得要妙[10]。既秉上皇心[11]，岂屑末代诮[12]。目睹严子濑[13]，想属任公钓[14]。谁谓古今殊[15]，异世可同调[16]。

注释

〔1〕羁（jī 鸡）心：寄居异地的心情。 积：郁结，充塞。

〔2〕积：指郁结于心的羁旅情绪。 展：舒展，舒散。 游眺：游赏远望。

〔3〕孤客：孤独的客居异地之人。诗人自称。 逝湍（tuān）：奔流不息的急水。

〔4〕徒旅：即旅徒，旅人。 奔峭：崩落的崖岸。奔，与"崩"古通。峭，指峭岸。李善注引《淮南子》："岸峭者必陀。"意即岸峭者必崩落，可参证。

〔5〕潺湲（chán yuán 蝉园）：水慢慢流动的样子。

163

〔6〕照曜:此指落日余晖映在山上,山头放出光彩。

〔7〕荒林:荒无人迹的森林。 沃若:形容草木繁茂的样子。

〔8〕叫啸:鸟儿的清脆悠长鸣叫。

〔9〕遭物:眼前接触的景物。物,指流水、落日、荒林、哀禽。 悼:悲伤。
迁斥:推移演变。

〔10〕存期:指幽隐的愿望。李善注引《老子》:"湛兮似或存。"王弼注:"和
光而不污其体,同尘而不渝其真,不亦湛兮,似或存兮。"意思是安适处静,就可
长存不亡。此借用其义。 要妙:精要微妙的处世之道。

〔11〕秉:保持,怀有。 上皇:上古帝王,如伏羲、神农等。此指古圣先贤。

〔12〕岂屑:岂顾,怎能看重。 末代:末世。指诗人所处的时代。 诮
(xiāo 峭):谴责,讥讽。

〔13〕严子濑:地名。在七里濑东。严子,即严光,字子陵。一名遵,会稽余姚
人。汉光武帝同学,除为谏大夫,不就,曾耕于富春。后人名其垂钓处为严陵濑。

〔14〕想属:联想到。 任公:即任父。古代传说中善于垂钓的人。《庄子
·外物》中说:任公子为大钩巨纶,以五十条牛为钓饵,蹲在会稽,下钩东海。钓
了一年以后,才有一条大鱼吞饵,牵走鱼钩,在海中挣扎,激起巨浪如山。任公
得此鱼,让浙河以东、苍梧以北的人民大饱口福。诗人以此自喻有大才不为世
用,暗示对刘宋王朝的鄙视态度。

〔15〕古今:古,指严光、任公;今,指自己。

〔16〕同调:指情志相合,道义相同。

今译

　　羁旅愁情秋晨愈发浓郁结,郁结愁情以游赏远眺排遣。孤客见
流逝的江水而心伤,旅人临崩落的崖岸而悲酸。沙石浅浅江水长流
势潺湲,落日余晖映照在远处山巅。荒寂的森林到处一片繁茂,哀
怨的禽鸟彼此鸣唱清啭。面对此景感慨万物多变迁,安适幽静方得
生命保长存。既然秉承古圣先贤朴真心,岂能顾忌时人谴责觉难
堪。目睹严子当年隐逸的江滨,想起任公垂钓东海的长竿。谁说古
今人心相距有悬殊,隔世也可情志合曲调同弹。

（陈复兴译注并修订）

◎ 登江中孤屿一首 五言　　谢灵运

▓▓▓◎ 题解

　　江,指嘉陵江,即瓯江,在浙江东南。孤屿,即孤屿山,在温州瓯江中流。不仅景色秀丽,且有名胜古迹。其东西两端各有峰。东峰有唐塔,西峰有宋塔,中间有宋时建的江心亭。

　　这首诗描写诗人登瓯江孤屿览奇探胜的观照与心态。目睹眼前云日交辉,水天相浑的奇景,顿觉其间必有神灵潜藏。由于全副身心贯注于此,以至忘掉自我的存在,想像进入了昆仑仙界,而达到羽化飞升之境,真地与尘世决裂了。

　　本诗表现创作主体对客观景物产生的“内模仿”心理,可说是精妙极致。

▓▓▓◎ 原文

　　江南倦历览[1],江北旷周旋[2]。怀新道转迥[3],寻异景不延[4]。乱流趋正绝[5],孤屿媚中川[6]。云日相辉映[7],空水共澄鲜[8]。表灵物莫赏[9],蕴真谁为传[10]。想像昆山姿[11],缅邈区中缘[12]。始信安期术[13],得尽养生年[14]。

▓▓▓◎ 注释

　　〔1〕倦:厌倦。　历览:多次游览。
　　〔2〕旷:间隔久长。　周旋:周游。以上两句互文见义,江南江北皆厌倦,因而始有“怀新”之想。

〔3〕怀新。胡刻本作"怀杂",据五臣改。怀着探求新奇景物的想法。　转迥:转觉遥远。因怀新心切,感觉道路变远了。

〔4〕寻异:寻求新异之景。　景:光景,时间。　不延:不长。因寻异之心急切,而异景又难以一下子找到,所以觉得时间过得快而不能延长。以上两句从空间与时间上写诗人追求新异的心理。

〔5〕乱流:激流。　趋:冲向。　正绝:岩崖悬绝之处。指孤屿。

〔6〕媚:妩媚,秀丽。　中川:江中。

〔7〕云:指天云与水气。

〔8〕澄鲜:澄澈鲜明。指天映于江,云水相浑的景象。

〔9〕表灵:呈现于眼前的灵秀景色。　物:俗世,世人。

〔10〕蕴真:深藏仙人。　传:传述。

〔11〕昆山:即昆仑山,传说为西王母所居的仙境。　姿:风姿。指仙人的风采。

〔12〕缅邈:遥远。　区中:中区。指人世间。　缘:因缘,缘法。

〔13〕安期:即安期生,传说中的仙人名。李善注引《列仙传》:"安期生,琅玡阜乡人,自言千岁。"　术:指长生不老的道术。

〔14〕养生:摄养身心,保健延年。

今译

　　江南多次游览已疲倦,江北四处赏玩也生厌。渴求新境似觉路途长,探寻奇景更感时间短。激流冲荡悬崖绝壁处,江中孤屿妩媚现眼前。云气日光相照交辉映,天云江水相接共澄鲜。显露神秀俗世不能赏,隐藏仙灵谁可向人传。自我想像足登昆仑山,脱离尘俗超然绝因缘。至此方信安期成仙术,修养身心生命顺自然。

(陈复兴译注并修订)

◎ **初去郡一首** 五言   谢灵运

题解

　　这首诗写于景平元年（423），辞去永嘉郡守，归返始宁故园之时，是他宦海浮沉，隐与仕思想矛盾二十年的一个总结。

　　一年前在《之郡初发都》一诗中，抒写的是抑郁满腹，眷顾难舍，意懒行迟的情绪。这一首虽也时值秋季，却毫无悲风愁云，行程疾速，心胸开朗，是灵运创作中少有的快诗。

　　他产生于郁闷之中的篇章，往往好谈玄说理，以为逃避或解脱；而心际悠闲或情绪激荡之所作，则常出名篇佳句，其主观情趣最易于与客观意象彼此契合。"野旷""天高"之句，历来脍炙人口，原因即在于此。

原文

　　彭薛裁知耻[1]，贡公未遗荣[2]。或可优贪竞[3]，岂足称达生[4]。伊余秉微尚[5]，拙讷谢浮名[6]。庐园当栖岩[7]，卑位代躬耕[8]。顾己虽自许[9]，心迹犹未并[10]。无庸妨周任[11]，有疾像长卿[12]。毕娶类尚子[13]，薄游似邴生[14]。恭承古人意[15]，促装返柴荆[16]。牵丝及元兴[17]，解龟在景平[18]。负心二十载[19]，于今废将迎[20]。理棹遄还期[21]，遵渚骛脩垧[22]。溯溪终水涉[23]，登岭始山行[24]。野旷沙岸静[25]，天高秋月明[26]。憩石挹飞泉[27]，攀林搴落英[28]。战胜臞者肥[29]，止监流归停[30]。即是羲唐化[31]，获我击

昭明文选 译注

壤声〔32〕。

注释

〔1〕彭薛：彭，指彭宣，字子佩。汉淮阳阳夏人。长于易学，哀帝时官至大司空。王莽秉政专权，宣上书请求去职。薛，指薛广德，字长卿，汉沛郡人。官至御史大夫。直言谏诤，不久辞官归沛。将所赐安车悬起，以示不再出仕。裁：通"才"。

〔2〕贡公：即贡禹，字少翁。汉琅玡人。曾为河南令，以职事为府官所责，免冠辞谢。元帝时又迁光禄大夫，累官至御史大夫。年八十一乞归。他与王吉友善，吉字子阳。时称："王阳在位，贡公弹冠。"王在权位，他为之庆贺。　遗：遗忘。　荣：荣华富贵。

〔3〕或：有的人。指彭宣、薛广德、贡禹等。　优：优胜。　贪竞：贪婪争逐。

〔4〕达生：道家所倡导的保全生命的方法。《庄子·达生》："达生之情者，不务生之所无以为。"注："生之所无以为者，分外物也。"即不受俗物迁累，忘掉名利的意思。

〔5〕伊：惟。语助词。　秉：保持。　微尚：幽微的志趣。指隐居不仕的打算。

〔6〕拙讷(nè)：才能低下，语言迟钝。　谢：拒绝，鄙弃。　浮名：虚名。

〔7〕当：当作。　栖岩：树上构巢而居，岩间凿穴而住。指隐居生活。诗人在其《山居赋》中说："古巢居穴处曰岩栖，栋宇居山曰山居，在林野曰丘园，在郊郭曰城傍，四者不同。"以为栖岩为隐逸之上者。

〔8〕卑位：低下的地位。指所袭封的爵号康乐侯。　躬耕：亲自耕田。

〔9〕自许：自我赞许。指"伊余""拙讷"句所言。

〔10〕心迹：心愿和行迹。心，指栖岩隐逸之志；迹，指奔忙官场俗事。　未并：未合，不一致。

〔11〕无庸：无功。《周礼》："国功曰功，民功曰庸。"又《国语》："无功庸者，不敢居高位。"　妨：当作"方"。与下句"像"互文见义。　周任：古贤人名。李善注引《论语》："子曰：'周任有言曰：陈力就列，不能者止。'"意思是有多大能力做多大的事，力所不及的就知难而止。

〔12〕长卿：即西汉辞赋大家司马相如，字长卿，蜀郡成都人。有消渴之病，常称疾闲居，不慕官爵。

168

〔13〕毕娶:儿女嫁娶之事毕。　尚子:古时隐士。李善注引嵇康《高士传》:"尚长,字子平,河内人。隐避不仕,为子嫁娶毕,勑家事断之,勿复相关,当如我死矣。"

〔14〕薄游:即薄宦,微末的官职。游,游宦,离家在外做官　。邴(bǐng 丙)生:即邴曼容,汉琅玡人。以清行著称的京兆尹邴汉的侄子。他只做六百石以下的小官,过则免去,养志自修,颇得知足之乐。名气比之邴汉还大。

〔15〕古人:指上文所言周任、司马长卿、尚长、邴曼容等。

〔16〕促装:赶快准备行装。　柴荆:柴荆所编织的门墙。指家门。

〔17〕牵丝:牵引印绶。指初出任官。　元兴:东晋安帝年号。灵运初以袭康乐公,除散骑常侍,不就。此牵丝之始。

〔18〕解龟:解下官印,去职。龟,龟纽的省略。古时官印印鼻上刻着龟形,下有穿丝缘的孔眼。此以代官印。　景平:宋废帝(刘义符)的年号。灵运自东晋元兴元年袭爵,除散骑常侍,至宋景平元年去职,凡二十三年。

〔19〕负心:违背隐居的心愿。

〔20〕废:废止。　将迎:送往迎来。指官场的俗务。

〔21〕理棹(zhào 照):准备舟船。理,治,准备;棹,划船的工具,此代船。遄(chuán 船):迅速。　还期:归返的时间。

〔22〕遵渚(zhǔ 煮):沿着江岸。渚,水边。此指江岸。　骛(wù 务):奔驰而过。　脩坰(jiōng 局):漫长的原野。这句说在江上船行飞快,两岸的原野往后疾驰而去。

〔23〕溯溪:逆流而上。　水涉:涉水。水上行船,走水路。

〔24〕山行:走山路。

〔25〕野旷:原野空旷。

〔26〕天高:天空高远。

〔27〕憩(qì 气):休息。　挹(yì 义):合手汲水。　飞泉:奔泻的流泉。

〔28〕搴(qiān 千):摘取。　落英:落花。

〔29〕战胜:退隐与出仕两种思想在头脑中矛盾斗争,而隐的思想获胜。李善注引《韩子》:"子夏曰:'吾入见先王之义,则荣之;出见富贵,又荣之。二者战于胸臆,故臞。今见先王之义战胜,故肥也。'"　臞(qú 渠)者:瘦弱的人。

〔30〕止监:即监止。对着静止之水照面容。监,即鉴,镜子,此作动词用。李善注引《文子》:"莫监于流潦,而监于止水,以其保心而不外荡也。"　流:水

流。 归停:归入静止的状态。

〔31〕羲唐:传说中的两个古帝。羲,伏羲;唐,唐尧。此代一种真朴的社会
生活。 化:归化。

〔32〕击壤:古时的一种游戏。李善注引周处《风土记》:"击壤者,以木作
之,前广后锐,长四尺三寸,其形如履。将戏,先侧一壤于地,遥于三四十步,以
手中壤击之,中者为上部。" 又引《论衡》:"尧时百姓无事,有五十之民,击壤
于涂。观者曰:'大哉,尧之德也!'击壤者曰:'吾日出而作,日入而息,凿井而
饮,耕田而食,尧何力于我也!'"此指一种返朴归真的生活。

今译

彭薛告老仅仅算知耻,贡公贺友确是好虚荣。此辈稍胜贪求名
利徒,岂够保身全生受称扬。唯我怀抱出尘隐逸志,才疏口讷鄙弃
虚浮名。田园当作巢栖穴居处,爵位可代亲自去耕种。久想退隐虽
说自赞许,愿望行迹尚未成一统。仿效周任无功不求升,取法长卿
闲居说多病。儿女完婚离家像尚子,谢绝高位知足似邴生。恭谨承
继古人清高意,快备行装尽速返故乡。回想初仕正是元兴间,此次
辞官适逢在景平。违背心愿居官二十载,从今清静不为俗事忙。归
期将近登船心如箭,沿岸船飞大地退后方。由江入溪水路至尽头,
离船登岭跨步山路行。原野空旷沙岸一片静,天空高远秋月分外
明。石上休息尽情饮流泉,攀附林木随意餐落英。归隐心静体瘦已
变肥,临水照容终得清流静。就此超世作个羲唐人,我学击壤重获
真朴情。

(陈复兴译注并修订)

初发石首城一首 五言　谢灵运

题解

这首诗是诗人于元嘉八年(431)春,赴临川内史任时所写。

石首城,即石头城,在今南京市西南。李善注引伏韬《北征记》:"石头城,建康西界临江城也。是曰京师。"此指晋宋都城。

灵运归会稽始宁墅赋闲,日与友朋饮酒任情,辟山游赏,与郡守孟颙由对立而冲突,被后者诬告有谋反之志。他不得不进京自辩。文帝刘义隆未予治罪,也不令东归,命他去做临川内史。

诗中对文帝的几句赞颂是不得不为之的应酬话。其重点是对诬陷者的蔑视,对当权者(刘义隆,其实际迫害者)的抗议。越海登山之句,想像宏阔,气势豪放,正是这种情绪的直接宣泄。

原文

白珪尚可磨[1],斯言易为缁[2]。虽抱中孚爻[3],犹劳贝锦诗[4]。寸心若不亮[5],微命察如丝[6]。日月垂光景[7],成贷遂兼兹[8]。出宿薄京畿[9],晨装抟鲁飔[10]。重经平生别[11],再与朋知辞[12]。故山日已远[13],风波岂还时[14]。若若万里帆[15],茫茫终何之[16]。游当罗浮行[17],息必庐霍期[18]。越海凌三山[19],游湘历九嶷[20]。钦圣若旦暮[21],怀贤亦凄其[22]。皎皎明发心[23],不为岁寒欺[24]。

注释

〔1〕白珪(guī 规)：白色的瑞玉。　磨：指磨去白玉上的污点。

〔2〕斯言：这些话。指会稽太守孟颉诬告灵运要谋反的话。　为缁(zī 兹)：为人诬陷。缁，黑色，此作动词用，受到玷污。

〔3〕中孚：《周易》中的卦名。　爻(yáo 摇)：卦中的爻辞。此指《周易》中孚卦九五爻："有孚，挛如，无咎。"意思是我为人忠诚敦厚，可以信赖，不会得祸。

〔4〕劳：烦劳，煞费苦心。　贝锦：编织成贝形花纹的锦缎。《诗·小雅·巷伯》："萋兮斐兮，成是贝锦。彼谮人者，亦已大甚。"　《笺》："喻谗人集作己过，以成于罪，犹女工之集彩色，以成锦文。"此喻坏人罗织罪名，用以陷害好人的谗言。　诗：当为"文"，用以叶韵。

〔5〕寸心：心灵。寸，以言其在身体中所占部位之小。　亮：明信，受人信任。

〔6〕微命：微贱的生命。　察：微弱。　如丝：像单丝一样一触即断。

〔7〕日月：喻宋文帝刘义隆明察秋毫辨识是非的眼光。　垂：放射。　光景：日月的光辉。这句是以比喻的方法说宋文帝看出孟颉的报告为虚构不实之辞。

〔8〕成贷：善于施恩，并保全之。贷，施。李善注引《老子》："夫唯道，善贷且善成。"此借用其义，说明蒙受宋文帝的恩施，保全了自己的生命。　兼兹：同时又授与临川内史这个官职。兹，此。指临川内史。

〔9〕出宿：出游于外。　薄：至。　京畿(jī 基)：京都及其附近地区。此指石首城。

〔10〕晨装：早起收拾行装。　抟(tuán 团)：持，凭借。　鲁飔(sī 斯)：高风。鲁，五臣作"曾"，通"层"，重重高起。飔，疾风。

〔11〕重经：再次经历。重与"始"对举，始指赴永嘉郡。　平生：指平生所居之地，即始宁墅。

〔12〕再与：李善注："再，谓前之永嘉，今适临川。"　朋知：知心朋友。辞：告别。

〔13〕故山：家乡的山。

〔14〕风波：随风波而飘荡，形容生活不得安定。

〔15〕苕苕(tiáo tiáo 条条)：一作"迢迢"。遥远的样子。

〔16〕茫茫：广大的样子。 何之：何往。

〔17〕罗浮：山名。在今广东省博罗县。

〔18〕庐霍：二山名。庐山，在今江西省星子县西北，九江县南。霍山，在安徽省霍山县南，本名天柱山。 期：期望。

〔19〕海：指东海。 三山：传说中东海中的三个仙山，即蓬莱、瀛洲、方丈。

〔20〕湘：湘江。在湖南省。此指湘江流域一带地区。 九嶷(yí 疑)：山名。在湖南省宁远县境。传说虞舜南巡，死而葬此。

〔21〕钦圣：钦慕圣王。圣，指虞舜。 旦暮：早晚。舜与己隔千年，但似在早晚，言距离之近。舜南巡而不归，己之临川亦难得归还。彼此遭遇相近，因而时距亦近。

〔22〕怀贤：怀念贤者。贤，指楚诗人屈原。屈原，战国楚之爱国诗人，遭谗被逐，投汨罗江而死。屈原遭谗自沉，灵运亦遭谗处危，因而游湘便自然想起屈原。 凄其：悲哀。其，语助词。

〔23〕皎皎：明洁的样子。 明发：光明坦荡。

〔24〕岁寒：一年的寒冬。比喻困境。 《论语·子罕》："岁寒，然后知松柏之后凋也。"这句以松柏抗拒冬寒比喻自己品格的坚贞，不畏谗言的诬陷。

今译

　　白璧的污瑕尚可以磨干净，虚构的谗言最易将人诬陷。即使我的怀抱忠实而敦厚，还是有人罗织罪名似锦缎。诚心若不得到君王的信任，微小的生命即如单丝绝断。君王明察像日月放散光辉，施予我恩情兼授内史之官。出都赴任所来到京郊附近，清早束装借疾风赶往临川。重又远离平生闲居的故宅，再次告别情谊交融的知音。常游的家山一天天隔遥远，风波动荡何时能重返家园。孤船漂泊去迢迢万里航程，人生难测茫茫何处是终点。我将遨游攀登高高罗浮山，我要歇息必至庐霍两峰巅。我想凌越东海登三山求仙，我去漫游湘水再把九嶷看。景仰虞舜似乎早晚曾相见，怀念屈原命运相近心悲酸。心灵高洁明如天上中秋月，品格坚贞似松柏不畏严寒。

（陈复兴译注并修订）

◉ 道路忆山中一首 五言　谢灵运

这首诗是诗人由石首城赴临川路上所作。

宋文帝没因孟颛诬告而杀他,却命他去做临川内史,实则等同流放。这,诗人是明白的。因此,诗中把赴任与屈原的被逐相比,并超越千年时限,直与屈原对谈("存乡尔思积"),是情趣颇深的。

诗的题旨是对山中(始宁墅)生活的追忆与留恋。其中寓寄着对刘宋皇室的不合作不妥协情绪,更显示出对适性自然生活的欲念。诗人的凄恻难遣,主要源于天性自由的得而复失,是人的个性意识的觉醒。

原文

采菱调易急[1],江南歌不缓[2]。楚人心昔绝[3],越客肠今断[4]。断绝虽殊念[5],俱为归虑款[6]。存乡尔思积[7],忆山我愤懑[8]。追寻栖息时[9],偃卧任纵诞[10]。得性非外求[11],自己为谁纂[12]。不怨秋夕长[13],常苦夏日短[14]。濯流激浮湍[15],息阴倚密竿[16]。怀故叵新欢[17],含悲忘春暖[18]。凄凄明月吹[19],恻恻广陵散[20]。殷勤诉危柱[21],慷慨命促管[22]。

注释

〔1〕采菱:楚国歌曲名。 李善注引《楚辞》:"涉江采菱发扬荷。"王逸注:"楚人歌曲也。" 急:指歌声高亢急促。

〔2〕江南:越地歌曲名。指江南民歌。 《楚辞·招魂》:"湛湛江水兮上有枫,极目千里兮伤春心,魂兮归来哀江南。"此为"江南"之本。 不缓:与"急"同义。以上两句是借用《楚辞》的意念描绘一路上所听见的民歌,又由于听见这种歌声联想起昔日诗人屈原的被放江边。

〔3〕楚人:指楚爱国诗人屈原。 绝:与下句"断"互文见义,皆为心情极度悲哀的意思。

〔4〕越客:诗人自谓。灵运原籍陈郡。其祖父并葬始宁,有故宅,遂以会稽为本籍。会稽,古越地。

〔5〕断绝:断,指诗人本身的心情;绝,指屈原的心情。 殊念:思念不同。屈原放于江边,思念的是楚国的郢都。灵运远赴临川,思念的是故居始宁墅。

〔6〕归虑:归思,归返之志。 款:扣,此有触动或激动的意思。

〔7〕存乡:思念故乡。 尔:你,指楚人屈原。 思积:思虑郁结于心。

〔8〕忆山:回忆家山。山,指始宁故居。 愤懑:愤慨忧闷。

〔9〕追寻:心思专注地回忆。 栖息:隐居静息。

〔10〕偃(yǎn眼)卧:仰面而卧。形容隐居的悠闲生活。 纵诞:纵情任性,不受礼法习俗的约束。

〔11〕得性:顺适天性自然,满足天性的欲望。 外求:身外的约束。外,指礼法习俗。

〔12〕自已:天性满足,自然而止。已,止。 纂(zuǎn缵):继承。李善注以上两句说:"言得性之理,非在外求,取足自止,为谁之所继哉!""得性"、"自已",皆来自《庄子》,以为自己纵诞生活的思想基础。李善注引《庄子》:"南郭子綦曰:'夫吹万不同,而使其自已也。咸其自取,怒者其谁也。'"意思是说万物运动,皆出于自然,不是谁从外部推动的。

〔13〕怨:埋怨,不满。 秋夕:秋夜。吕向注这句说:"秋夜可乐,故不怨其久长。"

〔14〕苦:苦于,以为苦。吕向注这句说:"夏时可游,故苦其日短。"

〔15〕濯(zhuó浊)流:洗濯于江流。 浮湍(tuān):激荡的急水。《孟子·

离娄》："沧浪之水清兮,可以濯我缨;沧浪之水浊兮,可以濯我足。"这是隐者逍遥于尘外的话,此句借用其中的意念。

〔16〕息阴:静息于阴凉之处。　密竿:密竹。竿,竹竿。

〔17〕怀故:怀念故居。与前"忆山"、"追寻"相应。　叵(pǒ):不可。

〔18〕春暖:春日的和暖。李善注以上两句说:"言春暖当喜,为含悲而忘之。"

〔19〕凄凄:悲凉的样子。　明月吹:笛曲名。

〔20〕恻恻:与"凄凄"同义。　广陵散:琴曲名。三国魏嵇康被杀时弹奏此曲,说:"袁孝尼曾向我学广陵散,我没有教会他,这个琴曲到此也就绝而不传了。"

〔21〕殷勤:感情诚恳亲切。　诉:申诉,抒发。　危柱:端立的琴柱。此指琴。

〔22〕命:使用。　促管:声音高亢急促的笛管。此指笛。

今译

　　吟唱采菱曲调激越而高亢,歌咏江南音律同样不舒缓。楚时屈原被放心灵遭摧残,今我远赴临川肝肠也寸断。肠断心绝思想基础虽各殊,彼此相通同是归思扣心弦。君怀郢都忧国之思积心头,我忆故居愤懑之情荡胸间。追想始宁山庄隐逸悠闲时,高卧山林纵情狂放任自然。天性人情无需礼俗强约束,适足自止并非他人可规范。秋夜友朋宴乐不怨夜更长,夏日登临游赏苦于日间短。江流中洗足荡起层层水波,荫凉下静息身倚密密竹竿。留恋旧居清静不再得新欢,满腹悲伤感不到阳春温暖。奏一支明月吹悲切而凄凉,弹一曲广陵散哀伤而辛酸。借鸣琴倾诉真情亲切感人,拿横笛伴奏腾起慷慨悲音。

（陈复兴译注并修订）

◉ 入彭蠡湖一首 五言

谢灵运

▦ 题解

这首诗是诗人赴临川,由长江入彭蠡湖口途中所作。

彭蠡湖,即江西省鄱阳湖。其湖口,即江洲口,为湖与长江交接处。

路程愈长,思绪愈多。尽管两岸有"春晚绿野秀,岩高白云屯"的奇景,可资赏玩;仍不能遣忧,更悟不出几多人生玄理,像诗人往常所做那样。

这里,他要摆脱"千念"、"万感"的烦苦,索性在山中江上探幽寻异。结果呢? 神灵与珍异,都隐匿了,熄灭了。他原本就不相信有灵异的存在,于是更感到事往理空,天地茫然。奏支乐曲,排遣愁绪,而愁绪反倒更浓了。

这诗没有谈玄说理,而读来则有更深的哲理味。

▦ 原文

客游倦水宿[1],风潮难具论[2]。洲岛骤回合[3],圻岸屡崩奔[4]。乘月听哀狖[5],浥露馥芳荪[6]。春晚绿野秀[7],岩高白云屯[8]。千念集日夜[9],万感盈朝昏[10]。攀崖照石镜[11],牵叶入松门[12]。三江事多往[13],九派理空存[14]。露物奖珍怪[15],异人秘精魂[16]。金膏灭明光[17],水碧缀流温[18]。徒作千里曲[19],弦绝念弥敦[20]。

注释

〔1〕倦:厌倦。　水宿:在水上过夜。

〔2〕风潮:江风浪涛。　具论:一一述说。这句不只言舟行风浪之险,更言行程中心事之苦。

〔3〕洲岛:沙洲与水岛,皆为水中陆地。　回合:回绕会合。形容江水分流,过洲岛又汇合一起。

〔4〕圻(qí 奇)岸:曲岸。　崩奔:崩坏奔波。形容巨浪冲激崖岸之上,又流泻而去。此两句承"风潮",言其"难"。

〔5〕乘月:趁着月光。李善注:"犹乘日也。"与下句"浥露"互文见义,兼有早晚之意。　狖(yòu 又):长尾猿。

〔6〕浥(yì 义)露:为朝露所沾湿。浥,湿,动词。　馥(fù 富):香。动词。芳荪:香草。

〔7〕秀:秀丽。

〔8〕屯:聚拢。

〔9〕千念:各种各样的思虑。

〔10〕万感:各种各样的感慨。　盈:充满。

〔11〕石镜:山名。李善注引张僧鉴《浔阳记》:"石镜山东,有一圆石,悬崖明净,照人见形。"

〔12〕松门:山名。庐山支脉。据《方舆纪要》:"在今都昌县南二十里,俗呼岩峣山。"朱珔认为,松门山与石镜山本为一地,说:"据《一统志》:'松门山,在南昌府北二百十五里,上有石镜。'则是一地也。"又引《水经庐江水篇注》:"庐山之北有石门水。水生岭端。岭南有大道。顺山而下若画焉。山东有一圆石,悬崖明净,照见人影。晨光初散,则延曜入石,豪细必察,故名石镜。"(《文选集释》)

〔13〕三江:指由彭蠡湖分出的三条江,直通东海。黄节《谢康乐诗注》引郑玄《禹贡注》:"三江分于彭蠡,为三孔,东入海。"　事:事迹。此指有关三江的传闻事迹。　多往:多已成为过去,无从查考。

〔14〕九派:指九江。可能即鄂赣二省间入江的九条水:乌白江、蚌江、乌江、嘉靡江、畎江、源江、廪江、提江、箘江。　理:玄理。　空存:存在空白。即无人知晓的意思。

〔15〕露物:五臣作"灵物",当从,神灵。　吝(lìn 吝):同"吝",吝惜,舍不

出。　珍怪:珍奇之气。

〔16〕异人:仙人。　秘:隐闭,不让人见到。　精魂:精神魂灵。

〔17〕金膏:仙药。李善注引《穆天子传》:"河伯示汝黄金之膏。"

〔18〕水碧:一种碧玉。　缀:五臣作"辍",当从,止,中止。　流温:碧玉所散发的温润。

〔19〕徒作:白白弹奏。　千里曲:乐曲名。即《千里别鹤》。嵇康《琴赋》李善注引蔡邕《琴操》:"商陵牧子娶妻五年,无子,父兄欲为改娶,牧子援琴鼓之,叹别鹤以舒其愤懑,故曰《别鹤操》。鹤一举千里,故名《千里别鹤》也。"

〔20〕弦绝:演奏完结。　念:忧思。　弥敦:愈发深厚。

今译

外地行游船上度日久生厌,狂风巨浪路途艰险难备说。沙洲岛屿江水回绕又合流,崖岸崎岖波涛拍击溅飞沫。趁着月光静听猿猴长哀鸣,踏着朝霞可闻香草沁心窝。春日傍晚原野秀美漾新绿,岩崖高处白云凝聚成朵朵。千种思念日夜郁结充肺腑,万端感慨朝夕激荡胸腔热。攀登山岩石平如镜可照容,牵曳枝叶升入松门山巍峨。三江入海动人奇事多不传,九水汇江玄理茫然难琢磨。神灵不显露他那形貌珍奇,仙人深藏起他那精魂莫测。江中金膏熄灭明洁的光辉,湖心水璧中止温润的散播。徒然奏过排遣离愁千里曲,曲终音静归思绵绵愈益多。

(陈复兴译注并修订)

入彭蠡湖一首

入华子冈是麻源第

◎ 三谷一首五言

谢灵运

这首诗，是灵运既到临川之后所作。就任内史，而不废遨游，因登华子冈。

华子冈，山谷名。在江西省南城县西十五里。李善注引《山居图》(系《游名山志》)："华子冈，麻山第三谷。故老相传，华子期者，禄里弟子，翔集此顶。故华子为称也。"麻源，山名。其山有三谷：第一麻姑山南涧，第二北涧，第三华子冈。据《读史方舆纪要》，从南城县西十里驼鞍岭，循溪而入，多茂林修竹，土田肥衍，而层峦叠嶂，回环映带，称为绝胜。

诗人既不尊古贱今，在怀旧过程中陶醉自己，也不求药访仙，在玄默的空虚中欺骗自己。他注重的是现实，享受可能获得的快乐，满足个性的需求，所谓"恒充俄顷用"。这其实是对人性的肯定，是积极的生活理想。

▒▒▒ 原文

南州实炎德[1]，桂树凌寒山[2]。铜陵映碧涧[3]，石磴泻红泉[4]。既枉隐沦客[5]，亦栖肥遁贤[6]。险径无测度[7]，天路非术阡[8]。遂登群峰首[9]，邈若升云烟[10]。羽人绝仿佛[11]，丹丘徒空筌[12]。图牒复摩灭[13]，碑版谁闻传[14]。莫辩百世后[15]，安知千载前[16]。且申独往意[17]，乘月弄潺援^[18]。恒充俄顷用^[19]，岂为古今然^[20]。

注释

〔1〕南州：泛指南方州县，即临川郡。　炎德：天气温暖，阳光和煦之意。

〔2〕凌：或作"陵"，耸立，挺立。

〔3〕铜陵：即今铜山，在南城县西十五里。　碧润：青翠而温润，形容山色。

〔4〕石磴（dèng 邓）：山间的石级。　泻：奔流直下。　红泉：红色的流泉。因山地含丹沙，故水色呈红。

〔5〕枉：委曲，暂过。劳驾暂游。　隐沦：隐居。

〔6〕栖：栖止。结庐而住。　肥遁（dùn 盾）：出世隐居。肥遁，即飞遁，逃遁。李善注引《周易》："肥遁，无不利。"此用其义。

〔7〕险径：径，当作"陉（xíng 行）"。险要的山崖。陉，山脉的中断处。

〔8〕天路：艰险如登天一样的路。　术阡（qiān 千）：人间的道路。

〔9〕首：此指诸山中最高峰。即华子冈。

〔10〕邈：高远。

〔11〕羽人：仙人。指华子期。　绝：极。　仿佛：看不真切的样子。

〔12〕丹丘：仙人所居之山。李善注引《楚辞》："仰羽人于丹丘，留不死之旧乡。"　徒：只。　空筌：空无踪迹。筌，捕鱼的竹器。空筌，即筌中无鱼，引申为毫无踪迹之意。

〔13〕图牒：图书谱牒。此指记录古史异事之书。　摩灭：泯灭失传，无可查考。

〔14〕碑版：石碑竹简上所刻的记载文字。　传：传述。

〔15〕莫辩：没法辨别。辩，与"辨"通。　百世：百代。

〔16〕安知：怎知。

〔17〕且申：暂且抒发。　独往：超然独行，任情自然，不顾世俗。指高士达人的思想行为。李善注引淮南王《庄子略要》："江海之士，山谷之人，轻天下，细万物，而独往者也。"此用其义。　意：情思。

〔18〕乘月：趁着月色。　弄：玩赏。　潺湲（chán yuán 蝉源）：水流的样子。

〔19〕恒充：常足。　俄顷：片刻，一时。　用：受用。指精神上的享受。

〔20〕古今：尊古卑今的简缩用法。此指怀古的幽情。李善注引《庄子》：

“尊古卑今，学者之流也。”又郭象注：“古无所尊，今无所卑，而学者尊古卑今，失其原矣。”诗人此引发《庄子》之义。

今译

　　南国确实阳光和煦暖如春，桂树葱翠抗拒冬寒立山巅。铜陵山峰倒映在谷中碧水，山间石阶奔泻着赭红流泉。既有屈驾暂游的出尘隐者，也有结庐久居的遁世贤人。险要的断崖简直无法测度，不知道路行走难于上青天。终于登临群山最高的顶点，远离大地好似飘然升云端。仙人离去一丝踪迹全不留，仙山空荡一片茫然皆不见。记神仙的图书谱牒又泯灭，刻灵异的碑石竹简谁曾传。我今来游百代以后无人晓，仙人在此我怎验证千载前。暂且抒发离尘出世真朴情，恰好趁月静观山泉流潺潺。尽情享乐目前山川风物美，岂为怀古贱今到此来登攀。

（陈复兴译注并修订）

◎北使洛一首

颜延年

题解

本诗作于晋安帝义熙十二年(416)。

八月刘裕北伐,十月克服洛阳,十二月诏拜刘裕为相国并封宋公。时延之为豫章公世子(刘裕长子义符,即位为少帝)中军行参军,奉使至洛阳庆贺殊命,道中作此诗。

前八句写由宋都建康至洛阳的行程。由吴楚梁宋而至周郑,由水路转陆路,紧急忙迫,以见事关重大,不可等闲。次六句写至洛所见的荒惨情景。即目前宫阙破败之景,追索西晋灭亡之因,全在气数已尽,经国无人。诗人似乎预感到东晋王朝所面临的同样危机。次八句轻点宋公之德,而着力渲染的不是洛阳恢复之日的兴旺繁荣,而是风物的阴暗凄凉,不是人意的欢悦喜庆,而是心绪的隐悯悲戚。此全由东晋将亡的预感而来。后四句则自伤行役之苦,暗含不愿趋附得势者的心志。

原文

改服饬徒旅[1],首路跼险难[2]。振楫发吴州[3],秣马陵楚山[4]。涂出梁宋郊[5],道由周郑间[6]。前登阳城路[7],日夕望三川[8]。在昔辍期运[9],经始阔圣贤[10]。伊毂绝津济[11]，台馆无尺椽[12]。宫陛多巢穴[13]，城阙生云烟[14]。王猷升八表[15]，嗟行方暮年[16]。阴风振凉野[17]，飞雪昚穷天[18]。临涂未及引[19]，置酒惨无言[20]。隐悯徒御悲[21]，威迟良马烦[22]。游役去芳时[23]，归来屡徂愆[24]。蓬心既已矣[25]，飞薄殊亦然[26]。

注释

〔1〕改服：改朝服而著征衣。　饬：告诫。　徒旅：徒属，徒众，指随行人员。

〔2〕首路：出发，登路。　踖：屈曲，弯曲。畏惧谨慎的样子。

〔3〕振：挥动。　楫(jí急)：船桨。　吴州：指吴地。今江苏省境。

〔4〕秣：马饲料。喂饱。　楚山：指楚地。今湖北省境。

〔5〕涂：通"途"。　梁宋：指梁地宋地。今河南省境。

〔6〕周郑：指周地郑地。今河南省境。

〔7〕阳城：古县名。今河南登封县境。

〔8〕三川：指黄河、洛水和伊水，皆经洛阳。故代指洛阳。

〔9〕辍：停止，中断。　期运：气数，命运。此指帝王代兴之运。

〔10〕经始：经理，治理。　阒：无。

〔11〕伊榖：伊水与榖水。　津济：津渡，渡口。

〔12〕台馆：台榭楼馆。指洛都的建筑。　尺椽：指完整的屋椽。

〔13〕宫陛：宫殿的台阶。　巢穴：鸟巢鼠穴。

〔14〕城阙：城楼。

〔15〕王猷(yóu由)：王道。猷，道。此指宋武帝之德。　八表：八方之外，指极远的地方。此言刘宋王业隆盛,遍及天下。

〔16〕暮年：年暮,岁末。

〔17〕振：振动,摇动。

〔18〕昚(mào冒)：阴暗。　穷天：岁末的天时。

〔19〕引：进。发。

〔20〕惨：悲伤。

〔21〕隐悯：悯,当作"闵"（据《文选考异》),忧愁的样子。　御悲：怀藏悲伤。

〔22〕威迟(yí夷):曲折前行的样子。 烦:烦劳,劳苦。

〔23〕游役:行役,因公跋涉在外。 芳时:春时。

〔24〕祖僭(qiān迁):失期。僭,同"愆",差错,差失。李善注:"言当归来,而更数有所往而僭本期。"以上两句说春日离去,行路备尝艰辛,今已临岁末,本当归来,又因故屡屡失期,心情愈感愁苦。

〔25〕蓬心:浮浅随俗之心。蓬,蓬蒿,秋后随风飘转而无定所,此喻随和时俗而无主见。

〔26〕飞薄:飘风滞留。薄,通"泊",停留。此用飘飞义,指行役。吕延济注:"言己随俗之心久已除矣,而犹被牵制于时尚,劳于行役,而当此穷岁之节,如蓬之性非自直达,复为飘迫,殊不得成我志也。" 以上两句意思说我的随附时尚之心早已不存在了,但是在现实中还是被迫辛苦远行,去完成公务,也和随风飘转的蓬草一样。

今译

改穿征服告诫众僚属,登程谨慎路途多险艰。挥桨行船出发自吴州,上陆乘马飞越过楚山。途经梁宋古都城郊野,道由东周郑国疆域间。前头将登阳城县大路,傍晚可望洛邑在眼前。昔日晋帝气运既已尽,治理国家缺少真圣贤。伊水榖水津渡桥摧断,楼台宫馆塌毁无完椽。宫殿石阶鸟鼠筑巢穴,城头楼阙生起暗云烟。宋公仁德遍及八方外,叹我远行正值年将晚。阴风掠过凄凉原野阔,飞雪笼罩季冬腊月天。面对征途车马未及进,置酒酣饮心绪无可言。胸中哀愁徒然抑悲情,良马不行似也有忧烦。奉命远行几曾春时去,归来有日屡屡失期限。随附时俗我心已淡漠,往返飘泊很像蓬蒿转。

(陈复兴译注并修订)

还至梁城作一首 五言 颜延年

题解

　　本诗继《北使洛》,于义熙十二年岁末由洛东归,经梁城(今河南商丘)而作。

　　前八句述由洛还都路上所见。诗人赴洛随同北伐之师,还都又伴凯旋之军,自己虽为奉使远行,其艰苦与征戍之士无异。次十句述梁城遭晋乱后的惨景,感叹生死易变,人世无常。故国已生乔木,城郭遍地坟茔,以见人世的丧亡离散,而兴愚贱尊贵同归埋灭之叹,似含对觊觎晋位者的告诫。末二句为自伤之词。

原文

　　眇默轨路长[1],憔悴征戍勤[2]。昔迈先祖师[3],今来后归军[4]。振策眷东路[5],倾侧不及群[6]。息徒顾将夕[7],极望梁陈分[8]。故国多乔木[9],空城凝寒云[10]。丘垄填郛郭[11],铭志灭无文[12]。木石扃幽闼[13],黍苗延高坟[14]。惟彼雍门子[15],吁嗟孟尝君[16]。愚贱同埋灭[17],尊贵谁独闻[18]。何为久游客[19],忧念坐自殷[20]。

注释

　　〔1〕眇默:辽远渺茫的样子。　轨路:车路。
　　〔2〕憔悴:颜色枯槁的样子。此指困顿劳苦。　征戍:远行戍守。此指奉使行役之苦,有如征戍。　勤:劳苦。

〔3〕昔:昔时。此指使洛之时。 迈:前行。 祖师:出征的军队。此指刘裕的北伐军。

〔4〕今:指还京之时。 归军:凯旋而归的军队。以上两句历来疏解较多,皆觉穿凿,未得文意。参照《北使洛》,意思是说昔时赴洛急于庆贺殊命,唯恐误时,水陆奔驰,往往赶在北伐之师的先头;现在使命完成,还京途中,已感困惫,却落在凯旋之师的后头。

〔5〕振策:扬鞭。 眷:顾视。 东路:指还京之路。

〔6〕倾侧:颠簸。此谓路险阻而车行不稳。 群:指归军的部伍。

〔7〕息徒:令徒属歇息。 顾:视。

〔8〕极望:极目远望。 梁陈:二古国名。梁地与陈地。 分:界限,分界。

〔9〕故国:指梁城。 乔木:高树。

〔10〕凝:凝聚,浓重。

〔11〕丘垄:坟墓。 填:充塞,充满。 郛(fú服)郭:外城。

〔12〕铭志:刻在墓碑上的文字,以记述死者的生平功德,传扬后世。

〔13〕扃:充塞。 幽闼(tà挞):墓门。

〔14〕黍:黍蓬,野草名。 延:蔓延,长满。

〔15〕惟:思。 雍门:即雍门周,战国齐人,名周。曾干谒孟尝君。李善注引《桓子新论》:"雍门周见孟尝君曰:'臣窃悲千秋万岁后,坟墓生荆棘,行人见之曰:孟尝君尊贵,乃如是乎!'"

〔16〕吁嗟:感叹词。 孟尝君:战国齐贵族,姓田名文,好客,门下食客至数千人。曾出使秦国,归为齐相。

〔17〕埋灭:埋没。

〔18〕独:单独。

〔19〕游客:行役他乡的人。

〔20〕坐:空,徒然。 殷殷:心情忧伤的样子。

今译

茫茫无际车路长又长,远行劳苦似同征戍人。昔时赴洛常超师旅前,今日归来落后凯旋军。扬鞭驰马顾视还京路,车驾颠簸无法赶人群。休息部属眼看天将晚,极目远眺梁陈地界分。梁城荒芜高树多茂盛，城区空寂凝聚浓云寒。坟茔遍布城内与城外，碑石铭志磨灭已无文。朽木乱石阻塞墓门中，黍蓬丛丛蔓延上高坟。想起战国入齐雍门周，慨叹千秋万岁孟尝君。也同愚贱生命终泯灭，位尊身贵后世谁独闻。为何久游异地长为客，忧愁思念空自增悲辛。

（陈复兴译注并修订）

始安郡还都与张湘州登巴陵城楼作一首五言

颜延年

题解

本诗作于元嘉三年(426)三月,在《和谢监灵运》一诗之前。时文帝诛徐羡之、傅亮等,征延之为中书侍郎。诗人由始安郡归都城建康,路经巴陵(即岳州,今湖南岳阳),与湘州(今湖南长沙一带)刺史张劭登岳州城楼。此篇即登览兴感而作。

前四句总写巴陵胜状,笼括高山大川,以见胸襟气度,容纳万有。次八句写登楼所见,河山台泽,空阔宏博,峻奇澄澈。后八句写登楼所感,万古百代,兴废贵贱,终成陈迹,只有修养德性返于自然,才能长存不灭。

目之所见(山川)为空间,心之所感(古今)为时间。空间的宏博与自我的狭小相对,时间的绵延与生命的短暂相对,宇宙(时空)的无限性与主体的有限性相撞。因而诗人的凄然伤悲,并非出于一己的荣辱得失,是在苦苦寻求主体生命同宇宙的和谐统一。出路呢?在于修养明淑,归返自然,使自我于超越中得以永生。

这篇是颜延之强烈生命意识之升华,是其自我价值的深邃求索。这,使他上与屈原、陶潜,下与李白、杜甫息息相通,完全是一位大诗人的气度。

原文

江汉分楚望[1],衡巫奠南服[2]。三湘沦洞庭[3],七泽蔼荆牧^[4]。经途延旧轨^[5],登闉访川陆^[6]。水国周地嶮^[7],河山信重复^[8]。却倚云梦林^[9],前瞻京台囿^[10]。清氛霁岳阳^[11],曾晖薄澜澳^[12]。凄矣自远风^[13],伤哉千里目。万古陈往还^[14],百代劳起伏^[15]。存没竟何人,炯介在明淑^[16]。请从上世人^[17],归来蓺桑竹^[18]。

注释

〔1〕江汉:长江汉水。皆流经楚地。 分:分流。 楚望:楚地所望祀。指楚地,今湖北、湖南一带。望,远望而祭祀。指古代诸侯祭祀境内山川的仪式。

〔2〕衡巫:衡山巫山。衡山在今湖南,五岳中的南岳;巫山在今四川省巫山县。 莫:莫定。 南服:指南方。服,古时王畿以外的荒远之地。以上两句意思说江汉从楚地分流而过,衡巫座落于南方的荒远之地。

〔3〕三湘:指漓湘、潇湘、蒸湘。 沦:没入,汇合。

〔4〕七泽:七个大泽。传说古时楚国有七泽,云梦泽为其一。 蔼:草木茂盛的样子。 荆牧:楚地的郊野。荆,即楚;牧,郊外。

〔5〕经途:都邑中直通的大道。 延:追寻。 旧轨:旧日的车迹。延之于少帝景平二年(即文帝元嘉元年)被贬为始安守,途经湘州,曾为张劭作《祭屈原文》,因之还都经此则谓"旧轨"。故李善注曰:"谓张劭也。"

〔6〕闉(yīn 因):城门外的曲城。 访:察看。 川陆:川流与山岭。陆,高平之地。此指山岭。

〔7〕水国:水乡。 周:周匝,周围。 嶮(xiǎn 险):高险。

〔8〕重复:重重叠叠。此形容山重水复。

〔9〕却:后退。 云梦:古时楚地的大泽名。

〔10〕京台:楚国的台名。京,也作"荆"。京台与云梦皆游观之所。 囿:苑囿。

〔11〕清氛:清新之气。 霁:雨止天晴。此有明朗的意思。 岳阳:指天岳山,在今湖南境内。阳,山的南侧。

〔12〕曾晖:重重的日光。 薄:迫,近。此有照耀的意思。 澜澳(yù 玉):水波与水边。此指洞庭。

〔13〕凄:悲凄。 远风:远来之风。

〔14〕陈:陈迹,化为陈迹。　往还:指历史的交替变迁。

〔15〕劳:劳倦,空为劳倦。　起伏:兴衰。此指兴衰互为转化。　李善注:"起伏,即倚伏也。"倚伏,即事物对立面的彼此依存并互为转化的意思。其中包括兴衰、贵贱、祸福等等。以上两句感慨世事幻化无常,意思说万古以来的更替变迁,或治或乱,都已化为陈迹;各个世代的兴亡盛衰,或贵或贱,也都空为劳倦。

〔16〕炯介:光明正大。　明淑:贤明善德。以上两句意思说在历史的更替兴废之中,何人永生何人泯灭呢? 那些光明正大之士表现出贤明良善之德,其精神就可以与世长存。

〔17〕上世人:上古时代的人。此指离尘脱俗的隐者。

〔18〕薿(yì 义):种。

今译

　　江水汉水奔流经楚地,衡山巫山奠定在南方。三条江流汇合入洞庭,七个大泽草木莽苍苍。走上大路寻求旧辙迹,登楼眺望川流与山岗。水乡周围地势陡而险,河山环绕山高水也长。回视云梦丛林漫无际,前观京台苑囿更宽广。云气消散天岳山色朗,阳光遍撒洞庭微波漾。远风吹送声含凄悲意,极目千里心中暗自伤。万古变迁治乱成陈迹,百代兴衰贵贱同消亡。永存不灭终究属何人,光明正大仁德而善良。愿随隔世真朴退隐者,归返自然亲种竹与桑。

(陈复兴译注并修订)

◎ 还都道中作一首 五言　　鲍明远

题解

　　诗人于元嘉十六（439）年献诗临川王刘义庆，被擢为国侍郎。时临川王为江州刺史，治所在浔阳。次年，王东还京师省亲，诗人随往。本诗盖写此次经历。

　　前四句解题，叙临川王还都的行踪。披星戴月，日夜兼程，令人不胜奔波劳顿之感。"客行"句，述临川王归省心切；"崩波"句，写诗人奔波烦扰。中十句，"鳞鳞"四句写景，正是此时诗人心绪的外化，奔波不安，烦扰难宁。"登舻"六句写自身的离愁别绪。由远眺而掩泣，望云烟而生悲。后四句则是自责之词。本应以古贤之节清静自守，却偏为人使，勉为千里之游，备受离别之苦。

　　诗人不以为上层人物赏识而喜出于外，却因人格无独立自主而幽怨于内。

原文

　　昨夜宿南陵[1]，今旦入芦洲[2]。客行惜日月[3]，崩波不可留[4]。侵星赴早路[5]，毕景逐前俦[6]。鳞鳞夕云起[7]，猎猎晓风遒[8]。腾沙郁黄雾[8]，翻浪扬白鸥[10]。登舻眺淮甸[11]，掩泣望荆流[12]。绝目尽平原[13]，时见远烟浮。倏悲坐还合[14]，俄思甚兼秋[15]。未尝违户庭[16]，安能千里游。谁令乏古节[17]，贻此越乡忧[18]。

注释

〔1〕南陵:盖指江岸的冲要处,非今之南陵县名。(钱仲联《鲍参军集注》说)

〔2〕芦洲:芦荻之洲。

〔3〕客行:旅行。 惜:珍惜。

〔4〕崩波:奔波。 留:留止,滞留。此二句言时间紧迫,行踪迅疾。

〔5〕侵星:戴星。

〔6〕毕景:落日。 前俦:先行者。

〔7〕鳞鳞:云雾笼罩的样子。

〔8〕猎猎:风声。 遒:急。

〔9〕腾沙:飞沙。 郁:浓重盛大。此作动词用,有弥漫的意思。

〔10〕翻浪:波浪奔腾。 白鸥:水鸟名。

〔11〕舻(lú 卢):指船头。 淮甸:盖指浔阳一带的地势。(钱仲联《鲍参军集注》引方植之说)

〔12〕掩泣:掩面而泣。 荆流:指浔阳九派之水。(钱仲联《鲍参军集注》说)

〔13〕绝目:极目,尽目力而望。

〔14〕倏悲:倏然生悲。 还合:指远天的烟云在风日支下,时而消散,时而聚合。此句承"绝目"二句。

〔15〕俄思:顷刻间的愁思。 兼秋:即三秋。此句承"登舻"二句,写愁思之深,虽刚刚离别即已如隔三秋。

〔16〕违:离。 户庭:家门。

〔17〕古节:古贤士的贞节。指清静自守,不愿出仕。

〔18〕贻:遗留,剩有。 越乡:离乡。

今译

昨夜住宿江南津渡口,今晨船入芦荻白沙洲。旅人最惜日月速飞逝,催人奔波四处不停留。头戴星月匆匆便上路,身披夕阳追赶到先头。天地朦胧傍晚云烟起,猎猎作响晓风吹行舟。飞沙腾空弥漫如黄雾,波浪淘天滚滚飘白鸥。登上船头远眺浔阳岸,掩面拭泪凝视江水流。极目望去平原收眼底,时时可见天际云烟浮。倏然生悲坐看云开合,顷刻离思甚似隔三秋。未曾远离妻儿绕门庭,怎能承受千里行游苦。谁令我乏古贤清高节,落得如此难熬离乡愁。

（陈复兴译注并修订）

之宣城出新林浦向版桥一首 五言

谢玄晖

◎ 题解

这首诗写于谢朓由京城(建康)出任宣城太守之时。

题目交代赴任所历的路程。"新林浦",在京城西南。"版桥",浦名。李善注引《水经注》:"江水经三山,又幽浦出焉。水上南北结浮桥渡水,故曰版桥,浦江又北经新林浦。"

前四句写江天远景。诗人乍离是非之地,顿觉天地格外开阔高远。中四句写一路所思所感,由倦而欢。后四句述赴郡的心志,远谗避祸,含自喜自慰之情。

◎ 原文

江路西南永[1],归流东北骛[2]。天际识归舟[3],云中辨江树[4]。旅思倦摇摇[5],孤游昔已屡[6]。既欢怀禄情[7],复协沧洲趣[8]。嚣尘自兹隔[9],赏心于此遇[10]。虽无玄豹姿[11],终隐南山雾[12]。

◎ 注释

〔1〕西南:向西南而行。宣城位于京城西南。 永:长。
〔2〕归流:入海的江水。江入海为归。 骛:奔驰。
〔3〕天际:水天相接之处。 归舟:归返的舟船。
〔4〕辨:辨认。

〔5〕旅思:旅途的思绪。　摇摇:恍惚不定的样子。

〔6〕屡:数次。

〔7〕怀禄:获得官禄。此指诗人任宣城郡太守。

〔8〕协:符合。　沧洲:清冷的水滨。指隐者所居之地。

〔9〕嚣尘:喧闹的尘世。指统治集团内部斗争之惨烈。

〔10〕赏心:内心愉悦之事。指隐居生活。

〔11〕玄豹:比喻清高遁世的隐士。李善注引《列女传》:"陶答子治陶三年。名誉不兴,家富三倍。其妻抱儿而泣。姑怒,以为不祥。妻曰:'妾闻南山有玄豹,隐雾而七日不食,欲以泽其衣毛,成其文章。至于犬彘,肥以取之,逢祸必矣。'期年,答子之家,果被盗诛。"

〔12〕南山:终南山。在今陕西西安市西南。指隐居之处。

今译

　　江路漫漫船向西南行,江水入海滚滚东北流。遥望天边归舟帆点点,细看云中茫茫江边树。旅途厌倦情思也恍惚,孤独行游往昔经多次。既得官禄心情颇欢悦,又合我心沧洲清高志。尘世喧扰从今远隔离,赏心佳境于此得相遇。我虽缺少善德与美行,终将退隐南山雾中居。

(陈复兴译注并修订)

◎ 敬亭山一首 五言

谢玄晖

▌▌▌▷ 题解

　　敬亭山,在今安徽省宣城县北。本诗作于谢朓任宣城太守之时。他在南齐内部的迫害残杀之中,时时感到危惧不安,离开京城出守外郡,在失意之余也自有一种宽松和悦之感。他进而渴望把心灵安顿在一个超越现实近乎彼岸的境界里,这就是诗人在《敬亭山》一诗中所创造的意境。

　　前十二句写景,后八句言志。

　　前半轻妙细腻地描绘出一个隐沦所托灵异所栖的境界,高峻深邃,凄厉晦暝。那是远离嚣尘俗人不纳的所在。诗人对敬亭山水的观照渗入了玄学的体验与感悟,寄托了他对南齐现实的超越与解脱的欲望。后半是行游,更是神游,于游中言志,欲陵丹梯而得奇趣,归依使心神得以宁静的玄理。

　　本诗可与孙兴公的《游天台山赋》参照阅读。两篇皆是对山水美的玄学观照,孙赋写出了历奇险之后的仙都神界,谢诗则"缘源殊未极",似乎可望而不可达。此可见诗赋容量之不一。

▌▌▌▷ 原文

　　兹山亘百里[1],合沓与云齐[2]。隐沦既已托[3],灵异俱然栖[4]。上干蔽白日[5],下属带回谿[6]。交藤荒且蔓[7],樛枝耸复低[8]。独鹤方朝唳[9],饥鼯此夜啼[10]。渫云已漫漫[11],多雨亦凄凄[12]。我行虽纡组[13],兼得寻幽蹊[14]。

缘源殊未极^[15]，归径窅如迷^[16]。要欲追奇趣^[17]，即此陵丹梯^[18]。皇恩竟已矣^[19]，兹理庶无睽^[20]。

注释

〔1〕亘：横贯，绵延。

〔2〕合沓：重沓，重叠。

〔3〕隐沦：隐逸者。

〔4〕灵异：指神仙。　栖：宿止。

〔5〕干：冲。

〔6〕属(zhǔ 煮)：连接。　回溪：曲折的溪水。

〔7〕交藤：相互缠绕的藤茎。　蔓：枝蔓。此指枝蔓横生。

〔8〕樛(jiū 究)枝：弯曲的枝干。

〔9〕唳：鹤鸣。

〔10〕鼯(wú 无)：鼯鼠。

〔11〕渫云：舒卷的乌云。　漫漫：乌云密布的样子。

〔12〕凄凄：雨滴下落的样子。

〔13〕纡：萦绕，佩带。　组：丝带。此指印上的绶带，代官职。

〔14〕幽蹊：山间的小径。此指隐居之路。

〔15〕缘源：寻求山路源头。源，指山路的发端。此喻仙界。

〔16〕窅(yǎo 咬)：深远。

〔17〕奇趣：神奇的情趣。指道家所追求的仙境。

〔18〕陵：登。　丹梯：指山峰。

〔19〕皇恩：天子的恩遇。　已：止。

〔20〕兹理：指"追奇趣"、"陵丹梯"之理，即隐逸求仙。　睽(kuí 葵)：违背。

今译

　　敬亭山岭绵亘百余里，重峦叠嶂可与天云齐。隐者弃世深谷来托身，仙灵修炼皆在此栖居。高峰上冲遮掩阳光暗，峭壁下流弯弯涧溪水。葛藤缠绕荒芜枝蔓长，老树桠杈直竿又低垂。失群野鹤清早正哀鸣，饥寒鼫鼠此夜也悲啼。乌云舒卷漫漫无边际，密雨绵绵阴冷又凄厉。我今此行身虽佩印绶，并得追寻隐逸有径蹊。探求仙境尚未达终极，归路渺茫迷不辨东西。要欲追求神界超凡趣，即从此山攀援升天梯。皇恩浩荡毕竟终止矣，道家玄理世人不可违。

（陈复兴译注并修订）

休沐重还道中一首 五言 谢玄晖

题解

古代诗人善写友情,也善写乡情。这篇就是谢朓抒写乡恋乡情之作。当成于高宗辅政,出为宣城太守之时。诗人身在外郡,隔绝嚣尘,暂离是非,虽有幽栖闲静之感,但是毕竟难忘亲戚故旧聚居之所、身心安托之境。一遇休沐重还的时机,其乡思之情必沛然而出,流注于诗笔。

古时官吏有定期例假,即所谓休息沐浴之日。本诗内容主要是借休沐重还京城故居一路景物,抒发还乡的轻活快适之感。葭荻有情,鹤鸰可亲,山岫系心。车马前行,物色纷杳,乡情奔涌,谁人能抑一怀乡泪?前半相如、袁绍之喻,颇含对所处境遇的不满;对比之下,后半"沾沐"、"恩甚"云云,则只属对齐高宗的应酬之辞。

原文

薄游第从告[1],思闲愿罢归[2]。还邛歌赋似[3],休汝车骑非[4]。霸池不可别[5],伊川难重违[6]。汀葭稍靡靡[7],江菼复依依[8]。田鹤远相叫,沙鸰忽争飞[9]。云端楚山见[10],林表吴岫微[11]。试与征徒望[12],乡泪尽沾衣。赖此盈樽酌[13],含景望芳菲[14]。问我劳何事[15],沾沐仰清徽[16]。志狭轻轩冕[17],恩甚恋重闱[18]。岁华春有酒[19],初服偃郊扉[20]。

注释

〔1〕薄游:薄宦,卑微的官职。游,游宦。谢朓离开京都建康,任宣城太守,故自谓薄游。 第:且。 告:告假。

〔2〕闲:闲适。 罢归:离职归家。

〔3〕还邛(qióng 穷):用西汉司马相如事。李善注引《汉书》:"司马相如家贫,素与临邛令相善。于是相如往舍临邛都亭。是时卓文君新寡,好音,相如以琴心挑之。相如时从车骑,雍容闲雅甚都。文君心悦而好之,恐不得当也。"还,返回。邛,临邛(今四川邛崃)。这句的意思说我的歌赋文采,与辞官归返暂居临邛的司马相如相似。

〔4〕休汝:用东汉末袁绍事。李善注引《后汉书》:"许劭(以名节为乡里钦敬,擅长核论人物),汝南人,为郡功曹。同郡袁绍,濮阳令,车徒甚盛,将入界内,曰:'吾舆服岂可使许子将见?'遂以单车归家。"休,停止。汝,汝南郡(今属河南境)。这句的意思承上句说我告假归家,没法与到汝南境罢却车骑的袁绍相比。

〔5〕霸池:汉文帝的陵墓称霸陵,在长安附近,其上有池,故谓霸池。此代西京长安。

〔6〕伊川:水名。流经河南洛阳附近。此代东京洛阳。吴伯其说:"霸池伊川,借近畿两地名,喻邑里所在,乃休沐重归之由。"(《六朝选诗定论》)在此似皆代京都建康之故居。

〔7〕汀葭:水洲中的芦苇。 靡靡:随风飘摇的样子。

〔8〕江菼(tǎn 坦):江上的荻草。 依依:随风摆动的样子。

〔9〕沙鸨(bǎo 保):沙岸上的大鸨。鸨,一种比雁略大的鸟。

〔10〕楚山:楚地之山。指淮扬诸山,在江北。(用吴伯其说)

〔11〕吴岫(xiù 秀):吴地之山。指丹阳近故家之山,在江南。(用吴伯其说) 以上两句说越过耸入云端的淮扬之山,又瞥见隐约于林表的丹阳之山。此与唐杜甫《闻官军收河南河北》之"即从巴峡穿巫峡,便下襄阳向洛阳"之句情韵相近,皆写行进之速,归心之切。

〔12〕征徒:指跟随远行的仆役。

〔13〕赖此:借此。 樽:酒器。

〔14〕含景:饱览眼前景物。 芳菲:芳香的花草。

〔15〕劳:辛苦。指出守外郡,辛苦奔波。　何事:何为。

〔16〕沾休:沾润休沐之情。沾,受;沐,休沐。此指皇帝的恩惠。　清徽:高洁美善。此指皇帝的仁德。

〔17〕志狭:心志偏狭,胸襟不宽宏。自谦之词。　轩冕:卿大夫所乘的轩车所穿着的冕服。此喻官职爵禄。

〔18〕重闱:深邃的宫门。皇帝的居处。闱,门。

〔19〕岁华:即岁时,一年四季。

〔20〕初服:未出仕时的衣服。　偃:卧。　郊扉:郊野的门庭。

今译

任职外郡告假去省亲,思念闲静离官归故里。歌赋才华恰与相如似,车骑排场远较袁绍非。灞池水暖亲情不可别,伊川涛声招人难再离。洲中芦苇微微随风摇,江上荻草此伏彼又起。田间野鹤远方互鸣叫,沙岸雁群比翼各争飞。岑入云端楚山历历见,隐约林外吴峰不清晰。试与仆役放眼一眺望,思乡热泪夺眶洒满衣。借此斟满酒杯一饮尽,饱赏美景远望花吐蕾。问我为何远郡苦奔波,领受皇恩景仰仁德美。心志偏狭不重轩与冕,恩情深重怀恋天子义。但愿岁时酿有春酒香,身着常服永卧故宅第。

（陈复兴译注并修订）

晚登三山还望
京邑一首五言

谢玄晖

题解

　　这首诗似写于诗人出任外郡之时。题目交代诗人沿江南下，登上三山，回望京城，因而有所见所感。"三山"，山名，在建康西南长江南岸，周围四里，上有三峰，南北相接。

　　前两句解题，以比喻点出还望京邑。次六句描写置身于三山，极目远望所见的京郊春日晚景。后六句抒发不忍久别，切盼归返的乡思恋情。

原文

　　灞涘望长安[1]，河阳视京县[2]。白日丽飞甍[3]，参差皆可见[4]。余霞散成绮[5]，澄江静如练[6]。喧鸟覆春洲[7]，杂英满芳甸[8]。去矣方滞淫[9]，怀哉罢欢宴[10]。佳期怅何许[11]，泪下如流霰[12]。有情知望乡，谁能鬒不变[13]。

注释

　　〔1〕灞：水名。源出陕西蓝田县，流经长安过灞桥。　涘(sì 四)：水边。
　　〔2〕河阳：县名。故址在今河南孟县西。　京县：指洛阳。以上两句以灞涘河阳比喻三山，以长安洛阳比喻建康。
　　〔3〕丽：明丽，照耀。　飞甍(méng 蒙)：高耸如飞的屋檐。
　　〔4〕参差：错落不齐。
　　〔5〕余霞：晚霞。　绮(qǐ 启)：锦缎。

〔6〕澄江:清澈的江水。　练:白绸子。

〔7〕喧鸟:喧闹的鸟雀。　覆:覆盖。　春洲:春日的水洲。

〔8〕杂英:杂花。　芳甸:芳香的郊野。甸,上古都城百里之外称甸。

〔9〕滞淫:久留。

〔10〕罢:中止,结束。　欢宴:盛大的酒宴。以上两句说远离美好的京都,将要在宜城久留;宜城虽也风光宜人,但仍是怀念京都,以至无心继续宴饮,只得中止。

〔11〕佳期:美好的时刻。此指返归京都之时。　怅:内心不快。　何许:何所。

〔12〕流霰(xiàn 现):飘洒的雪粒。

〔13〕缜(zhěn 枕):同"鬒",黑发。

今译

登上灞岸举头望长安,站在河阳凝视洛城边。白日照耀飞檐闪金辉,参差错落楼台皆可见。晚霞灿烂片片似锦绣,江水澄澈清静如绸缎。百鸟叫响遍春日沙洲,杂花放芳香充满郊原。别离了我将久留外郡,怀念啊难再欢乐饮宴。归返无期心中多惆怅,泪珠下落好比飘雪粒。人性有情皆知望故乡,长居异地谁能发不变。

(陈复兴译注并修订)

◎ 京路夜发一首五言

谢玄晖

▌▌▌▌题解

这首诗在时间上写于《休沐重还道中》之后。那是重还故居,这是返回任所。那是心潮奔涌,乡情萦怀;这是惆怅厌倦,依恋难别。

晓星、晨光、余露、朝霞,以空间的物象表现时间的进程,反衬诗人对亲故的依恋难别,家乡渐远,前路漫漫,显露出他对返任的厌倦愁苦。留恋天趣真朴的生活,厌倦恼人的官场俗务,两者在内心的矛盾冲突,只能以"敕躬"、"瞻恩"的伦理观念强作平息,实在出于无可奈何的心态。

▌▌▌▌原文

扰扰整夜装[1],肃肃戒徂两[2],晓星正寥落[3],晨光复泱漭[4]。犹沾余露团[5],稍见朝霞上。故乡邈已夐[6],山川脩且广。文奏方盈前[7],怀人去心赏。敕躬每蹐跼[8],瞻恩唯震荡[9]。行矣倦路长,无由税归鞅[10]。

▌▌▌▌注释

〔1〕扰扰:忙迫的样子。
〔2〕肃肃:严正的样子。 徂:往。此指出发。 两:通"辆"。此指车。
〔3〕寥落:稀疏。
〔4〕泱漭(yāng mǎng 央莽):昏暗不明的样子。
〔5〕团:露珠滚动的样子。
〔6〕邈:远。 夐(xiòng)与"邈"同义。

〔7〕文奏:官府中的公文案卷。

〔8〕怀人:怀恋友人。 去:往,离去。 心赏:即赏心,心情欢乐。此指与故友欢聚宴乐。

〔9〕敕(chì 赤):警戒。 躬:自身。 踽踖(jí 急):弯腰小步走路,形容小心谨慎的样子。

〔10〕恩:皇帝的恩遇。 震荡:形容内心不安。

〔11〕税(tuō 脱):税驾,停车。 归鞅:此指归返任所的车马。鞅,套于马颈以拖拉车辆的皮带,此代车。

今译

家人急忙整理夜行装,严肃告知仆役备车辆。西天晨星正稀稀落落,东方曙光已朦朦胧胧。夜来的露珠还在滚动,火红的朝霞慢慢上升。故乡的轮廓越退越远,山峦河川漫长而宽广。桌前案卷或许已堆满,怀念故友难再共欢畅。警戒自我处事多审慎,顾念皇恩心潮在荡漾。向前行啊厌倦路途长,无法停车收住马缰绳。

(陈复兴译注并修订)

望荆山一首 五言

江文通

题解

　　江淹为南朝宋建平王刘景素所器重。景素为荆州刺史,淹从之镇。本诗即作于此时。荆山,在今湖北省南漳县西。

　　前半写所望之景色。山川险要,风日凄清。后半写岁暮悲思。"玉柱"、"金樽"之句至为清丽。"掩露"喻琴瑟久不弹,示无知音;"含霜"喻杯盏久不酌,示无倾心。心之悲凄孤寂外化而为物之寒意可触。钟嵘评淹诗:"筋力于王微,成就于谢朓。"其清丽一格,适与谢朓相近。

原文

　　奉义至江汉[1],始知楚塞长[2]。南关绕桐柏[3],西岳山鲁阳[4]。寒郊无留影[5],秋日悬清光[6]。悲风桡重林[7],云霞肃川涨[8]。岁晏君如何[9],零泪沾衣裳。玉柱空掩露[10],金樽坐含霜[11]。一闻苦寒奏[12],更使艳歌伤[13]。

注释

　　〔1〕奉义:慕义。义,此指刘景素的情谊。刘好文章书籍,重才艺之士。江汉:长江汉水。指景素所守之荆楚之境。
　　〔2〕楚塞:楚地的关塞。
　　〔3〕南关:荆州南之关塞。　　桐柏:山名。在河南省桐柏县西南和湖北省随、枣阳两县接界处。
　　〔4〕鲁阳:山名。在今河南省鲁山县。

〔5〕影:指人与物之影迹。这句意思说凄寒的郊野一片寂寥,空无人与物的影迹。

〔6〕清光:秋天清冷的日光。

〔7〕悲风:秋风。 桡(náo挠):弯曲。 重林:重叠的树林。

〔8〕肃:清明的样子。

〔9〕岁晏:岁暮。此喻年将老。 君:江淹自谓。

〔10〕玉柱:指琴瑟之类的乐器,其架弦之柱或以玉为之。 掩露:比喻气氛悲凉。谓琴瑟虽设,无心弹奏,似如掩露。

〔11〕金樽:酒器的美称。 坐:与"空"同义,徒然。 含霜:与"掩露"互文同义。谓金樽虽陈,无心酌饮,似如含霜。

〔12〕苦寒:苦寒行,古歌曲名。

〔13〕艳歌:艳歌行。古曲名。吴伯其说:"凡乐始奏曰趋曰艳,古人作艳歌行,与苦寒行同是一例哀怨之曲。"(《选诗定论》)

今译

向慕情谊来到江汉间,始知楚地边塞长且险。南有关塞桐柏山环绕,西面峰巅鲁阳山接天。凄寒郊野空旷而寂寥,秋日高悬清冷光辉闪。西风劲吹撼摇高树林,云霞倒映涨潮满河川。年华逝去君将奈若何,难抑热泪零落洒衣襟。琴瑟虽设不弹似着露,金杯虽陈不饮如霜寒。一闻弹奏悲曲苦寒行,再听艳歌行更增辛酸。

(陈复兴译注并修订)

◉ 旦发鱼浦潭一首 五言 　　丘希范

▓▓▓◈题解

　　谢灵运于东晋永初三年(422)从京都建康(今江苏南京市)出为永嘉(今浙江温州市)太守,时年三十八岁。走水路赴任,坐船沿富春江(泛称钱塘江)溯流而上,途经富江渚,即以为题,写下著名的山水诗《富春渚》(已见前),描写位于富春江边的富春县(今浙江富阳县)城及其附近的渔浦潭、赤亭等地山水风景。将近一百年以后,梁代文学家丘迟也有同谢类似的经历和诗作。《梁书·文学传上》:"(梁武帝)天监三年(504),(丘迟)出为永嘉太守。"丘时年四十一岁。谢、丘同样从京都建康出为永嘉太守;同样四十岁上下;同样走水路赴任,途经富春县城及其附近渔浦潭、赤亭等地;同样写下记胜诗作,谢诗已如上述,丘诗即为此首。两诗有同有异,而异多于同,应该说各有千秋,当合看,丘诗对谢诗有所继承,亦有所发展。

　　这首诗绘影绘声地描写了渔浦潭、赤亭一带山水风光、风土民俗,抒发乐而忘返、心旷神怡之情,追求坐啸山水、无为而治的境界,流露长久幽居于此佳境的愿望。前半部分多达十四句,主要描写渔浦潭、赤亭一带大自然景物和风土人情,而突出怪异、险峻、清幽。后半部分仅四句,主要是抒怀,赞赏前人无为而治,多有余暇,寄情山水的生活。

　　这首诗善于点染、衬托,绘影绘声。把客观景物、风情与主观感受结合起来写,给人丰富多彩的美感。

原文

渔潭雾未开[1]，赤亭风已飏[2]。棹歌发中流[3]，鸣鼙响沓障[4]。村童忽相聚[5]，野老时一望[6]。诡怪石异像[7]，崭绝峰殊状[8]。森森荒树齐[9]，析析寒沙涨[10]。藤垂岛易陟[11]，崖倾屿难傍[12]。信是永幽栖[13]，岂徒暂清旷[14]？坐啸昔有委[15]，卧治今可尚[16]。

注释

〔1〕渔潭雾未开：意谓清早启航时，渔浦潭上晨雾还没有散尽。　渔潭：即渔浦潭的略语，地名，在今浙江省萧山县西南钱塘江南岸。

〔2〕赤亭风已飏：意谓行船到达赤亭时，已经起风，可扬帆加速航行。　赤亭：地名。在富阳县(今浙江富阳县)钱塘江边(依《文选·谢灵运〈富春渚〉》李善注)。飏(yáng 扬)，起，飞起。

〔3〕棹歌：船工摇船行进时所唱的歌，通称行船号子。　中流：江中。

〔4〕鼙(pí 皮)：同"鼙"。小鼓。　障(zhàng 章)：古代称平顶的山为"障(章)"。依李善注引《尔雅》"山正曰障"。今本《尔雅·释山》作"上正章"。郭璞注曰"山上平"。邢昺疏："正犹平也。言山形上平者名章(障)。"

〔5〕村童忽相聚：意谓只见山村儿童迅速聚集在一起。

〔6〕野老：犹老农。谓乡村里老年人。

〔7〕诡(guǐ 鬼)：怪异。　像：形状。

〔8〕崭绝峰殊状：意谓高峻山峰，悬崖绝壁，奇形怪状，千姿百态。　崭(chán 馋)：通"巉"。山势高峻貌。　绝：犹绝壁。非常陡峭、难以攀登的山崖。殊：特殊，奇特。

〔9〕森森：繁茂貌。　荒：谓荒山野岭。

〔10〕析析寒沙涨：意谓松散的沙沉积为沙洲，秋后江水渐落，沙洲渐露出，且愈来愈大，好像沙涨一样。　析析：松散貌。涨，增长，增高。

〔11〕藤垂岛易陟：意谓有的岛屿处处藤萝垂挂，容易攀援而登。　陟(zhì 至)：升，登。

〔12〕崖倾屿难傍：意谓有的岛屿悬崖峭壁，好像要倒塌下来一样，难以依

附。　倾：倒坍，倒塌。　屿：岛屿。　傍：依附，接近。

〔13〕信是永幽栖：意谓可以凭借这里长久隐居。语本《文选·谢灵运〈邻居相送方山诗〉》"资此永幽栖"。　信：凭，凭借。　幽栖：犹幽居，隐居。

〔14〕岂徒暂清旷：意谓岂只暂时感受清静幽邃、心旷神怡吗？　清：清幽。旷：旷远，开朗。

〔15〕坐啸昔有委：意谓昔日有的主管官员一味闲坐吟啸，把政事委托手下属官去办理。典出《后汉书·党锢列传序》"南阳太守岑公孝，弘农成瑨但坐啸"。　坐啸：闲坐吟啸。　委：委托，委任。

〔16〕卧治今可尚：意谓古人为官高卧，无为而治，至今仍然可以崇尚。典出《史记·汲郑列传》"上曰：'君薄淮阳邪？吾今召君矣。顾淮阳吏民不相得，吾徒得君之重，卧而治之。'"　卧治：高卧而治，不必操劳。　尚：崇尚，尊重。

今译

　　渔浦启航雾未尽，赤亭行船有风扬。驾船船歌发中流，鼓声频频响山上。村童迅速相聚集，老农时时望一望。奇形怪状山上石，高峰绝壁千般样。繁茂齐整荒山树，松散寒沙渐渐涨。藤萝垂挂岛易登，悬崖将坍难依傍。长久幽居好处所，岂只暂时乐清旷？坐啸而治靠委任，高卧无为可崇尚。

（张厚惠译注　陈复兴修订）

◎ 早发定山一首 五言

沈休文

▓▓▓ 题解

本篇写于齐隆昌元年(494),沈约出为东阳太守之时。东阳郡,三国吴置,在今浙江金华县境。定山,一名狮子山,在浙江杭县东南,约由京城赴郡所经之地。

前两句解题。诗人久居庙堂,也性爱丘山。次六句先写山之奇,后写壑之远。奇有峭拔陡峻之意,远有谷深水急之意。次四句花木香草,细腻补出奇山远壑之间的绿肥红艳,生机盎然。后两句以采食灵草,会遇众仙之想,抒写自己的离尘幽栖之意,透露出年逾半百的诗人远赴外郡的失望之情。可见沈约的丘山之爱,夹有宦海失落之感,与陶潜的天性自然之爱略有不同。

全诗声韵和谐,对偶工细,妙景送出。

▓▓▓ 原文

夙龄爱远壑[1],晚莅见奇山[2]。标峰彩虹外[3],置岭白云间[4]。倾壁忽斜竖[5],绝顶复孤圆[6]。归海流漫漫[7],出浦水浅浅[8]。野棠开未落[9],山樱发欲然[10]。忘归属兰杜[11],怀禄寄芳荃[12]。眷言采三秀[13],徘徊望九仙[14]。

▓▓▓ 注释

〔1〕夙龄:少年时代。　远壑:幽远的山谷。

〔2〕晚莅(h 立):晚年临职。莅,临,临职。指赴东阳太守任。

〔3〕标峰:高耸的山峰。　彩虹:颜色美丽的霓虹。

〔4〕置岭:重叠的山岑。

〔5〕倾壁:倾危的峭壁。

〔6〕绝顶:山的极顶。

〔7〕归海:流向大海。指远壑之水。　漫漫:无边无际的样子。此形容流水。

〔8〕出浦:流出谷口。浦,河流入江海的入口。此指水出谷之口。　浅浅(jiān jiān 间间):水流急速的样子。

〔9〕野棠:花木名。

〔10〕山樱:花木名。　然:"燃"的本字。

〔11〕属:通"瞩",专注。　兰杜:兰草和杜若。皆香草名。

〔12〕怀禄:怀恋禄位。指赴任做官。　寄:寄托。　芳荃:香草。吕延济注以上两句说:"言我至此忘归,属于此草,虽怀禄而去,长寄其心。"

〔13〕眷言:眷恋思慕的样子。言,语助词。　三秀:灵芝草的别名。灵芝一年开花三次,故称三秀。传说服之可以成仙。

〔14〕九仙:众仙。九,言其多。以上两句意思说我心中眷恋此山,愿采灵芝服食,徘徊其侧,仰望众仙出现。

今译

　　早年爱好远谷与深壑,晚年临职路见此奇山。高耸青峰直出彩虹外,重叠丘岭排列白云间。石壁倾危忽斜而竖立,绝顶摩天孤直又浑圆。归海的溪流漫漫奔泄,出谷的急水溅溅波翻。野棠浓郁盛开尚未落,山樱鲜艳初发似火燃。留连忘返饱赏兰与杜,身赴官禄心寄托芳荃。眷恋此山终来采灵芝,徘徊仰望飘然会众仙。

（陈复兴译注并修订）

新安江水至清浅深见底
贻京邑游好一首五言

沈休文

　　本篇写作时间大致与《早发定山》相近而稍后,是沈约赴东阳郡渡新安江时的所见所感。新安江,源出安徽省歙县黄山,经建德、淳安,与兰溪合,东入浙江。

　　题目并兼小序,揭示全诗内容。以江水至清观照尘世混浊,以切身体悟贻劝京邑游好。

　　前两句点题,从与舟客问询中而得对新安江的总观感。次四句,从时空变化与动植物态上写江水至清。次四句,以沧浪清济反衬此江至清且长流不竭,再以乘此飘去的快适与俯看江底美石而申说之。后四句,以切身体悟贻劝旧游,回应题目。

■■■■原文

　　眷言访舟客[1],兹川信可珍[2]。洞澈随深浅[3],皎镜无冬春[4]。千仞写乔树[5],百丈见游鳞[6]。沧浪有时浊[7],清济涸无津[8]。岂若乘斯去[9],俯映石磷磷[10]。纷吾隔嚣滓[11],宁假濯衣巾[12]。愿以潺湲水[13],沾君缨上尘[14]。

■■■■注释

　　[1]眷言:眷恋的样子。言,语助词。　访:询问。　舟客:船夫。
　　[2]兹川:指新安江。　信:实在。

〔3〕洞澈:透明清澈。　随:任随,不论。

〔4〕皎镜:洁白明亮如镜。以上两句意思说无论深浅之处与冬春四季,江水总是清澈透明,恰似明镜一般。

〔5〕千仞:指山之高。仞,等于八尺。　写:描写,映照。

〔6〕百丈:指水之深。游鳞:游鱼。以上两句意思说乔树从千仞高峰上直映江水之中,百丈深的水下可见鱼儿游动。

〔7〕沧浪:水名,即汉水。源出陕西宁强县蟠冢山,为长江最大支流。这句典出《孟子·离娄》:"沧浪之水清兮,可以濯我缨;沧浪之水浊兮,可以濯我足。"

〔8〕清济:清清的济水。济水,源出河南济源县王屋山,东流入山东,与黄河并行入海。涸(hé合):干枯。　津:液,水。李善注引《吴越春秋》:"禹周行宇内,竭洛涸济,沥淮于泽。"　以上两句意思说沧浪之水有时浊,清济之水有时涸,新安江水则至清不浊,长流不息。

〔9〕岂若:何如。　乘斯:乘此江流。斯,此,指新安江水。

〔10〕磷磷:水中现石的样子。

〔11〕纷:多。此有久意。　隔:阻隔,隔绝。　嚣滓:喧嚣浊秽之地,指京都的尘世生活。

〔12〕宁:宁愿。　假:借此。　濯:洗涤。　衣巾:衣服与冠巾。以上两句意思说我长期阻隔于京都的尘俗生活之中,见此洞澈如镜的江水,宁愿借以洗涤我的衣服与冠巾,从而净化自己的品格。以下则以自己的感受启导在京游好。

〔13〕潺湲(yuán 园):水慢慢流动的样子。

〔14〕君:指京邑游好。　缨:冠缨,礼帽上的带子。此代冠。这两句的意思承上说,愿在京游好以此江清澄之水,来洗涤一番自己身上的俗尘。

今译

心怀眷恋询问撑船人,此处江流确实可奇珍。透明清澈不论深与浅,皎洁如镜无分冬与春。千仞高峰乔树影倒映,百丈深渊游鱼金鳞闪。沧浪之水有时变混浊,清济之水干涸无源泉。何如乘此江流飘泊去,俯看江心美石磷磷现。我曾久隔喧嚣浊秽中,宁肯借此洗濯衣与巾。但愿以这缓缓长流水,涤除诸君冠上俗世尘。

(陈复兴译注并修订)

军戎

◎ 从军诗五首 五言

王仲宣

题解

　　王粲除赋外,诗歌创作成就也是很高的。刘勰将他列为"七子之冠"。(见《文心雕龙·才略篇》)这组诗恐非一时之作。据《三国志·魏志·曹操传》载:曹操于建安十六年(211)西征马超、韩遂;建安二十年(215)讨张鲁;建安十八年(213)、十九年(214)、二十二年(217)又先后南伐孙权。其间王粲皆随其左右,故他具有丰富的戎马生活的体验和感受。这些诗当是这几年所写,都歌颂了曹操的文韬武略和为统一国家而建功立业的雄心壮志,真实地反映了当时的征战生活,也表达了诗人的志向和心情,闪烁着现实主义的光辉。诗风自然质朴,平实易懂,语言大抵明丽流畅而不失其文采。这是与他向民歌学习分不开的。

　　第一首,赞美建安二十年三月曹操西征张鲁的武功。先写曹操出征的神武与胜利之速;次写陈赏庆功的情景;后写诗人不愿避世厉节求仕的心志。

原文

　　从军有苦乐[1],但问所从谁[2]。所从神且武[3],焉得久劳师[4]。相公征关右[5],赫怒震天威[6]。一举灭獯虏[7],

再举服羌夷[8]。西收边地贼[9],忽若俯拾遗[10]。陈赏越丘山[11],酒肉逾川坻[12]。军中多饫饶[13],人马皆溢肥[14]。徒行兼乘还[15],空出有余资[16]。拓地三千里[17],往返速若飞。歌舞入邺城[18],所愿获无违。昼日处大朝[19],日暮薄言归[20]。外参时明政[21],内不废家私[22]。禽兽惮为牺[23],良苗实已挥[24]。不能效沮溺[25],相随把锄犁[26]。熟览夫子诗[27],信知所言非[28]。

〔1〕苦乐:《史记·李将军列传》载:程不识与李广俱戍边,二人治军严简不同,程军击刁斗、李军则不击。不识曰,"李广军极简易",士卒"咸乐为之死"。

〔2〕从:跟随。

〔3〕神:神机妙算,谓有韬略。 武:勇敢。神且武,意为智勇双全。

〔4〕劳师:让部队去打仗。《左传》:"劳师以袭远。"

〔5〕相公:指曹操。 关右:古地名,即函谷关以西之地,古人以西为右。

〔6〕赫怒:勃然震怒。《诗·大雅·皇矣》:"王赫斯怒。" 天威:天朝军威。

〔7〕獯(xūn熏)虏:指狁狁(xiǎn yǔn 险允),我国古代的少数民族,分布在陕、甘北部及内蒙古西部。

〔8〕羌夷:即羌族。

〔9〕边地贼:指张鲁及其部。

〔10〕俯:低下头。 拾遗:拾取东西。这里喻容易。

〔11〕陈:陈列。 赏:赏赐。

〔12〕逾:超过。 川:河。 坻(chí池):水中的高地。《左传》:"有酒如淮,有肉如坻。"

〔13〕饫饶:饱食、富裕。

〔14〕溢:益。

〔15〕徒行:步行。 兼乘:两乘、两匹战马。

〔16〕余资:丰裕的财物。

〔17〕拓地:指通过战争而占领地盘。

从军诗五首

〔18〕邺城:古都邑名,在今河北临漳西南邺镇。建安十八年(123)曹操定都于此。

〔19〕昼日:白天。昼,善本作"尽",据王臣改。　大朝:天子大会诸侯群臣。

〔20〕薄言:发语词。《诗·周南·芣苢》:"采采芣苢,薄言采之。"

〔21〕明政:清明的政治。

〔22〕家私:家务。

〔23〕惮:怕,畏惧。　牺:古代祭祀用的纯色牲。为牺,意谓被捕捉杀死。

〔24〕挥:当为"辉"。(据李善注)润泽的样子。上言动植物皆沐曹公之德。

〔25〕效:效仿,学习。　沮溺:指长沮、桀溺,古代隐者。据《论语·微子》载:他们隐居而耕,不愿涉世,并嘲讽孔于周游列国。

〔26〕把:拿着。把锄犁,指耕种土地。

〔27〕熟:仔细。　夫子:指孔子。《孔丛子》载,孔子有诗表隐居志。

〔28〕所言:指孔子主张归隐之言。

今译

从军也有苦乐不相同,这要看你跟谁去出征。跟随智勇双全的主帅,哪里会有持久的战争。我们主公征伐关西地,盛怒下奋起天朝威风。头一次降服那里部族,二次又迫使羌兵投诚。平息了西方边陲逆贼,易如俯身拾物任驰骋。陈列的赐品超过山高,酒肉如河似丘各纵横。军营里官兵酒足饭饱,人马更加壮实和勇猛。徒步出征凯旋乘马归,去时空空回来财物丰。开拓关西三千里地盘,往返神速犹如鸟飞腾。载歌载舞胜利回邺都,原有誓愿大功已告成。白天大会群臣同庆贺,傍晚兴高采烈回家中。朝廷上参谋清明政治,回家里料理家事繁荣。禽兽怕做牺牲自断尾,我如良苗茁壮沐春风。不能学习长沮与桀溺,相互追随隐退将地耕。仔细阅读孔子隐居诗,确知夫子主张行不通。

题解

第二首,和以下三首皆作于建安二十一年(217),时诗人跟随曹操东征孙吴。本篇先描写出征战士离家乡赴疆场时的悲壮心情,后赞美他们竭尽忠贞一往直前的慷慨决心。

原文

凉风厉秋节[1],司典告详刑[2]。我君顺时发[3],桓桓东南征[4]。泛舟盖长川[5],陈卒被隰坰[6]。征夫怀亲戚[7],谁能无恋情?拊衿倚舟樯[8],眷眷思邺城[9]。哀彼东山人[10],喟然感鹳鸣[11]。日月不安处[12],人谁获常宁?昔人从公旦[13],一徂辄三龄[14]。今我神武师[15],暂往必速平。弃余亲睦恩[16],输力竭忠贞[17]。惧无一夫用[18],报我素餐诚[19]。夙夜自恦惟[20],思逝若抽萦[21]。将秉先登羽[22],岂敢听金声[23]。

注释

〔1〕厉:整肃。　秋节:秋季。厉秋节,到了用兵的季节。据《礼记》载:孟秋之月凉风至,始行杀戮之事。天子于是命令将帅,整顿军队,以征不义。

〔2〕司典:主管刑法之官。　详刑:慎刑,言决狱应该审慎。

〔3〕顺:适应。　时:时令。《礼记》:"举事必须其时。"

〔4〕桓桓:武勇的样子。

〔5〕泛舟:行船。

〔6〕隰(xí 习):低洼的地方。　坰(jiōng):遥远的郊野。《尔雅·释地》:"邑外谓之郊,郊外谓之牧,牧外谓之野,野外谓之林,林外谓之坰。"

〔7〕征夫:出征的士兵。　亲戚:亲人。

〔8〕拊:同"抚",摸着。　衿:衣襟。　樯:桅杆。

〔9〕眷眷:依恋不舍的样子。诗人在《登楼赋》中有"情眷眷而怀归兮"之

句,其"眷眷"之意与此相同。

〔10〕东山:《诗经·豳风》中的一篇,描写古代征战的生活和士兵对往事、故乡、亲人的思念。

〔11〕喟然:叹息的样子。 鹳(guàn 贯):鸟名,形状似鹤。感鹳鸣,鹳之鸣令人感伤。《诗·东山》中有"鹳鸣于垤,妇叹于室"之句。

〔12〕安处:安宁的生活处境,意谓没有战事。

〔13〕公旦:指周公姬旦。

〔14〕徂:往。 辄:就。 三龄:三年。

〔15〕神武:英勇威武。神武师,指这次曹操南征的队伍。

〔16〕亲睦恩:指父母、妻子之情。

〔17〕输力:尽力。

〔18〕一夫:一个普通的男人。

〔19〕素餐:白吃饭,意谓不劳而食。《诗经·伐檀》:"彼君子兮,不素餐兮。"

〔20〕怦(pēng 怦):流露,形于颜色。《淮南子·齐俗训》:"仁发怦以见容。"

〔21〕萦:缠绕。

〔22〕羽:箭羽。先登羽,先行出战,喻建功心切。李善注引《东观汉记》:"贾复击青犊于射犬,被羽先登,所向皆靡。"

〔23〕金声:金钲之声。征行击金钲以止众。

今译

秋风阵阵正是用兵时,讨伐谁要由主管审定。我们主公适时去出征,英勇大军向东南而行。一艘艘船只遮蔽河川,队伍排满低地与山冈。征战将士思念着亲人,谁能没有眷恋的感情?抚摸衣襟倚靠着桅杆,眷顾不已想着邺都城。让人同情《东山》主人公,鹳鸟长鸣唤起心悲伤。连日月都得不到安宁,有谁能获得持久和平?从前周人随周公征战,一去就有三年光景。现在我们威武的大军,暂往就会将他们扫平。抛开我们对家人恋情,人人要努力尽忠效命。恐怕不顶一个常人用,也应报答无劳受禄情。报效心情日夜里激荡,思绪萦绕像抽丝一样。建功立业只愿做先锋,哪还顾听后退金钲鸣。

题解

第三首,描述东征路上的军旅生活。征途艰苦,心情悲怆;但是将士们皆能为国事忘所私,把授命捐躯视为不可违逆之理。

原文

从军征遐路[1],讨彼东南夷[2]。方舟顺广川[3],薄暮未安坻[4]。白日半西山,桑梓有余辉[5]。蟋蟀夹岸鸣,孤鸟翩翩飞[6]。征夫心多怀[7],恻怆令吾悲[8]。下船登高防[9],草露沾我衣。回身赴床寝[10],此愁当告谁。身服干戈事[11],岂得念所私。即戎有授命[12],兹理不可违[13]。

注释

〔1〕遐:远。

〔2〕东南夷:此处指孙权。

〔3〕方舟:并舟。

〔4〕薄:将近。

〔5〕桑梓:此处指日落时的树木。

〔6〕翩翩:飞翔的样子,含轻盈自如之意。

〔7〕多怀:思绪缠绕。

〔8〕恻怆:悲痛伤感。

〔9〕防:堤岸。

〔10〕回身:转身。

〔11〕干戈:古代兵器,干指盾,戈指戟。干戈事,指战事。

〔12〕即戎:用兵,交战。李善注引《论语·子路》:"善人教民七年,亦可以即戎矣。"注引包咸:"即,就也;戎,兵也;言以攻战。" 授命:献出生命。《论语·宪问》:"见利思义,见危授命,久要不忘平生之言,亦可以为成人矣。"

〔13〕兹:这。

今译

　　跟随队伍长途去远征,讨伐据有江东的孙权。两船并行在宽阔水面,傍晚还没到扎营地点。夕阳一半衔入了西山,一抹余辉撒落树林间。蟋蟀在岸边唧唧鸣叫,孤鸟轻盈地飞向蓝天。士兵思绪有万种千般,凄凉愁苦真令我辛酸。走下船舱登上那高堤,草丛露水沾湿我衣衫。转身回到营房军床上,心情愁苦可向谁倾谈?自己既已参加了战事,哪能考虑私事与安全。作战中随时献出生命,这个事理谁都不违反。

题解

　　第四首,描写东征队伍的雄伟壮观,颂扬曹操的英明韬略。诗人自身则深感惭愧,虽位居中坚而无微谋可陈,只能以尽其薄身之力自勉。

原文

　　朝发邺都桥,暮济白马津[1]。逍遥河堤上[2],左右望我军。连舫逾万艘[3],带甲千万人[4]。率彼东南路[5],将定一举勋[6]。筹策运帷幄[7],一由我圣君[8]。恨我无时谋[9],譬诸具官臣[10]。鞠躬中坚内[11],微画无所陈[12]。许历为完士[13],一言犹败秦[14]。我有素餐责,诚愧伐檀人[15]。虽无铅刀用[16],庶几奋薄身[17]。

注释

　　〔1〕济:渡过。　白马津:渡口名,在今河南滑县东北,距邺都百余里。
　　〔2〕逍遥:优游自得的样子。
　　〔3〕舫(fǎng 仿):船。连舫,即两船相连。　逾:超过。
　　〔4〕甲:古代军人作战时穿的护身服装。带甲,这里指全副武装的士兵。

〔5〕率:循。

〔6〕定:成功。一举勋,一举得胜的功业。

〔7〕筹策:计谋。 帷幄(wò 握):军用的帐篷。《史记·高祖本纪》:"运筹策帷帐之中,决胜于千里之外,吾不如子房。"

〔8〕一由:全凭。 圣君:指曹操。

〔9〕时谋:适时的计谋。

〔10〕具:充作。

〔11〕鞠躬:原意是恭敬,这里是效力、服务的意思。 中坚:古代主将所在的中军部队,是全军主力。这里指军队中最重要的部门。

〔12〕微画:小小的计谋。

〔13〕许历:赵国人,曾为赵奢出谋划策而败秦军。 完士:完备的人。李善注曰:"完谓全具也,言非有奇也。"

〔14〕一言:指许历谏赵奢的话:"先据北山上者胜,后至者败。"

〔15〕伐檀:指《诗·魏风·伐檀》篇。

〔16〕铅刀:铅质的刀,言其钝劣,喻才力低下。

〔17〕薄身:微小的力量。

今译

早晨我们从邺都出发,暮色苍茫渡过白马津。悠然自得漫步大堤上,四处都能望到我士兵。两船相连兵舰过万艘,身着铠甲士兵千万名。沿着通向东南道路广,为统一誓把这仗打赢。军帐中筹划作战大计,全凭我们主公智英明。恨自己没有应战计谋,如一般小吏才能平平。身居要位替主公效力,微小计谋也无所进呈。许历那样完备一士人,曾提建议战秦军获胜。我无功受禄没尽职责,实在愧对伐檀人讥讽。个人才能虽低下迟钝,也愿献微力奋发前行。

题解

第五首,前半描写战争所造成的城池荒芜、人民死亡的惨象,深含诗人忧国伤时之情。后半描写谯郡人民安居乐业的景象,赞美曹操恩泽施及乡邦的美政。

原文

悠悠涉荒路[1]，靡靡我心愁[2]。四望无烟火，但见林与丘[3]。城郭生榛棘[4]，蹊径无所由[5]。藋蒲竟广泽[6]，葭苇夹长流[7]。日夕凉风发，翩翩漂吾舟[8]。寒蝉在树鸣[9]，鹳鹄摩天游[10]。客子多悲伤[11]，泪下不可收。朝入谯郡界[12]，旷然消人忧[13]。鸡鸣达四境[14]，黍稷盈原畴[15]。馆宅充廛里[16]，士女满庄馗[17]。自非圣贤国，谁能享斯休[18]。诗人美乐土[19]，虽客犹愿留[20]。

注释

〔1〕悠悠：忧思的样子。　涉：徒步渡水，此处解为走。

〔2〕靡靡：行路迟缓。《诗·王风·黍离》："行迈靡靡。"

〔3〕但：只。　丘：小山包。

〔4〕榛棘：丛生的树木和野草。

〔5〕蹊径：小路。

〔6〕藋(huán 还)：芦类植物，幼时叫蒹，长成后称藋。　蒲：水生植物，即蒲草。　竟：周遍，都是。　广泽：浩渺的水泽。

〔7〕葭苇：初生的芦苇，此处泛指苇草。

〔8〕漂吾舟：风吹船行疾速，故有漂浮之感。

〔9〕寒蝉：秋后的蝉。

〔10〕鹳鹄(hú 壶)：这里泛指大鸟。　摩天：迫近于天，形容很高。

〔11〕客子：旅居异乡的人。

〔12〕谯(qiáo 乔)：曹操的故乡，在今安徽亳县。

〔13〕旷然：豁然开朗。

〔14〕四境：四方，各处。

〔15〕黍稷：泛指庄稼。　盈：满。　原畴：地里。

〔16〕馆宅：房舍。　廛里：古代城镇里住宅的通称。

〔17〕士女：男子和女子。　馗（kuí 奎）：四通八达的大道。

〔18〕休：福乐。

〔19〕乐土：安乐幸福的地方。　《诗·魏风·硕鼠》："逝将去汝，适彼乐土。"

〔20〕客：指自己。

今译

　　忧思忡忡走在荒僻路，缓缓而行内心满哀愁。四下了望不见炊烟火，只能见到林木和山丘。城郊外长满树丛杂草，荒芜小路没有人行走。芦荻蒲叶盖满河面上，苇草顺着水势向下流。夕阳西下阵阵起凉风，风吹小船行驶轻悠悠。树上秋蝉不时长鸣叫，白鹳天鹅在高空遨游。我的内心充满悲与忧，泪水簌簌洒下不可收。早晨进入谯郡故地界，豁然开朗消除几多愁。鸡叫声传遍四面八方，满地庄稼长得绿油油。城里房舍俨然而有序，男男女女站满大街头。不是圣贤治理好地方，谁能享受这样安乐福。诗人赞美王道乐土世，我虽异乡人也愿久留。

（孙连琦译注　陈复兴修订）

郊庙 ◎

◎ 宋郊祀歌二首 四言

颜延年

题解

宋文帝元嘉二十二年(446)正月举行郊祀之礼,诏御史中丞延之作歌诗,以赋其盛。这两首郊祀歌当作于此时。

第一首,颂扬武帝的文德武功,其开国建号是上承天命下得人意的。因而郊祀天地,正是报答神祜。

原文

寅威宝命[1],严恭帝祖[2]。炳海表岱[3],系唐胄楚[4]。灵监睿文[5],民属睿武[6]。奄受敷锡[7],宅中拓宇[8]。亘地称皇[9],馨天作主[10]。月竁来宾[11],日际奉土[12]。开元首正[13],礼交乐举[14]。六典联事[15],九官列序[16]。有牷在涤[17],有絜在俎[18]。荐飨王衷[19],以答神祜[20]。

注释

〔1〕寅(yín 银)威:敬畏。依注应作"寅畏"。黄侃说:"据注,寅威二字有误。"(《文选平点》) 宝命:天命。

〔2〕严恭:尊敬。 帝祖:上帝祖先。

〔3〕炳:光明。 海:东海。 表:标志。 岱:泰山的别称。此谓东海闪

光、泰山为标志之地,指古徐州之境,三国时其治所徙彭城(今江苏铜山县)。宋高祖刘裕为彭城人,故以海岱表其生地。

〔4〕系:承继。 唐:唐尧。传说古帝之一,汉王朝刘氏附会为自己的远祖。 胄:后代。 楚:指汉楚元王刘交。交为汉高祖同父少弟,封为楚王,王彭城,卒谥元。此谓宋高祖为汉楚元王之后代。

〔5〕灵:神灵。 监:视。 睿(ruì 瑞)文:圣明的文德。指宋高祖所施行的礼乐教化。

〔6〕属(zhǔ 煮):通"瞩",与"监"互文,注视。 睿武:圣明的武功。指宋高祖力图恢复中原的战争。以上两句意思说神灵注视圣明之君所施行的礼乐教化,天下百姓瞩望着圣明之君恢复中原的战争。

〔7〕奄:大。 敷锡(cì 次):广大的赐予。锡,通"赐"。

〔8〕宅中:居于九州之中。 宇:疆宇,疆土。

〔9〕亘:遍。 皇:皇帝。

〔10〕罄:尽。 主:君主。

〔11〕月窟(cuì 脆):指月之所归处,即极西之地。 宾:宾服,归顺。

〔12〕日际:指日之所出处,即地之东极。 土:土物,本土所有的物产。

〔13〕开元:创始。 首:开始。 正:指正月。刘良注:"言天子布开政教之始,起于正月上日也。"

〔14〕礼:礼仪制度,指社会的道德规范。 交:交融,和洽。 乐:音乐。古时把音乐视为调节人际关系辅助政教的手段。 举:振兴。

〔15〕六典:古时辅佐王侯治理邦国的六种官职,即治典、礼典、教典、政典、刑典、事典。 联事:联合从事。

〔16〕九官:传说虞舜设置的九种官员,即伯禹作司空,弃为后稷,契作司徒,皋陶作士,垂为共工,益作朕虞,伯夷作秩宗,夔为典乐,龙为纳言。此指参与郊祀的各等官吏。 列序:排列有序。

〔17〕牷(quán 全):纯色的牛,指祭祀用的牺牲。 涤:古时饲养祭祀所用牛羊的房舍,取其荡涤清洁之义。

〔18〕絜:指清洁的祭物。 俎(zǔ 组):盛牛羊等祭物的礼器。

〔19〕荐:进献。 飨:享用。 衷:中心。忠诚之心。

〔20〕神祜(hù 户):神所赐福。

今译

天子最敬畏天帝之命，真诚尊敬上帝与祖先。东海闪光泰山为标志，承续唐尧楚元后世孙。神灵赞助文德教化厚，人民瞩望武功复中原。领受上天恩赐广而大，居处中央开拓疆土远。大地之上颂扬宋皇帝，普天之下钦服君主贤。月落极西齐来表臣服，日出极东进献土特产。创始宋国时在正月一，礼仪和洽乐兴人心顺。六典之官联合办国事，九种之官尽职不怠慢。纯色祭牛养在牛舍中，清洁祭物在俎味常鲜。进献牺牲以表我王心，报答赐福宋国祭天神。

题解

第二首，描述郊祀之礼的盛大隆重，以及天神降临的情景。

原文

维圣飨帝[1]，维孝飨亲[2]。皇乎备矣[3]，有事上春[4]。礼行宗祀[5]，敬达郊禋[6]。金枝中树[7]，广乐四陈[8]。陟配在京[9]，降德在民[10]。奔精昭夜[11]，高燎炀晨[12]。阴明浮烁[13]，沉禜深沦[14]。告成大报[15]，受釐元神[16]。月御案节[17]，星驱扶轮[18]。遥兴远驾[19]，曜曜振振[20]。

注释

〔1〕维：语首助词。　圣：圣人。指宋文帝。　飨（xiǎng 享）：让鬼神享用祭品。祭祀。

〔2〕孝：孝子。　亲：亲人。父母。

〔3〕皇：皇帝。　备：完备。指宋文帝完备圣教之道。

〔4〕事：祭祀之事。　上春：孟春，农历正月。

〔5〕礼：礼仪，祭礼。　宗祀：祭祀宗庙。

〔6〕敬达：尊敬地上达。　郊禋（yīn 因）：即郊祀，在郊外烧柴，升烟以

祭天。

〔7〕金枝:铜灯。吕向注:"谓灯以金饰之。" 中树:立于庭中。

〔8〕广乐:天子之乐。 陈:设置。

〔9〕陟(zhì 至):登,升。 配:配合,辅佐。 京:镐京(今陕西西安西南),西周都城。此句典出《诗经·大雅·下武》:"三后在天,王配于京。"说西周太王、王季、文王精魂飞升在天,武王辅行其道于镐京。陟,此谓宋武帝;配,此谓宋文帝。赞颂刘裕父子之德可比周文、周武。

〔10〕德:德泽,恩德。

〔11〕奔精:流星。 昭:照耀。李善注引《史记》:"汉家常以正月上辛,祠甘泉,昏时夜祠,到明而终,常有流星经于祠坛。"

〔12〕高燎:高高烧起的祭祀烟火。 炀:燃烧。

〔13〕阴明:北极星。阴,指北方。 浮烁:浮动而闪烁。

〔14〕沉瘗(yǒng 咏):祭祀水神的仪式。祭水谓沉;瘗,祭祀之名。 深沧:深水。以上两句说南朝宋是以水德王(古代方士以五行之德为王者受命之符),主于北方的辰星,所以郊祀之时北极星浮光闪烁,又祭祀于深水,向水神表达诚信。

〔15〕告成:报告成功。 报:烧柴祭天而报告。

〔16〕釐(xǐ 喜):祭余之肉。福祉。

〔17〕月御:月神之御者。 案节:控制车驾的步伐。缓步徐行。

〔18〕星驱:星宿为前驱。 扶轮:扶翼车驾前进。李善注以上两句:"言天神降,月御为之案节,星驱为之扶轮。"

〔19〕遥兴:从遥远的天上起动。 远驾:远远地驾临于地。

〔20〕曜曜:光明闪动的样子。 振振:雄壮的样子。

▰▰▰ 今译

　　圣君祭祀赐福的天帝,孝子尊崇施恩的双亲。我皇圣明孝道皆完备,举行祭祀在正月开春。先行祭祀祖宗的灵庙,再升郊外敬天的柴烟。百盏铜灯在庭中竖起,天上乐曲悠扬四处闻。先帝升天辅佐人在京,普降恩德赐福于万民。天上流星闪烁划夜空,地上柴烟高燃至清晨。北极星光在水面浮动,祭奠水神表达诚与信。诉告成功以报答上帝,再祈福于伟大的天神。月神的御者为之驾车,星宿的前驱为之推轮。神灵车驾从天国起动,光明雄壮飘飘然降临。

(陈复兴译注并修订)

◎ **乐府上** ◎

◎ **古乐府三首**　　　　　古　辞

饮马长城窟行

题解

　　《饮马长城窟行》属汉乐府《相和歌辞·瑟调曲》,行就是曲的意思。《乐府诗集》解释说:"长城,秦所筑以备胡者,其下有泉窟可以饮马。古辞云:'青青河畔草,绵绵思远道。'言征戍之客至于长城而饮其马,妇人思念其勤劳,故作是曲也。"最初的乐府歌词是与曲调相配合,能歌唱的。所以最初的歌词内容应与题目相一致。但这首诗的内容与"饮马长城窟"无关,所以可能不是最初的歌词,而是后人依曲调填的词。

　　这首诗题为"古辞",即无名氏之作。成书于宋朝的《乐府诗集》从《文选》。但与《文选》几乎同时的《玉台新咏》却题为蔡邕作,后人纂集的《蔡中郎集》也收了这首诗。这首诗民歌味非常浓,不像文人的创作,与蔡邕的文风也不相同,所以应该是一首民歌。

　　这首诗是写一位妇人怀念在远方行役的丈夫的。诗以"青青河畔草"起兴,引出对丈夫的深切怀念之情。前八句为第一部分。有梦有醒,亦喜亦悲,一波三折,迭宕多姿。后一部分以相反的两个情节进一步写"我"的相思之苦。"枯桑知天风,海水知天寒。"历来传诵,但理解不同。这实际上是正话反说。"枯桑"、"海水"原本无知觉,"我"反说它们"知",目的在于反衬"入门各自媚,谁肯相为言"。思妇极需安慰,他家的归人至少应该来向"我"谈谈丈夫戍边的情况,以解"我"的忧思,可是竟无人理会。杜甫诗云:"江上形容吾独老,天边风俗自相亲。"可见世态炎凉,古来共如此。接着作者笔锋一转,又奇峰突起,远方客带来丈夫的书信。鲤鱼素书已成典故,后来诗词每以鱼或鲤鱼代指书信,即本此诗。但也解说纷云:有的解释为两块木板各刻鲤鱼图案,中夹书信;有的说汉时书札以素绢结成双鲤;有的说鱼为沉潜之物,以喻隐秘;有的说就是烹鱼得书,并以《史记·陈涉世家》为根据。其实如果不把此事看实,而理解为思念至极产生的幻象,如吕向所注:"相思之甚,精诚感迫,若梦寐之间,似有所使自夫所者,遗我双鲤鱼。"从接受美学的角度看,则更能反映思妇的心情,而且富有浪漫主义情调。

此诗语言清新活泼。前八句两句一韵,一韵一转,而且与联珠体(前句后二字成为后句之开头)相结合,亦属诗歌中之创造。

原文

青青河边草,绵绵思远道[1]。远道不可思,夙昔梦见之[2]。梦见在我傍,忽觉在他乡[3]。他乡各异县[4],辗转不相见[5]。

枯桑知天风,海水知天寒[6]。入门各自媚[7],谁肯相为言[8]。客从远方来,遗我双鲤鱼[9]。呼儿烹鲤鱼,中有尺素书[10]。长跪读素书[11],书中竟何如?上言加餐食[12],下言长相忆。

注释

〔1〕绵绵:连续不断的样子。一语双关,既形容春天芳草绵延不断,又形容相思之情缠绵不断。 远道:远方,指在远方行役的丈夫。

〔2〕夙昔:昨夜。昔,通"夕",夜。

〔3〕觉:醒来。

〔4〕异县:异地。

〔5〕辗转:经过许多地方,此指行人在外,辗转流徙,居无定址。一说指思妇辗转反侧,夜不能寐。两说皆可通。 相:李善注本作"可"。

〔6〕"枯桑"两句:把原本不知"风""寒"的"枯桑"、"海水"说成"知",反衬下两句"我"的相思之苦无人知。

〔7〕媚:爱,亲。

〔8〕言:指言说丈夫在外的情况。

〔9〕遗(wèi 未):赠送。

〔10〕尺素书:用一尺左右长的生绢写成的信。素,生绢。

〔11〕长跪:古人的坐姿是两膝着地,臀部坐在脚跟上。长跪是在坐姿的基础上臀部离开脚跟,膝以上挺直。是一种对人表示礼貌或戒备的姿态。

今译

青青河边草,绵延向远道。念我行役人,忧思如芳草。路远徒相思,昨夜梦见之。梦见在我旁,醒来在他乡。他乡饱辗转,夫妻不相见。

枯桑无叶知天风,海水不冻知天寒。他家有人归,入门自亲爱。谁肯为我言,我独凭窗栏。似有远客来,赠我双鲤鱼。呼儿烹鲤鱼,鱼肚有家书。长跪读夫信,泪落沾绣襦。劝我加餐饭,又说长相思。

伤 歌 行

题解

《伤歌行》属《乐府·杂曲歌辞》。这首诗写一位思妇夜不能寐,怀念远在外地的丈夫。诗人依次写出了思妇的心情和行动:首写月光如水般地泻在床上,她因思念丈夫而不能入眠。次写微风吹入闺房,罗帐飘了起来。说明夜深人静,思妇的感受很细腻。再次写她实在睡不着，索性起来，到堂下徘徊，忧思之情欲排遣而不能。再次写她看到独自翱翔的飞鸟，听到悲鸟呼唤伴侣的鸣叫声，更增加了她的忧伤。最后写她伫立在苍穹之下，涕下沾裳，向苍天诉衷肠，把感情的表达推向高潮。这首诗写得细腻、深刻，思念的心情产生了思念的行动，思念的行动又加深了思念的心情。情景交融，很感动人。

原文

昭昭素月明[1]，晖光烛我床[2]。忧人不能寐[3]，耿耿夜何长[4]。微风吹闺闼[5]，罗帷自飘飏[6]。揽衣曳长带，屣履下高堂[7]。东西安所之[8]，徘徊以彷徨。春鸟翻南飞，翩翩独翱翔。悲声命俦匹[9]，哀鸣伤我肠。感物怀所思[10]，泣涕忽沾裳。伫立吐高吟，舒愤诉穹苍[11]。

注释

〔1〕昭昭：明亮的样子。　月明：一本作"明月"。
〔2〕烛：照。
〔3〕忧人：指思妇。
〔4〕耿耿：心中不宁的样子。
〔5〕闺闼（tà 榻）：女子卧室的门。
〔6〕罗帷：罗制的帷帐。　飘飏：飘扬。
〔7〕屣（xǐ 洗）履：拖着鞋子走路。　高堂：堂的基础高因而称高堂。
〔8〕之：到。
〔9〕命：呼唤。　俦匹：伴侣。
〔10〕所思：思念之人，指在外的丈夫。
〔11〕穹苍：上天。

今译

昭昭银月明,辉光照我床。耿耿不能寐,忧思叹夜长。微风入闺门,罗帐自飘扬。披衣拖长带,趿鞋下高堂。东西何所往,徘徊又彷徨。春鸟向南飞,翩翩独翱翔。悲声唤伴侣,哀鸣伤我肠。感物思亲人,泪下忽沾裳。伫立悲吟高,舒愤诉上苍。

长 歌 行

题解

《长歌行》属《乐府·平调曲》。长歌是指歌唱时声调长的意思,与短歌相对。

这首诗哀叹生命之短促,时光如流水,劝人及时努力,建功立业。"少壮不努力,老大徒伤悲",已成为千古绝唱,是人生经验的总结,发人深思,激人向上。虽饱含劝戒之意,但因其深刻而易于被人接受。

原文

青青园中葵[1],朝露待日晞[2]。阳春布德泽[3],万物生光晖[4]。常恐秋节至,焜黄华叶衰[5]。百川东到海,何时复西归?少壮不努力,老大徒伤悲[6]!

注释

〔1〕葵:指向日葵、蜀葵等。

〔2〕待:李善注本作"行"。 晞:干。

〔3〕德泽:恩惠。

〔4〕光晖:光彩,形容万物欣欣向荣,富有生命力的样子。

〔5〕焜（kūn 昆）黄：衰败的样子。一说指光彩鲜明的样子，亦通。　华叶：花叶。叶，一本作"蕊"。

〔6〕徒：白白地。李善注本作"乃"。

今译

青青园中葵，朝露闪辉光。辉光虽瑰丽，可惜不久长。春天施雨露，万物皆兴旺。常恐秋季到，花谢叶枯黄。百川东入海，何时复西归？少壮不努力，老大徒伤悲！

（陈延嘉译注并修订）

◉ 怨歌行一首 五言

班婕妤

▌▌▓ 题解

　　班婕妤，名不详，西汉时楼烦(今山西朔县)人。她是著名史学家、文学家班固的祖姑，成帝时被选入宫，立为婕妤。据《汉书·外戚传》载，婕妤起初受到成帝的宠爱，后来赵飞燕进宫，邀宠骄妒，她恐久见危，遂请求去长信宫供养太后。成帝死，充奉园陵。今传其作品三篇，大都抒写个人郁闷之情。

　　本诗除《文选》，《玉台新咏》、《乐府诗集》等皆认定为班氏之作而选入，《歌录》则归为无名氏作。诗中以扇子于夏、秋两季用之不同，比喻个人宠辱无定的身世遭际，怨深意长，情调哀婉，用语贴切，自然。

▌▌▓ 原文

　　新裂齐纨素，皎洁如霜雪[1]。裁为合欢扇，团团似明月[2]。出入君怀袖，动摇微风发[3]。常恐秋节至，凉风夺炎热。弃捐箧笥中，恩情中道绝[4]。

▌▌▓ 注释

　　〔1〕新裂：刚刚裁断的。　纨(wán 完)素：指精美的丝绢。　皎洁：非常洁白。

　　〔2〕合欢：古时一种对称的图案花纹，用以象征和美欢乐的意思。汉诗中还有"合欢襦"、"合欢被"等词，均因上面有合欢图案而名之。

　　〔3〕怀袖：襟怀衣袖。这里比喻受到君王的宠爱。

〔4〕捐:抛弃。 箧笥(qiè sì 窃四):小箱子。 中道:中途。

今译

　　刚裁下齐国产的丝绢,颜色洁白像霜雪一样。剪下一块做成合欢扇,圆圆形状如明媚月亮。出入君王怀中和袖内,轻轻摇动出微风荡荡。常常担心秋天的到来,炎热消退秋风阵阵凉。精美团扇弃置小箱里,主人恩情中断自心伤。

(孙连琦译注　陈复兴修订)

◉ 乐府二首

魏武帝

短 歌 行

▓ 题解

曹操(187—226),字孟德。沛国谯(今安徽亳县)人。二十岁举孝廉,灵帝朝任为议郎。以骑都尉参加镇压黄巾起义,以招抚政策收编青州黄巾军三十余万,实力大增。先后战胜董卓、袁绍、刘表等士族地主势力。他压抑豪强,限制兼并,厉行法治与屯田,受到中小地主与农民阶级的拥护。从而统一并安定了中国北方,成为"挟天子以令诸侯"的相王。

曹操作为开明的政治家,则爱才若命,奖励文学。广揽四方才俊,不问出身品德,召集于邺下,造成了建安时代的"彬彬之盛"。他本人尤其是诗歌创作的高手。其主要成就在于依古乐府旧曲改作新词章,充以新内容,影响文人由仿作古赋颂而走向创作乐府诗,使文学由贵族化而转为平民化。其间曹操确实是开风气之先的文学革新家。他的诗现存二十余首,皆以乐府形式,或描写汉末民生惨状,军旅艰难,或抒写社会理想,个人怀抱,皆苍劲悲壮,富有积极进取精神。

《短歌行》为相和歌平调曲。《短歌行》是对《长歌行》而言,分别在于歌声的长短。这一篇是用于宴会的歌词。诗人置身盛宴,口饮酒,耳听歌,欢乐极而生悲。这里抒写的正是悲中的感慨。其悲不是常人之情,命运之叹,而是有关于人生、事业与志向的大课题,显示出一个有抱负有胆识的大政治家的胸襟气魄。

之士也。'"这两句说要像周公那样尊重贤才,就会得到普天下人的衷心拥戴。

今译

　　面对酒宴赏歌舞,人生好景能几何?好似朝露霎时尽,岁月流逝愁苦多。心绪激昂而慷慨,忧思满怀难以忘。何以排解心中忧,只有美酒慰愁肠。青衿学子贤能士,久久思慕牵我心。只为想念君子故,沉思低吟到如今。麋鹿求侣呦呦鸣,同食山野草中芹。一朝我迎嘉宾至,手弹琴瑟口吹笙。天上月亮分外明,何时能够空间停。悲忧泛起自心中,无时断绝渴慕情。车马越过纵横路,嘉宾屈驾来候问。促膝谈心并宴饮,重忆往日情谊真。月色光明星儿稀,乌鹊翩翩朝南飞。盘旋树梢绕三周,哪棵枝头可归依?山不厌土始高峻,海不厌水始幽深。周公礼敬贤能士,天下百姓心归顺。

苦　寒　行五言

题解

　　《苦寒行》为相和歌清调曲歌词。

　　这首诗是曹操于建安十一(206)年征讨高干时所作。高干是袁绍的外甥,降操后又叛,俘虏了上党太守,举兵守壶关口。曹操于该年正月率军平定之。

　　诗所写的是行军路上战士的艰苦生活和思乡情绪。"熊黑"、"虎豹"之喻,以见战士出征时的畏难情绪;"担囊"、"斧冰"之句,再现了军旅生活的实况。曹操身为统帅,在诗中却能真切地体达普通士兵在征战经年中的内心感受,说明这个中小地主的政治代表与普通人民的精神联系。

原文

北上太行山[1]，艰哉何巍巍[2]。羊肠坂诘屈[3]，车轮为之摧[4]。树木何萧瑟[5]，北风声正悲。熊罴对我蹲[6]，虎豹夹路啼[7]。谿谷少人民[8]，雪落何霏霏[9]。延颈长叹息[10]，远行多所怀。我心何怫郁[11]，思欲一东归[12]。水深桥梁绝，中路正徘徊[13]。迷惑失故路，薄暮无宿栖[14]。行行日已远，人马同时饥。檐囊行取薪[15]，斧冰持作糜[16]。悲彼东山诗[17]，悠悠使我哀[18]。

注释

〔1〕太行山：绵延于山西、河北、河南三省界的大山脉。此指东太行，太行的支峰，在今河南省沁阳县北。曹操自邺城（今河北临漳县西）出兵，从西北度太行山，攻先归后叛的高干据守的壶关（今山西长治市东南），故称"北上"。

〔2〕巍巍：高峻的样子。

〔3〕羊肠坂（bǎn 板）：指从沁阳经天井关到晋城的道路。 诘屈：纡曲盘旋。

〔4〕摧：毁坏。

〔5〕萧瑟：风吹树木的声音。

〔6〕熊罴：熊和罴，代猛兽。罴，一种大熊，也叫人熊。

〔7〕夹路：路两旁。

〔8〕谿（xī 西）谷：深谷。余冠英说："山居的人都聚在溪谷近旁，既然'溪口少人民'，山里别处更不用说了。"（《汉魏六朝诗选》，107 页）

〔9〕霏霏：雨雪很盛大的样子。

〔10〕延颈：伸颈。向远处眺望的样子。

〔11〕怫（fú 服）郁：忧愁不安的样子。

〔12〕东归：指归沛国谯郡（今安徽省亳县）。

〔13〕中路：中途。 徘徊：往返走动，形容心境苦恼难忍。

〔14〕宿栖：鸟的夜栖。比喻人的投宿。

〔15〕檐(dàn旦)囊:挑着行囊。檐,担负。　取薪:拾柴。

〔16〕斧冰:以斧凿冰取水。斧,做动词用。　糜(mí迷):粥。

〔17〕东山:《诗经·豳风》篇名。诗写远征战士还乡,旧说是周公所作。此借喻行役的苦况,又隐然以周公自况。

今译

　　从北攀登太行山,艰而险啊势高危。羊肠坂陡盘而屈,车轮因之遭毁坏。树大林深萧萧响,北风凄寒声正悲。熊罴张牙对我蹲,虎豹舞爪路旁啼。溪谷空寂无人民,飞雪濛濛落大地。引颈远眺长叹息,远行异乡多所怀。我心充满愁思绪,怀念故乡欲东归。江河水深桥梁断,中途忧思正徘徊。神思迷惑失旧路,薄暮时分无处息。队伍前行日益远,人疲马倦同时饥。挑起行囊去拾柴,凿冰舀水作粥糜。想起周公东山诗,使我心中悠然悲。

(陈复兴译注并修订)

◎ 乐府二首

魏文帝

燕 歌 行七言

▧▧ 题解

《燕歌行》为相和歌平调曲歌词。本题与《齐讴行》、《吴趋行》、《陇西行》一样，皆冠以地名。最初都以各地声音为主，后世声音失传，作者便用以歌咏各地的风土人情。汉末魏初，辽东辽西为鲜卑慕容氏所居。燕地是北方的边境，征戍不绝，所以本题多以写离别。

本篇描写思妇怀念客游的丈夫，是言情的名作。

前六句写思妇意念中的燕地秋景和丈夫的异地乡愁。中五句写妻子的长年离思之苦。想到丈夫的秋思恋故，自己的恋情尤难抑制，于是宣之以鸣弦微吟。后四句写眼前现实的夜景。明月星汉，借景以言情。牵牛织女的遥望，正是思妇的离恨，发问于人正是索问于己。

全篇情感意绪，缠绵流转，委婉动人。此地彼地，人间天上，浑然相通，都是离愁，都是别怨。一篇《燕歌行》，足可使诗人曹丕与其胞弟比肩。

▧▧ 原文

秋风萧瑟天气凉[1]，草木摇落露为霜[2]。群燕辞归雁南翔，念君客游思断肠[3]。慊慊思归恋故乡[4]，何为淹留寄他方[5]？贱妾茕茕守空房[6]，忧来思君不敢忘，不觉泪下沾衣裳。援琴鸣弦发清商[7]，短歌微吟不能长[8]。明月皎皎照我床[9]，星汉西流夜未央[10]。牵牛织女遥相望[11]，尔独何辜限河梁[12]。

注释

〔1〕萧瑟：秋风的声音。

〔2〕摇落：凋残。

〔3〕君：妻子对丈夫的称呼。　客游：在异乡浪游。

〔4〕慊慊（qiàn qiàn 欠欠）：内心空虚的感觉。

〔5〕何为：为何。淹留：久留。　寄：寄居。

〔6〕贱妾：女人对自己的谦称。　茕茕（qióng qióng 穷穷）：孤独的样子。

〔7〕援：引，取。　鸣弦：拨响琴弦。　清商：曲调名。　琴弦有七,仅四调:慢宫、慢角、紧羽、清商。

〔8〕短歌：指歌唱为琴曲所限，不能悠长而歌。因清商节奏短促，音极纤微，所以只能"微吟"。

〔9〕皎皎：洁白明亮。

〔10〕星汉：银河。　西流：指银河转向西，夜自然已深了。　夜未央：夜已深而未尽的时候。

〔11〕牵牛织女：二星名。牵牛，即河鼓星，在银河南；织女，即织女星，在银河北，与牵牛相对。传说牵牛织女是夫妇，为银河所阻，只能在每年七月七日相聚一次。

〔12〕尔：你。指牵牛织女。　何辜：何故。　河梁：指河汉、银河。用"梁"以协韵。

今译

　　秋风噢噢夜气袭人凉，草木枯萎白露变为霜。群燕归去鸿雁南飞翔，思念夫君异地愁断肠。你心怅惘愿归恋故乡，为何长久滞留在他方？贱妾孤独夜夜守空房，忧愁思念不能将君忘，不觉泪流沾湿我衣裳。抚弄鸣琴弹奏清商调，短歌低吟琴曲不能长。明月皎洁照在我床上,银河西指夜深空茫茫。牵牛织女隔河遥相望,你等为何各在水一方。

<h1 style="text-align:center">善　哉　行四言</h1>

题解

曹丕(187—226),字子桓,曹操次子。其长兄曹昂早夭,曹操的爵位按例由他继承。汉献帝延康元年(220)代汉即帝位。改国号魏,改元黄初,以洛阳为都。在位七年,虽无曹操那样的雄才大略与开拓精神,也施行过一些较为开明的政策。例如限制宦官的权势,轻刑薄赋,禁淫祀和罢墓祭,等等。

在文学上,他是建安文人的领袖与盟主。曹操于邺下招揽了一批文人才士,以其权高位尊又不能与之打成一片。曹植年资尚浅,邺下文坛执牛耳者,当然非丕莫属。他爱才重文,不只有高出时人的理论批评,也有饮誉后世的创作实践。《文选》中的《善哉行》、《燕歌行》、《杂诗二首》,皆为历代推尊的名作,其作品,有辞赋或全或残的约三十篇,诗歌完整的约四十首。

《善哉行》为相和歌瑟调歌词。李善注:"古出夏门行曰:善哉殊复善,弦歌乐我情。然善哉,叹美之辞也。"曹丕所作,则是借客游者之口描述离乡远游的愁苦,宣扬人生须及时行乐的情志。

本诗前半是客游者置身的现实之境。山谷薄暮,风霜雉猴,故乡难望,亲故不知。句句是孤苦离愁。后半是客游者意识中的向往之思。"人生"四句为全篇关纽。一反一正,时我相错。如寄如驰,言时空不我待;多忧不乐,言行乐须及时。"汤汤"四句是人生岁月的意象化,"策我"四句是忘忧行乐的意象化。前为宾,后为主,强调执著现实,享受人生的入世哲学。

原文

上山采薇[1]，薄暮苦饥[2]。谿谷多风[3]，霜露沾衣。野雉群雊[4]，猴猿相追。还望故乡，郁何垒垒[5]。高山有崖，林木有枝。忧来无方[6]，人莫之知[7]。人生如寄[8]，多忧何为？今我不乐，岁月如驰[9]。汤汤川流[10]，中有行舟[11]。随波回转，有似客游[12]。策我良马，被我轻裘[13]。载驰载驱[14]，聊以忘忧[15]。

注释

〔1〕采薇：采野菜。薇，野菜名。又名野碗豆。蔓生，茎叶似小豆，可食。《诗·小雅》有《采薇》篇。其中有"采薇采薇，薇亦作止。曰归曰归，岁亦莫止。"之句，以言征戍之苦与怀归之切。本诗用意与之相近。

〔2〕苦饥：为饥饿所苦。

〔3〕谿谷：山谷。

〔4〕野雉（zhì 至）：野鸡。 雊（gòu 够）：雄雉求偶的叫声。

〔5〕郁：联绵词"郁郁"的简化，形容草木茂密。 垒垒：形容山林重叠，遥远阻隔。

〔6〕无方：没有极限。

〔7〕莫之知：即"莫知之"，否定句，代词宾语前置。李善注以上四句说："高山之有崖，林木之有枝，愚智同知。今忧来仍无定方，而人皆莫能知之。"

〔8〕寄：寄居，暂住。

〔9〕驰：疾驰。形容时光流逝之速。这两句与前两句一反一正，意思相同。一言人生短促，不该多忧；一言光阴疾驰，当尽行乐。

〔10〕汤汤（shāng shāng 商商）：大水急流的样子。

〔11〕中：指川流之中。 行舟：远游的舟船。

〔12〕客游：远游的旅客。此句的"客游"与上文的"川流"、"行舟"，皆由"人生"、"岁月"抽绎而出，构成这两个时间概念的联绵意象，以状光阴的不可留止。

〔13〕被：通"披"，穿著。 轻裘：轻暖的皮袍。

〔14〕载：动词的词头。

〔15〕聊：暂且。 忘忧：即行乐。

今译

攀登山巅摘野薇，薄暮降临肚肠饥。深谷昏暗起夜风，白露凝霜沾我衣。野鸡群来咕咕叫，猿猴上下彼此追。回首眺望故乡天，山山阻隔丛林密。高山有崖显而见，树木有枝眼易识。满怀忧伤愁无限，人间谁知我心事。人生如过客寄宿，为何让忧愁驱使。今日我不及时乐，岁月即逝如疾驰。河川东去波涛急，中流飘荡走行舟。任随风浪翻复转，有似客游永不驻。我跨骏马挥长鞭，我披轻裘神抖擞。马儿飞驰更催促，暂且行乐以忘忧。

（陈复兴译注并修订）

◎ 乐府四首 五言

曹子建

箜 篌 引

▓▓▓题解

　　这首诗大约作于早期，或许封平原临淄侯之时，可能是封侯尊荣，位高名重了，诗人觉得要招待旧友，特别向他们剖白作为一个普通士人的心迹。

　　《箜篌引》，汉曲名。为相和歌瑟调曲歌词。古词《公无渡河》，描写一个女子弹奏箜篌，悲悼溺水而死的丈夫。曲终，她也投水而死。箜篌，乐器名，体曲而长，二十三弦。引，乐曲体裁之一，有序曲之意。本篇是宴宾客的歌词，与箜篌引本事无关。

　　诗的前半，描写高堂乐饮，宾主献酬的场景。气氛热烈和谐，情绪高亢兴奋，彼此融洽无间。这，文帝在位对诸王防范甚严的时期，是要遭禁忌的；即在明帝放宽控制之后，也很少可能。因为，丁氏兄弟早已被杀，徐幹、王粲皆已作古，哪里还有灵犀相通的"亲友"相聚游乐呢？

　　诗的后半，是饱含情韵的议论。是向旧友表白虽获封爵，也非超人，而且荣华不常，生命有尽，人我同一，古今无二，仍要敬贤礼士，乐天安命，依然本我。这是颇有些朴素的民主观念的。其中包含了执著现实，渴求友谊，珍惜年华，享受人生的积极的生活态度。这是汉末文士（《古诗十九首》的作者们）所共通的时代观念与意绪。

　　曹植早期充满捐躯报国建功立勋的渴望和英雄主义的精神。但是人，尤其是诗人，其思想、心理、情感不是单一的，是多面的，不

可能不留下那个时代的特殊印迹。

原文

置酒高殿上[1]，亲友从我游[2]。中厨办丰膳[3]，烹羊宰肥牛[4]。秦筝何慷慨[5]，齐瑟和且柔[6]。阳阿奏奇舞[7]，京洛出名讴[8]。乐饮过三爵[9]，缓带倾庶羞[10]。主称千金寿[11]，宾奉万年酬[12]。久要不可忘[13]，薄终义所尤[14]。谦谦君子德[15]，磬折欲何求[16]。惊风飘白日[17]，光景驰西流[18]。盛时不可再[19]，百年忽我遒[20]。生在华屋处[21]，零落归山丘[22]。先民谁不死[23]，知命亦何忧[24]。

注释

〔1〕置酒：安排酒宴。

〔2〕亲友：亲密的友人。 游：游乐。

〔3〕中厨：内厨。 丰膳：丰美的膳食。

〔4〕烹(pēng抨)：煮。 宰：切割，烹煮。与"烹"义近。

〔5〕秦筝：乐器名。古筝五弦，形如筑。后秦蒙恬改为十二弦，变形如瑟，故曰秦筝。 慷慨：意气风发，情绪激昂的样子。此形容秦筝音声高亢激越。

〔6〕齐瑟：乐器名，弦数少则十九，多则五十。李善注引《史记》："苏秦说齐王曰：'临淄，其民无不鼓瑟也。'"可见瑟在齐国是很普及的。故曰齐瑟。

〔7〕阳阿：此指古县名，在今山西省凤台县西北。李善注引《汉书》："孝成赵皇后(飞燕)，及壮，属阳阿主家，学歌舞。"大概此地人善于歌舞。 奏：进献。

〔8〕京洛：即洛京，洛阳。 名讴：名歌。吕向注："京洛之人，皆善讴歌。"

〔9〕乐饮：听乐而畅饮。 三爵：三杯酒。爵，酒杯。李善注引《礼记》："君子之饮酒也，一爵而色洒如(肃敬)；二爵而言言(和敬)斯；三爵而油油(悦敬)以退。"这句说"过"，就是超越了礼的限度，有些沉醉了。

〔10〕缓带：宽松衣带。 倾：尽。 庶羞：多种美味。上句说无拘束地畅饮，下句说放开肚量地大吃。

昭明文选 译注

〔11〕称：举。此举杯敬酒之意。　千金寿：祝人高寿的意思。李善注引《史记》："平原君以千金为鲁仲连寿。"此句不是奉千金为寿，只是活用其义。

〔12〕奉：奉杯祝寿。　万年：形容高寿。　酬：酬答。

〔13〕久要：旧约，旧好。

〔14〕薄终：最后对朋友薄情。　义：道义。　尤：非难，谴责。

〔15〕谦谦：谦卑的样子。

〔16〕磬折：像磬一样地屈身，深深致敬。磬，石制的乐器，形似人屈身弯腰。

〔17〕惊风：疾风。　飘：飘送。此有迅疾吹送的意思。

〔18〕光景：日光。　驰：飞速。　西流：西行。

〔19〕盛时：旺盛的年华。　再：再来。

〔20〕百年：一生。　遒：终，尽。

〔21〕华屋：彩绘之屋。指高贵者所居。

〔22〕零落：草木的凋残衰败。此喻人的衰亡。　山丘：指坟墓。

〔23〕先民：指古圣先贤。

〔24〕知命：预知天命。

今译

　　酒宴摆在高高殿堂上，亲密朋友跟我乐交游。内厨烧制膳食丰且美，清燉羊肉再加烤肥牛。秦筝奏西曲激越慷慨，齐瑟弹东乐和悦轻柔。阳阿进献舞蹈奇而妙，京洛演出尽是名歌手。尽情痛饮酒过三杯醉，宽松衣带吃光鱼和肉。主人举杯祝诸君多福，宾客捧酒颂吾王万寿。旧时好友其诚不可忘，来日薄情道义难饶恕。谦卑爱众本是君子德，屈身敬贤此外又何求？疾风劲吹飘送天上日，光影飞逝西行不停留。壮盛之时一去不再来，百年一瞬生命到尽头。我生长于荣华将相家，死去白骨同埋此山丘。古圣先贤谁能永不死，乐天安命荣衰亦何忧。

美 女 篇

题解

这首诗,何焯以为,"植求自试而不得,故其言云尔"(见《义门读书记》)。赵幼文《曹植集校注》将其编于太和二年(228)《求自试表》之后。从诗的内容看,是较为恰切的。

《美女篇》,乐府歌词,属杂曲歌齐瑟行,无古词,以首二字为篇名。本诗曹植以美人自况,以美人之美,喻本身才智之高,愿得赏识,以求一试,不遇明时,终而不屈,充满怀才不遇之怨。这是传统批评的公论。

但是,这诗传颂千年而不衰,正如《洛神赋》,主要原因不在其社会学的寓意,而在塑造了一个外美内修的妇女形象。人们在直觉感悟之中获得了无尽的美的享受。

诗人是全知全能的。他描写美女的姿容、仪态、风范,在视觉上有层次地(手、腕、头、腰、体)展现出美女形貌的艳丽不俗,叙述观者的惊异、想像、猜测、议论,揭示美女心志的高雅不凡。诗人并直接出来做结说,众人尽管嗷嗷不休,他们谁也没有理解美人的真正追求;她虽至盛年,宁守空房,也不屈就世俗。这就给人留下了广远的想像空间。

原文

美女妖且闲[1],采桑歧路间[2]。柔条纷冉冉[3],叶落何翩翩[4]。攘袖见素手[5],皓腕约金环[6]。头上金爵钗[7],腰佩翠琅玕[8]。明珠交玉体[9],珊瑚间木难[10]。罗衣何飘

飘[11],轻裾随风还[12]。顾盼遗光采[13],长啸气若兰[14]。行徒用息驾[15],休者以忘餐[16]。借问女安居[17]?乃在城南端[18]。青楼临大路[19],高门结重关[20]。容华耀朝日[21],谁不希令颜[22]?媒氏何所营[23]?玉帛不时安[24]。佳人慕高义[25],求贤良独难[26]。众人何嗷嗷[27],安知彼所观[28]。盛年处房室[29],中夜起长叹[30]。

注释

〔1〕妖:艳丽。　闲:闲雅。

〔2〕歧路:岔路。此指大路旁。

〔3〕柔条:柔嫩的枝条。　冉冉:微微摇曳的样子。

〔4〕翩翩:飞动的样子。

〔5〕攘(rǎng 嚷)袖:卷起衣袖。

〔6〕皓腕:洁白的手腕。　约:束,戴。　金环:金镯子。

〔7〕金爵钗:形如鸟雀的金发钗。爵,同"雀"。

〔8〕琅玕(láng gān 郎干):一种美玉。

〔9〕交:络,罩。

〔10〕珊瑚:一种宝珠。　间:间杂。　木难:一种碧绿的宝珠。李善注引《南越志》:"金翅鸟沫所成,碧色珠也。"

〔11〕罗衣:绫罗的衣服。罗,既薄又轻的丝织品。

〔12〕轻裾(jū 居):轻便的衣襟。裾,衣服的前后襟。　还(xuán 旋):旋转。

〔13〕顾盼:回头看。　遗:留下。

〔14〕长啸:摄口发出清越之声,以抒发感情。此指长叹。　兰:兰草,一种香草。此指如兰草散发出的香味。

〔15〕行徒:走路的人。　用:因此。　息驾:停车。

〔16〕休者:休息的人。以上两句是模仿《陌上桑》"行者见罗敷,下担捋髭须。……耕者忘其犁,锄者忘其锄"等句而成。

〔17〕借问:请问。　安居:住在哪儿。

〔18〕南端:南头。李善注:"南端,城之正南门也。"

〔19〕青楼:涂饰青漆的楼。汉魏六朝诗中常以之为女子所居之所,和后代以为妓院不同。(余冠英说)

〔20〕高门:指富贵之家的门。 结:闭。 重关:两道闭门的横木。

〔21〕容华:美艳的容貌。这句是以朝日比喻女子的容貌光彩照人。李善注:"韩诗曰:'东方之日兮,彼姝者子,在我室兮。'薛君曰:'诗人言所说(悦)者,颜色盛也。'言美,如东方之日出也。"

〔22〕希:羡慕。 令颜:美好的容颜。令,美。

〔23〕媒氏:媒人。 营:为,此谓作媒。

〔24〕玉帛:指珪璋与束帛,古时定婚用的聘礼。 安:定。这句说怎不利用时机,以玉帛去聘娶美女呢?

〔25〕高义:崇高的品德。

〔26〕贤:贤良之人。 良:确实。

〔27〕嗷嗷:喧哗之声。

〔28〕观:看中。

〔29〕盛年:壮年。

〔30〕中夜:夜半。

今译

有一美女艳丽又高雅,初春晴日采桑大路边。柔嫩枝条纷披轻摇曳,采下桑叶飘落似飞燕。卷衣袖伸出白皙的手,金镯子戴在粉嫩的腕。头上饰着雀形金发钗,腰下佩着翠玉名琅玕。明珠缀满如玉的身体,珊瑚间杂碧绿的木难。绫罗上衣合身又飘逸,轻软襟袖随微风旋转。一顾一盼留光彩照人,长叹之间气息香如兰。行路人因而停下车马,休息的就此忘了进餐。请问这姑娘家住何方,人说就在此城南端门。青楼富丽正面对大路,正门高耸紧扣两道栓。容姿光华似朝阳照耀,如此美貌谁不欲垂涎。媒人此时正在何所为?怎不及时持玉帛征聘。佳人美慕只在品格高,追求贤良如愿实在难。众人好奇多发空议论,怎知姑娘心里如何看。人到盛年寂寞守空房,夜半不眠起身坐长叹。

白　马　篇

▓▓▓▒题解

　　魏明帝时代，鲜卑强盛，并与蜀汉联结，匈奴又于长城以内游荡窜扰，给曹魏北方边境以严重威胁。曹植虽屡遭迁徙，备受迫害，仍不忘国家安危，渴望驰骋沙场，为国靖难除患，为己立功建勋。

　　《白马篇》以诗首二字为篇名，为乐府歌词，属杂曲歌齐瑟行，无古词。本篇塑造出一个光彩夺目英气照人的爱国少年的形象，正是诗人一生素志的外化。本诗开头写白马金羁，驰往西北，而不见其人。马之美衬出人之美。继而是一段插叙（"少小"句以下），以旁观者的问答，侧写这位少年的骑射技艺和成长过程。最后一段（"边城"句以下），时间上紧承开头两句。正面叙述战场的壮观与勇士的英姿，以及在生死公私激烈冲突中的选择。剖析英雄心理至为深刻。

　　有情事，有人物，有冲突，有心理，时空交错，巧作安排，诗人与人物融合一体，全诗的结构艺术酷似小说。

▓▓▓▒原文

　　白马饰金羁[1]，连翩西北驰[2]。借问谁家子[3]，幽并游侠儿[4]。少小去乡邑[5]，扬声沙漠垂[6]。宿昔秉良弓[7]，楛矢何参差[8]。控弦破左的[9]，右发摧月支[10]。仰手接飞猱[11]，俯身散马蹄[12]。狡捷过猴猿[13]，勇剽若豹螭[14]。边城多警急[15]，胡虏数迁移[16]。羽檄从北来[17]，厉马登高堤[18]。长驱蹈匈奴[19]，左顾凌鲜卑[20]。弃身锋刃端[21]，性命安可怀[22]？父母且不顾[23]，何言子与妻。名编壮士籍[24]，不得中顾私[25]。捐躯赴国难[26]，视死忽如归。

注释

〔1〕金羁:饰金的马笼头。

〔2〕连翩:疾驰的样子。

〔3〕借问:请问。

〔4〕幽并:古二州名。幽州,今河北与辽宁省之一部。并州,今河北中部,西至山西北半部地区。游侠儿:重义轻生远游在外的男儿。

〔5〕去:离开。 乡邑:家乡。

〔6〕扬声:声名远扬。此指游侠儿的骑射声名。 垂:也作"陲",边远地区。

〔7〕宿昔:向来,一贯。 秉:持,握。 良弓:硬弓。李善注引《墨子》:"良弓难张,然可以及高入深。"

〔8〕楛(hù户)矢:用楛木茎制作的箭。最早出于肃慎氏之国。楛茎长尺八寸,青石为镞。 参差:形容箭错落不齐的样子。

〔9〕控弦:拉弓。 左的:左方的箭靶。

〔10〕摧:摧折,射中。 月支:也作"素支",一种箭靶。

〔11〕仰手:谓仰头向上射。 接:谓迎面而射。李善注:"凡物飞,迎前射之曰接。" 飞猱(náo挠):一种灵活敏捷的猿,体小,攀援如飞。

〔12〕俯身:谓向下射。 散:谓射碎。 马蹄:一种箭靶名。

〔13〕狡捷:矫健敏捷。

〔14〕勇剽(piāo漂):勇悍轻捷。 螭(chī吃):一种猛兽,似虎而有鳞。

〔15〕警急:危急情况的警报。

〔16〕胡虏:指古时北方少数民族中的入侵者。胡,指当时的匈奴和鲜卑。 数(shuò硕):屡次,多次。

〔17〕羽檄(xí习):紧急的征召文书。写在一尺二寸长的木简上,有紧急情况在上面插上羽毛。

〔18〕厉马:策马,催促马儿快跑。 高堤:指防守自卫的工事。

〔19〕蹈:踏。 匈奴:古时北方的少数民族。

〔20〕左顾:回顾,四顾。 凌:压倒。 鲜卑:散居于今河北、山西一带的少数民族。

〔21〕弃身:舍弃生命。 锋刃:枪锋刀刃。

〔22〕怀:惜。

〔23〕顾:念。

〔24〕籍:名册。

〔25〕中:内心。

〔26〕捐躯:献身。

今译

雪白骏马戴着金笼头,驰往西北轻捷如飞燕。请问马上骑士谁家子? 横行幽并义侠美少年。年纪少小远离故乡土,沙漠漫漫边疆英名传。手持良弓昔日练本领,腰挎箭壶利箭盛得满。张弓向左射立破箭靶,拉弦向右发月支洞穿。举手仰射攀援的飞猱,俯身命中箭靶成碎片。矫健灵敏远超猴与猿,勇悍凶猛胜似豹与螭。边塞城池多次传警报,敌人屡屡侵犯近咫尺。告急军书自塞北传来,策马扬鞭登高地巡视。长驱直入捣匈奴老巢,回师压倒了鲜卑气势。甘冒刀锋利箭不顾身,驰骋沙场生命全不惜。父母年迈尚且不顾念,丈夫怎能恋子与贪妻。名字编入卫边壮士册,内心不得动辄为一己。为国捐躯除掉外来患,个人身死恰如归乡里。

名 都 篇

题解

名都篇,杂曲歌齐瑟行歌词,无古词。

这首诗当写于魏明帝太和年间。

曹丕称帝,以洛阳为都城,十年经营,一改战乱留下的旧貌。太和中,明帝又筑斗鸡台,建游乐场。诗人晚年曾上疏,求存问亲戚。此篇所述,可能是太和入京的见闻感受。

全诗描绘贵族子弟一天的生活。他们衣锦绣,食肥甘,斗鸡走马,射猎游戏,贪淫乐之事,无忧国之心。通篇仅只描写游乐之景,言外自有怨刺之情。

本篇截取曹魏贵族生活的一个横断面,刻画细腻,有声有色,颇具风俗画的特点。

原文

名都多妖女[1],京洛出少年[2]。宝剑直千金[3],被服光且鲜[4]。斗鸡东郊道[5],走马长楸间[6]。驰驰未能半[7],双兔过我前。揽弓捷鸣镝[8],长驱上南山[9]。左挽因右发[10],一纵两禽连[11]。余巧未及展[12],仰手接飞鸢[13]。观者咸称善[14],众工归我妍[15]。我归宴平乐[16],美酒斗十千[17]。脍鲤臇胎鰕[18],寒鳖炙熊蹯[19]。鸣俦啸匹旅[20],列坐竟长筵[21]。连翩击鞠壤[22],巧捷惟万端[23]。白日西南驰,光景不可攀[24]。云散还城邑[25],清晨复来还[26]。

注释

〔1〕名都:指邯郸、临淄等著名都市。 妖女:艳丽的妇女。沈德潜说:"起句以妖女陪少年,乃客意。"(《古诗源》)

〔2〕京洛:即洛京,洛阳,魏之首都。

〔3〕直:同"值",价值。

〔4〕被(pī 匹):通"披",穿在身上。

〔5〕斗鸡:使两鸡相斗,以观胜负,从中取乐。春秋时代就有此习俗,汉魏至唐皆盛行。魏明帝曾在洛阳筑斗鸡台。

〔6〕走马:驰马,跑马。 长楸:古人种楸树于大路旁,行列很长。此代道路。

〔7〕驰驰:行行。

〔8〕揽弓:持弓。 捷:引。 鸣镝:响箭。镝,箭头。

〔9〕南山:洛阳南山。赵幼文说:"疑即大石山。"(《曹植集校注》卷三)

〔10〕挽：挽弓，拉弓。　因：就，按。

〔11〕纵：发射。　两禽：指双兔。禽，鸟兽的总称。李善注引毛苌《诗传》："发矢曰纵；两禽，双兔也。"

　　〔12〕余巧：其余的高超技艺。指射箭之法。　展：展示。

　　〔13〕接：迎面而射。　飞鸢(yuān 渊)：正在飞翔的鸱鹰。

　　〔14〕称：称赞，赞扬。

　　〔15〕众工：众多精于射箭的人。　归：归与，推崇。　妍：美，精妙。

　　〔16〕平乐：观名。在洛阳西门外。

　　〔17〕斗：古时的盛酒器。　十千：指酒价的高昂，以形容酒之美。

　　〔18〕脍(kuài 快)：切细的肉。此作动词用。　臇(juǎn 卷)：较稠的肉羹。赵幼文说："虽云肉羹，然不芼以菜，质较干，似今俗所谓焖或烧之义也。"(《曹植集校注》卷三)此作动词用。　胎鰕：有籽的鲅鱼。胎，或疑为鲐，一种海鱼。

　　〔19〕寒鳖：将甲鱼作成肉冻。寒，赵幼文说："案方以智《通雅》谓为今之冻肉。"(《曹植集校注》卷三)　炙(zhì 至)：烤。　熊蹯(fán 烦)：熊掌。

　　〔20〕鸣：呼唤。　俦：同伴，朋友。　匹旅：朋友。旅，也作"侣"。

　　〔21〕列坐：成列而坐。　竟：尽。　长筵：成长列的筵席。程千帆、沈祖棻《古诗今选》注："古人席地而坐，分器而食。人众席多，排成长列，所以说'列坐竟长筵'。"

　　〔22〕连翩：迅疾的样子。　鞠壤：古时两种运动方法。鞠，古时的毛球，踢以为戏，谓之蹴鞠。壤，即击壤。壤用两块木片制成，一头宽阔，一头尖锐，长一尺四寸，宽三寸。玩时将一块放在三四十步以外的地上，用另块投过去，击中为优胜。

　　〔23〕巧捷：巧妙迅捷。　万端：形容变化多端。

　　〔24〕光景：时光。　攀：留。

　　〔25〕云散：如浮云散去。　城邑：此指洛京。

　　〔26〕来还：指又来到东郊、南山、平乐观这些地方游宴作乐。

今译

　　名都的美女风流迷人，洛京的少年作乐寻欢。腰佩宝剑价值千金重，身着服饰光彩而鲜艳。斗鸡好胜会集在东郊，跑马争先驰骋楸林间。马儿疾驰路程未及半，双兔跳跃忽而现我前。拉满长弓再搭上利箭，策马追逐直奔上南山。左手挽弓右手立发射，一发即中两禽皆贯穿。其余技艺尚未及施展，抬手仰射鹢鹰下云天。观者惊叹称赞箭术高，众位射手钦服我艺娴。我归来排宴在平乐观，呈上美酒一斗值万钱。鲤鱼烩丝鲂鱼带籽焖，甲鱼作冻熊掌烧得烂。朋友相呼先后各入席，坐次成列位置都占满。酒后举行足球击壤赛，技巧精妙变幻兼万端。中天白日转眼西南斜，时光易度流逝不待人。游人如云分散回城去，明晨再会宴乐重周旋。

（陈复兴译注并修订）

王明君词一首 并序五言 石季伦

题解

石崇(249—300),西晋渤海南皮(今河北南皮)人,字季伦。少聪敏,初官为散骑郎,累迁至荆州刺史。曾因抢劫远来客商而暴富。家资无数,是当时有名的富豪。与贵戚王恺斗富,恺虽有武帝支持亦不能胜。李善注引《晋书》:"初,崇与贾谧善。谧既诛,赵王伦专任孙秀。崇有妓曰绿珠,秀使人求之,崇不许,秀劝伦杀崇,遂被害。"

古诗中,咏昭君者多有,几乎皆以"昭君怨"为主题,而《王明君词》首创其调。诗人以第一人称口吻叙述,"多哀怨之声"。内容可用"悲"、"怨"、"叹"三个字概括之。"我本汉家子"至"泣泪湿朱缨"八句,写悲。从"行行日已远"至"默默以苟生"十句,写怨。远嫁入"殊类",虽贵非所荣。父死子妻母,对之惭且惊,无限哀怨。从"苟生亦何聊"至结尾十二句,写叹。叹昔为匣中玉,今为粪上英,有家归不得,远嫁难为情,可为千古浩叹。

全诗语言平易,明白晓畅,感情细腻,如泣如诉,其中显露出远嫁匈奴的明君鄙弃荣贵,不甘凌辱,宁愿杀身,不愿苟生的人格意识,尤其令人称赏。

原文

王明君者,本是王昭君,以触文帝讳改焉。匈奴盛,请婚于汉,元帝以后宫良家子昭君配焉[1]。昔公主嫁乌孙[2],

令琵琶马上作乐，以慰其道路之思。其送明君，亦必尔也^[3]，其造新曲，多哀怨之声，故叙之于纸云耳。

我本汉家子^[4]，将适单于庭^[5]。辞诀未及终^[6]，前驱已抗旌^[7]。仆御涕流离^[8]，辕马悲且鸣。哀郁伤五内^[9]，泣泪湿朱缨^[10]。行行日已远^[11]，遂造匈奴城^[12]。延我於穹庐^[13]，加我阏氏名^[14]。殊类非所安^[15]，虽贵非所荣。父子见陵辱^[16]，对之惭且惊。杀身良不易^[17]，默默以苟生^[18]。苟生亦何聊^[19]，积思常愤盈^[20]。愿假飞鸿翼^[21]，乘之以遐征^[22]。飞鸿不我顾^[23]，伫立以屏营^[24]。昔为匣中玉，今为粪上英^[25]。朝华不足欢，甘与秋草并^[26]。传语后世人，远嫁难为情。

注释

〔1〕王昭君：汉南郡秭归人（属湖北省），名嫱，字昭君。晋人避晋文帝司马昭之讳，改称明君，后人又称明妃。昭君原为汉元帝的宫女，竟宁元年，匈奴呼韩邪单于入朝，求美人为阏氏，元帝予昭君，以结和亲。昭君戎服乘马，提琵琶出塞。入匈奴，号宁胡阏氏。生一男。呼韩邪死，子复絫若鞮单于立，复妻昭君，生二女，卒于匈奴。

〔2〕乌孙：汉代西域国名。在今新疆伊犁河流域。先居敦煌祁连山之间，后驱逐大月氏而建立乌孙国。汉武帝以江都王刘建女儿细君为公主，远嫁乌孙王昆莫。帝赐乘舆服御物，为备官属宦官侍御数百人，赠送甚盛。乌孙昆莫以为右夫人。昆莫年老，语言不通，公主悲愁。自为作歌曰："吾家嫁我兮天一方，远托异国兮乌孙王。穹庐为室兮旃为墙，以肉为食兮酪为浆。居常土思兮心内伤，愿为黄鹄兮为故乡。"

〔3〕尔：如此，这样。

〔4〕汉家子：汉家女。子，古代也指女儿。

〔5〕适：旧指女子出嫁。　单于：汉时匈奴称其君长为单于。

〔6〕辞诀：辞别，告别。诀，有诀别，难再相见之意。

263

〔7〕前驱:引路者。　抗:举。　旌:旗。

〔8〕仆御:驾驭车马的人。

〔9〕五内:五脏。

〔10〕朱缨:朱红色的缨饰。

〔11〕行行:不停地走。

〔12〕造:到。

〔13〕延:引进。　穹庐:古代称游牧民族居住的毡帐。颜师古《汉书》注:"穹庐,旃帐也。其形穹隆,故曰穹庐。"

〔14〕阏氏(yān zhī 烟支):汉代匈奴单于之妻的称号。颜师古注:"阏氏,匈奴皇后号也。"

〔15〕殊类:异族。指匈奴。

〔16〕父子见陵辱:据《汉书》载,呼韩邪死,子雕陶莫皋立,为复株累鞮单于,复妻王昭君,生二女。

〔17〕杀身:此谓自杀。

〔18〕苟生:苟且偷生。

〔19〕聊:聊赖,依赖。此指生活或感情上的寄托。

〔20〕积思:积怨。　愤盈:满腔愤怨。

〔21〕假:借。

〔22〕遐征:远走高飞。遐,远。征,飞。

〔23〕不我顾:不顾我。

〔24〕伫立:久立而等待。　屏营:徘徊。

〔25〕英:通"瑛",似玉的美石。

〔26〕朝花二句:张铣注:"其忧思之心,见春朝之花不足与欢乐,甘以其身与秋草俱凋陨,不愿生居匈奴之中。"

今译

　　王明君,本叫王昭君,因犯晋文帝司马昭之讳而改为王明君。匈奴强盛,向汉求婚。汉元帝把后宫良家女子王昭君嫁给单于。过去细君公主嫁与乌孙王,令琵琶手在马上作乐,以安慰公主一路思乡之心。他们送昭君,也必然如此。琵琶手制作的新曲,多哀怨之声，故将它写在纸上。

　　我本是个汉家女，将要远嫁单于庭。诀别话语未及尽，前导举旗已先行。驭手满面纵横泪，辕马萧萧发哀鸣。忧郁哀伤摧五脏，涕泪涟涟湿朱缨。行走不停日已远，于是来到匈奴城。引我进入穹庐里，给我加封阏氏名。异族终非安身所，虽然富贵不为荣。父死儿以母为妻，对此惭愧又心惊。杀身的确非易事，只得默默来偷生。苟且偷生无聊赖，积怨蓄恨愤满胸。愿借鸿雁双飞翅，乘上远飞万里空。从前本是匣中玉，今为美石粪上扔。朝花不足同欢娱，甘与秋草并凋零。传语告诉后世人，女子远嫁多苦衷。

　　　　　　　　　　　　　　　　　　（赵福海译注并修订）

乐府下

◎乐府十七首

陆士衡

猛 虎 行 杂言

乐府诗十七首,大部分为入洛之后的作品,但不是同一时间的连续之作。排列亦非以时间先后为序,当然更看不出十七首之间的内在联系。

《猛虎行》,乐府《相和歌辞·平调》有此题目。其辞曰:"饥不从猛虎食,暮不从野雀栖。野雀安无巢,游子为谁骄。"陆机反其义而用之,说明有志之士本应慎于出处,但迫于形势,趋于"时命",不得不做违心的事,以至功名无成,进退维谷,陷于无穷的苦恼。姜亮夫《陆平原年谱》云:"前言'渴不饮盗泉水,热不息恶木阴';中言'人生诚未易,曷云开此衿';末言'眷我耿介怀,俯仰愧古今',盖被诬后自悔之作也。"

陆机入洛后曾与赵王伦交往密切。贾谧、贾后操持朝政,谋害太子,赵王伦矫诏杀贾后,除贾谧,开始辅政,机拜相国参军,因豫诛贾谧有功,赐关中侯。伦贪虐、庸下,将篡位,以机为中书郎。齐王冏、成都王颖、河间王颙等起兵讨伦并诛之。齐王冏"以机职在中书,九锡文及禅文疑机与焉",遂将其收监,欲治死罪。实际陆机未参与伦篡位之事,也未写九锡文和禅文。由于成都王颖和吴王晏极力搭救,方免死发配,遇赦而止。陆机在与吴王、成都王的谢表中,一再为自己辨诬。在与吴王的表中说:"禅文本草,见在中书,一字一迹,自可分别。"在给成都王的表中说:"为故齐王同所见枉陷,诬臣与众人共作禅文,幽执图圄,当为诛始,臣之微诚,不负天地……片言只字,不关其间。事踪笔迹,皆可推校。"

经过此次虎口余生的重创,陆机对自己的由吴入洛以来的所作所为进行一番反思,《猛虎行》可视为反思的记录。由于思想充满了矛盾,仕途极尽曲折,使全诗情调深沉,跌宕起伏。头八句一旋折。"渴不饮盗泉水,热不息恶木阴",这是前贤之遗训,也是壮士应有之志;然而自己现在却"饥食猛虎窟,寒栖野雀林"。何以如此?"时命"所致,不欲为之而又不得不为之。这是外因,其内因在于自己始终充满建功立业的热烈愿望。但这一愿望被现实撞得粉碎:"日归功未建,时往岁载阴。"岁月蹉跎,功业未立,又一旋折。何以如此?"亮节难为音"。慷慨直言,非时君所喜,从此悟出人生不易的最简单也是最深刻的道理。

原文

渴不饮盗泉水[1],热不息恶木阴[2]。恶木岂无枝,志士多苦心[3]。整驾肃时命[4],杖策将远寻[5]。饥食猛虎窟,寒栖野雀林[6]。日归功未建[7],时往岁载阴[8]。崇云临岸骇[9],鸣条随风吟[10]。静言幽谷底[11],长啸高山岑[12]。急弦无懦响[13],亮节难为音[14]。人生诚未易[15],曷云开此衿[16]?眷我耿介怀[17],俯仰愧古今[18]。

注释

〔1〕盗泉:水名。《水经注·洙水》:"洙水西南流,盗泉水注之。"李善注引《尸子》:"孔子至于胜母,暮矣而不宿;过于盗泉,渴矣而不饮。恶其名也。"

〔2〕阴:同"荫"。阴凉。李善注引江邃《文释》:"管子曰:'夫士怀耿介之

心,不荫恶木之枝。'"

〔3〕志士:具有高尚品德和节操的人。 苦心:正直之心。

〔4〕整驾:备车马。 肃:敬。 时命:时君之命。

〔5〕杖策:拿起马鞭子。杖,执持。 寻:探求。

〔6〕饥食、寒栖句:《猛虎行》古辞:"饥不从猛虎食,暮不栖野雀林。"陆机反用其语,言饥不择食,寒不择栖。

〔7〕日归:时光流逝。

〔8〕时往:时间过去。 载:犹"则"。 岁阴:岁暮。

〔9〕崇:高。 骇:起。

〔10〕鸣条:被风吹得作响的枝条。

〔11〕静言:指沉思默想。言,语助词。 幽谷:幽深的山谷。

〔12〕长啸:撮口发出长而清越的声音。即打口哨。 岑(cén):小而高的山。此指山巅,与谷相对。

〔13〕急弦:绷得很紧的琴弦。弦急调必高。 懦响:柔弱的声音。

〔14〕亮节:响亮,乐器,击之以为歌声之节奏。 难为音:言击节高亮则歌者难以跟着唱。意为慷慨直言非时君所喜,故称"难为音"。

〔15〕诚:的确,确实。 未易:不易。

〔16〕曷:何。 衿(jīn 今):同"襟"。此指胸怀。

〔17〕眷:顾。 耿介:正直。

〔18〕俯仰:低头抬头之间。此指时时刻刻。

今译

口渴不饮盗泉水,天热不息恶木荫。恶木并非无枝叶,志士满怀耿介心。备车恭敬从君命,策马扬鞭欲远寻。饿于猛虎洞寻食,寒时野雀林栖身。时光日夜空流去,壮年未能建功勋。轻云依傍崖岸升,响柳随着秋风吟。沉思默想幽谷底,放声长啸高山巅。紧弦不会发弱响,高风亮节难谐音。人生确实不容易,让我如何开胸襟?顾念自己人正直,时刻都觉愧古今。

君 子 行五言

题解

晋武帝司马炎即位后，大封宗室。豪门世族之间的矛盾日益尖锐。武帝死后，惠帝立，汝南王司马亮为太宰，专权。其后楚王司马玮、赵王司马伦、齐王司马冏、河间王司马颙、成都王司马颖、长沙王司马乂、东海王司马越先后起兵，争权夺利，战争连续十六年之久，史称"八王之乱"。陆机入晋，差不多经历了整个"八王之乱"，而他作为名重一时的文士，自然是司马家族"窝里斗"的争夺对象，故不管其情不情愿，都不可避免地卷入斗争的漩涡。他时而为赵王重用，时而被成都王擢拔，在这极其尖锐复杂的矛盾斗争中，谗言四起，互不信任，致使陆机若惊弓之鸟，力图在战火纷飞中找个避弹之所。然而在劫难逃。

从诗的内容和格调看，《君子行》为陆机后期的作品。姜亮夫认为是"赵王伦乱前后之作。"是可信的。李善注引《古君子行》曰："君子防未然，不处嫌疑间。"这也是陆诗要告诉人们的处世哲理。

诗的头两句将"天道"与"人道"对比，提出人道的"崄"与"难"。中间十句展开叙写"崄"、"难"二字。诗人运用比喻、典故将抽象的崄难具象化。由于吉与凶，善与恶，贤与愚，友与敌，既有区别又有联系，故常生"疑似"，而疑似乃祸患之根。"掇蜂"之典是说奸邪故意制造假象而生疑似；"拾尘"之典是说受表面现象蒙蔽而生疑似。君主"疑似"就会"逐臣"；平民"疑似"就会"弃友"。最后八句提出要"防患未然"。祸福都不是突然降临的。"福钟恒有兆，祸集非无端"，"福生有基，祸生有胎"，渐渐而至。"祸患常积于忽微"，君子抓住端倪，不自以为是，就能防患于未然。

但是,陆机防患未然终成患,人道更比天道险。《成都王颖传》载:"颖与颙伐京师,以平原内史陆机为前锋督都前将军假节,为孟玖所谮,颖收机斩之,夷其三族。"

原文

天道夷且简[1],人道崄而难[2]。休咎相乘蹑[3],翻覆若波澜[4]。去疾苦不远[5],疑似实生患[6]。近火固宜热,履冰岂恶寒[7]。掇蜂灭天道[8],拾尘惑孔颜[9]。逐臣尚何有[10]?弃友焉足叹[11]。福钟恒有兆[12],祸集非无端[13]。天损未易辞[14],人益犹可欢[15]。朗鉴岂远假[16],取之在倾冠[17]。近情苦自信[18],君子防未然[19]。

注释

〔1〕天道:指自然规律。《庄子·在宥》:"无为而尊者,天道也;有为而累者,人道也。" 夷:平。 简:略。

〔2〕崄(xiǎn 险):同"险"。

〔3〕休咎:吉凶。 乘:登。 蹑(niè 聂):踏。

〔4〕澜:大波。

〔5〕疾:恶。 苦:苦于。

〔6〕疑似:似是而非,真伪难辨。李善注引《吕氏春秋》:"使人大迷惑者,物之相似者也。人主之所患,患石似玉者。疑似之道,不可不察也。"

〔7〕近火、履冰句:近火热,履冰寒,犹近朱者赤,近墨者黑。言应慎于所习。李善注引《论衡》:"夫近水则寒,近火则温,远之才微。何则?气之所加,远近有差也。"

〔8〕掇(duō 多)蜂:此为离间亲骨肉的典故。据汉蔡邕《琴操》载,周尹吉甫后妻为陷害前妻之子伯奇,取数蜂去其毒置于领上,令伯奇掇之。吉甫遥见,误为伯奇对后母有欲心,故放逐伯奇于野。

〔9〕拾尘:此为误会生疑的典故。据《吕氏春秋·任数》载,孔子曾被困于陈蔡间,多日无米下肚,白天睡觉。颜回讨米回来煮饭,煤灰掉进饭里,颜回怕

扔饭不祥，便抓起沾上灰尘的饭粒吃掉。孔子却误认为颜回偷饭吃。弄清真相后，孔子慨叹说："所信者目也，而目犹不可信；所恃者心也，而心犹不足恃。弟子记之：知人固不易矣。"

〔10〕逐臣：被朝廷贬谪放逐之臣。李善注引傅毅《七激》："暗君逐臣，顽父放子。"

〔11〕弃友：抛弃故旧。李善注引《诗经·谷风序》曰："天下俗薄，朋友道绝焉。"郑玄注曰："道绝者，弃恩旧也。"

〔12〕钟：聚。　兆：征兆。

〔13〕端：端绪。端兆近义。李善注引《傅子》铭曰："福生有兆，祸来有端。"

〔14〕天损：天降之灾害。

〔15〕人益：人所受之利益。李善注"福钟"四句曰："言祸福之有端兆，故天损之至，非己所招，故安之而未辞。人益之来，非己所求，故受之可为欢也。"《庄子·山木》："无受天损易，无受人益难。"

〔16〕朗鉴：明镜。　假：借。

〔17〕倾冠：帽子邪歪。李善注引《抱朴子》曰："明镜举，则倾冠见矣。"

〔18〕近情：眼前之情景。　苦：极。

〔19〕防未然：防患于未然。李善注"近情"二句："言小人近情，苦自信而遇祸；君子远虑，防未然而蒙福。"近情与远虑相对。

今译

天道平坦又简单，人道曲折又艰险。吉凶祸福交相至，犹如江海翻波澜。苦于善恶差不远，似是而非生祸患。靠近热火自然热，足履薄冰岂不寒。伯奇"掇蜂"绝天伦，颜回"拾尘"孔疑颜。逐臣比此哪有恨，故友被弃何足叹。洪福到来先有兆，灾祸降临有绪端。天降灾难难拒受，人授利禄得而欢。明镜无须去远试，取之相照见倾冠。小人浅见极自信，君子防患于未然。

从军行五言

题解

《从军行》为乐府《相和歌辞·平调曲》的古题。内容言军旅生活之辛苦。陆诗也如此。以"苦哉远征人"开头,以"苦哉远征人"收束,中间从东西南北、翻山越岭、严寒酷暑、食不免胄、息常负戈等不同侧面不同角度,写军士征战之苦。姜亮夫《陆平原年谱》说此诗"堆聚陈典,羌无故实,亦不见寄兴之义,非中年以后之语,少年习作之存者也"。

原文

苦哉远征人[1],飘飘穷四遐[2]。南陟五岭巅[3],北戍长城阿[4]。深谷邈无底[5],崇山郁嵯峨[6]。奋臂攀乔木[7],振迹涉流沙[8]。隆暑固已惨[9],凉风严且苛[10]。夏条集鲜藻[11],寒冰结冲波[12]。胡马如云屯[13],越旗亦星罗[14]。飞锋无绝影[15],鸣镝自相和[16]。朝食不免胄[17],夕息常负戈[18]。苦哉远征人,抚心悲如何[19]!

注释

〔1〕苦哉:苦啊。 远征人:指戍边兵士。
〔2〕飘飘:远行的样子。 穷:极尽。 四遐:西方荒远之地。
〔3〕陟(zhì至):登。 五岭:山名。一说指大庚、骑田、都庞、萌渚、越城五岭。一说交趾、合浦界上有五岭,但未指岭名。
〔4〕阿(ē):山曲。
〔5〕邈:远,深。

〔6〕郁(yù 玉):繁茂的样子。　嵯峨(cuó é):山势高峻的样子。

〔7〕乔木:枝干长大的树木。

〔8〕振迹:举足。

〔9〕隆暑:酷暑。　惨:毒。

〔10〕苛:切。宋均《春秋纬注》曰:"苛,切也。"言寒风吹人如割。

〔11〕夏条:树木夏季繁茂之枝条。　鲜藻:新鲜的水草。

〔12〕冲波:波浪。

〔13〕云屯:如云聚积。屯,聚。

〔14〕星罗:像星斗一样罗列。

〔15〕飞锋:疾飞之兵刃。　无绝影:即影无绝。飞锋不断。

〔16〕鸣镝:响箭。　自相和:指鸣镝甚多,声响相和。

〔17〕免胄:摘下头盔。

〔18〕负戈:抗着兵器。

〔19〕拊(fǔ 斧):拍击。

今译

　　苦啊远行从军人,飘飘悠悠走四方。南征翻过五岭峰,北战戍守长城旁。山谷幽深不见底,山峰巍峨而昂扬。奋臂攀着乔木走,举足趟过流沙行。酷暑毒热难忍受,寒风凛烈如刀割。南方夏条生青苔,北方寒冰冻水波。胡马济济如云集,越旗密密似星罗。飞刃不断寒光闪,鸣镝连续声相和。早餐头上不下盔,夜宿肩上常负戈。苦啊远行从军人,捶胸悲哀无奈何。

豫　章　行五言

题解

　　《陆平原年谱》云:"《文选》李善注:'古《豫章行》曰:白杨初生时,乃在豫章山。按曹植拟豫章为穷达,傅玄《桐苦篇》述女子尽力于人,终以华落见弃,亦题《豫章行·苦桐篇》,惟机此篇,与谢灵运一篇,则伤别离,言寿短景驰,容华不久,与古诗义合。机此诗盖亦拟古之作,中虽有懿亲远行,似可附会事迹,指有所伤,然文中又云:'促促薄暮景,亹亹鲜克禁。'机死于壮盛之年,何用伤老,则此诗亦述古义而已,无事可实也。且诗内以古陈典堆砌,颇近江淹《别赋》,则少年之作无疑。"

原文

泛舟清川渚[1],遥望高山阴[2]。川陆殊途轨[3],懿亲将远寻[4]。三荆欢同株,四鸟悲异林[5]。乐会良自古[6],悼别岂独今[7]。寄世将几何[8],日昃无停阴[9]。前路既已多,后涂随年侵[10]。促促薄暮景[11],亹亹鲜克禁[12]。曷为复以兹[13],曾是怀苦心[14]。远节婴物浅[15],近情能不深[16]。行矣保嘉福[17],景绝继以音[18]。

注释

〔1〕渚(zhǔ 主):水中小洲。

〔2〕阴:山之北坡。

〔3〕川陆:水陆。 轨:道。

〔4〕懿(yì 义)亲:至亲。《左传·僖公二十四年》:"如是则兄弟虽有小忿,不废懿亲。" 远寻:远走。寻,遂往之意。

〔5〕三荆:一株三枝的荆树。刘良注:"昔有田广、田真、田庆兄弟,三人将别无以分。明日欲分,庭有荆树,荆树经宿萎黄,乃相谓曰:'荆树尚然,况我兄弟乎?'遂不分,荆复悦茂。"诗人常用来比喻同胞兄弟。四鸟:李善注引孔子《家语》:"回闻完山之鸟生四子焉,羽翼既成,将分乎四海,其母悲鸣而送之。"

〔6〕乐会:以相聚为乐。 良:确。

〔7〕悼别:感伤别离。

〔8〕寄世:人生。李善注引《尸子》:"老莱子曰:'人生于天地之间,寄也。'" 几何:多少。

〔9〕日昃(zè 仄):太阳偏西。

〔10〕前路、后涂二句:李善注:"前路、后涂,喻寿命也。言前路已多而罕至,后涂随年侵而又尽,言无几何也。"即谓走过的路比剩下的路多,寿命不长了。 侵:渐近。

〔11〕促促:短促。 薄暮:太阳快要落山的时候。比喻年老。 景:日光。

〔12〕亹亹(wěi 伟):行进的样子。 鲜:少。 克:能。

〔13〕曷:何。

〔14〕曾是:乃这样。

〔15〕远节:远大之志节。 婴:绕。

〔16〕近情:凡近之情。指人之常情。以上四句为设问设答:"曷为"二句设问,谓为何以此年事已晚来日无多,复使内心如此悲苦呢?"远节"二句设答,谓虽志节高远者为物情婴绕甚浅,而人之常情于兄弟离别之时又不能不深感于心。以此领起结句的祝愿与期待。

〔17〕保嘉福:预祝之辞,犹保重,保平安。

〔18〕景绝:影绝。 音:信。李善注"行矣"二句:"景,影也。言形影若绝,当继之以惠音。"

今译

泛舟洲边清清水,举首遥望高山北。水陆本是两条道,至亲远别难再会。三荆喜欢同根生,四鸟异林啼声悲。乐于相会古如此,悲于别离非今始。人生在世能几何,夕阳西下如流水。走过之路已很长,余下之路已无几。日薄西山匆匆下,亹亹行进难中止。为何复以岁月短,如此满怀愁苦心。志节高远物累少,别离常情能不深。走吧千万多保重,不见身影盼佳音。

苦　寒　行五言

昭明文选
译注

题解

　　乐府《相和歌·清调曲》有《苦寒行》题。魏武帝曹操亦曾作过《苦寒行》，《乐府解题》说操诗"备言冰雪溪谷之苦"。陆机的《苦寒行》在主题与写法上都明显地受到曹操《苦寒行》的影响。如操诗有"北上太行山，艰哉何巍巍"之句；陆诗就有"北游幽朔城，凉野多崄艰"之句。操诗有"熊罴对我蹲，虎豹夹路啼"之句，陆诗就有"猛虎凭林啸，玄猿临岸叹"之句。从"北游幽朔城，凉野多崄艰"和"离思固已久，寤寐莫与言"的诗句看，《苦寒行》显然是入洛后的作品。姜亮夫说，此诗为"在洛见乱景而思南土之作也"。

原文

　　北游幽朔城[1]，凉野多崄难[2]。俯入穹谷底[3]，仰陟高山盘[4]。凝冰结重涧[5]，积雪被长峦[6]。阴云兴岩侧[7]，悲风鸣树端[8]。不睹白日景[9]，但闻寒鸟喧[10]。猛虎凭林啸[11]，玄猿临岸叹[12]。夕宿乔木下[13]，惨怆恒鲜欢[14]。渴饮坚冰浆[15]，饥待零露餐[16]。离思固已久[17]，寤寐莫与言[18]剧哉行役人[19]，慊慊恒苦寒[20]。

注释

〔1〕幽朔：幽暗之北方。
〔2〕凉野：荒凉的原野。　　崄（xiǎn 险）：同"险"。
〔3〕穹谷：深谷。穹，同"穷"。
〔4〕陟（zhì 制）：登。　　盘：吕向注："盘者，山首盘道也。"

〔5〕凝冰:坚冰。　重涧:深涧。重,深。

〔6〕被:覆盖。　峦:山。

〔7〕阴云:浓云。　兴:起。　岩:山崖。

〔8〕树端:树梢。

〔9〕日景:日光。

〔10〕寒鸟:寒冬之鸟。　喧:指鸟叫声。

〔11〕凭:依。

〔12〕玄猿:黑色的猿猴。

〔13〕乔木:枝干高大的树木。

〔14〕惨怆:凄惨寒怆。　恒:常。　鲜:少。

〔15〕坚冰:厚冰。　浆:水。

〔16〕零露:露水。李周翰注:"言饥渴而饮水食露也。然冰时无露,盖文之疏也。"

〔17〕离思:离别之思。

〔18〕寤寐:犹言日夜。寤,醒时;寐,睡时。

〔19〕剧:艰难困苦。　行役:因服役或公务而跋涉在外。

〔20〕慊慊(qiàn 欠):心情不满的样子。

今译

　　远行北方边塞城,大野荒凉多险艰。翻山俯身入谷底,仰头攀登上山巅。坚冰冻结深涧水,积雪一片盖山峦。阴云傍着山崖生,悲风呼叫林梢间。山深不见日光影,只听寒鸟喧喧喧。猛虎依着密林啸,黑猿靠着悬崖叹。晚上露宿大树下,凄惨寒怆少欢颜。渴了拿冰当水饮,饿了露珠为餐饭。离别之思苦日久,日夜无人相攀谈。多艰难啊行役人,心中不满常苦寒。

饮马长城窟行五言

题解

　　乐府《相和歌辞·瑟调曲》有《饮马长城窟行》题,又曰《饮马行》。郭茂倩曰:"长城秦所筑以备胡者,其下有泉窟,可以饮马。"陈琳《饮马长城窟》诗云:"饮马长城窟,水寒伤马骨。"陆机借题作诗,其意不与古义相同。姜亮夫《陆平原年谱》说:"此诗就题为文,描绘军无停轨,劳归受爵之实,皆叙述之作,不与事象相结合,亦少年时作也。"

原文

　　驱马陟阴山[1],山高马不前。往问阴山候[2],劲虏在燕然[3]。戎车无停轨[4],旌斾屡徂迁[5]。仰凭积雪岩[6],俯涉坚冰川[7]。冬来秋未反[8],去家邈以绵[9]。猃狁亮未夷[10],征人岂徒旋[11]。末德争先鸣[12],凶器无两全[13]。师克薄赏行[14],军没微躯捐[15]。将遵甘陈迹[16],收功单于旃[17]。振旅劳归士[18],受爵槁街传[19]。

注释

　　〔1〕阴山:山名。今河套以北、大漠以南诸山的统称。

　　〔2〕候:伺望,侦察。此指前哨。《吕氏春秋·壅塞》:"宋王使人候齐寇之所至。"此指侦察敌情的士兵。

　　〔3〕劲虏:强敌。虏,指匈奴。　燕然:山名。即蒙古人民共和国境内的爱杭山。后汉永元元年,窦宪大破北单于,登燕然山,即此。

　　〔4〕戎车:兵车。　轨:辙迹,车辙。

〔5〕旌旆(jīng pèi 精配)：旌旗。旆，同"斾"，泛指旌旗。　徂(cú)：往。迁：移。

〔6〕凭：登。　岩：山崖。

〔7〕冰川：结冰之河。

〔8〕冬来秋未反：去冬来而今秋未归。反，同"返"。

〔9〕邈绵：遥远。

〔10〕猃狁(xiǎn yǔn 险允)：我国古代北方少数民族名。也作"獫狁"。《史记·匈奴传》："匈奴，其先祖夏后代之苗裔也，曰淳维。唐虞以上有山戎、猃狁、荤粥，居于北蛮，随畜牧而转移。"《集解》："晋灼曰：'尧时曰荤粥，周曰猃狁，秦曰匈奴。'"　亮：确实。　夷：平定。

〔11〕征人：旧谓远行之人。此指出征的将士。　旋：回转。

〔12〕末德：指战争。李善注引《吴越春秋》："范蠡曰：'夫人君勇者，逆德也；兵者，凶器也；争者，国之末也。'"又引《庄子》："三军五兵之运，德之末也。"先鸣：先发制人。李周翰注："战者，德之末也，先鸣，先登而大呼也。"

〔13〕凶器：兵器，此指战争。　两全：两得保全。两，指敌我双方。

〔14〕克：战胜。　薄赏：不厚之赏。

〔15〕微躯：身躯。　捐：弃。

〔16〕甘陈：甘延寿、陈汤。汉元帝时人。《汉书》卷七十载：甘延寿，字君况，北地人。为郎中谏大夫，出使西域，与副校尉陈汤(字子公，山阳人)共诛斩郅支单于，甘封义成侯，陈封关内侯。

〔17〕收功：立功。收，取。　旃(zhān 毡)：旌旗。此指军队。

〔18〕振旅：休整军队。　劳：犒劳。　归士：归来的兵士。

〔19〕受爵：授勋，奖励。　槁(gǎo 稿)街：亦作"稾街"、"藁街"，汉代长安街名，少数民族聚居之处。《三辅·黄图·杂录》："蛮夷邸在长安街城内。"传(zhuàn 撰)：传舍。

今译

扬鞭策马登阴山，阴山山高马不前。往问阴山前哨兵，答曰狂虏在燕然。兵车辚辚不停驶，旌旗屡屡向前迁。上登高山积雪崖，下过深谷厚冰川。冬出远征秋未归，离家迢迢路邈然。猃狁确实未平定,将士岂能空回还。战争贵在先冲杀,双方交兵难两全。克敌制胜受奖赏,全军覆没微躯捐。将以甘陈为榜样,获取战功单于军。休整部队犒军士,槁街传舍受爵衔。

门有车马客行五言

题解

乐府《相和歌辞·瑟调曲》有《门有车马客行》题。曹植等人都作过《门有车马客行》,皆以问讯来客的形式,或问故里,或讯京师,备述市朝变迁,亲友凋丧。此诗也是这类主题。姜亮夫《陆平原年谱》云:"在洛阳久闻故乡消息之作也。"

原文

门有车马客,驾言发故乡。[1]念君久不归[2],濡迹涉江湘[3]。投袂赴门涂[4],揽衣不及裳[5]。拊膺携客泣[6],掩泪叙温凉[7]。借问邦族间[8],恻怆论存亡[9]。亲友多零落[10],旧齿皆雕丧[11]。市朝互迁易[12],城阙或丘荒[13]。坟垄日月多[14],松柏郁芒芒[15]。天道信崇替[16],人生安得长[17]。慷慨惟平生[18],俯仰独悲伤[19]。

注释

〔1〕驾言:乘车。言,语助词,无义。
〔2〕君:指主人。
〔3〕濡迹:湿足。 江湘:指长江与湘水。
〔4〕投袂(mèi 妹):奋袖。袂,衣袖。 门涂:门途。当门之路。涂,同"途"。
〔5〕揽衣:整理衣裳。张铣注"投袂"二句:"谓出见于客也。投袂,奋袖也。不及裳,言不暇整衣服也。"

〔6〕拊膺:抚胸。

〔7〕掩泪:拭泪。　温凉:寒暖。叙温凉,指询问寒暖。

〔8〕邦族:故国之宗族。

〔9〕恻怆:怆恻,悲伤。　存亡:生死。

〔10〕零落:比喻死亡。

〔11〕旧齿:德高望众的故老、旧交。　雕丧:指死亡。

〔12〕市朝:集市。　迁易:变迁。

〔13〕城阙:城门两边的楼观。　丘荒:荒丘,土堆。

〔14〕坟垄:坟、垄,坟墓。

〔15〕松柏:古时埋葬,以松柏梧桐标记其坟。　郁(yù 玉):繁盛的样子。芒芒:同"茫茫",广远的样子。

〔16〕天道:指自然界。　崇替:兴废。

〔17〕人生:人的生命。

〔18〕慷慨:叹息。　惟:思。

〔19〕俯仰:俯身仰首,指每时每刻。

今译

　　门前有乘车马客,驾车来自我家乡。念我离家久不归,涉足江湘留异邦。挥袖赶到当门路,匆忙未及整衣裳。抚胸拉着客相泣,拭泪问及暖与凉。同族景况都如何,悲悲切切述存亡。亲朋多半不在世,故旧个个皆凋丧。旧城集市多变迁,城门楼观变丘荒。坟墓随着日月多,墓地松柏郁苍苍。天道尚且有兴废,人生如何能久长。回忆平生长叹息,仰首俯身独悲伤。

君子有所思行五言

题解

　　乐府《杂曲歌辞》有《君子有所思行》题。《乐府解题》云:"《君

子有所思行》,晋陆机云:'命驾登北山';宋鲍照云:'西上登雀台';
沈约云:'晨策东南首'。其旨言雕室丽色,不足为久欢;宴安鸩毒,
满盈所宜徽忌。与君子行异也。"《陆平原年谱》云:"叙京邑之盛,结
以'勿以肉食资,取笑葵与藿。'初入洛时作也。"

原文

命驾登北山[1],延伫望城郭[2]。廛里一何盛[2],街巷纷
漠漠[4]。甲第崇高闼[5],洞房结阿阁[6]。曲池何湛湛[7],
清川带华薄[8]。邃宇列绮窗[9],兰室接罗幕[10]。淑貌色斯
升[11],哀音承颜作[12]。人生诚行迈[13],容华随年落[14]。
善哉膏粱士[15],营生奥且博[16]。宴安消灵根[17],鸩毒不可
恪[18]。无以肉食资[19],取笑葵与藿[20]。

注释

〔1〕命驾:令御者驾驶车马。

〔2〕延伫:久立。刘良注"命驾"二句:"谓登北邙望晋都。"

〔3〕廛(chán 馋)里:古代城市中住宅的统称。刘向注:"一廛,一家之居也。
五邻为里。"

〔4〕街巷:街道。大者为街,小者为巷。 纷:多,纷繁。 漠漠:密布的样子。

〔5〕甲第:一等住宅。李善注引《汉书音义》:"有甲乙次第,故曰甲第。"第,
大的住宅。 闼(tà 榻):门楼上的小屋。此指门楼。

〔6〕洞房:深邃的内室。 结:连通。 阿阁:四面有栋有檐霤的楼阁。

〔7〕曲池:回曲的水池。陆厥《奉答内兄希叔诗》:"杜门清三径,坐槛临曲
池"。左思《魏都赋》:"右侧疏圃曲池。" 湛湛(zhàn 占):水清的样子。

〔8〕清川:清清的河流。 华薄:花草丛生。

〔9〕邃宇:深深的屋檐。 绮窗:绘有锦绣花纹的窗子。

〔10〕兰室:散发着芳香的内室。 罗幕:罗帐。

〔11〕淑貌:美貌。 色斯:颜色,姿色。斯,语助词。

〔12〕颜:指色衰。李善注上两句:"言淑貌以色斯而见升,哀音亦承颜衰而

作也。"以上二句谓人生易老年华易逝，为以下两句铺垫。

〔13〕行迈：行走。迈，行。

〔14〕容华：容颜。

〔15〕善哉：赞美感叹之词。　膏粱士：指权贵。《国语·晋七》："夫膏粱之性难正也。"《注》："膏，肉之肥者；粱，食之精者。言食肥美者，率多骄放，其性难正。"

〔16〕营生：保养身体。　奥：深奥。　博：广。

〔17〕宴安：安逸。　灵根：本根，此指身。

〔18〕鸩（zhèn 阵）毒：毒酒。《汉书·景十三王赞》："是故古人以宴安为鸩毒。"　恪（kè 客）：敬。　李善注引《左传》："管敬仲言于齐侯曰：'宴安鸩毒，不可怀也。'"

〔19〕肉食：指权贵显宦。

〔20〕葵藿（kuí huò 奎霍）：野菜名。此与肉食相对，指下层百姓。李善注引《说文》："晋东郭氏上书于献公，公曰：'肉食者已虑之矣。'对曰：'忽使肉食失计于庙堂，藿食宁得不肝脑涂地也。'"

今译

命车登上北邙山，伫立良久望城郭。里巷住宅多繁盛，街道纵横互交错。甲宅门楼高高竿，内室深深连阿阁。曲池之水多澄澈，两岸花草夹清波。屋檐深邃列绮窗，屋内幽香掩幔罗。美貌随着颜色升，哀音伴着衰容作。人生的确如行走，容颜随着年零落。善哉诸位高贵者，养生之道奥且博。安逸消耗人元气，酒色如毒贪不得。不要仰仗肉食餐，耻笑野菜葵与藿。

齐　讴　行五言

题解

乐府杂曲歌辞有《齐讴行》。《汉书》颜师古注曰："讴齐歌谓齐声而歌，或曰齐地之歌。"《齐讴行》为陆机作平原内史时所作，备言齐地形胜物产兴废等。

原文

营丘负海曲[1]，沃野爽且平[2]。洪川控河济[3]，崇山入高冥[4]。东被姑尤侧[5]，南界聊摄城[6]。海物错万类[7]，陆产尚千名[8]。孟诸吞楚梦[9]，百二侔秦京[10]。惟师恢东表[11]，桓后定周倾[12]。天道有迭代[13]，人道无久盈[14]。鄙哉牛山叹[15]，未及至人情[16]。爽鸠苟且徂[17]，吾子安得停。行行将复去[18]，长存非所营。

注释

〔1〕营丘：地名。公元前十一世纪，周封太公吕尚于齐（在今山东北部），建都营丘，后称临淄，即今山东淄博市。　海曲：海湾。指今渤海湾。　负：背。

〔2〕爽：干爽。

〔3〕洪川：大河。　控：引。　河、济：二水名。李善注引《战国策》："苏秦曰：'齐有清济浊河。'"

〔4〕崇山：高山。　高冥：极高之处。

〔5〕被：及。此为临界。姑尤：水名。《左传·昭二十年》："聊摄以东，姑尤以西。"姑，大沽河；尤，小沽河，是沽河上流的二支，在今山东东部。春秋为齐国的东界。

〔6〕聊、摄：地名。春秋为齐国的西界。古聊城在今山东省聊城县西北；古摄城在今山东茌平县西。

〔7〕错：交错，错杂。

〔8〕尚：超过。

〔9〕孟诸：春秋齐国大泽名。　楚梦：指楚国的云梦泽。

〔10〕百二侔秦京：言齐地占天下百分之二十，与秦国相等。百二，《史记·高祖本纪》："秦形胜之国，带河山之险，县隔千里，持戟百万，秦得百二焉。"《索隐》："虞喜云：百二者，得百之二。言诸侯持戟百万，秦地险固，一倍于天下，故云得百二焉，言倍之也。盖秦兵当二百万也。"此指齐地所占天下之数。侔，相

等。　秦京:指秦国。"京"以协韵。

〔11〕师:太师,官名。此指吕尚,俗称姜太公。　惟:语首助词,无义。《诗经·大明》:"惟师尚父,时维鹰扬。"　恢:恢弘,弘扬。指威德。　表:指疆界。恢东表,指太公封齐建国之事。《左传·襄公二十九年》:"季公子请观于周乐,为歌齐曰:表东海者其太公乎?"

〔12〕桓后:指齐桓公。后,国君。　定周倾:吕延济注:"齐桓公九合诸侯,一匡天下,故云定周倾也。"

〔13〕迭代:交替。

〔14〕盈:满。

〔15〕鄙哉:带有轻贱意味的感叹词。　牛山叹:据《晏子春秋·内篇谏上》载,齐景公游牛首山,北临其国城,流涕曰:若何去此而死乎! 艾孔、梁丘据皆泣,晏子独笑。会收涕而问之。晏子曰:假使贤者常守,则太公、桓公将常守之;假使勇者常守,则灵公、庄公将常守之。数君常守,则吾君安得此位而立焉? 独欲常守而悲其去,故为不仁。见不仁君一,见谄谀之臣二,故独笑也。牛山,李善注为牛首山。

〔16〕至人:返朴归真之人。李善注引《庄子》:"不离于真,谓之至人。"

〔17〕爽鸠:相传上古少皞时掌管刑法的官。《左传·昭公十七年》:"祝鸠氏,司待也;鴡鸠氏,司马也;鸤鸠氏,司空也;爽鸠氏,司寇也;鹘鸠氏,司事也。"爽鸠,亦为复姓。李善注引《左传》曰:"齐侯饮酒乐。公曰:'古而无死,其乐若何?'晏子对曰:'古而无死,古之乐也,君何得焉? 爽鸠氏始居此地,季荝因之,而逢伯凌因之,蒲姑氏因之,而太公因之。古若无死,爽鸠氏之乐,非君所愿也。'"　吾子:此指齐侯。以上四句用晏子讥牛山之叹、饮酒之乐的典故,说明天道人道皆在变易不居之理。

〔18〕行行:不停地走。

今译

营丘背靠大海湾,沃野干爽又平坦。洪川引来济河水,大山高崇入云端。东以姑尤水为界,南以聊摄分界限。海物错综上万类,陆产品名超过千。孟诸足吞云梦泽,地大相等于西秦。太公吕尚始封国,齐桓为周挽狂澜。自然之道有更替,人事岂能常圆满。可叹景公牛山泣，不如至人心豁然。爽鸠尚且成过去，齐侯怎能停不前。走啊走啊将离去，长生终难如人愿。

长安有狭邪行五言

乐府相和歌辞清调曲有《长安有狭邪行》题。狭邪，又作"狭斜"，为小街曲巷。梁代顾野王《长安有狭邪行》云："长安有狭斜，狭斜不容车。"乐府旧题《长安有狭邪行》，言世路险狭邪僻，正直之士无所容。陆机只沿旧题，另立新意。

从诗的内容看，应为初入洛时所作。陆机乃东吴元勋之后，所谓"文武奕叶，将相连华"，且又袭领牙门将。吴灭入洛，自然不是件愉快的事。他在《与弟清河云诗序》中说："余弱年早孤，与弟士龙衔恤荼庭，会逼王命，……悼心告别。"说明机、云离吴入洛，实逼王命，并非本意。

本诗先写京洛豪彦的形貌排场，一副踌躇满志的神态。后写豪彦旧亲对倦游客的规劝，活画出俗世名利徒的声口。结末两句为诗人自述之辞，应酬之中暗含厌倦之情。

全诗是对趋时得势者的反讽，也是诗人入洛之后内心矛盾的表露。

原文

伊洛有歧路[1]，歧路交朱轮[2]。轻盖承华景[3]，腾步蹑飞尘[4]。鸣玉岂朴儒[5]，凭轼皆俊民[6]。烈心励劲秋[7]，丽服鲜芳春[8]。余本倦游客[9]，豪彦多旧亲[10]。倾盖承芳讯[11]，欲鸣当及晨[12]。守一不足矜[13]，歧路良可遵。规行无旷迹[14]，矩步岂逮人[15]。投足绪已尔[16]，四时不必循[17]。将遂殊涂轨，要予同归津[18]。

注释

〔1〕伊洛：伊水和洛水，此指晋都洛阳。 歧路：岔路。

〔2〕朱轮：红色的车轮。权贵往往将车轮涂红。

〔3〕轻盖：轻便的车盖。 华景：日光。

〔4〕蹑飞尘：言车马行进疾速。蹑，踏。

〔5〕鸣玉：古人佩带在腰间的玉饰，行走时相击发声。《国语·楚下》："赵简子鸣玉以相。"此指佩带鸣玉之人。 朴儒：经学家。朴，朴学。《汉书·欧阳生传》："（倪）宽有俊材，初见武帝语经学。上曰：'吾以《尚书》为朴学。'"后来泛指经学为朴学。

〔6〕轼：设在车箱前面供人依凭的横木，其形如半框，有三面。 俊民：贤明的人。

〔7〕烈心：刚烈之心。此指仕进之心。 厉，严。 劲秋：秋有肃杀之气，故称。

〔8〕丽服：华丽的服装。 芳春：百花盛开的春天。

〔9〕倦游：倦于游宦。此指仕途不如意者。《史记·司马相如传》："长卿故倦游。"

〔10〕豪彦：俊杰。

〔11〕倾盖：路上相遇，停车而语，车盖相近。《家语》："孔子之郯，遭程子于涂，倾盖而语。"盖，车盖。 芳讯：美言。

〔12〕欲鸣当及晨：雄鸡应旦而鸣，喻人及时而仕。及晨，及时。

〔13〕守一：执一，专一。指坚守信义而不改变。《汉书·严安传》："故守一而不变者，未睹治之至也。" 矜：骄矜。

〔14〕规行、矩步：循规蹈矩。指守一。 旷迹：远大前途。

〔15〕逮人：及人。人，指趋时用势之人。

〔16〕投足：踏足。此指追随、向慕。 绪：绪事。此指前事。 已尔：终止。

〔17〕四时不必循：李善注："四时异节，不必相循。"

〔18〕要：邀。 予：一作"子"。从全诗意脉和古诗结构惯例看"予"近是。

结末两句实为诗人自述之辞,即芳讯之答语。　津:渡口,此指会合之处。

今译

京城洛阳有歧路,歧路朱轮交相奔。轻轻车盖映白日,马蹄翻
腾踏飞尘。身佩鸣玉岂旧儒,凭轼前瞻皆英俊。仕进之心胜劲秋,
华服更比芳春新。官场失意思退隐,俊杰之中多旧亲。路遇倾盖所
规劝,劝我欲鸣趁清晨。信义专一不足矜,歧路另有道可遵。循规
而行难至远,蹈矩岂能及时人。追随前贤已终止,四季交替莫守循。
将依殊途车马迹,相约与我同归程。

长　歌　行五言

题解

姜亮夫《陆平原年谱》云:"'容华夙夜零,体泽坐自捐','但恨
功名薄,行帛无所宣',在太子舍人任前之作也。"郝立权《陆士衡诗
注》云:"乐府相和歌辞平调曲有《长歌行》。乐府解题曰:'青青园
中葵,朝露待日晞',言芳华不久,无至老大乃伤悲也。陆机诗:'逝
矣经天日,悲哉地带川',亦言人运短促,当乘间长歌,与古辞合。"

原文

逝矣经天日[1],悲哉带地川[2]。寸阴无停晷[3],尺波岂
徒旋[4]。年往迅劲矢[5],时来亮急弦[6]。远期鲜克及[7],
盈数固希全。容华夙夜零[8],体泽坐自捐[9]。兹物苟难
停[10],吾寿安得延[11]。俯仰逝将过[12],倏忽几何间[13],慷
慨亦焉诉[14],天道良自然[15]。但恨功名薄[16],竹帛无所
宣[17]。迨及岁未暮[18],长歌承我闲[19]。

注释

〔1〕经天:运行于天。

〔2〕带地:流经于地。带,围绕。 川:河流。李善注引范晔《后汉书》:"上党太守田邑《与冯衍书》曰:'日月经天,河海带地。'"

〔3〕晷(guǐ 鬼):日影,引申为时光。

〔4〕旋:回流。以上二句比喻岁月流逝,时光难再。

〔5〕劲矢:疾飞之箭。

〔6〕亮:信,确。 急弦:节奏急速弦乐。

〔7〕远期:百岁。鲜:少。 克:能。 盈:满。希全:很少如愿。希,"通稀",少。李善注引《管子》:"任之重者莫如身,期之远者莫如年。"又引《左氏传》:"卜偃曰:'万,盈数也。'"然此之盈数谓百年也。李周翰注"远期"二句:"远期谓上寿百二十岁,及此期者,少能有之。满盈此数者,因希全矣。希,少也。希全谓无一也。"

〔8〕容华:容颜。 夙夜:早晚。言时间短促。 零:凋零。

〔9〕体泽:皮肤的光泽。 坐:自然而然,无故。李善注:"无故自捐曰坐也。" 自捐:指自身衰老。捐,弃。

〔10〕兹物:指容华、体泽。 苟:且。

〔11〕延:长。

〔12〕俯仰:一俯一仰之间,片刻。 逝:往。

〔13〕倏(shū 书)忽:转眼之间。 几何:多少。

〔14〕慷慨:叹息。 焉:何。

〔15〕天道:自然规律。

〔16〕功名薄:功名不大。

〔17〕竹帛:指史籍。古人书写于竹简、素帛之上,故称。 宣:述。

〔18〕迨(dài 代):趁。 暮:喻将老。

〔19〕长歌:曼声歌唱。 承闲:趁闲。

今译

　　日月经天交消逝,江河行地去不还。光阴流转不停息,水波起伏莫回旋。岁往迅疾似飞箭,时来快速如急弦。长寿自来少达到,百岁更其难如愿。容颜日夜凋零老,体肤惟悴自亏损。华容丰体且难留,吾辈寿命怎久延。转瞬之间光阴去,一生匆匆能几年。慷慨叹息何处诉,自然规律使之然。只恨功名太微薄,史籍不载无所传。趁着老迈尚未至,曼声长歌得悠闲。

悲　　哉　　行五言

题解

郝立权《陆士衡诗注》云:"乐府杂曲歌辞有《悲哉行》。《歌录》曰:'《悲哉行》魏明帝造。'《乐府解题》曰:'陆机云游客芳春林,谢灵运云羁人感淑节,皆言客游感物忧思而作也。'"这是入洛后的作品,《陆平原年谱》云:"伤春思乡也。"

本诗确然是陆机入洛后的思乡曲。

开头两句春林之芳与客心之伤相对,提挈全篇。再以八句写洛京春景。和风鲜云,香草鸣禽,声音气味,色彩物态,万类竞发,生机勃放。因为这里一切物象皆有托有寻。后八句抒客心。忧思满怀,孤独愁苦。"目感""耳悲"句表露出主体之情与客体之景的强烈反差。因为这里的抒情主体完全是无托无寻。他托归风以寄言的对象,则只存在于远念之中,杳若飞沉,已经是渺茫虚无了,那就是他伤哉忧思的吴国。

何焯评曰:"缘情绮丽,斯为不负。"是很精到的。

原文

游客芳春林[1],春芳伤客心。和风飞清响[2],鲜云垂薄阴[3]。蕙草饶淑气[4],时鸟多好音[5]。翩翩鸣鸠羽[6],喈嘈仓庚吟[7]。幽兰盈通谷[8]，长秀被高岑[9]。女萝亦有托[10]，蔓葛亦有寻[11]。伤哉游客士，忧思一何深。目感随气草[12]，耳悲咏时禽[13]。寤寐多远念[14]，缅然若飞沈[15]。愿托归风响[16]，寄言遗所钦[17]。

注释

〔1〕游客：羁旅在外的人。　芳春：鸟语花香之春。

〔2〕清响：清越的声音。

〔3〕鲜云：薄云，淡云。

〔4〕蕙草：香草。　淑气：香气。

〔5〕时鸟：春天啼叫之鸟。

〔6〕翾翾：飞翔的样子。　鸣鸠：鸣叫的鸠鸟，盖指斑鸠。

〔7〕嘈嘈：鸟和鸣声。　仓庚：亦作"鸧鹒"、"仓鹒"。即黄莺、黄鹂。

〔8〕幽兰：生于幽深之处的兰草。　盈：满。　通谷：深谷。

〔9〕长秀："草木长茂者"。《李周翰注》被：覆盖。　高岑：高山。岑，小而高的山。

〔10〕女萝：松萝。缘松而长。

〔11〕蔓葛：藤蔓之类的植物。　寻：缘。吕延济注："女萝托松树而长，蔓葛寻山岭而生。言万物皆有依附，而客游独无也。"

〔12〕气草：草随气候而生长，故称。

〔13〕时禽：鸟应时节而鸣，故称。刘良注："草色随气序而生，故目望而怀感也；禽声亦应时月而变，故而闻其悲也。"

〔14〕寤寐：犹言日夜。寤，醒时；寐，睡时。　远念：对远方人的思念。

〔15〕缅然：邈然。遥远的样子。　飞沈：鸟飞鱼潜，杳无踪影。比喻相隔甚远。李善注："飞沈，言殊隔也。"张铣注："其心邈然，若鱼鸟之飞沈，是伤心也。"

〔16〕归风：归返之风，吹往故乡之风。

〔17〕遗(wèi 魏)：致送。　所钦：敬仰之人。

今译

游客远游芳春林，春芳触目伤客心。和风徐徐声清越，轻云片片垂薄阴。蕙草浓郁飘香气，春鸟婉转多好音。鸣鸠翩翩悠然飞，黄鹂喈喈自在吟。兰草芬芳满通谷，草木繁茂覆高岑。女萝绕松有依托，葛蔓缘岑可寄身。伤心最是远游客，一腔忧思多么深。草色应节目感染，鸟鸣依时耳悲闻。日夜思念远方人，鸟飞鱼潜难相寻。愿托归风传音信，寄言致送钦敬人。

吴 趋 行五言

题解

乐府杂题有《吴趋行》。李善注引崔豹《古今注》说："《吴趋曲》，吴人以歌其地也。"姜亮夫《陆平原年谱》说："《吴趋行》，初入洛时见轻中原，乃为此以自况也。"陆机出身于东吴的豪门贵族，所谓"文武奕叶，将相连华"；吴灭，陆氏兄弟应"时命"，离开东吴故地到晋都洛阳。中原赏识者有之，如张华。陆机入洛"造太常张华，华素重其名，如旧相识，曰：'伐吴之役，利获二俊'。"然轻慢者亦有之。"范阳卢志于众中问机曰：'陆逊、陆抗，于君近远？'机曰：'如君于卢毓、卢挺。'志默然。既起，云谓机曰：'殊邦遐远，容不相悉，何至于此？'机曰：'我父祖名播四海，宁不知耶？'"（事见《晋书》陆机本传）陆家之穷达荣辱，都与孙吴政权血肉相连。《吴趋日行》是对东吴风物历史的赞歌，也是对先贤与祖德的追慕，歌颂东吴也包含歌颂自己。陆机用吴曲咏吴地，确有自况之意。

原文

楚妃且勿叹[1]，齐娥且莫讴[2]。四座并清听[3]，听我歌吴趋^[4]。吴趋自有始,请从昌门起^[5]。昌门何峨峨,飞阁跨通波^[6]。重栾承游极^[7],回轩启曲阿^[8]。蔼蔼庆云被^[9],泠泠祥风过^[10]。山泽多藏育,土风清且嘉^[11]。泰伯导仁风,仲雍扬其波^[12]。穆穆延陵子^[13],灼灼光诸华^[14]。王迹陨阳九^[15],帝功兴四遐^[16]。大皇自富春^[17],矫手顿世罗^[18]。邦彦应运兴^[19],粲若春林葩^[20]。属城咸有士^[21],吴邑最为多^[22]。八族未足侈^[23],四姓实名家^[24]。文德熙淳懿^[25],武功侔山河^[26]。礼让何济济^[27],流化自滂沱^[28]。淑美难穷纪^[29],商榷为此歌^[30]。

注释

〔1〕楚妃:樊姬。李善注引《歌录》曰:"石崇《楚妃叹》曰:歌辞《楚妃叹》,莫知其所由。楚之贤妃能立德著勋,垂名于后,唯樊姬焉。故今叹咏之声,永世不绝。"

〔2〕齐娥:齐后。 讴:歌唱。

〔3〕清听:静听。

〔4〕吴趋:即《吴趋曲》。李善注引《古今注》曰:"《吴趋曲》,吴人以歌其地也。"

〔5〕昌门:吴之宫门,相传吴王阖闾所建,名为闾阖门。

〔6〕峨峨:高峻的样子。 飞阁:架空建筑的阁道。通波:指连通大海之河道。《西都赋》曰:"与海通波。"李善注曰:"与海通其波澜。"

〔7〕栾:承受梁的曲木,在斗拱之上。 游极:浮梁。极,梁。

〔8〕回轩:长窗。 启:开。 曲阿:屋或廊的曲角。阿,角。

〔9〕蔼蔼:烟云迷漫的样子。 庆云:一种彩云。古人迷信,以为祥瑞之气。《汉书·天文志》:"若烟非烟,若云非云,郁郁纷纷,肃索轮囷,是谓庆云。"《礼乐志》:"甘露降,庆云集。" 被:覆盖,笼罩。

〔10〕泠泠:风声。 祥风:和风。 《东都赋》:"习习祥风,祁祁甘雨。"

〔11〕藏育:蕴藏,出产。 土风:本乡的歌谣。《左传·成公九年》:"乐操土风,不忘旧也。" 嘉:美善。

〔12〕泰伯:周先祖太王长子。　仁风:仁义之风。　仲雍:泰伯的弟弟。据《史记·吴太伯世家》载,周先祖太王欲传位给季历(周文王之父),太伯与仲雍避居江南,断发文身,开发吴地,为吴国统治家族的始祖。"泰伯导仁风,仲雍扬其波",即指此。

〔13〕穆穆:仪表美好,容止端庄。　延陵子:吴公子季札。季札为吴王寿梦之季子,寿梦欲传位给他,辞不受。封于延陵,故称延陵季子,亦称延陵子。

〔14〕灼灼:光彩焕发的样子。　诸华:华夏诸国。指春秋中原各姬姓诸侯。

〔15〕王迹:王业。　陨(tuí 颓):坠落,引申为衰败。　阳九:指灾难之年或厄运。古代术数家的说法,四千六百一十七岁为一元,初入元一百零六岁,外有灾岁九,故称阳九。

〔16〕帝功:帝王之功勋。　四遐:极远的四方。遐,遥远。

〔17〕大皇:李善注引《吴志》:"孙权,字仲谋,吴富春人也。薨,谥曰大皇帝。"

〔18〕矫手:举手。矫,举。　顿:整顿。　世罗:皇纲,朝纲。

〔19〕邦彦:国之贤才。彦,旧时士之美称。　应运:顺应时机。

〔20〕春林:春天的树林。　葩(pā 趴):花。

〔21〕属城:所管辖的县邑。　咸:皆,都。

〔22〕吴邑:吴国都城。邑,都城。

〔23〕八族:李善注引《吴录》:"八族,陈、桓、吕、窦、公孙、司马、徐、傅也。"侈:夸耀。

〔24〕四姓:李善注引《吴录》:"四姓,朱、张、顾、陆也。"　名家:指豪杰之家。

〔25〕文德:与"武功"相对,指礼义教化。文德、武功为统治国家的两种手段。李善注引曹植令:"相者文德昭,将者武功烈。"　熙:兴盛。　淳懿(yì义):厚美。

〔26〕侔(móu 谋):相等。

〔27〕礼让:以礼节治民心,让则不争。　济济:形容众多。

〔28〕流化:广施教化。　滂沱:大雨纷下的样子。

〔29〕淑美:指美好的事物,美好的德行。　纪:录,记载。

〔30〕商榷(què 确):粗略,大略。

今译

楚妃暂且莫吟咏,齐娥歌声也暂停。恭请四座静耳听,听我开口唱吴曲。吴地歌谣自有始,请从阊门歌唱起。高大阊门多巍峨,飞阁跨河通海波。重栾托起悬空梁,屋之角落开长窗。祥云笼罩暮蔼蔼,和风吹过响泠泠。高山大泽物产多,乡土歌谣清又美。泰伯开创仁义风,仲雍发扬如流水。举止端庄吴季札,灼灼光辉照华夏。阳九厄运王业颓,创立帝业兴四方。仲谋起自富春江,开始动手理朝纲。海内贤才应时起,灿烂花开春林里。所管县邑尽人才,人才最多属吴邑。八大家族不足夸,四姓才是英豪家。文教美好多兴盛,武功能同山河比。礼让美德何其盛,教化流布如春雨。诸多美事难尽录,粗略歌唱为此曲。

<h2 style="text-align:center">短　歌　行四言</h2>

题解

姜亮夫《陆平原年谱》云:"伤逝及时行乐,初入洛时作也。"郝立权《陆士衡诗注》云:"乐府相和歌辞平调曲有《短歌行》,《乐府解题》曰:'《短歌行》魏武帝对酒当歌,人生几何;晋陆机置酒高堂,悲歌临觞,皆言当及时为乐也。'"

原文

置酒高堂[1],悲歌临觞[2]。人寿几何,逝如朝霜[3]。时无重至,华不再扬[4]。蘋以春晖,兰以秋芳[5]。来日苦短,去日苦长[6]。今我不乐,蟋蟀在房[7]。乐以会兴[8],悲以别章[9]。岂曰无感[10],忧为子忘[11]。我酒既旨[12],我肴既臧[13]。短歌有咏,长夜无荒[14]。

注释

〔1〕高堂:高大的厅堂。多为宴请宾客的地方。 左思《蜀都赋》:"置酒高堂,以御嘉宾。"

〔2〕悲歌:因悲而歌。李善注引王逸《楚辞》注:"悲歌,言愁思也。" 临觞:举杯。

〔3〕朝霜:形容人生短暂。曹植《送应氏诗》:"人寿若朝霜。"刘良注:"言人寿促也。朝霜见日而消。"

〔4〕时:光阴。 华:花。 扬:开放。吕延济注:"言一岁之内,时之一过无有重来者,花一落无有再发者。以喻一生之中,年一衰者,无复少年矣。"李善本作"阳"从五臣注本。

〔5〕蘋(pín 贫):植物名。吕向注:"蘋生于春,兰茂于秋。荣华有时,反复相代。"

〔6〕来日:未来的时间。去日:过去的时间。 苦:忧苦。李周翰注:"将之日苦少,已去之日苦多,谓渐老也。"

〔7〕蟋蟀在房:指岁暮。《诗经·唐风·蟋蟀》:"蟋蟀在堂,岁聿其莫。今我不乐,日月其除。"蟋蟀本在野外,进入房里说明岁末天寒。此以岁暮喻年老。意谓不及时行乐就要到老年。

〔8〕会:聚会。 兴:起。

〔9〕别:别离。 章:通"彰",彰明。吕向注"乐以"二句:"欢会则起其乐,别离则明其悲。"

〔10〕感:指感叹人生短促。

〔11〕子:指相知之友。忧为子忘,即为子忘忧,为与知己欢聚而忘记人生短促。

〔12〕旨:美。

〔13〕臧:善。

〔14〕无荒:无废,不停止。以上两句意思说咏歌饮酒,长夜不停,尽情享乐。

今译

摆上美酒在厅堂,愁思缕缕举酒浆。人生在世能几时,忽然逝去如晨霜。时光流逝不再来,花落不再重开放。蘋于三春放光彩,兰于金秋吐芬芳。余下时光苦其短,逝去时光苦其长。如今我不及时乐,秋至蟋蟀进入房。欢乐都因相聚兴,悲歌皆为别离唱。怎说不为短促叹,与君欢聚忧思忘。我的好酒真醇美,我的佳肴味道香。相与痛饮咏短歌,长夜享乐永不停。

日出东南隅行五言

题解

乐府相和歌辞有《日出东南隅行》。李善注:"(《日出东南隅行》)或曰《罗敷艳歌》。崔豹《古今注》曰:'《陌上桑》者,出秦氏女也。秦氏,邯郸人,有女名罗敷,嫁为邑人千乘王仁为妻。王仁后为赵王家令。罗敷出采桑于陌上,赵王登台见而悦之,因饮酒欲夺焉。罗敷巧弹筝,乃作《陌上之歌》以自明焉。'"

陆诗明显受《陌上桑》影响,头两句就是从"日出东南隅,照我秦氏楼"的句子中脱胎出来的。不同的是,《陌上桑》是一首故事诗;陆机的《日出东南隅行》则是一幅美女游春图。前者为独秀,后者则为群美;前者重点在情节,后者色彩见丹青;前者富于戏剧性,后者富于音乐(乐舞合一)性。这是陆机描绘音乐舞蹈之美的杰作,与傅毅之《舞赋》难分轩轾。

原文

扶桑升朝晖[1],照此高台端[2]。高台多妖丽[3],浚房出清颜[4]。淑貌耀皎日[5],惠心清且闲[6]。美目扬玉泽[7],蛾眉象翠翰[8]。鲜肤一何润[9],秀色若可餐[10]。窈窕多容仪[11],婉媚巧笑言[12]。暮春春服成[13],粲粲绮与纨[14]。

金雀垂藻翘[15]，琼佩结瑶璠[16]。方驾扬清尘[17]，濯足洛水澜[18]。蔼蔼风云会[19]，佳人一何繁[20]。南崖充罗幕[21]，北渚盈轷轩[22]。清川含藻景[23]，高崖被华丹[24]。馥馥芳袖挥[25]，泠泠纤指弹[26]。悲歌吐清响[27]，雅舞播幽兰[28]。丹唇含九秋[29]，妍迹陵七盘[30]。赴曲迅惊鸿[31]，蹠节如集鸾[32]。绮态随颜变[33]，沉姿无乏原[34]。俯仰纷阿那[35]，顾步咸可欢[36]。遗芳结飞飙[37]，浮景映清湍[38]。冶容不足咏[39]，春游良可叹[40]。

注释

〔1〕扶桑：神木名。传说日出其下。此指太阳升起之处。《淮南子·天文》："日出于旸谷，浴于咸池，拂于扶桑，是谓晨明。" 朝晖：朝阳。

〔2〕端：李周翰注："端，上也。"

〔3〕妖丽：妖冶艳丽。

〔4〕浚(jùn 俊)房：深闺。 清颜：白净的容颜。

〔5〕淑貌：美貌。 皎日：白日。

〔6〕惠心：美好善良的心地。 清闲：清静悠闲。

〔7〕玉泽：玉石的光辉。

〔8〕蛾眉：蚕蛾的触须弯曲而细长，如人的眉毛，故以此比喻女子长而美的眉毛。 翠翰：翡翠鸟的羽毛。翰，羽毛。

〔9〕鲜肤：鲜嫩的皮肤。 润：温润，不燥。指有光泽。

〔10〕秀色：美色。

〔11〕窈窕(yǎo tiǎo 咬挑)：美好的样子。 容仪：容貌与仪表。

〔12〕婉媚：温柔悦人。 巧笑：美丽动人的笑貌。《诗经·卫风·硕人》："巧笑倩兮，美目盼兮。"

〔13〕春服：春天的衣服。《论语·先进》："莫春者，春服既成。"《集注》："春服，单袷之衣。"春服成，即春服既成，穿上了春服。

〔14〕粲粲：鲜明的样子。《诗经·大东》："西人之子，粲粲衣服。" 绮(qǐ起)：素地织文起花的丝织品。织采为文曰锦，织素为文曰绮。 纨(wán 丸)：

白色细绢。

〔15〕金雀:首饰名。　藻翘:有花纹的羽翼。

〔16〕琼佩(qióng pèi 穷佩):美玉制成的佩饰物。　瑶璠(yáo fán 姚繁):美玉。

〔17〕方驾:并驾。　清尘:车后扬起的尘埃。清,美言之。《汉书·司马相如传》:"犯属车之清尘。"《注》:"尘谓行起尘也。言清者,尊贵之意也。"

〔18〕濯(zhuó 浊):洗涤。　澜:波。

〔19〕蔼蔼:繁盛的样子。　风云:如风起云集,形容繁多。　会:集。

〔20〕一何:何其,多么。

〔21〕崖:岸。　充:满。　罗幕:丝织的帷幕,此指妇女乘坐的有帷幕的车。

〔22〕渚(zhǔ 主):水中的小洲。　軿(píng 平):古代贵族妇女乘有帷幕的车。李善注:"軿,衣车也。"

〔23〕清川:清澈的河流。　藻景:花影。景同"影"。

〔24〕高崖:高高的河崖。　被:覆盖。　华丹:红花。

〔25〕馥馥(fù 负):香气。

〔26〕泠泠(líng 灵):象声词。弹拨乐器声。　纤:细。

〔27〕悲歌:动人的歌曲。悲,动人。陆机《文赋》:"犹弦么而徽急,故虽和而不悲。"　清响:清越之音响。嵇康《琴赋》:"激清响以赴会,何弦歌之绸缪。"

〔28〕雅舞:李善注:言其舞则应雅乐也。　播:扬。　幽兰:曲名。

〔29〕丹唇:红润的嘴唇。曹植《洛神赋》:"丹唇外朗。"　九秋:曲名。张衡《南都赋》:"结九秋之增伤,怨西荆之折盘。"

〔30〕妍迹:指美好的舞姿。　陵:登,此为跳舞之跳。　七盘:楚舞名。李善《甫都赋》注:"张衡有《七盘舞赋》,咸以折盘为七盘也。"

〔31〕赴曲:踏着乐曲拍节起舞。　迅:轻捷。　惊鸿:受惊之雁,此形容舞姿美。

〔32〕蹈节:踏着节拍。　集鸾:攒集的鸾鸟。亦形容舞姿。鸾,传说中的凤凰类。

〔33〕绮态:美态。

〔34〕沉姿:优美的姿态。　乏:李善注:"乏,或为定。"吕向注"绮态"二句:"绮美之态随舞容而有沈深之姿,纵横而出,其源不定。""沈姿无乏源",言千姿百态,变化无穷。

〔35〕纷:繁多。　阿那:亦作"婀娜",轻盈柔美的样子。

〔36〕顾:视。　步:徐行。　咸:皆。

〔37〕遗芳:散发的香气。　飞飙:扶摇而上的风。

〔38〕浮景:浮影。景,同"影"。　清湍:清澈急流之水。张铣注:"舞影映于波澜。"

〔39〕冶容:妖冶之姿容。李善注引《周易》:"慢藏诲盗,冶容诲淫。"　不足:不厌,不尽。

〔40〕叹:叹美。以上两句意思说美女姿容歌咏不尽,春游盛况也赞叹不完。

今译

一轮红日出扶桑,红日照在高台上。高台之上多佳丽,窈窕淑女出闺房。美貌明净映朝日,清静悠闲心善良。一双美目玉生辉,两道蛾眉翠羽长。细皮嫩肉多滑腻,秀色仿佛食也香。身段苗条容仪美,倩姿妩媚笑声扬。暮春时节着春装,绮纨灿灿生辉光。金雀钗头缀彩羽,琼佩装饰垂玉珰。车马并行清尘起,洗足洛水波澜漾。济济来此如云集,佳人一何多成行。南岸充满罗帷幕,北渚轩车联似墙。彩影映照清河里,红花长满高岸旁。香气郁郁挥彩袖,纤指泠泠弹琴响。歌声动人音清越,雅曲《幽兰》伴舞扬。丹唇微露唱《九秋》,舞姿优美跳《七盘》。随曲急旋似惊鸣,踏节攒集如凤翔。美态随着舞容变,柔姿圆转无定向。前俯后仰身段美,舞步徘徊皆可观。飘香缕缕随风飞,舞动浮影印清泉。姿容妖冶咏不尽,芳春春游实可叹。

前缓声歌五言

题解

姜亮夫《陆平原年谱》,将此诗列入尚无法确定写作时间的作品一栏里。这是一首游仙之作。郝立权《陆士衡诗注》云:"乐府杂曲歌辞有《前缓声歌》。郭茂倩曰:'游仙聚灵族,高会曾城阿',言将前慕仙游,冀命长缓,故流声于歌曲也。"

原文

游仙聚灵族[1],高会曾城阿[2]。长风万里举[3],庆云郁嵯峨[4]。宓妃兴洛浦[5],王韩起太华[6]。北征瑶台女[7],南要湘川娥[8]。肃肃霄驾动[9],翩翩翠盖罗[10]。羽旗栖琼鸾[11],玉衡吐鸣和[12]。太容挥高弦[13],洪崖发清歌[14]。献酬既已周[15],轻举乘紫霞[16]。总辔扶桑枝[17],濯足汤谷波[18]。清辉溢天门[19],垂庆惠皇家[20]。

注释

〔1〕游仙:游乐的仙人。 灵族:神灵之族类。

〔2〕高会:聚会。 曾城:传说中昆仑山顶西王母所居的仙都。《后汉书·张衡传》:"登阆风之曾城兮,构不死而为床。"《注》引《淮南子》:"昆仑山有曾城九重,高万一千里,上有不死树在其西。" 阿:曲隅,角落。

〔3〕举:起飞。

〔4〕庆云:祥云,瑞云。《汉书·天文志》:"若烟非烟,若云非云,郁郁纷纷,萧索轮囷,是谓庆云。" 郁:繁茂的样子。 嵯峨(cuó é):山高峻的样子。此形容云积如山。

〔5〕宓(fú服)妃:洛水之神。《史记·司马相如传》《索隐》引如淳:"宓妃,伏羲女,溺死洛水,遂为洛水之神。" 兴:起。 洛浦:洛水之滨。浦,水滨。

〔6〕王:王子晋,周灵王太子。古仙人。据《列仙传》:王子乔者,太子晋也,道人浮丘公接以上嵩山。后人因以王子晋仙去。 韩:韩众,又名韩终,仙人名。屈原《远游》:"奇傅说之托辰星兮,羡韩众之得一。"《注》:"众,一作终。"宋洪兴祖《补注》:"《列仙传》:'齐人韩终为王采药,王不肯服,终自服之,遂得仙也。'" 太华:华山,在陕西渭南县东南。因华山西有少华山,故称华山为太华。

〔7〕征:召。 瑶台:古人想象中的神仙居处。瑶台女,即仙女。

〔8〕要:邀。 湘川:指湘水。湘川娥,指尧二女娥皇和女英,坠湘水而死,为湘水之神。

〔9〕肃肃:行走疾速的样子。《诗经·小星》:"肃肃宵征。" 霄驾:云驾。指驾云而行。

〔10〕翩翩:轻盈的样子。 翠盖:翡翠鸟羽的车盖。 罗:列。

〔11〕羽旗:以羽为饰之旌旗。 琼鸾:美玉制的凤鸟。李善注:"羽旗琼鸾,以琼为鸾,以施于旗上。鸾,鸟,故曰栖。"

〔12〕玉衡:以玉为饰的车衡。刘向《九叹·远逝》:"枉玉衡于炎火。"衡,车辕头上的衡木。和:指玉衡上的金铃。李善注引郑玄《周礼注》:"銮、和,皆以金为铃也。"

〔13〕太容:传说黄帝的乐师。张衡《思玄赋》:"素女抚弦而余音兮,太容吟曰念哉。" 高弦:绷紧的琴瑟之弦。吕向注:"高弦,谓高张琴瑟弦也。"

〔14〕洪崖:传说中的仙人。即黄帝的臣子伶伦。帝尧时已三千岁,仙号洪崖。崖,亦作"涯",郭璞《游仙诗》:"左挹浮丘袖,右拍洪崖肩。" 清歌:清亮的歌声。

〔15〕献酬:饮酒相酬劝。《诗经·小雅·楚茨》:"为宾为客,献酬交错。"周:全,完毕。

〔16〕轻举:轻身而起。曹植《仙人篇》:"万里不足步,轻举凌太虚。" 紫霞:祥瑞的云霞。

〔17〕总辔:收紧马缰绳,使车马驰行。总,束。辔,马缰绳。 扶桑:神话中的树木名,指日升起处。《山海经·海外东经》:"汤谷上有扶桑,十日所浴。"郭璞注:"扶桑,木也。"

〔18〕汤(yáng 羊)谷:亦作"旸谷"。古代传说中的日出之处。屈原《天问》:"(日)出自汤谷,次于蒙汜,自明及晦,所行几里?"

〔19〕清辉:亦作"清晖"。清亮的光辉,光采。 天门:李善引高诱注:"天门,上帝所居紫宫门也。"

〔20〕垂庆:降福。 惠:赐予。李周翰注"清辉"二句:"群仙飞举,溢满天门,垂降庆福,惠赐我皇家。"

今译

神仙游乐聚众仙,众仙聚会曾城巅。长风万里飘飘起,祥云郁郁峻如山。宓妃升起洛水滨,王韩腾飞于华山。北召仙女在瑶台,南邀娥皇自湘川。仙驾疾飞云天上,车盖轻盈如星罗。羽旗杆头饰玉凤,玉衡金铃声谐合。太容挥手弹高弦,洪崖放声唱清歌。宴饮相酬已完毕,腾云驾雾轻婆娑。车马飞越扶桑枝,洗足旸谷清水波。仙人灵光满天门,降福皇家气象多。

塘 上 行五言

题解

李善注引《歌录》曰:"《塘上行》,古辞。或云甄皇后造,或云魏文帝,或云武帝。歌曰:'蒲生我池中,叶何一离离。'"姜亮夫《陆平原年谱》云:"自伤暮景也。疑去太子舍人时作。"

晋惠帝元康元年(291),杨骏诛,"徵机为太子洗马。""元康初,拜太子舍人。"元康四年(294),吴王晏出镇淮南,陆机、陆云同拜郎中令,从此去天子而事诸侯。《塘上行》盖此时所作。头八句以江蓠为喻,说自己曾由无闻之士征为太子洗马,深受皇恩。中六句,担心"繁华难久鲜",因为"天道有迁易,人理无常全"。最后六句,担心苍蝇般的奸臣在君王面前颠倒黑白,搬弄是非,愿君王广施"末光",使自己晚年亦能安然无恙。

原文

江蓠生幽渚[1],微芳不足宣[2]。被蒙风云会[3],移居华池边[4]。发藻玉台下[5],垂影沧浪泉[6]。沾润既已渥[7]。结根奥且坚[8]。四节逝不处[9],华繁难久鲜[10]。淑气与时殒[11],余芳随风捐[12]。天道有迁易[13],人理无常全[14]。男欢智倾愚[15],女爱衰避妍[16]。不惜微躯退,但惧苍蝇前^{〔17〕}。愿君广末光^{〔18〕},照妾薄暮年^{〔19〕}。

注释

〔1〕江蓠:香草,似水荠。 幽渚:幽静的小洲。

〔2〕宣:传播,布散。

〔3〕风云:此指随风云飘浮。 会:指际遇。

〔4〕华池:花池。

〔5〕发藻:开花。 玉台:玉砌之台。

〔6〕沧浪:深青色的波浪。

〔7〕沾润:雨露滋润。 渥(wò 握):厚。

〔8〕奥:深。

〔9〕四节:四季。

〔10〕华:同"花"。"四节"两句言四季运行,交替不停,故鲜花不可能长开不败。

〔11〕淑气:温馨之气。 殒:落。

〔12〕捐:弃。

〔13〕迁易:变化。

〔14〕人理:人情物理。 常全:长久保全,永恒不变。与"迁易"相对。

〔15〕智倾愚:智愚相欺。李善注引《庄子》:"喜怒相疑,愚智相欺。"形容人间以己为是以彼为非的心理与行为。

〔16〕研:美。以上两句意思说世间多有尔虞我诈,彼此忌恨,故男人常好自以为智,而倾轧其以为愚者,女人则总爱自以为色衰,而回避其美妍者。

〔17〕但惧苍蝇前:李善注引《诗经》郑玄注:"蝇之为虫,污白使黑,污黑使白,喻佞人变乱善恶也。"

〔18〕末光:余光。

〔19〕薄:迫,迫近。 暮年:喻垂老。

今译

　　江蓠生在小洲上,香气微微不足扬。有幸遇上好机会,迁移来到华池旁。花儿开在玉台下,倒影印在沧浪上。雨露滋润既丰厚,扎根泥土深又长。四季交替不停驶，茂枝繁花难久香。香气温馨随时散，余芳伴着流风亡。天道尚且有变故，人理安能无反常。男人智者欺愚者，女性色衰妒红妆。并不吝情贱身退，只怕苍蝇溅污脏。愿君广施剩余辉，照妾将老无祸殃。

（赵福海译注并修订　陈延嘉再修订）

◎ 乐府一首

谢灵运

会 吟 行五言

▓▓ 题解

　　这是一首乐府诗。当为灵运辞永嘉郡守后,居会稽始宁所作。会吟行,乐府杂曲歌辞。《乐府解题》说:"会吟行,其致与吴趋同。"会,指会稽郡(今江苏东部与浙江西部地方)。东汉顺帝永建四年,分会稽为吴郡,此指吴郡未分出时的会稽。因而与吴有关的人物传说亦在诗中。

　　诗人赞美会稽的山川地势,风物人情;缅怀历史传说中与会稽有关的高人贤士。其中,处处寓寄个人的遭际情志。他有政治抱负而不得施展,不得不隐居东山而强作飘逸。此诗正是他以高贤自况,以会稽的人杰地灵自遣自慰心态的流露。

　　本诗铺陈事物,词采艳丽,颇有《二京》、《三都》之遗韵,是乐府广用赋体的一个好例。开头和全诗章法尽摹陆机《吴趋行》,摹仿前贤也是赋家习用之技。

▓▓ 原文

　　六引缓清唱[1],三调伫繁音[2]。列宴皆静寂[3],咸共聆会吟[4]。会吟自有初[5],请从文命敷[6]。敷绩壶冀始[7],刊木至江湄[8]。列宿炳天文[9],负海横地理[10]。连峰竞千仞[11],背流各百里[12]。滮池溉粳稻[13],轻云暧松杞[14]。

两京愧佳丽[15]，三都岂能似[16]。层台指中天[17]，高墉积崇雉[18]。飞燕跃广途[19]，鹢首戏清沚[20]。肆呈窈窕容[21]，路曜便娟子[22]。自来弥年代[23]，贤达不可纪[24]。勾践善废兴[25]，越叟识行止[26]。范蠡出江湖[27]，梅福入城市[28]。东方就旅逸[29]，梁鸿去桑梓[30]。牵缀书土风[31]，辞殚意未已[32]。

注释

〔1〕六引：乐府相和歌的一种。李善注引沈约《宋书》："控揽宫引第一、商引第二、徵引第三、羽引第四。古有六引，其宫引本第二，角引本第四也。并无歌，有弦笛。存声不足，故阙二曲。" 缓：放缓。指休止。 清唱：清美的歌唱。

〔2〕三调：指清调、平调、楚调。皆周房中曲的遗声。 伫(zhù 注)：暂停。繁音：即繁会，错杂的合奏。

〔3〕列宴：指四座。

〔4〕聆：倾耳静听。

〔5〕有初：最初。有，语助词。

〔6〕文命：夏禹名。传说夏禹治水曾至江南，会诸侯计功封爵，后卒于会稽。 敷：广布。指禹疏通九河，广施仁德之事。

〔7〕敷绩：治水施德的功绩。 壶冀：壶，壶口，山名。在山西吉县西南；冀，冀州，古九州之一，其地包括今河北、山西、辽宁辽河以西及河南黄河以北地区。

〔8〕刊木：伐木，以通路。 江汜(sì 四)：长江及其支流。汜，水由主水流出又归入。指会稽郡。

〔9〕列宿(xiù 秀)：众星。 炳：闪烁光辉。 天文：日月星辰等天体在宇宙间运行的现象。此指天空。古时把天上星辰的位置与地上州国的位置相对应。与地对应之星为分星，与星对应之地为分野。这句说与会稽对应的分星。

〔10〕负海：背向东海。 横：纵横交错。 地理：土地山川的环境形势。

〔11〕竞：比赛高低。 千仞：形容山势高峻。古时一仞为七尺或八尺。

〔12〕背流：背向而流。 百里：指曲折有百里之长。

〔13〕滮(biāo 标)池：蓄水灌田的水池。滮，水流鲜活的样子。 粳(jīng

京)稻:粳子和水稻。粳,其米不粘之稻。

〔14〕暧:昏暗,掩映,笼罩。 杞(qǐ启):杞柳。一种树。

〔15〕两京:指两汉的西京长安和东京洛阳。 佳丽:美女。

〔16〕三都:指三国时魏都(河南洛阳)、蜀都(四川成都)和吴都(江苏南京)。

〔17〕层台:高台。 中天:半天空。

〔18〕高墉(yōng庸):高墙。 崇雉(zhì至):城上的高墙。雉,古时城长三丈,高一丈为雉。

〔19〕飞燕:骏马名。李善注引《西京杂记》:"文帝自代还,有良马九匹,一名飞燕骝。" 跃:腾跃。

〔20〕鹢(yì义)首:船头上刻有鹢花纹的船。鹢,水鸟名,形如鹭而大,善翔。 清沚(zhǐ止):指澄清的河川。沚,渚,水边。戏清沚,因鹢鸟而言之,是比喻的说法。

〔21〕肆:街市。 窈窕(yǎo tiǎo咬挑):女人体态美好的样子。

〔22〕曜:照耀。此形容美女光彩照人。 便娟:轻盈美丽的样子。形容女人的身姿。

〔23〕弥:久远。

〔24〕贤达:以才德著称的人。 纪:记载。

〔25〕勾践:春秋时越国国王,被吴王夫差所败,困于会稽之山。用文种、范蠡的计谋,十年生聚,十年教训,终于胜吴,雪会稽之耻。后与中原诸侯争霸。废兴:转败为胜,振兴国家。

〔26〕越叟:越国的一位老人。勾践战败,想到吴国去朝见夫差,一老人劝阻他,不让去。 行止:据客观形式确定自己的行动。李善注引《周易》:"时则止,时行则行,动静不失其时,其道光明。"

〔27〕范蠡:勾践的谋臣,协助句践战胜吴国。事勾践二十余年,越国光复,则引退江湖,历乔至陶,以经商致富。

〔28〕梅福:汉寿春人,字子真。曾上书请求限制王莽的权势。王莽专政后,弃家远遁,至会稽为吴市看门人。

〔29〕东方:东方朔,汉九江人。武帝时上书拜为郎。宣帝时,避乱政而隐去,后在会稽卖药。是《神仙传》中人物。 旅逸:客居而放逸。

〔30〕梁鸿:字伯鸾,东汉扶风人。东出关至吴。在时贤皋伯通处佣工,在

廊下春米度日。伯通奇其才,使之住在家里,著书十余篇。　桑梓:二木名。为古时住宅旁常栽的树木。李善注引《毛诗》:"惟桑与梓,必恭敬止。"借以喻故乡。

〔31〕牵缀:牵连,连带。有顺便谈谈的意思。与"不可纪"前后相应。　土风:乡土风物。

〔32〕辞殚:话尽。　未已:未完。

今译

　　六引的清美演唱已休止,三调的激越合奏也暂停。盛宴宾客都是肃然寂静,大家屏息听我唱会吟行。吟咏会稽历史的原始初,请从夏禹治水颂其德政。他的功绩从壶口冀州始,伐木开山至江滨苦经营。此郡天上分星光辉闪烁,背负东海山水交错纵横。山峰相接连竟比千仞高,江流百里长曲折通八方。池水汩汩流灌溉粳与稻,轻云相缭绕松杞更葱茏。少女各艳丽两京没法比,三都人皆美哪如此多情。高台矗然立直插半天空,城墙高且牢鬼神难攀登。骏马奔驰于广阔的大路,舟船畅行于平湖与大江。街道上妇女婀娜皆动人,大路中姑娘眉眼流波光。自古及今年代实在久远,英雄高贤难以叙述精详。勾践卧薪尝胆越国光复,老人进忠言有超人聪明。范蠡助越胜吴后遁江湖,梅福恨王莽入吴管门廊。东方朔避乱会稽而卖药,梁鸿离乡到此为人佣工。叙会稽乡土风物有挂漏,言辞有尽而情意正无穷。

(陈复兴译注并修订　陈延嘉再修订)

◎ 乐府八首

鲍明远

<h2 align="center">东　武　吟五言</h2>

▨▨▧ 题解

　　南朝诗人之中,鲍照最擅长乐府创作。选词谋篇,俊逸新奇,形象飞动,情韵浓郁。《文选》共录八篇,可见萧统对其高度评价。

　　《东武吟》,古齐地民间歌谣。鲍照袭用其调而作词。本篇以第一人称倾诉一位汉代解甲归里老兵的经历与辛酸。开头两句是引子。"仆本"十四句,叙以前大半生守土拓边戎倥偬的经历。这部分是追忆,按时间顺序(始、后、尽、历)推进。"少壮"八句,叙衰老还乡寂寞孤苦的憾恨。这是现实情景的显现,依空间顺序展示形象(腰镰,倚仗,韝上鹰,槛中猿)。后四句则呼吁当政者推恩施仁,不要忘记这些少壮立功终老落魄的不幸者,饱含了诗人的同情心。

　　诗中假托汉事,讽谕则在刘宋王朝。

▨▨▧ 原文

　　主人且勿喧[1],贱子歌一言[2]:仆本寒乡士[3],出身蒙汉恩[4]。始随张校尉[5],占募到河源[6]。后逐李轻车[7],追虏出塞垣[8]。密涂亘万里[9],宁岁犹七奔[10]。肌力尽鞍甲[11],心思历凉温[12]。将军既下世[13],部曲亦罕存[14]。时事一朝异,孤绩谁复论[15]。少壮辞家去,穷老还入门。腰镰刈葵藿[16],倚杖牧鸡独[17]。昔如韝上鹰[18],今似槛中猿[19]。徒结千载恨[20],空负百年怨[21]。弃席思君幄[22],疲马恋君轩[23]。愿垂晋主惠[24],不愧田子魂[25]。

注释

〔1〕喧:喧哗。

〔2〕贱子:诗人对自己的谦称。

〔3〕仆:我。 寒乡:贫寒的乡土。亦表谦之词。

〔4〕蒙:受。 汉恩:汉朝的恩惠。

〔5〕张校尉:指张骞。骞,西汉成固(今陕西城固)人,曾充校尉,随大将军卫青击匈奴,以知水草所在之处,使军队免于给养困乏。

〔6〕占募:自愿报名响应召募。 河源:黄河的源头。张骞曾有探察河源事。

〔7〕逐:追随。 李轻车:指西汉名将李广从弟李蔡。汉武帝时,蔡曾为轻车将军,击匈奴右贤王有功。

〔8〕虏:敌人。指匈奴。 塞垣:边境上御敌的城墙。指长城。

〔9〕密涂:近路。密,指距离切近。 亘互:绵延。

〔10〕宁岁:安宁的年月。 七奔:七次奔命。奔,指奔命,殊死战斗。

〔11〕肌力:筋力。 鞍甲:马鞍铠甲。指战斗生活。

〔12〕凉温:寒暑。指战场上的艰苦岁月。也暗含世事炎凉之感,一语双关,领起下文。

〔13〕下世:指死亡。

〔14〕部曲:汉代军队的编制单位。将军营下有部,部下有曲,部有校尉,曲有军侯。此指将军统率的兵士。 罕存:很少生存。

〔15〕孤绩:独有的功绩。

〔16〕刈(yì 义):收割。 葵藿(huò 货):皆指野菜。葵,一种野蔬;藿,豆叶,可食。

〔17〕㹠(tún 屯):通"豚"。小猪。

〔18〕鞲(gōu 沟):套在手臂上的革衣,猎鹰立其上,可随时驱使追捕禽兽。今我国西北少数民族和阿拉伯地区的猎人尚用之。此句鞲上鹰,比喻英勇善击的战士。

311

〔19〕槛:圈禽兽的木笼。此句猿在槛中,喻人才智无所施用。

〔20〕徒结:徒然郁结于心。　恨:遗憾,不满。

〔21〕空负:空空地怀有。　怨:怨恨。

〔22〕弃席:被遗弃的草席。此喻被遗弃无闻的老兵。　君幄(wò握):主人的床帐。

〔23〕疲马:疲惫的老马。喻义与"弃席"同。　君轩:主人的轩车。轩,大夫以上所乘的车。

〔24〕晋主惠:此句承"弃席"句,用晋文公事。晋公子重耳(文公)由于宫庭内乱,在外流浪了许多年,即将返国就王位,走到黄河边上发令说:"笾豆捐之,席蓐捐之,手足胼胝,面目黧黑者后之。"他的功臣咎犯听后夜里哭起来。重耳说:"寡人出亡二十年,乃今得反国。咎犯闻之不喜而哭,意者不欲寡人反国邪?"咎犯进谏说:"笾豆所以食也,而君捐之;席蓐所以卧也,而君弃之;手足胼胝,面目黧黑,有功劳者也,而君后之。今臣与在后中,不胜其哀,故哭之。"重耳于是收成命。(据李善注引《韩非子》)　晋主:指晋文公。

〔25〕田子魂:此句承"疲马"句,用魏贤者田子方事。战国时魏贤者田子方,在路上看见一匹老马,很有感慨,问御者说:"此何马也?"御者说:"故公家畜也,罢而不用,故出放之。"田子方说:"少尽其力,而老弃其身,仁者不为也。"自己花了一束帛把马赎了出去。(据李善注引《韩诗外传》)

今译

主人且静勿喧哗,听我贱子歌诗篇:我本贫寒乡土人,入伍献身蒙汉恩。最初追随张校尉,自愿应征到河源。后来跟从李轻车,驱逐匈奴长城边。近路绵延也万里,平静年月仍七战。筋疲力尽在鞍马,心思经历暑与寒。将军既已辞世去,部卒也无几人存。时势人情一朝变,谁能记你功与勋。少壮辞亲远征去,困穷衰老返家门。腰带镰刀割野菜,手倚木杖放鸡豚。昔如臂上立雄鹰,今似笼中一老猿。徒然郁结千载恨,心中空怀百年怨。弃席思念君床帐,疲马依恋君高轩。愿如晋主施恩惠,不愧田子仁爱魂。

出自蓟北门行五言

题解

《出自蓟北门行》,为古乐府题,属杂曲歌辞。蓟,燕地,今北京市一带。本篇为拟作。

这是一首饱含爱国激情的诗篇。

先写边境的紧张形势。中写我军赴敌御侮的神速武勇,以及边塞征旅的雄伟风景。"箫鼓"四句则是情与境谐的边塞生活特写。后则直抒卫边将士为国捐躯的忠贞气节,高扬南北朝对峙时代的民族正气。

本诗上承楚辞《国殇》,下为唐人边塞诗的先导。

原文

羽檄起边亭[1],烽火入咸阳[2]。征骑屯广武[3],分兵救朔方[4]。严秋筋竿劲[5],虏阵精且强[6]。天子按剑怒,使者遥相望[7]。雁行缘石径[8],鱼贯度飞梁[9]。箫鼓流汉思[10],旌甲被胡霜[11]。疾风冲塞起[12],沙砾自飘扬。马毛缩如蝟[13],角弓不可张[14]。时危见臣节[15],世乱识忠良[16]。投躯报明主[17],身死为国殇[18]。

注释

〔1〕羽檄(xí 席):紧急的军事文书。檄文上插上鸡毛,表示事态紧急。边亭:边境上监视敌情的哨所。

〔2〕烽火:古时在边境山顶高台上烧起烟火,以报警。 咸阳:古为秦国都城。旧址在今陕西咸阳县东的渭城故城。

〔3〕征:征调。　屯:驻守。　广武:古县名。今山西代县西。

〔4〕朔方:汉郡名。武帝置。今内蒙古自治区境内黄河以南之地。

〔5〕严秋:肃杀的深秋。　筋竿:指弓箭。筋,竹名,极坚韧,其笋未成竹时可为弓弦。竿,箭杆。　劲:强劲有力。

〔6〕虏阵:敌阵。虏,指匈奴。

〔7〕使者:传送皇帝命令的人。　相望:指传送皇帝命令的人相望于道,往来不断,以示形势紧急。

〔8〕雁行(háng 航):形容军伍行阵,如雁飞的行列。　缘:沿着。　石径:山岭间的石路。

〔9〕鱼贯:形容军伍行阵,如鱼游次序相继前进。　飞梁:山谷有水处架起的浮桥。

〔10〕箫鼓:指军乐。箫,一种管乐器。　流:显露,表达。　汉思:汉人的情思。

〔11〕旌甲:旌旗铠甲。　被:遍布。　胡霜:胡地的霜雪。

〔12〕疾风:急风。

〔13〕猬:刺猬。此比喻马在酷寒中皮毛收紧的样子。

〔14〕角弓:以兽角装饰的弓弩。　张:拉满。

〔15〕臣节:忠臣的气节。

〔16〕识:识别,认清。

〔17〕投躯:捐身,献躯。　报:报效。

〔18〕国殇:为祖国牺牲的人。

今译

告急军书从边哨飞来,报警烽火直传入京城。调集骑卒到广武驻守,分派军队去解救朔方。秋气肃杀弓箭坚而锐,匈奴行阵兵精马又强。天子闻报按剑怒气冲,使者往来道路各相望。军如雁行走过石径间,队似鱼贯跨越浮桥上。箫鼓声悲抒汉人情思,旌旗铠甲挂胡地冰霜。急风冲击边塞骤然起,飞沙走石翻卷自飘扬。战马鬃毛紧缩如刺猬,角饰长弓僵硬难开张。时势危急方见臣气节,时局危难易知人忠良。捐躯赴难报效贤明主,身死魂归为国留英名。

结客少年场行

题解

本篇为乐府旧题新作,属杂曲歌辞。郭茂倩说:"言少年时结任侠之客为游乐之场,终而无成,故作此曲也。"(《乐府解题》)这是一首少壮任侠浪游而穷老追悔之诗,与古题契合。

前八句是时间的推移,追忆往昔少壮时的任侠与浪游。中十句是空间的展开(四关、表里、九涂、双阙、扶宫、夹道),以持写的手法描绘京都的奢丽繁盛,世人的钻营竞进,暗含讽谕之意。后四句直吐胸中的不平与憾恨。

鲍照专擅以时间的推移与空间的展开相衔接,以俗人的腾达得志与自我的落魄失意相对照。此篇也为一例。

原文

骢马金络头[1],锦带佩吴钩[2]。失意杯酒间[3],白刃起相雠[4]。追兵一旦至[5],负剑远行游[6]。去乡三十载[7],复得还旧丘[8]。升高临四关[9],表里望皇州[10]。九涂平若水[11],双阙似云浮[12]。扶宫罗将相[13],夹道列王侯[14]。日中市朝满[15],车马若川流。击钟陈鼎食[16],方驾自相求[17]。今我独何为,坎壈怀百忧[18]。

注释

〔1〕骢(cōng 聪)马:青白色的马。 金络头:饰金的马笼头。

〔2〕锦带:锦绣的衣带。锦,有彩色花纹的丝织品。 吴钩:古吴地所产的宝刀。似剑而头稍曲。

〔3〕失意:不如意,不顺心。

〔4〕白刃:雪亮的刀剑。　相雠:相互结成怨仇。李善注引《淮南子》:"今有美酒嘉肴,以相宾飨,争盈爵之间,乃反为斗而相伤,三族结怨。"　以上两句说游乐场中任侠少年任情使气,饮宴间稍不如意,就拔剑相斗,反目为仇。

〔5〕追兵:追捕任侠少年的兵卒。

〔6〕负剑:背剑。

〔7〕去乡:离开乡里。

〔8〕旧丘:故居,故里。

〔9〕四关:指京城周围的四处关隘。也指四方的险要之地。李善注引陆机《洛阳记》:"洛阳有四关:东为成皋,南伊阙,北孟津,西函谷。"

〔10〕表里:内外。　皇州:京城。

〔11〕九涂:指宽广平坦的大道。李善注引《周礼》:"匠人营国,傍三门。国中九经九纬。"郑玄注:"经纬,谓涂也。"

〔12〕双阙:指皇宫前面建于两边的楼台,中间留空缺,作过道,所以叫阙,也叫象阙。

〔13〕扶宫:即夹宫。在皇宫两侧以为扶左。　罗:排列。　将相:此指将相的宅第。

〔14〕夹道:夹辅道路。在大路的两侧,故谓夹。　王侯:此指王公侯爵的宅第。

〔15〕日中:中午。　市朝:指争利争名的场所。

〔16〕击钟:古时贵族显宦,每食必击钟。钟,一种乐器。　鼎食:列鼎而食。指古代贵族显宦的豪奢生活。鼎,古时的食器,三足,青铜制成,用以烹煮。

〔17〕方驾:并车而行。　相求:相互求访。以上两句描写上层阶级的奢侈生活及其来往钻营的情景。

〔18〕坎壈(kǎn lǎn 坎览):不平,困穷。此喻遭遇不顺利,不得志。

今译

青骢骏马戴着金笼头,锦绣衣带间佩着吴钩。心思不快举杯劝酒时,拔出利剑翻脸结怨仇。追捕狱卒一旦至门前,背起宝剑躲避远行游。抛妻别子一去三十载,方得返回思念旧舍庐。登高临视那四面关山,由表及里眺望我京都。通衢大路平阔如湖水,宫前双阙

巍然似云浮。皇宫左右罗列将相宅,大道两侧对排王侯府。正午朝
中市上人群满,轩车骏马来往若川流。鸣钟列鼎进佳肴美味,贵官
显宦并车互访求。而今少壮年华虚掷去,为何阴郁不平怀百忧?

东 门 行

题解

　　本篇是乐府古题拟作,为客子伤别之诗。

　　前八句描写客子与亲朋离别的愁情。次八句描写客子远行中
的苦景。后四句追忆别时的悲忧。

　　诗中以伤禽喻倦客,以食梅、衣葛喻行路的酸苦凄寒;又以丝竹
之声反衬行人之忧,以长歌反衬长恨。意象鲜明,情思细腻。

原文

　　伤禽恶弦惊[1],倦客恶离声[2]。离声断客情[3],宾御皆
涕零[4]。涕零心断绝,将去复还诀[5]。一息不相知[6],何况
异乡别。遥遥征驾远[7],杳杳落日晚[8]。居人掩闺卧[9]行
子夜中饭[10]。野风吹秋木[11],行子心肠断。食梅常苦酸,
衣葛常苦寒[12]。丝竹徒满坐[13],忧人不解颜[14]。长歌欲
自慰[15],弥起长恨端[16]。

注释

　　〔1〕伤禽:受创伤的飞禽。　恶(wù 误):厌恶,不喜欢。此有惧怕的意思。
弦惊:即惊弦。此意谓令其惊惧的弦声。此句用更羸的典故。李善注引《战国
策》:"魏加对春申君曰:'臣少之时好射,愿以射譬,可乎?'春申君曰:'可。'异
日更羸与魏王处京台之下,更羸谓魏王曰:'臣能虚发而下鸟。'魏王曰:'然则
射可至此乎?'更羸曰:'可。'有鸿雁从东方来,更羸以虚弓发而下之。王曰:

'射之精可至此乎?'更嬴曰:'此孽也.'王曰:'先生何以知之?'对曰:'其飞徐者,其创痛也;悲鸣者,久失群也.故创未息而惊心未忘,闻弦音引而高飞,故创怯.'"

〔2〕倦客:厌倦于行游之客.　离声:离别的音乐.

〔3〕客情:别情,惜别的感情.

〔4〕宾御:宾客与御者.

〔5〕诀:告别.

〔6〕一息:一呼一吸之间,顷刻.此指一时的离别.　不相知:指前途茫茫,互不通问.

〔7〕遥遥:远行的样子.　征驾:远行的车驾.

〔8〕杳杳:日暮天色昏暗的样子.

〔9〕居人:指闲居之人,与"行子"相对.　闺:上圆下方的小门.此泛指门户.

〔10〕行子:异乡行游的人.

〔11〕野风:荒野之风.　秋木:秋天枝叶凋零的树木,野风劲吹,其声肃杀凄凉.

〔12〕食梅、衣葛:钱仲联说:"二句乃比意,言作客常苦,如食梅衣葛,酸寒自知."(《鲍参军集注》)梅,青梅,味酸.葛,植物名,纤维可制布,此指葛布.衣葛则凉.

〔13〕丝竹:指音乐.丝,指弦乐器;竹,指管乐器.此与起首离声相应.满坐:指送别者之多.坐,通"座".

〔14〕忧人:心怀别愁的人.与"倦客"、"行子"所指相同.　解颜:舒展颜面,指欢乐.

〔15〕长歌:悠长歌唱.

〔16〕长恨:深长的憾恨.　端:端绪,头绪.

今译

　　受伤飞雁惊惧弓弦鸣,倦游客子厌听奏悲音.悲音休止激荡惜别情,亲朋御者涕泪满衣襟.涕泪淋漓肝肠似断绝,将要离去返身又诀别.顷刻离别重逢尚难知,何况异乡水阔山重叠.行游车马愈去愈遥远,落日昏暗路险天色晚。闲居之人掩门入床卧,路上游子夜半方进饭。荒野风吹秋树响萧萧,风声入耳游子心寸断。取食青梅自是常苦酸,穿着葛布必当常苦寒。音乐频奏高朋虽满座,远行忧人尤难见欢颜。我欲长歌一曲聊自慰,愈益勾起长恨在心间。

苦 热 行

题解

本篇同是乐府古题的拟作。

大概是写元嘉二十三年(447),遣交州刺史檀和之讨林邑(南海古国)事。但是,诗人不用写实手法,而是凭主观意识的自由流动,将罕见的怪异的超现实的物象驱遣起来,联缀成一个苦热与众毒的世界,再衔接以历史和现实("毒泾""渡泸"八句)。从而让人想像南方荒远之地的凶恶惊险和南征将帅的艰苦卓绝。

本篇写南方的苦热与众毒,同《出自蓟北门行》的北国苦寒与肃杀,互见互补,彼此映衬。本篇是为勋著而遇薄的将帅鸣不平,同《东武吟》为效命而落魄的老兵而呼吁,又相辅相成,意脉贯通。鲍照视野广阔,胸襟浩博,包容万殊,吞吐有无,与另两位元嘉大诗人颜谢相较则卓然而异。

原文

赤坂横西阻[1],火山赫南威[2]。身热头且痛,鸟堕魂来归[3]。汤泉发云潭[4],焦烟起石圻[5]。日月有恒昏[6],雨露未尝晞[7]。丹蛇逾百尺[8],玄蜂盈十围[9]。含沙射流影[10],吹蛊痛行晖[11]。郭气昼熏体[12],茵露夜沾衣[13]。饥猿莫下食,晨禽不敢飞。毒泾尚多死[14],渡泸宁具腓[15]?

生躯蹈死地[16]，昌志登祸机[17]。戈船荣既薄[18]，伏波赏亦微[19]。财轻君尚惜[20]，士重安可希[21]？

注释

〔1〕赤坂：西域山坂名。据说往西域要经过大头痛山、小头痛山、赤土坂与身热坂。人至此地，皆身热变色，头痛呕吐。下文言"身热头且痛"，即指此。横：横亘，横列。　阻：险阻。

〔2〕火山：传说南方荒远之地有火山，长四十里，广四五里。其中生长一种树木，日夜燃烧，即使有暴风雨，也不熄灭。　赫：光辉照耀的样子。此形容火势之旺盛。　威：威势，威胁。

〔3〕鸟堕：飞鸟掉落下来。李善注引《东观汉记》："马援谓官属曰：'吾在浪泊，仰视乌鸢，跕跕堕水中。'"此言飞鸟经赤坂火山，因灼热而掉落于附近水中。魂来归：此形容人到赤坂火山之地，难以生还，只有灵魂能归来。李善注引《楚辞》："魂兮来归，南方不可以止。雕题黑齿，得人以祀，其骨为醢。"诗句化用此典。

〔4〕汤泉：滚烫的流泉。　云潭：传说为深泉名。李善注引王歆之《始兴记》："云水源泉，涌溜如沸汤，有细赤鱼出游，莫有获之者。"

〔5〕焦烟：指焦石所蒸发出的热气。　石坼（qí 其）：石岸。坼，通"碕"，曲岸。

〔6〕恒昏：长久昏暗。

〔7〕晞：干。此承上文言因汤泉焦烟的影响，日月总是昏暗的，雨露从未干过。

〔8〕丹蛇：蛇名。传说海外杨山有之，此地距九嶷山五万里。　逾：超过。

〔9〕玄蜂：传统中巨蜂名。盈：指长大。　十围：指三丈。

〔10〕含沙：指南方江流中有一种怪物害人事。李善注引《搜神记》："有物处于江水，其名曰蜮，一曰短狐，能含沙射人。所中者头痛发热，剧者至死。"

〔11〕吹蛊：即飞蛊，一种害人的毒虫。李善注引顾野王《舆地志》："江南数郡有畜蛊者，主人行之以杀人，行食饮中，人不觉也。其家绝灭者，则飞游妄走，中之则毙。"　痛：指飞蛊能使人致病。　行晖：指飞蛊夜间飞行发出光辉。钱仲联补注引杨慎《丹铅录》："南中畜蛊之家，蛊昏夜飞出，饮水之光如曳慧，所谓行晖也。"（《鲍参军集注》）

〔12〕郭气：热带或亚热带山林中的湿热之气。郭，也作"瘴"。

〔13〕蔄（wǎng 网）露：蔄草上的露水。传说蔄草有毒，触其上的露水，肉即

溃烂。茵草,即芒草。

〔14〕毒泾:在泾水中放毒。泾,水名,源于甘肃,流入陕西。此句指古时秦人于泾水中放毒而抗晋师事。李善注引《左传》:"诸侯之大夫,从晋侯伐秦,济泾而次。秦人毒泾上流,师人多死。"

〔15〕渡泸:渡过泸水。指蜀汉诸葛亮五月渡泸平孟获事。泸,水名,即今金沙江。 宁:岂,难道。 具:俱,都。 腓(féi 肥):病。孙志祖《文选李注补正》:"如曰病,则必《左氏》病腓之腓而后可。" 以上两句是说毒泾渡泸死伤尚多,此地毒气中人丧命则更甚。

〔16〕生躯:健康的身体。此指健康的人。 死地:冒险必死之地。

〔17〕昌志:壮志。也指有壮志之人。 登:升。 祸机:指祸患潜伏,一触即发,有如机括。以上两句说令体强志坚的人到此瘴疬之地衔命征戍,随时随地皆可遇祸丧生。

〔18〕戈船:汉时将军的名号。李善注引《汉书》:"归义侯严为戈船将军,出零陵,下离水。" 薄:微薄。

〔19〕伏波:汉时将军的名号。李善注引《后汉书》:"交阯女子征侧反,拜马援为伏波将军,击交阯,斩征侧,振军旅还京师,朝见位次九卿。"以上两句说赴此凶险之地报效国家而建立功勋者,所获的荣赏都很微薄。

〔20〕财:财物。此指绮纨锦绣之类。 惜:吝惜,舍不得。

〔21〕士重:士人所珍重的。此指生命。 希:希望。李善注引《韩诗外传》:"宋燕相齐人还,遂罢归舍,召门尉田饶等问曰:'大夫谁与我赴诸侯乎?'皆伏不对。宋燕曰:'何士易得而难用也?'田饶对曰:'君纨素锦绣,从风而毙,士曾不得缘衣。夫财者君所轻,死者士所重。君不能用所轻,欲使士致重乎?'"这两句是说国君对待并不值得珍视的财物那样吝惜,不愿赏赐于人,怎么能希望珍视生命的士人为之献身呢?

今译

　　赤坂横亘西方为险阻,火山燃红南国施淫威。此地令人身热且头痛,飞鸟堕水人魂或许归。泉水滚沸发源自云潭,焦石烟雾腾起于江岸。日月掩蔽长年昏濛濛,雨露弥漫向来不晴天。赤蛇如丹身长超百尺,巨蜂玄黑粗大过十围。短狐含沙江流射人影,飞蛊蜇人群行闪光辉。瘴疠湿气白昼侵人体,芒草露珠带毒沾人衣。猿猴饥饿不敢下觅食,禽鸟清晨不敢空中飞。秦人放毒泾水尚多死,诸葛渡泸士卒岂俱归?身躯强健赴险踏死地,志气旺盛祸临如发机。戈船将军功高荣誉薄,伏波将军勋著赏赐微。财物价轻君主不赐赏,士卒重命效劳安可希!

白 头 吟

题解

《白头吟》古题,据传最早为卓文君所作。李善注引《西京杂记》:"司马相如将聘茂陵一女为妾,文君作《白头吟》以自绝。相如乃止。"

本篇是一位弃妇的自诉之词。不单是诉说个人的离异之苦,而且是探究俗世人情所共有的喜新厌旧、贵远贱近、冷暖易变的社会心理。抒情主人公不是字字含泪,而是句句在理。"人情贱恩旧,世议逐衰兴","古来共如此,非君独抚膺"。对人生世相体悟得何其深邃。

而这理又非直白出之。全诗广泛用比。以喻含理,以古验今,令人于深味之中思索得更为远些。

原文

直如朱丝绳[1],清如玉壶冰[2]。何惭宿昔意[3],猜恨坐相仍[4]。人情贱恩旧[5],世议逐衰兴[6]。毫发一为瑕[7],丘山不可胜[8]。食苗实硕鼠[9],玷白信苍蝇[10]。凫鹄远成美[11],薪刍前见陵[12]。申黜褒女进[13],班去赵姬升[14]。周王日沦惑[15],汉帝益嗟称[16],心赏犹难恃[17],貌恭岂易凭[18]。古来共如此,非君独抚膺[19]。

注释

〔1〕朱丝:指琴瑟的朱弦。喻忠直。

〔2〕玉壶:玉制的壶。喻高洁。

〔3〕惭:羞愧。　宿昔:往日,昔时。　意:情意。

〔4〕猜恨:怀疑憾恨。　坐:无故。　相仍:相因依,相跟随。以上四句是说,我的品格是忠直清白的,对往日的情谊无所羞愧,而你的猜疑憾恨却无故相随而来。

〔5〕贱:轻贱,不珍视。　恩旧:即旧恩,往日的恩情。

〔6〕世议:社会舆论。　逐:追随。　衰兴:即兴衰。指情势的变迁。

〔7〕毫发:毛发。比喻细小。　瑕:玉的斑点,此指裂痕、隔阂。

〔8〕丘山:喻巨大。　胜:超过。以上两句说人的感情一旦产生裂痕,即使很微小,也会发展成像丘山那样大,不易弥合。

〔9〕实:确实。　硕鼠:大鼠。李善注引《诗经》:"硕鼠硕鼠,无食我苗。"原喻横征暴敛的剥削者。此喻拨弄是非好进谗言的小人。

〔10〕玷(diàn 殿):白玉上的斑点。此做动词用。玷污,弄脏。　信:实。苍蝇:比喻颠倒黑白变乱善恶的小人。

〔11〕凫鹄:二鸟名。凫,野鸭;鹄,黄鹄,似雁,颈长,羽白,飞翔甚高。此喻距离远而新奇的物象。李善注引《韩诗外传》:"田饶事鲁哀公,而不见察。谓哀公曰:'夫鸡,头戴冠,文也;足有距,武也;见敌敢斗,勇也;有食相呼,仁也;夜不失时,信也。鸡有五德,君犹日瀹而食之者,以其所从来近也。夫黄鹄一举千里,出君园池,食君鱼鳖,啄君稻粱,无此五者之贵之,以其所从来远也。故臣将去君,黄鹄举矣。'公曰:'吾书子之言。'"

〔12〕薪刍(chú 除):柴草。刍,指牲畜吃的草。　见陵:被侵凌。以上两句比喻贵远贱近,喜新厌旧,扬后抑前,后来居上。

〔13〕申:申后,周幽王后。李善注引《毛诗序》:"幽王取申女以为后,又得褒姒而黜申后。"　黜(chù 处):贬退,遗弃。　褒:褒姒(sì 四)。褒国女子,姓姒。周幽王伐褒,褒侯进褒姒,为幽王所宠幸。

〔14〕班:班婕妤(jié yú)。汉雁门郡楼烦班女。李善班婕妤《怨歌行》注引《汉书》:"(成)帝初即位,(班婕妤)选入后宫,始为少使,俄而大幸,为婕妤,居增成舍。后赵飞燕宠盛,婕妤失宠,希复进见。成帝崩,婕妤充园陵,薨。"

赵姬:赵飞燕。成阳侯赵临女。汉成帝宫人。初学歌舞,体轻,号曰飞燕。先为婕妤,继而立为后,专宠十余年。汉平帝即位,废为庶人,自杀。

〔15〕周王:指周幽王。西周一个昏君。　沦惑:沉沦迷惑。吴兆宜《玉台新咏》注:"《史记》:'褒姒不好笑,幽王欲其笑万方,故不笑。幽王为烽燧大鼓,有寇至则举烽火,诸侯悉至,至而无寇,褒姒乃大笑。'故曰'周王日沦惑'。"

〔16〕汉帝:汉成帝。　嗟称:慨叹称赞。吴兆宜《玉台新咏》注:"《飞燕外传》:帝尝私语樊嬺曰:'后虽有异香,不若婕妤体自香也。'故曰'汉帝益嗟称'。"

〔17〕心赏:内心赏悦,内心相知。　难恃:难以依恃,难以信赖。

〔18〕貌恭:貌美而恭顺。恭,指举止肃敬而有礼。　凭:依凭。

〔19〕抚膺:捶胸,表示怅恨慨叹。

今译

我心忠直如琴瑟朱弦,品格清白如玉壶纯冰。往日情意自问无羞愧。夫君疑恨无故接连生。人世常情贱弃旧时恩,他人议论依从势利动。彼此裂痕纵如毛发细,你我隔绝也似山数重。侵害禾苗实是大田鼠,玷污白璧确然在苍蝇。黄鹄冲天远飞自成美,柴草堆垛后来必居上。申后被废褒姒受宠幸,婕妤失势飞燕登正宫。周王日益沉沦而迷惑,汉帝愈加赞叹又称颂。深心知赏犹难为仰赖,美貌恭顺怎可作依凭。古往今来俗世皆如此,非独夫君令人怨捶胸。

放 歌 行

题解

《放歌行》,为古题拟作。

本诗大概写于宋武帝孝建三年。时鲍照以太学博士兼中书舍人,出为秣陵令。在《谢秣陵令表》中有"用谢刀笔,猥承宰职,岂是暗懦,所能克任"的话,诗人对这次调任是谦恭之中暗含不满的。那多是由于官场竞争失势的缘故吧。

前四句以比入题,点出贤士旷达之怀是龌龊小人无法理解的。次八句,写小人趋势贪利,拼命奔走的行迹。复八句,写小人诌世媚俗,踌躇满志的心态。后两句,写小人诘难旷士,自鸣得意的声口。是一幅生动的世俗讽刺画。

全诗明写仕途小人,而暗颂的则是旷达之士。以贤士旷达的眼睛,透视这帮小人的行迹心态;以小人的行迹心态反衬贤士的旷达之怀,小人热闹非常的场景对面,正是一个冷眼静观的旷士超然独立。那是全诗真正的主人公。

原文

蓼虫避葵堇[1],习苦不言非[2]。小人自龌龊[3],安知旷士怀[4]。鸡鸣洛城里[5],禁门平旦开[6]。冠盖纵横至[7],车骑四方来。素带曳长飙[8],华缨结远埃[9]。日中安能止[10],钟鸣犹未归[11]。夷世不可逢[12],贤君信爱才[13]。明虑自天断[14],不受外嫌猜[15]。一言分珪爵[16],片善辞草莱[17]。岂伊白璧赐[18],将起黄金台[19]。今君有何疾[20],临路独迟回[21]。

注释

〔1〕蓼(liǎo 了)虫:生长于蓼草中的昆虫。蓼,植物名。种类不一。或生于水,或生于野。一种名辣蓼,叶味辛辣。 葵堇(jǐn 紧):二植物名。葵,葵菜;堇,堇葵。味皆甘美。

〔2〕习苦:习惯于苦辣。 言:语中助词。 非:一作“排”,有动摇、嫌弃的意思。

〔3〕小人:指醉心利禄,钻营竞进的人。 龌龊(wò chuò 握辍):形容目光短浅,心胸狭窄。

〔4〕旷士:旷达之士。旷,指心胸开阔,不为俗事所拘,与“龌龊”相反。以上四句说,蓼虫不求甘美的葵堇,喜好蓼菜的苦辣而绝不嫌弃。小人心胸龌龊,

斤斤于利禄,他们怎么能理解旷士如蓼虫那样处苦穷而不动摇的心境呢?

〔5〕洛城:指洛阳。此指京城。

〔6〕禁门:宫禁之门。天子居于其中,设置警卫,常人不得出入,故谓禁门。平旦:天刚亮的时候。

〔7〕冠盖:冠冕车盖。代指仕宦之人。

〔8〕素带:古时大夫所系的衣带。素,白色生绢。 曳(yè 叶):牵引,拖曳。长飙(biāo 标):长风,巨风。飙,暴风。

〔9〕华缨:以采色丝线所做的帽缨。缨,系冠的带子,以两组系于冠,在颐下打结。 远埃:远方的尘埃。

〔10〕日中:正午。

〔11〕钟鸣:指敲钟。此表夜临戒严。李善注引崔元始《正论》:"永宁诏曰:钟鸣漏尽,洛阳城中不得有行者。" 以上数句写官宦紧张匆忙,风尘仆仆,于京城中奔走竞进的情景。

〔12〕夷世:太平盛世。夷,平。

〔13〕贤君:贤德的君主。 信:确实。

〔14〕明虑:英明的思虑。此当指国家的法令制度。 天断:由皇帝裁断。天,指国君。

〔15〕外:外人。嫌猜:猜疑。贤君爱才而有明虑,故不能受人影响而产生猜疑之心。

〔16〕一言:指一句有补于时政的美言。 分:分赏。 珪(guī 归)爵:指爵位和封地。珪,帝王诸侯手执的长形玉版,上圆下方,以为信符。古时封官赐珪。

〔17〕片善:指一点有益于教化的善行。 辞:使辞别。 草莱:指草野,贤士居处之所。以上两句说只要有任何一点美言善行可取,就加以封赏,使之告别草野,来朝廷作官。

〔18〕岂:岂止。 伊:语中助词。 白璧:古时重宝。李善注引《史记》:"虞卿说赵孝成王,一见,赐黄金百镒,白璧一双。"

〔19〕将:还。 起:筑起。 黄金台:台名。李善注引《上谷郡图经》:"黄金台,易水东南十八里,燕昭王置千金于台上,以延天下之士。"黄金台在河北大兴县东南,所谓"燕京八景"之一。以上数句言仕宦小人媚世贪禄的心态。

〔20〕君:指旷士。 疾:指忧患,顾虑。

〔21〕临路:面对仕途。 迟回:徘徊不前。这两句是仕宦小人诘问旷士的声口。

今译

蓼虫远避葵堇叶甘鲜,喜好蓼草虽苦味更美。小人目光短浅心胸窄,怎能理解贤士旷达怀!雄鸡喔喔长鸣洛阳城,东方破晓宫门刚刚开。达官显宦纵横簇拥至,雕车宝马四方驰驱来。腰间素带飘飘起长风,华美冠缨系结远方埃。日上中天奔波无休止,晚钟震响匆忙尚未归。太平盛世机运难再得,贤德君主实在爱俊才。英明思虑由天意决断,不受外人影响生疑猜。一句美言分封爵禄厚,一片善行即请出草莱。岂止赏赐白璧无价宝,还将筑起招贤黄金台。今君为何心怀多忧虑,面对仕途独自做徘徊?

升 天 行

题解

本篇似作于《放歌行》之后。

古代诗人往往于仕途困窘之中,或欲离群而隐居,或愿弃世而游仙。鲍照的《升天行》颇具典型性。

"穷涂悔短计,晚志重长生",为全诗关键。此前,以汉世十帝的历史,述说兴衰屯平,互为倚伏,变故无常的教训。此后,则述学道游仙,与俗世划然永诀的高远境界。

原文

家世宅关辅[1],胜带宦王城[2]。备闻十帝事[3],委曲两都情[4]。倦见物兴衰[5],骤睹俗屯平[6]。翩翩类回掌[7],恍惚似朝荣[8]。穷涂悔短计[9],晚志重长生[10]。从师入远岳^[11],结友事仙灵^[12]。五图发金记^[13],九龠隐丹经^[14]。风餐委松宿^[15],云卧恣天行^[16]。冠霞登彩阁^[17],解玉饮椒庭^[18]。暂游越万里^[19],近别数千龄^[20]。凤台无还驾^[21],箫管有遗声^[22]。何时与尔曹^[23],啄腐共吞腥^[24]。

注释

〔1〕世:世代。此有世世代代意。 宅:居住。 关辅:指关中三辅。关中,函谷关、武关、散关、萧关之中间地区,今陕西省;三辅,指汉治理长安地区的三个职官,即京兆尹、左冯翊、右扶风。此指西汉的京郊地区。

〔2〕胜带:即胜衣胜冠,指男人到可以穿著成人衣冠之时,指二十岁以后。 宦:指游宦,出游学仕。此指作官。 王城:帝王的都城。

〔3〕备:尽,全。 十帝:指两汉各十余帝。

〔4〕委曲:曲折详尽地了解事情的经过。委,原委;曲,曲折。 两都:西汉都城长安,东汉都城洛阳。

〔5〕倦见:见得太多,看厌。倦,厌倦。 物:事物,此指人事。

〔6〕骤睹:频频目睹,多次见到。 俗:世俗。 屯(zhūn 谆)平:社会动乱与太平盛世。屯,艰难,危机。此指社会动乱。

〔7〕翩翩:即翩翩,鸟飞上下的样子。此指顷刻之间的变化。 回掌:反掌,形容迅疾。

〔8〕恍惚:须臾之间,形容变化之速。 朝荣:朝花。荣,开花。

〔9〕穷涂:途尽,境遇困窘。此指仕途不得志。 短计:短浅的谋划。

〔10〕晚志:晚年的愿望。

〔11〕远岳:远方的山岳。

〔12〕事:奉事。 仙灵:神仙。

〔13〕五图:指五种采集灵芝之法。 发:揭示。金记:指《太清金匮记》,一种道书。

〔14〕九龠(yuè 月):即九篇似指记载炼丹之术的道书。 隐:包含。 丹经:指道家炼丹的经典。以上两句,注家解说纷纭,大致是说采集灵芝的五种方法,在《太清金匮记》之中有所说明,九篇炼丹的方法包含在丹经里面。

〔15〕风餐:餐风。指神仙不食五谷,吸风饮露。 委松:依随苍松。

〔16〕云卧：卧云。在云中高卧。　恣天：任随青天。

〔17〕冠霞：以烟霞为冠冕。指从仙。　彩阁：五彩的楼阁。仙人所居。

〔18〕解玉：指饮服玉屑。解，消解，与下之"饮"字可互通，饮服而又消解，此倒言之。玉，玉屑，仙人所食。　椒庭：芳椒之庭，指仙人所居。

〔19〕暂游：短暂的行游。暂，时间短促。

〔20〕近别：暂别。

〔21〕凤台：凤凰所栖止的高台。典出《列仙传》：秦穆公时有个叫萧史的人，善于吹箫，穆公女弄玉很羡慕他，就跟他结了婚。萧史教弄玉吹箫，模拟凤鸣。练了几十年，果然吹得同凤鸣一样，引来凤凰落在屋里。为此又建起一座凤台。夫妇住于其上，数年不下。一天早晨二人就随凤凰飘然而去。后秦于此建凤女祠，常有箫声隐然而出。

〔22〕箫管：两种乐器名。此专指箫。　遗声：指箫的余音。

〔23〕何时：意即无时。　尔曹：你们。

〔24〕腐：腐烂。　腥：腥臭。皆指尘俗所追逐的对象。以上两句说，一从仙游，即与尘世永诀，不会再与俗世之人一同追逐那些腐烂腥臭的东西了。

今译

　　我家世代长居三辅地，戴冠成年求仕遍京城。尽皆闻说汉家十帝事，详尽了解东西两都情。看厌事物兴盛变衰败，屡见人间祸患转安宁。翻覆之速恰如一反掌，恍惚之间朝花即凋零。仕途困穷方悔思虑短，晚年愿望始重命长生。从师学道隐入远方山，结友弃世访寻众仙灵。采芝五法出自《金匮记》，炼术九篇集于《丹经》中。吸风饮露依苍松夜宿，高卧白云随青天飞行。头戴烟霞登五彩楼阁，饮服玉屑于椒香院庭。瞬间一游腾越几万里，短暂一别度过数千龄。凤台夫妻成仙不复还，箫管不奏尚留美音声。从今无时再与俗辈处，永不追逐腐臭与膻腥。

（陈复兴译注并修订）

◎ 鼓吹曲一首 五言

谢玄晖

▓▓▓▓ 题解

　　鼓吹曲,为古时军中乐歌。本篇是谢朓奉随王萧子隆之命而作。时朓在荆州为随王镇西功曹转文学。诗似为随王入朝道路行进之用。主旨在以京都的雄伟豪华、繁荣兴旺的景象颂扬帝王巍巍之德,劝勉臣下竭尽忠直,建勋垂名。

　　选择几种特征性的物象,交错组合,点染出帝都金陵的全貌与氛围,清新细腻而韵律和谐。

▓▓▓▓ 原文

　　江南佳丽地[1],金陵帝王州[2]。逶迤带渌水[3],迢递起朱楼[4]。飞甍夹驰道[5],垂杨荫御沟[5]。凝笳翼高盖[7],叠鼓送华辀[8]。献纳云台表[9],功名良可收[10]。

▓▓▓▓ 注释

　　〔1〕佳丽:美好。

　　〔2〕金陵:地名。即今南京市。三国吴迁都于此。以后东晋、宋、齐、梁、陈皆以为都。

　　〔3〕逶迤(wēi yí 威夷):弯弯曲曲延续不绝的样子。

　　〔4〕迢递:高峻雄伟的样子。　朱楼:豪华的楼阁。

　　〔5〕飞甍(méng 蒙):高耸若飞的屋脊。此代高大的建筑物。　驰道:天子出行的大道。

　　〔6〕御沟:流入宫内的河道。

〔7〕凝箫:声调徐缓的箫管之声。 翼:伴送。 高盖:高高的车盖。此指豪华的车马。

〔8〕叠鼓:轻轻敲击的鼓声。 华辀(zhōu 舟):华美的车辕。此指车。

〔9〕献纳:贡献政见以供采纳。 云台:东汉洛阳南宫的高台。明帝将中兴功臣三十二人的像图画于其上。 表:臣下给皇帝的一种上书,多以陈述衷情。

〔10〕收:收取。以上两句意思是,献纳表达忠信的表文,形象画在云台之上,臣子的功名才真地得以收取。

今译

江南风光无限美,金陵都城帝王居。弯弯渌水如衣带,巍巍红楼接天宇。华屋毗连夹大路,垂杨掩映御沟渠。箫声悠扬随伞盖,鼓声鸣响送轩车。献纳陈述衷情表,画像云台功名遂。

(陈复兴译注并修订)

◎ 挽歌一首 五言

缪熙伯

【题解】

缪袭(186—245),三国魏文学家。字熙伯,东海兰陵(今山东苍山兰陵镇)人。官至尚书光禄勋。有才学,多有撰述。

这首诗以哀悼死者为题,阐明古代传统生死观:人死如日落;人生短暂有如朝暮之间;死亡不可抗拒等。借以宽慰死者和生者,其实是安慰生者,当乐天知命。全诗可分前后两部分。前六句写生荣死哀:生前供养在"高堂",游历"国都",享尽荣华富贵,但好景不长,难免一死,最终都得埋葬在旷野黄泉之下。人生就好像太阳东升西落一样,倏忽之间,即走完短短的历程。后六句沿用自古相传的生死观,阐明生死也是自然的创造化育,既有生,又有死,都不以人的意志为转移。谁也不能逃脱死亡这一必然规律,指出人死无可奈何。这反映了古人朴素唯物主义的生死观,无疑是正确的。

行文超脱,悲哀淡淡。表示哀悼,并不沉痛。

【原文】

生时游国都[1],死没弃中野[2]。朝发高堂上[3],暮宿黄泉下[4]。白日入虞渊[5],悬车息驷马[6]。造化虽神明[7],安能复存我[8]?形容稍歇灭[9],齿发行当堕[10]。自古皆有然[11]，谁能离此者[12]？

注释

〔1〕游:游历。　国、都:此为同义词连用,都指国都,城邑。

〔2〕没:通"殁"。死亡。　弃:抛弃,引申为埋葬。　中野:谓旷野。语出《易·系辞下》:"葬之中野,不封不树。"

〔3〕发:生,生长,供养。　高堂:高大的厅堂。

〔4〕黄泉:指人死后埋葬的地穴。亦指阴间。语出《左传·隐公元年》:"不及黄泉,无相见也。"

〔5〕白日:太阳。　虞渊:神话传说中日落的地方。语出《淮南子·天文训》:"日至于虞渊,是谓黄昏。"

〔6〕悬车息驷马:意谓将近黄昏时分驾车的四匹马才休息。典出《淮南子·天文训》:"〔日〕至于悲泉,爰止其女,爰息其马,是谓县车。至于虞渊,是谓黄昏。"　悬车:同"县车"。古代记时的名称,指黄昏前的一段时间。

〔7〕造化:指自然的创造化育。语出《庄子·大宗师》:"今一以天地为大炉,以造化为大冶。"　神明:神圣,神灵。语出《左传·襄公十四年》:"爱之如父母,仰之如日月,敬之如神明,畏之如雷霆。"

〔8〕安能复存我:反诘句。意谓哪里能够使我死而复苏继续生存下去呢?复:谓复苏;死而复生。

〔9〕形容稍歇灭:意谓人的形体、容貌各个器官生命活动逐渐终止乃至消亡。　形:形体。　容:容貌。　歇:尽,终止。　灭:消亡,灭亡。

〔10〕行:将,快要。　堕:落下,脱落。

〔11〕自古皆有然:意谓人有生有死,自古以来都是如此。　然:如此,这样。

〔12〕谁能离此者:反诘句。意谓谁能够逃离这种必然要死亡的规律呢?离:逃离,摆脱。

今译

　生前游历在国都,死后旷野埋坟茔。朝养高堂享荣华,暮宿黄泉长安静。黄昏太阳到虞渊,傍晚驷马方安宁。自然造化虽神明,岂能回天死复生？形体容貌渐消亡，齿发将落难永康。人生自古皆如此，逃离死亡谁可能？

（张厚惠译注　陈复兴修订）

◎ 挽歌三首 五言

陆士衡

题解

挽歌，亦作"輓歌"，就是葬歌。相传最初是拖引枢车的人所唱，故叫挽歌。古时习俗，人死后亲朋等多唱挽歌表示哀悼。

第一首分两大部分。头八句为出殡前气氛的渲染。自"死生各异伦"至"挥涕涕流漓"为所唱之挽歌。"呼子子不闻，泣子子不知"，"含言言哽咽，挥涕涕流漓"数句，更为哀切动人。从诗的内容与情调看，《挽歌诗》当为陆机后期之作品。

原文

卜择考休贞[1]，嘉命咸在兹[2]。凤驾惊徒御[3]，结辔顿重基[4]。龙幨被广柳[5]，前驱矫轻旗[6]。殡宫何嘈嘈[7]，哀响沸中闱[8]。中闱且勿欢[9]，听我《薤露》诗[10]：死生各异伦[11]，祖载当有时[12]。舍爵两楹位[13]，启殡进灵辐[14]。饮饯觞莫举[15]，出宿归无期[16]。帷衽旷遗影[17]，栋宇与子辞[18]。周亲咸奔凑[19]，友朋自远来[20]。翼翼飞轻轩[21]，骎骎策素骐[22]。按辔遵长薄[23]，送子长夜台[24]。呼子子不闻，泣子子不知。叹息重櫬侧[25]，念我畴昔时[26]。三秋犹足收[27]，万世安可思[28]。殉没身易亡[29]，救子非所能。含言言哽咽[30]，挥涕涕流漓[31]。

注释

〔1〕卜择:用占卜的方法选择坟地。 考:考核。 休贞:指吉利的卦象。休,美,美善。贞,正,吉庆。

〔2〕嘉命:美善之名。李善注引《广雅》:"命,名也。" 咸:都。 兹:此。指所选之坟地。

〔3〕凤驾:早晨驾车出行。凤,早。 惊:惊动。 徒御:驭手,车夫。

〔4〕结辔:马辔相连。辔,马缰绳。 顿:吕向注:"顿,上下也。" 重基:指重重叠叠的山岗。

〔5〕龙幌(huāng 慌):绘有龙之图案的棺罩。幌,柳衣,即棺罩。 被:覆盖。 广柳:广柳车之简称,即丧车。

〔6〕前驱:先导。 矫:举。 轻旗:飘摇的旗子。

〔7〕殡(bìn)宫:停灵柩的房舍。 嘈嘈(cáo 曹):形容声音嘈杂,此指众人之哭声。

〔8〕哀响:哀音,哀声。 沸:沸腾。 中闱:闱中。此指殡宫门内。

〔9〕欢:喧华。欢,通"喧"。

〔10〕薤露:古挽歌名。出殡时抬灵柩之人所唱。薤露,意为人寿命短促,如薤叶上的露珠,瞬息即干。《薤露歌》云:"薤上朝露何易晞,露晞明朝更复落,人死一去何时归。"

〔11〕异伦:不同类。伦,类。

〔12〕祖载:将葬之际行祖祭之礼,谓之祖载。李善注引《白虎通》:"祖者,始也。始载于庭,辂车辞祖祢,故名曰祖载也。"

〔13〕舍爵:摆上酒器。舍,置。 楹(yíng 赢):厅堂前部的柱子。

〔14〕殡:入棺而未安葬。 灵辒(ér 儿):灵车,丧车。

〔15〕饮饯:于道旁设酒送行,后通称设宴送行为饮饯,或饯行。 觞(shāng 伤):古代的酒器。

〔16〕出宿:宿居在外,此指死去。以上四句当为祖载的仪式与过程。

〔17〕帷衽(rèn 认):帷帐与卧席。衽,卧席。 旷:空。

〔18〕栋宇:房舍。 子:您。指死者。 辞:别。

〔19〕周亲:至亲,最近的亲戚。周,至。 凑:集合。

〔20〕友朋:朋友。

〔21〕翼翼：鸟飞之状，此形容车马轻快前进的样子。

〔22〕骎骎(qīn 侵)：马快速行进的样子。　素骐(qí 奇)：白马。

〔23〕按辔：放松马缰绳。指缓行。　遵：循，沿着。　长薄：漫长的杂草丛生的路。

〔24〕长夜台：指坟墓。李周翰注："坟墓一闭，无复见明，故云长夜台。"

〔25〕重榇(chóng chèn 虫衬)：棺椁。古代贵族的棺材分里外两层，里层为棺，外层为椁，故曰重榇。

〔26〕畴(chóu 愁)昔：从前，过去。

〔27〕三秋：三年。喻深长的思念。　收：受，承受。

〔28〕万世：万代。吕延济注："一日不见如三秋兮，若此之念犹足可收，万世永绝安可思也。"　以上两句意思说离别如隔三秋的思念，心情还能承受得了；那万世的永绝，该是怎样的思念之苦啊！

〔29〕殉没：殉葬。此指追随死者而自毁。

〔30〕含言：欲言未言。

〔31〕流漓：淋漓。

今译

卜选墓地测吉祥，吉祥即在此地方。晨启灵车催驭手，马缰相连翻山岗。绘龙棺罩覆灵车，先导举旗随风扬。灵堂一片哭泣声，哀音门里沸扬扬。灵棚里边勿喧哗，听我来把《薤露》唱：死生有别成异类，祖载时辰要恰当。设奠就在两柱间，灵枢抬在丧车上。饮饯酒杯无人举，露宿荒野无归期。帷帐卧榻无形影，屋舍与你相别离。近亲人人来奔丧，密友个个千里至。轻车疾速如鸟飞，白马扬蹄加鞭驰。缓缓徐徐走荒野，护君送入长夜台。呼唤你呀你不闻，为你哭泣你不知。声声叹息棺椁旁，思念从前交往时。离别三秋尚可受，万代永绝怎可思。欲言未言语哽咽，挥泪泪下长淋漓。

题解

第二首，用死者自述的口吻，写死后的寂寞与悲哀。前四句用

337

昭明文选
译注

旷远反衬寂寞；次四句用阴森反衬寂寞；十至十六句用宅邻与躯体的变化抒写死者的悲哀；"丰肌飨蝼蚁"至"永叹莫为陈"，以"丰肌飨蝼蚁"，"寿堂延螭魅"写死者难以言表的痛苦。

原文

重阜何崔嵬[1]，玄庐窀其间[2]。旁薄立四极[3]，穹隆放苍天[4]。侧听阴沟涌[5]，卧观天井悬[6]。广霄何寥廓[7]，大暮安可晨[8]。人往有反岁[9]，我行无归年[10]。昔居四民宅[11]，今托万鬼邻[12]。昔为七尺躯[13]，今成灰与尘[14]。金玉素所佩[15]，鸿毛今不振[16]。丰肌飨蝼蚁[17]，妍姿永夷泯[18]。寿堂延螭魅[19]，虚无自相宾[20]。蝼蚁尔何怨[21]？螭魅我何亲[22]？抚心痛荼毒[23]，永叹莫为陈[24]。

注释

〔1〕重阜：重重山岗。阜，土山。 崔嵬：山高高的样子。

〔2〕玄庐：坟墓。 窀：藏，隐没。

〔3〕旁薄：广大无边。一说地之形。张铣曰："旁薄，地之形也。"此指墓穴之地。 四极：四方极远的地方。

〔4〕穹隆：凡物四周高中间低者皆曰穹隆。此指墓穴上方的天拱。 放：仿效。

〔5〕阴沟：指坟墓中的江河。古代统治者的墓穴，上像穹隆之天，有日月星辰，下画江河。秦始皇修骊山墓，曾以水银为江河。

〔6〕天井：天象，指墓中穹隆天空的日月星辰。

〔7〕广霄：广阔的天空。 寥廓：空阔。

〔8〕大暮：长夜。指墓里永久的幽暗。 晨：指亮天。

〔9〕反：同"返"。 岁：指年月，时间。

〔10〕年：与"岁"同义。 行：此指去世。俗称人死去为"走了"。

〔11〕四民：士、农、工、商。此指一般人。

〔12〕万鬼邻：与万鬼为邻。

〔13〕七尺躯:指身体。李善注引《淮南子》曰:"吾生也有七尺之形,吾死也有一棺之土。"

〔14〕灰、尘:指躯体化为灰尘。李善注引《韩子》曰:"死者始而灭,已而土。"

〔15〕金玉:指金玉所制的饰物。　素:平素,此指活着的时候。

〔16〕鸿毛:比喻极轻微之物。　振:举,佩。刘良注:"如金玉之珍,昔者所佩服;如鸿毛之轻,今不能胜举。"

〔17〕飨(xiǎng 响):用酒食款待人,供享用。　蝼蚁(lóu yǐ 楼椅):蝼蛄和蚂蚁。

〔18〕妍姿:美丽的容姿。　夷泯:泯灭。夷,灭;泯,尽。

〔19〕寿堂:灵堂。祭祀死者之所。　延:延请。　螭魅(chī mèi 吃妹):传说中的山林精怪。

〔20〕虚无:空无,指灵魂。　自相宾:自为宾主,指孤独无伴。

〔21〕尔:你,此指蝼蚁。　怨:怨恨。

〔22〕亲:亲爱。与"怨"相对。

〔23〕拊(fǔ 府)心:捶胸。　荼(tú 图)毒:苦菜毒虫,比喻极苦。

〔24〕永叹:长叹。　陈:述说。

今译

巍巍峨峨山高耸,坟冢掩蔽在山间。墓中大地立四极,穹隆仿效苍青天。侧耳倾听江河涌,仰观天象空中悬。悠悠苍天多寥廓,漫漫长夜无清晨。人出离家有归时,我今走了无归年。从前居住百姓中,而今万鬼为比邻。从前身为七尺躯,而今形体化灰尘。生前能够佩金玉,死后鸿毛难胜身。丰满肌肉喂蝼蚁,妍姿美态泯灭尽。灵堂只能请鬼魅,无亲无伴是孤魂。蝼蚁你我有何怨,螭魅你我是何亲?捶胸心中无限苦,长叹无人诉苦心。

题解

第三首,写下葬的场面。以"悲风徽行轨,倾云结流蔼"的夸张之语,写出生者思念死者的无尽悲哀。

以上《挽歌诗》，第一、三首是生者对死者的悲哭哀悼，第二首则是死者对生的留恋、对死的咏叹。忧死乐生同是人类生命意识的跃动，这两个侧面的相辅相成，忧死而常哀，乐生而转悲，是自古诗人多感伤的动因。《挽歌诗》所表现的，正是古代诗人普遍关心的主题，即人类对生命永恒性的炽烈追求与宇宙规律冷漠变易的冲突。

萧统在《文选》中把挽歌独立为一体，证明他已经朴素地意识到它的哲理意义与美学价值。

原文

流漓亲友思[1]，惆怅神不泰[2]。素骖伫辒轩[3]，玄驷骛飞盖[4]。哀鸣兴殡宫[5]，回迟悲野外[6]。魂舆寂无响[7]，但见冠与带[8]。备物象平生[9]，长旐谁为旆[10]？悲风徽行轨[11]，倾云结流蔼[12]。振策指灵丘[13]，驾言从此逝[14]。

注释

〔1〕流漓：流泪的样子。

〔2〕惆怅：悲伤。　泰：安宁。

〔3〕素骖(cān 餐)：三匹白马所驾之车。　伫：久立。　辒(ér 儿)轩：丧车。

〔4〕玄驷(sì 四)：四匹黑马所驾之车。　骛：驰。　飞盖：飞驰之车。盖：车篷，此指车。

〔5〕兴：起。　殡(bìn)宫：停灵柩的房舍。　哀鸣：悲哭之声。

〔6〕回迟：徘徊，回荡。

〔7〕魂舆：魂车。古代丧礼，下葬前，以死者生前外出状所备的车子，称魂车。多用纸扎。

〔8〕冠带：指魂车上人形的帽子和衣带。

〔9〕备物：准备的丧葬之物，指魂车之类。　平生：平时。指死者活着的时候。

〔10〕旐：铭旐。灵柩前的旗幡。　旆(pèi 配)：古时旗状如燕尾的垂旒。

〔11〕徽:止。　行轨:运行之车。轨,车。

〔12〕倾云:低垂的浓云。愁云。李周翰注:"哀响震云,有似倾侧,故云倾云。"　结:聚集。　流霭:飘动欲雨之云。霭,同"霭"。

〔13〕振策:挥鞭。

〔14〕驾:乘车。　言:语助词,无义。

今译

　　亲友思念泪横流,心神不宁多怅惘。三四白马驾灵车,四四黑马车驰骛。哭声悲鸣起灵堂,回荡田野遍悲忧。魂车寂然无声响,只见衣冠与带束。丧葬之物如生前,旗幡如今为谁用? 悲风似挽灵车留,愁云郁结雨将注。挥鞭策马向坟地,死者从此成虚无。

（赵福海译注并修订）

◎ 挽歌一首 并序五言

陶渊明

▌题解

挽歌,是对死者哀悼之歌。古俗,人死后,亲朋多唱挽歌,以抒悼念之情。

这首《挽歌诗》是同题三首诗的最后一首。诗人以死者的心情和口气为自身写挽歌,构思就很奇妙,把悲哀的感情渗透于环境气氛的描写之中,则格外感人。他把是非荣辱看得很平淡,也把生与死看做自然之事。在这里表现了道家的观念。

诗人是与大自然气息相通,血脉相连的。他的笔下山川田庐,花草虫鱼都有感情,他把自身看做这个大自然的一部分。在他看来,死亡就是向大自然的复归。《挽歌诗》的最后两句就精辟地概括出了这位智者的人生哲理。

▌原文

荒草何茫茫[1],白杨亦萧萧[2]。严霜九月中,送我出远郊[3]。四面无人居,高坟正嶕峣[4]。马为仰天鸣[5],风为自萧条[6]。幽室一已闭[7],千年不复朝[8]。千年不复朝,贤达无奈何[9]。向来相送人[10],各已归其家。亲戚或余悲,他人亦已歌[11]。死去何所道,托体同山阿[12]。

注释

〔1〕茫茫:广阔无边的样子。

〔2〕萧萧:风吹树木的声音。

〔3〕我:指亡者。 远郊:距城百里以外的地区。

〔4〕嶕峣(jiāo yáo 焦尧):高耸的样子。

〔5〕为:指为亡人。

〔6〕萧条:寂静。

〔7〕幽室:指坟墓。

〔8〕朝:早晨,白天。

〔9〕贤达:贤能通达之人。

〔10〕向:旧日。 相送:指送葬。

〔11〕已歌:已在歌唱,没有悲哀了。

〔12〕山阿:山陵。

今译

荒草茫茫无边,白杨萧萧作响。九月严霜凄寒,送我远郊埋葬。四面杳无人居,新坟高过山岗。骏马仰天悲鸣,西风暗自沉静。幽室一经封闭,千年不见天明。千年不见天明,贤达同此运命。往时来送葬人,各归各自家庭。亲戚或有余悲,他人哼出歌声。死去有何可说,形体化入山陵。

(陈复兴译注并修订)

343

杂歌

◉ 歌一首并序 七言

荆 轲

题解

荆轲(? —前227),战国末年侠义之士。卫国人,卫人叫他庆卿。游历燕国,燕人叫他荆卿。后来,燕太子丹尊他为上卿,派他去刺秦王政(即秦始皇)。于燕王喜二十八年(前227),他携带秦逃亡将军樊於期的头和夹带着匕首的燕督亢地图,作为进献秦王政的礼物。献图时,"图穷而匕首见",刺秦王不中,被杀死。

歌并序、荆轲生平及历史背景都见《史记·刺客列传》:"荆轲者,卫人也。其先乃齐人,徙于卫,卫人谓之庆卿。而之燕,燕人谓之荆卿。荆卿好读书击剑……爱燕之狗屠及善击筑者高渐离……会燕太子丹质秦亡归燕……归而求为报秦王〔政〕者……〔燕太子丹〕固请……〔荆卿〕许诺。于是尊荆卿为上卿……得樊将军首与燕督亢之地图。奉献秦王〔政〕……遂发。

"太子及宾客知其事者,皆白衣冠以送之。至易水之上,既祖,取道,高渐离击筑,荆轲和而歌,为变徵之声,士皆垂泪涕泣。又前而为歌曰:'风萧萧兮易水寒,壮士一去兮不复还!'复为羽声慷慨,士皆瞋目,发尽上指冠。于是荆轲就车而去,终已不顾。

"遂至秦……轲既取图奏之,秦王发图,图穷而匕首见……〔轲〕乃引其匕首以擿秦王〔政〕不中……〔秦王政〕左右既前杀轲。"

以上史实又见《国策·燕策三》,文字大同小异,兹不赘。

"歌"词仅此二句传世,凡十五字,虽然少,却是千古绝唱。上句描写风声萧萧,易水透寒,烘托出浓厚的苍凉的悲歌气氛。下句抒发壮士勇武、豪迈、慷慨激奋的情怀,抱着必死的决心去替人报仇,义无返顾。

"序"显然是《昭明文选》编者辑自史书,凡三十一字,也很简略。已经扼要说明荆轲歌产生的历史背景,除点明时间、地点、人物和事件外,还着意渲染悲壮的气氛,突出荆轲一去不复返,势在必死,送别将是永别。

歌与序当合观。

继承《诗经》传统,运用起兴手法,情随景生,具有感人的艺术效果。

原文

燕太子丹使荆轲刺秦王[1],丹祖送于易水上[2]。高渐离击筑[3],荆轲歌[4],宋如意和之[5],曰[6]:风萧萧兮易水寒[7],壮士一去兮不复还[8]!

注释

〔1〕燕(yān 烟)太子丹(? 一前 226):战国末年燕王喜的太子。名丹。曾被作人质送到秦国,遭到秦政无礼对待,怀恨逃回燕国。后来,秦国大军逼近燕国易水。鉴于新仇旧恨,于燕王喜二十八年(前 227 年),丹自作主张,派荆轲入秦刺秦王政不中。次年,秦军攻破燕国,丹逃奔辽东,被燕王喜斩首献给秦国。

〔2〕祖送:谓送行。祖,古人出行时祭祀路神叫做"祖"。 易水:水名。为大清河上源支流,流经今河北省西部。战国末年燕国下都武阳邑(故址在今河北易县东南)就在易水边上。

〔3〕高渐离:战国末年燕国人,擅长击筑。与荆轲友善。燕太子丹派荆轲谋刺秦王政,他也到易水送行,他击筑,荆轲和歌。后来秦始皇当政,听说他善击筑,就派人熏瞎了他的双目,使专为始皇击筑。他在筑内暗藏铅块,一次扑击

始皇末中,被杀。 筑:古代击弦乐器。形状似筝,颈细而肩圆,有十三根弦,弦下设柱。演奏时,左手按弦的一端,右手执竹尺击弦发音。

〔4〕荆轲歌:意谓荆轲配合高渐离击筑音乐而纵情歌唱。

〔5〕宋如意和之:意谓前来送行的宋如意也跟随荆轲一唱一和。史实见《史记·刺客列传》张守节正义引《燕丹子》云:"田光曰:'窃观太子客无可用者:夏扶血勇之人,怒而面赤;宋意脉勇之人,怒而面青。'"宋如意,当即宋意。和(hè 贺),犹唱和。跟着唱,指歌唱时一唱一和。

〔6〕曰:犹"唱道"。意谓所唱歌词是。

〔7〕萧萧:风声。

〔8〕壮士:豪壮而勇敢的人。荆轲自指,隐含自豪。前人更认为他是勇士中佼佼者,如《史记·刺客列传》张守节正义引《燕丹子》云:"〔荆轲〕神勇之人,怒而色不变。"

今译

燕国太子丹派荆轲谋刺秦王政,亲自前往易水上送行。高渐离击筑伴奏,荆轲纵情歌唱,宋如意也跟随一唱一和,唱道:"风声萧萧啊易水透寒,壮士一去啊不再重返!"

（张厚惠译注　陈复兴修订）

◎ 歌一首并序 七言　汉高帝

▓▓◈◈ 题解

　　汉高祖（前256—前195），姓刘，名邦，字季。汉沛县丰邑人。西汉帝国的开创者。早年为无赖，不治产业，曾做过泗水（今江苏沛县附近）亭长。秦末响应陈胜吴广起义，与项籍联合攻秦，立为汉王。秦灭，又与项籍争雄，终于统一天下。在位十二年。

　　汉十一年秋七月，淮南王黥布反，高祖自往击之。翌年十月，布逃遁，高祖返回长安，经过故乡沛县。因作这首歌。题目为后人所加。

　　第一句以风起云飞比喻秦末群雄并起的形势。第二句写以武威平定天下，荣归故乡的自豪之感。第三句抒发欲求猛士帮助巩固天下的渴望之情。

　　诗以刚健清新的语言，自由简洁的形式，真切地表达出一个农民起义英雄胜利后的复杂心情。面对家乡父老的欢迎赞誉，他不能不忆起当年响应陈胜吴广起义，与秦军作战的岁月。秦灭以后，继与强大的项籍苦战经年，几度身临绝境，终至化险为夷，以弱转强，取得天下。这种经历与感情，皆灌注在第一、二句中，尤其凝结于一个"威"字之上。天下统一以后，当年联手的功臣则屡生反叛于内，雄踞北方的匈奴又侵逼于外。他本人曾在击黥布时为流矢所中，心力劳瘁。皇子刘盈虽年轻，却体弱多病。他又不能不忧虑所创造的国家的命运前途，于是思猛士以为辅翼之心则若饥若渴。这种心态则隐含于第三句中。故"令儿皆和习之，高祖乃起舞，慷慨伤怀，泣数行下"。

由欢乐转而伤悲,胜利荣归而忧泪挥洒。这样简洁质朴的三个诗句,表达出这样广阔的生活内容与深沉的情思意绪,千百年来令读者共鸣,确然是诗歌艺术的极致。

原文

高祖还[1],过沛[2],留。置酒沛宫[3],悉召故人父老子弟佐酒[4],发沛中儿得百二十人[5],教之歌。酒酣[6],上击筑自歌曰[7]:

大风起兮云飞扬,威加海内兮归故乡,安得猛士兮守四方[8]!

注释

〔1〕还:返回。
〔2〕过:经过。
〔3〕沛宫:高祖在沛地的宫殿。
〔4〕佐:助。此指陪侍。
〔5〕发:调动,召集。　儿:儿辈。此指少年。
〔6〕酣:饮酒意兴正浓。
〔7〕筑:古乐器名,琴的一种。
〔8〕猛士:义勇之士。　四方:指天下。

今译

高祖返回长安,路过故乡沛地,留下暂住。在沛宫排设酒宴,把故友父老子弟全都召集来饮酒,调动沛中少年,得一百二十人,教他们歌唱。酒兴正浓,皇上就自弹筑琴,并自唱起来:

大风起啊云飞扬,武威平定了海内啊荣归故乡,如何多得猛士啊镇守四方。

(陈复兴译注并修订)

◉ 扶风歌一首 五言

刘越石

题解

　　《扶风歌》是乐府旧题。晋惠帝永嘉元年(307)，刘琨出任并州刺史，此诗作于自京都洛阳赴任途中。这是一首抒情味很浓的叙事诗。头八句写告别京都洛阳，踏上赴任征程。经过"八王之乱"，晋王朝国力衰微，每况愈下，刘聪、石勒等异族边患，不时侵扰，直接威胁京都洛阳。而刘琨赴任之并州，正是抵御外患的国防前线。诗人此行，可谓之"受命于危难之际"，因此别京赴任则非同一般。"左手弯繁弱，右手挥龙渊"，完全是临战姿态；"据鞍长叹息，泪下如流泉"，亦非儿女情肠，而是对时局之忧虑。自"系马长松下"至"汉武不见明"，为本诗的主体部分。写一路所见、所闻、所感。逃难者"扶老携幼，不绝于路"，"鬻卖妻子，生相捐弃"，"白骨横野，哀呼之声，感伤和气"。诗人虽未将这些惨象直接摄入诗中，但通过景物描写，气氛渲染，调遣悲风、涧水、浮云、归鸟，使自然之物，凝聚上主观之情，则更有感染力。这是一曲慷慨悲歌，"慷慨"是主旋律。在"资粮既乏尽，薇蕨安可食"的严峻形势下，用"揽辔命徒侣，吟啸绝岩中"来振奋精神，鼓舞士气，写出了爱国将士的胸怀。埋在诗人心灵深处的忧虑，既不是资粮的"乏尽"，也不是外患的强大，而是"忠信反获罪"的历史悲剧重演，因此勉力振奋的精神不能不蒙上一层阴影。最后四句，是这首诗的结尾。全诗在凄戾哀叹与慷慨悲歌的结合中，流露着"清刚"之气。

原文

朝发广莫门[1]，暮宿丹水山[2]。左手弯繁弱[3]，右手挥龙渊[4]。顾瞻望宫阙[5]，俯仰御飞轩[6]。据鞍长叹息[7]，泪下如流泉。系马长松下[8]，发鞍高岳头[9]。烈烈悲风起[10]，泠泠涧水流[11]。挥手长相谢[12]，哽咽不能言[13]。浮云为我结[14]，归鸟为我旋[15]。去家日已远[16]，安知存与亡[17]。慷慨穷林中[18]，抱膝独摧藏[19]。麋鹿游我前[20]，猿猴戏我侧。资粮既乏尽[21]，薇蕨安可食[22]？揽辔命徒侣[23]，吟啸绝岩中[24]。君子道微矣，夫子故有穷[25]。惟昔李骞期，寄在匈奴庭。忠信反获罪，汉武不见明[26]。我欲竟此曲[27]，此曲悲且长。弃置勿重陈[28]，重陈令心伤。

注释

〔1〕广莫门：晋京都洛阳城北门。

〔2〕丹水山：即丹朱岑，在今山西高平县北。丹水发源于此。

〔3〕繁弱：大弓名。

〔4〕龙渊：古宝剑名。繁弱、龙渊，皆泛指，非实指。

〔5〕顾瞻：回望。　宫阙：宫殿。

〔6〕俯仰：犹高下。　御：驾。　飞轩：飞快的车子。轩，古代供大夫以上者乘的轻便的车。

〔7〕据鞍：以手扶鞍。

〔8〕系马：拴马。　长松：高山之松。因山高，山上之松显高，故称长松。

〔9〕发鞍：卸下马鞍。　高岳头：高山顶。

〔10〕烈烈：凉风的声音。

〔11〕泠泠(líng 灵)：清溪流水之声。

〔12〕谢：告辞。

〔13〕哽咽：气结语塞，说不出话来。

〔14〕结:凝聚不动。

〔15〕旋:盘旋。　以上两句是说悲伤情绪感染浮云归鸟,使之凝结盘旋,不忍离去。

〔16〕去家:离家。

〔17〕安知:哪知。　存亡:死活。

〔18〕穷林:树林深处。

〔19〕独:独自。　摧藏:凄怆。

〔20〕麋(mí迷)鹿:兽名。俗称四不像。

〔21〕资粮:补给的粮食。　乏尽:匮乏用尽。

〔22〕薇蕨(wēi jué威决):薇菜和蕨菜,嫩芽可当蔬菜吃。

〔23〕揽辔(pèi配):挽住马缰绳。　徒侣:指随从。

〔24〕吟啸:高声呼啸。　绝岩:极高极陡的山崖。

〔25〕"君子"二句:语出《论语·卫灵公》:"夫子在陈绝粮,子路愠,见曰:'君子亦有穷乎?'子曰:'君子固穷,小人穷斯滥矣!'"君子,有道之人。道微,道衰微不行。夫子,指孔子。此二句谓君子之道亦有衰微不行的时候,所以孔子也有穷困的时候。这里借用孔子当年的困厄,比喻自己现在的处境。

〔26〕李:指李陵。　骞期:愆期,过期不归。骞,通"愆"。"昔在"四句,指李陵事件。据《史记·李将军列传》载:天汉二年秋,皇帝派李陵率兵五千,北征匈奴。结果寡不敌众,矢尽粮绝,援兵不到,连战八日,最后投降匈奴,汉"族陵母妻子"。"惟昔"四句,是说从前李陵出征匈奴,过期未归,流落匈奴。他本来是忠于汉朝的,结果不被武帝理解而获罪。此借李陵事而陈己志。陈沆说:"时琨领匈奴中郎将,故借李陵以见志。《文选》注:'骞期即愆期。'盖恐旷日持久,讨贼不效,区区孤忠,不获见谅于朝廷耳。"

〔27〕竟:结束。一本作"竞",此据胡克家《考异》改。

〔28〕弃置:丢在一边。　重陈:再述。

〔今译〕

　　清晨离开广莫门,傍晚宿营丹水山。左手拉开繁弱弓,右手挥舞龙渊剑。回头环视晋宫廷,车马颠簸飞向前。手按征鞍长叹息,泪水漱漱如涌泉。拴马高山松树下,卸鞍就在高山巅。烈烈悲风山头刮,泠泠溪水流山涧。挥手依依别京都,哽咽语塞不能言。浮云似为我凝结,归鸟似为我盘旋。离家路途日遥远,怎知生死命由天。慷慨激昂林深处,抱膝独坐心怆然。麋鹿在我眼前游,猿猴在我身旁窜。携带给养全用尽,薇蕨野菜怎可餐?挽住马缰命随从,放声长啸山崖间。君子之道已衰微,孔子难免遭凶险。李陵出征误归期,滞留匈奴家未还。忠信反而有罪过,武帝看法实昏暗。我要结束这只曲,这只悲曲长绵绵。索性丢开不再说,再说叫人心忧烦。

(赵福海译注并修订)

◎ 中山王孺子妾歌一首五言 陆韩卿

▌▌▓ 题解

《汉书·艺文志·诗赋略》载:"《诏赐中山靖王子哈及孺子妾冰未央材人歌诗》四篇。"颜师古注:"孺子,王妾之有品秩者也。妾,王之众妾也。冰,其名。"中山王即中山靖王刘胜,诗人假孺子妾之口,在动乱杀伐的时代,别有寄托。

▌▌▓ 原文

如姬寝卧内[1],班婕坐同车[2]。洪波陪饮帐[3],林光宴秦余[4]。岁暮寒飙及[5],秋水落芙蕖[6]。子瑕矫後驾[7],安陵泣前鱼[8]。贱妾终已矣[9],君子定焉如[10]!

▌▌▓ 注释

〔1〕如姬:战国魏王之宠姬。 卧内:卧室。李善注引《史记》载:"侯嬴谓魏公子无忌曰:'嬴闻晋鄙之兵符,常在魏王卧内,而如姬出入王卧内,力能窃之。'"

〔2〕班婕(jié洁):即班婕妤。班况之女,班彪之姑。汉成帝时选入后宫为婕妤(一作倢伃,妃嫔的称号),先得宠,后为赵飞燕所谮,退处东宫,作赋自伤。李善注引《汉书》曰:"成帝游于后庭,常欲与班婕妤同辇载。"

〔3〕洪波:春秋时晋赵简子之台。李善注引《韩诗外传》:"赵简子与诸大夫饮于洪波之台。" 饮帐:即帐饮。在郊野张设帷帐,饮宴钱别。此指在洪波台上张设帷帐宴饮。

〔4〕林光:秦之离宫。 秦余:汉之殿名,因秦之林光遗迹,故称秦余。李

善注："然秦余汉帝所幸,洪波非魏王所游,疑陆误也。"

〔5〕岁暮:岁末,指深冬。　寒飙(biāo 标):猛烈的寒风。疾风,暴风。及:到。

〔6〕芙蕖(qú 渠):即芙蓉,荷花。

〔7〕子瑕:春秋时卫国弥子瑕。　矫:擅自。　後驾:君王之车。後,同"后"。李善注引《韩子》说:子瑕有宠于卫君。卫国之法,私驾国君之车,处以刖刑,即砍掉双脚。一次子瑕母亲有病,有人夜里相告,子瑕擅自驾车出宫门。卫君知道这件事,却赞扬他孝顺母亲甘冒刖刑。

〔8〕安陵:战国时楚共王宠臣,因封于安陵,称安陵君。阮籍《咏怀诗》:"昔日繁华子,安陵与龙阳。"其安陵即指此人。李善注引《战国策》说:魏王与宠臣龙阳君同船钓鱼。龙阳钓得十几条,弃鱼下泪。魏王问他为何哭,回答说:"开始钓上鱼很高兴,后来越钓越多,越钓越大,于是想把先钓的扔掉。今臣得到很高的爵位,天下美人很多,听说我得幸于王,必纷纷前来,我就如同那先钓上的鱼,也将被扔掉,能不哭吗?"魏王于是下令:"敢言美人者族!"李注校正:"然泣鱼是龙阳,非安陵,疑陆误也。"泣鱼之典,含喜新厌旧之意。

〔9〕贱妾:诗人假孺子妾口气自称。　终:五臣作"恩"。　已矣:完了。李善注:"绝望之辞也。"

〔10〕君子:指君王。　焉如:如何。李周翰注:"言我衰谢,将失子瑕龙阳君宠,不知君王之意竟如何也。"

今译

如姬魏王共卧室,婕妤汉成出同车。洪波台上陪帐饮,林光离宫共宴席。岁末寒风猛烈至,荷花凋谢秋水池。子瑕擅驾君莫怪,安陵对王泣前鱼。贱妾色衰恩终绝,不知君王将何如?

（魏淑琴译注并修订）

◎ 杂诗上 ◎

◎ 古诗十九首 五言

▓▓ 题解

　　《古诗十九首》最早即著录于《文选》,因作者姓名失传,具体时代难以确定,故萧统题为"古诗"。

　　关于《古诗十九首》的作者和时代,历来颇多推测:或谓枚乘、傅毅,固不可靠;或谓曹植、王粲,亦属揣度之辞。比较准确的看法是这一组诗大概产生于东汉末年,即顺、桓、灵帝时代,建安之前。作者并非一人,乃是一群无名的下层文士仿乐府所作。

　　《古诗十九首》就其题材来看,不出游子之歌与思妇之词两类。然而其思想内涵却极为复杂。从诗中可以看出,十九首的作者是以洛阳为活动中心的。这是因为洛阳是当时的政治中心,是文人们谋求进身、猎取功名富贵的逐鹿场所。诗中的游子,就是为此而背井离乡、飘流异地的。如"今日良宴会"、"回车驾言迈"等诗就反映了他们热中仕宦,追求"立身"、"荣名"的思想。由于营求功名富贵的人日益增多,而官僚机构的容纳毕竟有限,更重要的是,东汉末年,外戚、宦官、官僚相互倾轧,文人们是依靠官僚的援引,通过州、郡或中央的征辟求得进身的。桓、灵之际,第一次党锢之祸发生之后,中央政权为宦官所垄断。他们接连杀戮和禁锢正直敢言的官僚和知识分子,卖官鬻爵,贿赂公行,政治的腐化和堕落达到极点,东汉王朝处于大乱前夕,崩溃边缘。在这种情况下,这些统治阶级下层文人,自然是得机进幸者少,失意向隅者多。他们彷徨苦闷,看不到人生的出路。因此,十九首处处充满失意沉沦之感,表现出一种无可奈何的悲哀,这在"青青陵上柏"、"西北有高楼"、"涉江采芙蓉"、"明月皎夜光"、"东城高且长"等诗中表现得都很强烈。

失意的文人倦客,对节序的推移,时间的流逝,尤为敏感。反映这种思想情绪的诗句,在十九首中几乎俯拾皆是。诸如"白露沾野草,时节忽复易";"四时更变化,岁暮一何速";"思君令人老,岁月忽已晚";"去者日以疏,来者日以亲"等等。于是,在这些失意文人的思想意识中,似乎萌发一种新的觉醒:这就是对于人和人生的觉悟。他们在对时世、人事、节物、名利、享乐的咏叹中,突出的是一种性命短暂、人生无常的悲哀。这构成了十九首一个基本音调:"生年不满百,常怀千岁忧"、"人生寄一世,奄忽若飙尘"、"人生非金石,岂能长寿考"、"所遇无故物,焉得不速老"、"万岁更相送,贤圣莫能度"、"出郭门直视,但见丘与坟"……表面看来是如此消极、颓废、悲观的感叹,实际深藏着的恰恰是它的反面,即对于人生、生命、命运、生活的强烈的留恋和欲求。这只有在对从前所宣扬和信奉的那套伦理道德、鬼神迷信、谶纬宿命、烦琐经术等等规范、标准、价值的虚伪性大胆怀疑和否定的基础上,才会产生内在人格的觉醒和追求。他们意识到人必然会死,短促的人生充满那么多的生离死别、哀伤不幸。那么,为什么不抓紧生活,尽情享乐呢?所以,"昼短苦夜长,何不秉烛游"、"不如饮美酒,被服纨与素"、"何不策高足,先据要路津",说得干脆、坦率、毫无掩饰。表面看来似乎是赤裸裸地追求贪图享乐、消极颓废,实质上它是在当时特定历史条件下深刻地表现了对人生、生活的渴望追求。十九首的思想感情虽然复杂,但这一点正是贯穿全诗的主旋律。作者通过游子怀乡、闺人怨别、游宦无成、追求享乐等的描写,流露了浓厚的人生感伤情绪,这正是一种世纪末的忧伤。《古诗十九首》的最大价值就在于直接宣泄了人性的积极追求,突破了传统诗教的规范,表现了下层文人的生活境况和思想情绪。

《古诗十九首》作为我国文学史上早期五言抒情诗的典范,在艺术上是相当成熟的。它们最突出的成就正在长于抒情。十九首在抒情方面的一个显著特点是含蓄蕴藉,情意不尽。它运用了委婉含蓄、一唱三叹的笔法,抒发了人人共有之情,故千年之下,使读者悲感无端,油然善入。十九首在抒情方面的第二个显著特点是比兴寄托,附物切情。抒情之妙在于托物寓意。"胡马"、"越鸟"、"陵柏"、"涧石"、"芙蓉"、"芳草"、"兔丝"、"女萝",可谓随手寄兴,"婉转附物,怊怅切情"。至如"迢迢牵牛星"一章,纯借牛女作象征,无一字实写自己情感,诗人的主观情趣与客观意象融然契合,实诗歌之高超技术。十九首在抒情方面的第三个显著特点是情意恳挚、真率自然。这些诗,确如前人所说,只是抒发"逐臣弃妇,朋友阔绝,游子他乡,死生新故之感",而"无奇辟之思,惊险之语"。然而,它的好处也正在于以平浅质朴的语言,抒写曲折细微的感情。自然来自真情的流露。十九首的作者对现实生活有深切感受,所以没有半点矫情与虚伪。我们看"客从远方来,遗我一书札。上言长相思,下言久离别",何等朴素亲切;而"荡子行不归,空床难独守"、"何不策高足,先据要路津",多么坦率真诚。可谓不求乎工而自工,不求乎丽而自有娇媚迷人之姿。自然美与整体美的纯朴,胜过一切人工的雕镂。

《古诗十九首》标志着五言诗从以叙事为主的乐府民歌发展到以抒情为主的文人创作,显示了五言诗的成熟。它们所反映的下层文人的苦闷和愿望,在封建时代具有相当的普遍性和典型意义,极易引起他们的共鸣;它们所创造的独特表现手法和艺术风格,适合于表现感伤苦闷情绪,更为后世封建文人所喜爱和模仿。因此,它们在梁代已获得高度评价,刘勰称之为"五言之冠冕",钟嵘称之为"惊心动魄,可谓几乎一字千金"。学习、摹拟、继承、发展其手法、风格者,不绝如缕。如陆机、江淹等人,多有拟作,可见其影响之深远。

杂诗 上

古诗十九首

行行重行行

题解

　　这首诗写一位思妇对于离家远行、久别不归的丈夫的思念和怨情。结构上主要是按感情的起伏变化来驱遣剪裁事实:先是追叙初别,次说路远难会,以倾诉相思之苦,最后强作宽慰之语。全诗以情融事,善于化用前人成辞与巧妙的比喻,如"胡马依北风,越鸟巢南枝"、"浮云蔽白日,游子不顾反"等句,不唯自然成对,且言近意远,语短情长,含蓄蕴藉,余味无穷。诗中又有一些复沓的句子,回环反复地诉说一个意思,以层转层深的表现手法扩张其感情容量,把离别相思之情抒发得更为深挚感人。

原文

　　行行重行行〔1〕,与君生别离〔2〕。相去万余里,各在天一涯〔3〕。道路阻且长〔4〕,会面安可知? 胡马依北风〔5〕,越鸟巢南枝〔6〕。相去日已远〔7〕,衣带日已缓〔8〕。浮云蔽白日〔9〕,游子不顾返〔10〕。思君令人老,岁月忽已晚〔11〕。弃捐勿复道〔12〕,努力加餐饭。

注释

　　〔1〕行行:两"行行"相重叠,是为了加重语气,等于说走啊走啊。　重:又。
　　〔2〕君:指思妇的丈夫。　生别离:活生生地分开。
　　〔3〕一涯:一方。
　　〔4〕阻:障碍,艰险。
　　〔5〕胡马:指北方所产的马。　依:依恋。

〔6〕越鸟:指南方的鸟。越,南方百越之地,包括今天两广、福建一带。巢:作动词,筑巢。

〔7〕日已远:一天比一天远。

〔8〕缓:宽松。指腰肢消瘦。

〔9〕浮云:比喻游子另有新欢,象征彼此间感情的障碍。　蔽:遮盖。　白日:指游子。

〔10〕顾:念。

〔11〕忽:匆匆。　晚:暮,尽。

〔12〕捐:弃,丢开。　道:谈说。

今译

　　走啊走啊走啊走,与君活活分了手。你我相隔万里远,各在遥远天一边。道路艰难又漫长,不知何时再相见。胡马尚且恋北风,越鸟筑巢树枝南。你我相离日日远,衣带天天见松缓。莫非浮云遮白日,致使郎君不思返。思君令人容颜老,一年匆匆又过完。丢开这些不再谈,愿君保重多加餐。

青青河畔草

题解

　　这也是一首写思妇的诗。但与《行行重行行》一首中的思妇恰为两种类型。这诗的主人公是一位出身"倡家女"的"荡子妇",她春日寂寞,登楼遣闷。首二句写春天景色,次四句写思妇的姿容仪态,末四句写思妇的身世和愁怨的情绪。正是由于这是另一种女性,所以她的心理状态便不同于一般封建女性在涉及两性间的离别相思时所表现出来的忧郁深沉、含蓄节制;这位出身"倡家女"的"荡子妇"对于"荡子行不归"的孤独寂寞生活的痛苦尤为敏感,而其心理状态则更为单纯、直率,没有那么多的顾忌与克制,她的情感表现得更强烈、刻露。诗在艺术上也很有特色;它运用极精细的笔触来描绘环境与人物,使诗的形象逐渐展开,表现得愈益明朗;诗具有高度的语言技巧,它通过语言的选择、运用、组织和安排,使诗的形象显得异常丰富生动。如前六句连用叠字尤为后人所称赞,诚如朱自清所说:"各组叠字,词性不一样,形容的对象不一样,对象的复杂度也不一样,就都显得确切不移;这就重复而不可厌,繁赜而不觉乱了。"它的巧妙不在于形容词之难得,而难于如此浑然天成:由草写到柳——楼——人——衣袖——手,再呆板不过了,但却使人不觉,因为那颜色是一步步由青草的青到绿柳的绿,再到楼头的红颜、红妆的衣袖,最后又都停止在一点素净(素手)之上,达到了美与和谐,可以说是丽质天成。

原文

青青河畔草,郁郁园中柳[1]。盈盈楼上女[2],皎皎当窗牖[3]。娥娥红粉妆[4],纤纤出素手[5]。昔为倡家女[6],今为荡子妇[7]。荡子行不归,空床难独守。

注释

〔1〕郁郁:浓密茂盛的样子。柳:谐"留"音。汉人有折柳赠别的风俗,折柳是留客之意。这里写女子看到浓郁的"园中柳",自然会想起当年分别时的依依留恋之情。

〔2〕盈盈:通"嬴嬴"、"嬹嬹",形容女子仪态美好。

〔3〕皎皎:光明洁白。这里形容女子的肤色白皙,姿容明艳。 当:临,对着。 牖(yǒu 有):泛指窗。

〔4〕娥娥:容貌美好的样子。 红粉妆:指艳丽的脂粉妆饰。

〔5〕纤纤:形容手指细而柔长。 素:白。

〔6〕倡家女:即"女乐",以歌舞为业的女子。非后世所谓娼妓。

〔7〕荡子:即游子,指长期飘泊异乡的人。非后世所谓不务正业的浪子、败子。

今译

河边草色青又青，园中柳色绿又浓。风姿俏丽楼上女，玉容寂寞临窗镜。浓妆艳抹多娇媚，素手伸出指细长。当年曾为歌舞女，如今嫁个游子郎。游子久行不还家，独守空床苦难当。

青青陵上柏

题解

这首诗的主旨就是人生行乐四个字。开首以"陵上柏"、"涧中石"之长存反衬人生之不常；继以"远行客"喻人生之倏忽、短促。由此想到"斗酒娱乐"、"游戏宛洛"。又以"宛与洛"联想到京洛之繁华。结末仍以"极宴"、忘忧收束全篇。首二句对偶，"斗酒"两句与"极宴"两句复沓；大体为散行。写京洛景象分为三项，颇具剪裁：其一，冠带来往；其二，衢巷纵横，宅第众多；其三，宫阙壮丽。这三者烘托出当时京城中宦官、贵戚们的奢侈生活与炙手可热的权势和气焰，可谓"极其笔力，写到至足处"（方东树《昭昧詹言》）。虽算不得含蓄蕴藉之作，亦不失为"沉着痛快"（严羽《沧浪诗话》）。可见，《古诗十九首》并非都是"优柔善入，婉而多讽"的。

原文

青青陵上柏[1]，磊磊涧中石[2]。人生天地间，忽如远行客[3]。斗酒相娱乐[4]，聊厚不为薄[5]。驱车策驽马[6]，游戏宛与洛[7]。洛中何郁郁[8]，冠带自相索[9]。长衢罗夹巷[10]，王侯多第宅[11]。两宫遥相望[12]，双阙百余尺[13]。极宴娱心意[14]，戚戚何所迫[15]？

注释

〔1〕陵:高丘。

〔2〕磊磊:众石攒聚的样子。 涧:山沟。涧,李善本作"硐",从六臣注。

〔3〕远行客:匆匆远行的旅人。比喻时光易逝,人生短暂,与上文"陵上柏"、"涧中石"的长存相对照。

〔4〕斗酒:少量的酒。斗,酒器。

〔5〕聊:姑且。 厚:多。 薄:少。

〔6〕策:鞭打。驽(nú 奴)马:迟钝的劣马。

〔7〕宛(yuān 冤):宛县,汉之南阳郡治所所在地,东汉时有南都之称,在今河南省南阳市。 洛:即东汉京都洛阳。宛洛都是当时最繁华的都市。

〔8〕郁郁:人多势众,形容繁盛热闹的气象。

〔9〕冠带:指顶冠束带的达官显宦。 自相索:指贵人只与贵人相交结,不与常人来往。即同气相求的意思。索,求访。

〔10〕衢(qú 渠):四通的大道,即大街。 罗:排列。 夹巷:在大街两旁的小巷。

〔11〕第宅:府第住宅。

〔12〕两宫:指洛阳城内的南北两宫。李善注引蔡质《汉宫典职》:"南宫北宫,相去七里。" 相望:相对。

〔13〕双阙:宫门前的两座望楼。

〔14〕极宴:尽情欢乐宴饮。

〔15〕戚戚:忧愁的样子。 迫:指心情受到压抑。

今译

陵上松柏常青青,涧中众石永长在。人生茫茫天地间,匆匆犹如远行客。斗酒醉人可娱乐,姑以为厚莫嫌薄。驱驾破车策劣马,何妨游戏宛与洛。洛阳城中何繁华,贵人只进贵人家。长街两旁列小巷,王侯公卿宅第多。南北两宫遥相望,双阙百尺多巍峨。尽情宴饮遂心欲,何故忧忧如所迫?

今日良宴会

题解

这首诗所写的是听曲感心。借阐明曲中真意，大发人生短促，应当速求富贵、莫守贫贱的议论。这既是感愤，亦是自嘲。反映出汉末大乱前夕人们信仰的崩溃，儒家思想已不能维系人心。有人说这是"反词"、"诡词"，是"讽"，是"谑"，那是蔽于儒家的成见。诗人虽只感慨人生的短暂空虚，迫切追求名利，然而这也不失其为真。并且，由于诗人诉诸情感的是那样的慷慨激昂，沉郁苍凉，所以，这种迸发式的强烈抒情，给人的感觉和印象仍然是强烈而鲜明的。

原文

今日良宴会，欢乐难具陈[1]。弹筝奋逸响[2]，新声妙入神[3]。令德唱高言[4]，识曲听其真[5]。齐心同所愿[6]，含意俱未伸[7]。人生寄一世[8]，奄忽若飙尘[9]。何不策高足[10]，先据要路津[11]？无为守穷贱[12]，轗轲长苦辛[13]。

注释

〔1〕具陈：全部说出。

〔2〕筝：瑟类弦乐器。古筝竹身五弦，秦汉时为木身十二弦。　奋：发出、扬起。　逸响：不同寻常的音响。

〔3〕新声：指当时最流行的曲调，可能是从西北传入的胡乐。　入神：意境神奇感人。

〔4〕令德：贤者，指歌词的作者。令，善。　高言：高妙的言辞，指歌辞。

〔5〕识曲：知音者。　真：指歌曲中的真意。

〔6〕齐:一致。 同所愿:大家心中所想的都是如此,指座中人听了"令德"者的"高言"后所引起的感情上的共鸣。

〔7〕含意:指已被众人所领会的歌曲中的道理。 未申:口里表达不出来。

〔8〕寄:寓居,言短暂。

〔9〕奄忽:急遽,迅疾。 飙(biāo 标)尘:卷在狂风中的一阵尘土,比喻人生短促,一忽儿即无踪影。

〔10〕高足:指快马。

〔11〕据:占领。 要路津:借指政治的重要位置。津,渡口。

〔12〕无为:不要。

〔13〕辖(kǎn 坎)轲:同"坎坷",道路不平。比喻不得志。

今译

今朝热闹好宴会,欢娱快乐难细陈。弹奏琴筝发奇响,新声一曲妙入神。贤者歌中唱美辞,知音听曲辨其真。众人虽悟歌中意,心领神会口未申:人生一世如寄宿,飘忽犹如风中尘。何不扬鞭催快马,捷足先登富贵门?且莫自甘守贫贱,坎坷终生长苦辛。

西北有高楼

题解

这也是一首闻歌感心之作。主人公是那位听者,全诗都是听者的口气。作为诗中的弦歌人,是从歌声中听出来的那个人。而从"西北有高楼,上与浮云齐"、"谁能为此曲?无乃杞梁妻"等诗句看,她一定是一位贵族家的愁怨女子;但她在诗里始终处于"曲终人见"的境界中。这就决定了诗人只能从一个听者所见所闻的一些与她有关的外围事物着笔。歌者大概是一位怀抱坚贞高洁而又孤苦无依的思妇。她的苦自然是不消说的,但更苦的是有苦说不得,只好借曲写心;然而又没有人懂得她的歌曲,知道她的心。如此看来,

"知音稀"实是苦中之苦,别的苦还在其次。她的这番心思正好引起了楼外听者的同情和共鸣。这位听者不单痛惜她的悲苦,尤其痛惜的是听其曲而知其心的人太少了。于是,听者与歌者的思想感情达到了融然契合,表示"愿为双鸿鹄,奋翅起高飞"。陆时雍评这首诗说:"空中送情,知向谁是? 言之令人悱恻。""空中送情"正是这首诗的"秘密",也就是这首诗在艺术形象上所表现的特征。

原文

　　西北有高楼,上与浮云齐。交疏结绮窗[1],阿阁三重阶[2]。上有弦歌声[3],音响一何悲! 谁能为此曲? 无乃杞梁妻[4]。清商随风发[5],中曲正徘徊[6]。一弹再三叹[7],慷慨有余哀[8]。不惜歌者苦,但伤知音稀[9]。愿为双鸿鹄[10],奋翅起高飞。

注释

　　[1]交疏:交错刻镂的窗格子。疏,刻镂。　结绮:窗格边结如丝织品的花纹。

　　[2]阿阁:四周有檐的楼阁。　阶:台阶,楼阁建于其上。

　　[3]弦歌:以琴、瑟、琵琶一类乐器伴奏的歌曲。

　　[4]无乃:莫非。　杞梁妻:春秋时齐国大夫杞梁的妻子。据刘向《列女传》记载,杞梁战死,没有儿子和亲近的家属。他的妻子孤苦无依,枕着丈夫的尸首在城下痛哭,悲哀动人,十天之后,连城墙也被她哭倒了。古乐府《琴曲》有《杞梁妻叹》,《琴操》说是杞梁妻所作。《琴操》说:"梁死,妻叹曰:'上则无父,中则无夫,下则无子,将何以立吾节? 亦死而已!'援琴而鼓之。曲终,遂自投淄水而死。"杞梁妻善哭,《杞梁妻叹》是悲叹的曲调。这里是指像杞梁妻那样孤独的妇人。

　　[5]清商:乐曲名,声调清越,适宜于表现忧愁幽思的哀怨情感。

　　[6]中曲:乐曲奏到中段。　徘徊:形容乐曲的往复萦回。

　　[7]一弹:弹奏了一段之后。　叹:指乐曲中的和声。

〔8〕慷慨:激越不平的感情。李善注引《说文》:"慷慨,壮士不得志于心也。"这里指怨女的不得志于心。　余哀:哀伤之情有余不尽,不随乐曲的终止而终止。

〔9〕知音:识曲的人,指能听出音乐中所表达出来的弹奏者情感的人,引申为知心的人。

〔10〕双鸿鹄:指听者和歌者,这里是借愿为双鸟共飞的套语来表示听者对于楼上歌者的深切同情。鸿鹄,善飞的大鸟。李善本作"鸣鹤",从五臣注。

今译

西北高高一座楼,上接云霄出尘埃。雕花窗格结绮纹,楼阁架在三重台。楼上琴音伴歌声,琴音歌声何悲哀!谁能作此悲哀曲?莫非当年杞梁妻?清商怨曲随风飘,中曲往复又徘徊。曲终一弹复三叹,感慨难平有余哀。不痛歌者心中苦,只伤少有知音在。愿为鸿鹄成双对,展翅高飞云天外。

涉江采芙蓉

题解

这首诗写游子怀念远在家乡的妻子。由相思而采芳草,由采芳草而望旧乡,由望旧乡又回到相思,真是无可奈何到了极点,所以逼出"同心而离居,忧伤以终老"这样激切的口气。结构本身的回环曲折,正反映了诗中主人公内心深处那种相思难遣,苦闷忧伤的情绪。

从文学语言的角度看,诗中遣词造句化用《楚辞》的地方很多,成词也有,意境也有。如"涉江"是《楚辞》的篇名,而采芳草赠人,更为屈原所经常写到,但本诗并非思君或怀友之作。有人又据"还顾望旧乡"一句是居者揣想行者的语气,说此诗是思妇之词,似觉不妥,因为那样未免太曲折了。

原文

涉江采芙蓉[1]，兰泽多芳草[2]。采之欲遗谁[3]？所思在远道。还顾望旧乡[4]，长路漫浩浩[5]。同心而离居[6]，忧伤以终老[7]。

注释

〔1〕芙蓉：荷花。

〔2〕兰泽：生长着兰草的低湿之地。泽，低湿之地。 芳草：指兰。

〔3〕遗（wèi 畏）：赠送。

〔4〕还顾：回头看。

〔5〕漫：犹"漫漫"，长而无尽的样子。这里是叠字省为单字。 浩浩：广大无边的样子。

〔6〕同心：指夫妻感情融洽和谐。

〔7〕终老：终生到老。

今译

趟过江来采芙蓉，兰泽岸边摘兰草。采来芳草送谁人？心上人儿在远道。回头遥望故乡路，长路漫漫又渺渺。同心之人居两地，只怕忧伤到终老。

明月皎夜光

题解

这是一首失意之士怨朋友不相援引的诗。全诗可以分为两部分：前八句是景物描写及景物所引起的"时节忽复易"之感；后八句是写朋友新贵弃旧交和因此而引起的"虚名复何益"的感慨。这两部分正如钟惺所说:"似各不相蒙,而可以相接。"写景从目见到耳闻,从耳闻到想象;由于想到"玄鸟逝安适",而联系到"同门友"的"高举振六翮",是从客观事物过渡到主观心情;对"同门友"的"弃我如遗迹",诗人用南箕、北斗、牵牛的有名无实,比喻交道的不终,又以主观心情联系到客观事物。转换自然,首尾呼应,十分确切地反映了思维活动的过程,使诗的结构显得非常完整。

原文

　　明月皎夜光[1],促织鸣东壁[2]。玉衡指孟冬[3],众星何历历[4]。白露沾野草,时节忽复易[5]。秋蝉鸣树间,玄鸟逝安适[6]?昔我同门友[7],高举振六翮[8]。不念携手好[9],弃我如遗迹[10]。南箕北有斗[11],牵牛不负轭[12]。良无盘石固[13],虚名复何益[14]?

注释

　　[1]皎:形容月光之白。这里作动词用。

　　[2]促织:蟋蟀。

　　[3]玉衡:北斗七星中的第五星,也指第五星到第七星所构成的斗柄三星。由于地球绕日公转,从地面上看去,斗柄每月所指的方位不同,古人依据这种方位的变化来辨别节令的推移。　孟冬:初冬,阴历九月立冬以后。这里是指玉衡正指着西北偏北的方位,知道季节已入孟冬。

　　[4]历历:分明的样子。

　　[5]易:更换。

　　[6]玄鸟:燕子。　逝:去。　安适:到什么地方。

　　[7]同门友:同在师门受业的学友,即同学。

　　[8]高举:高飞。这里比喻宦途得意。　振:奋,张。　六翮(hé 河):翅膀。翮,羽茎。

　　[9]携手好:携手同游的亲密友谊。

　　[10]遗迹:行路时所遗留下来的脚印。

〔11〕南箕:星名,共四星联成梯形,形似簸箕,故名箕。　斗:指南斗星,斗星和箕星都在南方,共六星聚成斗形。因为它在箕星之北,故与箕星并称南箕北斗。《诗经·小雅·大东》:"维南有箕,不可以簸扬;维北有斗,不可以挹酒浆。"意思是说,箕星和斗星徒有其名,实际上没有簸米和舀酒的作用。这里只引用《诗经》诗句的上半句,使下半句的意思让读者自己去联想。

〔12〕牵牛:星名。　负轭(è厄):指拉车。轭,车辕前的横木,拉车时负在牛背上,拉车前进。这句也是运用《诗经·小雅·大东》"睆彼牵牛,不以服箱"语意,以牵牛星的不能拉车比喻"同门友"徒有朋友之名而无真实情谊。

〔13〕良:实在。　盘石:大石。

〔14〕虚名:指徒有"同门友"之名。

今译

明月皎皎夜光光,蟋蟀东房壁下唱。玉衡指向初冬位,天上群星何朗朗。白露泠泠沾野草,节令匆匆又更换。知了低吟在树间,燕子飞往何处边?往昔与我同窗友,个个展翅飞上天。忘掉当初携手情,如同脚印弃路边。南箕北斗本空名,牵牛不会驾车行。友谊实无盘石固,同窗虚名又何用!

冉冉孤生竹

题解

这首诗写女子新婚后与丈夫久别的怨情。前半追忆新婚的景况,后半写思念的情怀。新婚后的远别、久别,而且会面难期,对于一位年轻少妇来说,除了殷切地怀念之外,更为敏锐的,便是一种顾影自怜的心情,青春不再的迟暮之感。本诗正是抓住这一心理特征,突出了描写的重点。

从艺术表现上看,最突出的特点就是运用比喻,组织成篇。如前半的四个比喻,是就夫妇间的关系而言:以"孤生竹"自比,以"泰山阿"比丈夫;以"兔丝"自比,以"女萝"比丈夫;曰"结"曰"附",正表明了女子依附于男子,希望终身有靠,可谓构思新巧。后半以蕙兰自比是就眼前处境而言:"含英扬光辉"喻己正当盛颜之时;"过时而不采,将随秋草萎"喻盛颜易逝,而丈夫不归,含有一种美人迟暮的伤感之情。这就丰富了诗的情感内涵。两套比喻是诗的描写抒情的主要部分,彼此联系起来,构成诗的形象的整体。

刘勰《文心雕龙》认为这首诗是东汉傅毅所作,非是。

原文

冉冉孤生竹[1],结根泰山阿[2]。与君为新婚,兔丝附女萝[3]。兔丝生有时,夫妇会有宜[4]。千里远结婚,悠悠隔山陂[5]。思君令人老,轩车来何迟[6]!伤彼蕙兰花[7],含英扬光辉[8]。过时而不采,将随秋草萎。君亮执高节[9],贱妾亦何为?

注释

〔1〕冉冉:柔弱下垂的样子。　孤生竹:孤独无依的竹子。

〔2〕泰山:大山。"泰"同"太",与大义同。王念孙《读书杂志》:"泰山当为大山。"　阿:山坳,山弯。

〔3〕兔丝:一种蔓生植物,这里是女子自比。　女萝:即松萝,也是一种蔓生植物,这里比喻女子的丈夫。

〔4〕宜:指适当的时间。

〔5〕悠悠:遥远。　陂(bēi卑):山坡。

〔6〕轩车:有屏障的车子。古代大夫以上者乘轩车。这位女子的丈夫可能是为了寻求功名而离家,故女子盼望、想象他乘轩车归来。

〔7〕蕙兰:都是香草名,这里是女子自比。

〔8〕含英:花含苞待放的样子。英,花瓣。

〔9〕亮:诚信。　执:守。　高节:高尚的节操,指坚贞不渝的爱情。

今译

柔弱孤独一棵竹，大山弯处把根扎。与君新婚成夫妇，犹如兔丝附女萝。兔丝花开自有时，夫妻自当及时会。千里迢迢来结婚，婚后遥遥隔山水。思君令人容颜老，轩车迟迟何不归？可惜蕙草与兰花，含苞待放发光辉。花开倘不及时采，将随秋草同枯萎。知君守节情不移，贱妾何必自伤悲？

庭中有奇树

题解

这是一首思妇怀念远行的丈夫的诗。全诗只有八句，从庭树开花说到攀枝折花、欲寄远人，再说到路远难至，最后却说此微物本不足以献给远人，不过因为久别思深，而生痴想罢了。这样，全诗只就"奇树"一意写到底，中间却有千回百折，层层深入地抽绎出幽闺思妇内心深处的哀怨，在明白浅显的风貌里表现了婉曲的思致。明人陆时雍评《古诗十九首》，说它"深衷浅貌，语短情长"，这该是最典型的一篇。

原文

庭中有奇树[1]，绿叶发华滋[2]。攀条折其荣[3]，将以遗所思。馨香盈怀袖[4]，路远莫致之[5]。此物何足贡[6]？但感别经时[7]。

注释

〔1〕奇树：犹嘉树，佳美的树木。

〔2〕发：开放。　华：同花。　滋：繁盛。

〔3〕条:枝。 荣:花。

〔4〕馨(xīn欣):香气。 盈怀袖:充满于襟袖之间。

〔5〕致:送到。

〔6〕贡:献。

〔7〕经时:经过了很长时间。

今译

庭中一株珍奇树,叶儿碧绿花繁盛。攀过枝条折下花,欲待赠给心上人。花气芬芳满襟袖,路途遥远难相送。此花何足献远人?只伤分别经时久。

迢迢牵牛星

题解

这首诗写织女隔银河遥望牵牛的愁苦心情,实际上是借天上牛女的故事写人间夫妇离别相思之感。把牵牛和织女说成夫妇,并把他们之间的爱情染上了一层悲剧色彩,使之更加优美动人,大约完成于东汉末年。就现存历史文献看,本诗是最早而又最完整的记录。

本篇与《青青河畔草》一样,十句之中有六句用叠字形容词:"迢迢"是星空的距离,"皎皎"是星空的光线,"纤纤"是手的形状,"札札"是机杼的声音,"盈盈"是水的形态,"脉脉"是人的神情。词性不同,用法上极尽变化之能事,但都显得精当不移,自然生动。与《青青河畔草》又同中有异:《青青河畔草》六叠句连用在前,而本诗却有二句用在结处,"彼此各成一奇局"。然有异曲同工之妙。

全诗从想象出发,充满浓郁的浪漫气息,在十九首中这是最为特出的一篇。

原文

迢迢牵牛星[1]，皎皎河汉女[2]。纤纤擢素手[3]，札札弄机杼[4]。终日不成章[5]，泣涕零如雨[6]。河汉清且浅，相去复几许[7]？盈盈一水间[8]，脉脉不得语[9]。

注释

[1]迢迢：遥远的样子。　牵牛星：又名河鼓，民间称为扁担星，在银河南。

[2]河汉女：指织女星。在银河北，与牵牛星隔河相对。河汉，即银河。

[3]擢(zhuó 浊)：引，指从衣袖中伸出来。

[4]札札：织机声。　机杼(zhù 柱)：指织布机。杼，旧式织布机上的梭子。

[5]不成章：织不成经纬纹理，即织不出布的意思。章，布帛上的经纬纹理。

[6]零：落。

[7]几许：多少，指距离很近。

[8]盈盈：水清浅的样子。与上《青青河畔草》中"盈盈楼上女"之"盈盈"义不同。

[9]脉脉：含情相视的样子。

今译

迢迢牵牛天河南，闪闪织女隔北岸。双手纤细又柔长，札札穿引织梭响。终日无心难成匹，涕泪交流落如雨。天河之水清又浅，南北相距几多远？虽只盈盈一水间，脉脉相视难攀谈。

回车驾言迈

题解

这首诗写诗人在旅途中看到事物的新故变化，盛衰有时，联想到人生寿命的短暂，从而发出"立身苦不早"的沉沦失意的慨叹。结尾表现出对"荣名"的迫切向往,也就是《今日良宴会》中"何不策高足,先据要路津"的意思。不过说得较为含混。

这首诗从写景到抒情说理,中间以"所遇无故物,焉得不速老"为纽带。这两句就客观事物最通常的现象,用极为质朴而又概括的语言,写出人生最深切的经验感觉。它既是"人人意中所有"、同时又是"人人笔下所无"的境界,可谓"惊心动魄,一字千金"。但全诗流露出一种无可奈何的消极情绪。明人孙𬭚评此诗"是凄恻调"。

原文

回车驾言迈[1],悠悠涉长道[2]。四顾何茫茫[3],东风摇百草[4]。所遇无故物,焉得不速老[5]?盛衰各有时[6],立身苦不早[7]。人生非金石,岂能长寿考[8]?奄忽随物化[9],荣名以为宝。

注释

〔1〕回:转。 言:语助词。 迈:远行。
〔2〕悠悠:漫长遥远的样子。 涉:经历。 长道:长途。
〔3〕茫茫:广远无边的样子。
〔4〕东风:春风。 摇:吹动。
〔5〕焉得:怎能。
〔6〕时:一定的时机。
〔7〕立身:指立德、立功、立言等各种事业的建树。 苦:患、恨。
〔8〕寿考:老寿。考,老。
〔9〕物化:随物而化,指死亡。
〔10〕荣名:荣禄和名声。

今译

掉转车驾向远行,长途悠悠车不停。四顾茫茫何所有,只见春风吹百草。一路所见无旧物，人生怎能不速老？万物兴衰各有时，只恨功业未早成。人生不比金石固，岂能不老永长生？生命倏忽随物逝，只有名利是珍宝。

东城高且长

▌题解

这是一首描写士人感叹年华易逝，主张"荡涤情志"，摆脱拘束，采取放任情志的生活态度的诗。陆时雍说："景驶年催，牢落莫偶，所以托念佳人，衔泥巢屋，是则荡情放志之所为矣。踽促不伸，祇以自苦，百年有尽，无谓也。"这是不错的。但此诗历来有人主张自"燕赵多佳人"起应另成一首。其所持理由主要是前后文义不连贯，情调不一致。但前人也多指出，此诗在《文选》和《玉台新咏》中皆作一篇，晋人陆机也把它看成一篇而进行拟作。细味全诗，前后可以连贯一致；前半所写，无非是岁月易逝，应尽情游乐的思想；后半则是诗人冶游的纪实，即所谓"荡涤放情志"。清人张庚指出，这首诗"句句相生"，如"起云东城高且长，下则就'长'字接'逶迤自相属'句，以足'长'字之势；就'逶迤'字生出'回风动地起'句；就'地'字生出'秋草'句；就'秋草'字生出'四时变化'；就'时变'生出'岁暮速'句；就'速'字生出'怀'、'伤'二句；就'怀''伤'二字生出'放情'二句；就'放情不拘'生出下半首。真一气相承不断，安得不移人之情？"他这样分析未免太拘于表面的文字形式，但说全诗"一气相承不断"还是对的。又通篇用韵相同，也是一个证据。

▌原文

东城高且长[1]，逶迤自相属[2]。回风动地起[3]，秋草萋已绿[4]。四时更变化[5]，岁暮一何速！《晨风》怀苦心[6]，《蟋蟀》伤局促[7]。荡涤放情志[8]，何为自结束[9]？燕赵多佳人[10]，美者颜如玉。被服罗裳衣[11]，当户理清曲[12]。音响一何悲[13]，弦急知柱促[14]。驰情整中带[15]，沉吟聊踯躅[16]。思为双飞燕，衔泥巢君屋[17]。

注释

〔1〕东城：指洛阳的东城。

〔2〕逶迤(wēi yí 威夷)：曲折绵长的样子。　属(zhǔ 主)：接连。

〔3〕回风：旋风。　动地：卷地。

〔4〕蘡已绿：犹言"蘡且绿"。蘡，草茂盛的样子，绿，黄绿色(用孔颖达《毛诗正义》说)，指草初黄之色。这是说秋风初起，草木虽盛而未衰，但已渐渐变黄。

〔5〕更：交替。

〔6〕《晨风》怀苦心：晨风本是鸟名。《诗经·秦风》中有《晨风》篇，是女子怀人之诗，诗中有"鴥彼晨风，郁彼北林，未见君子，忧心钦钦"，情调是忧愁哀苦的。怀苦心，即"忧心钦钦"之意。这是诗人对《晨风》一诗的批评，认为诗中的主人公未免太伤于愁苦了。

〔7〕《蟋蟀》伤局促：《诗经·唐风》中有《蟋蟀》一篇，其首章说："蟋蟀在堂，岁聿其莫。今我不乐，日月其除。无已大康，职思其居。好乐无荒，良士瞿瞿"。是一首感时之作，大意是因岁暮而感到时光易逝，因而生出及时行乐的想法，但又感到行乐不应过分，不应荒废正业。这里，诗人不赞成《蟋蟀》诗中主人公那种徒然自缚、节制享乐的主张，所以说它"伤局促"。局促，拘束，不开展。

〔8〕荡涤：洗涤，指扫除一切烦恼忧虑。　放情志：放任自己的情怀。

〔9〕结束：拘束，束缚。指思想感情上的束缚。

〔10〕燕赵：二国名，在今河北省、山西省一带。　佳人：美人，这里指女乐。燕赵以歌舞著称，其女子多习歌舞为女乐。

〔11〕被(pī 披)服：穿着，"被"通"披"。　裳衣："衣裳"的倒文，在上曰"衣"，在下曰"裳"。

〔12〕户:门。　理:温习,练习。李善注引如淳说:"今乐家五日一习乐,为理乐也。"　清曲:即清商曲。

〔13〕悲:动听。

〔14〕弦急:音调高、旋律节拍快。　柱:筝瑟之类乐器上支弦的木柱。促:移近。柱移近则弦紧音高,所以听弦急则知柱促。

〔15〕驰情:心驰神往的意思,指心神为乐曲所吸引,完全陷入遐想、深思的境界。　整:弄。　中带:内衣带子。李善注:"中带,中衣带,整带将欲从之。"这是说诗人听曲神往,下意识地抚弄着衣带,想去同弹者(佳人)接近。

〔16〕沉吟:心里斟酌盘算,沉思犹豫。　聊:且。　踟蹰(zhí zhú 直烛):指脚步徘徊。

〔17〕巢:筑巢。　君:指弹奏者,佳人。

今译

东城高高又长长,曲折绵延自相连。旋风阵阵卷地起,秋草萋萋转黄绿。四季交替变化快,转眼之间又年底。《晨风》未免太伤怀?《蟋蟀》实在太拘泥。扫除烦恼恣欢娱,为何自己多拘束?燕歌赵舞佳人多,美人颜色如玉琢。绣罗衣裳身上穿,临门弹奏清商歌。清商一曲何美妙,弦紧柱促音调高。手弄衣带情驰往,沉思欲去又踟蹰。我愿与她成双燕,衔泥筑巢居同屋。

驱车上东门

题解

这首诗,是流荡在洛阳的游子,因看到北邙山坟墓而触发的人生感慨。在诗人看来,人生如寄,圣贤同归一死,神仙虚幻,吃药求长生只能徒伤身体,还不如饮美酒,服纨素,且满足口腹的欲望,图个眼前快活。诗中表现了颓废的享乐思想,反映汉末社会动乱时期一些人的精神状态。

生命无常,及时行乐,是《古诗十九首》中最常见的思想,而在这首诗里表现得最为深透。这是因为诗人把坟墓间的萧瑟景象,长眠地下的"陈死人"和"年命如朝露"的现实人生直接联系起来,所以诗的情绪就显得更加感慨悲凉。清人朱筠分析得好:"上东门在洛阳东北,故次句接曰'遥望郭北墓'。因'白杨''松柏',想到'黄泉''死人';……此处越说得狠,下文越感慨得透。'浩浩'二句,从上咏叹而出,言所以有生有死者,因阴阳换移所致,故危若'朝露',不能固同金石。虽万岁千秋,只是生者送死,生者复为后生所送;即至圣贤,莫能逃度。言至此,将遥遥千古,茫茫四海,一扫净光矣。意者其在神仙乎?然'服食求神仙,多为药所误',夫复何益!'饮美酒'而'被纨素',且乐现在罢了。"这段话可以帮助我们深入体味此诗的思想感情。

原文

驱车上东门[1],遥望郭北墓[2]。白杨何萧萧[3],松柏夹广路[4]。下有陈死人[5],杳杳即长暮[6]。潜寐黄泉下[7],千载永不寤[8]。浩浩阴阳移[9],年命如朝露[10]。人生忽如寄[11],寿无金石固。万岁更相送[12],圣贤莫能度[13]。服食求神仙[14],多为药所误。不如饮美酒,被服纨与素[15]。

注释

〔1〕上东门:洛阳有十二门,东面三门中最北边的门叫上东门。

〔2〕郭北墓:东汉时,洛阳城北的邙山是当时的丛葬之地,"郭北墓"即指邙山上的墓群。郭,外城。

〔3〕萧萧:风吹树叶声。

〔4〕夹广路:指树木种植生长在宽阔的墓道两旁。广路,指宽阔的墓道。北邙山是王侯卿相富贵人的墓地,墓前有宽阔的墓道。

〔5〕陈死人:死去很久的人。李善注引:"郭象曰:'陈,久也。'"

〔6〕杳杳:幽暗的样子。 即:就,动词,犹言"身临"。 长暮:犹言"长夜"。人死葬入坟墓,长眠地下,如同在长夜之中。

〔7〕潜:深藏。 寐:睡。 黄泉:即地下。

〔8〕寤:醒。

〔9〕浩浩:无穷尽的样子。 阴阳移:指四时变迁。阴阳,指一年四季。古人把一切自然现象,都看做阴阳之理。李善注引《神农百草》曰:'春夏为阳,秋冬为阴'。《庄子》曰:'阴阳四时运行。'"

〔10〕朝露:早晨的露水,太阳一晒就干,比喻生命极短促。

〔11〕忽:匆匆急遽的样子。

〔12〕万岁:万年。泛指时间上的从古到今。更相送:指生死更递,代代相送,永无完结。

〔13〕度:通"渡",越过。

〔14〕服食:吃求长生的丹药。古人迷信方术之士的求仙之说,往往吞服以矿物合炼的丹药,以为可以延年长生。但这种药不但不能使人长生,反而伤身送命。

〔15〕纨与素:白色的丝织品,就是绢。"纨"是细绢,"素"是绢的总称。

今译

上东门外驾车行,遥望北邙墓成群。风吹白杨萧萧响,松柏夹立墓道旁。墓下之人久死去,身临幽幽长夜里。深深睡在黄泉下,千载长眠永不起。四时运行无尽期,年寿短如露水滴。人生匆匆如暂寄,寿命怎比金石固。千秋万代更相送,圣贤豪杰不可越。吞服丹药求成仙,多为药误丧黄泉。不如举杯饮美酒,穿丝着缎乐眼前。

去者日以疏

题解

这是一首游子因过墓墟而触发客中之感、思归之念的诗。这首诗与《驱车上东门》的思想内容基本相同。但前篇归结为及时行乐，本篇则归结到乡土之思。

在艺术表现上，开头即以"去者日疏"、"来者日亲"概括出生死相继、转瞬即逝的自然法则，充满深沉的人生感慨。中间六句直写眼前所见，环境气氛渲染得相当浓烈，又衬托出心理活动的过程，使中间的写景部分与前后的抒情部分融成一体："出郭门直视，但见丘与坟"，用"但见"不仅是写别无所见，只见坟冢累累，而且寓有毫无例外、坟墓是人生的唯一归宿的意义；"古墓犁为田、松柏摧为薪"，连最后归宿的坟墓也有"去者"和"来者"的沧桑的变迁。这时，对着"白杨萧萧"的悲凉景物，自然会领悟到一切人生追求都是虚幻而没有意义的。于是，一种羁旅之愁、眷怀乡土之情便油然而生。内心刻画较为细致，篇章结构自然浑成。

原文

去者日以疏[1]，生者日以亲[2]。出郭门直视[3]，但见丘与坟。古墓犁为田[4]，松柏摧为薪[5]。白杨多悲风，萧萧愁杀人[6]。思还故里闾[7]，欲归道无因[8]。

注释

〔1〕去者：指逝去的。 日以疏：一天比一天远。以通"已"，疏，远。

〔2〕生者：一本作"来者"。"生"与"来"同义，指新生的。 亲：迫近。指走向衰亡。

〔3〕郭门：外城门。

〔4〕古墓：年代久远的坟墓。 犁：耕。

〔5〕摧：折。 薪：烧柴。

〔6〕杀：犹言"死"。形容极甚之辞。

〔7〕还：通"环"；绕的意思。 故里闾(lǘ 驴)：故乡。里，古代五家为邻，二十五家为里，后来泛指居民聚居之地。闾，里巷的大门。

〔8〕道：方法。 因：由，机缘的意思。

今译

死者已去天天远，生者衰老日日临。走出城外放眼望，所见只有丘与坟。古墓已耕成田地，松柏摧折为柴薪。白杨林里多悲风，萧萧瑟瑟愁煞人。思绪环绕故乡转，欲求归计却无门。

生年不满百

题解

这首诗写人生短促，劝人及时行乐，主旨和《东城高且长》、《驱车上东门》相类。诗的首尾都是讽世破惑的话，中间"昼短苦夜长"四句是说行乐和惜时。

值得注意的是：汉乐府《相和歌》古辞有一篇《西门行》，与此诗大致相同，其辞云："出西门，步念之：今日不作乐，当待何时？逮为乐，逮为乐，当及时。何能愁怫郁，当复待来兹？酿美酒，炙肥牛，请呼心所欢，可用解忧愁。人生不满百，常怀千岁忧。昼短苦夜长，何不秉烛游？游行去去如云除，弊车羸马为自储。"又晋乐所奏，共分六解，无"游行"二句，改为"自非仙人王子乔，计会寿命难与期。"（五解）"人生非金石，年命安可期？贪财爱惜费，但为后世嗤。（六解）"研究者认为《西门行》古辞最早，本诗由其演变而来，而晋乐所奏则是拼凑前两篇而成。这表明由乐府民歌到文人制作的发展过程，他们是如何运用流行的五言形式，给杂言体的乐府民歌以加工改写，使之成为精粹的五言诗，因而从形式上奠定了五言诗的基础。

原文

生年不满百，常怀千岁忧[1]。昼短苦夜长[2]，何不秉烛游[3]？为乐当及时,何能待来兹[4]？愚者爱惜费[5],但为后世嗤[6]。仙人王子乔[7],难可与等期[8]。

注释

〔1〕千岁忧:指身后的种种考虑。

〔2〕苦:苦于。这里,"苦"兼"昼短"、"夜长"二者而言。

〔3〕秉:持。

〔4〕来兹:来年。

〔5〕费:费用,指钱财。

〔6〕嗤:轻蔑讥笑。

〔7〕王子乔:古代传说的仙人。据《列仙传》载:王子乔是周灵王的太子,名晋。好吹笙作凤鸣。后被道人浮丘公接上嵩山,成了仙。

〔8〕等期:同样的希冀。

今译

　　人生不足一百岁,常常忧虑千年后。苦于昼短夜太长,何不持烛彻夜游?嬉游行乐应及时,怎可等待来岁时?愚者吝啬怕破费,只能落得后人嗤。莫羡仙人王子乔,难能与他同仙去。

凛凛岁云暮

题解

　　这是一首女子思念丈夫的诗。全诗分三层:前六句写因岁暮风寒而想起他乡游子,由客观景物到主观感受,从自己到对方,都是相思心情的描绘。中间八句因思入梦,"独宿累长夜"二句是全诗转折,"良人惟古欢"以下六句写梦中情景。诗人略去一切,只把梦境的描写集中在新婚这一点上,正如张玉縠所说:"撰出一初嫁来归之梦,叙得情深义重,恍惚得神,中腰有此波澜,便增不少气色。"末六句是梦后的伤感。全诗以梦为核心,层次极为清楚。由于是梦境,诗人不得不以细致而曲折的笔触,隐约而精炼的语言,来刻画这种迷离恍惚、深刻复杂的相思心情,给诗的形象染上了一层奇丽的梦幻色彩。表现形式和内容是完全相适应的。

原文

凛凛岁云暮[1],蝼蛄夕鸣悲[2]。凉风率已厉[3],游子寒无衣。锦衾遗洛浦[4],同袍与我违[5]。独宿累长夜[6],梦想见容辉[7]。良人惟古欢[8],枉驾惠前绥[9]。愿得常巧笑[10],携手同车归。既来不须臾[11],又不处重闱[12]。亮无晨风翼[13],焉能凌风飞[14]?眄睐以适意[15],引领遥相睎[16]。徒倚怀感伤[17],垂涕沾双扉[18]。

注释

〔1〕凛凛:寒冷的样子。　岁云暮:岁暮,年终。云,语气助词。

〔2〕蝼蛄(lóu gū 楼姑):虫名,俗称土狗子,又叫拉拉蛄,夜喜就灯光飞鸣,声如蚯蚓。

〔3〕率:轻疾的样子。　厉:猛烈。

〔4〕锦衾:锦被。　洛浦:洛水之滨。这里不是单指地点,而是影射洛水的女神宓妃。屈原《离骚》云:"吾令丰隆乘云兮,求宓妃之所在。解佩纕以结言兮,吾令蹇修以为理。"又张衡《思玄赋》:"召洛浦之宓妃。"这句诗说丈夫将锦被赠与洛水神女,就是担心他另有所欢。

〔5〕同袍:《诗经·秦风·无衣》云:"岂曰无衣?与子同袍。"是战士表示友爱的话。这里以"同袍"代同衾,指夫妇。袍,今名披风。　违:离弃。

〔6〕累:积累,指多。

〔7〕容辉:容颜风采。

〔8〕良人:古代女子对丈夫的称呼。　惟:思。　古欢:旧欢,旧时情爱。

〔9〕枉驾:屈身前往。枉,屈;驾,车马。　惠:授。　前绥:指从前结婚时丈

夫挽自己上车时的绳索。绥,车上的索子,上车时拉着它。古代风俗,结婚时丈夫驾车迎接新妇,把绥授给她,挽她上车,这是思妇梦中情景。

〔10〕巧笑:形容女子美丽的笑容。这句可以理解为思妇梦中回忆初婚时丈夫对自己说的话。

〔11〕来:指"良人"的入梦。 须臾:一会儿。

〔12〕重闱:深闺。闱,闺门。

〔13〕亮:信;实在。

〔14〕凌风:乘风。

〔15〕眄睐(miǎn lài 免赖):邪视的样子,这里指纵目四顾。 适意:宽心,遣怀。

〔16〕引领:伸着颈子。 睎(xī 希):远望。

〔17〕徙倚:徘徊的样子。

〔18〕沾:湿。 扉:门扉。今人余冠英说:"徘徊而泪湿门扉似不近理,疑'扉'当作'屝'。屝是粗屦。凡草屦、麻屦、皮屦都叫屝。"余说近是,录以备考。

今译

寒气凛冽岁将暮,蝼蛄黄昏正悲鸣。冷风轻疾又猛烈,游子身上无寒衣。疑他锦被赠洛神,将我同衾妻子弃。多少长夜独自眠,夫君容颜见梦里:夫君仍念旧情意,驾着车儿将我娶;他说愿我常巧笑,手儿相携同车去。来既匆匆无多时,又未居住深闱里。实无晨风双飞翼,怎能乘风高飞举?唯以远望聊自遣,举颈遥遥相寻觅。徘徊无依自伤情,泪洒双门独垂涕。

孟冬寒气至

题解

这也是一首描写思妇怀人的诗。全诗十四句,前四句写这位思妇在寒冷漫长的冬夜里,孤独寂寞,怀人念远的心情无所寄托,只有怅望星空以寄托其离愁别绪。人物内在心情及其外在表现完全是通过季节环境的气氛衬托出来的。后八句则是追述三年前曾接到丈夫寄来的一封书札,自己一直珍藏爱护,表明自己对丈夫的拳拳钟爱之情。这中间"三五明月满,四五蟾兔缺"两句自然地从现在的心情过渡到以往的事件。在这一事件叙述完了之后,又从"三岁"的具体时间概念里,把过去的事件引回到现在的心情——"一心抱区区,惧君不识察。"这里,"客从远方来"一句表面上似乎和上文不相衔接,但它的内在联系却非常紧密,全诗的结构也是非常严谨的。我们可以从这些地方体会清人方东树所说的《十九首》须识其天衣无缝处。"

原文

孟冬寒气至[1],北风何惨栗[2]!愁多知夜长,仰观众星列[3]。三五明月满[4],四五蟾兔缺[5]。客从远方来,遗我一书札[6]。上言长相思,下言久离别。置书怀袖中,三岁字不灭[7]。一心抱区区[8],惧君不识察。

注释

〔1〕孟冬:初冬,指阴历十月。

〔2〕惨栗(lì力):极寒的样子。

〔3〕列:罗列。

〔4〕三五:阴历十五日。

〔5〕四五:阴历二十日。 蟾(chán缠)兔:古代神话传说月中有蟾蜍和玉兔,这里是月代称。蟾,李善本作"詹",从六臣注。

〔6〕书札:书信。札,李善注引《说文》云:"牒也。"古无纸,文字写在小木简上,叫做札。

〔7〕灭:磨灭。

〔8〕抱:怀着。 区区:犹"拳拳",钟爱专一的意思。

今译

初冬十月寒气生，北风凛冽何无情！愁多更知长夜慢，仰观夜空列群星。时至三五明月满，待到四五半不明。有位客人远方来，为我捎来书一封。前半诉说长相思，后半抒写久别情。此书珍藏怀袖内，三年字迹仍分明。满怀忠贞心不变，只怕郎君不知情。

客从远方来

题解

这是一首歌咏爱情的诗，主人公是一位思妇。开头写丈夫在远方托人带来了半匹花绸子，思妇为"故人心尚尔"而充满感激和喜悦；接着通过裁绮为被的细节，生动地写出了思妇内心这种真挚的爱情和极度的欢悦；最后以胶漆相附比喻爱情的坚贞不渝。

在《古诗十九首》中，这首诗最具有浓厚的民歌气息。其中双关隐语的运用，尤具特色。如"著以长相思，缘以结不解"，显得工致贴切，精丽绝伦。这种双关隐语，也是比喻的一种，它是人民口头语往往通过某些日常习见的事物，表现了曲折达意的功能。此外如"双鸳鸯"、"合欢被"、"胶漆"的象征取喻，都极富民歌风味。

原文

客从远方来，遗我一端绮[1]。相去万余里，故人心尚尔[2]。文彩双鸳鸯[3]，裁为合欢被[4]。著以长相思[5]，缘以结不解[6]。以胶投漆中[7]，谁能别离此[8]。

注释

〔1〕一端:半匹。《左传·昭公二十六年》注:"二丈为一端,二端为一两,所谓匹也。" 绮:织有素色花纹的绫。

〔2〕尚尔:还是如此。

〔3〕文彩:指绮上面所织的花纹图案。

〔4〕合欢:是一种对称的图案花纹,象征和合欢乐之意。

〔5〕著(zhù 住):在衣被中装绵叫著。 长相思:丝绵絮的代称。"思"与"丝"字谐音,"长"与"绵绵"同义,所以用"长相思"代称丝绵。

〔6〕缘(yuàn 院):沿边装饰。李善注引郑玄《礼记》注云:"缘,饰边也。"结不解:以丝缕为结,表示不能解开,和同心结之类相似,用以象征爱情的牢不可破。

〔7〕胶、漆:都是粘性的东西。两物合在一起,混融牢固而无法分开。

〔8〕别:分开。 离:离间。 此:指如胶似漆一般牢固缠绵的爱情。

今译

有位客人远方来,为我捎来半匹绫。郎君与我隔万里,心儿还是这样诚。绫上图案双鸳鸯,剪裁做成合欢被;被里装丝绵绵长,四边结丝丝难解。如同胶漆双结合,谁能把它分拆裂!

明月何皎皎

题解

这是一首写女子闺中望夫的诗。清人张玉榖说:"首四(句)即夜景引起空闺之愁;中二(句)申己之望归也,却从彼边揣度,'客行虽乐,不如早归',便觉笔曲意圆;末四(句)只就出户入房,彷徨泪下,写出相思之苦,收得尽而不尽。"对此诗解释极为简明。全诗共十句,只是写女主人公月明之夜因"忧愁"而"不寐",因"不寐"而

"起",既"起"而"徘徊",因"徘徊"而"出户",既"出户"而"彷徨",因彷徨无告而仍"入房","入房"后乃"泪下"。这十句所描写的都是极具体的行动,而这些行动是一个紧接一个,除了"客行虽云乐"二句,中间没有穿插其他任何情节,层次井然,却又具有千回百折之势。因而这些具体描写所构成的完整形象,便是女主人公内心的"徘徊"忧伤的形象,对心理状态的刻画是极其细致曲折的。

有人认为这是写游子久客思归的诗,虽可通,但细味全诗语气情调,作思妇之诗为是。

原文

明月何皎皎,照我罗床帏[1]。忧愁不能寐,揽衣起徘徊[2]。客行虽云乐,不如早旋归[3]。出户独彷徨[4],愁思当告谁。引领还入房,泪下沾裳衣。

注释

〔1〕罗床帏(wéi 围):罗绮所制的床帐。帏,帐子。

〔2〕揽衣:披衣。揽,用手撮持,即拿起的意思。

〔3〕旋:同"还",回转。

〔4〕彷徨:徘徊。

今译

明月当头何光光,照我床上纱罗帐。忧愁辗转不成眠,披衣起床心惶惶。夫君客游虽说乐,不如早早回家乡。走出门外独徘徊,向谁倾诉愁思肠？引颈相望还入室,不禁泪下沾衣裳。

(周奇文译注并修订)

◉ 与苏武诗三首 五言

李少卿

▌▓▐ 题解

这三首诗和苏子卿《诗四首》的作者是谁,历来有不同的看法。《文选》认为这三首诗是李少卿即李陵所作,《诗四首》是苏子卿即苏武所作,这七首诗是他们相互赠答之作。已故学者逯钦立先生把这七首诗都收在他辑校的《先秦汉魏晋南北朝诗》中的《李陵录别诗二十一首》里。据逯先生考定,这七首诗既不是李陵的作品,也不是苏武的作品。他在诗前的按语中说:"此二十一首种类虽杂,然无一首合李陵身世者。说明既非李陵所自作,亦非后人所拟咏。……钦立曩写《汉诗别录》一文,曾就此组诗之题旨内容用语修辞等,证明其为汉末文士之作。依据古今同姓名录,后汉亦有李陵其人。固不止西京之少卿也,以少卿最为知名,故后人以此组诗附之耳。"这结论大致是可信的。

第一首是送别诗。朋友就要远行了,诗人深感再会之不易。送朋友已送到郊野,仍不想分别,拉着朋友的手,在大道边徘徊。诗人恨不得自己能像风儿一样随朋友而去。这一细节描写和心理刻画,生动地表现了友情的真挚,惜别的依依。

▌▓▐ 原文

良时不再至[1],离别在须臾[2]。屏营衢路侧[3],执手野踟蹰[4]。仰视浮云驰[5],奄忽互相逾[6]。风波一失所[7],各在天一隅[8]。长当从此别[9],且复立斯须[10]。欲因晨风发[11]，送子以贱躯[12]。

注释

〔1〕再：二，两。

〔2〕须臾(yú 于)：一会儿，片刻。

〔3〕屏(bīng 兵)营：犹彷徨。　衢(qú 渠)路：大路。衢，四通八达的道路。

〔4〕踟蹰(chí chú 迟除)：徘徊不进。　野：郊野。

〔5〕浮云：飘浮游动的云。

〔6〕奄(yǎn 眼)忽：迅速，急遽。　逾(yú 于)：越过，此处指浮云飘摇不定。

〔7〕风波：被风所播荡。波，播荡，吹拂，动词。

〔8〕隅(yú 于)：角落。以上四句以浮云被风吹散，比喻人的分离。

〔9〕长：久。

〔10〕且：暂且。　斯须：片刻。

〔11〕因：乘、凭借。　发：送。

〔12〕子：指被送的友人。　贱躯：诗人自称。

今译

　　良时不再来，片刻要分离。郊野大道边，牵手同徘徊。仰视浮云飞，倏然远飘荡。风吹一失所，各在天一方。从此长别离，且再立片时。我欲乘晨风，送君共远去。

题解

　　第二首是饯别朋友的诗。临别惆怅，连劝酒的心思都没有了。可是用什么排解离愁呢？也只有靠这酒啊！诗人抓住了"饯别"这一特定情况，写出了离别的烦忧和无可奈何的心情。

原文

　　嘉会难再遇[1]，三载为千秋[2]。临河濯长缨[3]，念子怅悠悠[4]。远望悲风至[5]，对酒不能酬[6]。行人怀往路[7]，

何以慰我愁。独有盈觞酒,与子结绸缪。^[8]

注释

〔1〕嘉会:美好的相会。

〔2〕三载:三年,指过去与朋友相处的三年时间。 千秋:千年。三载等于千秋是说这段相处的日子非常宝贵。

〔3〕濯(zhuó 捉):洗涤。 长缨:指系在颔下的冠带。古人有濯冠缨以远游的习惯。

〔4〕念子:想到您。 怅:惆怅。 悠悠:忧思的样子。

〔5〕悲风:凄厉的风。

〔6〕酬:劝酒。

〔7〕行人:指将远行的友人。 怀:思。 往路:征程。"怀往路",指想象远征路上的种种艰难。

〔8〕绸缪(móu 谋):犹缠绵,这里指深厚的情意。上文说"对酒不能酬",这里又说"独有盈觞酒,与子结绸缪",表现出烦忧忡忡,又无可奈何的心情。

今译

良会难再得,三年如千秋。临河洗冠带,念君心烦忧。远望凄风至,饯别难劝酒。远行多险阻,以何慰我愁。唯有酒满怀,与君情义厚。

题解

第三首也是送别诗。与前两首不同的是,诗人不说"良时不再至","嘉会难再遇",而是说相见有时,各自努力,在对未来的希望中寄托着诗人美好的情谊。

原文

携手上河梁^[1],游子暮何之^[2]?徘徊蹊路侧^[3],恨恨不得辞^[4]。行人难久留,各言长相思。安知非日月^[5],弦望自

杂诗上
与苏武诗三首
391

有时^[6]。努力崇明德^[7],皓首以为期^[8]。

注释

〔1〕河梁:桥。

〔2〕何之:何往。之,往。

〔3〕蹊:道路。

〔4〕悢悢(liàng 谅):惆怅。 得辞:成辞,此指作临别赠言。

〔5〕安:怎么。

〔6〕弦望:月形如弓的时候叫弦,阴历每月初七初八为上弦,二十三、二十四为下弦。大月的十六,小月的十五,此时日在东,月在西,遥遥相望,故叫望。"弦望"是偏义复词,"弦"字无义。以上两句说,怎么知道我们不能像日和月一样,也有相望之时? 比喻离别后总有相见的一天。也有人以"日月"为偏义复词,"日"字无义,以"弦望"喻离合,意思是:怎么知道我们不能像月亮一样自有弦(离别)时和望(聚会)时呢? 这种解释也通。

〔7〕崇:提高。 明德:美好的品德。

〔8〕皓(hào)首:白头,比喻老年。

今译

携手上桥梁,游子暮何往? 徘徊道路侧,惆怅不能言。行人难久留,各言长相思。离合如日月,别后有会时。努力增美德,白首可为期。

(陈延嘉译注并修订)

◎ 诗四首 五言

苏子卿

▨▨▨ 题解

　　这四首诗与前面的《与苏武三首》一样，都是别诗。关于这组诗的作者，可参阅上文《与苏武三首》的《题解》。

　　第一首是送别兄弟的诗。诗人以"骨肉"、"枝叶"、"连枝树"、"鸳与鸯"、"参与辰"、"胡与秦"等一连串的比喻，生动地写出了兄弟情深和分别时的难舍难分。

▨▨▨ 原文

　　骨肉缘枝叶[1]，结交亦相因[2]。四海皆兄弟[3]，谁为行路人[4]？况我连枝树[5]，与子同一身[6]。昔为鸳与鸯[7]，今为参与辰[8]。昔者常相近，邈若胡与秦[9]。惟念当离别，恩情日以新[10]。鹿鸣思野草[11]，可以喻嘉宾[12]。我有一樽酒[13]，欲以赠远人[14]。愿子留斟酌[15]，叙此平生亲[16]。

▨▨▨ 注释

　　〔1〕骨肉：指亲兄弟。　缘：沿，靠。首句以叶缘枝而生，比喻骨肉兄弟天然相亲。

　　〔2〕因：如，同。

　　〔3〕四海皆兄弟：语出《论语》："四海之内皆兄弟。"

　　〔4〕行路人：比喻互不相干的陌生人。

　　〔5〕连枝树：即连理树，两棵树的枝条长在一起。通常用来比喻恩爱夫妻，这里用来比喻亲密的兄弟。

〔6〕子:您。

〔7〕昔:过去。　鸳与鸯:鸳鸯,水鸟名,雌雄偶居不离,古称"匹鸟",常用来比喻夫妇。这里用来比喻兄弟经常在一起。

〔8〕参(shēn深)与辰:二星名。参星在东方,辰星(又叫商星)在西方,此出则彼没,两不相见。因以比喻人分离不得相见。

〔9〕邈(miǎo秒):远。　胡与秦:比喻相距非常遥远。胡,中国古代对北方和西方各族的泛称。秦,古时西方各族称中原为秦。

〔10〕恩情:指兄弟之间的情谊。　新:新鲜,这里有珍贵义。

〔11〕鹿鸣:《诗经·小雅》中的篇名,其中有"呦呦鹿鸣,食野之苹"的话,以鹿得食物而呼唤同类,比喻宴乐嘉宾。

〔12〕嘉宾:高雅的宾客。

〔13〕樽:即"尊",古代盛酒器。

〔14〕远人:远行之人。

〔15〕斟酌:酌酒以供饮。这里只是饮的意思。

〔16〕平生:平时。　亲:友情。

今译

兄弟如枝叶,交友也相亲。四海皆兄弟,谁是陌路人?况我连枝树,本为同一身。昔为鸳鸯亲,今如参商分。昔日常相聚,远做异邦人。只念将别离,情义更觉亲。鹿鸣思同类,可以喻嘉宾。我有一杯酒,欲送远行人。望君暂留饮,再叙平生亲。

题解

这是一首别友的诗。前六句连用三个比喻,写出了临别的依依之情。中间十句描写弦歌,歌与情交融,更增加了分别的悲哀。最后四句直写伤感之情,仍以比喻作结。

原文

黄鹄一远别[1],千里顾徘徊[2]。胡马失其群[3],思心常依依^[4]。何况双飞龙^[5],羽翼临当乖^[6]。幸有弦歌曲^[7],可以喻中怀^[8]。请为游子吟^[9],泠泠一何悲^[10]。丝竹厉清声^[11],慷慨有余哀^[12]。长歌正激烈^[13],中心怆以摧^[14]。欲展清商曲^[15],念子不能归^[16]。俯仰内伤心^[17],泪下不可挥^[18]。愿为双黄鹄,送子俱远飞^[19]。

注释

〔1〕鹄(hú 胡):天鹅。

〔2〕顾:回顾,顾恋。 徘徊:指黄鹄飞来飞去,不忍遽然离别。

〔3〕胡马:胡地之马。胡,中国古代指北方和西方的各族,此指匈奴。

〔4〕依依:恋恋不舍的样子。

〔5〕双飞龙:两条飞龙,诗人比喻自身和朋友。

〔6〕羽翼:代指飞龙。 乖:分别。

〔7〕幸:幸亏。

〔8〕喻:晓喻,表达。 中怀:心中的情意。怀,情意。

〔9〕为:演奏。 游子吟:琴曲名。《琴操》说:"楚引者,楚游子龙丘高出游三年,思归故乡,望楚而长叹,故曰楚引。"余冠英先生说:"《游子吟》或许就是指此曲。因为是客中送客,游子吟正可以表达主客两方面的情怀。"(《汉魏六朝诗选》)

〔10〕泠(líng 灵)泠:形容声音清越。 一何:多么。一,助词,没有实际意义,起加强语气的作用。

〔11〕丝竹:丝指弦乐器,竹指管乐器,合用泛指乐器。 厉:强烈,激越。

〔12〕慷慨:情绪激动的样子。 余哀:不尽的悲哀。这一句是借用古诗句。《古诗十九首》:"一弹再三叹,慷慨有余哀。"

〔13〕长歌:乐府歌有《长歌行》和《短歌行》,《乐府诗集》认为,长歌短歌指歌声有长有短。长歌是慷慨激昂的,短歌是微吟低徊的。

〔14〕中心:心中,内心。 怆以摧:悲怆而伤心。摧,悲伤。

〔15〕展:施展,这里是继续演奏的意思。 清商曲:乐府歌曲名。据《词谱》云"其音多哀怨",属短歌行。

〔16〕子:指想念之人。以上四句是说长歌之后续以短歌,以宣泄心中复杂

的感情。

〔17〕俯仰：一低头一抬头，指一举一动。

〔18〕挥：竭。不可挥，此即泪水擦不尽。

〔19〕俱：同，共。

今译

黄鹄一远别，千里也徘徊。北方马失群，依依忧思心。何况双飞龙，今当临别离。幸有弦歌曲，可以叙情怀。请奏《游子吟》，曲词何其悲。丝弦声清越，慷慨不尽哀。《长歌》正激烈，心中多伤悲。续弹《短歌行》，心忧不同归。俯仰抚胸叹，不止伤心泪。愿做双黄鹄，送君同远飞。

题解

这一首是丈夫从军辞别妻子的留别诗。《玉台新咏》收入此篇，题目就作《留别妻》。诗篇从结婚回忆起，先说平时的恩爱，次说离别的难舍，最后嘱咐来日珍重。虽难分难舍，但夫妻都以国事为重。"征夫怀往路，起视夜何其"。妻子催促丈夫动身："参辰皆已没，去去从此辞。"表现了古代人民对国家的责任感与对爱情的忠贞。

原文

结发为夫妻[1]，恩爱两不疑。欢娱在今夕[2]，嬿婉及良时[3]。征夫怀往路[4]，起视夜何其[5]。参辰皆已没[6]，去去从此辞[7]。行役在战场[8]，相见未有期。握手一长叹，泪为生别滋[9]。努力爱春华[10]，莫忘欢乐时。生当复来归，死当长相思。

注释

〔1〕结发(fà)：犹束发，指男女初成年时。

〔2〕夕:夜。

〔3〕嬿婉(yàn wǎn 燕晚):同"燕婉",义同上句的"欢娱"。 及:趁。上两句说欢娱不可再得,只有美好的今晚了。

〔4〕征夫:出征的人。

〔5〕夜何其(jī 鸡):夜晚的时间到什么时候了。其,语气词,无义。

〔6〕参(shēn 申)辰:参星和商星。 没:消失。

〔7〕去去:去吧去吧,是催人速发之词。 辞:辞别。

〔8〕行役:远行服役。

〔9〕滋:增多。

〔10〕春华:即春花,比喻少壮之时。

今译

结发成夫妻,恩爱两不疑。良机不再得,欢娱只今夕。征人怀远路,起看夜何时。妻催夫起身,东方露晨曦。握手长叹息,泪水流不止。努力爱青春,莫忘欢乐时。生当再来归,死当长相思。

题解

第四首是送朋友远行的诗。开头六句写在一个秋天的早晨,月光尚明,兰花吐芳,朋友要远行了。这更增加了游子怀恋故乡之情。中间四句写诗人的想象:朋友在旅途中早起晚睡,艰难跋涉,深刻地表现了对朋友的关切。最后写嘉会难再,应珍重分别前这短暂的相聚时光。

原文

烛烛晨明月[1],馥馥我兰芳[2]。芬馨良夜发[3],随风闻我堂[4]。征夫怀远路,游子恋故乡[5]。寒冬十二月,晨起践严霜[6]。俯观江汉流[7],仰视浮云翔[8]。良友远离别,各在天一方。山海隔中州[9],相去悠且长[10]。嘉会难两遇,欢乐殊未央[11]。愿君崇令德[12],随时爱景光[13]。

注释

〔1〕烛烛:明亮的样子。

〔2〕馥(fù 复)馥:香气四溢。 我:《选诗补注》云:"当作'秋'。"

〔3〕馨(xīn 新):馨香,远处可以闻到的香气。 发:发散,飘散。

〔4〕堂:古代宫室,前为堂,后为室,此处泛指房间。

〔5〕游子:离家远游的人。

〔6〕严:浓,盛。

〔7〕江汉:长江和汉水。

〔8〕翔:飞,此处喻云飘动之快。从"寒冬"起的四句,是诗人的想象:远行的朋友经过艰苦的跋涉,在年终之时,该到达江汉之间了。古人误认为这是苏武赠李陵的诗,见江汉不是李陵所去的地方,便将"江汉""浮云"都说成比喻。又见"秋兰"和"寒冬"相矛盾,便将起头的四句也说成比喻,都是牵强的。

〔9〕山海:据逯钦立先生《汉诗别录》引东汉、魏、晋人的话,说明当时人常用"山海"指赴交州所经的艰险,山指五岭,海指南海。那么,这诗中的被送别的人所去的地方,还不止于江汉而是远达交州(今两广和越南)。中州:指古豫州,在今河南省,因在古九州之中,故称中州。

〔10〕悠且长:悠远而漫长。

〔11〕殊:甚,极。 未央:未尽。

〔12〕令德:美德。

〔13〕景光:时光,年华。

今译

皎洁晨月光,馥郁秋兰香。良夜飘芬芳,随风入我堂。征夫怀远路,游子恋故乡。寒冬十二月,晨起踏浓霜。俯观江汉流,仰视浮云翔。好友远别离,各在天一方。中州送行客,交州路漫长。佳会难两遇,欢情正高涨。望君增美德,随处爱时光。

(陈延嘉译注并修订)

◎ 四愁诗四首并序

张平子

▦▧ 题解

根据这篇诗的序,本诗是张衡任河间王相时所作。诗人因感"天下渐弊","郁郁不得志",而仿效屈原《离骚》的主旨与笔法作《四愁诗》。据近人研究,此序文不是张衡自作,是《文选》编者依据有关史料撰写的。黄侃说:"序盖华峤诸家《后汉书》之辞。"(《文选黄氏学》)。

这篇诗的写作时间已很难确考。据《后议书·张衡传》载:"时天下承平日久,自王侯以下莫不逾侈。衡乃拟班固《两都》作《二京赋》,因以讽谏。"本诗的写作背景与动机同《二京赋》是一致的。张衡既是文学家,又是政治家。他关心时政,以诗的形式寄托胸怀,是很自然的。

在这篇诗里,张衡借怀念"美人"抒发自己伤时忧世之情。他的忧思是深广的。全诗共四首。每一首写一方,四首共写了东南西北四方,既概括了"天下渐弊"的情况,也表现了他无所不在的忧思。各首结构相同,内容也大致相通,反复咏叹,突出了主题,增强了抒情色彩。感情真挚,文辞婉丽,是一篇优秀的抒情诗作。

▦▧ 原文

张衡不乐久处机密[1],阳嘉中[2],出为河间相[3]。时国王骄奢[4],不遵法度,又多豪右并兼之家[5]。衡下车[6],治威严[7],能内察属县,奸滑行巧劫[8],皆密知名,下吏收捕[9]，尽服擒。诸豪侠游客[10]，悉惶惧逃出境[11]。郡中大治，争讼息，狱无系囚[12]。时天下渐弊[13]，郁郁不得志，为《四愁诗》。屈原以美人为君子，以珍宝为仁义，以水深雪雾为小人[14]，思以道术相报[15]，贻于时君[16]，而惧谗邪不得以通。其辞曰：

一思曰：

我所思兮在太山[17]，欲往从之梁父艰[18]。侧身东望涕沾翰[19]。美人赠我金错刀[20]，何以报之英琼瑶[21]。路远莫致倚逍遥[22]，何为怀忧心烦劳[23]？

二思曰：

我所思兮在桂林[24]，欲往从之湘水深[25]。侧身南望涕沾襟。美人赠我金琅玕[26]，何以报之双玉盘。路远莫致倚惆怅，何为怀忧心烦伤[27]？

三思曰：

我所思兮在汉阳[28]，欲往从之陇阪长[29]。侧身西望涕沾裳。美人赠我貂襜褕[30]，何以报之明月珠[31]。路远莫致倚踟蹰[32]，何为怀忧心烦纡[33]？

四思曰：

我所思兮在雁门[34]，欲往从之雪纷纷。侧身北望涕沾巾[35]。美人赠我锦绣段[36]，何以报之青玉案[37]。路远莫致倚增叹，何为怀忧心烦惋[38]？

注释

〔1〕机密：主管机密的机关。这里指朝廷。张衡在东汉安帝时为太史令，顺帝时升为侍中。侍中的官职虽不太高，但能出入宫廷，常在皇帝的左右。而且顺帝对张衡十分器重，"引在帷幄"（《后汉书·张衡传》），曾询问他天下痛恨

的是哪些人。当时宦官专权,人们最痛恨的是宦官。但是他们不离皇帝左右,都虎视眈眈地盯着张衡,所以张衡不敢正面回答,又担心宦官陷害,因此说他"不乐久处机密"。

〔2〕阳嘉:顺帝刘保的年号。据《后汉书·张衡传》记载,张衡做河间相时在永和(顺帝的另一个年号)初年。此处说是"阳嘉中",有误。

〔3〕河间相(xiàng 象):河间王(刘政)的相国。河间,东汉王国名。治所在乐城(今献县东南),辖境相当于今河北雄县及大清河以南,南运河以西,高阳、肃宁以东,交河、阜城以北之地。汉朝的王国,是侯王的封地,与郡同级,但不由中央直接管辖,而由国王统治,中央政府派相协助治理。王国相的职权相当于郡的太守。

〔4〕国王:指刘政,和帝子。

〔5〕豪右:豪族大户。右,右族,即豪族。秦汉时,豪族住在城的右边,左边是贫民的住所。 并兼:兼并,指富人兼并穷人的土地和人口。

〔6〕下车:指官吏初到任。

〔7〕治:治事,处理政务。 威严:威明严肃。

〔8〕奸滑:奸滑之人。 巧劫:巧取豪夺。

〔9〕下吏:交给官吏。

〔10〕游客:游说之士,即以空言浮辞误国乱政者。

〔11〕悉:全,都。

〔12〕系囚:关押的囚犯。

〔13〕弊:衰败,疲困。此指社会黑暗腐败。

〔14〕雪雰(fēn 分):大雪。雰,"雰雰"之省,雪大的样子。

〔15〕道术:指好的治国方法。

〔16〕贻(yí 移):赠送。 时君:当朝君主,此指汉顺帝。

〔17〕所思:所思念的人。 太山:即泰山,在山东泰安县北。

〔18〕从:追随。梁父(fǔ 甫)又作"梁甫",泰山南面的一座小山。李善注:"言王者有德,功成则东封泰山,故思之。太山以喻时君,梁父以喻小人也。"

〔19〕涕:眼泪。 翰:一种后摆类似于燕尾的衣服。(从吴小如说)

〔20〕金错刀:指用黄金镶嵌刀环或刀把的佩刀。 错:镶嵌。

〔21〕英:"瑛"的借字。瑛,美石似玉者,这里指玉的光泽闪闪。 琼瑶:都是美玉。

〔22〕莫致:不能送到。 倚:通"猗",语气词,犹现在的"啊"。以下的三个"倚"同此。 逍遥:彷徨不安的样子。

〔23〕烦劳:烦忧,烦恼。劳,忧。

〔24〕桂林:秦郡名,汉改为郁林郡,治所在布山,今广西贵县。安帝、顺帝时,这一带民族矛盾尖锐。永和二年,当地的少数民族攻象林郡。朝廷派兵讨伐,终因路远而返。顺帝为此深为忧虑。

〔25〕湘水:水名。源出广西兴安县海阳山西麓,东北流入湖南,会合潇水,流入洞庭湖。

〔26〕金琅玕(láng gān 郎干):用金叶镶着的美玉。琅玕,似玉的美石,状似珠。

〔27〕烦伤:烦恼悲伤。

〔28〕汉阳:郡名。东汉明帝时改天水郡为汉阳郡,治所在冀县,今甘肃甘谷县南。安帝、顺帝时这一带羌人时时入侵,大将不能守。

〔29〕陇阪(bǎn 板):即陇山,是六盘山的南段,在陕西省陇县西北,延伸于陕、甘边境,山势陡峻。此处比喻小人设置障碍。

〔30〕襜褕(chán yú 蚕鱼):直襟,代指直襟的衣服。

〔31〕明月珠:宝珠名。

〔32〕踟蹰(chí chú 迟除):徘徊不进。

〔33〕烦纡(yū 迂):烦闷。纡,郁结。

〔34〕雁门:郡名,治所在阴馆,今山西代县西北。 五臣李周翰注:雁门,郡名,在北,帝颛顼之位也。

〔35〕巾:佩巾。

〔36〕锦绣段:锦绣的鞋。段通"缎"即"鍛",鞋后跟,代指鞋。

〔37〕案:古时放食物的小几,形如有短足的托盘。

〔38〕惋(wǎn 晚):怅恨。

今译

张衡不乐意长久处于朝廷,阳嘉年中,离开京城做河间王的国相。当时国王骄奢淫逸,不遵守国家的法令制度。王国内又多有豪族兼并之大户。张衡到任,处理政务严肃认真,能在王国内查清所属县情况,奸滑之人巧取豪夺,都暗中了解到他们的姓名。把这些人的名单交给下属官吏加以逮捕,他们全被捉了起来。各豪侠游说之徒都惶恐不安而逃出国界,河间王国治理得非常好。争讼平息,狱中没有关押的犯人。当时天下渐渐黑暗腐败。张衡郁郁不得志,就作了《四愁诗》。仿照屈原以美人象征君子,以珍宝象征仁义,以水深雪大象征小人,想以正确的治国方法提供给当时的国君,做为对国君的报答,却害怕谗邪的小人阻碍而不能上达。那诗写道:

一思说:

我所思念的人啊在泰山,想去追随他呀梁甫险又艰。转身东望泪沾衫。美人赠我金环刀,用什么回报?闪光的琼瑶。路远送不到啊心不安,为什么还要忧愁心烦恼?

二思说:

我所思念的人啊在桂林,想去追随他呀湘水急又深。转身南望泪沾襟。美人赠我金琅玕,用什么回报?一对美玉盘。路远送不到啊心惆怅,为什么还要忧愁心悲伤?

三思说:

我所思念的人啊在汉阳,想追随他呀陇山高又长。转身西望泪沾裳。美人赠我貂皮衣,用什么回报?明月珠。路远送不到啊身徘徊,为什么还要忧愁心烦闷?

四思说:

我所思念的人啊在雁门,想去追随他呀雪纷纷。转身北望泪沾巾。美人赠我锦绣鞋,用什么回报?青玉案。路远送不到啊徒增叹,为什么还要忧愁心烦乱?

(陈延嘉译注并修订)

◎ 杂诗一首五言

王仲宣

▌▌▌题解

　　这是王粲后期的一篇作品。大约作于建安十九年(214)至二十二年(217)之间。当时王粲深得曹操的信任，曹丕和曹植都与王粲交好，希望在争夺太子的斗争中，王粲能助自己一臂之力。王粲与曹丕、曹植的关系都很好。曹植在《王仲宣诔》中说，他们之间"义贯丹青，好和琴瑟，分过友生"。但是，他后来不想也不敢卷入曹氏兄弟夺嫡之争中，而被迫采取了非常谨慎的不介入的态度。这首诗就反映了他与曹植友好，又不敢公开站在他一边的心情。在赠答诗中，有曹植《赠王粲一首》，可参看。

▌▌▌原文

　　日暮游西园，冀写忧思情[1]。曲池扬素波，列树敷丹荣[2]。上有特栖鸟[3]，怀春向我鸣[4]。褰衽欲从之[5]，路险不得征。徘徊不能去，伫立望尔形[6]。风飙扬尘起[7]，白日忽已冥[8]。回身入空房，托梦通精诚[9]。人欲天不违[10]，何惧不合并[11]。

▌▌▌注释

　　[1]冀：希望。　写(xiè谢)：同"泻"，排除。

　　[2]敷：布。此指开放。　丹荣：红花。

　　[3]特：孤，独。

〔4〕怀春:感春而有所思念。通常指未婚女子对男子的思慕。

〔5〕褰衽(qiān rèn 千任):提起衣襟。

〔6〕伫(zhù 住)立:久立。 形:形体。

〔7〕飙(biāo 标):旋风。

〔8〕冥:昏暗。

〔9〕精诚:至诚,真诚的心意。

〔10〕欲:欲望,心愿。

〔11〕合并:合一,一致。此指人欲天意合一。

▌今译

　　日暮游西园,欲抒忧思情。池水泛白波,众树花正红。上有独栖鸟,怀春向我鸣。提衣要前去,路险不能行。徘徊不忍离,久立望君形。旋风扬尘起,忽已夜色浓。回身入空房,托梦通真情。天不违人愿,何惧功不成。

(陈延嘉译注并修订)

◎ 杂诗一首 五言

刘公幹

刘公幹

题解

刘公幹即刘桢,建安七子之一。曹操作丞相的时候,他被征为掾属(丞相的属官)。这首诗写他整日忙于公务,累得昏头昏脑的情况,表达了他希望摆脱这些俗务归返自然的心情。

原文

职事相填委[1],文墨纷消散[2]。驰翰未暇食[3],日昃不知晏[4]。沉迷簿领书[5],回回自昏乱[6]。释此出西城[7],登高且游观。方塘含白水,中有凫与雁[8]。安得肃肃羽[9],从尔浮波澜[10]。

注释

〔1〕职事:指官署里的各种事物。 填委:纷集,堆集。

〔2〕文墨:文辞,指文书写作之类的工作。 纷:繁多。 消散:散乱。

〔3〕驰翰:飞快地书写。翰,毛笔。 暇:空闲。

〔4〕昃(zè仄):日西斜。 晏:晚。

〔5〕沉迷:专心致志。 簿领:用文簿记录。领,录也。

〔6〕回回:心乱的样子。

〔7〕释此:放下文书工作。

〔8〕凫(fú服):野鸭。

〔9〕安:怎。 肃肃:鸟羽振动声。《诗经·唐风·鸨羽》:"鸿雁于飞,肃肃其羽"。

〔10〕尔：你，指凫与雁。

今译

　　政务杂事堆如山，文书工作多而散。飞笔疾书无暇食，太阳西斜不知晚。专心致志写簿记，头脑昏昏心烦乱。放下工作出西城，登高望远暂游玩。一方池塘水澄澈，中有野鸭与大雁。怎能插上双飞翅，与你同游波澜间。

（陈延嘉译注并修订）

◎ 杂诗二首 五言

魏文帝

▒▒ 题解

《杂诗二首》是曹丕五言诗的杰作。

所谓杂诗也属于《咏怀》、《无题》之类。历代诗人好以此题抒写感触,展示怀抱,能自由宣泄,较少限制。

本诗表达的是游子思乡的情绪。

第一首,前四句描写异乡游子,中夜不眠,已示心有隐忧。中八句写秋天的夜景。白露清水,星月虫鸟,都渗入了游子心中的凄楚悲愁。夜景空阔苍凉,正衬出人物的孤独寂寞。后六句则直抒对故乡的恋念,以及欲归不得的悲哀。

▒▒ 原文

漫漫秋夜长[1],烈烈北风凉[2]。展转不能寐[3],披衣起彷徨[4]。彷徨忽已久,白露沾我裳[5]。俯视清水波,仰看明月光。天汉回西流[6],三五正从横[7]。草虫鸣何悲,孤雁独南翔。郁郁多悲思[8],绵绵思故乡[9],愿飞安得翼,欲济河无梁[10]。向风长叹息,断绝我中肠[11]。

▒▒ 注释

〔1〕漫漫:形容时间的悠长。

〔2〕烈烈:形容风声很大。

〔3〕展转:翻来覆去不成眠的样子。

〔4〕彷徨:往来不定的样子。

〔5〕白露:秋天的露水。

〔6〕天汉:银河。 西流:西行。此言银河由西南指而转向西指,表明已是午夜以后。

〔7〕三五:指群星。 从横;形容众星错落的样子。月明星必稀,此句写天上星星疏落闪烁的样子。

〔8〕郁郁:忧闷的样子。

〔9〕绵绵:形容思绪不断的样子。

〔10〕梁:桥梁。

〔11〕中肠:内心。

今译

秋夜漫漫好似无尽头,北风烈烈吹来夜气凉。翻来覆去床上难成眠,披衣起身到庭中彷徨。往来彷徨不觉夜已深,白露滴落沾湿我衣裳。低头凝视池中清水波,举首静观天上明月光。银河运行回转向西斜,星儿三五闪烁在上苍。秋虫唧唧在草丛悲鸣,孤雁独自向南天飞翔。心中充满悲伤的思念,如丝如缕无尽故乡情。我愿腾飞难得展羽翼,我要渡河无处寻桥梁。面对秋风悠然长叹息,悲愁摧断了我的肝肠。

题解

第二首,以浮云逐飘风为比,抒写游子的羁旅之苦,以及在异乡为异客的恐惧心理。

这种游子思乡的内容,是自《诗经》以来的普遍性主题。其中表达的情思意绪,则是人人所固有。诗人曹丕于某时某地同样会有这种感触而宣之于诗。

原文

西北有浮云[1],亭亭如车盖[2]。惜哉时不遇[3],适与飘风会[4]。吹我东南行[5]，南行至吴会[6]。吴会非我乡，安能久留滞[7]。弃置勿复陈[8]，客子常畏人[9]。

注释

〔1〕浮云:比喻飘泊不定的游子。

〔2〕亭亭:耸立的样子。　车盖:车篷。

〔3〕时不遇:即不遇时。此句为浮云的自叹。

〔4〕适:恰好。　飘风:暴风。

〔5〕我:浮云自称;浮云比喻游子。

〔6〕吴会(kuài 快):汉郡名。吴,吴郡(今江苏省苏州市);会,会稽郡(今浙江省绍兴市)。

〔7〕留滞:停留。

〔8〕弃置:搁在一边。　复陈:再说。这句为古乐府诗的套语。

〔9〕客子:游子。客游异乡之人。　畏人:怕人。

今译

西北有片洁白的浮云,悬在青天如车上伞盖。可惜啊生来不遇良时,恰遭遇暴风席卷而来。吹我直向东南方驰行,驰行不止到达吴与会。吴会二郡终非我故乡,怎能久久逗留中原外。抛开愁思不想重述说,游子最怕常对陌生人。

(陈复兴译注并修订)

◎ 朔风诗一首 四言

曹子建

▨▨▧ 题解

关于这首诗的写作时间,历来说法纷纭。黄节认为黄初六年作于雍丘(今河南杞县境内)。从诗的内容看,似近。

曹植的后半生(从文帝至明帝时代),饱经忧患,屡遭迁徙,故旧凋零,决然独处。但是,他对亲族挚友的情热不衰,对君王的期待不减。他期待理解与信任。这是这位诗人于不合理的境遇中的最高心愿。在雍丘于寂寞压抑中,他痛怀死者,苦恋生者,正出于此。

全诗每八句一章,共五章。第一章总起,以怀魏都为衬,表达对远在寿春的异母弟曹彪的想念之情。第二章写自己被谗遭迁之后重返雍丘的感触。第三章写自己往返流徙不得安生之苦,胞兄曹彰猝死京城之痛。第四章写君子遭损,小人施虐的现实,向文帝表白自己的忠诚不二,希求理解。最后一章,与开头呼应,思念曹彪欲见而不能,显示出难奈的孤独与愁苦。

▨▨▧ 原文

仰彼朔风[1],用怀魏都[2]。愿骋代马[3],倏忽北徂[4]。凯风永至[5],思彼蛮方[6]。愿随越鸟[7],翻飞南翔[8]。

四气代谢[9],悬景运周[10]。别如俯仰[11],脱若三秋[12]。昔我初迁[13],朱华未希[14]。今我旋止[15],素雪云飞[16]。

俯降千仞[17],仰登天阻[18]。风飘蓬飞[19],载离寒暑[20]。千仞易陟[21]，天阻可越[22]。昔我同袍[23]，今永乖别[24]。

子好芳草[25]，岂忘尔贻[26]。繁华将茂[27]，秋霜悴之[28]。君不垂眷[29]，岂云其诚[30]。秋兰可喻[31]，桂树冬荣[32]。

弦歌荡思[33]，谁与消忧[34]。临川暮思[35]，何为泛舟[36]。岂无和乐[37]，游非我邻[38]。谁忘泛舟[39]愧无榜人[40]。

注释

〔1〕仰：向。 朔风：北风。

〔2〕用：因此。 怀：思念。魏都：指曹魏故都邺城，今河北临漳县北。武帝陵墓在此。此怀先父。

〔3〕骋：驱驰。 代马：代郡之马。代，古郡名，在今山西省东北部。古代郡产良马。

〔4〕倏忽：疾速的样子。 徂（cú）：往。

〔5〕凯风：南风。 永至：远至。

〔6〕蛮方：南方。指寿春，今安徽寿县地。曹彪黄初五年，改封于此。曹植时在雍丘，今河南杞县地。寿春在雍丘之南。称南方为蛮方，与下文"南翔"避复。此怀异母弟曹彪。

〔7〕越鸟：越地之鸟。越，今江浙之地，古越国。此以代南方。

〔8〕翻飞：翩翩飞翔。

〔9〕四气：春夏秋冬之气，即四时。 代谢：依次交替。

〔10〕悬景：指日月。 运周：运行周而复始。

〔11〕俯仰：俯仰之间。形容时间短促。

〔12〕脱：离。与"别"对文。 三秋：三季。三为约数，非实指。

〔13〕迁：徙迁。此句指黄初四年曹植徙雍丘。

〔14〕朱华：荷花。 未希：将希，指七月时。植黄初四年七月徙雍丘。希，与"稀"通。

〔15〕旋止:归来。指回到雍丘。止,语终助词。

〔16〕素雪:白雪。云:语中助词。曹植在雍丘为监官所举,一如在鄄城为王机所诬,遭迁徙之后,终返雍丘,时在黄初六年正月北风飘寒之时。

〔17〕俯降:下降。千仞;深谷的代词,即千仞之深的峡谷。

〔18〕天阻:天险。指高山。

〔19〕蓬飞:如蓬蒿之飘飞。蓬,野草名。秋枯根拔,风卷而飞,故又名飞蓬。

〔20〕载:则。 离:历。

〔21〕陟(zhì 至):登,升。此有越过的意思。

〔22〕越:攀越。

〔23〕同袍:指兄弟。此谓任城王曹彰。彰于黄初四年五月死于洛阳。

〔24〕乖别:离别。指曹彰之死。

〔25〕子:与下句"尔"皆指文帝曹丕。 芳草:比喻忠爱。

〔26〕贻(yí 夷):赠给。

〔27〕繁华:繁花,百花。此以喻君子。

〔28〕秋霜:比喻摧残忠良的小人。 悴(cuì 粹):枯萎。此使动用法。有摧残的意思。

〔29〕君:指文帝曹丕。 垂眷:眷念。

〔30〕云:语中助词。 诚:忠诚之心。李善注:"言君虽不垂眷,已则岂得不言其诚。"

〔31〕秋兰:香草。喻道德高洁坚贞。

〔32〕桂树:木名。木犀,桂花。 荣:华。李周翰注:"秋兰香草,可喻德馨不歇也;桂树冬荣,志不移也。"

〔33〕弦歌:以琴瑟伴奏而歌。 荡思:荡涤悲思。

〔34〕消忧:解脱忧愁。

〔35〕临川:面对日夜奔泻的流水。 暮思:日暮相思。

〔36〕何为:以何。凭谁。何,谁。 泛舟:划船。李善注:"言临川日暮,而又相思,何为泛舟而不济,以相从乎?"

〔37〕和乐:和谐欢乐。

〔38〕游:交游。此指往来交谊的人。 邻:指志同道合的人。

〔39〕泛舟:指泛舟渡河。

〔40〕榜人:撑船的人。李善注:"言岂忘泛舟以相从乎?愧无榜人,所以不

济也。榜人，喻良朋也。"

今译

  清凉的北风迎面吹来，不禁想起大魏的邺都。我愿跨上代地的骏马，疾驰向北一切皆不顾。南风和暖从远处吹来，内心怀念南方的弟兄。我愿追随越地的归鸟，翩翩高飞向南国翱翔。

  四时的节气依次更替，日月星辰不停地运行。匆匆别去恰如俯仰间，分离短暂已若过三秋。忆起昔日我被迁徙时，池中荷花枝叶尚未枯。今我重返领有的封国，白雪纷飞飘飘漫天舞。

  时而降落入深谷千仞，时而攀登上高山险阻。我似随风飘落野蓬草，往复迁徙经历几寒暑。峡谷虽深并非难度过，高山虽险总可迈步越。昔日我那同母亲兄弟，今却长逝与我成永诀。

  你喜好香草芬芳四溢，我怎能忘奉献你赏悦。百花争艳正繁茂灿烂，秋霜骤降生机尽消歇。君王于我虽然不顾念，我岂淡忘为臣尽忠诚。兰草高洁经秋而益香，桂树坚韧冬寒而更荣。

  伴琴瑟咏歌可除悲思，与谁唱和消解内心忧。面对流水日暮更相思，与你相从何人可泛舟。岂无伴侣和谐而作乐，交游并非心通意相投。怎能忘怀驾舟渡水去，无奈不知船夫何处求。

（陈复兴译注并修订）

◉ 杂诗六首 五言

曹子建

▓▓▒ 题解

　　《杂诗六首》是以组诗编在《文选》里的。李善注："此六篇,并托喻伤政急,朋友道绝,贤人为人窃势。别京以后,在鄄城思乡而作。"大体不错,以个别篇章言,则嫌牵强。

　　第一首为怀念曹彪而作。彪黄初三年(222)徙封吴王,五年改封寿春县。植与彪年龄相近,志趣相投,情谊甚笃。而文帝禁令诸王通问,监视甚严。"江湖迥且深"之句,指鄄城与寿春地理距离之遥,更指朝廷法令之酷。诗人欲借南行孤雁传书的联想,也不得不中断了。

▓▓▒ 原文

　　高台多悲风[1],朝日照北林[2]。之子在万里[3],江湖迥且深[4]。方舟安可极[5],离思故难任[6]。孤雁飞南游,过庭长哀吟[7]。翘思慕远人[8],愿欲托遗音[9]。形影忽不见[10],翩翩伤我心[11]。

▓▓▒ 注释

　　[1]悲风:凄寒之风。

　　[2]北林:林名。《诗经·晨风》:"鴥彼晨风,郁彼北林。未见君子,忧心钦钦。" 以上两句描绘抒情主人公所处的背景,眼前之景触动起怀人之情。

　　[3]之子:这个人。此指所怀之人。

〔4〕迥（jiǒng窘）：远。

〔5〕方舟：两船相并。 极：至。

〔6〕离思：离别的愁思。 难任：难以承受，承受不住。任，堪。

〔7〕哀吟：指孤雁的哀鸣。

〔8〕翘思：仰头远望而引起思念。 慕：怀念。

〔9〕托：托付。 遗音：带去音信。

〔10〕形影：指雁的形影。

〔11〕翩翩：形容鸟飞得轻捷疾速。

今译

高台之上寒风多凄厉，朝日升起曙光照北林。怀念之人远在万里外，江湖险阻相隔远且深。纵有方舟也难以超越，离愁别恨在内心熬煎。一只孤雁向南方飞翔，经过院庭发悠长哀音。举头凝望思念远方人，愿托鸿雁为之传个信。雁儿形影霎时逝不见，飘然离去令我心悲酸。

题解

第二首描写诗人后期的遭遇。前半以风中飘蓬自况，述屡屡迁徙的愁苦。后半则写实，述后期生活的贫困。《迁都赋序》说："连遇瘠土，衣食不继。"《转封东阿王谢表》又说："桑田无业，左右贫穷，食裁糊口，形有裸露。"曹植虽为王侯，其生活几近于流放，诗中所言未必虚语。

原文

转蓬离本根[1]，飘飘随长风[2]。何意回飙举[3]，吹我入云中[1]。高高上无极[5]，天路安可穷[6]。类此游客子[7]，捐躯远从戎[8]。毛褐无掩形[9]，薇藿常不充[10]。去去莫复道[11]，沉忧令人老[12]。

注释

〔1〕转蓬:飘转不定的蓬草。此比喻诗人屡遭迁徙的苦难生活。

〔2〕长风:远方吹来的巨风。

〔3〕何意:何曾料到。意,料想。 回飙(biāo 标):旋风。 举:起

〔4〕我:转蓬自谓。

〔5〕无极:无有终极。

〔6〕天路:登天之路。 穷:尽头。李善注引仲长子《昌言》:"荡荡乎若升天路,而不知其所登。子若升天路也。" 以上四句似有寓意,说一旦奉召入朝,如飙吹入云,终不见用,则备感孤伶,又感天路不可登。

〔7〕类:类似。 游客子:流游他乡的人。

〔8〕从戎:从军。

〔9〕毛褐:粗毛布衣。 掩形:遮盖形体。

〔10〕薇藿(huò 霍):薇,羊齿类植物,野生。藿,豆叶。这两样,都是穷苦人吃的野菜。文帝和明帝对待诸侯苛刻,曹植虽位居王侯,生活依旧穷困。其《转封东阿王谢表》中说:"桑田无业,左右贫穷,食裁糊口,形有裸露。" 充:充足。

〔11〕莫复道:不再述说。

〔12〕沉忧:深忧。

今译

山野蓬草拔地离本根,飘飘不定旋转随长风。何料狂飙盘旋冲天起,猛然吹我腾空入云中。云层高高愈上愈无际,登天之路岂可达尽穷。与此类似我这客游者,捐躯异地从军去远征。毛布短衣残破不掩体,野菜充饥每每饿肚肠。排天愁苦不再多申诉,长年深忧令人白发苍。

题解

第三首描写织妇思念远征的丈夫。这是乐府古诗的传统题材。诗人写来,则表达出对汉末战乱的烦苦,对人民愿望的同情。可见这位以疆场建功为誓愿的诗人,其心理的另一面。

原文

西北有织妇^[1]，绮缟何缤纷^[2]。明晨秉机杼^[3]，日昃不成文^[4]。太息终长夜^[5]，悲啸入青云^[6]。妾身守空闺^[7]，良人行从军^[8]。自期三年归^[9]，今已历九春^[10]。飞鸟绕树翔，嗷嗷鸣索群^[11]。愿为南流景^[12]，驰光见我君^[13]。

注释

〔1〕织妇：指织女星。织女星方位在北。

〔2〕绮缟：指丝织品。绮，有花纹的丝织物。缟，白绢。 缤纷：紊乱难理的样子。

〔3〕明晨：清晨。 秉：掌握。 机杼(zhù 住)：指织机。杼，织机上持纬线的梭子。

〔4〕日昃(zè 仄)：太阳西斜。 文：纹理。李善注："言忧甚而志乱。"

〔5〕太息：长长叹息。 终：尽。

〔6〕悲啸：悠长的悲叹之声。啸，凡发声悠长者为啸。

〔7〕妾身：妻子对自己的卑称。 空闺：空房。闺，指女子居住的内室。

〔8〕良人：妻子对丈夫的称呼。

〔9〕自期：自己许诺的期限。

〔10〕历：经过。九春：指三年。李善注："一岁三春，故以三年为九春，言已过期也。"

〔11〕嗷嗷(jiào 叫)：鸟鸣声。 索群：寻求自己的群类。

〔12〕流景：流驰的阳光。景，阳光。

〔13〕我君：自己的丈夫。

今译

西北有个年轻纺织妇，纺出绮缟一片乱纷纷。清晨而起手持机杼织，太阳西落织品不成文。悠长叹息终夜难成眠，悲声感人直入青云端。妾身孤苦长年守空房，良人远行边地去从军。与我相约三年归团聚，今已度过整整有九春。飞鸟入林盘绕树枝翔，啾啾长鸣也要求归群。我愿化作朝日南流行，放散阳光照耀我夫君。

题解

第四首借美人迟暮之感，宣泄诗人壮志不酬，年华蹉跎之悲。晚景凄怆之情，溢于言外。

原文

南国有佳人[1]，容华若桃李[2]。朝游江北岸，日夕宿湘沚[3]。时俗薄朱颜[4]，谁为发皓齿[5]。俯仰岁将暮[6]，荣耀难久恃[7]。

注释

〔1〕南国：南方。江南。 佳人：美人。

〔2〕容华：容貌光彩。

〔3〕宿：止宿。 湘沚(zhǐ止)：湘水中的小沙洲。湘，水名，在湖南。

〔4〕时俗：社会风俗。 薄：鄙薄，轻视。 朱颜：指美貌。

〔5〕谁为：为谁。 发：开。 皓齿：洁白的牙齿。此句描写流露欢笑，或歌唱传情。

〔6〕俯仰：形容时间短促。

〔7〕荣耀：与"容华"义同。指佳人的青春红颜。 久恃：久驻，长留。

今译

江南水乡生有一美人，容貌光华胜似桃李艳。清晨漫游经过长江北，傍晚寄宿就住湘水边。世俗愚陋不识红颜美，微露皓齿向谁讨欢心。俯仰之间岁月即将逝，姿色衰退青春久留难。

题解

第五首为述志之篇。可能与《赠白马王彪》同时而作。植黄初四年(224)徙封雍丘,与诸王来朝洛阳,不愿东归封国,而要从文帝征吴。此愿当然是不可能实现的,故诗中始有"惜哉无方舟"之叹。从文帝至明帝,曹植一直有求自试之想,皆不果。

原文

仆夫早严驾[1],吾将远行游[2]。远游欲何之[3]?吴国为我仇。将骋万里涂[4],东路安足由[5]。江介多悲风[6],淮泗驰急流[7]。愿欲一轻济[8],惜哉无方舟[9]。闲居非吾志[10],甘心赴国忧[11]。

注释

[1]仆夫:驾车的仆役。 严驾:备好车驾。

[2]将:且。

[3]何之:之何,往何方去。

[4]骋:驰骋。 涂:与"途"同。征途。

[5]东路:指从洛阳东往鄄城的路。黄节《曹子建诗注》说:"植于黄初四年徙封雍丘,来朝洛阳,欲从征孙权,不愿东归,故曰'东路安足由'也。" 由:行。

[6]江介:江间。

[7]淮泗:指淮水和泗水。淮水,发源于河南桐柏山,经安徽、江苏入海。泗水,发源于山东泗水县,入淮。赵幼文《曹集校注》说:"此二句形容淮泗流域军情紧急,而以悲风急流比喻之。"

[8]轻济:驾轻舟而渡。轻济与下句"方舟"互文见义。

[9]方舟:比喻权柄。

[10]闲居:远离世事而隐居。李善《闲居赋》注:"不知世事,闲静居坐之意也。"

[11]甘心:苦心。黄节《曹子建诗注》说:"《毛传》曰:'甘,厌也。'马瑞辰曰:'按甘与苦,古以相反为义。故甘草,《尔雅》名为大苦。'《方言》:'苦,快也。'……则甘心亦得训为苦心,犹言忧心,劳心,痛心也。" 国忧:国家之难。

今译

仆役等及早备好车驾，我要赴远地畅快行游。行游远地想要向何方？直向吴国原为我世仇。我将驰骋千万里征途，怎能经东路返回雍丘。江间骤起凛冽的寒风，淮水泗水奔涌着急流。我愿凭借一轻舟横渡，可惜啊无船只在岸口。隐退赋闲本非我素志，苦心沙场为国除隐忧。

题解

第六首也是述志篇。诗人后期身处压抑迫害之中，而心存削平蜀吴，统一天下之想。"远望"、"朝夕"之句可见其胸襟怀抱。又将"烈士"与"小人"相对照，讥讽时世，愤然之气难平。"弦急悲声发"，情志意象浑然谐合。

原文

飞观百余尺[1]，临牖御棂轩[2]。远望周千里[3]，朝夕见平原。烈士多悲心[4]，小人媮自闲[5]。国仇亮不塞[6]，甘心思丧元[7]。拊剑西南望[8]，思欲赴太山[9]。弦急悲声发[10]，聆我慷慨言[11]。

注释

〔1〕飞观：高耸的楼观。观，即阙，宫门前的望楼。飞，以言其高，似欲凌空而起的样子。

〔2〕牖(yǒu 有)：墙上的窗户。　御：凭。　棂(líng 灵)轩：栏杆。

〔3〕周：遍。

〔4〕烈士：坚守节义视死如归的人。　悲心：忧时忧国之心。

〔5〕媮(tōu 偷)：苟且。

〔6〕国仇：国敌。此指东吴。　亮：信，诚然。　塞：杜绝。消灭。

〔7〕丧元：断送头颅。元，首，头颅。

〔8〕拊剑:按剑。　西南:指西部的蜀国与南部的吴国。吴、蜀皆为"国仇"。此则重点指吴国。

〔9〕太山:东岳,接吴之境。《责躬诗》:"愿蒙矢石,建旗东岳。"与此句义同。

〔10〕弦急:谓琴瑟之声激越昂奋。

〔11〕聆:听。　慷慨:激昂悲愤。

今译

　　楼观矗立高高百余尺,置身窗前凭倚朱栏杆。凝望远方千里收眼底,朝朝暮暮所见尽平原。志士伤时忧国心中悲,小人苟且偷生图安闲。国仇确然尚未铲除尽,苦心思虑誓将头颅献。按剑挺身眼望西南方,欲平孙吴直赴太山巅。琴瑟激越音调似悲风,请听我赋这慷慨诗篇。

(陈复兴译注并修订)

◎ 情诗一首 五言

曹子建

▮▮▮▮▮ 题解

这篇似作于建安年间。

诗人以一个征夫的口吻写徭役之苦与思归之情。见鱼鸟的悠然自适正衬出征人的欲归不得。黍离之叹和式微之吟流露出曹植诗所固有的忧患之感。

▮▮▮▮▮ 原文

微阴翳阳景[1]，清风飘我衣。游鱼潜渌水，翔鸟薄天飞[2]。眇眇客行士[3]，遥役不得归[4]。始出严霜结[5]，今来白露晞[6]。游子叹黍离[7]，处者歌式微[8]。慷慨对嘉宾[9]，凄怆内伤悲[10]。

▮▮▮▮▮ 注释

〔1〕微阴：微薄的阴云。　翳(yì 义)：遮蔽。　阳景：日光。

〔2〕薄：迫，近。

〔3〕眇眇(miǎo miǎo 秒秒)：遥远的样子。　客行士：行役在外的人。

〔4〕遥役：劳役，力役。遥，同“徭”。

〔5〕始出：指初出征时。　严霜：寒霜。

〔6〕晞(xī 希)：干。

〔7〕游子：浪游在外的人。指行役者。　黍离：《诗经·王风》篇名。首章谓：“彼黍离离，彼稷之苗。行迈靡靡，中心摇摇。知我者谓我心忧，不知我者，谓我何求。悠悠苍天，此何人哉！”《诗序》说是描述西周亡后，东周大夫经过旧

423

都,见往昔宫宇长满了禾黍,感慨万端,彷徨而不能去。

〔8〕处者:即处士,未仕或不仕的士人。 式微:《诗经·邶风》篇名。首章谓:"式微,式微,胡不归? 微君之故,胡为乎中露?"《诗序》说是黎侯寄居在卫国,其臣属劝他归国而作此诗。

〔9〕慷慨:情绪悲壮激越。

〔10〕凄怆:悲伤的样子。

今译

稀薄的阴云掩蔽阳光,清凉的微风吹动我衣。行游的鱼儿潜入渌水,翱翔的鸟儿飞上天际。行役之人出征走远方,长期服役有家不得归。当初离去寒霜已凝结,今朝来归白露落于地。游子感叹宫宇变废墟,处士悲吟为何不早归。面对嘉宾不禁慷而慨,内心激荡义愤与伤悲。

(陈复兴译注并修订)

◉ 杂诗一首 四言

嵇叔夜

▣ 题解

　　这首诗创造了一个清新高洁的境界。"微风轻扇,云气四除。皎皎亮月,丽于高隅"。夜色的描绘,仿佛使人置身于清丽安谧的彼岸世界之中,引起不尽的退思。沉潜于自然之道,超脱于仕途之外,表现了老庄物我为一的底蕴。

▣ 原文

　　微风轻扇[1],云气四除[2]。皎皎亮月[3],丽于高隅[4]。兴命公子[5],携手同车。龙骥翼翼[6],扬镳踟蹰[7]。肃肃宵征[8],造我友庐[9]。光灯吐辉,华幔长舒[10]。鸾觞酌醴[11],神鼎烹鱼[12]。弦超子野[13],叹过绵驹[14]。流咏太素[15],府赞玄虚[16]。孰克英贤[17],与尔剖符[18]。

▣ 注释

〔1〕扇:拂。

〔2〕除:去。

〔3〕皎皎:明亮的样子。 亮月:明月。

〔4〕丽:附着。照耀。 城隅:城楼。《礼记》:"城隅之制九雉。"

〔5〕兴:喜。 命:呼唤。

〔6〕龙骥:骏马。 翼翼;健壮的样子。

〔7〕镳(biāo 彪):马嚼子。扬镳,指马扬着头。 踟蹰:徘徊不进。

〔8〕肃肃:疾行的样子。 宵征:夜行。

〔9〕造:往,到。　庐:庐舍。

〔10〕华幔:华丽的幔帐。　舒:伸,展。

〔11〕鸾觞:刻有鸾鸟之纹的酒器。　酌:饮酒。　醴(lǐ礼):甜酒。

〔12〕神鼎:铁铸的食器。方廷珪《文选集评》:"铸鼎以象神奸,故为神鼎。"

〔13〕弦:指琴。　子野:古代乐师师旷,字子野。

〔14〕叹:歌。　绵驹:春秋齐人,善歌。《孟子·告子下》:"绵驹处于高唐,而齐右善歌。"

〔15〕太素:指自然。

〔16〕玄虚:指玄虚之道。

〔17〕孰:谁。　克:能。　英贤:英明贤良之德。

〔18〕剖符:何焯《义门读书记》第三卷:"剖符乃同乐之意。不谓仕也。"

今译

　　微风轻轻吹动,云散万里晴空。皎皎一轮明月,悬挂城楼之顶。高兴呼唤公子,携手乘车同行。骏马何等健壮,昂首奋蹄欲行。夜间疾速奔驰,去我好友家中。明灯放射光芒,华帐舒展长长。鸾觞斟满美酒,神鼎烹鱼味香。奏琴超过师旷,歌唱胜过绵驹。长吟自然之道,赞叹宇宙之源。谁能以君贤德,与你同心同乐?

　　　　　　　　　　　　　　(赵福海译注并修订　陈延嘉再修订)

◉ 杂诗一首五言

傅休奕

▓▓◆ 题解

　　傅玄(217—278)，字休奕，北地泥阳(今陕西耀县东南)人。西晋哲学家、文学家。少孤贫，州举秀才，官至司隶校尉、散骑常侍，封鹑觚子。他政治思想比较开明，屡次上书陈述农事得失、水利兴废及安边御外等政事，多有针对时弊的谏议。史载其"性刚劲亮直"，"谔谔当朝"，"使台阁生风，贵戚敛手"。傅玄学问渊博，精通音律，诗以乐府见长。今存诗六十余首，多为乐府体。其中虽有不少歌功颂德的宗庙乐章和艺术价值不高的模拟之作，但也有一些作品继承了汉乐府民歌的传统，反映了社会问题，以反映妇女问题的作品最为突出。他的诗不求华艳，风格比较雄健，如《秦女休行》，后人就誉为"音节激扬，古质健劲"，颇具汉魏风韵，但语言有时流于艰涩。他还有一些描写爱情的小诗，善用比兴，宛转清巧，语简情深。著有《傅子》、《傅玄集》，俱佚。明人辑有《傅鹑觚集》一卷。

　　这首诗之主旨即首句"志士惜日短"之意。首二句总言志士之愁。继之十四句写夜长难寐，摄衣步于前庭。见北雁南翔，闻夜空哀鸣；清风飘荡，微月出西，繁星满天；又闻秋蝉低吟，野鸟悲唱；纤云流走，渥露沾裳，北斗低昂。写尽秋夜之凄凉，而主人公内心之悲愁，亦于此可见。末四句以感叹时光易逝作结，余味不尽。全诗以景传情，极尽渲染烘托之能事；感情沉郁苍凉，确有汉魏风韵。

原文

志士惜日短,愁人知夜长[1]。摄衣步前庭[2],仰观南雁翔。玄景随形运[3],流响归空房[4]。清风何飘飖[5]?微月出西方[6]。繁星依青天[7],列宿自成行[8]。蝉鸣高树间,野鸟号东箱[9]。纤云时仿佛[10],渥露沾我裳[11]。良时无停景[12],北斗忽低昂[13]。常恐寒节至,凝气结为霜[14]。落叶随风摧,一绝如流光[15]。

注释

〔1〕愁人知夜长:《古诗十九首·孟冬寒气至》有"愁多知夜长"的句子。诗人套用这句诗抒发一位志士对于时光易逝,人生短暂,功业无成的感慨。

〔2〕摄衣:提起衣襟。 摄:牵曳。

〔3〕玄景:黑影,指雁影。景同"影"。 形:形体。 运:移动。

〔4〕流响:指雁声传布。

〔5〕飘飖(yáo 摇):飘荡。

〔6〕微月出西方:指农历月底月亮出现于西方,即下弦月。李善注引《礼记》曰:"月生于西。"

〔7〕依:凭靠。

〔8〕列宿:众多的星宿。

〔9〕东箱:墙的东面。

〔10〕纤云:轻柔的云彩。 仿佛:看不真切。

〔11〕渥(wò 握)露:浓郁的露水。渥,浓郁。

〔12〕停景:静止不动的时光。

〔13〕低昂:起伏;升降。

〔14〕凝气:寒气。

〔15〕流光:流逝的光阴。

今译

　　有志者常叹惜光阴的短暂，愁苦人更深知秋夜的漫长。撩起衣襟在前庭独自踱步，抬起头来仰望那北雁南翔。黑色的影子随着形体移动，声声哀鸣传入寂静的空房。清凉的夜风吹得何其猛烈！那一钩残月已出现于西方。繁星点点紧紧凭依着青天，众宿荧荧空自排列得成行。秋蝉在高树间无力地低吟，野鸟在东墙下凄厉地悲唱。轻柔的云彩飘浮时隐时现，浓郁的露水沾湿我的衣裳。美好的时光一刻都不停留，那天上的北斗忽升又忽降。常怕寒冷的季节匆匆来到，转瞬间寒气便凝结成冰霜。木叶萧萧随秋风纷纷摧落，岁华一去犹如流逝的时光。

（周奇文译注并修订）

◎ 杂诗一首五言

张茂先

这首诗抒写的是诗人心中的深忧隐虑。诗人身处"暗主虐后之朝",能"尽忠匡辅",致使"海内晏然";但也招致一些士族权贵们的嫉恨。如贾充、荀勖、冯𬘓、赵王司马伦、孙秀等人都曾对其阴加谗毁,最后竟死于司马伦、孙秀之手。

全诗极写冬夜严寒,气氛凄凉;诗人终夜伏枕难眠,寤言无应;结句"永思虑崇替,慨然独抚膺"寄以盛衰兴亡之感,含有极深的忧患意识,似有许多难言之隐。全诗感慨悲凉,前人或谓其"儿女情多,风云气少",观此亦不尽然。

▓▓▓▓▓▓▓ 原文

晷度随天运[1],四时互相承[2]。东壁正昏中[3],涸阴寒节升[4]。繁霜降当夕[5],悲风中夜兴[6]。朱火青无光[7],兰膏坐自凝[8]。重衾无暖气[9],挟纩如怀冰[10]。伏枕终遥昔[11],寤言莫予应[12]。永思虑崇替[13],慨然独抚膺[14]。

▓▓▓▓▓▓▓ 注释

〔1〕晷(guǐ 鬼)度:日规的刻度。晷,日规,即测日影以定时刻的仪器。

〔2〕四时:指春、夏、秋、冬四季。

〔3〕东壁正昏中:是仲冬之时的天象。东壁,星宿名。为玄武七宿之一。室、壁两宿四颗星略成一长方形,在春秋、战国时代,当它们黄昏时出现在正南

方的季节,正是农事结束、从事营造房屋的时候,因而称这四个星为"营室"。东壁两星正在营室之东,故称"营室东壁",后简称"东壁"。李善注引《礼记》:"仲冬之月,日昏东壁中。"昏中,黄昏的正南方。

〔4〕涸阴:犹如"穷阴",指极北之地。涸,李善本作"固",此据五臣本改。

〔5〕繁霜:浓霜。

〔6〕兴:起。

〔7〕朱火:红色的火焰,指烛火。

〔8〕兰膏:以泽兰炼成的油脂,用来点灯,有香气。 坐:犹"自"。无故、自然而然地。李善注:"无故自凝曰坐。"

〔9〕重衾:厚厚的被子。

〔10〕挟纩(kuàng 矿):披着绵衣。《左传·宣公十二年》:"楚子伐萧……申公巫臣曰:'师人多寒。'王巡三军,拊而勉之,三军之士,皆如挟纩。"纩,丝绵。

〔11〕遥昔:长夜。昔,通"夕"。

〔12〕寤言:《诗经·卫风·考槃》"独寐寤言"。即独眠、独醒、独言。这里是辗转难眠,自言自语的意思。

〔13〕永思:深思,长思。崇替:灭亡。李善注引《国语》:"君子独居,思前世之崇替。"崇,终;替,废。这里是指事物兴衰必然之理。

〔14〕抚膺:捶胸。表示怅恨、慨叹。

今译

日规的刻度在随天运转,春夏秋冬四季更替相承。黄昏时东壁星现于南方,正当凛冽寒冬极北大地。晚上降下了厚厚的白霜,半夜时刮起了凄厉的悲风。红色的烛火青荧而无光,泽兰的膏油竟无故自凝。厚厚的被子无一丝暖气,披着绵衣如同怀揣凉冰。伏枕难眠挨过漫漫长夜,自言自语无人与我相应。深深地思虑着兴衰至理,感慨无穷独自叹息捶胸。

(周奇文译注并修订)

◎ 情诗二首五言

张茂先

　　张华《情诗》五首，或写闺中离妇思夫，或写远游旷夫恋妇，深情绵邈，哀艳动人，历来颇为选家注目。这里所选的是其三与其五。这两首诗，写闺中少妇，则姿婉之态，使人魂销；写远游旷夫，则缠绵之情，荡人心肺。虽"秾丽之作"，却"油然入人"，确乎是"儿女情多"。

　　"清风"这一首写妻子独处深闺思念远方的丈夫。首四句融情于景，以景传情，写"佳人"（丈夫）不在，"兰室"的空寂无光。继之四句则化情入事，于事见情；襟怀所拥，乃悬想中的虚影，轻衾所复，乃现实中的空床；痴情的幻想与孤独的现实形成不可调和的矛盾，造成感情上的强烈震荡。而"居欢惜夜促，在戚怨宵长"二句则反映了情人们欢乐嫌夜短，愁苦怨宵长的普遍心理。最后两句是从痴情的幻想中清醒之后的感叹。

　　清风动帷帘[1]，晨月照幽房[2]。佳人处遐远[3]，兰室无容光[4]。襟怀拥虚景[5]，轻衾覆空床[6]。居欢惜夜促[7]，在戚怨宵长[8]。抚枕独啸叹[9]，感慨心内伤。

　　〔1〕帷帘：帐幔。

〔2〕晨月：天将亮时的月亮。　幽房：谓女子的深闺。幽，僻静。

〔3〕佳人：指丈夫。按《情诗》五首中夫妇都以"佳人"自称。　遐：远。

〔4〕兰室：芬芳的居室。女子闺房的美称。

〔5〕襟怀：胸怀。　拥：抱。　景：通"影"。　虚：李善本作"灵"，从六臣注。

〔6〕衾：被子。　覆：铺盖。

〔7〕居：当、在或处的意思。　惜：李善本作"愒"，此据五臣本改。

〔8〕感：忧愁，悲伤。

〔9〕拊（fǔ府）：轻击、轻拍。　啸叹：撮口发出长声叹息。啸，撮口发出长而清越的声音，类似现代的吹口哨。

今译

清风拂动着帐幔绣帘，晨月透入幽静的闺房。丈夫在那遥远的地方，芳香的深闺黯淡无光。襟怀之中拥抱着虚影，轻暖的锦被覆盖着空床。当欢乐之时惋惜夜短，在忧愁之际怨恨宵长。拍抚着枕头独自叹息，心中有无限感慨忧伤。

题解

这首诗写的则是远游的丈夫思念闺中的妻子。诗从远游销魂入手，主人公面对"兰蕙缘清渠，繁华荫绿渚"的良辰美景，而产生"佳人不在兹，取此欲谁与"的怅惘之情。这种"以乐景写哀"的反衬对比手法，将主人公置于剧烈的感情旋涡中。接着，诗人连用两个比喻：只有"巢居"才"知风寒"；只有"穴处"才"识阴雨"。顺理成章地应得出只有远别离，才知慕俦侣之苦的结论。然而，诗人却别出心裁，"正言若反"，说"不曾远别离，安知慕俦侣？"身处"远别离"之际，而说"不曾远别离"；已深尝"慕俦侣"之苦，而出之以"安知慕俦侣？"以哲学上相反相成的原理来构思，形成反诘句的形式，造成隽永深长的韵味。

原文

游目四野外[1]，逍遥独延伫[2]。兰蕙缘清渠[3]，繁华荫绿渚[4]。佳人不在兹[5]，取此欲谁与[6]？巢居知风寒[7]，穴处识阴雨[8]。不曾远别离，安知慕俦侣[9]？

注释

〔1〕游目：目光向四处随意观览。

〔2〕逍遥：优游自得。　延伫：久立。

〔3〕蕙：与兰同类，暮春开花，色香比兰花稍淡。古代有持兰蕙以赠所爱的风习。　缘：沿着。　渠：水沟，河道。

〔4〕繁华：指繁多的兰蕙花。　荫：覆、遮掩。　渚：小洲。

〔5〕佳人：指妻子。　兹：此，这里。

〔6〕此：指兰蕙。　谁与：与谁，赠谁。

〔7〕巢居知风寒：鸟类筑巢于树上，所以先知风寒。比喻只有亲身经历过离别的人才能体会这种相思之情。

〔8〕穴处识阴雨：蝼蚁之类生活于卑湿的洞穴中，所以预识阴雨。其喻意与"巢居"句同。

〔9〕俦侣：伴侣，指夫妇。

今译

漫步野外向四处随意观望，优游徜徉孤独地呆立凝想。沿着清溪长满了兰花蕙草，繁茂的兰蕙覆盖绿洲之上。思念的佳人她却不在这里，采下这兰蕙送与谁人身旁？巢居的鸟儿先知风寒将至，穴处的虫蚁预识阴雨欲降。没有经过远别的痛苦折磨，怎能理解思慕情侣的衷肠？

（周奇文译注并修订）

◉ 园葵诗一首 五言

陆士衡

▓▓▓ 题解

赵王伦与陆机交厚,篡位前以陆机为中书郎,委以立言重责。"赵王伦篡位,迁(惠)帝于金墉城。后诸王共诛伦,复帝位。齐王冏谮机为伦作禅文,赖成都王颖救之免,故作此诗,以葵为喻谢颖。"(李善注引《晋书》)诗通篇用比。素葵喻己,高墉比成都王。"曾云无温液,严霜有凝威",比喻自己被捕;"幸蒙高墉德,玄景荫素葵",喻颖解救之德。

▓▓▓ 原文

种葵北园中[1],葵生郁萋萋[2]。朝荣东北倾[3],夕颖西南晞[4]。零露垂鲜泽[5],朗月耀其辉[6]。时逝柔风戢[7],岁暮商飙飞[8]。曾云无温液[9],严霜有凝威[10]。幸蒙高墉德[11],玄景荫素葵[12]。丰条并春盛[13],落叶后秋衰[14]。庆彼晚凋福[15],忘此孤生悲[16]。

▓▓▓ 注释

〔1〕葵:葵花,即向日葵。

〔2〕郁:繁茂。 萋萋:茂盛的样子。

〔3〕朝荣:早晨开的花朵。荣,花。

〔4〕夕颖:黄昏开的花朵。 晞(xī 西):当作"睎",看,望。此处与"倾"义同。

〔5〕零露:露珠下落。 鲜泽:鲜丽而有光泽。

〔6〕朗月:明亮之月。

〔7〕时逝:时间(指季节)流逝。　柔风:和风,此指春风。　戢(jí急):止息。

〔8〕商焱:秋风。旧说以五声(宫商角徵羽)配对四时,秋天为商声。焱,通"飙"。暴风,旋风。

〔9〕曾云:层云,即厚厚的云层。　温液:温润的细雨。

〔10〕严霜:极寒之霜。　凝威:指凝霜之寒威。　以上两句意思说秋季浓云带来的是冷雨,再没有春时的温润细雨了;而零露则凝结成严霜,散发寒气格外逼人。

〔11〕高墉(yōng拥):高墙。墉,墙。

〔12〕玄景:黑影。指墙的阴影。景,同"影"。　荫:掩护。　素蕤(ruí):白花。

〔13〕丰条:茁壮的枝干。

〔14〕后秋衰:后于秋天而衰,即晚凋。

〔15〕庆:庆幸。

〔16〕孤生:孤独而生。

今译

　　葵花种在北园中,葵花长得郁葱葱。清晨花向东北斜,傍晚花向西南倾。滴滴露珠垂光泽,朗朗明月耀清辉。时间推移春风息,岁暮到来秋风急。浓云不作温润雨,严霜凝聚有寒威。幸蒙高墙庇护恩,阴影掩护素花葵。丰满枝叶随春茂,叶落也在秋后垂。庆幸葵花晚凋福,忘却生平孤独悲。

(赵福海译注并修订　陈延嘉再修订)

◎思友人诗一首五言

曹颜远

▓▓▓题解

　　曹颜远(？—308)，名摅(shū 书)，字颜远，谯国谯(今安徽亳县)人。西晋诗人。最初任临淄令，以能够昭雪冤狱，让被囚禁的犯人探问家事而受到全县的称赞，被呼为"圣君"。后来历任过尚书郎、洛阳令等职。齐王司马冏辅政时，曹摅被任为记室督，不久又升任为中书侍郎，在晋惠帝末年出任襄城太守。晋怀帝永嘉二年，为征南司马，因镇压流民，兵败而死。

　　曹摅笃志好学，工于诗赋，比较著名的诗文有五言诗《思友人》、《感旧》，四言诗《赠石崇》以及《述志赋》等。

　　本篇《思友人诗》，是曹摅为怀念好友欧阳建而作的。欧阳建是晋太尉石崇的外甥，西晋著名的文学家，其文章很受时人的推崇。然而欧阳建是依附于贾谧的文人集团的成员，在当时统治阶级的内部倾轧斗争中，遭到赵王伦和孙秀的嫉恨。晋惠帝永康元年(300)，贾谧被杀后不久，欧阳建和石崇一起被司马伦和孙秀杀害。欧阳建之死，对曹摅来说是沉重的打击，他除了悲痛以外，对于欧阳建的卓越才华的夭折也感到无限的惋惜。这首杂诗正是诉说诗人的这种怀念之情的。

　　全诗可以分为两个部分，前十句是诗人通过景物的描绘，刻画了自然界阴云密布，大雨霖潦，万物寒疏的景象，从而渲染和烘托世事的凄惨和悲凉，同时暗喻统治阶级阻塞贤路，残害贤德之人，激起了诗人内心的狂潮。后十句则具体地描绘了诗人对好友欧阳建的怀念之情。全诗在字里行间流露出诗人深深的悲切和愤慨,但又充满不能畅舒胸怀的压抑之感,语言清淡而感情深沉。

原文

密云翳阳景[1],霖潦淹庭除[2]。严霜凋翠草,寒风振纤枯[3]。凛凛天气清[4],落落卉木疏[5]。感时歌蟋蟀,思贤咏白驹[6]。情随玄阴滞[7],心与回飙俱[8]。思心何所怀,怀我欧阳子[9]。精义测神奥[10],清机发妙理。自我别旬朔[11],微言绝于耳[12]。褰裳不足难[13],清阳未可俟[14]。延首出阶檐,伫立增想似[15]。

注释

〔1〕翳(yì义):障蔽。 阳景:景同"影",日影。

〔2〕霖潦:连日的雨地积水。 除:台阶。

〔3〕纤:细小的意思,这里代指小草。

〔4〕凛凛:指寒冷的气息。

〔5〕落落:稀疏、零落。

〔6〕白驹:见《诗·小雅·白驹》:"皎皎白驹,食我场苗。"《诗·序》认为这首诗是讽刺周宣王不能用贤而作,后以"白驹"一词代指阻塞贤路。

〔7〕玄阴:冬月,农历自立冬到立春的这段时间。

〔8〕回飙:旋转的暴风。

〔9〕欧阳子:即欧阳建,字坚石,见《题解》。

〔10〕精义:高深的理论。

〔11〕旬朔:十天或一月,又代指时日。

〔12〕微言:精微之言。

〔13〕褰(qīn千):撩起,用手提起。褰裳出自《诗·郑风·褰裳》:"子惠思我,褰裳涉溱。"

〔14〕清阳:清指目,阳同扬,指眉。清扬即眉清目秀的意思,这里代指欧阳建。 俟:等待。

[15]想似:表示思念之深。见《庄子·徐无鬼》:"夫越之流人,去国数日,见其所知而喜。去国旬月,见所尝见于国中而喜。及期年也,见似人(似乡里之人)者而喜矣!"

今译

乌云密布遮住了太阳,连日阴雨把台阶淹没。厚厚白霜使青翠凋蔽,凛冽寒风使小草黄枯。寒冷使天气变得清寂,花草树木零落而稀疏。感慨秋深吟《蟋蟀》,思念贤人"皎皎白驹"读。感情随着冬月而沉滞,心潮却像暴风般起伏。我深深怀念的是何人?为思念欧阳建而痛苦。想起他文章出神入化,玄机妙论曾使我叹服。我们自从分别到如今,精微之言难入我耳鼓。撩起长衫走路并不难,对坚石未能等待如初。来到阶檐前引颈远望,呆立思念更难以举步。

(王存信译注并修订)

◎ 感旧诗一首 五言

曹颜远

题解

　　这首诗是诗人感叹世态炎凉之作,它比较真实地反映了西晋时期的社会生活现实。当时统治阶级内部争权夺利,豪门贵族互相倾轧,一些人依附豪门,追逐权势,常对失意者予以白眼。诗人通过自己的感受对现实生活进行了讽刺,同时诗人也热情歌颂了一般乡民的质朴情感。诗人感到,在政治上遭到逆境时,只有那些具有笃实敦厚美德的乡人才能给你安慰。

　　这首诗的语言平白通俗,毫无艳丽造作之态,可以说是诗人的有感而发、直抒胸臆之作。

原文

　　富贵他人合,贫贱亲戚离。廉蔺门易轨[1],田窦相夺移[2]。晨风集茂林[3],栖鸟去枯枝。今我唯困蒙[4],群士皆背驰。乡人敦懿义[5],济济荫光仪[6]。对宾颂有客[7],举觞咏露斯[8]。临乐何所叹,素丝与路歧[9]。

注释

　　〔1〕廉蔺门易轨:轨指古代车子两轮之间的距离,这里指车。廉蔺即廉颇与蔺相如。事见《史记》:"蔺相如出,望见廉颇,相如引车避匿。于是舍人相与谏曰:'臣去亲戚而事君者,徒慕君之高义也。今君与廉君同列,廉君宣恶言,而君畏之匿,恐惧殊甚。且庸人尚羞之,况于将相乎。臣等不肖,请辞去。'"

〔2〕田窦相夺移:田窦指汉代的窦婴与田蚡。事见《汉书》:"窦太后怒,免丞相窦婴、太尉田蚡。婴、蚡以侯居家。蚡虽不任职,以太后故亲幸,数言事,多效。士趋势利者,皆去婴而归蚡也。"

〔3〕晨风:鸟名,即鹯(zhān),鹯鹰一类的猛禽。此处泛指鸟。

〔4〕困蒙:困于蒙昧,即处于困境。

〔5〕敦:敦厚、笃实。 懿义:美德。 皆:李善本作"所",从五臣注。

〔6〕济济:众多,盛大。 荫:庇护。 光仪:光彩和仪表。

〔7〕有客:诗名,见《诗·周颂·有客》:"有客宿宿,有客信信,言授之絷,以絷其马。"古代对客人朗诵此诗,表示对客人的热诚欢迎。

〔8〕觞:酒杯。 露斯:见《诗·小雅·湛露》"湛湛露斯,匪阳不晞,厌厌夜饮,不醉无归",表示对客人的招待至诚热情,喝酒要一醉方休。

〔9〕素丝:见《诗·鄘风·干旄》:"素丝纰之,良马四之。"素丝即素丝良马的简化,古代作为礼遇贤士的代称。 路歧:指大道上出现的小路,比喻生活中的逆境与波折。

今译

富贵人家自有人迎合,贫穷人家至亲好友也离去。相如避廉颇门前冷落,田蚡得势窦婴府中客人稀。晨风鸟聚集繁茂的林中,飞鸟投林不选择枯枝栖息。我是被困于蒙昧之中,所有的士人皆背离我而去。乡人们却重视笃实美德,盛大的欢迎给我荣光,慰我心意。对客人我朗诵《有客》诗篇,举起酒杯,歌咏"露斯",不醉不喜。面对着快乐的音乐为何叹气?得势和失势时人情的冷暖竟然如此分歧。

(王存信译注并修订)

◎ 杂诗一首 五言

何敬祖

▌题解

何敬祖名劭，是西晋的诗人。钟嵘的《诗品》将他和陆云、石崇、曹摅同列为中品，而认为四人中他的诗更好些。这首杂诗就是他的代表作。全诗十六句可分为四小节，每小节为四句，通过对自然景物的描写、感受、联想和慨叹，抒发了诗人内心的冲动。第一小节写的是秋风明月的夜景；第二小节是以物喻人事，用墙头草最易枯萎，阶下露水最易消失来慨叹人生的短暂；第三小节是诗人的幻想，因慨叹人生短暂而期望得遇神仙；最后一小节写诗人又返回现实的心理状态。何劭在西晋的统治阶级中是一个扶摇直上的风云人物，权势的变换和转移不会不对他产生影响，这种荣华富贵也不会是永久的，因为生命总有尽头。何劭也许在他的奢侈生活中认识到这一点，所以才写了这首杂诗。

▌原文

秋风乘夕起，明月照高树。闲房来清气[1]，广庭发晖素[2]。静寂怆然叹，惆怅出游顾。仰视垣上草[3]，俯察阶下露。心虚体自轻[4]，飘摇若仙步。瞻彼陵上柏，想与神人遇。道深难可期[5]，精微非所慕[6]。勤思终遥夕，永言写情虑[7]。

注释

〔1〕闲房:闲居的房室。

〔2〕晖素:月光。

〔3〕垣上草:生长在矮墙头上的杂草。

〔4〕心虚:指谦虚不自满。见《淮南子·原道》:"故得道者,志弱而事强,心虚而应当。"也可以解释为心中没有杂念。

〔5〕期:希望。

〔6〕精微:指精细隐微的(道理)。

〔7〕永言:《尚书》"歌永言",这里代指写诗。 情虑:情思、意念。

今译

秋风在傍晚刮起,明月高挂在树上。闲室吹进清新风,广阔庭院满月光。寂静使我长叹息,惆怅出室四面望。抬头看到墙头草,俯视阶下露水镶。心无杂念身轻快,好似神仙飘飘然。远望山陵有柏树,欲与神仙会一堂。大道深奥难期待,不慕高深严修养。勤思不倦终夕夜,情思当用诗歌唱。

（王存信译注并修订）

◎ **杂诗一首** 五言　　　　　　　　　王正长

　　王正长(? —311),名赞,字正长,义阳(今河南新野)人。西晋文学家。博学有俊才,晋太康中为太子舍人,晋惠帝时任侍中。晋怀帝永嘉四年(310),石勒围仓垣,时王赞为陈留内史,击败石勒。永嘉五年六月,刘曜、王弥攻陷洛阳,晋怀帝被俘。王赞自仓垣屯兵阳夏。九月,石勒袭破阳夏,赞被俘,被任为从事中郎。十月,王赞参与谋反,被石勒所杀。

　　王赞的这首杂诗受到历代文人的称赞,《宋书·谢灵运传论》称这首杂诗是"直举胸情,非傍诗史。"钟嵘在《诗品》中将王赞诗列为中品,说:"子荆(孙楚)'零雨'之外,正长'朔风'之后,虽有累札,良亦无闻。"刘勰在《文心雕龙·隐秀》中说:"'朔风动秋草,边马有归心',气寒而事伤,此羁旅之怨曲也。"

　　全诗十二句,主要抒发守边将士对故乡的怀念之情,起首两句尤为不俗,景情相融,气势雄健。在两首句的统率下,通过反问、比喻和感慨直抒胸怀。最后以"谁能宣我心"戛然而止,感情直贯到底,深沉而有力量。

■※■ **原文**

　　朔风动秋草[1],边马有归心[2]。胡宁久分析[3],靡靡忽至今。王事离我志[4],殊隔过商参[5]。昔往鸧鹒鸣[6],今来蟋蟀吟。人情怀旧乡,客鸟思故林。师涓久不奏[7],谁能宣我心。

注释

〔1〕北风:秋风。

〔2〕边马:放牧于边境的马,可引申为守备于边境的将士,见汉代蔡琰《悲愤诗》:"北风厉兮肃泠泠,胡笳动兮边马鸣。"

〔3〕胡宁:为什么要,何故要。

〔4〕王事:指为君王服役的公事,也指从军打战。

〔5〕商参:天空星辰名,二者分在东方、西方,出没各不相见,比喻双方隔绝。

〔6〕鸧鹒(cāng gēng 仓庚):黄莺。见《诗·豳风·七月》:"春日载阳,有鸣鸧鹒。"表示初春到来的意思。

〔7〕师涓:即春秋时卫国的乐师师襄,又称师襄子。传说孔子曾随他学琴。

今译

寒冷的北风吹动秋草,守边将士有归乡之心。怎么能忍受长久别离,时序渐进忽至于今。从军打仗背离我志愿,与亲人阻隔毫无音信。去时是春天黄莺鸣叫,如今秋已深蟋蟀哀吟。人之常情对故乡怀念,飞鸟也思念常栖之林。仁德的音乐久未听到,什么能宣泄我的胸襟。

(王存信译注并修订)

445

◎ 杂诗一首 五言

枣道彦

▌▌▌◆ 题解

　　枣道彦,名据,字道彦,生卒年不详。西晋文学家,颍川长社(今河南长葛县)人。枣据本姓棘,据传说其祖先为避仇家报复将棘改为枣。初在大将军府任职,后出任山阳令,再升迁为尚书郎,转为右丞。晋太尉贾充任伐吴大都督时,枣据请求随军出征,被任为从事中郎。伐吴后,任黄门侍郎,冀州刺史,太子中庶子。晋武帝太康年间死去。

　　这首杂诗是诗人从贾充伐吴时所作,内容主要是描写军旅生活的艰辛和感慨。在叙说中抒发感情,又与作者的切身经历相联系,具有一定的现实性。全诗较长,从晋武帝派贾充为大都督讨伐吴帝孙皓开始,着重描绘了作战前行军途中所遭遇的困难和危险。诗中也间带着表达诗人被贾充聘用的欢愉和自谦的心情,最后作者慷慨地鼓励男儿应志在四方,为君王效命疆场。从实质上来说,这是一首配合晋武帝伐吴的政治诗。

▌▌▌◆ 原文

　　吴寇未殄灭[1],乱象侵边疆。天子命上宰[2],作蕃于汉阳[3]。开国建元士[4],玉帛聘贤良。予非荆山璞,谬登和氏场[5]。羊质服虎文[6],燕翼假凤翔。既惧非所任,怨彼南路长。千里既悠邈,路次限关梁[7]。仆夫罢远涉,车马困山冈。深谷下无底,高岩暨穹苍[8]。丰草停滋润,雾露沾衣裳。玄林结阴气[9]，不风自寒凉。顾瞻情感切，恻怆心哀伤。士生则悬弧[10]，有事在四方。安得恒逍遥，端坐守闺房。引义割外情[11]，内感实难忘。

注释

〔1〕殄(tiǎn 舔)：尽，灭绝。

〔2〕上宰：宰相。这里当指晋伐吴大都督贾充。

〔3〕蕃：通藩，屏障。

〔4〕元士：指天子的臣子，也是官职名。

〔5〕和氏场：此同上句的荆山璞说的是同一件历史史实。楚人卞和在楚山中发现一块璞玉，先后献给楚厉王和楚武王，都被认为是欺诈，被截去双足。楚文王时命剖璞加工，果得宝玉，称为和氏璧。作者在这里是表示谦虚，说自己的才能并不能担当重任。

〔6〕羊质服虎文：见汉代扬雄的《法言·吾子》："羊质虎皮，见草而悦，见豺而战，忘其皮之虎矣！"比喻虚有其表。

〔7〕次：停止不前。

〔8〕暨：至。　穹苍：天。

〔9〕玄林：幽深的树林。

〔10〕悬弧：古代风俗，如家中生子，就在大门的左侧挂一张弓，所以生男儿就称悬弧。　士：男子。

〔11〕外情：因外界事务影响而产生的感受。

今译

吴国的军队未灭尽，混乱的现象扰边疆。任命贾充为大都督，统兵为屏障驻汉阳。立国需要大量人才，贵重的礼物聘贤良。我并非楚山的玉石，也充作和氏璧登场。不过是绵羊披虎皮，燕子假装凤皇飞翔。既害怕难当此重任，又埋怨南去道路长。悠悠千里路程漫漫，停止不前阻于关梁。仆人役夫疲惫远行，车马都困在山岗上。悬崖下是无底深谷，山峰好似高顶天上。茂盛野草雾露滋润，远行之人沾湿衣裳。幽深的树林结阴冷，无风也觉刺骨寒凉。前后观望感受颇深，凄凉情景我心哀伤。家生男儿门悬强弓，为了国家志在四方。怎能经常逍遥自在，陪着妻子坐在闺房。服从大义割断私情，内心思念实在难忘！

（王存信译注并修订）

◉ 杂诗一首 五言

左太冲

题解

　　此为秋夜述怀之作。在左思作品中，它最近似建安体。"秋风何冽冽"至"绿叶日夜黄"四句，写季节的变化。"明月出云崖"至"嗷嗷晨雁翔"四句，写深秋夜景。"高志局四海"至"岁暮常慨慷"四句，感叹壮志未酬。李善注说："冲于时贾充徵为记室，不就，因感人年老，故作此诗。"

原文

　　秋风何冽冽[1]，白露为朝霜。柔条旦夕劲[2]，绿叶日夜黄。明月出云崖[3]，皦皦流素光[4]。披轩临前庭[5]，嗷嗷晨雁翔[6]。高志局四海[7]，块然守空堂[8]。壮齿不恒居[9]，岁暮常慨慷[10]。

注释

　　[1]冽冽：寒冷的样子。

　　[2]柔条：嫩条。　劲：挺直，指枯干。

　　[3]云崖：云端，云际。

　　[4]皦皦(jiǎo 绞)：洁白明亮。　素光：白光。

　　[5]披轩：开门。　前庭：前院。

　　[6]嗷嗷(áo 熬)：雁鸣声。

　　[7]高志：远大的志向。　局四海：以四海为局限，指天地狭小。

　　[8]块然：孤独的样子。

〔9〕壮齿:壮年。齿,年。　　恒居:常在。"壮年不常居",言美好的年华不能常在。

〔10〕岁暮:指年老。　　慨慷:感慨,叹息。

今译

　　秋风凛冽天气凉,夜为白露早为霜。柔嫩枝条旦夕僵,绿叶日夜变枯黄。一轮明月出云端,皎洁明净流白光。推开房门到庭院,晨雁嗷嗷云天翔。志高唯觉天地小,孤独寂寞守空堂。青春年华不永驻,人到老境感慨生。

(魏淑琴译注并修订)

◎ 杂诗一首 五言

张季鹰

▌题解

张季鹰，名翰，字季鹰，吴郡吴（今江苏苏州）人。生卒年不详，西晋诗人。有清才，性格放任不拘，曾对人说："使我有身后名，不如即时一杯酒"，时人比之为阮籍，称为"江东步兵"。晋武帝时齐王司马冏辅政，任张翰为大司马东曹掾。当时王室争权，天下大乱，张翰预知司马冏必败，托言秋风起，思念故乡菰菜莼羹、鲈鱼鲙，遂辞去官职回归故里。不久，齐王冏败，张翰得身免于难。张翰的这一行动，曾受到后代文人的推崇。宋代著名词人辛弃疾在《水龙吟·登建康赏心亭》词中就有"休说鲈鱼堪鲙，尽西风，季鹰归来"的句子。

张翰的这首杂诗旨在抒发个人归隐后的感叹，其中"黄华如散金"一句，尤为后人所赞赏。钟嵘在《诗品》中把"黄华之唱"誉为"虬龙片甲，凤皇一毛"。唐代著名诗人李白在《金陵送张十一再游东吴》也说："张翰黄花句，风流五百年。"这首诗生动而真实地反映了张翰的处境和心理状态。诗中说道，荣华富贵的生活是使人留恋的，然而它不会带来持久的欢乐；"归隐"则是"别无良途"的选择，失去的将是壮志和荣华，伴随的将是贫贱和衰老。在当时，张翰说的是心里话，也只能这样明哲保身了。

▌原文

暮春和气应，白日照园林。青条若总翠[1]，黄华如散金。嘉卉亮有观[2]，顾此难久耽[3]。延颈无良途，顿足托幽深[4]。荣与壮俱去,贱与老相寻。欢乐不照颜,惨怆发讴吟[5]。讴吟何嗟及,古人可慰心。

注释

〔1〕总:集的意思。

〔2〕嘉卉:美丽的花卉。

〔3〕耽:沉迷(于欢乐)。

〔4〕幽深:指山深林深,这里代指隐居的意思。

〔5〕讴吟:朗诵诗篇。

今译

春将尽暖气相和应,太阳光普照着园林。枝条像聚集的翠羽,黄花如散落的黄金。美丽的花卉好景象,只是难得久欢欣。延颈举踵别无良途,止步归隐托身山林。荣华与壮志都舍弃,贫贱与衰老将来寻。脸上不会再有欢乐,凄凉悲切把诗歌吟。朗诵诗篇何来叹息?古人之事可慰我心。

(王存信译注并修订)

◎ 杂诗十首五言

张景阳

▓▓▒ 题解

张景阳,名协,与其兄张载和其弟张亢,合称"三张",都是西晋时的著名文人。但张协的诗才远超过张载和张亢,也超过张华、潘、陆诸人。钟嵘在《诗品》中,把张协的诗列为上品,说他的诗"雄于潘岳,靡于太冲,风流调达,实旷代之高手。"又说他"词采葱茜,音韵铿锵,使人味之,亹亹不倦。"张协的这十首杂诗是其代表作,它们有个共同的特点,就是运用白描的手法来写景,作到了笔法洗炼,色彩素淡,较深刻地传达出景物的神韵。这是和当时文坛上重艳丽、好铺陈的风气不相同的。张协诗的另一个特点,是讲究对诗的语言提炼,力求精益求精,历代文人对此皆有较高的评价。钟嵘说张协的诗"文体华净,少病累,又巧构形似之言。"何焯说他是炼字琢句的开创者,"诗家炼字琢句始于景阳,而极于鲍明远。"刘熙载推崇说,"明远道警绝人,然炼不伤气,必推景阳独步。"不论古人对张协是如何评价的,但张协的诗确实是造语清新、形象生动,很富于艺术感染力。

十首诗题材绝少相同,但都能够通过景物来抒发情感,情景交融,使张协的诗歌有隽永之味。第一首诗写的是一个思妇的幽怨之情。张协通过景物描绘,以渲染凄凉的气氛,衬托思妇的心理状态,虽是单纯的绘景,却把思妇怀念亲人、望眼欲穿的神态及内心苦楚,非常细腻地表现出来了。

原文

秋夜凉风起,清气荡暄浊[1]。蜻蛚吟阶下[2],飞蛾拂明烛。君子从远役,佳人守茕独[3]。离居几何时,钻燧忽改木[4]。房栊无行迹,庭草萋以绿[5]。青苔依空墙,蜘蛛网四屋。感物多所怀,沉忧结心曲。

注释

〔1〕暄(xuān 宣)浊:污浊的暑气。

〔2〕蜻蛚(jīng liè 京列):蟋蟀。

〔3〕茕(qióng 穷)独:孤独、孤单无所依靠。

〔4〕钻燧忽改木:指古代燧人钻木取火。改木又作改火,钻木取火因季节的不同而改用不同的木材,春取榆柳,夏取枣杏,秋取柞楢,冬取槐檀。后将改木一词代指一年。

〔5〕房栊:指稀疏排列的房舍。 萋:茂盛。

今译

秋夜凉风阵阵吹,清爽气息赶污浊。蟋蟀阶下来歌唱,飞蛾扑向灯中烛。丈夫远地去服役,妻子无依多孤独。分别至今多少天?春夏秋冬已过渡。屋前不见他足迹,庭前茂草又发绿。青苔长满墙壁上,屋角尘网挂蜘蛛。见物思人感怀多,忧虑藏于心深处。

题解

第二首诗是自勉诗。诗人通过对多种景物的具体而生动的描绘,既反映了自然界的高远清虚,也深刻反映了诗人对时光流逝的惋惜,从而勉励自己要珍惜时光,及时努力。

原文

大火流坤维^[1]，白日驰西陆^[2]。浮阳映翠林，回飙扇绿竹^[3]。飞雨洒朝兰，轻露栖丛菊。龙蛰暄气凝，天高万物肃。弱条不重结，芳蕤岂再馥。人生瀛海内，忽如鸟过目。川上之叹逝，前修以自勖^[4]。

注释

〔1〕大火：星名，称大火星，农历五月黄昏见于正南方。　坤维：指西南向。

〔2〕西陆：见《太平御览·易通统图》："日行西方白道曰西陆。"一般又代指秋日。

〔3〕回飙：旋转的暴风。

〔4〕前修：指古代有品德的人。　勖（xù 序）：勉励。

今译

大火星消失西南方，太阳西行秋已临。红霞满天映苍翠，旋风卷动绿竹林。急雨飘落洒兰叶，菊花丛中露盈盈。昆虫伏藏暑气消，草木萧索天气清。秋枝枯硬难编结，芳香花朵不重新。人生环宇一世间，如同眼前鸟飞行。子曰时光如流水，古人自勉入圣境。

题解

第三首诗是诗人抒发"高尚遗王侯"的情怀。

原文

金风扇素节^[1]，丹霞启阴期^[2]。腾云似涌烟，密雨如散丝。寒花发黄采^[3]，秋草含绿滋。闲居玩万物，离群恋所思。案无萧氏牍^[4]，庭无贡公綦^[5]。高尚遗王侯^[6]，道积自成基。至人不婴物^[7]，餱风足染时。

注释

〔1〕金风:秋风。 素节:秋令时节。

〔2〕阴期:指秋季。

〔3〕寒花:指秋天或冬天开的花。

〔4〕萧氏牍:指萧育的书信。据《汉书》载,萧育"少与陈咸、朱博为友,著闻当世"。

〔5〕贡公綦:贡公即汉代贡禹,字少翁,汉元帝时为御史大夫,主张选贤能、诛奸臣、罢倡乐、修节俭,为历史上贤臣。与王阳友好。 綦(qí奇):足印。

〔6〕高尚遗王侯:见《周易》:"不事王侯,高尚其事。"

〔7〕婴物:被事物纠缠。

今译

秋风吹秋令时节至,红霞起仲秋天气到。云升腾似浓烟汹涌,细雨密如抽丝散落。菊花焕发金黄色彩,绿色滋润秋日杂草。消闲安居景物尽赏,离群索居情思难抛。就像朱博案头没有萧育的书信,王阳庭前贡禹的足迹难找。不事王侯高尚其事,无为无治德积道高。至人不为俗物困惑,古人余风足领风骚。

题解

第四首以春夏秋冬四景变换,写出岁月流逝,抱负难以伸展的惆怅之情。

原文

朝霞迎白日,丹气临汤谷〔1〕。翳翳结繁云〔2〕,森森散雨足〔3〕。轻风吹劲草,凝霜竦高木。密叶日夜疏,丛林森如束。畴昔叹时迟,晚节悲年促。岁暮怀百忧,将从季主卜〔4〕。

注释

〔1〕丹气:指太阳初升时所发出的红光。 汤谷:又称旸谷,古传说中太阳升起的地方。

〔2〕翳(yì意)翳:阴晦的样子。

〔3〕森森:密集。 雨足:即雨水。

〔4〕季主:即汉代的司马季主,通经术,汉初楚国人,曾游学于长安,卖卜于东门。

今译

朝霞迎来了太阳,红光照耀着汤谷。浓云聚集天阴晦,密密漫漫雨量足。轻风微微吹劲草,冷凝寒霜惊高树。浓密枝叶日渐少,丛生林木如一束。往日叹息时光慢,老年却悲太短促。人到晚年忧虑多,将学季主来占卜。

题解

第五首诗是怀才不遇的感叹。

原文

昔我资章甫[1],聊以适诸越。行行入幽荒,欧骆从祝发[2]。穷年非所用,此货将安设。瓴甋夸玙璠[3],鱼目笑明月[4]。不见郢中歌[5],能否居然别。阳春无和者[6],巴人皆下节[7]。流俗多昏迷,此理谁能察。

注释

〔1〕章甫:古人的帽子,又称缁布冠。殷商时期成年男子行冠礼后,始加章甫。见《庄子·逍遥游》"宋人资章甫而适诸越,越人断发文身,无所用之"。这里章甫喻有才有德,但无处可用。

〔2〕欧骆:指古代吴国地。 祝发:断发。见《列子·汤问》:"南国之人,祝发而裸。"

〔3〕瓴甋(líng dì 铃地):砖块。 玙(yú 与)璠:美玉。

〔4〕明月:指明月珠,又称夜明珠。见秦代李斯《谏逐客书》"有随、和之宝,垂明月之珠"。

〔5〕郢中歌:据宋玉《对楚王问》:"客有歌于郢中者,其始曰下里巴人,国内属而和者数千人。其为阳春白雪,国内属而和者不过数十人。"

〔6〕阳春:即阳春白雪。

〔7〕巴人:即下里巴人。 下节:指有节奏的拍手与歌者的节拍相应。

今译

从前我买过一批冠帽,携带货物把吴越赴。漫长的道路寂寞荒凉,人人剪发裸身无衣服。一年到头也不用冠帽,准备下货物却无出路。砖块夸自己比美玉好,鱼眼球却笑话夜明珠。如果听到歌唱郢中曲,能否把两只歌分别出?阳春白雪根本无人和,下里巴人大家拍手呼。世俗陋习却使人迷恋,这种道理谁能说清楚。

题解

第六首诗写行路的艰难,暗喻人世的艰辛。客观景物被诗人描写得凄迷惊险,使人感受世事的难测和勇往直前的精神。

原文

朝登鲁阳关[1],狭路峭且深。流涧万余丈,围木数千寻[2]。咆虎响穷山,鸣鹤聒空林。凄风为我啸,百籁坐自吟。感物多思情,在险易常心[3]。竭来戒不虞[4],挺辔越飞岑。王阳驱九折[5],周文走岑崟[6]。经阻贵勿迟,此理著来今。

注释

〔1〕鲁阳关:古关口名。战国时称鲁关,汉时改称鲁阳关,故址在今河南鲁山县西南,南召县东北。

〔2〕围木:指双手合抱的大树。

〔3〕常心:普通的、平常的心理状态。

〔4〕曷(hé 何):何、那。 不虞:见《易·萃》"君子以除戎器,戒不虞"。指没有料到的事情。意料之外。

〔5〕王阳:即王吉,据《汉书》载,王吉字子阳,琅玡皋虞人,汉宣帝时任谏大夫,时称王阳。 九折:地名。又称九折阪,在今四川荥经县西邛崃山,山路险阻回曲,须九折才得过,故而得名。王阳为益州刺史,路经此处,怕出意外,托病辞官。后来王尊为益州刺史,又经过这里,问随从知道王阳曾在此转回,即满不在乎地吩咐驾车人驱车前进。

〔6〕周文:即周文王。 岑崟(cén yín):指山势高峻而险恶。这里指崤山,据《左传》载,这里山势险恶,周文王曾于此避风雨。战国时秦军伐郑,在此遭到晋国军队的埋伏而大败。

今译

清晨登上鲁阳关,路狭壑深山陡峭。万丈高山泉流出,合抱大树千尺高。猛虎咆哮震山谷,鹤鸣山林出树梢。秋风为我长悲鸣,万物无故声飘绕。感物萌生思念情,地处险要常心消。何来意料之外事?驱马越岭车飞跑。王阳被阻九折阪,文王崤山避风暴。遭遇险阻莫迟疑,古今人们都知道。

题解

第七首诗通过一个充任谋士的隐者的自述,反映出诗人对军旅生活和在战争中制胜的看法。

原文

　　此乡非吾地，此郭非吾城。羁旅无定心，翩翩如悬旌。出睹军马阵，入闻鞞鼓声。常惧羽檄飞[1]，神武一朝征。长铗鸣鞘中[2]，烽火列边亭。舍我衡门衣[3]，更被缦胡缨[4]。畴昔怀微志，帷幕窃所经。何必操干戈，堂上有奇兵。折冲樽俎间[5]，制胜在两楹[6]。巧迟不足称，拙速乃垂名。

注释

　　〔1〕羽檄：古代传达作战命令的文书，上边插有羽毛以示紧急。

　　〔2〕铗：剑把，代指剑。

　　〔3〕衡门：指简陋的房屋。见《诗·陈风·衡门》"衡门之下，可以栖迟"。后来也代指隐居。

　　〔4〕缦胡缨：古代武士装饰的缨带。

　　〔5〕折冲樽俎间：冲为古代的战车，折冲就是击退敌军的意思。樽俎，是宴会上使用的酒杯和盛肉的器具。折冲樽俎间的意思就是不以武力而通过在宴会上谈判去战胜对方。事见《晏子春秋》，晋平公派范昭去齐国了解齐国的备战情况。齐景公设酒宴招待范昭。宴席上范昭要求齐景公为他斟酒，但晏子却命侍从把酒撤去。范昭又要求齐国太师在宴席上奏周的音乐，太师拒绝。范昭回去对晋平公说："齐国是不可以吞并的，我在宴会上想试试齐景公的为人，晏子马上就知道了。我想干扰他们的音乐，太师立即就知道了。"晋平公听了范昭的话，停止了攻打齐国的计划。孔子听说了这件事以后，说："善哉！不出樽俎之间，而折冲千里之外，晏子之谓也。"

　　〔6〕两楹：指堂前一对直柱，代指宾主对坐的厅堂。

今译

　　这里并非我的家乡，这城并非故乡的城。客居他乡心情难安，就像大旗高悬迎风。出门看到军马阵式，门内听到鞞鼓声声。经常担忧作战令下，皇帝突然亲自出征。宝剑在长鞘中鸣响，战争烽火边境发生,舍弃我那简陋住室,武士的盔甲面前呈。过去有过微小愿望,出谋划策显点才能。何必一定要动干戈?堂上端坐奇兵驰骋。宴席之上敌兵可退,谈判也能出奇制胜。机巧而迟缓不足称道,虽笨而速胜才留名声。

题解

第八首诗是写羁旅乡关之思。通过一个去外地为官的形象,抒发思念故乡的情怀。

原文

述职投边城[1],羁束戎旅间。下车如昨日,望舒四五圆[2]。借问此何时,蝴蝶飞南园。流波恋旧浦,行云思故山。闽越衣文蛇,胡马愿度燕[3]。土风安所习[4],由来有固然。

注释

〔1〕述职:古代守边大臣定期回京向皇帝汇报。见《尚书·大传》:"古者诸侯之于天子,五年一朝,见其身,述其职。"

〔2〕望舒:传说中为月亮驾车的神人,代指月亮。

〔3〕度燕:回到北方。燕(yān),燕国,指北方。

〔4〕土风:指乡土的风俗习惯和歌谣民曲。

今译

入朝述职返边城,只身漂泊军旅间。到任如同昨日事,月亮圆了四五圆。请问现时何季节,蝴蝶入园是春天。流水怀念旧岸边,行云难舍出云山。闽越裸身刺蛇纹,胡马甘愿北风寒。乡土风俗怎习惯,由来已久难改变。

题解

第九首诗可以说是诗人的自我生活写照。全诗通过对隐居生活的种种描述,表示了诗人见天下大乱,遂弃绝人事,屏居草泽,以吟咏自娱的心情和高蹈遁世之志。

原文

结宇穷冈曲,耦耕幽薮阴[1]。荒庭寂以闲,幽岫峭且深[2]。凄风起东谷,有渰兴南岑[3]。虽无箕毕期[4],肤寸自成霖[5]。泽雉登垄雊[6],寒猿拥条吟。溪壑无人迹,荒楚郁萧森[7]。投耒循岸垂[8],时闻樵采音。重基可拟志,回渊可比心[9]。养真尚无为[10],道胜贵陆沉[11]。游思竹素园[12],寄辞翰墨林。

注释

〔1〕耦耕:二人合耕,泛指耕地。 薮:大泽。

〔2〕幽岫:幽深的山洞。

〔3〕有渰(yǎn 眼):云从山里漫出的样子。见《诗·小雅·大田》:“有渰萋萋,兴雨祈祈。”

〔4〕箕毕:箕星和毕星,皆为二十八宿之一。见《传》“箕星好风,毕星好雨”。故又称箕风毕雨。

〔5〕肤寸:古代长度单位,以一指为一寸,四指为肤。也比喻为小的意思。

〔6〕泽雉:野鸡。见《庄子·养生主》:“泽鸡十步一啄,百步一饮。” 雊(gòu 购):野鸡的叫声。

〔7〕荒楚:草木丛生的荒地。

〔8〕耒(lěi 全):古代用来翻土的农具。

〔9〕回渊:水中有旋窝的地方,一般指深水。

〔10〕养真:即养性。 无为:道家思想,指顺应自然,不求有所作为。

〔11〕道胜:战国慎到著《慎子》:“夫道所以使贤,无奈不肖何也;所以使智,

无奈愚何也。若此则谓之道胜矣!"指大贤大智的境界。　　陆沉:见《庄子·则阳》:"方且与世违,而心不屑与之俱,是陆沉者也。"意即人中隐者,无水而沉。隐居的意思。

〔12〕竹素:指竹简与白绢,皆为古代书写工具。见《风俗通》:"刘向为孝成皇帝典校书籍,皆先书竹,为易刊定,可缮写者以上素也,今东观书竹素也。"

今译

房在远山脚下转弯处,耕于大泽南面真幽静。荒凉庭院寂寞又空闲,深邃山洞位在峭壁间。寒风来自东面的山谷,浓云升于南边的高岭。虽然没有大风和大雨,小雨却久久下个不停。野鸡跳在田埂上啼叫,猿猴畏冷于树上呻吟。山谷中没有行人足迹,荒野上草木萧疏飘零。放下农具沿着河岸走,时时传来砍柴的声音。登高山使人胸襟开阔,临深潭使人心清志明。修养情性为顺应自然,大贤大智皆隐于山林。让思想在典籍中神游,以诗文书画抒发感情。

题解

最后一首诗,是这组杂诗中最长的,也是用典较多的。诗人生动地描写了自然灾害给人们带来的苦难和贫穷,但是诗人却表明,他决不会向苦难和贫穷屈服,表达了他固穷守节的决心。

原文

黑蜧跃重渊[1],商羊舞野庭[2]。飞廉应南箕[3],丰隆迎号屏[4]。云根临八极[5],雨足洒四溟[6]。霖沥过二旬,散漫亚九龄[7]。阶下伏泉涌,堂上水衣生[8]。洪潦浩方割,人怀昏垫情[9]。沉液漱陈根[10],绿叶腐秋茎。里无曲突烟[11],路无行轮声。环堵自颓毁,垣闾不隐形。尺烬重寻桂[12],红粒贵瑶琼[13]。君子守固穷,在约不爽真[14]。虽荣田方赠[15],惭为沟壑名[16]。取志於陵子[17],比足黔娄生[18]。

注释

〔1〕黑蜧(lì力)：传说中的神蛇，潜于神渊，能兴云雨。

〔2〕商羊：传说中的怪鸟名，大雨前此鸟屈起一足起舞。见王充《论衡·变动》："商羊者，知雨之物也；天且雨，屈其一足起舞矣！"

〔3〕飞廉：古代传说中的风伯。　南箕：星宿名。

〔4〕丰隆：神话传说中的云师。　屏：即屏翳，古代传说中的神名，但有说为雷神，有说为雨神，这里当指雷神。

〔5〕云根：深山高远云起之处。　八极：指八方极远之地。

〔6〕四溟：四海，天下。

〔7〕九龄：即九年，传说尧帝末年，发洪水九年。

〔8〕水衣：青苔。

〔9〕昏垫情：迷惘、困惑的感情。

〔10〕沉液：含有泥污的水。　陈根：指隔年土中的草根。

〔11〕曲突：烟囱。

〔12〕尺烬重寻桂：意思是柴薪缺少，生活困难。见《战国策·楚策》："苏秦之楚三月，乃得见王。谈卒辞行，楚王曰：'先生不远千里而临寡人，曾弗肯留，愿闻其说。'对曰：'楚国之食贵于玉，薪贵于桂，谒者难得见如鬼，王难得见如天帝。今令臣食玉炊桂，因鬼见帝，其可得乎！'"尺烬指短小的劈柴。

〔13〕红粒：据史载，汉文景帝时，太仓之粟因储积过多而红腐不可食。红粒即指已经腐烂的粮食。

〔14〕约：贫穷。　爽真：失去正气。

〔15〕田方：人名，即田子方，名无择，战国时魏国人，魏文侯曾以他为老师。

〔16〕沟壑名：见《说苑》："子思居卫，缊袍无里，二旬九食。田子方使人遗狐白之裘，恐其不受，因谓之曰：'吾假人，遂忘之，吾与人，如弃之。'子思辞曰：'伋闻忘与不如遗弃物于沟壑。伋虽贫，不忍身为沟壑，故不敢当。'卒不肯受。"

〔17〕於(wū乌)陵子：即陈仲子，战国时齐人，认为自己哥哥享受万钟俸禄是不义的行为。他来到楚国，居住于於陵，号於陵子。楚王欲聘为相，他拒绝，并携妻逃往他处，为人灌园。见《孟子·章句》："陈仲子岂不诚廉士哉！居於陵，三日不食。耳无闻，目无见，井上有李实，螬虫过半矣！匍匐往，将而食之。

三咽,然后再有闻,目有见也。"

〔18〕黔娄生:战国时齐国的隐士,家贫但不求仕进,齐国和鲁国的国君都派人送礼物给他,他全拒绝。死时没有完整的衣服可以蔽体。

今译

跃出深渊是神蛇黑蜿,荒野狂舞是怪鸟商羊。风神应南箕星的邀请,云师和雷神从天而降。高山云起向极远飘去,大雨洒落在四面八方。连绵不断约二十余日,好似大禹时九年洪荒。台阶下泉水汹涌而出,阴湿使青苔长满堂上。洪水荡荡已成为灾害,人人对此都困惑迷惘。污浊的水冲刷旧草根,绿叶腐烂如秋后草莽。村子里没有烟囱冒烟,道路上不闻车轮声响。四周的土墙已经倒塌,墙上的门也名存实亡。一尺劈柴贵如八尺桂木,腐烂粮食像珍宝一样。严守气节就不惧贫穷,贫贱也不能把正气忘。虽然以田子方的赠与为荣,但会受人施舍而心伤。陈仲子的骨气要学习,做人应比黔娄生还强。

(王存信译注并修订)

◎ 杂诗下 ◎

◎ 时兴诗一首 五言

卢子谅

题解

　　卢子谅(284—350)，名谌，范阳涿郡(今河北涿县)人。曾为晋太尉刘琨主簿，深得刘琨信任。刘琨被段匹磾杀害后，卢谌改投辽西段末波，流寓近二十余年。后赵石虎破辽西，俘卢谌，命为中书侍郎。石虎为冉闵所杀，卢谌随同被害。

　　卢谌的这首时兴诗，描绘了自然界严寒萧索和空旷的景象，以此来寄托对时世和自身处境的感伤，情调是低沉而压抑的。诗人首先感叹的是岁月匆匆的流逝，虽然对理想有过勤勉不倦的追求，然而却毫无所得，时间都一年年的过去了。从"凝霜沾蔓草"始，到"极望无崖崿"止，诗人沉郁的情感如涌泉喷出。这是一种被压抑后而又无法控制的真情实感的流露。卢谌与刘琨同为东晋南渡之际的著名诗人。当时北方土地已被胡人占据，卢谌作为刘琨的知己，同样有过匡复神州的大志。但由于统治阶级的昏庸与无能，一切希望和努力都失败了。卢谌的生活道路是复杂的，他不仅难以施展自己的才华和抱负，而且屡遭事变，多次更换主人，真像是"霜草""飘叶"和"落花"一般。但诗人又是冷静的，在他倾吐了心中的积郁以后，只得承认这一切将随着时间的变化而变化，只有在清静无为的老庄哲学中去寻求慰藉了。

　　五言诗发展到卢谌又是成熟的诗体形式。卢谌这首时兴诗创造意境,借助景物抒发情怀有独到之处,字句工稳,音韵和谐,体现出诗人驾驭语言的成熟技巧。

原文

亹亹圆象运[1],悠悠方仪廓[2]。忽忽岁云暮[3],游原采萧藿[4]。北逾芒与河[5],南临伊与洛[6]。凝霜沾蔓草,悲风振林薄[7]。摵摵芳叶零[8],蕊蕊芬华落[9]。下泉激冽清[10],旷野增辽索。登高眺遐荒,极望无崖崿[11]。形变随时化[12],神感因物作[13]。澹乎至人心[14],恬然存玄漠[15]。

注释

〔1〕亹亹(wěi wěi 伪伪):形容行进的状态。 圆象:指天。古代以为天体为圆。

〔2〕方仪:指地。古代将天地称做两仪,以地为方,故地称方仪。

〔3〕忽忽:形容时间过得快。

〔4〕萧藿:指艾蒿和藿香,皆为香草。

〔5〕逾:超越,跨过。 芒:芒山,也称北邙山,在洛阳东北。 河:黄河。

〔6〕伊:伊河,源出河南庐氏县东南,流经伊川与洛阳,后与洛河会合。洛:洛河,源出陕西洛南县西北,东入河南,纳入伊河。

〔7〕悲风:指凄厉的寒风。 薄:草木交错丛生的样子。

〔8〕摵摵(shè 射):落叶之声。

〔9〕蕊蕊(rěi rěi):花瓣飘落的样子。 芬华:指花朵。

〔10〕下泉:往下流的泉水。 激冽:指水激急而寒冷。

〔11〕极望:望不到尽头。 崿(è 饿):山崖。

〔12〕形变:形体变化。语出自《庄子》"形变而有生",意思是只有形体的变化才能显示出生命的迹象。

〔13〕神感:神情心态。 因物作:谓随外物的变化而变化。

〔14〕澹:恬静,安定。 至人:道家所谓超绝俗念本性朴真之人。

〔15〕恬然:安闲,舒适。 玄漠:玄道,清静无为之道。

今译

　　浑圆天体运行无休止,方正大地辽阔无边疆。时光匆匆又是一年末,漫步原野采艾蒿藿香。北面越过黄河与芒山,南边来到伊水和洛河。厚厚的白霜浸湿蔓草,凄厉的寒风使草木摇荡。美丽的树叶又经凋零,芬香的花朵飘飘落降。冷冽的泉水潺潺清碧,空旷的原野寂寞惆怅。登高眺望那遥远大地,极目不见高山如屏障。形体随着时间而变化,神情依循外物而激荡。心境澹泊同于朴真人,胸襟恬静内存玄道广。

(魏淑琴译注并修订)

◎ 杂诗二首

陶渊明

▌▓▓ 题解

《杂诗二首》为陶渊明三十九岁于闲居时所作。两诗皆表现诗人超逸尘俗,将全副身心融入大自然的意趣。

第一首"结庐在人境",是以设问设答的手法表现对尘俗浊世心远地偏的内心感受。诗人在东篱采菊之时,南山肃穆峻高的形象映现于眼前,连同夕照下山间的云气,觅食归巢的飞鸟,令他心往神驰。于是在对自然景物的直接观照之中,诗人高洁超逸的心灵得到了寄托,达到了物我两忘的境界。这种欣赏大自然的意趣,是直接以心灵感悟的,确实不能用语言说明白。

▌▓▓ 原文

结庐在人境[1],而无车马喧[2]。问君何能尔[3]?心远地自偏[4]。采菊东篱下,悠然望南山[5]。山气日夕佳[6],飞鸟相与还[7]。此还有真意[8],欲辩已忘言[9]。

▌▓▓ 注释

〔1〕结庐:建筑房舍。
〔2〕车马:指世俗往来。 喧:喧嚷,纷扰。
〔3〕君:指诗人自己。此代他人设问。
〔4〕心远:心灵高远,超然脱俗,轻视名利。 偏:偏僻,僻静。
〔5〕悠然:超然自得的样子。 望:一作"见",似更契合诗意。 南山:即庐山,在诗人故里之南。

〔6〕山气:指山上的云雾。 日夕:黄昏。

〔7〕还:一作"中",似更契合全诗情趣。程千帆说:"中字包括了地偏心远的全部意境,当然也包括了山气之佳、飞鸟之还。"(《古诗今选》)

〔8〕真意:自然的意趣。

〔9〕欲辩:以言语说明。"此中真意"诗人已直接感悟了,因而是"欲辩",无需也不能以言辞说明这种"真意",因而"忘言"。李善注引《庄子》:"言者所以在意也,得意而忘言。"

今译

庐舍建在人境中间,两耳却无车马声喧。问君为何这样安闲,心志高远居地自偏。东篱下面采摘菊花,南山悠然映入眼帘。山间云气黄昏正好,飞鸟群群返回林间。此中含有自然意趣,想要辩说难以言传。

题解

第二首"秋菊有佳色",意境与第一首相近,不过对物象的直接观照中还没有达到那样彼此默契物我两忘的程度。酒在陶渊明诗歌的对象世界中占有突出的地位。在饮酒之中他确立了自我,肯定了个性。因此在群动息鸟趋林之时,他才啸歌东轩,尽享真朴的人生之乐。

原文

秋菊有佳色,裛露掇其英[1]。泛此忘忧物[2],远我达世情[3]。一觞虽独进[4],杯尽壶自倾。日入群动息[5],归鸟趋林鸣[6]。啸傲东轩下[7],聊复得此生[8]。

注释

〔1〕裛(yì 义)露:沾润露水。 掇:采。 英:花。

〔2〕泛:浸泡。 忘忧物:指酒。

〔3〕远:使远离。使动用法。 达世:即达生,超然物外,不受世俗牵累。

〔4〕觞:酒杯。

〔5〕群动:各种物类的活动。李善注引杜育诗:"临下览群动。"

〔6〕趋林:飞向树林。

〔7〕啸傲:傲然歌啸。形容超逸的样子。 东轩:东檐。

〔8〕此生:指自然朴素的达生之情趣。

今译

　　秋日黄菊色泽佳美,采摘花瓣尚挂露珠。把它浸入忘忧醇酒,我情高远飘逸脱俗。一觞在手虽是独酌,杯中饮尽壶自倾注。各种物类日暮静息,归巢鸟雀鸣叫相呼。东檐下坐傲然咏歌,聊且顿悟人生真朴。

（陈复兴译注并修订）

◉ 咏贫士一首 五言

陶渊明

▓◈ 题解

《咏贫士》一诗为渊明逝世前一年所作。晚年诗人贫病交加,确实是一位贫士,因以自况。

但是,这个贫士精神节操却是高尚、纯洁、坚毅而完美的。他不与污浊的社会苟合,不为庸俗的利禄污染。他甘居困穷,珍重高洁。不怕饥寒,不怕孤立,坚守自己的信仰。这确实是生当乱世的知识分子的最可宝贵的品格。诗人就以这种品格自赏自乐。全诗手法通用比喻。

▓◈ 原文

万族各有托[1],孤云独无依[2]。暧暧虚中灭[3],何时见余辉。朝霞开宿雾[4],众鸟相与飞[5]。迟迟出林翮[6],未夕复来归。量力守故辙[7],岂不寒与饥。知音苟不存[8],已矣何所悲[9]。

▓◈ 注释

〔1〕万族:万类,万物。 托:依托,依靠。
〔2〕孤云:喻贫士。
〔3〕暧暧:云影昏暗的样子。 虚中:虚空之中。天空之中。
〔4〕朝霞:早晨的云霞。喻刘宋新王朝。 宿雾:夜雾。喻前朝东晋。
〔5〕众鸟:喻向新朝趋炎附势的众人。
〔6〕迟迟:缓慢的样子。 翮(hé 和):鸟的羽翼。此指鸟。喻贫士。这两

句的意思是说慢鸟不及群鸟的善飞行,贫士亦不及众人之善于钻营。

〔7〕故辙:过去的生活道路。辙,车行过留下的轨迹。

〔8〕知音:了解自己的人。

〔9〕已矣:感叹词。

今译

万物生存各有寄托,孤云飘浮独无依凭。云影暗淡空中消散,何时闪耀残余辉光。清晨云霞驱散夜雾,众鸟相随飞下飞上。慢鸟缓缓飞出林间,重又归巢夜幕垂降。竭尽微力坚定信念,怎怕身无衣缸无粮。假如知已都已离去,任随自然何必悲伤。

(陈复兴译注并修订)

◎ 读《山海经》一首五言　　陶渊明

题解

《山海经》,书名,记述古代山川风物,也杂有奇闻异说。

陶渊明《读〈山海经〉》写于四十四岁之时。诗共十三首,此为第一首。描写躬耕之余,享受真朴自然的生活情趣。人间是污秽纷攘的,诗人则隐在大自然的一角,尽享人间的创造和上天的赐予。但是,他并不感自己的天地狭窄,他在随意浏览奇书之中,可以神游广阔无垠的宇宙。这是一位有节操的智者。他无力改造环境,也绝不苟合现实。他另有自己的世界。这里,鸟之欣与人之爱,息息相通;好风微雨与人情物意,默默相契。大自然与人是浑然谐和的,人以自然而精神超越,自然以人而灵性跃动。

原文

孟夏草木长[1],绕屋树扶疏[2]。众鸟欣有托[3],吾亦爱吾庐。既耕亦已种,且还读我书[4]。穷巷隔深辙[5],颇回故人车[6]。欢言酌春酒[7],摘我园中蔬[8]。微雨从东来,好风与之俱。泛览周王传[9],流观山海图[10]。俯仰终宇宙[11],不乐复何如!

注释

〔1〕孟夏:指农历四月。

〔2〕扶疏:枝繁叶茂的样子。

〔3〕欣:欢欣,快乐。　托:依托,寄居。

〔4〕且:一作"时"。

〔5〕穷巷:偏僻的小巷。　隔:离。　深辙:指大路。大路车马行多,故辙深。

〔6〕回:回转。使动用法。　故人:老友。

〔7〕欢言:欢然。然,语助词。　酌:饮酒。　春酒:冬季酿制及春而成之酒。

〔8〕摘(zhì 至):采。　蔬:菜。

〔9〕泛览:随意浏览。周王传:指《穆天子传》,周穆王西游的故事,其中夹杂许多神话传说。

〔10〕流观:与"泛览"义同。　《山海图》:后人为《山海经》绘制的图像。郭璞有《〈山海经〉图赞》。

〔11〕俛仰:俯仰之间,一瞬之间。形容时间短促。　终:穷尽。　宇宙:宇,上下四方,指空间;宙,古往今来,指时间。

今译

孟夏草木正发荣滋长,绕屋众树枝繁叶也茂。群鸟欢唱栖息有新巢,我也心爱我这草茅庐。土地翻过了又播下种,余暇回家悠闲读我书。深居陋巷远离人间路,故友车马有时折回头。欢快畅饮一杯春日酒,亲手采摘园中鲜菜蔬。细雨微微从东飘飘来,好风习习迎面轻轻拂。翻读海外奇闻周王传,观览神仙怪异山海图。顷刻之间神游大宇宙,人生之乐此外又何求。

（陈复兴译注并修订）

七月七日夜咏
◎ 牛女一首 五言

谢惠连

题解

本诗借七七之夜牛女相会的故事，表达诗人内心的一种体验，一种情思。

前四句写七七夜景。次六句写银汉阻隔，牛女相思之苦。次六句写七夕相聚，聚时匆匆，显示牛女情爱的深挚热烈。次四句写别后追思，以追思之景补写欢爱之情。末二句是诗人自述之词。

古诗《迢迢牵女星》写河汉相隔，牛女相思，而不写其相聚，是选择了恰到好处的一刻，即将达"顶点"（高潮）而未达"顶点"之前，本诗不只写牛女相思，也写牛女相聚。一以感悟时间之短暂（"夕无双"、"易回旋"）写相聚之情热，一以追忆空间之存在（"云幄空"、"顾华寝"）写相聚之情热，皆以暗示之法。此则似达"顶点"而又避开"顶点"，同样引人联想，耐人寻味。何焯评曰："不为高格，后半尤秽亵。"完全是封建道学的愚腐之见。其实此处正是本诗之魅力所在。其魅力在于以巧妙的艺术手法大胆地写出男女之情爱。

原文

落日隐檐楹[1]，升月照帘栊[2]。团团满叶露[3]，析析振条风[4]。蹀足循广除[5]，瞬目眺曾穹[6]。云汉有灵匹[7]，弥年缺相从[8]。遐川阻昵爱[9]，修渚旷清容[10]。弄杼不成藻[11]，耸辔骛前踪[12]。昔离秋已两[13]，今聚夕无双[14]。

倾河易回斡^[15]，款颜难久惊^[16]。沃若灵驾旋^[17]，寂寥云幄空^[18]。留情顾华寝^[19]，遥心逐奔龙^[20]。沉吟为尔感^[21]，情深意弥重^[22]。

![注释]

〔1〕楣楹(yán yíng 言营)：屋檐与堂柱。 楣，通"檐"。

〔2〕帘棂：竹帘与窗户。棂，窗棂，代窗。

〔3〕团团：露珠闪动的样子。

〔4〕析析：风声。 条：枝条。

〔5〕蹀(dié 喋)足：踏足。此指漫步。 广除：宽广的庭阶。

〔6〕瞬目：眨眼。 睎(xǐ 喜)：视，凝视。 曾穹：高天。穹，天穹。

〔7〕云汉：天河。 灵匹：神灵配偶。指牵牛与织女星。

〔8〕弥年：终年。 相从：相随相伴。

〔9〕遐川：长川。指天河。 昵爱：相亲相爱。

〔10〕脩渚：长洲。 旷：隔断。 清容：清雅的容姿。

〔11〕弄杼(zhù 筑)：织布。 杼：织布机的梭子。代织机。 藻：文采。指有文采的丝绸。

〔12〕耸辔：指驾车。耸，通"怂"，催动。辔，马缰绳，指车马。 骛：驰骋。前踪：前路。踪，轨，路。

〔13〕已两：已是两秋。

〔14〕无双：无两夕。李善注以上两句说："昔离迄今会，而秋已两；今聚便别，故夕无双也。"

〔15〕倾河：天河。 回斡：回旋，旋转。

〔16〕款颜：诚挚的感情。 惊(cóng 从)：乐，欢乐。 以上两句意思说天河易于旋转，七七之夜很快过去，牛女又将分离，情义诚挚却难享长久的欢乐。

〔17〕沃若：威仪庄严的样子。 灵驾：神灵的车驾。此指牛女所乘之车。旋：归。

〔18〕寂寥：空虚的样子。 云幄：以云霞作帷帐。此牛女相会所居之帐。

〔19〕顾：留恋。 华寝：华贵的寝卧之所。指牛女相会之所。

〔20〕遥心：向往远游者之心。指牵牛系念织女之心。逐，追。 奔龙：飞奔

而逝的龙车。此指织女所乘的龙车。以上两句单谓牵牛,意思说与织女分别以后,心情依然顾恋着相会时的华美共处之所,神思远逝,去追逐织女所驾的龙车。

〔21〕沉吟:沉思。 尔:你,你们。指牛女。

〔22〕弥:愈。 重:多。以上两句是诗人为牛女长别难聚而发的感慨之词。

今译

　　落日隐没于檐柱之间,月亮已照上竹帘窗棂。叶上洒满圆圆的露珠,枝头吹过习习的清风。沿着宽宽的庭阶漫步,向那高高的夜空凝望。银河两畔有一对神灵,长年累月相思不相逢。长川阻断了亲近爱恋,沙洲隔绝开清雅面容。手弄机杼织而不成锦,乘上龙车驰骋向前行。昔年离别别后已两秋,今夕相聚聚散更匆匆。银河最易旋转天将晓,情意缠绵欢乐难久长。威仪庄严龙车已归去,寂寞清冷云帐成虚空。情思依恋回看寝卧处,心神远驰追随龙车影。我为牛女沉思多感慨,情深意动惆怅满心胸。

(陈复兴译注并修订)

◉ 捣衣一首 五言

谢惠连

题解

捣衣,此即捣布帛以缝制衣裳。布帛洗濯晾干之后,置于石砧之上,以棒槌敲打,使之平展光滑,便于裁剪,谓之捣。衣,指缝制成衣。本篇借捣衣倾述深闺思妇之秋夜离情。

全诗三章,八句一章。

首章写秋夜。白露黄菊,秋风落叶,虫鸣唧唧,皓月空帷,是勾起离情的媒介,也是表达离情的载体。次章写捣帛。闺妇愁思,秋夜不眠,捣帛以排忧,砧响杵声,皆诉哀情。末章写缝衣。缝衣将以寄远,盈箧幽缄,暗托爱恋。

钟嵘《诗品》说:"《秋怀》、《捣衣》之作,虽复灵运锐思,亦何以加焉。"惠连写情爱之委婉细腻,确有灵运不可逾越之妙。

原文

衡纪无淹度[1],晷运倏如催[2]。白露滋园菊,秋风落庭槐。肃肃莎鸡羽[3],烈烈寒螀啼[4]。夕阴结空幕[5],霄月皓中闺[6]。美人戒裳服[7],端饰相招携[8]。簪玉出北房[9],鸣金步南阶[10]。櫩高砧响发[11],楹长杵声哀[12]。微芳起两袖[13],轻汗染双题[14]。纨素既已成[15],君子行未归[16]。裁用笥中刀[17],缝为万里衣。盈箧自余手[18],幽缄候君开[19]。腰带准畴昔[20],不知今是非[21]。

注释

〔1〕衡纪:玉衡星,北斗七星的第五星。纪,指日月星辰。 无淹:不停留。度:度过,运行。

〔2〕晷(guǐ 轨):日影。 倏:迅速,极快。以上两句意思说玉衡星毫无休止地越过,太阳飞快地运行,好像有一种意志催动它一样。

〔3〕肃肃:羽翼振动发出的声音。 莎鸡:蟋蟀。

〔4〕烈烈:虫鸣声。 寒螀(jiāng 疆):寒蝉。螀,蝉的一种。

〔5〕夕阴:夜晚的阴暗之气。 结:凝聚。 幕:帷幕。

〔6〕宵月:夜月。 皓:照亮。 中闺:闺房中。

〔7〕戒:准备。 裳服:衣服。

〔8〕端饰:整好妆饰。 招携:招唤携手。

〔9〕簪玉:玉簪。簪,妇女绾发的首饰。

〔10〕金:指金制的佩饰之物。

〔11〕砧(zhēn 真):捣衣石。

〔12〕楹:柱。此指有柱的长廊。 杵(chǔ 楚):捣衣的棒槌。以上两句说深秋夜静之时,檐高廊长之中,捣衣砧杵相击之声格外清响哀沉。

〔13〕微芳:微香。

〔14〕双题:两人的额上。题,额。两人对捣之,故曰"双"。

〔15〕纨素:细绢,泛指丝织品。素,没有染色的丝织品。

〔16〕君子:此指丈夫。 行:行役,到远地行游。

〔17〕笥(sì 四):盛衣物的竹箱。 刀:此指剪刀。

〔18〕箧(qiè 切):小竹箱。

〔19〕幽缄:此指竹箱的密封。幽,深,密。缄,封闭。

〔20〕腰带:衣腰与衣带。 准:标准。此指裁制衣带的尺寸。 畴昔:旧时。

〔21〕是非:此指做衣服的尺码是否合适。

今译

衡星旋转永无休止时,日影运行疾如神催动。白露滋润园中菊花黄,秋风吹来槐叶落前庭。蟋蟀振动羽翼沙沙响,寒蝉凄凉枝头唧唧鸣。傍晚阴气笼罩空帷幕,夜月当空照进闺房中。美人不眠予制御寒衣,整好服饰呼伴携手行。头戴玉簪走出北房门,金佩鸣响步登南阶上。屋檐高高石砧发清响,廊柱长长杵声传哀情。芳香微微飘散出两袖,汗珠轻轻淋漓在额旁。洁白的细绢既已捣成,出行的夫君尚未归乡。拿箱中剪刀精心裁好,为远方夫君缝制衣裳。我亲手把竹箱填装满,等待夫君自己启密封。衣带裁用昔时旧尺码,不知今日是否合身量。

(陈复兴译注并修订)

◎南楼中望所迟客一首 五言 谢灵运

南楼,即始宁墅的南门楼。所迟客,所盼望的宾客。

这首诗,当作于始宁归隐之时。写的是对友人的怀念与切盼之情。

这情不是融化于景物,也不是直接宣泄;主要是显露在时空物事与诗人意想情怀的对立与冲突之中。相约于十五月圆之时聚会,但事与愿违:圆景已满而佳人未适;孟夏夜短,反觉过夜如年;欲送瑶华而瑶华未放;屡摘兰苕,却无法呈献;询问行人,却无回音。那么,就只好一直地楼头引领,翘首伫望了。此诗不言愁而字字皆愁,不言苦而无处不苦。与苏轼《水调歌头(明月几时有)》,其情其境,有异曲同工之妙。

灵运诗多用山水情与玄谈理相结合的模式。本篇则另备一格,真纯流露,富有人情美。

杳杳日西颓[1],漫漫长路迫[2]。登楼为谁思[3],临江迟来客[4]。与我别所期[5],期在三五夕[6]。圆景早已满[7],佳人犹未适[8]。即事怨睽携[9],感物方凄戚[10]。孟夏非长夜[11],晦明如岁隔[12]。瑶华未堪折[13],兰苕已屡摘[14]。路阻莫赠问[15],云何慰离析[16]。搔首访行人[17],引领冀良觌[18]。

〔1〕杳杳(yǎo yǎo 咬咬)：深远昏暗的样子。形容日落时的天色。　颓：坠落。

〔2〕漫漫：路长远而无尽头的样子。　迫：窘迫。形容内心焦急愁苦而无法舒展。

〔3〕思：怀念。

〔4〕来客：归来之客。

〔5〕所期：相约的时间。

〔6〕三五：农历月十五。三五夕为月圆之夜，象征与友人相团聚之时。

〔7〕圆景：指月亮。李善注引曹子建《赠徐幹》："圆景光未满，众星粲以繁。"

〔8〕佳人：指友人。　犹：还。　未适：未归。

〔9〕即事：此事。李善注："即此离别之意也。"　怨：哀怨，哀苦。　睽(kuí 奎)携：分离。

〔10〕感物：由外物引起内心感触。　方：常。　凄戚：悲伤。

〔11〕孟夏：夏季第一个月，农历四月。即初夏。

〔12〕晦明：由夜晚而至天明，即一整夜。晦，夜晚。明，天明。　岁隔：间隔一年。

〔13〕瑶华：指疏麻之花。疏麻，一种南方植物，大二围，高数丈。花色白，故比之于瑶玉。味香，服食可致长寿，用以赠远方友人。　堪折：能够采摘。

〔14〕兰苕(tiáo 条)：兰草之茎。兰，一种香草，比喻君子，故摘以相思并赠远人。

〔15〕阻：艰难险阻。　赠问：赠送。

〔16〕云：语助词。　离析：分离。指别后的愁思之情。

〔17〕搔首：以手梳理头发，表现内心焦急烦苦的情绪。　访：询问。　行人：过路的人。

〔18〕引领：伸长颈项远望。　冀：期望。　良觌(dí 敌)：与友人相见。良，良人，良友。觌，相见。

483

※今译

　　四外昏暗夕阳已落山,漫漫长路伫望心潮翻。登上南楼思念是谁人,面对江岸等待会嘉宾。与我别离相会有约期,相约在十五这天傍晚。月儿圆圆高挂于中天,可惜良朋此刻尚未还。相隔路远满腹别离怨,感触夜景心头泛悲酸。时序初夏昼长夜转短,通宵达旦愁思不成眠。疏麻如玉未放不能攀,兰草芬芳屡摘抱胸前。路途险阻无法相呈献,以何安慰这颗离愁心。搔首往来向路人询问,引颈盼望良友来会面。

(陈复兴译注并修订)

田南树园激流
◎植援一首五言

谢灵运

◎题解

诗人始宁闲居，曾扩建山庄。田南，始宁墅田园之南。树园，建筑田园。激流，引水至高处，用以植树。植援，植树作为墙垣。援，即垣。此诗记其事。

但并非记述营建过程。诗人置身事外，以玩赏心情默然静观；于是悠然呈现一派诗画浑一的田园妙景。画，是说北阜南江、激涧插槿、群木众山，颇富空间感；诗，是说由远及近(中园，远风)，由高至低(北阜，南江)，由下而上(趋下田，瞰高峰)，又具节奏感。

诗人喜好并善于描摹物象的色彩及其在时空推衍中的幻化。而这首则全无，显出一片清淡素雅，以突出其"寡欲"。本诗正是不谈玄反倒玄趣自生。

◎原文

樵隐俱在山[1]，由来事不同[2]。不同非一事[3]，养疴亦园中[4]。中园屏氛杂[5]，清旷招远风[6]。卜室倚北阜[7]，启扉面南江[8]。激涧代汲井[9]，插槿当列墉[10]。群木既罗户[11]，众山亦对窗[12]。靡迤趋下田[13]，迢递瞰高峰[14]，寡欲不期劳[15]，即事罕人功[16]。唯开蒋生迳[17]，永怀求羊踪[18]。赏心不可忘[19]，妙善冀能同[20]。

昭明文选

译注

![title decoration]

注释

〔1〕樵隐:樵夫与隐者。樵,柴薪,指上山打柴的人。

〔2〕由来:从来。 事:从事,追求。

〔3〕非:不只是。

〔4〕弄痾:养病。此指陶情养性。

〔5〕中园:即园中。 屏:排除。 氛杂:尘俗之气与喧杂之声。

〔6〕清旷:清新旷远。指园中的气氛。 招:引致。 远风:远方清风。

〔7〕卜室:以卜筮的方法测定动工造屋的吉凶。 倚:背靠。 北阜:北面的山丘。

〔8〕启扉(fēi 飞):开门。

〔9〕汲(jī 圾)井:汲水于井。汲,取水。

〔10〕插槿(jǐn 锦):栽种木槿。槿,木名,即木槿,一种落叶灌木。 列墉(yōng 庸):围墙。

〔11〕群木:各种各样的树。 罗户:列于门前。

〔12〕对窗:与窗相对。

〔13〕靡迤(yí 夷):小步行走的样子。 趋:走向。 下田:低处的田畴。

〔14〕迢递(tiáo dì 条弟):高远的样子。 瞰:从上往下看。

〔15〕寡欲:欲念寡淡。期劳:期望劳苦。此句言建屋筑房不大举兴办。

〔16〕即事:此事。指建屋筑墙之事。 罕:很少。 人功:人力。此句言建园筑屋很少动用人力,一任自然。

〔17〕蒋生:传说中一个高士。李善注引《三辅决录》:"蒋诩,字元卿,隐于杜陵,舍中三迳。惟羊仲、求仲从之游。二仲皆挫廉逃名。" 迳:通"径",小道。

〔18〕永怀:长久怀念。 求羊:即与蒋诩交游的求仲、羊仲。 踪:踪迹。此有登门造访之意。这两句是借用蒋生的故事说自己营造园室,并不是大兴土木,讲究豪华,只是创造一个悠然恬静的环境,以欢迎求羊一辈高士来此清谈。

〔19〕赏心:知心好友。当指与诗人诗酒交游的东海何长瑜、颖川荀雍、泰山羊璿,以及族弟惠连辈。

〔20〕妙善:指道家所主张的主观精神与客观事物妙然相合,达到物我混一的境界,而超然于生死之外。李善注引《庄子》:"颜成子游谓东郭子綦曰:'自

吾闻子之言也,八年而不知死生,九年大妙。'"郭象曰:"妙善同,故无往而不冥也。"意思是说精神与客观世界冥合,忘记了死生而达到大妙。诗人就是借用这个意思说明自己的心情。

今译

樵夫隐士虽都置身在深山,他们所做事情却从来不同。事情的不同不只是一二种,隐居园中为的是陶养情性。园中排除尘俗浊气与喧扰,清雅豁亮自招来远方和风。新建屋室背倚北面的山峰,敞开门窗可见南面的长江。引涧水上山以代凿井汲饮,栽木槿成排可当田园围墙。树木繁茂行行罗列立门前,群山青翠座座相连正临窗。走蜿蜒曲径可达低地田畴,居高远顶巅俯瞰高耸山峰。恬淡寡欲不愿劳心强雕饰,营建朴素任随自然省人工。只图开扩高人蒋生迎贤路,久久怀念求羊一辈入门庭。知心好友诗酒谈玄不可忘,外物自我妙然浑合期望同。

(陈复兴译注并修订)

◉ 斋中读书一首 五言

谢灵运

〔题解〕

这首诗是灵运在永嘉郡守任所作。斋,即永嘉郡斋。

诗人出守外郡,仕途失意,正处于仕与隐的内心矛盾中。本诗是这种心态的表现。

在心闲身静之中,诗人披览典籍,评论古今,验正心志。沮溺隐却苦,子云仕而疲,哪条路都感觉难而无欢。怎么办呢?最后还是躲入道家的达生之论,在虚无中求得个不能解决的解决。

对古今是笑和哂,在自身则是悲和泪。陶渊明的《读〈山海经〉》,写的是纯真的读书乐,本篇则是笑而含泪,笑中有悲。

〔原文〕

昔余游京华[1],未尝废丘壑[2]。矧乃归山川[3],心迹双寂漠[4]。虚馆绝诤讼[5],空庭来鸟雀。卧疾丰暇豫[6],翰墨时间作[7]。怀抱观古今[8],寝食展戏谑[9]。既笑沮溺苦[10],又哂子云阁[11]。执戟亦以疲[12],耕稼岂云乐[13]。万事难并欢[14],达生幸可托[15]。

〔注释〕

〔1〕京华:京城。指刘宋时首都建康(今南京)。

〔2〕废:止,忘却。 丘壑:指山水,隐逸之所。丘,山丘;壑,沟壑,聚水之处。

〔3〕矧(shěn 沈):何况。　山川:指以山水之美著称的永嘉郡。

〔4〕心迹:精神和行迹。　寂漠:闲静,淡泊。

〔5〕虚馆:空闲的衙署。　绝:断绝。　净讼(zhēng sòng 争送):纷争与诉讼。　卧疾:卧病。　丰:多。

〔6〕暇豫:闲暇逸乐。

〔7〕翰墨:笔墨,代文章。以上四句诗人自比汉代循吏汲黯的无为而治,自得于永嘉郡守任的美政。汲黯,西汉人,学黄老言,治吏民,收清静,多病,卧阁不出,岁余,东海大治。

〔8〕怀抱:心中的志向。　观:观览,评判。　古今:指古今典籍。

〔9〕寝食:废寝忘食。　展:展卷而读。　戏谑(xuè 血):游玩说笑,形容读书时获得的精神享受,似同戏谑。

〔10〕沮(jǔ 举)溺:春秋时的两个隐士长沮与桀溺。他们不出仕,亲自耕田,甘愿过劳动者的艰苦生活。

〔11〕哂(shěn 审):讥笑。　子云:扬雄,字子云。西汉文学家。王莽时为大夫,校书天禄阁。王莽以符命篡位。后欲抹掉不光彩的篡位据,就把不识时务的重献符命的甄丰、刘棻逮捕治罪。扬雄受到株连,当狱吏来捉他时,就从天禄阁跳下去,企图自杀。于是京师就流传出"惟寂惟寞,自投于阁"的笑话。以上这两句是说隐居躬耕吃苦,热衷出仕遭祸,日子都不好过。

〔12〕执戟:指郎官。此指扬雄。雄在汉成帝时曾以献四大赋拜为郎。汉时郎官地位相当于执戟侍卫之臣。《史记·淮阴侯传》:"臣事项王,官不过郎中,位不过执戟。"　疲:厌倦。李善注引潘安仁《夏侯湛诔》:"执戟疲杨。"此句用其义。

〔13〕耕稼:翻土下种。泛指农事。

〔14〕并欢:一并欢乐。

〔15〕达生:通达生命的真义。指道家所倡导的保身全生之法。《庄子·达生》:"达生之情者,不务生之所无以为。"注:"生之所无以为者,分外物也。"意思是通达生命的真义就不受尘世俗物的牵累。　托:寄托。

今译

昔日我在京城作官时,从未忘却山水间消磨。况来永嘉饱享自然美,悠然宁静身心都自得。衙署清闲无人起诉讼,空庭只有鸟雀翻飞落。养病在床多得闲暇日,文章诗赋时时有创作。怀高志观览古今典籍,废寝忘食展卷心快活。既笑长沮桀溺耕田苦,又嘲子云校书天禄阁。位同执戟侍卫已疲惫,春种秋收艰辛何从乐。人间万事难以都顺心,幸赖轻物养生是寄托。

（陈复兴译注并修订）

石门新营所住四面高山回溪石濑脩竹茂林诗一首五言

谢灵运

题解

　　这首诗，当作于离永嘉郡任，返归始宁墅之后。

　　诗人在石门山（在嵊县，今属浙江省境）新建幽居。峰高溪曲，急水流过石间，茂林修竹环绕。栖息其间，有如高卧云端。于饱览景物的满足中，顿感人事情谊的缺憾。诗中着重抒写的正是由这缺憾所引起的对友人的怀念与个人的孤寂。这种对大自然的满足与对人事间的满足，既矛盾而又统一地寓寄于"秋风"、"春草"、"芳尘"、"清醑"这样一些意象上面。

　　"早闻"不是晨风而是"夕飙"，"晚见"不是夕阳而是"朝日"。诗人善于运用时空上的错位与颠倒，再现出山水景物及其幻化。

原文

　　跻险筑幽居[1]，披云卧石门[2]。苔滑谁能步[3]，葛弱岂可扪[4]。袅袅秋风过[5]，萋萋春草繁[6]。美人游不还[7]，佳期何由敦[8]。芳尘凝瑶席[9]，清醑满金樽[10]。洞庭空波澜[11]，桂枝徒攀翻[12]。结念属宵汉[13]，孤景莫与谖[14]。俯濯石下潭[15]，仰看条上猿[16]。早闻夕飙急[17]，晚见朝日暾[18]。崖倾光难留[19]。林深响易奔[20]。感往虑有复[21]，理来情无存[22]。庶持乘日车[23]，得以慰营魂[24]。匪为众人说[25]，冀与智者论[26]。

注释

〔1〕跻(jī 基)险：攀登险峻的山峰。　幽居：幽静的居室。

〔2〕披：覆盖，笼罩。

〔3〕苔滑：石间青苔，溜滑难行。　步：行走。

〔4〕葛弱：葛蔓细弱，不能攀附。　扪：把持。

〔5〕袅袅(niǎo niǎo 鸟鸟)：风吹草木的样子。

〔6〕萋萋：草木茂盛的样子。

〔7〕美人：指朋友。

〔8〕佳期：相会的美好时刻。　敦：敦厚。情谊笃厚。

〔9〕芳尘：轻尘的美称。　凝：凝结，落满。　瑶席：坐席的美称。瑶，美玉，用以饰席，状其华贵。

〔10〕清醑(xǔ 许)：清香的美酒。　金樽(zūn 尊)：贵重的酒器。

〔11〕洞庭：即洞庭湖，在湖南省，长江南部。　空：空白，茫无所有。

〔12〕桂枝：桂树枝条。　攀翻：攀援玩弄。桂树贞洁芳香，可供玩赏。这句说友人不至，桂枝虽芳洁，也无可玩赏。

〔13〕结念：积结于心的思念。　属(zhǔ 主)：连接。　霄汉：云天。比喻思念之情的高远。

〔14〕孤景：孤影。景，与"影"通。　谖(xuān 宣)：忘记。

〔15〕濯(zhuó 卓)：洗涤。这句说洗涤于石下潭水，倒影涟漪，心神顿觉清爽。刘良注："俯则洗心神于石水。"

〔16〕条：树木的枝柯。

〔17〕夕飙(biāo 标)：夜晚的暴风。

〔18〕暾(tūn 吞)：太阳初升时光芒四射的样子。这两句是说由于崖危林深，阳光不能照彻，山谷阴暗，因而虽是早晨仍刮着夜风；昼间不见阳光，至傍晚，夕阳返照，山崖通红一片，则有似朝日初升。

〔19〕崖倾：山崖高且危。

〔20〕响：指风声。　易奔：易于远传。

〔21〕感往：感慨往事。　虑：思虑。　有复：反复不断。

〔22〕理：指道家所讲的玄理。　无存：指怀友感往之情，由妙理所化而不

存在了。李善注以上两句说："言悲感已往,而夭寿纷错,故虑有回复;妙理若来,而物我俱丧,故情无所存。往,谓适彼可悲之境也。"意思是感念于朋友们的生死离别,心中忧虑不已,但一想到道家的玄理,生死寿夭得丧皆为乔一混同,于是怀念忧伤之情也就化而为无了。

〔23〕庶:表希望的副词。　乘日:指日神所乘之车,代太阳。这句是说掌握住乘日之车,而使之运行稍缓,以留连赏玩眼前风景。

〔24〕营魂:魂之所居处。此指灵魂,心灵。

〔25〕匪:非。

〔26〕冀:希望。　智者:聪慧豁达的人。

今译

　　攀登险峰筑起幽静的居室,笼罩在白云间高卧石门山。苔藓滑脚谁能徒步往上走,葛条细弱高悬岂可用手攀。秋风袅袅吹过山间的林木,春草萋萋绿遍峡谷与水边。知心朋友游远方至今不还,何时相会倾吐人生的悲酸。久积的轻尘落遍缀玉座席,清香的佳酿斟满金制酒樽,洞庭涌波澜却不见归帆影,桂枝散芬芳也无人共赏玩。怀念情深绵绵高远连云天,只身孤影思绪漫漫无从断。俯身石潭水见倒影清如洗,仰首树稍头看孤猿正眨眼。浸早尚可闻夜风嗖嗖鸣响,傍晚落日返照似朝阳娇艳。岩崖高耸阳光难入峡谷间,林莽幽深风声水声响易传。感慨往事思虑在内心反复,妙理来临愁情玄化不再存。把持日神车轮让它缓缓行,得赏景物安慰孤寂的灵魂。此理玄妙不可与众人述说,望与真朴的智者共同清谈。

（陈复兴译注并修订）

◎ 杂诗一首 五言 　　　　　　王景玄

题解

　　王微(415—453),字景玄。琅玡临沂(今属山东)人。南朝宋文学家。"少好学,善属文,工书,兼解音律及医方卜筮阴阳数术之事",而"素无宦情"。十六岁举秀才,曾任司徒祭酒等职。后又被举为吏部郎,他便辞官家居。宋文帝下旨令其就职,他仍未应诏,终于不仕。因此钟嵘《诗品》称他为"徵君"。钟嵘把他与谢瞻、谢混、袁淑、王僧达等合在一起品评,认为"其源出于张华,才力苦弱,故务其清浅,殊得风流媚趣",颇为中肯。他的散文也较有特色,文辞比较质朴,风格接近魏末的嵇康等人。《隋书·经籍志》载王微有集十卷,今仅存文九篇,诗五首,《全上古三代秦汉三国六朝文》、《先秦汉魏晋南北朝诗》收录。

　　这是一首思妇诗。从诗中用语看,思妇的丈夫似是在雁门从军。全诗完全按着思妇全天的相思过程写来:白天,因相思而"临高台","临高台"而欲"凭华轩",抚琴而无绪,故难成曲调,只于悲歌之中传送相思之苦言。后十二句完全可以看作思妇之心理独白:一在江边,一处雁门,他早已把我忘怀了吧? 不然,日已黄昏了,牛羊归栏,野雀还巢,他何以还不回来? 入夜,仰观天上星宿,东壁已移向正南,节令已由初冬进入仲冬了;独自一人,对着烛火,形影相守,煞是凄凉。最后以心乱不可言作结。思妇的行动与感情变化自然形成诗的层次结构,情思婉曲,清怨有味。

原文

思妇临高台[1],长想凭华轩[2]。弄弦不成曲,哀歌送苦言[3]:箕帚留江介[4],良人处雁门[5]。讵忆无衣苦[6]?但知狐白温。日暗牛羊下[7],野雀满空园。孟冬寒风起[8],东壁正中昏[9]。朱火独照人[10],抱景自愁怨[11]。谁知心曲乱[12]?所思不可论[13]。

注释

〔1〕临:登临。 高台:指楼台。

〔2〕凭:依倚。 轩:指楼上的窗栏。

〔3〕苦言:指相思的痛苦之言。

〔4〕箕帚:本指家中洒扫之事,后为妻子的代称。 江介:江岸。介,犹界。

〔5〕良人:指丈夫。 雁门:古郡名,今山西代县西北。

〔6〕讵忆无衣苦,但知狐白温:《晏子春秋》卷一:"景公之时,雨雪三日而不霁,公被狐白之裘,坐堂侧陛。晏子入见,立有间。公曰:'怪哉!雨雪三日而天不寒。'晏子对曰:'天不寒乎?'公笑。晏子曰:'臣闻古之贤君,饱而知人之饥,温而知人之寒,逸而知人之劳。今君不知也。'"曹植《赠丁仪》诗化用这一典故说:"狐白足御冬,焉念无衣客?"用以说明"在贵多忘贱"。这里,诗人借用这一典故表达思妇埋怨丈夫忘掉了自己的心理。 讵,岂;狐白,指狐白裘。

〔7〕日暗牛羊下:《诗经·王风·君子于役》是一首思妇之诗,其中有这样的句子:"日之夕矣,羊牛下来。君子于役,如之何勿思?"意谓:天色黄昏时,正是人们和禽畜归来的时候,而自己的丈夫却行役于外而不归,怎能不令人思念呢?此用其意,写思妇触景生情,想念久役不归的丈夫。

〔8〕孟冬:初冬。

〔9〕东壁正中昏:这是仲冬时的天象。李善注引《礼记》曰:"仲冬之月,昏东壁中。"东壁,星宿名,为玄武七宿之一。室、壁两宿四颗星略成一长方形,在春秋、战国时代,当其黄昏出现于正南方时,正是农事结束、从事营造房屋的季节,故称这四颗星为"营室"。东壁两星正在营室之东,因而称为"营室东壁",简称东壁。中昏,即昏中。黄昏的正南方。

〔10〕朱火:红色的火焰,指烛火。

〔11〕抱景:孤独无伴,孑然一身,只能与自己的形影相守。景,同"影"。

〔12〕心曲:内心深处。

〔13〕论:言说。

今译

　　每当思妇登临高高的楼台,总要去凭靠那华美的窗栏。抚弄着琴弦却弹不成曲调,哀歌中传送出相思的苦言:为妻孤独地留在长江岸边,夫君遥远地处在雁门关山。哪里还想着我无衣的寒苦?只知道自身狐白裘的温暖。日已黄昏牛羊也都归来了,野雀还巢栖满空空的庭园。严冬到了刮起刺骨的寒风,黄昏时东壁星又转向正南。红色的烛火照着孤独之人,只有形影相守自尝着愁怨。有谁知道我的内心这样乱?心中所想的实在不可言传。

(周奇文译注并修订)

◉ 数诗一首 五言

鲍明远

〖题解〗

　　陶渊明以怡乐田园与俗世相绝,谢灵运以浪迹山水与朝士相悖,鲍照则置身于庸众对面,直接摄下他们鄙俗的影像,剖视他们龌龊的灵魂。本篇又是一例。

　　诗人在此活画出一个钻营得计,跃入龙门的官僚肖像。用特写的方法摄取他衣锦还乡,显宦饯行的场景,把路中宴上的细节剪辑下来,其小人得志的情态跃然而出。"长路"、"飞鸿"、"春风"、"长袖",是以物象现其心态。再衔接以家乡亲族故旧翘首盼归的远景;是略写,却在暗示更热闹的高潮尚在后头。其得意忘形,尽可想像了。结末是点题,道出了个人命途的矛盾与内心的不平。这该是诗题的真正含义。所谓数者,命也;并不仅仅是以数字依次冠于每韵之首,做文字游戏而已。

〖原文〗

　　一身仕关西[1],家族满山东[2]。二年从车驾[3]。斋祭甘泉宫[4]。三朝国庆毕[5],休沐还旧邦[6]。四牡曜长路[7],轻盖若飞鸿[8]。五侯相饯送[9],高会集新丰[10]。六乐陈广坐[11],组帐扬春风[12]。七盘起长袖[13],庭下列歌钟[14]。八珍盈雕俎[15],绮肴纷错重[16]。九族共瞻迟[17],宾友仰徽容[18]。十载学无就,善宦一朝通[19]。

注释

〔1〕一身：自身一人。　关西：指函谷关以西之地。今陕西甘肃一带。此当指汉西京长安，对山东而言。

〔2〕满：遍布。　山东：崤山或华山以东之地。

〔3〕从：跟随。　车驾：皇帝的车马。此代皇帝。

〔4〕斋祭：祭祀。　甘泉宫：汉宫名。秦始皇初建前殿。汉武帝增广之，有通天、高光、迎风诸殿，并筑高台，置祭具，以祀天神。在今陕西省淳化县甘泉山。

〔5〕三朝：古代天子与诸侯、群臣会见处。此指正朝。古时天子诸侯皆有三朝，外朝一，内朝二。正朝为内朝之一，为帝王处理政务的正殿。　国庆：国家吉庆之事。

〔6〕休沐：休假。汉代官吏五日休息一次，以沐浴。　旧邦：旧日封国。此指故乡。

〔7〕四牡：四匹壮马。　曜：光耀。

〔8〕轻盖：轻盈的车盖。　飞鸿：飞翔的鸿雁。

〔9〕五侯：指高官显贵。原指五个同时封爵的贵戚。汉成帝封其舅王谭、王立、王根、王逢、王商为侯，是为五侯。　饯(jiàn 见)送：以酒宴送行。

〔10〕高会：盛大宴会。　新丰：地名。故址在陕西临潼县境。

〔11〕六乐：六代之乐。即黄帝、尧、舜、禹、汤、周武之乐。　陈：张设。广坐：指人众座广之所，以为聚会之用。

〔12〕组帐：装饰着丝带的帷帐。

〔13〕七盘：指七盘舞。古舞名。　长袖：指舞蹈。

〔14〕列：行列。　歌钟：即编钟，打击乐器，铜制，用以为歌唱伴奏。

〔15〕八珍：原为八种烹饪法。此指珍贵的食品。　雕俎(zǔ 组)：华美的食器。俎，切肉用的砧板。

〔16〕绮肴：烹制精美的膳食。　纷：盛多。　错重：(chóng 虫)：交错重叠。

〔17〕九族：指亲族。　瞻迟：望眼欲穿，等待盼望。

〔18〕宾友：朋友。　仰：仰慕，钦佩。　徽容：美容，尊容。

〔19〕善宦：善于作官。　通：通达显赫。

今译

　　一人只身为官函谷西,家庭老小长住崤山东。二年随从皇帝车马后,斋戒祭祀来往甘泉宫。三朝参加举国大庆毕,按例休假衣锦还故乡。四匹骏马显赫大路上,车盖轻盈似鸿雁飞翔。五侯显贵摆酒席送行,盛大宴会安排在新丰。六代雅乐张设广众前,华美帷帐飘飘拂春风。七盘之舞翩翩舒长袖,庭下乐队伴奏是编钟。八方美味摆满雕几案,精制佳肴纷然数不清。九族亲属都望眼欲穿,宾朋好友正待见尊容。十载为学寒士无所就,善游宦海一朝终生荣。

(陈复兴译注并修订)

◎玩月城西门解中一首五言　鲍明远

　　这首诗当作于鲍照出为秣陵令之后。诗人身居解中（公府），心系京都。抒发的正是此时个人孤独寂寞的心境。

　　前半写景，后半抒情。

　　前六句写玩赏新月夜景。新月纤巧姣好，却总隔窗棂之外，蛾眉玉钩，初现即隐。次六句写玩赏十五满月夜景。光影徘徊，银辉四注。目睹归花别叶，顿起孤寂之感。次八句写游宦异乡，辛苦厌倦；又联想起蜀地相如、郢都歌者，以之自况，自觉曲高和寡，更加深了心中郁积的孤寂之情。因而末两句则倾吐出归车隐退，与友人共酌的生活愿望。

原文

　　始见西南楼，纤纤如玉钩[1]。末映东北墀[2]，娟娟似蛾眉[3]。蛾眉蔽珠栊[4]，玉钩隔琐窗[5]。三五二八时[6]，千里与君同。夜移衡汉落[7]，徘徊帷户中[8]。归华先委露[9]，别叶早辞风[10]。客游厌苦辛[11]，仕子倦飘尘[12]。休浣自公日[13]，宴慰及私辰[14]。蜀琴抽白雪[15]，郢曲发阳春[16]。肴干酒未缺[17]，金壶启夕沦[18]。回轩驻轻盖[19]，留酌待情人[20]。

注释

〔1〕纤纤:尖细的样子。　玉钩:玉制的钩。比喻弯月。

〔2〕墀(chí 池):原指宫殿前阶上的空地。此泛指台阶。

〔3〕娟娟:明媚美好的样子。　蛾眉:原为蚕蛾的细而长的触须,后用以比喻女人细长弯曲的眉毛。此比喻新月。

〔4〕珠桄:饰珠玉的窗棂。

〔5〕琐窗:雕绘文采的窗户。

〔6〕三五:十五日。　二八:十六日。指满月之时。

〔7〕夜移:夜色推移,夜深。　衡汉:北斗与天河。衡,北斗七星的第五星,代北斗星。

〔8〕徘徊:指月光的闪耀移动。　帷户:指住室。

〔9〕归华:落花。花落归根,故曰归。　委露:著霜露而凋谢。委,凋谢。

〔10〕别叶:落叶。叶落而离枝,故曰别。　辞风:被西风而陨落。

〔11〕客游:游宦在外。　厌:倦。

〔12〕仕子:作官的人。　飘尘:飘荡的尘埃。比喻奔波艰辛的生活。

〔13〕休浣(huàn 换):休息沐浴。指官吏的例假。汉五日一休沐。　公日:在官署处理公事之日。

〔14〕宴慰:宴饮,闲居。慰,居。　私辰:个人休沐的日子,对"公日"而言。

〔15〕蜀琴:指琴。汉司马相如善鼓琴,居于蜀地,故曰蜀琴。　抽:弹奏。
白雪:古曲名,传为师旷所作。

〔16〕郢曲:楚国郢都的歌曲。宋玉《对楚王问》中说,楚国郢都有个歌手,唱下里巴人,和者有数千人,歌阳春白雪,则和者甚少。　阳春:古曲名。以上两句以司马相如与郢中歌者自况,曲高和寡,无人知赏。

〔17〕肴:肴馔,膳食。　未缺:未止,未尽。

〔18〕金壶:铜制的漏壶,古计时器。　启:始。　夕沦:夜晚漏壶中的微波。李善注以上两句:"肴虽干而酒未止;金壶之漏,已启夕波。"黄节补注:"若从善注,则上既云衡汉落,夜已深矣,何又曰夕波始启?"(《鲍参军诗注》)其实,此上下应为倒装句法,意思说金壶始启夕波之时,既于解中玩月独酌,但因友人远在千里之外,故虽衡汉落,夜已深,肴馔干而不食,饮酒而未尽兴。末两句"回轩"、"留酌",正与此意相承。

〔19〕回轩:归车。　驻:停留。　轻盖:轻盈的车盖。
〔20〕留酎:留止饮酒。　情人:友人,即指上所云君。

今译

　　弦月初升悬挂西南楼,纤细弯弯恰如玉钩白。光影末映东北庭阶上,皎洁明媚好似蚕蛾眉。蛾眉隐入饰珠窗楔下,玉钩隔在雕绘窗门外。十五六夜圆月分外明,远隔千里我与君共赏。夜色深深北斗银河落,银辉流转洒满屋中央。落花归根着露飘飘下,黄叶离枝迎风渐凋零。客游异乡饱尝多苦辛,为官厌倦奔波似轻尘。按例休假自在公务后,闲居饮酒须趁空暇间。相如善奏《白雪》琴曲高,郢人独唱《阳春》无知音。菜肴已干酒兴尚未尽,金壶漏滴独饮自傍晚。归车将返隐退不复出,且待友人相聚共长饮。

　　　　　　　　　　　　　　　　　　（陈复兴译注并修订）

始出尚书省一首五言

谢玄晖

题解

　　本诗当作于齐高宗(明帝萧鸾)即位(建武)之初。描写的是诗人由尚书殿中郎,至为骠骑谘议领记事前后的经历与体验。全诗几乎概括了齐武帝、郁林王、齐明帝三个时期南齐的社会生活。

　　先写诗人武帝时期,充任诸王近臣领受的恩遇。再写郁林王的荒淫无道,奸邪为患。复写明帝即位符合天命人意,礼仪粲然恢复。后写辞官返里与亲故欢聚的感慨,满含对宫廷倾轧的顾忌,对田园生活的向往。

　　诗人把年刚二十、在位一年、被人控御的郁林王写得荒暴远过周厉,当然是为了讨好铁腕擅权的明帝。明帝前后主政八年,确然做过一些好事,例如禁奢侈,善吏事之类;但是忘记他残杀兄弟子侄几十人的阴狠,而比之为恢复汉官威仪的英主光武,则未始不为谀词。这反映了诗人对萧齐宫廷倾轧的危惧,对强暴势力的逢迎依附。性格中这种庸人的一面,古代诗人更所难免。

原文

　　惟昔逢休明[1],十载朝云陛[2]。既通金闺籍[3],复酌琼筵醴[4]。宸景厌照临[5],昏风沦继体[6]。纷虹乱朝日[7],浊河秽清济[8]。防口犹宽政[9],餐荼更如荠[10]。英衮畅人谋[11],文明固天启[12]。青精翼紫轪[13],黄旗映朱邸[14]。还睹司隶章[15],复见东都礼[16]。中区咸已泰[17],轻生谅昭洒^[18]。趋事辞宫阙^[19]，载笔陪旌棨^[20]。邑里向疏芜^[21]，寒流自清泚^[22]。衰柳尚沉沉^[23]，凝露方泥泥^[24]。零落悲友朋^[25]，欢虞宴兄弟^[26]。既秉丹石心^[27]，宁流素丝涕^[28]。乘此终萧散^[29]，垂竿深涧底^[30]。

注释

〔1〕惟:思。　休明:美善贤明。

〔2〕十载:指齐武帝萧颐在位的时期。朓曾先后在豫章王、随王、新安王府中任官职。　云陛:宫殿的台阶。云,五彩云,指皇帝之所在。

〔3〕金闺:金门。金马门的别名。此指宫门。　籍:门籍。出入宫门的牒籍,即写有朝臣姓名状貌的竹签,悬于宫门,查对相符,朝臣乃得入宫。

〔4〕酌:饮。　琼筵:珍美的宴席。　醴:酒。

〔5〕宸景:北极星光。喻齐武帝。宸,北辰,以喻帝位。景,光。　厌:讨厌,厌恶。这句是说齐武帝(萧颐)的亡故。

〔6〕昏风:昏暗之风。喻郁林王萧昭业。昭业为武帝太子萧长懋长子,长懋早亡。武帝崩,昭业即位。　沦:沦没。　继体:继承法度。体,指法度,规矩。

〔7〕纷虹:纷乱的霓虹。指阴邪之气。

〔8〕浊河:黄河的浊水。与"纷虹"皆喻奸佞小人。　清济:清澈的济水。李善注引孔安国《尚书注》:"济水入河,并流十数里。清浊异色,混为一流。"这两句皆喻郁林王在位,奸佞诬害忠良。

〔9〕防口:"防民之口甚于防川"的简缩。《国语》载:周厉王暴虐,民不堪命,怨恨非议。厉王使卫巫监谤者,以告则杀之。国人莫敢言,道路以目。召公进谏说:"是障之也。防民之口甚于防川。川壅而溃,伤人必多。民亦如之。"宽政:宽舒政刑,刑罚宽松,不苛刻。这句的意思是,暴虐滥杀以防民怨的周厉王,比之齐之郁林王犹为实行宽政。

〔10〕餐荼:食苦菜。荼,苦菜。　荠:甜菜。这句的意思是,吃荼莱虽苦,比之郁林王的统治,也还是甜的。

〔11〕英衮(gǔn 滚):贤明的宰辅。指齐明帝萧鸾,初为尚书令,故曰英衮。衮,帝王与三公的礼服。此代最高官职。　畅:通。　人谋:人的谋划。此指

人心。

〔12〕文明：指通贯天地照耀四方的仁德。　天启：上天的启示。这两句说齐明帝废郁林王、海陵王而即帝位，是符天命顺人心的。

〔13〕青精：星宿名。李善注：“《春秋元命苞》曰：殷纣之时，五星聚房。房者，苍神之精，周据而兴。然青即苍也。齐，木德，故苍精翼之。”　紫轵（dài代）：天子之车。紫，紫色车盖；轵，车轮，代车。

〔14〕黄旗：瑞云。　朱邸：朱红色的府邸，诸侯王朝见天子的居处。此指齐明帝任尚书令所住的宅第。这两句是说青精之星辅翼紫盖之车。黄旗之云映照朱赤之宅，皆谓明帝即位的瑞应。均属古代迷信的说法。

〔15〕司隶：官名，司隶校尉的简称。指汉光武帝刘秀，曾受命于更始帝刘玄，任司隶校尉。　章：礼仪。

〔16〕东都：东汉都城洛阳。此指汉光武帝。这两句互文同义。“司隶章”即“东都礼”，用汉光武帝事。李善注引《东观汉记》：“更始（刘玄）欲北之洛阳，以上（光武帝刘秀）为司隶校尉。三辅官府吏东迎洛阳，见更始诸将过者数十辈，皆冠帻而衣妇人之衣，大为长安所笑。见司隶官属，皆相指视之。极望，老吏或垂涕，粲然复见官府仪体，贤者蚁附也。”此以汉光武比喻齐明帝，意思是说，明帝即位顺天应人，恢复礼仪，整饬国家，功勋卓著。

〔17〕中区：天下。　泰：畅通，安宁。此形容民心通畅，社会安宁。

〔18〕轻生：轻贱的生命。朓自谓。　谅：信实。　昭洒（xǐ洗）：显露光明，涤除尘垢。洒，洗涤。指辞尚书殿中郎而赴谘议领记事之职。

〔19〕趋事：赴事。指赴骠骑谘议领记事之职。　宫阙：指尚书省。

〔20〕载笔：用笔，记事之职掌霸府文笔中书诏诰之类，故曰载笔。　陪：陪伴，辅佐。　旌棨（qǐ起）：旌门。此指霸府（古时藩王府邸）。古代帝王诸侯出行，于所住帷幕前树立旗帜，其状若门。棨，旌门之列戟者。这两句的意思说，告别尚书省，往旌门之下承担文笔诏诰之职。

〔21〕邑里：乡里。邑，大夫的封地。　向：从前，往昔。　疏芜：稀少荒芜，指人物居处而言。

〔22〕清泚（cǐ此）：清澈。

〔23〕沉沉：茂盛的样子。

〔24〕泥泥（nǐ nǐ 你你）：濡湿的样子。

〔25〕零落：衰亡。

〔26〕欢虞:欢乐。虞,通"娱"。

〔27〕秉:持。　丹石:比喻赤诚坚定。

〔28〕宁:难道。　素丝:洁白的蚕丝,可随意染上不同的颜色,以喻变故。李善注引《淮南子》:"墨子见练丝而泣之,为其可以黄可以黑。"高诱曰:"闵其化也。"这两句是自我安慰的话。邑里疏芜,友朋零落,为人不能不感叹欷歔,所以自己说既然心是坚定赤诚的,何必还要为人世变故流泪呢?

〔29〕萧散:萧闲,闲散。

〔30〕涧底:山谷水底。

今译

追忆往昔幸遇贤明主,宫中十年登朝甚得意。既有名籍出入金马门,又赴佳宴畅饮酒味美。北斗星光熄灭不照临,昏暗风沙法度尽被毁。虹霓纷乱遮蔽晴天日,黄河浊流混合清济水。周厉暴虐还较政刑宽,荼菜虽苦食之甜如荠。英明宰辅通达众人心,广施仁德受命自上帝。苍神星光照耀紫盖车,黄旗瑞云辉映朱门里。还能亲睹光武帝威仪,又可眼见东都儒雅礼。普天之下人情皆通畅,平凡我辈确可显才气。将赴新任辞别尚书省,操持文笔值班王府邸。乡里昔时人少田荒芜,凄寒流水清澈泛涟漪。门前衰柳枝头尚有叶,露珠凝结闪烁正生辉。朋友衰亡令人心悲怆,当年兄弟饮宴尽欢喜。既怀情义赤诚一片心,何必挥洒生死别离泪。趁此良时尽享闲逸乐,垂下钓竿深谷溪流底。

(陈复兴译注并修订)

◎ 直中书省一首 五言

谢玄晖

▌▌题解

　　本诗为谢朓任中书郎时所作。

　　诗人在中书省值班,例行公事之余,扫视帝王宫廷:紫殿彤庭,巨树高台,森然巍峨;门窗饰物,玲珑生辉,红芍苍苔,妍艳相映。这种炎光浓彩,巨丽豪奢的物象,反衬出诗人自身的孤独弱小。其中仕宦杂沓,环佩鸣响,又使他顿生忧谗畏讥,隐伏祸端之感。这种"信美"之乡实为是非之地。他在心理上承受不了环境给予的刺激与威压。他想插翅飞离,重归田园,在朋情春物之中享受自然质朴宽松和悦的人生。

　　这是在社会政治漩涡中不甘异化的古代诗人的共同心态。

▌▌原文

　　紫殿肃阴阴[1],彤庭赫弘敞[2]。风动万年枝[3],日华承露掌[4]。玲珑结绮钱[5],深沉映朱网[6]。红药当阶翻[7],苍苔依砌上[8]。兹言翔凤池[9],鸣佩多清响[10]。信美非吾室[11],中园思偃仰[12]。朋情以郁陶[13],春物方骀荡[14]。安得凌风翰[15],聊恣山泉赏[16]。

▌▌注释

〔1〕紫殿:紫宫,天子的宫禁。　阴阴:阴沉深邃的样子。

〔2〕彤庭:宫中院庭,汉宫中以朱红色漆饰庭阶,故名。　弘敞:宽绰敞亮。

〔3〕万年枝:即冬青树。

〔4〕华:照耀。 承露掌:汉武帝于长安建柏梁铜柱,上造仙人舒掌托盘,以承云表甘露,饮以延寿。此指宫中楼阙。

〔5〕玲珑:透明的样子。 绮钱:宫殿的绫绮窗饰。李善注引《东宫旧事》:"窗有四面,绫绮连钱。"

〔6〕朱网:宫殿的户饰。吴伯其说:"朱网者户之蔽。"(《选诗定论》)即门上的绫绮帘幕。

〔7〕红药:花名。即红芍药。 翻:盛开。

〔8〕砌:台阶。

〔9〕言:语助词。 翔:聚集。 凤池:即凤凰池。禁苑中的池沼,魏晋南北朝设中书省于此,故为中书省的代称。

〔10〕鸣佩:古时士大夫佩带在腰间的玉饰,行走相击而发声。

〔11〕信美:确实美好。

〔12〕中园:即园中。指旧时所居。 偃仰:俯仰,谓生活悠然自得。

〔13〕朋情:怀友的心情。 郁陶:忧思郁闷的样子。

〔14〕春物:春天的景物。 骀(dài 代)荡:形容景物舒缓荡漾。

〔15〕凌风:驾风飞翔。 翰:鸟的翅膀。

〔16〕恣:纵情。

今译

帝王宫殿庄严又阴沉,朱红院庭明亮又宽敞。暖风微微吹动冬青树,阳光照耀高台承露掌。檐窗装饰绮钱光灿烂,门廊深沉朱网相辉映。火红芍药阶前正开放,苍绿苔藓沿着石级长。此中官宦群集凤凰池,腰带玉佩不断发清响。尽管美好并非我居室,思念田园悠然又舒畅。朋友情深愁绪积满怀,春天风物心怡而神旷。怎能插上驾风双翅膀,暂且纵情把那山泉赏。

(陈复兴译注并修订)

观朝雨一首五言

谢玄晖

题解

《观朝雨》与前首《直中书省》大致写于同一时期。南齐萧氏朝廷，矛盾迭出，政局多变。诗人所处位置，不过"掌霸府文笔，又掌中书诏诰"之类，他不能没有压抑与愁虑之感。

本诗真实地剖露出一种动摇于出处之间的矛盾心态。

开头六句紧扣"朝雨"，风急雨骤，由远及近，景物推移中显出诗人的主体观照。其次八句集中抒写诗人在出仕与退隐之间的心理矛盾。只有在风雨清晨，官门未开之际，才能暂得宁静，理清自己的思绪，可见素日的俗事烦恼。"戢翼""乘流"句则把无形的心境，借雨中鸟雀与江中鱼龙的比喻形象化。"动息"冲突与"歧路"徘徊，正是诗人在人生选择中的苦闷。最后两句以追随古人子夏去北山采莱，以调和矛盾与自我安慰。这是抱有出仕思想又在现实中不得志的古代知识分子共同的精神归宿。

原文

朔风吹飞雨[1]，萧条江上来[2]。即洒百常观[3]，复集九成台[4]。空濛如薄雾，散漫似轻埃。平明振衣坐[5]，重门犹未开[6]。耳目暂无扰[7]，怀古信悠哉[8]。戢翼希骧首[9]，乘流畏曝鳃[10]。动息无兼遂[11]，歧路多徘徊[12]。方同战胜者[13]，去剪北山莱[14]。

注释

〔1〕朔风:北风。

〔2〕萧条:风吹雨所发出的寂寥之声。

〔3〕百常观:高耸的楼观。常,古代长度单位。八尺为寻,两寻为常。百常,极言其高。

〔4〕九成台:高高的楼台。九成,即九层。

〔5〕平明:天刚发亮的时候。 振衣:端正衣冠。

〔6〕重门:指宫门。

〔7〕扰:烦扰。此指官场俗事。

〔8〕怀古:怀念古人处世之道。 悠:深思。

〔9〕戢(jí 集)翼:收敛羽翼。比喻退隐。 骧(xiāng 香)首:马抬头。高举。比喻出仕。

〔10〕乘流:指鱼凭借急流跃入龙门。喻富贵得志。 曝鳃:指鱼露鳃于水岸。比喻处境困顿失势。李善注引《三秦记》:"河津,一名龙门。两傍有山,水陆不通,龟鱼莫能上。江海大鱼,薄集龙门下,上则为龙,不得上,曝鳃水次也。"此用其义。

〔11〕动息:指出仕退隐。 兼遂:同时实现。

〔12〕歧路:岔路口。李善注这两句说:"言出处之情有疑,譬临歧路而多惑也。"

〔13〕方:将。 战胜:指退隐的思想胜过出仕的思想。李善注引《韩子》:"子夏曰:'吾入见先王之义则荣之,出见富贵又荣之,二者战于胸臆,故臞也。今见先王之义战胜,故肥也。'"此句用其意。战胜者,指道义思想战胜富贵思想的子夏。也即上文所怀念的古人。

〔14〕蔪:断,采。 莱:草。

今译

　　北风劲吹大雨骤然飞,萧萧嘶鸣江上席卷来。既已洒遍崇高百尺观,又来激荡巍峨九层台。空濛无际满天如薄雾,散漫笼罩大地似轻埃。黎明整衣端坐待入朝,宫门深闭此刻尚未开。耳目清静暂无俗事扰,怀念古人心潮起澎湃。鸟雀敛翼常想展翅飞,鱼跃龙门又恐搁岸外。出仕退隐难得有两全,面对歧路疑惑又徘徊。追随战胜富贵欲念者,归返北山共同采野菜。

（陈复兴译注并修订）

◎ 郡内登望一首 五言

谢玄晖

📖 题解

《郡内登望》为谢朓由中书郎出为宣城太守之初所作。

前半写景。诗人由京城至宣郡，心多郁闷不快，欲借登遣怀。而深秋暮色，空旷苍茫，晦暗凄寒，益增孤独悲切之感。后半述怀。诗人忆昔抚今，心事重重。早年曾有志卫国戍边，统一南北，鄙弃豪奢富贵。而今，连曾经赞赏过的宗资那样的太守也不想做了；向往归返田园，学习管宁，礼让自处，与世无争。

全诗情景相融，深深吐露出诗人在南齐统治阶层矛盾倾轧之中的失落之感。

📖 原文

借问下车日[1]，匪直望舒圆[2]。寒城一以眺[3]，平楚正苍然[4]。山积陵阳阻[5]，溪流春穀泉[6]。威纡距遥甸[7]，峥岩带远天[8]。切切阴风暮[9]，桑柘起寒烟[10]。怅望心已极，惝恍魂屡迁[11]。结发倦为旅[12]，平生早事边[13]。谁规鼎食盛[14]，宁要狐白鲜[15]。方弃汝南诺[16]，言税辽东田[17]。

📖 注释

〔1〕下车：指上任就职。此言到宣城太守任。

〔2〕匪直：非只。望舒：指月亮。这句说月亮已经圆过不只二次，形容时序变化之速。

〔3〕寒城：指宣城。寒，形容秋气肃杀。

〔4〕平楚:树梢齐平的丛林。楚,丛木。　苍然:指草木的苍翠之色。

〔5〕山积:山岭重叠。　陵阳:山名。在宣城郡,今属安徽省。　阻:险要。

〔6〕春縠:原汉县名。东晋更名阳谷,今属安徽省。此指春縠之水。

〔7〕逶纡:即逶迤,纡回曲折。　距:至。　遥甸:指边远地区。甸,距王都五百里之地。

〔8〕崝岩:山势高峻。

〔9〕切切:风声。

〔10〕桑柘(zhè 这):两种木名。

〔11〕惝怳(chǎng huǎng 敞晃):失意的样子。

〔12〕结发:意同弱冠,指年轻时。　旅:客居在外。

〔13〕事边:服役于边疆。指捍卫疆土之事。

〔14〕规:贪求,需求。　鼎食:列鼎而食。指富贵豪华的享受。

〔15〕宁:岂。　狐白:狐腋下的白毛。指精美轻暖的狐裘。

〔16〕方:将。　汝南诺:指后汉宗资事。后汉宗资为汝南太守,用范滂为功曹,政事悉委任之。时人歌曰:"汝南太守范孟博(范滂字),南阳宗资主画诺。"此诗人以宗资自喻。汝南,喻指自所守之宣城郡。诺,画诺,在文书上签字,表示同意。此喻指郡守之例行公事。

〔17〕言:语助词。　税(tuō 拖):税驾,解车。此指归田。　辽东田:指三国魏管宁事。李善注引《魏志》:"管宁闻公孙度令行海外,遂至于辽东。"又引《高士传》:"人或牛暴宁田者,宁为牵牛著凉处,自饮食也。"其人很惭愧,于是礼让大行。此诗人以管宁自喻,欲解车归田,倡诗书礼让。

今译

借问就任宣城太守日,明月至今不只一度圆。寒气笼罩登城一眺望,远处平林眼底正苍然。丛山叠嶂陵阳更险要,溪水奔流春縠泉潺潺。迂回蜿蜒直通边疆地,崝岩巍峨衔接远方天。阴风凄凄暮色已茫茫,桑柘林间阵阵起寒烟。怅然远望内心郁闷极,神思恍惚魂魄总不安。年轻时已倦殆居异乡,平生有志早愿守边关。谁能贪图列鼎排盛宴,岂为求取狐裘身上暖。我将弃置所受郡守任,向往礼让清静返田园。

(陈复兴译注并修订)

和伏武昌登孙权故城一首五言

谢玄晖

题解

本篇是谢朓与友人武昌太守伏曼容的和诗。前此，伏有登孙权故城之作，朓闻而遥和之。

前四句概括出汉末三国群雄逐鹿的历史图景。次十四句叙写孙吴北抗曹魏西胜刘蜀的武功，声教文明的业迹及欲图中原的大志。以上是述古，其中饱含诗人对历史人物统一天下之欲的赞颂。再次十句描写眼前孙权故城荒凉破败的景象，歌楼舞馆，园池草木，皆为废墟。以上为伤今。古今相对，盛衰相循，其中饱含有对时势演变之速与英雄壮志未酬的感恨。最后八句表达与友人异地相隔心往神驰之意，以回应题旨。

历来评小谢，多赞其五言小诗，清词丽句，美景隽秀。本篇则独具一格。扫视古今，感慨时势，情志高远。"三光厌分景，书轨欲同荐"两句，嵌在述古与伤今的转接处，显露出诗人于南北对峙国土分裂，当政者不图有为之时，内心对祖国统一的渴望，对时光流逝的忧虑。全篇三十六句，一韵到底，铺排开张，时空互转，证明诗人的气骨与才力并非仅限于清丽与隽秀一格。

原文

炎灵遗剑玺[1]，当涂骇龙战[2]。圣期缺中壤[3]，霸功兴宇县[4]。鹊起登吴山[5]，凤翔陵楚甸[6]。衿带穷岩险[7]，帷帟尽谋选[8]。北拒溺骖镳[9]，西兖收组练[10]。江海既无波，俯仰流英眄[11]。裘冕类禋郊[12]，卜揆崇离殿[13]。钓台临讲阅[14]，樊山开广宴[15]。文物共葳蕤[16]，声明且葱茜[17]。三光厌分景[18]，书轨欲同荐[19]。参差世祀忽[20]，寂漠市朝变[21]。舞馆识余基[22]，歌梁想遗转[23]。故林衰木平[24]，荒池秋草遍[25]。雄图怅若兹[26]，茂宰深遐眷[27]。幽客滞江皋[28]，从赏乖缨弁[29]。清卮阻献酬[30]，良书限闻见[31]。幸籍芳音多[32]，承风采余绚[33]。于役傥有期[34]，鄂渚同游衍[35]。

注释

〔1〕炎灵:指汉朝。汉以火德王,故谓炎。　剑玺:高祖的斩蛇之剑与传国之玺。此喻权力帝位。传说汉高祖以宝剑斩白蛇而得天下。

〔2〕当涂:指曹魏。李善注引《献帝纪》:"太史丞许芝奏故白马令李云上事曰:'许昌气见于当涂高者,魏也。象魏者,两观阙是也。当道而高大者,魏也,当代汉。'"当涂高之说,出于汉代流行的谶纬之学,为魏代汉做舆论准备。　龙战:指群雄割据争霸。李善注引《周易》:"龙战于野,其血玄黄。"原用比喻阴阳二气的交战。

〔3〕圣期:指出现圣王的年代。李善注引《论衡》:"孟子云:'五百年有王者兴。'五百年者,以为天出圣期也。"　中壤:中原,中国。

〔4〕霸功:群雄争霸以立功业。此指魏蜀吴三国混战。　宇县:区宇郡县。此指天下。

〔5〕鹊起:比喻乘时奋起。李善注引《庄子》:"鹊上城之垝,巢于高榆之巅,城坏巢折,陵风而起。故君子之居时也,得时则义行,失时则鹊起。"　吴山:指武昌。孙吴奠基之地。

〔6〕凤翔:比喻帝王兴起。　楚甸:指建邺。孙吴建都之地。吴并楚地而得之,故谓楚甸。(用五臣注)

〔7〕衿带:衣襟腰带。比喻山川环绕,形势阻险。

〔8〕帷帟(yì 义):帷幄,军中帐幕。　谋选:谋臣皆为精选者。

〔9〕北拒:指吴将周瑜破曹军于赤壁。　骖镳(cān biāo 餐标):比喻军队。

骖,辕马边的马。镳,马嚼子。

〔10〕西氛:指吴将陆逊败刘备于猇亭。氛,通"戡",平定。 组练:组甲被练,指将士的战服。此喻精锐的军队。

〔11〕俯仰:喻时间短促。 流:转动。 英盻:敏锐的眼光。盻,眼球黑白分明,此喻眼光。这句说孙吴欲图中原,希求霸业。

〔12〕裘冕:古时帝王祭天时所穿戴的礼服礼帽。 类:祭天,祭祀。 禋(yīn 因)郊:祭祀天地。禋,置牺牲玉帛于柴上,烧柴起烟,以告天地。郊,于郊外祭天地。

〔13〕卜揆(kuí 葵):卜占吉凶测度日影。古代帝王建都必卜择地,筑宫室必测度日影以正方位。 崇:建筑。 离殿:离宫别殿。以上两句言孙吴奠都武昌之事。其后复迁建邺,故言此为离殿。

〔14〕钓台:台名。在武昌。李善注引《吴志》:"孙权于武昌临钓台饮酒,大欢。" 讲阅:讲武阅兵。

〔15〕樊山:山名。在武昌。李善注引《水经》:"武昌郡治城南有袁山,即樊山也。北背大江,江上有钓台。" 广宴:盛大的宴乐。

〔16〕文物:指礼乐制度。 葳蕤(wēi ruí 威绥):原为草木茂盛,此喻繁荣昌盛。

〔17〕声明:教化文明。 葱茜(qiàn 欠):意与"葳蕤"同。

〔18〕三光:指日月星。此指天意。 分景:分射光辉。景,光。

〔19〕书轨:文字车轨。指人事。 同荐:统一呈献。

〔20〕参差:形容时序运行不停。 世祀:世代,指孙吴帝位。 忽:倏忽而去。

〔21〕寂漠:空虚。 市朝:市集与官府。指争名夺利之所。

〔22〕余基:残剩的建筑基址。

〔23〕歌梁:歌声缭绕的梁栋。指歌楼。古有女歌手韩娥,东游齐国,卖歌求食,既去余音绕梁,三日不绝。(《列子·汤问》)此用其事。 遗转:余响。转,五臣作"啭",指声音。

〔24〕故林:旧日的园林。

〔25〕荒池:荒废的池水。

〔26〕雄图:指孙吴统一天下的谋划。 怅:失意的样子。

〔27〕茂宰:贤能的府宰。指武昌太守伏曼容。 遐眷(juàn 卷):深远的

怀念。

〔28〕幽客：幽居的人。谢朓自称。 滞：留。 江皋（gāo 高）：江岸。皋，岸。

〔29〕从赏：跟随游赏。 乖：离开。 缨弁（biàn 便）：指士大夫，官绅。缨，帽带；弁，皮革制的帽子。皆士大夫所用。

〔30〕清卮：清酒。卮，酒器，此代酒。 献酬：敬酒相劝。

〔31〕良书：指先王之书。

〔32〕幸籍：有幸凭借。 芳音：指伏曼容登孙权故城之诗。 多：多有，多产。此指伏曼容诗作多丰，有赞许意味。

〔33〕风：风雅。指伏曼容的风范品德。 采：摘取。此有赞赏意味。 余绚（xuàn 渲）：富有文采。绚，绚丽，有文采。

〔34〕于役：行役。在外服兵役或劳役。此指谢朓在宣城太守任。

〔35〕鄂渚：武昌地名。 游衍：游乐。

今译

　　汉帝失落高祖传剑玺，曹魏代汉惊动群雄战。圣王不现中国无主宰，诸侯争霸起事遍郡县。似鹊奋飞武昌起吴山，如凤翱翔建邺立楚甸。山环水绕地势极险阻，朝中谋臣贤能皆妙选。北抗曹魏魏军全覆没，西胜刘蜀蜀卒尽生擒。江海无波边境得宁静，俯仰之间目光注中原。衣冠庄严郊外祭上天，占卜吉凶建起离宫殿。钓台畅饮讲武且阅兵，樊山盛宴大会文武臣。礼乐制度完备而振兴，教化文明繁荣达边远。日月星辰已厌分光辉，文字车轨统一人心愿。时序推移孙吴忽消亡，市朝空虚名利化为烟。舞馆坍塌仅见碎砖瓦，歌楼残破似闻留余音。旧日园林树木枯朽平，荒芜池塘秋草长成片。吴王雄图凄惨已如此，贤明太守登城感慨深。幽居隐士滞留江水边，游赏述怀不在官宦间。清酒满杯路遥难进献，先王经典地隔怎共览。幸得佳诗情真意境新，领受德风赞赏美声韵。远地服役倘有相会期，即赴鄂渚与君共游宴。

（陈复兴译注并修订）

和王著作八公山诗

◎ 一首五言　　　　　　　　　谢玄晖

题解

　　南齐高宗辅政,谢朓在朝中官职多所调迁,所事不过文笔诏诰之类。除秘书丞而未拜,又由中书郎,出为宣城太守。本诗当作于此时。

　　王融,谢朓同代人,字元长,善诗文,累官中书郎。融有八公山诗于前,朓和之于后。八公山,在今安徽省,淝水之北,淮水之南。东晋孝武帝太元八年(383),前秦苻坚率大军侵扰。谢安、谢玄叔侄,于此山布阵,精兵奇计,大破苻坚。朓为安嫡裔。本诗意旨在于缅怀先祖,感慨身世,发抒命不逢时之叹。

　　全诗以写景、述古、伤今三层结构而成。写景以直感描写八公山莽然于世,雄奇博大的形象。其谷深而莫测,其峰高而难辨,烘托出当年令苻坚草木皆兵,风声鹤唳,心胆顿寒的气势。"高山仰止,景行行止"。高山的形象正是先祖品格功业的暗喻,诗人景仰之情的物化。述古颂扬二谢为东晋排难解忧,安定社稷的智德勋业。伤今则不满于求通不得有志无时的遭遇,表告老归田的心志。

　　第一、二层互为表里,彼此渗透。第二、三层则两相对照,以古衬今。

原文

　　二别阻汉坻[1],双崤望河澳[2]。兹岭复嶙峋[3],分区奠淮服[4]。东限琅玡台[5]，西距孟诸陆[6]。仟眠起杂树[7]，檀栾荫脩竹[8]。日隐涧凝空[9]，云聚岫如复[10]。出没眺楼雉[11]，远近送春目[12]。戎州昔乱华[13]，素景沦伊毂[14]。阽危赖宗衮[15]，微管寄明牧[16]。长蛇固能翦[17]，奔鲸自此曝[18]。道峻芳尘流[19]，业遥年运倏[20]。平生仰令图[21]，吁嗟命不淑[22]。浩荡别亲知[23]，连翩戒征轴[24]。再远馆娃宫[25]，两去河阳谷[26]。风烟四时犯[27]，霜雨朝夜沐[28]。春秀良已凋[29]，秋场庶能筑[30]。

注释

〔1〕二别：指大别山小别山。大别在今湖北汉阳县东北。小别在湖北汉川县东南汉水滨。 坻(chí 池)：水中的沙洲或陆地。

〔2〕双崤(xiáo 淆)：指崤山，在今河南与陕西之间。崤有南北二陵，故谓双崤。 河澳：河边深曲之处。

〔3〕兹岭：指八公山。 巑岏(cuán wán 攒玩)：山峰陡峭。

〔4〕分区：即分野。古天文学说，把十二星辰与地上的州、国在位置上对应。就天文说，称分星；就地理说，称分野。 奠：安定。 淮服：指淮水以南地区，今属安徽省。服，指王畿以外的地方。这句说八公山是安定古淮南郡的主山。

〔5〕限：界限。 琅玡台：琅玡山，在山东诸城县，秦始皇于上建台。

〔6〕距：至。 孟诸陆：孟诸泽，故地在今河南商丘东北。陆，指泽中之山。

〔7〕仟眠：暗昧不明的样子。

〔8〕檀栾：形容竹子枝叶秀美。

〔9〕隐：隐没。 涧：山谷间的流水。此指山谷溪水的蒸气。

〔10〕岫：峰峦。 复：夹衣。此比喻云彩重叠的样子。

〔11〕楼雉：指城墙。楼，城上的望楼；雉，计算城墙面积的单位。

〔12〕春目：赏春的目光。

〔13〕戎州：春秋戎人己氏聚居的州邑。李善注引《左传》："卫侯登城以望，见戎州。公曰：'我姬姓也，何戎之有焉？'"此指古代西部少数民族所居之地。代南北朝

前秦君主苻坚。苻坚为北方十六国中最强者,有代晋统一宇内之志。晋太元五年,于淝水之战中败于晋谢玄,随从者皆叛,后被杀。 华:华夏。

〔14〕素景:秋光。古代五行说,以金配秋,秋色白,故曰素。晋,以金德王,故以素景代晋。 沦:沉没。 伊榖:二水名。伊水,出河南卢氏县;榖水,出河南渑池县。这两句的意思,上句说苻秦占据北方,威逼中原,下句说晋帝离洛,渡江南迁。

〔15〕阽(diàn 殿):临近。 宗衮(gǔn 滚):祖先在三公之位者。衮,古代帝王和三公(最高的官职)所著礼服。此指谢安。安,东晋为尚书仆射、中书监。苻坚兵逼淮淝。安为征讨大都督,指授将帅,大破苻秦。诗人为其嫡裔,故谓宗衮。

〔16〕微管:《论语·宪问》"微管仲,吾其被发左衽矣"一句的简化。意思是,无谢安、谢玄晋则难存,犹齐之无管仲国将不治一样。 明牧:贤明的牧守。此指谢玄。玄,安族侄,以安举荐,为东晋建武将军,兖州刺史、监江北诸军事,曾率八千精锐,大破苻坚于淝水。

〔17〕长蛇:比喻凶残害人者。此指前秦将苻融,随苻坚侵犯东晋,被谢玄所杀。 翦:斩断,消灭。

〔18〕奔鲸:比喻苻坚。淝水之战中,坚为晋军射伤。 曝:晒。

〔19〕道峻:道德高尚。 芳尘:美名。

〔20〕业遥:功业不朽。 遥:久远。 倏(shū 书):疾速。

〔21〕令图:美好的谋略。此指谢安、谢玄于八公山破苻坚事。

〔22〕淑:善。

〔23〕浩荡:形容心情激动不已。

〔24〕连翩:飞鸟翅膀振动的样子。此喻车马驰行的样子。 征轴:远行的车驾。这两句是说诗人赴宣城太守任的情景。

〔25〕再:两次。 馆娃宫:春秋吴宫殿名。吴王夫差所筑,以藏西施。

〔26〕去:离去。 河阳谷:即河阳金谷。指晋豪族石崇的别墅金谷园。河阳谷与馆娃宫皆指富贵安乐之所。以上两句应"浩荡"句,述四处行役,无所安宁。

〔27〕风烟:风雨烟尘。 犯:冒。

〔28〕沐:沐浴,沾湿。以上两句应"连翩"句,述四时奔波,历尽艰辛。

〔29〕春秀:春花。喻少壮之时。

〔30〕秋场:秋日的场圃。以上两句说少壮蹉跎,将欲告老归田。

今译

大别小别险阻汉水滨,崤山二陵可望黄河湾。八公山岭高峻又奇险,分野之中此山镇淮南。东方界限连接琅玡台,西向通达孟诸大泽边。阴森晦暗杂树莽然立,枝繁叶茂修竹散浓荫。日光隐没空谷凝蒸气,云雾笼罩峰峦披衣衫。眺望城楼忽出又忽没,目力尽送春色远似近。苻秦昔日侵犯中华地,晋帝南迁日落伊毂间。国难当头全赖我先祖,管仲之功仰仗将军贤。长蛇巨毒原本能翦除,奔鲸鼓浪从此曝沙滩。道术高妙声名传千古,功业久长人寿非无限。平生景仰先祖智谋奇,长叹我辈命运不良善。百感交集告别亲与友,远行车马似鸟飞翩翩。一再远别帝都馆娃宫,两番离去河阳金谷园。四时风烟难顾寒与暑,晨霜夜雨饱尝行路难。少壮年华已如春花谢,秋场筑好告老愿归田。

(陈复兴译注并修订)

和徐都曹诗一首 五言

谢玄晖

题解

　　徐都曹，即徐勉，谢朓同时代人，曾为南齐领军长史。入梁累官吏部尚书。新渚，指新亭渚。南朝士大夫，每至暇日，皆相约于新亭宴饮。本诗谢朓集题为《和徐都曹昧旦出新渚》，当是诗人与徐勉春日同游新亭所作。

　　这里诗人描绘一幅游春图，创造一个色彩、光影与律动相交织的世界。青郊苍江泛出色彩，桃李成蹊，显示花在开，桑榆荫道，显示叶正茂，自是色彩。日华照耀，涟漪粼粼，光影跳动。熏风轻拂，草际生辉。绿意闪闪，光影飘浮。色彩与光影皆统一于一种律动之中。两相映衬，互为生发，而彼此融合。这一切，是在车马行进之中，视线推移之下展现的，有层次，有节奏，由远及近，由大至小。意念上总是在动。

原文

　　宛洛佳遨游[1]，春色满皇州[2]。结轸青郊路[3]，迥瞰苍江流[4]。日华川上动[5]，风光草际浮[6]。桃李成蹊径[7]，桑榆阴道周[8]。东都已俶载[9]，言归望绿畴[10]。

注释

　　〔1〕宛洛：地名。宛，南阳；洛，洛阳。今皆属河南省。此指南齐都城建康。
　　〔2〕皇州：帝都。

〔3〕结轸:车马相从。轸,车后横木,借指车。　青郊:草木青葱的郊野。

〔4〕迥瞩:远眺。　苍江:水色深青的长江。

〔5〕日华:阳光。

〔6〕风光:雨后日出,风吹草动的闪光。

〔7〕蹊径:路径。

〔8〕道周:大道的弯曲处,借指道路两旁。

〔9〕东都:即都东。一说指宛洛。(张玉毂《古诗赏析》)　俶(chù 处):开始。　载:农事。

〔10〕言:语助词。　归:告归,归田。　绿畴:绿色的田园。

今译

　南阳洛阳美景好遨游,春色宜人充满帝王都。车马驰上葱翠郊野路,远眺长江青青水东流。太阳照耀水波粼粼动,风吹草地光色闪闪浮。桃李花开林中有小径,桑榆叶茂荫凉覆大道。京城东郊正是耕种忙,我愿归田饱赏有绿洲。

(陈复兴译注并修订)

和王主簿怨情一首 五言 谢玄晖

题解

这是一篇怨情诗。

自三百篇、汉乐府开端，怨情主题即在诗歌中占有重要位置，至齐梁则益盛。思妇怨女，或宠而遭谗，或生而别离，或情恋而难达，或思归而未得。诗人以其全知全能之笔，借琐物细景，写其境达其情，幽深蕴藉，足资玩赏。这类诗不应以传统诗教说，牵强附会妄自解之，当是人性的早期觉醒与宣泄，足可珍惜。

本诗为怨情之佳作。先摆出四个嫔妃妻妾被妒遭弃的典型，显示从来品貌兼备者皆不免于悲怨的命运，作为全诗哀而不伤怨而不怒的主调。再以风花蝶燕的春景，反衬怨妇孤寂愁思的春情。数蝶双燕以衬人之形单影只。末以生平宿昔的尊荣娇宠对照而今的意懒心灰，设问设答，怨情益深。

原文

掖庭聘绝国[1]，长门失欢宴[2]。相逢咏蘼芜[3]，辞宠悲班扇[4]。花丛乱数蝶[5]，风帘入双燕[6]。徒使春带赊[7]，坐惜红妆变[8]。生平一顾重[9]，宿昔千金贱[10]。故人心尚尔[11]？故人心不见[12]。

注释

〔1〕掖庭：古时宫中后妃居所。此指王昭君住的地方。 绝国：遥远的国

家。此指匈奴。此句用王嫱事。嫱,字昭君。汉元帝宫人。宫人既多,乃使画工图像,按图召幸。昭君拒不赂画工,而被丑化,遂遭弃不得见。匈奴呼韩邪单于入朝,元帝以昭君赐之。昭君戎服乘马,提琵琶出塞,被封为宁胡阏氏。

〔2〕长门:汉宫名。陈皇后居所。此句用陈皇后事。陈皇后失宠于汉武帝,别在长门宫,使人奉黄金百斤,令司马相如为《长门赋》,以悟主上,后复得幸。

〔3〕糜芜:指古诗《上山采糜芜》。其中描写弃妇见故夫的怨诉。

〔4〕辞宠:失宠。 班扇:指班婕妤团扇诗。其中有"常恐秋节至,凉飙夺炎热。捐弃箧笥中,恩情中道绝"之句。婕妤为汉成帝宠姬,赵飞燕势盛,自求供养太后长信宫,作团扇诗,以团扇秋至捐弃箧笥自喻,以述哀怨。此句用其事。

〔5〕乱:翩翩乱飞。

〔6〕风帘:遮风的帘子。

〔7〕春带:妇女的衣带。 赊:松缓。

〔8〕红妆:指妇女的盛装。此指美艳的姿色。

〔9〕平生:平素。指青春年少之时。 顾:顾视。李善注引《列女传》:"楚成郑子瞀者,楚成王之夫人也。初,成王登台,子瞀不顾。王曰:'顾吾与女千金。'子瞀遂行不顾。"此句用其事,言怨妇平生所受娇宠,竟至一顾重千金。

〔10〕宿昔:往昔。 千金贱:即贱千金,以千金为贱。此句与上句互错以成文。生平、宿昔同义,一顾重、千金贱同义。以一顾为重,即以千金为贱。

〔11〕故人:指怨妇。 心:指往昔的娇宠之心。 尔:如此。指一顾重、千金贱。

〔12〕故人:所指与上句同。这两句是设问设答。意思是故人的荣宠之心还和生平宿昔一样吗?而今那种心已经不见,言外是只剩哀怨了。(以上皆用黄侃说,见《文选平点》)

今译

被庭昭君远嫁匈奴国,长门陈后不得陪君宴。手持糜芜弃妇遇故夫,班姬失宠悲情寄团扇。百花丛中粉蝶对翻飞,风帘微动春燕双呢喃。只有思妇衣带日松缓,闲坐痛悼红颜憔悴变。平生珍重难得一顾盼,往昔娇宠千金不稀罕。故人心志是否仍依旧?故人此心而今已不见。

(陈复兴译注并修订)

◎ 和谢宣城诗一首 五言　　　　沈休文

▧ 题解

　　谢朓,齐隆昌中转中书郎,出为宣城太守,故称谢宣城。与之同时,沈约除吏部郎,出为东阳太守。两人社会经历与当时遭际极为相近。故朓赴宣城,作《在郡卧病呈沈尚书》,倾诉自己的弃世之感与怀友之情,本诗即沈约对谢诗的酬答之作,表达与之相通的体验与情思。

　　开头四句以王乔、东方朔自况,表达身处朝廷心在山林的避世之志。次六句回忆齐初在京都为太子家令时特被亲遇的生活,以及与谢朓倾慕相知的情景。次四句表达外守东阳时对远在宣城的友人的赞许与怀念。次四句表达早年谬入仕途的悔恨与外守东阳的不满。结尾表达弃世归返之愿。

▧ 原文

　　王乔飞凫舄[1],东方金马门[2]。从宦非宦侣[3],避世不避喧[4]。揆余发皇鉴[5],短翮屡飞翻[6]。晨趋朝建礼[7],晚沐卧郊园[8]。宾至下尘榻[9],忧来命绿樽[10]。昔贤侔时雨[11],今守馥兰荪[12]。神交疲梦寐[13],路远隔思存[14]。牵拙谬东汜[15],浮惰及西昆[16]。顾循良菲薄[17],何以俪玙璠[18]。将随渤澥去[19],刷羽泛清源[20]。

▧ 注释

　　〔1〕王乔:东汉河东人。明帝时为叶令。有神术。每逢朔望之日,常自县

诣朝。帝怪其来数而不见车骑,密令太史伺察之。言其临至,则有双凫从东南飞来。于是侯凫至则张罗网捕之,但得一舄。原为所赐尚书官属之履。　凫舄 (fú xì 浮系):化为水鸟的鞋。凫,水鸟,即野鸭。舄,鞋。

〔2〕东方:东方朔,字曼倩。汉平原厌次人。汉武帝时,以公车上书,诏拜为郎。常以滑稽俳辞进谏。甚得武帝欢悦。时赐饭于前,饭已尽,怀余肉而去。衣尽污,数赐缣帛,担揭而去。曾云:"如朔等所谓避世于朝廷间者也,古之人乃避世于深山中。"时坐席中,酒酣,据地而歌曰:"陆沉(指隐居)于俗,避世金马门。宫中可以避世全身,何必深山之中蒿庐之下。"　金马门:西汉长安门名,因门前有铜马,故名。为宦者署门,东方朔曾待诏于此。以上两句以王乔、东方朔自喻,谓身在朝廷,心在避世。

〔3〕从宦:做官。　宦侣:官宦的同僚。

〔4〕避世:逃避世务。指隐居。　喧:喧嚣竞争之地。指朝廷。以上两句上谓王乔,下谓东方朔,意思说他们虽做官,但是并不与同僚为伍,不与争名逐利;他们隐居,但是却不入深山,而以朝廷全身。

〔5〕揆(kuí 奎):测度,考察。　皇:天子的明察。鉴,镜子,眼力。

〔6〕短翮:短小的翅膀,喻平庸之才。约自谦之词。　飞翻:以鸟飞喻被征用。以上两句意思说测度我的才能,显示出天子的明察卓见,我虽才能平庸也总能受到天子征用,而展翅翻飞。

〔7〕趋:小步快走,表示恭敬。　朝:朝见。　建礼:汉宫门名。李善注引《汉书典职》:"尚书郎昼夜更直于建礼门内。"

〔8〕沐:洗发,休息。　郊园:郊野的庄园。指沈约在建康东田的宅第。《宿东园》诗与《郊居赋》皆咏其事。

〔9〕尘榻:长久不用的床榻。指为敬慕的宾客准备的床。《后汉书·徐稚传》:"徐稚,字孺子,豫章南昌人也。家贫,常自耕稼,非其力不食。恭俭义让,所居服其德。屡辞公府不起。时陈蕃为太守,以礼请署功曹。稚不免之,既谒而退。蕃在郡不接宾客,唯稚来特设一榻,去则悬之。"

〔10〕绿樽:斟满酒浆的杯。绿,指酒;樽,酒杯。

〔11〕昔贤:往昔的贤达之士。此指王乔、东方朔。　侔:相等。　时雨:及时雨。此喻昔贤感化人滋润万物的品德。《孟子·尽心》:"君子之所以教者五:有如时雨化之者,有成德者,有达财者,有答问者,有私淑艾者。此五者,君子之所以教也。"

〔12〕今守:指谢朓。　馥(fù 富):香气,芳香。　兰荪:两种香草名。此喻

526

胀之品德。以上两句意思说昔时贤者的品德,有如时雨滋润万物,使人受到感化;今日宣城太守的品德,则有如兰荪一样芳香,令人敬慕。

〔13〕神交:灵魂交会。 梦寐:睡梦。

〔14〕思存:在思虑中存念。以上两句意思说两人相隔遥远,只能在梦中灵魂交会,在思虑中存念。时朓外守宣城,约则外守东阳。

〔15〕牵拙:牵率庸拙。牵,牵率,牵引,勉力而为;庸,庸拙,才能低下。自谦之辞。 谬:谬误。 东汜(sì四):指旸谷,日所出处。喻少壮之时。

〔16〕浮惰:浮名惰懈。对轻浮的名禄已感情懈,意懒心灰。 及:至。 西昆:指崦嵫山,日所没处。喻衰老之年。以上两句意思说少壮之时步入仕途,资质庸拙,勉力而为,就是人生谬误;到了晚年,对于浮名俗利已惰懈无为,意懒心灰了。上句当指为宋蔡兴宗引荐及入齐事文惠太子事,下句当指为东阳太守事。

〔17〕顾循:回顾反省。 菲薄:轻薄。

〔18〕俪:对偶,比并。 玙璠(yú fán于繁):两种美玉名。喻才智高洁的人。此为反语。以上两句意思说自我省察,个人才智确实浅薄,怎么能同朝中那些智巧势利者相比呢?于自谦中含有讥讽当朝得势者之意。

〔19〕渤澥(xiè谢):即东海。此指游于东海的水鸟。扬雄《解嘲》:"当途者升青云,失路者委沟渠,且握权则为卿相,夕失势则为匹夫。譬若江湖之崖渤澥之岛,乘雁集不为之多,双凫飞不为之少。"

〔20〕刷:梳理。 泛:泛游。 清源:清澈的水源。以上两句意思说我愿追随游于渤澥的水鸟飘然离去,梳理羽毛泛游于东海的清波,过弃世隐居的生活。

今译

王乔入朝伴随双飞鸟,东方朔曾待诏金马门。为官非与同僚争利禄,避世全身不离朝廷间。天子观我慧眼似明镜,羽翼虽短屡屡得飞翻。清晨急步朝拜建礼门,傍晚归来安卧郊东园。贵宾莅临放下悬床榻,忧伤袭来举杯酒自斟。昔时贤者德行如时雨,今日太守品格香草芬。神魂交会常见睡梦中,路远相隔思虑在心田。政事庸拙少壮既谬误,浮名俗利晚年看淡然。反省自我才智实浅薄,怎与当朝权势相比攀。将随东海凫鸟飘飞去,梳理双翅远游泛波澜。

(陈复兴译注并修订)

应王中丞思远
咏月一首 五言

沈休文

题解

本篇为和王思远咏月之作。

王思远，南齐琅玡临沂人。太祖建元初为长沙王后军主簿，深受文惠太子和竟陵王子良赏遇。后官司徒谘议参军领录事，转黄门侍郎。高宗辅政，迁御史中丞。故谓王中丞。思远少无仕心，为人清正诚信；为官秉公忘私，刚直不阿。

前两句解题。三、四句写光影入户穿隙，由大而小，方圆相对。五、六句写月下之人，思妇悲切与才士赏游，哀乐相对。七、八句写月下之物，朱缀之映与绿苔之照，朱绿相对。后两句收结全篇。

全诗描绘月夜光影的变化与人的感受，而光影的变化与对光影的感受则事义相反，并以形状、感觉、色彩形成的对句出之。其手法，颇与捕捉描摹外界自然光影瞬间变化的印象派绘画艺术酷似。

原文

月华临静夜[1]，夜静灭氛埃[2]。方辉竟户入[3]，圆影隙中来[4]。高楼切思妇[5]，西园游上才[6]。网轩映珠缀[7]，应门照绿苔[8]。洞房殊未晓[9]，清光信悠哉[10]。

注释

〔1〕月华：月光。

〔2〕氛埃:尘埃。

〔3〕方辉:指月亮的光辉。因从户入,故谓方。

〔4〕圆影:指月影。李周翰注:"隙穴圆,故影亦圆也。" 隙:墙壁的缝隙。此指墙上的圆洞。

〔5〕切:急切。 思妇:怀念丈夫远行的妇人。

〔6〕西园:园名。指曹魏邺都的西园,文帝曹丕每以月夜集文人才士宴游其中。 上才:杰出的才士。

〔7〕网轩:即网户,以丝网笼罩的窗户。李善注引《楚辞·招魂》:"网户朱缀,刻方连。"王夫之注:"网户,户上承檐,以铜丝纽网御燕雀。缀,户楣上板。刻方连者,雕缀作四方相连,如今乤字。"(《楚辞通释》卷九) 珠缀:指轩窗上朱木的雕饰。李善注:"下云绿苔,此当为朱缀。今并为珠,疑传写之误。"

〔8〕应门:门名,王宫的正门。此泛指。以上两句写月光之影,月上网轩则影映朱缀,月上应门则影照绿苔。

〔9〕洞房:深邃的内室。 殊:很。

〔10〕悠:悠远。

今译

月亮照临那静静夜景,深夜清静澄彻无尘埃。银辉入方户洒满屋宇,光影从圆隙中爬进来。高楼离妇相思悲益切,西园俊才游乐正开怀。丝网轩窗回映朱饰闪,应门常闭照耀见绿苔。深深内室破晓时尚远,冷月清光悠然泛银白。

(陈复兴译注并修订)

冬节后至丞相第诣世子车中作一首五言

沈休文

昭明文选 译注

题解

本诗作于齐永明十年（492）。沈约于其年冬节后，往豫章王府问候世子萧子廉，有感于世态炎凉而发。

冬节，即冬至日。古俗，冬节至，王侯贵宦皆出门，互致问候。丞相，指南齐豫章王萧嶷，高帝次子，性泛爱，不贪聚，为政宽厚。死时追赠丞相扬州牧。世子，诸侯长子，此指豫章王长子萧子廉。

题目概述全诗背景与主旨，冬节可见世态炎凉之时，丞相第以示世态炎凉之地，诣世子而非谒豫章王，人事改易，冷暖必变。

前四句写赵将廉颇权势得失，门客聚散的故事，为豫章王死后做衬。次四句写豫章王府凄凉寂寞之景，显示世态炎凉之变。后两句则由府第的荒落而联想到茔墓的孤寂，感慨于世俗的势利薄情。

原文

廉公失权势[1]，门馆有虚盈[2]。贵贱犹如此[3]，况乃曲池平[4]。高车尘未灭[5]，珠履故余声[6]。宾阶绿钱满[7]，客位紫苔生[8]。谁当九原上[9]，郁郁望佳城[10]。

注释

〔1〕廉公：指战国时赵将廉颇。赵惠文王时颇率师破齐，拜为上卿。后赵中秦反间计，以赵括代廉颇，颇失势。赵孝成王时又任用廉颇，领兵大破燕军，

封信平君,任相国,复得势。

〔2〕门馆:门庭馆舍。　虚盈:虚空盈满,形容世态炎凉。廉颇失权,宾客尽去,门馆虚空;廉颇复得势,宾客又来,门馆盈满。

〔3〕贵贱:指有权与失势。

〔4〕曲池:指游乐之地。李善注引桓子《新论》:"雍门周说孟尝君曰:'千秋万岁后,高台既已倾,曲池又以平。'"　以上两句意思说人生于世,以贵贱之变而有世态冷暖之不同,何况人亡物去之后,更无人理睬了。

〔5〕高车:车盖高而可立乘之车。权势者所用。此代齐豫章王嶷。

〔6〕珠履:饰珠之履。《史记·春申君传》:"春申君客三千余人,其上客皆蹑珠履以见赵使,赵使大惭。"此代宾客。以上两句意思说豫章王高车荡起的尘埃犹然在眼,宾客珠履踏起的余声依旧在耳,亡故与走散时间未久。

〔7〕宾阶:即西阶。古时主人迎接宾客,宾自西阶上。　绿钱:苔藓的别称。

〔8〕客位:宾客居处之所。

〔9〕当:应当。九原:指晋卿大夫之墓地。李善注引《礼记》:"赵文子曰:'以从先大夫于九原。'"郑玄注:"晋卿大夫之墓地在九原。"此泛指墓地。

〔10〕郁郁:松柏繁茂的样子。　佳城:指墓地。张华《博物志·异闻》:"汉滕公(夏侯婴)薨,求葬东都门外,公卿送丧,驷马不行,踏地悲鸣。跑蹄下地,得石有铭,曰:'佳城郁郁,三千年,见白日,吁嗟滕公居此室!'遂葬之。"此指豫章王墓。

今译

赵将廉颇得权又失势,车马盈门即变客馆空。由贵而贱生时犹如此,何况人没曲池也凄清。高车驰去尘埃尚未静,珠履踏过依旧有余声。西阶不行绿藓已长满,客舍无宾青苔正滋生。谁当往吊公卿九原上,拜望松柏苍翠王墓茔。

(陈复兴译注并修订)

◎ 直学省愁卧一首 五言　　沈休文

▌◆ 题解

　　本诗作于齐明帝建武初(494)。时沈约曾进号辅国将军,征为五兵尚书,又迁为国子祭酒。学省,即国子监,古时国家最高学府。全诗抒发当值学省时的失意之感。

　　前四句描写秋风萧瑟勾人愁思的时令。次四句描写学省之中荒凉寂寞的景象。后四句表达隐逸江海解脱这种无所作为处境的心志。

▌◆ 原文

　　秋风吹广陌[1],萧瑟入南闱[2]。愁人掩轩卧[3],高窗时动扉[4]。虚馆清阴满[5],神宇暧微微[6]。网虫垂户织[7],夕鸟傍檐飞[8]。缨佩空为忝[9],江海事多违[10]。山中有桂树[11],岁暮可言归[12]。

▌◆ 注释

〔1〕广陌:广路。

〔2〕萧瑟:秋风声。　南闱(wéi 围):南门。

〔3〕掩:闭。　轩:门。

〔4〕扉:指窗扉。

〔5〕虚馆:空虚的学馆。馆,指诸生读书之所。

〔6〕神宇:供奉先师的屋宇。　暧:暗昧的样子。　微微:形容暗昧的样子。

〔7〕网虫:蜘蛛。

〔8〕夕鸟:晚归的鸟。

〔9〕缨佩:冠缨和玉佩,衣帽上的饰物。指做官。　忝(tiǎn):愧。

〔10〕江海:指隐逸之地。　违:乖异。以上两句意思说虽身有官职,却不得施展自己的才志,为空无所为而惭愧;人在学省,虽说闲静,又与隐逸生活不同。

〔11〕桂树:桂花树。比喻清高坚贞的品格。李善注此句说:"即攀桂枝而聊淹留也。"

〔12〕岁暮:暮年。　归:归隐。

今译

　　秋风从宽广大路吹来,萧萧作响直入南门庭。忧愁之人闭门而闲卧,高高窗棂时时在摇动。虚空学馆里凄清阴凉,供先师屋宇暗淡宁静。蜘蛛结网垂丝于户前,鸟雀归巢翻飞绕檐旁。虽有冠缨玉佩心惭愧,更与隐居江海两不同。山中原有芳美桂花树,暮年归去攀桂得真情。

(陈复兴译注并修订)

咏湖中雁一首五言

沈休文

题解

这首是咏物诗。

写湖中群雁,有啄食者,肃立者,群浮者,独泛者,高飞者,惊起者。参差错落,情态各异,毫无重复,宛然一幅群雁戏水图。

原文

白水满春塘[1],旅雁每回翔[2]。唼流牵弱藻[3],敛翮带余霜[4]。群浮动轻浪,单泛逐孤光[5]。悬飞竟不下[6],乱起未成行[7]。刷羽同摇漾[8],一举还故乡。

注释

〔1〕春塘:春天的池塘。

〔2〕旅雁:群雁。一说雁为候鸟,秋去春来,如做客,故曰旅。

〔3〕唼(shà 煞):水鸟入水而食的样子。 弱藻:弱嫩的水草。

〔4〕敛:收敛。 翮:鸟的羽茎,指鸟的翅膀。吕向注此句说:"雁不巢而宿,故带霜也。"

〔5〕逐:追逐。 孤光:远远荡起的波光。孤,远;光,指阳光照耀下的水波。

〔6〕悬飞:高飞。

〔7〕乱起:惊起。

〔8〕刷羽:梳理羽毛。刷,理。 摇漾:飞的样子。

今译

　　白水涨满春日池塘里,群雁回绕在湖上翱翔。啄食中流口牵绿藻嫩,敛翅肃立背带夜余霜。成群飘浮细浪轻荡漾,单个泛游掀起远波光。高天飞翔犹疑不下落,湖面乱起乍惊未成行。梳理羽翼一同翩翩飞,直上云端毅然还故乡。

(陈复兴译注并修订)

三月三日率尔
◎ 成篇一首 五言

沈休文

▓▓ 题解

　　古俗农历三月上巳日，人们聚集水边，以香薰草药沐浴，祓除一年凶灾不祥。魏晋则定为三月三日，衍为贵族显宦水边宴饮、郊野春游一类活动。

　　这首诗描写这一天齐梁贵族游乐无节奢侈无度的生活。诗人见此，感慨于心，率尔成篇。是即兴之作，也是纪实之作。

　　前四句解题，略写江左三月的春景。次十句正写京城贵家显宦游乐宴饮的情景。复六句插写采桑村女的单纯痴情，侧面衬托豪门浪子的放荡轻薄，无德无行。后两句是诗人主体直接对采桑女的劝慰，也是对轻薄儿的谴责。

　　全诗主旨在讽刺时俗。写阳春美景，着笔有节，以突出人事。叙人事，则于贵宦宴游之中，硬接以桑女痴情，波澜起伏，意趣横生，显出诗人构思之妙。

▓▓ 原文

　　丽日属元巳[1]，年芳俱在斯[2]。开花已匝树[3]，流嘤复满枝[4]。洛阳繁华子[5]，长安轻薄儿[6]。东出千金堰[7]，西临雁鹜陂[8]。游丝映空转[9]，高杨拂地垂[10]。绿帻文照耀[11]，紫燕光陆离[12]。清晨戏伊水[13]，薄暮宿兰池[14]。象筵鸣宝瑟[15]，金瓶泛羽卮[16]。宁忆春蚕起[17]，日暮桑欲萎[18]。长袂屡以拂[19]，雕胡方自炊[20]。爱而不可见，宿昔减容仪[21]。且当忘情去，叹息独何为[22]。

注释

〔1〕丽日：美好的日子。　元巳：即上巳，原指农历第一个巳日。此专指三月初三，行祓禊之日。

〔2〕年芳：一年中吉祥佳美之景。　斯：此，指元巳日。

〔3〕匝(zā)：周，遍。

〔4〕流嘤(yīng 英)：流转的鸟鸣声。此指鸟雀。

〔5〕洛阳：东汉都城。此指南朝建康，宋齐梁陈之都城。　繁华子：正当盛年色如春华之人。

〔6〕长安：西汉都城。代指南朝建康。　轻薄儿：轻浮放荡品质恶劣的人。

〔7〕千金堰：堤名。李善注引杨佺期《洛阳记》："千金堰在洛阳城西，去城三十五里，堰上有穀水坞。"此指三日自曲水流觞以行祓禊之所。

〔8〕雁鹜陂(bēi 碑)：水池名，在长安西。李善注引《汉宫殿疏》："长安有雁鹜陂，承昆明（大池名）下流也。"此所指与千金堰同。

〔9〕游丝：指飘动的柳丝，与下句"高杨"相对。

〔10〕高杨：高耸的杨树。

〔11〕绿帻(zé 责)：指轻薄儿的冠服。帻，头巾。　文：此指绿帻上的纹饰。

〔12〕紫燕：骏马名。　陆离：金玉光彩斑斓的样子。此形容骏马鞍辔的装饰。

〔13〕伊水：水名。流经洛阳。

〔14〕兰池：汉宫名，在渭南。

〔15〕象筵：以象牙所制之席。　宝瑟：珍贵的琴瑟。瑟，弦乐器之一。

〔16〕金瓶：盛酒器。　羽卮(zhī 知)：羽觞，酒器。羽，指酒器上鸟羽状的纹饰。

〔17〕宁：岂。　起：此指蚕起欲食。

〔18〕萎：草木枯萎。以上两句意思说丽日年芳之间，妇女耽溺游玩，怎能想得起春蚕欲食桑叶将枯之事呢？

〔19〕长袂(mèi 妹)：长袖。　拂：拂面。《楚辞·大招》："长袂拂面，善留

客只。"

〔20〕雕胡:草名。其实味香,即菰米。李善注引宋玉《讽赋》:"主人之女,为臣炊雕胡之饭,露葵之羹,来劝臣食。" 方:且。以上两句长袖屡拂,表留客之义,雕胡自炊,达殷勤之情,意思说春游妇女对京城轻薄儿怀天真痴想,情真意切。

〔21〕宿昔:往昔,往日。 容仪:容貌仪态。以上两句意思说春游妇女对轻薄儿心存爱慕之情,别后不能与之复见,而昔时的相思之苦则使其仪容日益憔悴。

〔22〕独:独自,暗自。以上两句是诗人慰勉痴情女子的话,意思说繁华子或轻薄儿无德行背信义,既不可见,就应忘掉这份情义,为什么还要暗自叹息而愁苦呢?

今译

良辰吉日当属三月三,一年美景皆在此一时。春花艳艳开满郊野树,莺燕声声鸣遍南北枝。东都洛阳贵族阔少爷,西都长安豪门浪荡子。东往千金堰上游春乐,西临雁鹜陂水行禊事。柳丝掩映晴空轻飘转,高杨凉荫拂地影垂直。人戴绿冠文采色照耀,马名紫燕金玉光朱赤。清晨嬉戏来往伊水畔,薄暮宴饮欲醉宿兰池。象牙筵席奏鸣琴瑟美,金瓶羽杯酒香满屋室。女子春游岂忆春蚕起,日暮桑叶枯萎蚕不食。长袖拂面屡示留宾客,菰米做饭美人亲手试。心怀欢爱远离不可见,往昔愁思减损美容姿。且当忘却恋情诀别去,为何暗自叹息作情痴。

(陈复兴译注并修订)

拟古诗十二首

陆士衡

拟行行重行行

题解

所谓古诗,是指魏晋以前无名氏的作品,即《文选》所载的《古诗十九首》。陆机《拟古诗十二首》,主要模拟对象就是这些古诗。

据姜亮夫先生推断,《拟古诗十二首》是陆机入洛之前的作品,即二十九岁之前的习作。他在《陆平原年谱》中说:"《拟行行重行行》、《拟今日良宴会》、《拟迢迢牵牛星》、《拟涉江采芙蓉》、《拟青青河畔草》、《拟明月何皎皎》、《拟兰若生朝阳》、《拟青青陵上柏》、《拟东城一何高》、《拟西北有高楼》、《拟庭中有奇树》、《拟明月皎夜光》,皆五言。审其文义,皆就题发挥,绅绎古义,盖模拟实习之作,且辞义质直,情旨平弱,即有哀感,哀而不伤,不类壮岁以后饱经人事之作,疑入洛前构也。"

《拟行行重行行》,为十二首中的第一首。文义乃从《行行重行行》中绅绎而出,是一首思妇词。诗的主人公是思妇,思念对象是游子。开头六句,写游子远行,不见音容笑貌,思妇忧深。接下去六句,写游子人不归,信不来,以"王鲔怀河岫,晨风思北林"作比,对游子不归略带哀怨,其思念之情较头六句更深一层。最后六句,似强作宽解之语。既然伫立久想,想得衣带渐宽人憔悴,都无济于事,只好忘却,抚琴以自安。

原文

悠悠行迈远[1],戚戚忧思深[2]。此思亦何思[3],思君徽与音。音徽日夜离[4],缅邈若飞沉[5]。王鲔怀何岫[6],晨风思北林[7]。游子眇天末[8],还期不可寻[9]。惊飙褰反信[10],归云难寄音。伫立想万里[11],沈忧萃我心[12]。揽衣有余带,循形不盈衿[13]。去去遗情累[14],安处抚清琴[15]。

注释

〔1〕悠悠:遥远的样子。 行迈:行走。迈,行。

〔2〕戚戚:忧愁的样子。 忧思:忧愁的思绪。

〔3〕何思:思何。

〔4〕音徽:善言与美德。徽,美。

〔5〕缅邈(miǎn miǎo 免秒):遥远的样子。 飞沉:犹言飞于空中之鸟和沉于水中之鱼。此指相距遥远,音信阻绝。

〔6〕王鲔(wěi 委):鱼名。 河岫(xiù 袖):河中白岩穴。山有穴曰岫。此指河川。

〔7〕晨风:鸟名。属鹰鹞类猛禽。《诗经·晨风》:"鴥彼晨风,郁彼北林。"

〔8〕游子:离家远游的人。 眇(miǎo 秒):通"渺",辽远。 天末:天边。

〔9〕还期:归期。

〔10〕惊飙(biāo 标):惊风,疾风。 褰(qiān 千):祛,绝。 反信:回音。反,同"返"。

〔11〕伫立:久立。

〔12〕沈忧:深忧。沈,深。 萃:聚。

〔13〕揽衣、循形二句:腰带长,衣襟宽,言因思君而消瘦。

〔14〕去去:排除。重言以表忘忧之志。 遗:忘却。 情累:感情上的牵挂。

〔15〕安处:安居。 抚:弹。

今译

　　游子越行越遥远，思妇愁绪无限深。愁绪深深何所思，思君美德与佳音。音容风范日夜离，相距遥远如飞沉。王鲔怀念河中穴，晨风思恋北国林。游子辽远在天边，归期何时难追寻。疾风吹来无归信，白云飘去难传音。久立浮想千万里，种种愁思聚我心。束腰衣带渐渐长，体瘦衣肥不合身。排除忧思释牵挂，只好安居自操琴。

拟今日良宴会

题解

　　《古诗十九首》的《今日良宴会》共十四句，拟诗共十六句，虽多两句，但内容含量并未增加，不如原诗写得精粹。前八句写宴乐。重点在音乐，不在饮酒。写音乐不似原诗直陈，而是用典。后八句写朋友们在宴会上的"高谈"。拟诗的"高谈"与原诗的"高言"内容相同。都是说人生短促，富贵欢乐自当"亟亟求之"，不能安贫乐道。既晓知"为乐常苦晏"，就要如司晨之鸟，"扬声当及旦"。"扬声"是求富贵，求欢乐。

原文

　　闲夜命欢友[1]，置酒迎风馆[2]。齐僮梁甫吟[3]，秦娥张女弹[4]。哀音绕栋宇[5]，遗响入云汉[6]。四座咸同志[7]，羽觞不可筭[8]。高谈一何绮[9]？蔚若朝霞烂[10]。人生无几何[11]，为乐常苦晏[12]。譬彼伺晨鸟[13]，扬声当及旦[14]。曷为恒忧苦[15]，守此贫与贱？

注释

〔1〕闲夜:清静的夜晚。傅毅《舞赋》:"夫何皎皎之闲夜兮。" 欢友:亲密的朋友。

〔2〕迎风馆:馆名。汉武帝元封二年造。

〔3〕齐僮:古之善歌者。 梁甫吟:乐府曲名。曲调悲哀。

〔4〕秦娥:古之善歌者。 张女弹:乐府曲名。

〔5〕哀音:悲伤的乐曲。 栋宇:谓房屋。此指屋梁。

〔6〕遗响:余音。 云汉:云霄。

〔7〕咸:皆。 同志:志趣相投,志同道合者。

〔8〕羽觞(shāng 伤):酒器,作鸟状,左右形如两翼。一说插鸟羽于觞,促人速饮。 筭(suàn 算):算,数。

〔9〕高谈:见解高超的谈吐。 一何:多么。 绮:精妙。陆机《文赋》:"诗缘情而绮靡。"李善注:"绮靡,精妙之言。"

〔10〕蔚:繁盛而华美。

〔11〕几何:多少。

〔12〕晏:晚。李善注引秦嘉《答妇诗》:"忧艰常早至,为乐常苦晚。"

〔13〕伺晨:报晓。伺晨鸟,指鸡。

〔14〕扬声:振起名声。 及旦:及早,赶早。

〔15〕曷为:为何。曷,同"何"。

今译

清静之夜邀密友,酒宴摆在迎风馆。齐僮吟唱《梁甫吟》,秦娥歌咏《张女弹》。歌声哀婉绕屋梁,余音袅袅飞云天。四座宾朋皆同志,举怀痛饮难计算。谈吐高雅多精妙,美盛有如朝霞灿。人生在世能几何,行乐常常恨太晚。比如那些报晓鸡,长鸣要赶天亮前。为何心中常忧苦,默默无闻守贫贱?

拟迢迢牵牛星

题解

　　诗写牛郎织女隔着银河相望,彼此难得相会的愁苦心情。实际以牛女为喻,写男女相爱而不得相逢的苦闷,全用客观叙述。头两句写一条银河在天上流动。三、四句写牛郎织女被银河隔在两岸。五、六句写织女的美貌。七、八句写彼此相爱而不得相见,以至年暮的悲愁。最后四句写相见而不得相会的苦痛,感情由悲而伤而落泪,又深了一步。

原文

　　昭昭清汉晖[1],粲粲光天步[2]。牵牛西北回,织女东南顾[3]。华容一何冶[4],挥手如振素[5]。怨彼河无梁[6],悲此年岁暮。跂彼无良缘[7],睆焉不得度[8]。引领望大川[9],双涕如沾露。

注释

　　〔1〕昭昭:明亮的样子。　清汉:天河。　晖:同"辉"。

　　〔2〕粲粲:鲜盛。　步:行。李善注以上二句:"言行止之盛,微步而光耀于天。"

　　〔3〕牵牛:牵牛星,隔银河与织女相对。牵牛星在西北,织女星自然在东南。古代神话以牵牛、织女为夫妇,被天河隔开,每年七月七日相会一次。

　　〔4〕华容:美貌。　冶:妩媚。

　　〔5〕素:白绢。

　　〔6〕梁:桥。

〔7〕跂(qì 泣):同"企"。企望。

〔8〕睆(huàn 换):明亮的样子

〔9〕引领:引颈。 大川:大河,指银河。

今译

明亮银河闪光辉,粲粲若在天上流。牵牛慢慢西北转,织女东南频回顾。天生美貌多妩媚,挥手如同白绢素。怨那天河无桥梁,悲叹至此年已暮。企望织女无良缘,明亮天河不得渡。引颈放眼望银河,两行热泪如滴露。

拟涉江采芙蓉

题解

这是一首写游子思乡的诗。到底是思亲友还是思妻室,并不明显。自古就有采芳草赠人的习俗。如《楚辞》:"采芳洲兮杜若,将以遗兮下女";"搴汀洲兮杜若,将以遗兮远者";"被石兰兮带杜衡,折芳馨兮遗所思",都是采芳赠人之句,赠者可男可女,可远可近。《拟涉江采芙蓉》亦是如此。全诗只有八句。头两句写上山下谷采芳草。次两句写采芳草为了送"所欢"。五、六句写"所欢"在故乡,道路阻且长。最后两句,写路漫漫而思绵绵。

原文

上山采琼蕊[1],穹谷饶芳兰[2]。采采不盈掬[3],悠悠怀所欢[4]。故乡一何旷[5]?山川阻且难[6]。沉思钟万里[7],踯躅独吟叹[8]。

注释

〔1〕琼蕊：玉英。此比喻珍美之花。

〔2〕穷谷：幽深的山谷。　饶：多，丰富。　芳兰：香草。

〔3〕掬：捧，把。

〔4〕悠悠：忧思的样子。

〔5〕旷：远。

〔6〕阻：险阻。

〔7〕沉思：深深的思念。　钟：专注。

〔8〕踯躅：不安的样子。

今译

上山去采珍奇花，幽深山谷多香兰。采呀采呀不满把，忧思忡忡想所欢。故乡离得多遥远，山川险阻行路难。深深思念钟万里，徘徊不安独长叹。

拟青青河畔草

题解

这也是一首思妇的诗。主人公是"彼姝女"，思之对象是远游在外的"良人"。陆机拟诗类似临摩，不仅意思与《青青河畔草》差不多，诗句也明显保留原诗的痕迹。"倡家女"改为"彼姝女"；"当窗牖"改为"当轩织"；"娥娥红粉妆，纤纤出素手"，改为"粲粲妖容姿，灼灼美颜色"，与原意相近。两首诗的主人公不同，原诗"昔为倡家女，今为荡子妇"，故思情写得刻露些，拟诗除"偏栖独只翼"一句稍刻露外，大体上比原诗浑合些，概括些。"（朱自清《古诗十九首释》）

原文

　　靡靡江蓠草[1]，熠耀生河侧[2]。皎皎彼姝女[3]，阿那当轩织[4]。粲粲妖容姿[5]，灼灼美颜色[6]。良人游不归[7]，偏栖独只翼[8]。空房来悲风，中夜起叹息[9]。

注释

　　[1]靡靡：纤细柔弱的样子。　江蓠：水草名，似水荠。

　　[2]熠耀(yì yào 义要)：光彩鲜明。

　　[3]皎皎：白净。　姝女：美女。

　　[4]阿那：柔顺的样子。　轩：门。

　　[5]粲粲：色彩鲜明的样子。　妖容：妖艳妩媚的姿容。

　　[6]灼灼：鲜明的样子。

　　[7]良人：丈夫。

　　[8]偏栖：独居。

　　[9]中夜：半夜。

今译

　　纤细柔嫩江蓠草，光色美盛生河堤。白白净净一美女，举止柔顺当户织。色彩明丽姿容娇，容色灼灼美无比。丈夫远游久不归，只身独守闺房里。空房风吹多悲凄，半夜起来长叹息。

拟明月何皎皎

题解

　　古诗《明月何皎皎》的题旨，历来有两种说法：一为思妇闺中望夫之词，一为游子久客思归之词。陆机拟作主旨显然是后者。"我行永已久"与"游宦会无成"两句可见。写的是宦游之人的离思。把环境气氛的渲染与主人公感情的抒发浑然相融,景语亦为情语。虽为摹拟之作,也不乏清新之句,如"照之有余晖,揽之不盈手",就十分空灵流丽,成为脍炙人口的佳句。

原文

安寝北堂上[1],明月入我牖[2]。照之有余晖,揽之不盈手[3]。凉风绕曲房[4],寒蝉鸣高柳[5]。踟蹰感节物[6],我行永已久[7]。游宦会无成[8],离思难常守[9]。

注释

〔1〕安寝:安然而卧。 北堂:古代居室在房的北边,叫北堂。

〔2〕牖(yǒu 有):窗。

〔3〕盈:满。

〔4〕曲房:深邃幽隐的秘室。

〔5〕寒蝉:蝉的一种,似蝉而小,青赤色。《礼·月令》:"凉风至,白露降,寒蝉鸣。"曹植《赠白马王彪诗》:"秋风发微凉,寒蝉鸣我侧。"

〔6〕踟蹰(chí chú 迟除):徘徊不进。 节物:应时节的景物。"寒蝉鸣高柳"即属节物。

〔7〕我:指远游之人。

〔8〕游宦:旧指在外做官。

〔9〕离思:离别之情。

今译

安然而卧北堂中,皎皎明月透窗棂。月光入窗清晖满,以手揽月成虚空。凉风回旋深闺里,寒蝉凄切柳梢鸣。感物生情多悲苦,久久徘徊在院庭。远游作官无成就,离别情思常难承。

拟兰若生朝阳

这是一首思妇怀人诗。"美人"是怀念的对象。头四句是比喻，赞美思妇对爱情的坚定执着，怎样艰难的处境都不能改变其对美好未来的信念，如翠柏青松岁寒而不凋。后六句写对"美人"的怀念。"美人何其旷，灼灼在云霄"两句，写"美人"远在天边，近在眼前，"灼灼"鲜明的样子。美人在天一方，相隔遥遥，而其形象仍是那么鲜明，实际是说被怀念者深深地占据着怀念者的心灵。比喻贴切，饶有余味。

嘉树升朝阳[1]，凝霜封其条[2]。执心守时信[3]，岁寒终不凋[4]。美人何其旷[5]，灼灼在云霄[6]。隆想弥年月[7]，长啸入飞飙[8]。引领望天末[9]，譬彼向阳翘[10]。

〔1〕嘉树：嘉美的树木。此指松柏。　朝阳：山东曰朝阳。（用李周翰说）

〔2〕凝霜：结霜。

〔3〕执心：坚定的心志。执，持，有坚贞不渝的意思。　守：候，待。时信：由寒转温的信息。时，指天时之寒温。《周礼·考工记》："天有时，地有气。"郑玄《注》："时，寒温也；气，刚柔也。"信，征兆，信息。此句承"嘉树"句，言生长于山东朝阳之地，故以坚定心志期待着由寒转温的信息。

〔4〕岁寒：指严冬。《论语·子罕》："岁寒然后知松柏之后凋也。"此句承"凝霜"句，言处于霜雪凝结之时，虽岁寒而枝叶不凋，正因其"执心守时信"。

〔5〕美人:此指丈夫。　旷:远。

〔6〕灼灼:鲜明。

〔7〕隆想:思念之甚。隆,深厚,程度深。　弥:满。"隆想弥年月",即终年思念之甚。

〔8〕长啸:蹙口作声。　飞飙:快速之风。刘良注"隆想"、"长啸"二句:"谓思想之盛终于年月,长为啸声入于飞风,冀达远情也。"

〔9〕引领:引颈,翘首。　天末:天边。

〔10〕向阳翘:指葵花。翘,指花。刘良注:"翘,英之秀者。"

今译

松柏生在东山坡,寒霜凝结满枝条。心志期待寒转暖,经过严冬叶不凋。所思之人何其远,光彩照人在云霄。终年思念情笃厚,长啸传去借狂飙。引颈举首望天边,犹如葵花向阳翘。

拟青青陵上柏

题解

这是一首感叹人生短促,劝人及时行乐的诗。头两句是比兴。三、四句则设问设答,形象地说明人生短促,如浅水微波,易于干枯。怎样度过短暂的人生,诗人做了消极的选择,可用两个字概括:宴游。自第五句至第十句,都是写宴游。作者认为,只有纵情宴乐,随心所欲,才是人生的追求。无疑这种享乐主义有消极的一面,然而从另一个方面又可以启发人们去认识人生的价值和意义。这就是关注现实,肯定生命本体。所以,结末告诫人们放纵情愿,不做无谓慨叹,则符合积极的人生理想。

原文

冉冉高陵蓣[1],习习随风翰[2]。人生当几何,譬彼浊水澜[3]。戚戚多滞念[4],置酒宴所欢[5]。方驾振飞辔[6],远游入长安[7]。名都一何绮[8],城阙郁盘桓[9]。飞阁缨虹带[10],曾台冒云冠[11]。高门罗北阙[12],甲第椒与兰[13]。侠客控绝景[14],都人骖玉轩[15]。遨游放情愿[16],慷慨为谁叹[17]。

注释

〔1〕冉冉(rǎn 染):柔弱下垂的样子。 蘋:李善注引《山海经》:"昆仑山之丘,有草名曰蘋,如葵。"又引《字书》:"蘋,亦蘋字也。"

〔2〕习习:频频飞动的样子。 翰:高飞。

〔3〕浊水:混水。浅水易浊,易竭。浊水亦指浅水。 澜:波。

〔4〕戚戚:忧愁的样子。 滞念:困顿之感。

〔5〕所欢:指朋友。

〔6〕方驾:并驾。 辔:缰绳。

〔7〕长安:指京城。班固《西都赋》:"汉之西都,名曰长安。"

〔8〕名都:指长安。 绮:美。

〔9〕城阙:城门两边的楼观。 盘桓:广大的样子。

〔10〕飞阁:阁道。 缨:缠绕。 虹带:状如长虹的带子。此形容飞阁的状态。

〔11〕曾台:层台,高台。曾,层。 云冠:高帽,此指直入云霄的高台。

〔12〕高门:指王公之宅。 罗:列。 北阙:指宫殿北门楼。

〔13〕甲第:第一等住宅。 椒、兰:概指宅名。可能以椒兰香料涂墙而名之。

〔14〕侠客:轻利重义之士。此指游人。 控:控制。《诗经毛传》:"骋马曰磬,止马曰控。" 绝景:骏马名。

〔15〕都人:都城之人。 骖(cān 餐):驾。 玉轩:玉饰之车。

〔16〕遨游:快乐之游。 放:放纵。 情愿:感情和愿望。

〔17〕慷慨:激昂不平,充满正气。

今译

　　柔弱蘋草高山间,习习随风舞婆娑。人生在世能几时,犹如浅水生微波。忧愁多增困顿感，摆上美酒宴宾客。并驾齐驱跨骏马，离家远游入长安。名都长安多壮丽，城门望楼何巍然。阁道环绕如彩虹，高台耸立入云端。王公府第列宫北，甲等住宅称椒兰。侠客总辔骋快马，都人辚辚乘玉轩。尽情游乐遂心愿，为何慷慨为何叹。

拟东城一何高

▌题解

《拟东城一何高》是拟《古诗十九首》中的《东城高且长》。原诗历来有人主张，自"京洛多妖丽"起另为一首。前一首感叹年华易逝，主张荡涤忧愁，放任情志，无拘无束的生活。后一首则是写佳人的情思。陆机则把两首看作一首来拟作。表现士人感慨岁月易逝，欲以尽情游乐来消除内心的愁闷。"京洛多妖丽"以后，乃托佳人寄情思而已。

▌原文

西山何其峻[1]，曾曲郁崔嵬[2]。零露弥天坠[3]，蕙叶凭林衰[4]。寒暑相因袭[5]，时逝忽如颓[6]。三闾结飞辔[7]，大鳌嗟落晖[8]。曷为牵世务[9]，中心若有违[10]。京洛多妖丽[11]，玉颜侔琼蕤[12]。闲夜抚鸣琴[13]，惠音清且悲[14]。长歌赴促节[15]，哀响逐高徽[16]。一唱万夫叹，再唱梁尘飞[17]。思为河曲鸟[18]，双游丰水湄[19]。

▌注释

〔1〕峻：高。
〔2〕曾曲：曲曲折折。曾，重叠。　郁，茂盛的样子。　崔嵬：高大的样子。
〔3〕零露：露珠。　弥天：漫天。

〔4〕蕙(huì 会):香草。　凭:依。随。

〔5〕因袭:前后相承。

〔6〕时逝:时光流逝。　颓:坠落,衰败。

〔7〕三闾:指屈原。屈原曾为三闾大夫。　飞辔:快马。辔,马缰绳。

〔8〕耋(dié 迭):老。《左传·僖公九年》:"以伯舅耋老,加劳,赐一级无下拜。"　嗟:慨叹。落晖:落日之余辉。

〔9〕曷为:为何。曷,同"何"。　牵:牵累。　世务:俗事。此指富贵利禄。

〔10〕中心:心中。

〔11〕京洛:洛京,即洛阳。因东周、东汉皆建都于此,故称京洛。　妖丽:美女。

〔12〕玉颜:颜如玉。　侔(móu):相等。　琼蕤(ruí):玉花。

〔13〕闲夜:闲静的夜晚。　鸣琴:琴。嵇康《赠秀才入军诗》:"鸣琴在御,谁与鼓弹。"

〔14〕惠音:和谐之音。

〔15〕长歌:谓曼声歌唱。　促节:音调高而急促。

〔16〕哀响:哀音。　高徽:急激之音调。

〔17〕梁尘飞:形容歌声绕梁,震动灰尘。

〔18〕河曲:河道曲折之处。又,刘良注:"河曲鸟,谓鸳鸯。"

〔19〕丰水:水名。　湄(méi 眉):岸边,水与草交接的地方。

今译

西山何等陡且高,蜿蜒起伏入云霄。滴滴寒露漫天洒,香草随着林木凋。寒来暑往相交替,时光流逝快如抛。三闾大夫跨骏马,人老感叹夕阳落。为何要为俗物累,做事违心心如焦。京都洛阳多佳人,容颜细腻如琼瑶。静夜安闲弹鸣琴,琴声清新又美妙。曼歌伴随快节奏,哀音追逐急弦绕。一唱已使万夫叹,再唱能使梁尘飘。愿做河曲鸳鸯鸟,双双戏游丰水皋。

拟西北有高楼

题解

　　这是一首有寄托的诗。慨叹知己难遇。同原诗一样,拟诗的主人公也是听者。不同的是,原诗听歌,拟诗听琴。全首诗都是用听者口气写的。头四句写楼,突出一个"高"字。"一何峻"、"出尘冥"、"蹑云端"都是形容楼高。其次四句写人,突出一个"哀"字。何以哀?接下去四句道出:玉人无人顾,清琴无人听,即无知己。佳人的这种哀怨是通过听者的心理活动写出来的;听者的心理活动又是通过听琴动作写出来的。最后四句写听者的愿望。而听者的这种愿望,高高楼上的佳人并不知道,因此只是个"愿望"而已。虽能表示听者的同情,而佳人难遇知己的哀怨,终究无法了结。

　　在技巧上,有一点值得提及,那就是"通感"的描写手法。通感是心理学和语言学的术语,或谓之"感觉挪移"。钱钟书在《通感》一文中说:"在日常经验里,视觉、听觉、触觉、嗅觉、味觉往往可以彼此打通或交通,眼、舌、耳、鼻、身各个官能的领域可以不分界限。颜色似乎会有温度,声音似乎会有形象,冷暖似乎会有重量,气味似乎会有锋芒,诸如此类在普通语言里经常出现。""佳人抚琴瑟,纤手清且闲。芳气随风结,哀响馥若兰。"这四句正是运用的通感描写手段,作者将听觉与嗅觉沟通起来,从听觉中察知琴声的芳香。

原文

　　高楼一何峻[1],苕苕峻而安[2]。绮窗出尘冥[3],飞陛蹑云端[4]。佳人抚琴瑟[5],纤手清且闲[6]。芳气随风结[7],

哀响馥若兰^[8]。玉容谁得顾^[9]，倾城在一弹^[10]。伫立望日昃^[11]，踯躅再三叹^[12]。不怨伫立久，但愿歌者欢^[13]。思驾归鸿羽^[14]，比翼双飞翰^[15]。

注释

〔1〕峻：高。

〔2〕苕苕(tiáo 条)：同"岧岧"。高耸的样子。

〔3〕绮窗：雕画美观的窗户。　尘冥：尘埃昏暗处。

〔4〕飞陛：阁道。　蹑：履。

〔5〕佳人：美人。

〔6〕纤手：女子柔细的手。　清闲：闲暇，从容。

〔7〕芳气：香气。　结：凝结。"芳气随风结"，形容香味极浓，似欲凝结。

〔8〕哀响：哀音。　馥(fù 富)：芳香。

〔9〕玉容：容颜白细如玉。　顾：看，此有探视之意。

〔10〕倾城：形容极其美丽的女子。《汉书·孝武李夫人传》："北方有佳人，绝世而独立。一顾倾人城，再顾倾人国。"

〔11〕伫立：久立。　日昃(zè)：日西斜。

〔12〕踯躅(zhí zhú 直竹)：徘徊不进的样子。

〔13〕歌者：即指佳人。

〔14〕驾：乘坐。　归鸿：回归之雁。

〔15〕飞翰：指高飞的天鸡。翰，天鸡，或称锦鸡。此指归鸿。言"翰"以协韵。

今译

巍巍楼观何等高，高高耸立又安然。雕绘花窗出尘外，空中阁道接云端。有一美人奏琴瑟，素手柔细又悠然。香气浓郁随风结，哀音宛转芳如兰。容颜如玉谁得见，美艳只在琴音弹。久立眼望日西斜，徘徊不进屡长叹。久久停立心无怨，但愿能为知己欢。思念乘坐鸿雁归，比翼双飞入云天。

拟庭中有奇树

原诗八句，拟诗十句，但"原作比拟作'语短'，可是比它'情长'。"(朱自清《古诗十九首释》)原诗截取一个片断，靠暗示唤起读者的想象，而拟诗则写一个有头有尾的故事。头两句说："欢友"在春兰开花时远离了。接下去两句写四季飞逝，转瞬过了一年。五、六句写春兰又开花了，而"欢友"竟没有回来。七、八句写思念"欢友"而在兰花开处徘徊。最后两句写心为物感，见花思人。然采花又无所赠。诗中的佳人、欢友，即是所思之对象。从全诗情调看，仍是一首思妇怀念游子的诗。原诗不用事典，平铺直叙，"深衷浅貌，语短情长"，凝炼精粹；而拟作则有情有节，平中见奇，亦不乏引人入胜的魅力。

　　欢友兰时往[1]，苕苕匿音徽[2]。虞渊引绝景[3]，四节逝若飞[4]。芳草久已茂，佳人竟不归。踯躅遵林渚[5]，惠风入我怀[6]。感物恋所欢，采此欲贻谁[7]？

〔1〕欢友：好友。　兰时：香花开时。指春季。

〔2〕苕苕(tiáo 条)：同"迢迢"。久远的样子。　匿：隐匿。　音徽：即徽音，颠倒以协韵，美音。此指音信。

〔3〕虞渊：日落之处。　绝景：指落日。

〔4〕四节：四季。　逝：流逝。

〔5〕踯躅（zhí zhú 直竹）：徘徊。　林渚：林边的水洲。

〔6〕惠风：和风。

〔7〕贻：赠送。

今译

好友芳春时节往，很久很久无音信。虞渊控引太阳落，四季运转如飞奔。芳草早已很茂盛，嘉友至今无归程。徘徊沿着林边水，和风吹入我怀中。触景更加恋好友，采这香草给谁送？

拟明月皎夜光

题解

这是一首秋夜即兴之作。抱怨故交富贵忘友，不相援引。主旨，用典，甚至用语，拟作都与原作一致。"明月"改为"朗月"；"促织"改为"蟋蟀"；"玉衡"改为"招摇"；"秋蝉"改为"寒蝉"；"昔我同门友，高举振六翮"改为"畴昔同宴友，翰飞戾高天"。头四句写节令，这是深秋季节。其次四句写景物，朗月、蟋蟀、归雁、寒蝉，都是秋天的景物。这些具有冷色冷感的景物，正与下文冷落的人情相协相融。最后六句是说昔日之好友，因今日之飞黄腾达而装腔作势，忘掉旧情，足见世态炎凉，人情冷漠。

原文

岁暮凉风发[1]，昊天肃明明[2]。招摇西北指[3]，天汉东南倾[4]。朗月照闲房[5]，蟋蟀吟户庭[6]。翻翻归雁集[7]，嘒嘒寒蝉鸣[8]。畴昔同宴友[9]，翰飞戾高冥[10]。服美改声听[11]，居愉遗旧情[12]。织女无机杼[13]，大梁不架楹[14]。

注释

〔1〕岁暮:指秋天。 发:起。

〔2〕昊(hào 号)天:天。昊,大,指天。 肃:肃杀。秋气有肃杀之威,天空浮游之物皆死,格外清朗,故凉风发而昊天明。

〔3〕招摇:星名。在北斗杓端。《礼·曲礼》:"招摇在上。"《释文》:"(招摇)北斗第七星。"

〔4〕天汉:银河。

〔5〕朗月:明月。 闲房:空房。

〔6〕户庭:门庭。

〔7〕翻翻(fān 藩):飞腾的样子。

〔8〕嘒嘒(huì 会):蝉鸣声。

〔9〕畴昔:昔日,往昔。畴,语助词,无义。 宴友:朋友。

〔10〕翰飞:高飞。戾(lì 力):至。 高冥:高空。陆机《齐讴行》:"洪川控河济,崇山入高冥。"

〔11〕服美:穿着华美。此指地位高。 声听:声音听闻。比喻语气、态度。

〔12〕居愉:生活安逸,优裕。 遗:忘却。 "美服"二句:言地位变了,言谈举止都变了,老朋友的交情都忘了。

〔13〕织女:织女星。 机杼:指织布机。

〔14〕大梁:星名。 楹(yíng 盈):厅堂前部的柱子。 "织女"、"大梁"二句:言空有相知之名,不为相知之用。

今译

秋天一到凉风起,万里长空更清明。北斗星柄西北指,一条银河东南倾。皎皎明月照空房,蟋蟀鸣叫在门庭。大雁翩翩向南飞,寒蝉嘒嘒不住鸣。从前共宴好朋友,今日高飞至长空。穿着华美腔调变,居住安逸忘旧情。织女空名无机杼,大梁亦不架柱楹。

(赵福海译注并修订)

◎ 拟四愁诗一首 七言

张孟阳

〖题解〗

　　本篇是拟张衡《四愁诗》，情志与形式同原作一致，表达奸佞当道，欲报贤者之德而志不得通的苦闷不平之情。

　　前四句表达对贤德之士的深切怀念与向往之心。后四句表达感激贤者知遇，想酬报而志不得通之苦。

　　何焯说："集是四首，昭明欲备拟诗各体，遂录其一，亦编集文章变例也。"（《义门读书记》）

〖原文〗

　　我所思兮在营州^{〔1〕}，欲往从之路阻脩^{〔2〕}。登崖远望涕泗流^{〔3〕}，我之怀矣心伤忧。佳人遗我绿绮琴^{〔4〕}，何以赠之双南金^{〔5〕}。愿因流波超重深^{〔6〕}，终然莫致增永吟^{〔7〕}。

〖注释〗

　　〔1〕营州：古地名，十二州之一。舜分青州东北辽东之地为营州。此指遥远之地。

　　〔2〕阻脩：险阻漫长。脩，同"修"，长。

　　〔3〕涕泗：眼泪。

　　〔4〕佳人：美人。喻贤德之士。　遗（wèi 卫）：赠予。　绿绮：琴名。比喻治世的方法与策略。

　　〔5〕南金：南方出产的珍贵之金。比喻忠义之心。南，指古荆州与扬州。金，古多指铜。

〔6〕超:越过。　重深:山重水深,指险阻。

〔7〕致:送达。　永吟:长叹。

▌▌▌▌◆今译

　　我所思念在营州,想要从之路途遥。登崖远望泪横流,我深怀恋心伤忧。美人赠我绿绮琴,我欲酬答南金宝。愿凭流水越艰险,最终未达长叹苦。

(孙连琦译注　陈复兴修订)

◉ 拟古诗一首 五言

陶渊明

题解

　　这首诗是拟古诗的格调而写的。诗人拟古之作共有九首,大都寓有悼国伤时,追慕节义的思想。这首也不例外,描写良宵美景,饮酒声歌;感慨人生短促,荣乐易逝。这是魏晋诗人常有的心态。

原文

　　日暮天无云,春风扇微和[1]。佳人美清夜[2],达曙酣且歌[3]。歌竟长叹息[4],持此感人多[5]。明明云间月[6],灼灼叶中花[7]。岂无一时好,不久当如何?

注释

　　〔1〕扇:吹送。　微和:微微的和暖之气。
　　〔2〕佳人:指贤人。　美:喜爱。
　　〔3〕达曙:直到早晨。　酣:酒喝得正高兴。
　　〔4〕竟:罢,终了。
　　〔5〕持此:处于此时的情景。此,指良宵美景酣饮歌唱。
　　〔6〕明明:明亮的样子。
　　〔7〕灼灼:灿烂的样子。李周翰注:"言月满则缺,花盛则落,好恶暂时,此安能久。"这两句描写诗人面对月圆花好之景所引发的内心感慨。

今译

　　夕阳落山天上净无云,春风荡漾送来微微暖。贤人喜爱静静清夜晚,饮酒酣歌直至翌日晨。歌声唱罢叹息发胸襟,此景此情感染多人心。云间月亮明洁而浑圆,叶中花朵芳香而灿烂。月圆花好都有定时限,好景难长久留在人间。

(陈复兴译注并修订)

◎ 拟邺中咏八首 五言并序   谢灵运

▓▓ 题解

魏太子,曹丕,字子桓。三国魏沛国谯人。曹操次子,建安二十二(217)年立为太子。喜好文辞,广交文人,宴饮酬唱,为邺下文人集团的首领。邺中,指魏都邺京,今河南临漳县西。

这首组诗,写了曹氏兄弟为代表的邺下文人集团(除孔融之外)的身世、遭遇和情志。全用第一人称,亦古亦今,亦人亦我,再现往昔,鉴戒当世,句句流露出灵运自身的经历和心态。

组诗有总序,以曹丕口吻追忆建安末,邺下诸贤相聚饮宴的盛况,抒写故旧凋零,悲怆凄楚的情怀。序中所谓"其主不文"、"雄猜多忌"之句,意在暗讽刘裕父子。

总题下有八首诗,各以人名为题,以小序点明要旨。各诗贯通之点在于,皆叙家国丧乱,众贤困厄,魏武拯民荡寇之功,魏文爱才重义之德。这里深深渗透着诗人对刘义隆北伐中原收复失地的期待,也饱含有个人屡遭贬谪,连受迫害的郁愤与不平。

各诗所咏人物皆显出一定的个性特征。例如魏太子的爱重贤才,徐干的向往箕颍,刘桢的通晓治乱,曹植的忧生之患,等等。建安七子之中,独不咏孔融,那是因为融以高门世族,非议曹操,终至被杀之故。这与诗人自身的性格遭遇极为相似。缺略不咏,正出于一种忌讳痛苦的心理,写来实难下笔,说明诗人确已预感到自己所面临的悲剧结局。

原文

建安末[1]，余时在邺宫[2]，朝游夕宴，究欢娱之极[3]。天下良辰美景，赏心乐事，四者难并[4]。今昆弟友朋，二三诸彦，共尽之矣[5]。古来此娱，书籍未见[6]。何者？楚襄王时有宋玉唐景[7]，梁孝王时有邹枚严马[8]。游者美矣，而其主不文[9]。汉武帝时徐乐诸才[10]，备应对之能，而雄猜多忌，岂获晤言之适[11]？不诬方将，庶必贤于今日尔[12]。岁月如流，零落将尽[13]，撰文怀人，感往增怆[14]。其辞曰：

注释

〔1〕建安：东汉献帝年号，共二十五年。 末：当作"中"。因曹操于建安九年入邺，而徐幹、陈琳、王粲等皆死于建安二十三年，阮瑀早在建安十七年即已逝世。

〔2〕邺宫：曹魏在邺都的宫殿。

〔3〕究：尽，享尽。 极：终极，顶点。

〔4〕赏心：知心朋友。 四者：指良辰、美景、赏心、乐事。 难并：难于同时存在。

〔5〕昆弟：兄弟。指曹植。 友朋：指王粲、陈琳等。 诸彦：众彦。彦，才德杰出的人物。

〔6〕此娱：指昆弟友朋宴饮咏唱之乐。

〔7〕楚襄王：楚怀王子，在位三十六年卒，谥顷襄。 宋玉：楚大夫，屈原的学生。著名的辞赋家。 景唐：景差、唐勒，均为楚大夫，辞赋家，皆属屈原辞赋创作的后继者。

〔8〕梁孝王：汉文帝次子刘武，初立为代王，后徙封梁。筑曜华宫和兔园，招纳四方豪杰与文学之士。死谥孝。 邹枚：指汉代邹阳与枚乘。邹阳，临溜人，以文辩知名。曾事吴王濞，后投梁王，曾遭诬陷下狱，以书辞自辩，获释，为梁王上客。枚乘，淮阴人，字叔，辞赋家，曾先后为吴王与梁王文学侍从之臣。景帝召任弘农都尉。武帝时又以安车蒲轮征，死于途中。 严马：指汉代严忌

与司马相如。严忌,原姓庄,为避明帝(刘庄)讳改,吴人,世称严夫子。善词赋,为梁王上客。司马相如,字长卿,成都人,大辞赋家,曾游梁,为梁王宾客。

〔9〕游者:客游于梁的人。指邹枚严马。　美:指文辞之美。　其主:指梁孝王。

〔10〕汉武帝:刘彻,景帝子。在位期间,对内实行经济政治改革,对外用兵开拓疆土,造成前汉一代经济政治文化的鼎盛期。　徐乐:汉无终人。与主父偃、严安俱上书武帝,言时务,拜为郎中。诸才:众才,众多才德兼备之人。

〔11〕备:具有。　应对:对答。　雄猜:心志豪壮而多疑忌。　晤言:相对而谈。　适:满足,快适。

〔12〕不诬:不能欺骗。　方将:将要。此指未来,后代。　庶:庶几,差不多。

〔13〕零落:草木凋落。此指死亡。

〔14〕撰文:编辑遗文。　增怆(chuàng 创):增添悲痛。

今译

　　建安中,我经常住在邺城宫殿,清早出去游赏山水,夜晚就张设酒宴,真是享尽了人间的欢乐。天下良辰美景,赏心乐事,这四个方面是难以同时存在的。那时兄弟朋友,一些才德杰出的人士,都聚会到一起。自古以来,这样的君臣欢娱,史书上是从无记载过的。为什么呢?楚襄王时有宋玉、唐勒、景差这样一些骚人,梁孝王时有邹阳、枚乘、严忌、司马相如这样一些赋家。这样的客游文士,其才智可称得上优美了,但是他们的主人却是粗鄙而又毫无文采。汉武帝时代则有徐乐等才俊之士,全都具备在君主面前对答政务的能力;但是武帝虽心志豪壮却猜忌多疑,那怎么可能享受得到君臣推心置腹,对面长谈的快乐呢?这里所述必将取信于后代,他们都会感到当今是历史上一个最开明的时代。岁月如流水,友朋相继亡故。我编辑他们的遗作,忆起他们的人格,感念往事,内心不胜悲伤。其辞如下:

魏 太 子

题解

　　本诗前八句写曹操涤荡区宇怀来众贤的仁德。次八句写曹氏兄弟与众君子论物析理的风雅高趣。后六句写曹氏兄弟与众君子宴饮相得之乐。

原文

　　百川赴巨海,众星环北辰[1]。照灼烂霄汉,遥裔起长津[2]。天地中横溃,家王拯生民[3]。区宇既涤荡,群英必来臻[4]。忝此钦贤性,由来常怀仁[5]。况值众君子:倾心隆日新[6]。论物靡浮说,析理实敷陈[7]。罗缕岂阙辞,窈窕究天人[8]。澄觞满金罍,连榻设华茵[9]。急弦动飞听,清歌拂梁尘[10]。何言相遇易,此欢信可珍[11]。

注释

　　[1]北辰:北极星,即小熊星座尾上一星。《论语·为政》:"为政以德,譬如北辰,居其所而众星共(拱)之。"此句用其义,比喻曹氏实行德政,广受士民拥戴。

　　[2]照灼:照耀。 霄汉:天汉,高空。 遥裔(yì意):遥远。 长津:天河。

　　[3]横溃:河水冲决堤岸而泛滥。喻社会动乱不安。 家王:以曹丕口气称魏武帝曹操。 拯:解救。 生民:民众。

　　[4]区宇:宇内,天下。 涤荡:清除污秽,天下清平。 群英:众多英杰。指王粲、陈琳等。 臻:到来。

〔5〕忝(tiǎn 舔)此:愧居此位。忝,表自谦之词。此,指曹丕为魏太子时的地位。 钦:敬佩。 贤性:天性贤良的人。 怀仁:怀想仁德之人。

〔6〕值:正逢,恰遇。 君子:指王粲、陈琳等。 倾心:发自内心,全心全意。 隆:隆盛。 日新:指仁德天天在增长。《周易·大畜》:"日新其德。"因此以"日新"形容仁德。前两句说曹氏父子对仁德之士的向慕,后两句说王粲、陈琳等对曹氏的忠诚。

〔7〕论物:论述事物。 靡:没有。 浮说:浮夸而无实的话。 析理:分析道理。 实:如实,切实。 敷陈:详尽叙述。

〔8〕罗缕:系统叙述。 阙辞:论述事物而有缺遗的文辞。阙,通"缺"。窈窕(yǎo tiǎo 咬挑):深邃,深入。 究:穷究,追寻。 天人:自然界与社会生活。

〔9〕澄觞(shāng 伤):指清酒。 金罍(léi 雷):珍贵的酒器。罍,比樽大。连榻(tà 踏):相互连接的床榻。榻,古时狭长低矮的坐卧用具。 华茵:华美的座垫。

〔10〕急弦:音调急促的乐曲。 动:引动,招来。 飞听:指鸟儿飞来倾听。形容演奏音乐动人。李善注引《抱朴子》:"瓠巴操琴,翔禽为之下听。"此句用其义。 清歌:清越的歌声。 拂:拂动。 梁尘:屋梁上的轻尘。李善注引《七略》:"汉兴,鲁人虞公善雅歌,发声尽动梁上尘。"

〔11〕此欢:指以曹氏兄弟为核心的邺下文人的宴饮酬唱之乐。

今译

　　地上百川奔流向大海,天上群星闪烁绕北辰。光辉灿烂在高空照耀,银河长长源流更遥远。天地间洪水冲决泛滥,我家王奋起拯救人民。灾难消除天下既清净,群英仰慕必定都来临。愧居高位敬佩品德贤,向来怀想心存仁德人。恰遇才德兼备众君子,诚心来归道德日益新。论述事物不会讲空话,辨析道理切实而详尽。著作周严从无出缺漏,精深寻究人生与自然。清酒芬香注满金酒壶,床榻相连遍铺华美垫。乐曲激越引飞鸟下听,歌声清亮动梁柱轻尘。宾主两相遇何其不易,这诗酒欢娱确然可珍。

王粲

题解

王粲,字仲宣,三国魏山阳高平人。建安七子之一,为七子中才气成就最杰出者。博学多识,文思敏捷。曾受蔡邕的格外推崇。汉献帝初,往依荆州刘表,后归曹操,任丞相掾,累官至侍中。建安二十二年从征吴,途中病卒。

本诗前十句写汉末关中之乱及王粲的飘泊异乡之苦。次十句写曹操的南征武功,以及王粲所受到的恩遇。后六句写邺京的游宴之乐。

原文

家本秦川,贵公子孙,遭乱流寓,自伤多情[1]。

幽厉昔崩乱[2],桓灵今板荡[3]。伊洛既燎烟[4],函崤没无像[5]。整装辞秦川[6],秣马赴楚壤[7]。沮漳自可美[8],客心非外奖[9]。常叹诗人言[10],式微何由往[11]。上宰奉皇灵[12],侯伯咸宗长[13]。云骑乱汉南[14],纪郢皆扫荡[15]。排雾属盛明[16],披云对清朗[17]。庆泰欲重叠[18],公子特先赏[19]。不谓息肩愿[20],一旦值明两[21]。并载游邺京[22],方舟泛河广[23]。绸缪清宴娱[24],寂寥梁栋响[25]。既作长夜饮[26],岂顾乘日养[27]。

注释

〔1〕秦川:地名。古自大散关以北达于歧雍,夹渭川南北岸,以秦之故地,

故称秦川。此指西京(今西安)一带。　贵公:位高为公。王粲的曾祖王龚,祖王畅,分别为顺帝时太尉,灵帝时司空,皆为汉三公。　遭乱:遭遇战乱。指李催、郭汜之乱。　流寓:流徙寄住。指王粲寄住于荆州。

〔2〕幽厉:周幽王与周厉王。幽王是厉王的孙子。厉王暴虐,国人反叛,将其放逐于彘。幽王末年,犬戎入侵,幽王战败,死于骊山之下。　崩乱:崩毁混乱。

〔3〕桓灵:东汉桓帝与灵帝。桓帝名志,封宦者单超等为列侯,毒流海内。黄琼、陈蕃、李膺等上书极谏。延熹九年,捕李膺等二百余人,禁锢终身,党锢之祸由是而起。灵帝名宏,封宦者曹节等六人为列侯,杀李膺等正人君子百余人。重用市井小人,贪财卖官。黄巾起义,天下响应,灵帝死。板荡:《诗经·大雅》二篇名。其内容讥刺周厉王无道,败坏国家。后以板荡形容政局变乱或社会不安。

〔4〕伊洛:二水名。伊水,源出熊耳山,至偃师县入洛水。洛水,出陕西冢岭山,至河南巩县入黄河。此指洛阳一带地区。　燎烟:田野里燃烧的烟火。此指董卓军队焚烧东都洛阳及其周围的村舍。

〔5〕函崤(xiáo 淆):函谷关与崤山。函谷关,在今河南灵宝县南,是秦的东关。东自崤山,西至潼津,深险如函,故称函谷。崤山,地当今陕西潼关至河南新安县一带,形势险要。　没:陷没,陷落。　无像:无政理之道。社会政治秩序失掉常轨,一片混乱。像,亦作“象”。王粲《七哀诗》:“西京乱无象。”李善注引《道德经》:“执大象,天下往。”河上公注:“象,道也。”此句言董卓将兵入朝,挟持献帝入长安,自为太师,凶暴异常,卓死,其部属李催等又合围长安,威逼献帝,纵兵劫掠等事。此句“没无像”,意同王粲《七哀诗》之“乱无象”,谓汉末董卓在西京长安作乱,现实凶险无道。

〔6〕整装:束整行装。　辞:辞别。

〔7〕秣马:喂马。　楚壤:楚地。指荆州。

〔8〕沮(jǔ 举)漳:二水名。沮水,源出今湖北省保康县西南景山,东南流经远安、当阳二县,受漳水,又东南流,至江陵入江。漳水,春秋战国时流经楚地,源出湖北南漳县西南之蓬莱洞,东南流经钟祥、当阳县汇入沮水。沮漳代指刘表治下的荆州。

〔9〕客心:客游者之心。客,指游于荆州的王粲。　外奖:为外物所奖劝。外,指荆州美好的山川风物。奖,奖劝留止。此句言王粲赴荆州而不得其志。

〔10〕诗人:指《诗经》的作者。此指下句《式微》篇的作者。

〔11〕式微:《诗经·邶风》篇名。其中说:"式微式微,胡不归?"原意是黎侯寄居卫国,其臣属劝他回国而做此诗,说:"天色将暮,怎么还不归去?"式,语助词。微,衰落,有天色将暮的意思。往:归往。这两句言王粲居荆州时的慨叹与郁闷心情。

〔12〕上宰:即上相。指曹操。 奉:尊奉。 皇灵:皇室的灵统,此指汉献帝。

〔13〕侯伯:诸侯。咸,皆。 宗长:尊之为首长。

〔14〕云骑:骑卒如云。形容曹操南征军队之众多。 汉南:汉水之南。

〔15〕纪郢:指战国时楚都,在今湖北省江陵县东南。因在纪山的南面,又称纪郢。 扫荡:清除,平定。

〔16〕排雾:排开云雾。 属:通"瞩",注视。 盛明:昌盛而清明。

〔17〕披云:与"排雾"同义。 清朗:清明朗洁。以上两句以云雾喻昏乱,以盛明清朗喻曹操。

〔18〕庆泰:福运亨通。庆,善,福气。泰,通。 欲:欣,欣悦。 重叠:指曹操、曹丕父子的相继知遇。粲为操提拔于前,丕又赏识于后,故谓重叠。

〔19〕公子:指曹植。 特:独。 先赏:最早赏识。

〔20〕息肩:卸下肩上的担子,形容解除重负。

〔21〕值:恰遇。 明两:指魏文帝曹丕。《周易·离》:"明两作离,大人以继明照于四方。" 疏:"明两作离者,离为日,日为明。今有上下二体,故云明两作离也。"本言离卦有离上离下,为两明前后相续之象。后以喻帝王,颂扬其明照四方。

〔22〕并载:同车。 邺京:三国魏都,在今河北省临漳县西。

〔23〕方舟:两船相并。方,比,并。此指同船。 河广:即广河,为协韵而两字倒置。

〔24〕绸缪(móu 谋):情意绵绵。 清宴:清雅的宴乐。

〔25〕寂寥:静寂而幽深。 梁栋:形容歌声绕过梁栋,而余音不绝。李善注引《列子》:"昔韩娥东之齐,鬻歌假食,既去,而余响绕梁,三日不绝。"

〔26〕长夜:整夜。

〔27〕岂顾:岂只。 乘日:指太阳神所驾的车。《庄子·徐无鬼》:"若乘日之车,而游于襄城之野。"这里指白天。 养:乐。

今译

　　王粲家本住秦川，身为富贵公族子孙。遭逢变乱，避居异地，独自哀伤，满腹愁情。

　　周王幽厉国家崩坏起内乱，汉帝恒灵宦者专横贤士亡。伊洛两岸宫殿茅舍燃烽火，关中大地沦没乱军且遭殃。整理行装告别故里离秦川，喂饱马匹奔赴楚地过长江。沮水漳水景色宜人自可美，游客归心并非外物能欺诳。经常感叹古代诗人肺腑言，天色将晚家乡何处是归程。幸遇贤相曹公尊奉汉皇统，各路诸侯齐来归附尊为长。骑卒如云纵横驰骋汉水南，楚地郢都望风披靡皆扫荡。排除迷雾百姓欢颜见光明，披开乌云万众仰望天清朗。福运亨通幸遇曹公与太子，公子尤其情深爱惜加赞赏。不说寻得清闲推卸肩上担，一旦恰遇明主壮志可伸张。同车游赏邺京风光分外好，共舟荡水河川宽广闪波光。清雅宴席君臣欢娱情谊深，歌声悦耳沉静梁栋留余响。宾主饮宴酬唱终夜无时休，岂只日间现实逸乐皆尽兴。

陈　　琳

题解

　　陈琳，字孔璋，东汉广陵射阳人。初为何进主簿。后归袁绍，曾为绍做檄文，数责曹操罪状。时曹操正犯头痛病，卧读其文，霍然坐起说："此愈我病！"可见其作佳妙动人。绍败又归曹操，操不咎既往，赏赐颇厚。建安二十二年（217），与徐幹、应玚、刘桢同死于瘟疫。

　　本诗前半十二句写汉末之乱，赞美曹操勤王之功。后半十句写受曹丕礼遇与朝游夜宴之乐。

原文

袁本初书记之士,故述丧乱事多[1]。

皇汉逢屯邅[2],天下遭氛慝[3]。董氏沦关西[4],袁家拥河北[5]。单民易周章[6],窘身就羁勒[7]。岂意事乖己[8],永怀恋故国[9]。相公实勤王[10],信能定蠢贼[11]。复睹东都辉[12],重见汉朝则[13]。余生幸已多[14],矧乃值明德[15]。爱客不告疲[16],饮宴遗景刻[17]。夜听极星阑[18],朝游穷曛黑[19]。哀哇动梁埃[20],急觞荡幽默[21]。且尽一日娱[22],莫知古来惑[23]。

注释

〔1〕袁本初:袁绍,字本初,东汉汝阳人。灵帝时曾为佐军校尉。大将军何进被宦官所害,绍率兵入宫尽诛宦官。献帝初平元年,起兵讨董卓,各州推绍为盟主。卓死,绍据有河北。官渡一战,为曹操所败。陈琳曾为其典文章。书记:古时掌管书牍记录的官员。

〔2〕皇汉:大汉。 屯邅(zhān 沾):难行不进的样子。喻处境不利,进退两难。《易·屯》:"屯如邅如。"疏:"屯是屯难,邅是邅回。"

〔3〕氛慝(tè 特):不祥的恶浊之气。喻乱贼。

〔4〕董氏:董卓。东汉临洮人。灵帝时为前将军。率兵入朝诛宦官,遂擅权,自为相国。废少帝,立献帝,凶暴淫乱。袁绍、孙坚等起兵讨之,卓乃挟献帝入长安,自为太师。司徒王允诱其部将吕布杀之。 沦:沦丧。 关西:潼关以西地区。

〔5〕袁家:指袁绍。

〔6〕单民:孤独人,只身。指陈琳。 周章:惶惧的样子。

〔7〕窘身:身不由己,受到束缚。 就:接近,归附。 羁勒:马缰绳。喻约束控制。

〔8〕乖己:违背自己的志向。

〔9〕故国:指汉室。

〔10〕相公:指曹操。 勤王:为王事尽力。起兵为王室平乱。

〔11〕信:确实。 蟊(máo 毛)贼:食禾稼的害虫。喻危害人民与国家的人。指董卓、袁绍等。

〔12〕复睹:又见到。 东都:指洛阳。

〔13〕则:礼仪制度。

〔14〕幸:幸运。此指受到曹操的宽待和信用。陈琳做袁绍幕僚时曾草拟檄文,声讨曹操,而且咒骂曹氏的祖与父。绍败,琳归曹操,不咎既往,琳感激不已。

〔15〕矧(shěn 审):何况。 值:恰遇。 明德:完美的德性。此指才德兼备的人,即曹丕。

〔16〕爱客:爱惜宾客。 疲:厌倦。

〔17〕遗:忘记。 景刻:指时间。景,阳光。刻,刻漏,古代计时的仪器。

〔18〕夜听:夜晚听乐歌。 极:至,达。 星阑:星辰残尽,星辰稀疏,指天将破晓之时。

〔19〕穷:尽。 曛黑:黄昏时分。

〔20〕哀哇:哀婉的乐声。哇,指靡曼的乐声。 梁埃:梁栋间的轻尘。

〔21〕急觞:催人干杯。 荡:涤除。 幽默:寂静无声。

〔22〕且尽:暂且享尽。

〔23〕古来惑:古人所说的诱惑。李善注引《后汉书》:"杨秉尝从容言曰:'我有三不惑,酒色财也。'"

今译

陈琳曾任袁绍的书记之职,因此其著作多述丧乱之事。

大汉王朝曾遭艰难事,天下变乱凶人齐做恶。董卓残暴劫掠潼关西,袁绍讨卓又将河北夺。孤独无依易于心惶恐,身不由己宛如带枷锁。何曾料得事竟与愿违,长久怀念内心恋故国。贤相曹公辛劳扶汉室,定能荡平害民窃国贼。复睹东都宫阙放光辉,重见汉朝礼仪又显赫。错误宽免余生幸事多,况且得遇太子大仁德。爱惜宾客从无知厌倦,酒宴欢饮忘掉何时刻。夜听音乐直到天破晓,晨起赏游兴尽太阳落。歌声哀婉拂动梁上尘,干杯之声将寂静打破。且来尽享一日饮宴欢,管他古人三惑与五惑。

徐　幹

题解

徐幹,三国时北海人,字伟长。官司空军谋祭酒掾属、五官将文学。以文学著称。建安七子之一。

本诗主旨在描写徐幹淡泊世事心怀箕颍的心志。

前八句写往昔家居箕濮之情与忧惧乱世的冲突。次八句写得太子曹丕礼遇,享受清论行觞之乐。后四句将自己的素志与置身的现实相对立,表达出昔心不改的信念。

原文

少无宦情,有箕颍之心事,故仕世多素辞[1]。

伊昔家临淄[2],提携弄齐瑟[3]。置酒饮胶东[4],淹留憩高密[5]。此欢谓可终[6],外物始难毕[7]。摇荡箕濮情[8],穷年迫忧栗[9]。末涂幸休明[10],栖集建薄质[11]。以免负薪苦[12],仍游椒兰室[13]。清论事究万[14],美话信非一[15]。行觞奏悲歌[16],永夜系白日[17]。华屋非蓬居[18],时髦岂余匹[19]。中饮顾昔心[20],怅焉若有失[21]。

注释

〔1〕宦情:出仕的想法。　箕颍:箕山与颍水。尧时,许由与巢父的隐居耕种之所。曹丕《与吴质书》说:“伟长怀文抱质,恬淡寡欲,有箕山之志,可谓彬彬君子者矣。著《中论》二十余篇,辞义典雅,足传于后。”　素辞:清素的言辞。

〔2〕伊:惟,语助词。　临淄:春秋战国齐之都城,汉置县。今山东省境。

〔3〕提携:与朋友携手。　弄:弹奏。　齐瑟:乐器名,是筝一类的弦乐器。

齐都临淄,居民皆爱好音乐,弹瑟很普遍。《史记·苏秦列传》:"临淄甚富而实,其民无不吹竽、鼓瑟、弹琴、击筑。"

〔4〕胶东:汉郡国名。在今山东省平度县。

〔5〕淹留:久留。　憩(qì 气):休息。　高密:汉县名。汉初属齐国。今山东省高密县。

〔6〕此欢:指上述弄瑟置酒。　可终:可以终年。

〔7〕外物:世事。　难毕:难以专注执著的意思。李善注引《庄子》:"外物不可必,故龙逢、比干僇焉。"意思是说对于事物过分专注执著而不知变通则必遭大祸,因而龙逢、比干皆被诛。诗句的意思是社会动乱,原来弄瑟置酒的生活难以维持不变了。

〔8〕摇荡:激荡,摇动。　箕濮:指闲适隐居之所。箕,箕山,许由隐居之处;濮,濮水,庄周垂钓之处。

〔9〕穷年:一年到头。　忧栗:忧惧战栗。

〔10〕末涂:末路。涂,与"途"同。　幸:幸遇。　休明:美善明哲。指曹丕。

〔11〕栖集:会同聚集。　建:当做"逮",及。(据何焯《义门读书记》)　薄质:才气浅薄。自谦之词。

〔12〕负薪:背柴。指低贱的生活地位。

〔13〕椒兰:指芬芳华丽。此形容高贵的居处。椒,香椒,古时用以和泥涂墙,室内温暖而芳香。

〔14〕清论:清雅的谈论。　究万:寻究万物之理。

〔15〕美话:美善的话语。指谈话鞭辟入里,娓娓动听。　非一:并非仅只一端。

〔16〕行觞:依次举杯敬酒。

〔17〕永夜:长夜。　系:五臣作"继",连续。

〔18〕华屋:豪华奢丽的屋宇。　蓬居:草屋。

〔19〕时髦:当时的俊杰之士。　匹:匹配。

〔20〕中饮:即饮中,饮酒正高兴的时候。　顾:想起。　昔心:往昔的心愿。即小序所言"箕颍之心事"。

〔21〕怅焉:烦恼失意的样子。

今译

少年时代就没有出仕的念头，只有到箕山侧颍水滨隐居的心愿，因此即使暂时做官，也多有返朴归真之辞。

往昔家居齐都临淄城，朋友携手弹奏琴与瑟。安排酒宴畅饮胶东国，长住高密悠然尽享乐。此种欢娱自谓可终生，世事遭变宿愿始消磨。内心激荡隐居山水情，一年到头恐惧加悲恻。走投无路幸遇开明世，太子尊贤不弃我才薄。以此得免登山采薪苦，还可遍游椒房与殿阁。清雅高论探究万事物，美善话语句句见心得。举杯敬酒齐奏悲伤歌，长夜白日酣饮无寂寞。豪华宫室远非蓬草屋，当代俊杰岂能与我合。饮酒正酣想起昔日愿，心绪惆怅有若失魂魄。

刘 桢

题解

刘桢，汉末东平人，字公幹，建安七子之一。曹操任为丞相掾属。曾参与曹丕宴饮，丕命夫人甄氏出拜，众人皆伏，桢独平视，以不敬得罪。其五言诗，时负盛名。

本诗开头四句写刘桢早年的经历。其次八句写其得武帝曹操知遇，参加北讨袁绍南征刘表之战，表现出通览古今明于治乱的才智。再次八句写得文帝曹丕深知，于终年宴饮中尽有欢愿相并之乐。结尾两句表达刘桢对超越俗世达到精神自由的向往。

原文

卓荦偏人，而文最有气，所得颇经奇[1]。

贫居晏里闬[2]，少小长东平[3]。河兖当冲要[4]，沦飘薄许京[5]。广川无逆流[6]，招纳厕群英[7]。北渡黎阳津[8]，

南登纪郢城[9]。既览古今事[10]，颇识治乱情[11]。欢友相解达[12]，敷奏究平生[13]。矧荷明哲顾[14]，知深觉命轻[15]。朝游牛羊下[16]，暮坐括揭鸣[17]。终岁非一日[18]，传卮弄新声[19]。辰事既难谐[20]，欢愿如今并[21]。唯羡肃肃翰[22]，缤纷戾高冥[23]。

注释

〔1〕卓荦(luò 洛)：卓越，杰出。 偏人：在某一方面成就超过时人。曹丕《与吴质书》说："公干有逸气，但未遒耳。其五言诗之善者，妙绝时人。"偏人即指此意。 气：指诗文的风格特色。 经奇：正奇，指诗文雄健庄正而奇巧。

〔2〕晏：安。 里闬(hàn 汉)：乡里，家乡。

〔3〕东平：古郡国名。今属山东省。

〔4〕河兖(yǎn 眼)：河，指济河，源出河南济源县王屋山，东流，至山东，与黄河并行入海，后下游为黄河所夺。兖，兖州，今山东省濮县东。冲要：指军事与交通上的要地。

〔5〕沦飘：飘泊，流浪。 薄：至。 许京：秦汉时的许县，今河南省许昌市。东汉建安元年曹操迎献帝都此，曹丕废汉自立，也以此为都。

〔6〕广川：宽阔的河流。喻曹操。 逆：拒绝。 流：细流。喻刘桢等文学之士。

〔7〕招纳：招揽容纳。 厕：间厕，使处其间。 群英：众多才能杰出的人。指王粲、陈琳等。

〔8〕北渡：指从曹操北征袁绍。 黎阳：津名。在今河南省滑县东。

〔9〕南登：指从曹操南征刘表。 纪郢：指楚国郢都，今湖北省江陵县东南。因在纪山南面，又称纪郢。

〔10〕览：浏览，通晓。 古今：指古往今来的历史变迁。

〔11〕识：认识，懂得。 治乱：政治清明为治，反之为乱。

〔12〕欢友：欢好友爱。刘桢辞旨巧妙，为诸公子所亲爱。 解达：谈论勉励。

〔13〕敷奏：陈述奏进。 究：尽。 平生：指平生的才智。

〔14〕矧(shěn 审)：何况。 荷：蒙受。 明哲：聪明智慧，善于洞察事理。指曹丕。 顾：关照，器重。

〔15〕知深:知遇深厚。李善注引王逸《晋书·孔坦表》:"士死知遇,恩令命轻。"这句说因为得到太子曹丕的厚爱,随时准备为之牺牲自己的生命。

〔16〕牛羊下:指日暮之时。

〔17〕括:至。 揭鸣:指鸡鸣报晓之时。揭,与"桀"音义同。桀,鸡栖于其上的小木桩。李善注引《毛诗》:"鸡栖于桀,日之夕矣。"

〔18〕非一日:不只一天。此指常年宴乐。

〔19〕传卮(zhī 支):传递酒杯。 弄:演奏。 新声:新创作的歌曲。

〔20〕辰事:时辰与人事。 难谐:难以和谐。

〔21〕欢愿:欢遇与愿望。 并:同时得到。

〔22〕羡:羡慕,向往。 肃肃:鸟飞羽翼振动的声音。 翰:长而硬的羽毛。

〔23〕缤纷:群鸟比翼齐飞的样子。 戾(lì 力):至。 高冥:深邃的高空。

今译

才智杰出,超过时人,而其诗文则最有风格特色,所作颇雄劲奇巧。

家居清贫安处乡里间,少小时代成长于东平。济河兖州战略要冲地,避乱离乡飘泊到许京。浩大河川不拒溪流小,曹公纳贤让我处群英。北讨袁绍随渡黎阳津,南征刘表从登纪郢城。博览经史通晓古今事,洞悉时势深懂治乱情。欢好友爱谈说并勖勉,陈述政见报效终一生。且蒙太子英明亲器重,知遇恩深志愿献生命。朝出游赏直到牛羊归,夜坐宴饮不觉雄鸡鸣。终年游宴不止一二日,举杯进酒兼听奏新声。时机人事难以相和谐,欢遇心愿如今皆得尝。内心只羡展翅翻飞鸟,翩翩翱翔直上达清空。

应 场

题解

应场,汉末汝南人,字德琏。曹操征为丞相掾属,后为五官将文

学,建安七子之一。

　　本诗前半十二句以云中雁的形象为喻,写应场早年飘泊无定的生活,以衬托遇曹公而有托身得所之幸。后半十二句描写晚年与邺下众贤同受曹公恩遇,在宴饮谈笑之中表现出君臣亲密无间的友谊,以及应场为主君倾躯效命的心志。

▓▓▓原文

　　汝颍之士,流离世故,颇有飘薄之叹[1]。

　　嗷嗷云中雁[2],举翮自委羽[3]。求凉弱水湄[4],违寒长沙渚[5]。顾我梁川时[6],缓步集颍许[7]。一旦逢世难[8],沦薄恒羁旅[9]。天下昔未定[10],托身早得所[11]。官度厕一卒[12],乌林预艰阻[13]。晚节值众贤[14],会同庇天宇[15]。列坐荫华榱[16],金樽盈清醑[17]。始奏《延露》曲[18],继以阑夕语[19]。调笑辄酬答[20],嘲谑无惭沮[21]。倾躯无遗虑[22],在心良已叙[23]。

▓▓▓注释

〔1〕汝颍:汝,汝南,汉郡名。今河南汝南县东南。颍,颍水。出河南登封县颍谷。世故:世间的变故。　飘薄:即飘泊。

〔2〕嗷嗷:雁的哀鸣声。

〔3〕举翮(hé 合):展翅高飞。　委羽:北方山名。李善注引《淮南子》:"烛龙在雁门北,箒于委羽之山,不见日。"高诱曰:"箒,至也。委羽,北方山名也。"

〔4〕弱水:北方水名。在昆仑山东。　湄(méi 眉):水边。

〔5〕违寒:避寒。　长沙:汉郡国名。今湖南省。　渚:水边。李善注引《汉书》:"长沙国,属荆州,然则彭蠡之所在。"

〔6〕顾:回想。　梁川:大梁之河川。梁,大梁,战国时魏惠王徙都于此。李善注引《汉书》:"汝南颍川许,皆魏分也。魏徙大梁,故魏一号为梁。"

〔7〕缓步:缓缓而行。形容从容闲适的样子。　颍许:颍,颍川郡,今河南

省禹县;许,许县,今河南许昌市一带。

〔8〕世难:社会动乱。此指汉末的变乱。

〔9〕沦薄:飘泊。 羁旅:寄居作客。

〔10〕未定:尚未平定。

〔11〕托身:寄托生命。 得所:适得其所。指归附曹氏。

〔12〕官度:即官渡。在今河南省中牟县东北,靠近官渡水。东汉末建安五年,曹操破袁绍军于此。 厕:间厕,参加。

〔13〕乌林:地名。在今湖北省嘉鱼县西,长江北岸,对面为赤壁山。建安十三军冬,吴蜀联军自赤壁到乌林向曹操发起全线攻击,曹军由乌林向北撤退。 艰阻:指曹操在赤壁之战中的失败。

〔14〕晚节:晚年。 值:恰遇。 众贤:诸多贤才。指刘桢、阮瑀等。

〔15〕会同:会合一起。 庇:遮盖,庇护。 天宇:天空。此喻曹公如天高的德行。

〔16〕列坐:指在座众贤。 庿:与"庇"同义。 华榱(cuī 崔):华屋。榱,木橡。

〔17〕金樽:贵重的酒器。 清醑(xǔ 许):美酒。

〔18〕延露:歌曲名。

〔19〕阑夕:深夜。

〔20〕辄(zhé 折):就,立即。

〔21〕嘲谑(xuè 血):嘲笑。 惭沮(jǔ 举):因惭愧而终止。

〔22〕倾躯:委身,托身。此指为曹氏效劳。 遗虑:多余的忧虑。

〔23〕叙:申述。

今译

应场原为汝南郡颍水滨的人,社会动乱而流落他乡,颇有飘泊无定的身世之感。

大雁悲鸣嗷嗷过云天,展翅飞翔来自委羽山。寻求夏凉往弱水之滨,躲避冬寒至长沙湖岸。想起我辈在梁川时候,群居颍许漫步多优闲。一旦遭逢世间大动乱,飘泊异乡长做流浪汉。往日天下尚未平定时,托身曹公及早得所愿。官渡之战参与充一卒,乌林之难随从幸脱险。晚年恰遇众位贤才士，一同蒙受太子恩如天。分别就座于豪华宫殿，金杯美酒令人口流涎。酒宴初开奏起《延露》曲，继而畅谈直达深夜间。你来调笑我必有酬答，你若戏谑我何顾羞惭。全力效命身家无多虑，内心宿愿皆已得舒展。

阮　瑀

题解

　　阮瑀，三国魏尉氏人，字元瑜。少受学于蔡邕，为建安七子之一。后为曹操司空军谋祭酒，管记室，军国书檄多出其手。曾受命做书与韩遂，即于马上草就，曹操不能改动一字。

　　本诗前半八句，先写汉末之乱，兵马驰逐，文士无所依托。后写微贱中幸受曹操优遇，得与时贤结交。后半十句写河曲之游，具体地再现了太子曹丕与邺下文人的妍谈倾酤之乐。

原文

　　管书记之任，有优渥之言[1]。

　　河洲多沙尘[2]，风悲黄云起[3]。金羁相驰逐[4]，联翩何穷已[5]。庆云惠优渥[6]，微薄攀多士[7]。念昔渤海时[8]，南皮戏清沚[9]。今复河曲游[10]，鸣葭泛兰汜[11]。蹦步陵丹梯[12]，并坐侍君子[13]。妍谈既愉心[14]，哀弄信睦耳[15]。倾酤系芳醑[16]，酌言岂终始[17]。自从食萍来[18]，唯见今日美[19]。

注释

　　〔1〕书记：掌管书牍记录的官员。　优渥（wò 握）：优裕丰厚。

〔2〕河洲:河中的水滩。

〔3〕黄云:尘埃升腾而呈云状。喻战乱。

〔4〕金羁:饰金的马络头。代指兵马。

〔5〕联翩:群马奔驰的样子。 穷已:尽头,终止。

〔6〕庆云:瑞云。此喻曹公。

〔7〕微薄:才智浅薄。此为自谦之词。 攀:攀上,攀附。 多士:众士,众贤。指王粲、陈琳诸人。

〔8〕渤海:古郡名。今河北省南皮县东北。

〔9〕南皮:县名。今属河北省。汉属渤海郡。 清沚(zhǐ 止):清静的小水滩。

〔10〕河曲:河湾。魏近河,故指魏之邺京一带。

〔11〕葭(jiā 加):同"笳",笛一类的乐器名。 泛:飘浮。 兰汜(sì 四):兰草丛生的水边。

〔12〕蹁(xǐ 喜)步:轻快的步子。 陵:登。 丹梯:宫殿的朱红色台阶。

〔13〕侍:在尊长之侧陪伴。 君子:指太子曹丕。

〔14〕妍谈:美谈。

〔15〕哀弄:美好动听的音乐。古音以哀为美。弄,别做"音"。 睦耳:顺耳,悦耳。

〔16〕酤:酒。一夜即可酿熟的酒。 系:续,连续。 芳醑(xǔ 许):美酒。

〔17〕酌言:斟酒。言,语助词。

〔18〕食萍:指《诗经·鹿鸣》之章,其中有"呦呦鹿鸣,食野之苹"句,为天子宴诸侯之歌。萍,与"苹"通。

〔19〕今日:指参加太子曹丕饮宴之时。

今译

掌管书记之职,常有感慨优遇之言。

大河沙洲尘埃多弥漫,急风悲号黄云冲九霄。兵车铁马驰骋互追逐,此起彼落何时是尽头。瑞云笼罩曹公恩情厚,我才微薄幸攀众贤豪。回忆往昔身在渤海郡,南皮嬉戏水岸享逍遥。今来河曲重得宴游乐,笛笳吹奏水边兰草茂。步履轻捷登上朱红阶,群贤并坐陪太子闲聊。言谈高雅心情更愉悦，乐声动人在耳畔萦绕。连续干杯美酒溢芳香，再次斟满宴乐无终了。《鹿鸣》诗章歌颂君臣欢，唯有今日和乐而美好。

平原侯植

题解

曹植，字子建，曹操第三子，封平原侯。少善诗赋，深得操喜爱，曾欲立为嗣。操死，丕袭为魏王，代汉称帝，即不断打击他，屡徙其封地，杀其亲信，监视其行动。其一生，前期生活安定优裕，后期多难而忧郁。

本诗描写曹植前期的生活。

开头两句点明全诗内容。其次八句写朝游。贵公子纵马驰骋，登高远眺的形象跃然纸上。再次八句写夜宴，以曹氏兄弟为中心的邺下文人饮酒赋诗的情景，活现于眼前。结尾四句则超越于遨游饮宴的现实享乐，表达出对饮德养生的精神追求。

本诗颇得植《白马篇》与《名都篇》的豪放神理。

原文

公子不及世事，但美遨游；然颇有忧生之嗟[1]。

朝游登凤阁[2]，日暮集华沼[3]。倾柯引弱枝[4]，攀条摘蕙草[5]。徙倚穷骋望[6]，目极尽所讨[7]。西顾太行山[8]，北眺邯郸道[9]。平衢脩且直[10]，白杨信袅袅[11]。副君命饮宴[12]，欢娱写怀抱[13]。良游匪昼夜[14]，岂云晚与早[15]。众宾悉精妙[16]，清辞洒兰藻[17]。哀音下回鹄[18]，余哇彻清昊[19]。中山不知醉[20]，饮德方觉饱[21]。愿以黄发期[22]，养生念将老[23]。

注释

〔1〕公子:指曹植。 世事:当世之事。 遨游:游乐。 忧生:对人生的忧患。 嗟:感叹词。

〔2〕凤阁:宫中的楼阁。

〔3〕华沼:美池。

〔4〕倾柯:低垂的枝柯。 引:伸展。

〔5〕条:细长的枝条。 蕙草:香草。

〔6〕徙倚:留连徘徊。 骋望:纵目远望。

〔7〕目极:极目,尽目力所及。 所讨:所寻。

〔8〕太行山:山名。绵延于山西、河北、河南三省界的大山脉。

〔9〕邯郸(hán dān 寒单):地名。战国时赵国的都城。今邯郸市。

〔10〕平衢(qú 瞿):平坦而畅行无阻的大路。 脩:长。

〔11〕袅袅(niǎo niǎo 鸟鸟):枝条临风摇曳的状态。

〔12〕副君:太子。李善注引《汉书》:"疏广曰:太子,国储副君也。"此指曹丕。

〔13〕写:宣泄。 怀抱:内心的情怀。

〔14〕良游:美好的游宴。 匪:通"非"。

〔15〕岂:何。

〔16〕众宾:众多嘉宾。指王粲,陈琳等。 精妙:指才智高超美好。

〔17〕清辞:清雅的文辞。 洒:放散。 兰藻:比喻文采的芳洁清丽。兰,香草;藻,水草。

〔18〕哀音:美妙感人的音乐。 回鹄:盘旋降落的天鹅。李善注引《韩子》:"师旷奏清徵,有玄鹄二八,集于廊门。"此句用其义。

〔19〕余哇:民间歌曲的余音。哇,指民歌民乐。 彻:达。 清昊(hào号):清虚的天空。李善注引《列子》:"薛谈学讴于秦青,辞归,青饯于郊衢,抚节悲歌,声震林木,响遏行云。"此句用其义。

〔20〕中山:汉郡国名。今河北唐县、定县一带。古时出美酒。传说一个名玄石的人,饮了中山醇酒,一醉千日。

〔21〕饮德:如畅饮美酒一样感受仁德的熏陶。李善注引《诗经·既醉》:

"既醉以酒,既饱以德。"此句活用其义。

　　〔22〕黄发:老人发白,白久则黄。此指高寿。

　　〔23〕养生:摄养身心,以保健延年。

今译

　　公子不涉及世事,只爱好饮宴游乐;但是颇有生命忧患的感叹。

　　清晨游赏登豪华凤阁,日暮聚友在幽美池沼。树枝低垂嫩柳随风摇,攀弄柳条又采摘蕙草。徘徊宫苑放眼望四方,目力所及风物皆美好。朝西凝望耸起太行山,向北远眺蜿蜒邯郸道。平坦大路漫长又笔直,白杨迎风枝叶舞飘飘。太子传命邀众贤饮宴,相见欢悦抒内心怀抱。良时游赏不论昼与夜,乘兴而往岂顾晚或早。众宾才俊运思皆精妙,清辞飘香如兰也如藻。哀音感应天鹅盘旋下,俗曲余响直达九重霄。中山酒醇痛饮不知醉,渴求仁德腹中方觉饱。愿以黄发高寿自期许,保养身心想到人将老。

　　　　　　　　　　　　　　　　　　(陈复兴译注并修订)

效曹子建乐府
《白马篇》一首五言

袁阳源

题解

　　袁淑（408—453），字阳源，陈郡阳夏（今河南太康）人。南朝宋文学家。"少有风气"，"不为章句之学，而博涉多通，好属文，辞采遒艳，纵横有才辩"。元嘉中为祭酒，累迁尚书吏部郎，转御史中丞，迁太子左卫率。刘劭作乱时，因谏阻被杀。原有集，已散佚，今存诗仅数首。明人辑有《袁阳源集》。

　　这首诗标明是效曹植《白马篇》的。但对比两诗，无论思想内容与艺术表现都有很大不同。曹植笔下的"游侠儿"，与其说是"侠"，勿宁说是一位武艺精绝、忠勇爱国的英雄，完全是一个独创的形象，其中不无诗人自己的影子。前人即已指出其"寓意于幽并游侠，实自况也"。即诗人借以抒发报国之志。而此诗所写之侠则完全是对于《史记》、《汉书》的《游侠列传》的概括，更近于怀古。在艺术表现上，曹植舍去对于"侠性"的描写，而极写其武艺之精、报国之切，这是为诗人的创作意图所决定的。这首诗则浓墨重彩地从正面表现了"侠性"。结尾虽也提出"嗟此务远图，心为四海悬"，似即曹植诗中捐躯报国之意。但所指极不明确，亦失之空洞抽象。曹诗以生动具体的描绘为优，此诗则以形象的概括见长；曹诗中的"游侠儿"为个性化，此诗的"侠烈"则为类型化。但全诗音节悲壮，不失建安风骨。

昭明文选

译注

原文

剑骑何翩翩^[1]！长安五陵间^[2]。秦地天下枢^[3]，八方凑才贤^[4]。荆魏多壮士^[5]，宛洛富少年^[6]。意气深自负^[7]，肯事郡邑权^[8]？籍籍关外来^[9]，车徒倾国鄽。五侯竞书币^[10]，群公亟为言^[11]。义分明于霜^[12]，信行直如弦^[13]。交欢池阳下^[14]，留宴汾阴西^[15]。一朝许人诺^[16]，何能坐相捐^[17]？影节去函谷^[18]，投珮出甘泉^[19]。嗟此务远图^[20]，心为四海悬^[21]。但营身意遂^[22]，岂校耳目前^[23]？侠烈良有闻^[24]，古来共知然^[25]。

注释

〔1〕剑骑：背着剑骑着马。　翩翩：轻快飘忽的样子。

〔2〕五陵：西汉元帝以前，每筑一皇帝陵墓，就要在陵旁置一县，把四方富家豪族和外戚迁至陵墓附近居住。最著名的就是五陵，即高帝长陵，惠帝安陵，景帝阳陵，武帝茂陵，昭帝平陵。后来诗文中常以五陵为豪门贵族聚居之地。

〔3〕秦：春秋时，关中（陕西）一带为秦国所有，故习称关中为秦。　枢：本为事物的重要部分或中心部分，此指重要之地。

〔4〕凑：聚集。　才贤：有才德的人。

〔5〕荆：古代楚国的别称，因其原来建国于荆山一带，故名。　魏：战国七雄之一。初建都安邑（今山西夏县西北），后迁都大梁（今河南开封）。　壮士：意气壮盛之士，犹言勇士。

〔6〕宛(yuān 冤)洛：今河南省的南阳市和洛阳市，即中原一带。　富：多有的意思。　少年：古诗文中的少年多指青年男子。这里指具有豪侠性格的青年男子。

〔7〕意气：意态，气概。　自负：自恃。

〔8〕肯事郡邑权：事见《史记·游侠列传》：洛阳有一对仇家，邑中贤豪从中调节十数次，始终不听。有人便去请侠士郭解。解夜见仇家，于是，仇家听从了郭解。郭解便对仇家说："我听说洛阳诸公在此间多次调节，而未被听取。今天

我有幸获得你们的信任,可是,我郭解为什么要到他县夺取他人邑中贤大夫们的权益呢?你们暂且不要和解,待我走了之后,让洛阳贤豪从中调解,你们再和好。"于是,郭解于当夜悄悄离开洛阳。这里是歌颂侠士那种济困扶危,而"不矜其功","羞伐其德"的品格。肯,岂肯;事,作,从事;权,权益。

〔9〕籍籍关外来,车徒倾国廛(chán 缠):化用郭解徙家茂陵的典故。籍籍,形容名声甚盛;关,指函谷关;车徒,指车马随从;倾,竭尽,指多;国廛,城邑民居市肆之地。李善注云:"'籍籍关外来',谓被徙关中也;'车徒倾国廛',从者之多也。"

〔10〕五侯:汉代同时封侯者五人,所指不一。如汉成帝河平二年封舅王谭平阿侯、王商成都侯、王立红阳侯、王根曲阳侯、王逢时高平侯,谓之王氏五侯;东汉梁冀之子胤、叔父让及亲从淑、忠、戟皆封侯,称梁氏五侯;东汉桓帝封宦官单超、徐璜、具瑗、左悺、唐衡五人为侯,亦号五侯。这里泛指权贵之家。 书币:书信与钱物。李善注云:"古人相遗(馈送)币,必书之于刺(纸简,名帖),故曰书币。"

〔11〕群公亟(qì 气)为言:《史记·游侠列传》载:豪富徙茂陵,郭解家贫,资财不足迁徙之数,将军卫青为言:"郭解家贫,不够迁徙的条件。"皇上说:"郭解不过是一个平民,然而竟至使将军为他说话,这足以证明其家不贫!"于是,郭解亦得迁徙,诸公送者出千余万。这是说许多豪门贵族也敬慕侠士的行为名声,为他讲话。亟,极力。

〔12〕义:讲义气,做事得当。 分(fèn 愤):重名分,上下有分别。 明:分明。

〔13〕信:诚实不欺。 行(xìng 性):行为。 直:正直。

〔14〕交欢:相交而得其欢心,结好。《史记·游侠列传》载:郭解入关,"关中贤豪知与不知,闻其声,争交欢解"。 池阳:古县名。汉惠帝四年(前 191)置,因在池水之阳而得名。治所在今陕西泾阳西北。俗名迎冬城。

〔15〕汾阴:古县名。战国魏邑,汉置县。治所在今山西万荣宝鼎,因在汾水之南,故名。

〔16〕许人诺:答应别人的请求。许,诺,应允的意思。

〔17〕坐:无缘无故地。 捐:抛弃。这里指违诺食言。

〔18〕彯(biāo 标):弃。 节:本义为气节、操守,这里指平素的志向、行径。

〔19〕投:掷,扔。 珮(pèi 配):通"佩",玉佩。 甘泉:宫名。故址在今陕

西淳化西北甘泉山。本秦林光宫，汉武帝增筑扩建。

〔20〕此：从此。　务：致力于，从事于。　远图：长远的谋略。即下文"心为四海悬"之意。

〔21〕心为四海悬：即心悬天下。李善注引"郭象曰：所希企者高而阔也。"似即曹植《白马篇》中侠士"不得中顾私"、"捐躯赴国难"之意。悬，牵挂。

〔22〕营：求。　身意遂：身躯与意愿相顺。即以身从意，做自己所愿意做的。身，身躯；意，愿望，意图；遂，顺，犹言如意。

〔23〕校（jiào教）：计较。　耳目前：眼前的肆情恣乐。

〔24〕侠烈：即侠士。指急人之难、出言必信、重义轻生的人。　良：确实，真正。　闻（wèn问）：名声。

〔25〕然：如此，这样。

今译

　　背着剑骑着马何等轻疾飘逸！叱咤驰骋在那长安五陵之间。关中一带古来号称天下枢要，聚集了四面八方的英才俊贤。荆魏之地从来就多豪杰壮士，宛洛中原更是广有英雄少年。意态气概中露出深深的自负，怎肯侵夺郡邑大夫们的职权？当大名鼎鼎的豪侠徒自关外，车徒随从络绎不绝挤满市廓。五侯权贵竞相赠送名帖礼物，诸公大夫极力为之褒扬美言。讲义气重名分分明比于秋霜，言必信行必果正直如同弓弦。池阳城下公侯们曾争相结好，汾阴县西贤豪们竟纷纷留宴。一旦对别人的请求做出许诺，又怎能无缘无故地捐弃前言？抛弃素日的行径离开函谷关，扔掉腰间的佩玉走出甘泉殿。赞叹他从此追求那雄图远略，一片丹心全为天下四海高悬。只求得身心顺精神愉快舒畅，岂计较耳目前失去恣乐情欢。这样的侠烈客确实名声贯耳，古往今来人所共知如此肝胆。

（周奇文译注并修订）

效古诗一首五言

袁阳源

题解

这首诗写一位从戎在外的游子,远离家乡和亲人,与西北诸戎及匈奴作战十年。自己的壮盛年华过去了,然而仕宦却空无所成。他厌倦了这种游宦生涯,但"勤役未云已",还不知要到什么时候。于是,他才理解了古人所以在诗中反复"悲转蓬"的感情。所谓"效古"者,即指这一题材内容而言。此诗虽平平道来,感情却至为真挚深沉,仕宦的失意,思乡的情绪,年华的虚度,种种伤感交融在一起,颇悲怆感人。

原文

讯此倦游士[1],本家自辽东[2]。昔隶李将军[3],十载事西戎[4]。结车高阙下[5],极望见云中[6]。四面各千里,纵横起严风[7]。寒燠岂如节[8],霜雨多异同[9]。夕寐北河阴[10],梦还甘泉宫[11]。勤役未云已[12],壮年徒为空[13]。乃知古时人[14],所以悲转蓬[15]。

注释

〔1〕讯:问。倦游:厌倦游宦(因做官而远游他乡)生涯。

〔2〕本家:故乡。 辽东:古郡名。治所在襄平(今辽宁辽阳市北),辖有今辽宁东南部辽河以东之地。

〔3〕隶:附属,从属。 李将军:指西汉名将李广。善骑射,文帝时击匈奴有功,为武骑常侍。武帝时为右北平太守,匈奴不敢犯境,号曰"飞将军"。

〔4〕事西戎:对西戎作战。事,作,从事。 西戎:古时我国西北部少数民族的总称。这里指匈奴。

〔5〕结车:停车,集车。结,集。 高阙:塞名,故址在今内蒙古杭锦后旗东北。阴山山脉至此中断,成一缺口,望若门阙,故名。

〔6〕极望:极目远望。 云中:古郡名。秦时所置。汉分云中郡之东北部置定襄郡、西南部仍为云中郡,治云中县,即今内蒙古托克托县。

〔7〕纵横:南北曰纵,东西曰横。即四面。 严风:凛冽的寒风。

〔8〕寒燠(yù 玉):冷热。燠,热。 节:节令。

〔9〕霜雨多异同:是说气候变化无常,经常霜雨交加,很难分清究竟是霜或是雨。

〔10〕寐:入睡。 北河:河名。黄河由甘肃省流向河套,至阴山南麓,分为南北二河,北边的称北河。 阴:河以南。

〔11〕甘泉宫:汉宫殿名。故址在今陕西淳化西北甘泉山。本秦林光宫,汉武帝增筑扩建,有通天、高光、迎风诸殿。

〔12〕勤役:指劳苦的兵役。 未云已:即未已,没有完。云,语助词,无义;已,停止。

〔13〕徒:徒然。 为:成为。

〔14〕乃:这才,才。

〔15〕悲转蓬:曹植《杂诗》云:"转蓬离本根,飘飘随长风。何意回飙举,吹我入云中……类此游客子,捐躯远从戎。"转蓬,像蓬草一样随风飘转,比喻行踪无定或身世飘零。蓬,又名飞蓬,属菊科植物,叶子像柳叶,开小白花,秋天干枯时,能随风飞起。

今译

问此游宦失意兵,故乡遥遥在辽东。往昔隶属李将军,从军十载打西戎。战车集结高阙下,极目远望见云中。四面八方各千里,东西南北起寒风。冷暖何尝随节令,霜雨相异又相同。夜晚睡在北河南,梦中回到甘泉宫。兵役劳苦无完结,盛年虚度枉成空。方才省悟古时人,何以悲歌寄转蓬。

(周奇文译注并修订)

◎ 拟古诗二首 五言

刘休玄

拟行行重行行

▍▊ 题解

　　刘铄(431—453)，字休玄。刘宋文帝第四子，封南平王。"少好学，有文才"。刘劭弑立，以为征虏将军，开府仪同三司。孝武定乱，进侍中、司空。后赐药死。有集五卷。

　　《宋书》本传说他"未弱冠，《拟古》三十余首，时人以为亚迹陆机"。这一首是拟《古诗十九首》第一首《行行重行行》的，是一首思妇诗。全诗以思妇的口吻写出，抒发了对于远行丈夫的深切思念之情。思妇感情的起伏变化，自然形成了本篇的章法结构。首四句写分别。"堂上"、"庭中"二句则叙别后无意洒扫，故"尘生"、"草滋"。"寒螀"以下四句化用古时成语，将物比人，是说物尚有情，何况人？亦"胡马依北风，越鸟巢南枝"之意。继之六句，写日夕风起，相思尤不可排遣，于是借《江南曲》、《子衿》诗以抒忧悲。而"卧觉"、"坐见"二句，则写尽"辗转反侧"、"寤寐思服"之苦。末四句写无心梳妆，幽镜不治，但愿薄暮之影，照妾桑榆之时，充满美人迟暮之感。层层写来，愈转愈深，情真意切，感人肺腑。

▍▊ 原文

　　眇眇陵长道[1]，遥遥行远之[2]。回车背京里[3]，挥手从此辞[4]。堂上流尘生[5]，庭中绿草滋[6]。寒螀翔水曲，秋兔依山基[7]。芳年有华月[8]，佳人无还期[9]。日夕凉风起[10]，对酒长相思。悲发《江南》调[11]，忧委《子衿》诗[12]。卧觉明灯晦[13]，坐见轻纨缁[14]。泪容不可饰[15]，幽镜难复治[16]。愿垂薄暮景[17]，照妾桑榆时[18]。

注释

〔1〕眇眇（miǎo 秒）：渺茫遥远。　陵：经过，超越。　长道：长途。

〔2〕遥遥：辽远。　之：往，去。

〔3〕回车：转车。　背：离开。

〔4〕从此辞：从此分手。

〔5〕流尘：飞尘。

〔6〕滋：润泽。

〔7〕寒螀（jiāng 江）翔水曲，秋兔依山基：李善注引《淮南子》曰："兔走归窟，寒螀翔水，各哀（爱）其所生。"这两句诗化用古人成语，以异类尚知恋其所居为喻，抒发了思妇对于丈夫久不还家的怀念轻怨之情。寒螀，蝉的一种，似蝉而小，青赤色；水曲，水流曲折处。依，爱恋依倚；山基，山脚。

〔8〕芳年：美好的年华。指青春年少。　华月：光辉的月亮。

〔9〕佳人：指丈夫。

〔10〕日夕：黄昏时。

〔11〕《江南》调：即《江南曲》。乐府相和曲名。《乐府解题》："《江南》，古辞，盖美芳晨丽景，嬉游得时。"诗中女子正处芳年华月之时，然却不得与丈夫及时行乐，故借《江南曲》以抒悲。

〔12〕委：寄托，付与。　《子衿》：《诗经·郑风》篇名，是描写一位女子焦灼地等待情人赴约的诗。首二句"青青子衿，悠悠我心"，即表现了这种心情。

〔13〕晦：昏暗。

〔14〕轻纨：柔薄洁白的细绢，这里指衣而言。　缁：黑色。

〔15〕饰：修饰，打扮。

〔16〕幽镜：昏暗的镜子。　治：整理，擦拭。

〔17〕垂：落。　薄暮：黄昏。　景：日光。

〔18〕桑榆：指日落时余光所在处。《太平御览》引《淮南子》："日西垂景在

树端,谓之桑榆。"指日落之时。后用以比喻人的垂老之年。

今译

踏上那渺茫无边的长途,走向那遥遥无尽的远方。掉转车离开繁华的京城,摆摆手他从此告别故乡。他走后堂上落满了灰尘,庭中的绿草也愈多愈长。那寒螀尚知绕水边飞翔,秋兔也总是依恋着山旁。美好的年华又当着明月,他却杳无归期叫我空望。黄昏时刮起了阵阵凉风,对着酒陷入了深思苦想。弹奏着《江南曲》抒发悲哀,吟诵着《子衿》诗寄托忧伤。躺在床上觉得明灯转暗,坐起身忽见白衣变黑裳。流泪的面容不愿去修饰,昏暗的妆镜懒得再擦光。希望那将落的夕阳暮色,照着我迟暮衰老的面庞。

拟明月何皎皎

题解

刘良说:"此篇为远人未还,中闺见月而叹。"即思妇闺中望夫之诗。与《古诗十九首》中《明月何皎皎》一首同一主题。诗写闺中少妇见月思人,彻夜沉忧:"谁为客行久? 屡见流芳歇"两句,固是申己之望归,但却从彼方揣度其为何不归,再叹之以芳华几度消歇,尤觉笔曲意圆,深情绵邈。最后因相思而生追寻之念。河广无梁,山高路险,为对方牵挂担忧。

原文

落宿半遥城[1],浮云蔼层阙[2]。玉宇来清风[3],罗帐延秋月[4]。结思想伊人[5],沉忧怀明发[6]。谁为客行久[7],屡见流芳歇[8]。河广川无梁[9],山高路难越。

注释

〔1〕落宿(xiù 秀)：落下去的星星。宿，列星。　半(pàn 盼)：大片，散布。

〔2〕蔼：云气弥漫的样子。这里是笼罩、遮掩的意思。　层阙：高大的城阙。阙，此指城楼。

〔3〕玉宇：指天空。

〔4〕延：引入。

〔5〕结思：心所专注，积思所在。结，凝聚，聚结。　伊人：此人。意中有所指的那个人。这里指女子所思念的丈夫。

〔6〕沈忧：深忧。　明发：天刚亮。含有通宵达旦的意思。

〔7〕谁为：为谁。

〔8〕流芳：散发香气。此指花草。　歇：止。枯萎、衰败的意思。

〔9〕梁：桥。

今译

　　将落的星星散布在遥城上空，飘浮的云气笼罩着高高城阙。凄冷的天宇吹来了阵阵清风，薄薄的纱帐透入皎洁的秋月。神思凝结苦苦地想着意中人，忧愁深沉默默企盼着天色明。究竟为谁客游他乡久久不归？曾见过几度芳草繁荣又衰歇。那河水宽阔又没有桥梁可渡，山高路远令人实在难以超越。

（周奇文译注并修订）

和琅邪王依古一首 五言 王僧达

题解

这是一首感慨兴亡的诗。全诗十六句，每四句一层，意脉相联，层层递进。一层写少时驰侠，曾游宫关源，面对周、汉故地，践迹兴叹。二层慨叹周、汉之衰亡，离宫荒没，陵园无存，寄寓尤深。三层写时当仲秋，边风刮起，但见孤蓬飞卷，黄沙千里，白日无光，极萧瑟凄凉之至，状边塞风光，颇具苍莽之气。四层议论，将千古历史、圣贤豪杰，一概归之于虚无，唯应“抱命”而“无怨”。这正是老庄的虚无主义、宿命论哲学。僧达诗向来意境不高，立意平庸，而着意雕琢。这一首感慨深，寄兴远，乃其上乘之作。

原文

少年好驰侠[1]，旅宦游关源[2]。既践终古迹[3]，聊讯兴亡言[4]。隆周为薮泽[5]，皇汉成山樊[6]。久没离宫地[7]，安识寿陵园[8]？仲秋边风起[9]，孤蓬卷霜根[10]。白日无精景[11]，黄沙千里昏。显轨莫殊辙[12]，幽途岂异魂[13]？圣贤良已矣[14]，抱命复何怨[15]！

注释

〔1〕驰侠：指骑马射箭的侠士。

〔2〕旅宦：为做官而远游他乡。 关源：指关中（陕西）一带。

〔3〕践：临，足迹所至。 终古迹：具有悠久历史遗迹之地。终古，悠久。

关中一带为中华民族的发祥地,具有悠久的历史,故言。

〔4〕聊:姑且。　讯(xùn 训):问,这里有探索的意思。　兴亡言:兴亡的言论、道理。

〔5〕隆周:兴盛的周王朝。隆,兴盛。　薮(sǒu 叟)泽:荒芜的沼泽。

〔6〕皇汉:大汉王朝。皇,大。　山樊:丘山。

〔7〕离宫:古代帝王于正式宫殿之外别筑宫室,以便随时游处,谓之离宫。

〔8〕寿陵:皇帝生前预筑的坟墓。李善注引张晏《汉书》注曰:"景帝作寿陵也。"这里泛指古代帝王的陵墓。

〔9〕边风:边地的风。

〔10〕孤蓬卷霜根:即孤蓬经霜根断,为秋风所吹卷之意。孤蓬,孤单的飞蓬。比喻只身飘零,行止无定。

〔11〕精景:光明。指日光。

〔12〕显轨莫殊辙:人生的轨道上没有不同的辙迹。即殊途同归的意思。喻指世人无论高贵卑贱,都是在名利场上追逐着。显轨,生命的轨道。李善注引郭象注《庄子》曰:"待隐谓之死,待显谓之生。"殊辙,不同的车轮行迹。

〔13〕幽途岂异魂:幽冥路上哪里有不同的鬼魂。即无论高贵者或卑贱者,最终总免不了一死,作为鬼魂,他们都是一样的。幽途,幽冥路上,即所谓阴间、地下。以上两句是以老庄的虚无主义哲学否定人生建功立业等一切作为,即功名利禄最终都免不了归于无,因而都是没有意义的。

〔14〕良已矣:永远完了。

〔15〕抱命:持守命运,安于命运,不追求任何身外之物。

今译

　　年轻时好骑射追慕豪侠,为做官离故乡远游关源。踏上这悠悠的古老之地,聊探询兴亡的至理明言。兴盛的周王朝变为荒泽,强大的汉帝国已成丘山。离宫别馆久已埋没无存,何处去寻找那先朝陵园?仲秋时边塞地刮起寒风,看孤蓬经霜断满地飞转。白天看不到太阳的光影,黄沙滚滚千里一片昏暗。生命途中没有不同辙迹,黄泉路上哪有两样鬼魂?前代圣贤们永远死掉了,安于命运吧又何必忧怨!

(周奇文译注并修订)

◎ 拟古诗三首 五言

鲍明远

▨ 题解

这是三首拟古意所作之诗。实际都表现鲍照自身的人生体验与社会理想。

第一首,描写北方习俗和精于骑射的少年英雄。诗人赞扬卫国建功的高尚精神,与曹植《白马篇》选材与主旨完全一致。

▨ 原文

幽并重骑射[1],少年好驰逐[2]。毡带佩双鞬[3],象弧插雕服[4]。兽肥春草短,飞鞚越平陆[5]。朝游雁门上[6],暮还楼烦宿[7]。石梁有余劲[8],惊雀无全目[9]。汉虏方未和[10],边城屡翻覆[11]。留我一白羽[12],将以分虎竹[13]。

▨ 注释

〔1〕幽并:二州名。幽州,今河北北部;并州,今山西一带。

〔2〕驰逐:驰驱逐猎。

〔3〕毡带:帽上毡制的佩带。 鞬(jiān 坚):盛弓之器。

〔4〕象弧:象牙装饰的弓。 雕服:彩绘的箭袋。

〔5〕飞鞚(kòng 控):策马飞驰。鞚,带嚼子的马笼头。 平陆:平原。

〔6〕雁门:雁门山,在今山西代县西北。

〔7〕楼烦:县名。在今山西崞县东。雁门、楼烦,皆魏晋时边塞要地。

〔8〕石梁,巨石名。据李善注引《阚子》:宋景公命工匠制弓,九年才成。景公说:做得太慢了。工匠回答说:我一生精力都倾注到这把弓上了。献弓以后,

几天就死了。景公登上虎圈之台,拉满弓向东射去,箭越过西霜之山,集于彭城之东,只剩余力,还深深射进石梁。这句活用此典。

〔9〕惊雀:疾飞之鸟。 无全目:指箭头射中鸟眼,喻人之善射。据李善注引《帝王世纪》:帝羿与吴贺北游。贺让羿射雀。羿问:"要活的,要死的?"贺说:"射它的左目吧。"羿拉弓即射,却误中右目。羿颇为惭愧,终身不忘。后世一直称颂羿为善射。

〔10〕汉虏:汉朝与匈奴。

〔11〕翻覆:形容时势危急多变。

〔12〕白羽:利箭名。

〔13〕虎竹:指铜虎符和竹使符。是汉时用于军事征发的两种符信。符分两半,右半留京师,左半给郡守或主帅,以为出征的凭信。

今译

幽并二州重视骑与射,少年爱好驰马与猎逐。帽饰毡带腰间佩双弓,弓饰象牙胯下带箭服。禽兽膘肥春草茎叶短,飞马腾越原野平而坦。清晨行游边地雁门山,傍晚归来住宿在楼烦。巨石坚硬余劲犹射入,鸟雀惊飞稳准中左目。大汉匈奴至今未讲和,边城形势经常出翻覆。留我一支利箭名白羽,接受朝命用以立功劳。

题解

第二首,把鲁客事楚王与南国儒生独沉沦相对立,讽刺俗人贪禄,赞扬寒士清高自守。此与诗人的《咏史》、《放歌行》思想互通。

原文

鲁客事楚王[1],怀金袭丹素[2]。既荷主人恩[3],又蒙令尹顾[4]。日晏罢朝归[5],鞍马塞衢路[6]。宗党生光华[7],宾仆远倾慕[8]。富贵人所欲,道德亦何惧[9]?南国有儒生[10],迷方独沦误[11]。伐木清江湄[12],设罝守麇兔[13]。

注释

〔1〕鲁客:鲁地之客。虚构之名。　楚王:代王侯。

〔2〕金:指金印。　袭:穿著。　丹素:领子绣花的白衣。古时士大夫穿在朝服里面的中衣。此代指朝服。

〔3〕荷:蒙受。　主人:指国君。

〔4〕令尹:楚称宰相为令尹。　顾:眷顾,喜爱。

〔5〕日晏:日暮。　罢朝:退朝。

〔6〕衢(qú渠)路:四通八达的大路。

〔7〕宗党:宗族乡里。

〔8〕宾仆:宾客仆役。

〔9〕道德:以道得之。德,似传写之误,当为"得"。(依李善注及别本。)

〔10〕南国:南方。　儒生:信仰儒道的读书人。此诗人自谓。

〔11〕迷方:沉迷于正道。方,指正道。　沦误:沉沦谬误。误,谬误,指与世俗相背谬。这两句承上说,虽然富贵是人之所欲,以道得之也可享有,而南国儒生则沉迷正道,即使以道可得也不趋就,甘愿独自沉沦,与俗世相悖谬。

〔12〕湄:江水之岸。

〔13〕罝(jū):捕兔网。　守:等待。　毚(chán馋)兔:狡兔。

今译

　　鲁地宾客事奉楚国王,怀藏金印身著朝臣服。既然深得主君恩情厚,又可蒙受令尹多惠顾。日暮之时退朝返私宅,雕鞍宝马簇拥塞满路。宗族乡里脸面生光彩,宾客仆从远人也倾慕。富贵荣华人人所欲求,以道获取内心无愧羞。南国儒生生来性倔强,耽迷正道沉沦与时谬。伐木丁丁退隐清江畔,布下罗网山野捕狡兔。

题解

　　第三首,表现个人志趣与现实形势的冲突。主人公才学品格卓然于世,但是不得不为时势所迫,弃文事而习武业。早岁倾慕古人遗风,晚节则奔走俗世之务,对未来的结局颇多忧患之感。

原文

十五讽诗书[1],篇翰靡不通[2]。弱冠参多士[3],飞步游秦宫[4]。侧睹君子论[5],预见古人风[6]。两说穷舌端[7],五车摧笔锋[8]。羞当白璧贶[9],耻受聊城功[10]。晚节从世务[11],乘障远和戎[12]。解佩袭犀渠[13],卷袠奉卢弓[14]。始愿力不及[15],安知今所终[16]?

注释

〔1〕讽:背诵。诗书;指《诗》与《书》,代经典。

〔2〕篇翰:指文章。翰,笔。靡:无。

〔3〕弱冠:古时男人二十始戴冠。尚未壮,故曰弱。参:参谒,拜见。多士:指朝臣显贵。

〔4〕飞步:跨步。秦宫:秦都咸阳之宫。此泛指京都。

〔5〕侧睹:旁览。此有自谦意。君子论:德行高尚者之论著。

〔6〕预见:事先得见。古人风:古人的德风。

〔7〕两说:指战国时齐人鲁仲连反驳辛垣衍言帝秦和劝服占据聊城的燕将投降之说辞。李善注引《史记》:"秦东围邯郸,魏王使新垣衍入邯郸,说平原君,尊秦昭王为帝,秦必罢兵去。鲁连闻之,乃责垣衍。新垣衍请出,不敢言帝秦。秦将闻之,为却五十里。"又引:"田单攻聊城不下,鲁连乃为书,约之矢以射聊城中,燕将得书自杀。"此谓雄辩有力的说辞。舌端:指舌辩的高超才能。李善注引《韩诗外传》:"避文士之笔端,避武士之锋端,避辩士之舌端。"

〔8〕五车:指五车书。形容读书之多。李善注引《庄子》:"惠施,其书五车,道踦驳也。"笔锋:指驾驭文辞的高超才能。

〔9〕羞当:羞于接受。贶(kuàng 框):赏赐。李善注引《韩诗外传》:"楚襄王遣使者持金千斤,白璧百双,聘庄子以为相,庄子不许。"这句活用此典。

〔10〕聊城功:指齐人鲁仲连射书下聊城之功。李善注引《史记》:"田单屠聊城,归而言鲁连欲爵之,鲁连逃隐于海上也。"这句活用此典。

〔11〕晚节:晚年。　　从:从事。　　世务:当世之务。指武事。

〔12〕乘障:戍守于边境上的堡障,指筑于边境险要处所,以为戍守的障塞。和戎:安抚戎人。指古时汉族与少数民族通好结盟。

〔13〕解佩:解下玉佩。指脱下文官服。古时文官文士衣带皆著玉佩,行步相触有声,以为行走的节拍。　　袭:穿著。　　犀渠:犀牛类的兽名。其皮可为铠甲。此指铠甲。

〔14〕卷袠(zhì至):卷起书套,收起书卷。　　奉:捧。　　卢弓:黑色之弓,用于征伐。

〔15〕始愿:当初的志愿。即前半言讽诵诗书,习古人风。　　及:达到,实现。

〔16〕今:指后半言讲习武事。　　所终:指讲习武事,乘障和戎的结局。

今译

年方十五熟读诗与书,文章辞赋笔下无不通。二十戴冠拜见众朝臣,跨步漫游西京未央宫。曾经饱览君子高明论,事先得见古人贤德风。雄辩使论敌理屈词穷,博学让文士摧折笔锋。像庄周羞领白璧之赐,似鲁连耻受聊城之功。晚年被迫从事当世务,戍守边防与外族结盟。解下玉佩披甲并戴胄,收起书卷手持征伐弓。当初志愿力所难实现,安知未来能否得善终。

(陈复兴译注并修订)

◎ 学刘公干体一首五言　　鲍明远

题解

本诗以学刘公干体为题。公干,名桢,东平人。为建安七子之一。有《赠从弟》一诗,以凤凰喻贤士,黄鸟喻群小,谓贤士不与群小为伍,自愿离去,以待明时。

本诗活用公干的题旨与构思。朔雪喻高洁贤士,伴北风而来,度过龙山,集于瑶台,舞于两楹,环境适宜,才美自见。桃李喻庸庸群小。艳阳年正是群小得志之日,也是朔雪必当回避之时。其皎洁之美,也无所显现了。

剔除其喻义,单纯鉴赏本诗所表现的自然美,也令人陶醉。它直接描写的是自然时序的进程。以空间(风雪、桃李)的演变,表现时间(由隆冬至仲春)的推移。环境节令不同,大自然之美也各异。严冬之美,在朔雪皎洁;而仲春之美,则在桃李争妍。自然美有其客观性的一面。

原文

胡风吹朔雪[1],千里度龙山[2]。集君瑶台里[3],飞舞两楹前[4]。兹辰自为美[5],当避艳阳年[6]。艳阳桃李节[7],皎洁不成妍[8]。

注释

〔1〕胡风:北风。　朔雪:北方之雪。

〔2〕龙山：即逴龙山。传说中北方的寒山。

〔3〕瑶台：琼瑶的楼台。瑶，美玉。

〔4〕两楹：两支楹柱。楹，殿宇中的高柱。李善注引郑玄《礼记注》："两楹之间，人君听治正坐之处。"

〔5〕兹辰：指冬日。

〔6〕避：退避。 艳阳：春日明媚的阳光。

〔7〕节：季节。

〔8〕皎洁：洁白。此指朔雪。 妍：美丽。

今译

北风吹送来隆冬瑞雪，从千里之外度过龙山。聚集在君王琼瑶台上，盘旋飞舞殿堂楹柱间。严寒时日自显多壮美，必当回避春来艳阳天。艳阳季节桃李花竞放，皎洁消逝不再成娇妍。

（陈复兴译注并修订）

◎ 代君子有所思一首 五言

鲍明远

　　本篇是对陆机《君子有所思行》的拟作。

　　前半描写楼台殿阁,宴饮声歌,讽统治者的穷奢极欲。后半述祸福倚伏,满溢遭损之理,以诫当政者防微杜渐。虽似玄理,而理中有情。

原文

　　西出登雀台[1],东下望云阙[2]。层阁肃天居[3],驰道直如发[4]。绣甍结飞霞[5],琁题纳行月[6]。筑山拟蓬壶[7],穿池类溟渤[8]。选色遍齐代[9],征声匝邛越[10]。陈钟陪夕宴[11],笙歌待明发[12]。年貌不可还[13],身意会盈歇[14]。蚁壤漏山河[15],丝泪毁金骨[16]。器恶含满歜[17],物忌厚生没[18]。智哉众多士[19],服理辩昭昧[20]。

注释

　　〔1〕雀台:铜雀台。汉末建安十五年(211)曹操所建。故址在今河北临漳县西南。

　　〔2〕云阙:高耸入云的楼阙。

　　〔3〕层阁:高阁。层,重。　肃:雄伟高峻的样子。　天居:天帝居处之所。

　　〔4〕驰道:正道。天子驰行车马的大道。

　　〔5〕绣甍(méng 萌):彩绘的梁栋。　结:连结。

〔6〕琁题:饰玉的椽头。琁,玉。 纳:纳入,吸收。此有纳入并反射的意思。

〔7〕蓬壶:即蓬莱山,仙山名。

〔8〕穿,开凿。 溟渤:溟海与渤海。泛指大海。

〔9〕色:指女色。齐代:齐地与代地。齐,东国,代东方;代,北郡,代北方。

〔10〕征:征求。 声:指善歌者。 匝(zā 扎):周遍。 邛(qióng 穷)越:邛地与越地。邛,在西蜀,代西方;越,南国,代南方。

〔11〕陈钟:陈设钟鼓。钟,一种乐器。 夕宴:夜宴。

〔12〕笙歌:吹笙唱歌。 待:及,到。 明发:平明,黎明。

〔13〕年貌:年龄相貌。

〔14〕身意:身体精神。 盈歇:既盈虚。满与空。此指旺盛与衰歇。

〔15〕蚁壤:蚁穴。 山河:一作山阿,指高峻的河堤。

〔16〕丝泪:微细如丝的眼泪。 金骨:比喻坚实。李善注:"丝泪,泪之微者;金骨之坚,喻亲之笃者。言谗邪之人,但下如丝之泪,而金骨为之伤毁也。"

〔17〕器:指欹器,为君王置于座右之器。此物不盛物则倾斜,盛物适中则端正,盛物过满则倾覆,用以自诫。 恶:厌恶,忌讳。 欹(qī 七):倾斜,倾覆。李善注引《孔子家语》:"孔子观于鲁桓公之庙,有欹器焉。……孔子曰:'吾闻宥坐之器,虚则欹,中则正,满则覆。明君以为至诫,故常置于坐侧。'……"这句活用此典。

〔18〕物:生物。此指人。 厚生:过分地注重生命,迫切要求生存。 没:死亡。李善注引《老子》:"人之生生之厚,动皆之死地,十有三。夫何故?以其生生之厚也。"意思是说人过分地追求生命,结果往往相反,倒易于死去。这句活用此典。

〔19〕多士:群臣。

〔20〕服:遵从。 理:道理。指"器恶"、"物忌"两句所言。 辩:明白。辨别。 昭昧:明暗,祸福。

今译

出城向西登上铜雀台,东下眺望楼观高接云。雄伟殿阁直竖入天宫。帝王车道坦直如发辫。彩绘屋梁联结虹霞飞,玉饰椽头辉映明月悬。筑起峰巅如蓬莱仙山，开凿水池似渤海无边。选美色遍访东齐北代，求歌妓尽寻南越西蜀。陈设钟鼓为夜宴助兴，吹笙歌唱直到天将晓。年华容貌不可重变少，身体精神旺盛转衰朽。蚂蚁穿穴渐使堤坝决，谗人丝泪离间至亲仇。欹器最怕盛满必倾覆，人命尤忌贪生反亡故。多明智啊朝中众官宦，讲习至道明辨祸与福。

（陈复兴译注并修订）

⊚ 效古诗一首 五言

范彦龙

▌题解

　　这首效古之作是以汉与匈奴的战争为题材,内容上完全是一首怀古诗。首四句渲染边塞风光:平沙莽莽,飞雪千里,狂风折树,大雾吞城,气氛极浓。中六句突出重点,概括描述了将军的战斗生涯:"朝驰"、"夜薄"二句叙将军之英勇;"昔事"、"今逐"二句叙所从皆名将;"失道"、"迟留"二句则叙结局之悲惨。末二句归美天子,圣道"休明"。全诗对仗工整,音调和谐,节奏铿锵有力,风格刚健清新,实开唐边塞诗之先声。

▌原文

　　寒沙四面平[1],飞雪千里惊[2]。风断阴山树[3],雾失交河城[4]。朝驰左贤阵[5],夜薄休屠营[6]。昔事前军幕[7],今逐嫖姚兵[8]。失道刑既重[9],迟留法未轻[10]。所赖今天子[11],汉道日休明[12]。

▌注释

　　〔1〕平:平铺伸展的意思。
　　〔2〕惊:纷乱的样子。
　　〔3〕阴山:即今横亘在内蒙古自治区南境、东北连接内兴安岭的阴山山脉。汉时匈奴常据阴山侵扰汉境。
　　〔4〕失:这里是吞没的意思。　交河:西汉车师前国首府。《汉书·西域传》:"车师前国王治交河城。河水分流绕城下,故号交河。"故址在今新疆吐鲁番县西北的雅尔和屯。

〔5〕驰:驱马进击。　左贤:匈奴贵族封号,是单于下的最高官职。匈奴尚左,通常以单于继承者担任左屠耆王。"屠耆"是匈奴语"贤"的意思,汉人因称左、右屠耆王为左、右贤王。

〔6〕薄:逼近。　休屠(xiǔ chú 朽除):匈奴王名。

〔7〕事:侍奉。　前军:前将军的简称。此指西汉名将李广,李广曾为前将军。　幕:营帐。

〔8〕逐:跟随。　嫖(piāo 漂)姚:指西汉骠骑将军霍去病。霍去病曾为嫖姚校尉。

〔9〕失道刑既重:用李广事。据《史记·李将军列传》:汉武帝元狩四年,李广随卫青、霍去病击匈奴。卫青令李广与右将军赵食其合兵出东道,由于军中失去向导,迷失了道路,结果延误了与卫青会师的期约。卫青察问迷路原因,李广说:"诸校尉无罪,乃我自失道。吾今自上簿。"又说:"广年六十余矣,终不能复对刀笔之吏。"于是引刀自刭。失道,迷失路径,既,已。

〔10〕迟(zhì 志)留法未轻:用田广明、田顺事。据《汉书·匈奴传》:宣帝本始二年,"遣御史大夫田广明为祁连将军,四万余骑,出西河","云中太守田顺为虎牙将军,三万余骑,出五原",击匈奴。"祁连将军出塞千六百里,至鸡秩山,斩首捕虏十九级,获牛马羊百余。逢汉使匈奴还者冉弘等,言鸡秩山西有虏众,祁连即戒弘,使言无虏,欲还兵。御史属公孙益寿谏,以为不可,祁连不听,遂引兵还。虎牙将军出塞八百余里,至丹余吾水上,即止兵不进,斩首捕虏千九百余级,掳马牛羊七万余,引兵还。上以虎牙将军不至期,诈增掳获,而祁连知虏在前,逗留不前,皆下吏自杀。"迟留,逗留不前。

〔11〕赖:依赖,倚靠。

〔12〕道:指政治。　日:一天一天地。　休明:美好清明。

今译

沙漠荒寒四面平,千里飞雪漫天惊。狂风吹断阴山树,大雾吞没交河城。清晨冲击左贤阵,夜晚进逼休屠营。当年服役前军帐,如今跟随嫖姚兵。迷途误战刑已重,逗留却阵法不轻。所赖当今圣天子,大汉政治美又明。

（周奇文译注并修订）

杂体诗三十首五言　江文通

古 离 别

▌题解

　　摹拟之体,晋宋诗人所惯用。大概与汉赋先后摹拟之风有所关联。陶谢陆鲍,皆有效拟之作,其中不乏上品。萧统于《文选》特辟杂拟一格。

　　江淹《杂体诗三十首》,自汉无名氏至晋宋诸家,各摹拟一篇。原有小序,揭明宗旨。实际上,是江淹标举自己不同于时俗的美学理想。

　　他从诗史上考察出诗歌风格体制的变易性与多样性。"楚谣汉风,既非一骨;魏制晋造,固亦二体"。艺术上的不同流派、不同风格的各自独立,又相互配合,是其繁荣发展的法则。从社会鉴赏上看,人们的爱好趣味也并非单一偏狭的。美人相貌不同却能"俱动于魄",花草气味各异却能"皆悦于魂"。他尖锐批评了当世诸贤对诗歌评论的偏颇与武断,以一己的好恶取消了诗歌艺术自身的丰富性与繁复性,即"论甘而忌辛,为丹而非素",所以当时对同一位名家,常常褒贬各异。他主张现实的诗歌创作应该珍惜艺术个性,承认"玄黄经纬之辨,金碧浮沉之殊"。对于不同的诗人及其艺术个性,他说:"仆以为亦各具美兼善而已。"明白地显示了江淹美学理想的宽容性、开放性与超越性。这里剔除了汉儒以来匡俗济时之说,完全是从诗歌创作自身规律上立论的。其基本倾向与曹丕《典论·论文》、钟嵘《诗品》先后相通。

　　因此,这三十首杂拟诗,其意义不在于摹拟本身,而在于以创作范例表征自己的美学理想。即所谓"虽不足品藻渊流,亦无乖商榷云尔"。这三十首,与其说是创作杂拟诗,勿宁说是以杂拟创作具体显示一种诗歌美学理想。萧统把这三十首毫无割弃地尽录于《文选》,可能也是由于江淹于此中显示的美学理想与他本人的批评主张恰相吻合吧。

《古离别》拟《古诗十九首》中《行行重行行》一首,写思妇怀念征夫之情。全诗意象,边戍之远,路途之遥,征夫之苦,相见之难,皆出自思妇的想像,不写其泪流肠断,而愁情哀怨则深蕴其中。确然语淡而意浓。最后,一见之愿与琼枝之难相对,又以琼枝之难与兔丝水萍附依之坚相对,则委婉曲折地显示出女主人公刚毅忠贞的心理性格。

原文

远与君别者〔1〕,乃至雁门关〔2〕。黄云蔽千里〔3〕,游子何时还。送君如昨日,檐前露已团〔4〕。不惜蕙草晚〔5〕,所悲道里寒〔6〕。君在天一涯〔7〕,妾身长别离。愿一见颜色〔8〕,不异琼树枝〔9〕。兔丝及水萍〔10〕,所寄终不移〔11〕。

注释

〔1〕君:指所思念的人。

〔2〕雁门关:雁门山,在今山西北部,自古为戍守重地,其上置关。故谓雁门关。

〔3〕黄云:尘埃弥漫与云相连,故云呈黄色。指塞外景象。

〔4〕团:与"漙"通。露多的样子。(用程千帆、沈祖棻说,见《古诗今选》)吕向注:"秋露下垂而团,言时节速改。"

〔5〕蕙草:香草。 晚:指草木凋残。

〔6〕道里:指远征之路。以上两句说时序更替,蕙草凋残不可惜,征人之苦则是她所悲的。

〔7〕一涯:一方。

〔8〕颜色:指所怀的人。

〔9〕琼树:玉树,珍异难见之物。此喻思念而难见之人。

〔10〕兔丝:一种蔓生植物,依附于树。 水萍:浮萍,植根于水。

〔11〕寄:寄托,依赖。 移:改易。以上两句意思是说女人对男人的忠贞,犹如兔丝附于树,浮萍依于水,永不改易。

今译

与君离别君去守边塞,如今已至西北雁门关。黄云弥漫笼罩千万里,远征男儿何时返家园。送君登程犹如在昨日,檐前秋露下降又一年。不惜蕙草凋残时光逝,所悲君在征途忍饥寒。君在天地遥远那一方,我自别后长望眼欲穿。但愿你我一朝得相逢,不异摘取玉枝登昆仑。像那兔丝附树萍浮水,托身于君终生心不变。

李都尉陵 从军

题解

这首诗是摹拟传说李陵所作之《携手上河梁》。李陵,字少卿,汉名将李广之孙。武帝拜为骑都尉。天汉中,率五千步卒击匈奴,兵败投降。传写有《与苏武》诗,旧说以为五言诗之起源。本诗描写一个从军在外的人饯别远行的朋友,有朋友的别情,有夫妻的离恨,悲怆哀怨,朴质清新。

原文

樽酒送征人〔1〕,踟蹰在亲宴〔2〕。日暮浮云滋〔3〕,渥手泪如霰〔4〕。悠悠清川水〔5〕,嘉鲂得所荐〔6〕。而我在万里,结发不相见〔7〕。袖中有短书〔8〕,愿寄双飞燕。

注释

〔1〕樽:酒器。 征人:远行的人。

〔2〕踟蹰(chí chú 池除):徘徊。此有依恋难舍的意味。 亲宴:送别亲人

的宴饮。

〔3〕滋：多，浓。

〔4〕渥：一作"握"。　霰(xiàn 线)：细雨。(刘良注)

〔5〕悠悠：流水的样子。

〔6〕嘉鲂(fáng 房)：珍美的鲂鱼。　荐：凭借。

〔7〕结发：指妻。

〔8〕短书：短小的信札。

今译

　　举杯饮酒送别远行人，朋友会宴徘徊难离分。夕阳落山浮云雾漫漫，握手将别泪落雨淋淋。清清的河川长流缓缓，珍美的鲂鱼凭水翻翻。唯我孤身在万里塞外，结发贤妻终生不相见。袖中藏有短短传情书，愿赠妻子托与南飞燕。

班婕妤　咏扇

题解

　　这一首摹拟班婕妤的《怨歌行》。汉班况女，成帝选入宫为婕妤，后为赵飞燕所妒，退居东宫，作诗自伤。本诗写弃妇怨情，以扇喻人，委婉悲恻。班诗写扇，如霜雪明月，字字素洁；本诗则略着彩色，秦女乘鸾云云，间有创意。

原文

　　纨扇如圆月〔1〕，出自机中素〔2〕。画作秦王女〔3〕，乘鸾向烟雾〔4〕。采色世所重，虽新不代故。窃愁凉风至〔5〕，吹我玉阶树〔6〕。君子恩未毕〔7〕，零落在中路〔8〕。

注释

〔1〕纨扇:细绢做的圆扇。

〔2〕机:织机。 素:白色生绢。

〔3〕秦王女:指秦穆公女弄玉。当时有个名萧史的人,善于吹箫,很为弄玉羡慕。于是穆公就将弄玉嫁给了他。后来两人就骑上凤凰,飞到仙境去了。

〔4〕鸾:即凤鸟。 烟雾:云雾。指仙界。

〔5〕窃:暗暗地。 凉风:指秋风。

〔6〕玉阶:玉石砌的台阶。指宫庭。以上两句意思说秋风吹来,庭树凋残,恐怕团扇就被弃置不用了。此喻宫妃的被遗弃冷落。

〔7〕君子:指君王。 恩:恩情。

〔8〕零落:遗弃。 中路:路中。

今译

细纨扇好似圆圆明月,来自织机上洁白丝绢。画有秦王好女名弄玉,乘上鸾凤成仙入云天。虽说颜色世人皆推重,不可厌弃故旧喜新鲜。暗自忧愁凉风飒飒来,吹我庭中树叶落缤纷。君子恩情未尽秋时寒,无人顾惜遗落路中间。

魏文帝曹丕 游宴

题解

这首诗摹拟曹丕《芙蓉池作》一首。曹诗写夜游,重在西园自然景物的细心观照;江诗以自然为衬景,重在人事活动。冠佩追随,南客吹箫,赋诗赏奇,情味益浓。曹诗基调是寻求快适,热爱人生;江诗基调归入哀愁,陷于孤寂。所以,摹拟并非原作的翻版,袒露的正是拟作者自身的情志。

原文

置酒坐飞阁^[1]，逍遥临华池^[2]。神飙自远至^[3]，左右芙蓉披^[4]。绿竹夹清水，秋兰被幽涯^[5]。月出照园中^[6]，冠佩相追随^[7]。客从南楚来^[8]，为我吹参差^[9]。渊鱼犹伏浦^[10]，听者未云疲^[11]。高文一何绮^[12]，小儒安足为^[13]。肃肃广殿阴^[14]，雀声愁北林^[15]。众宾还城邑，何以慰吾心。

注释

〔1〕飞阁：高耸的殿阁。

〔2〕逍遥：安闲自得的样子。　华池：即芙蓉池。在魏邺都。

〔3〕神飙：神灵之风。

〔4〕芙蓉：荷花。　披：掀开。

〔5〕兰：一种香草。　被：覆盖。　幽涯：幽深的水涯。

〔6〕园：指邺宫西园，曹丕及其周围的文人宴游之所。

〔7〕冠佩：戴冠佩玉的人。指士大夫。

〔8〕南楚：南方。

〔9〕参差：指洞箫。

〔10〕渊鱼：深水中的鱼。　伏浦：隐伏于水滨。这句意思说深渊之鱼闻洞箫之声，出而伏于水滨。

〔11〕云：语助词。

〔12〕高文：高雅的文章。　绮：绮丽，美妙。

〔13〕小儒：指只通一经的儒生。（用刘良说）

〔14〕肃肃：清静。　阴：指日暮。

〔15〕愁：此形容鸟归林时的叫声。

今译

安排酒宴闲坐高楼阁，悠然自得漫游芙蓉池。轻风爽人从远方吹来，荷花吐蕊摇曳而多姿。绿竹夹岸清清溪水流，秋兰满地深深涯畔湿。明月东升照亮西园中，戴冠佩玉追随车马驰。其间宾客远自南楚来，为我吹起洞箫心相知。深渊游鱼闻音出水波，听者感慨已忘夜几时。高雅文章情韵何其美，愚陋小儒安能作此诗。宽广殿堂肃静愈阴暗，鸟雀哀鸣北林栖故枝。众宾尽兴相伴返城邑，以何宽慰寂寞我心思。

陈思王曹植　赠友

▌题解

　　这首诗摹拟曹植《赠丁仪》、《赠王粲》、《赠丁仪、王粲》等诗。开头两句点出全诗总旨。次六句登台望远，引发思友之情。复次六句思友殷切，摘珠拾蕙，以为排遣。后四句引延陵季布，示处富有道当守信重义，与开头呼应。

　　曹赠丁、王诗赞扬乃父滋润万物宏扬天惠的仁爱勋劳，批评"丁生怨在朝，王子欢自营"的处世态度，规劝他们中和乐职，帮助曹公建功立业。江诗则反其意，强调君王当礼贤下士，守信重义，才能得到葵藿向日那样的拥戴。民主精神则超越曹诗。

▌原文

　　君王礼英贤[1]，不吝千金璧[2]。双阙指驰道[3]，朱宫罗第宅[4]。从容冰井台[5]，清池映华薄[6]。凉风荡芳气，碧树先秋落。朝与佳人期[7]，日夕望青阁[8]。褰裳摘明珠[9]，徙倚拾蕙若[10]。眷我二三子[11]，辞义丽金雘[12]。延陵轻宝剑[13]，季布重然诺[14]。处富不忘贫，有道在葵藿[15]。

注释

〔1〕君王：指曹操。　英贤：卓越贤能的人。此指丁仪、王粲等。皆以其才受曹操信用。

〔2〕吝（lìn 蔺）：吝惜。　璧：平圆中有孔的宝玉。

〔3〕双阙：指宫前两侧的楼台，中间有道路。　指：指向，通过。　驰道：天子之道。

〔4〕朱宫：宫苑。宫门漆成朱红色，故谓朱宫。

〔5〕从容：不慌不忙。　冰井台：台名。在邺都（今河北临漳县境），曹操所建。

〔6〕清池：池名。在冰井台下。　华薄：花丛。华，花；薄，草木丛生之所。

〔7〕佳人：此指友人。

〔8〕青阁：青楼。王侯所居。

〔9〕褰（qiān 千）裳：提起衣裳。

〔10〕徙倚：往来徘徊。　蕙若：蕙草与杜若，皆香草名。

〔11〕眷：眷念，怀念。　二三子：指丁仪、王粲等。

〔12〕辞义：文辞，文章。　金雘（huò 货）：金色和赤色。指雕饰而言。以上两句的意思说，我怀念丁仪这些朋友，他们的文章以其雕饰而格外华美。

〔13〕延陵：即延陵季子。春秋吴季札，封于延陵（今江苏武进县）。吴季札一次出使晋国，佩一口宝剑路访徐君，徐君流露出羡慕这口剑的表情。季札想出使任务完成之后，回来就赠给他。但是回来时，徐君已死。季札就把佩剑悬挂在徐君墓地的树上而去。此句用其事。

〔14〕季布：汉楚人，义勇之士。以重信闻名于世。楚地谚语说："得黄金百斤，不如得季布一诺。"此句用其事。

〔15〕葵藿：两种野菜名。此偏指葵。葵性向日，以喻下对上的倾慕之心。以上两句互文见义，意思说身处富贵者总不忘贫贱之人，有道之士必能得到人们的倾慕归依。

今译

　　君王尊重卓越俊贤才，毫不吝惜千金贵玉璧。楼阙前延伸宽阔大道,宫苑内排列豪华宅第。从容登上高高冰井台,百花丛倒映在清池里。凉风拂拂送来芳香气,绿树依依初秋叶落地。清晨与佳人预先约会,傍晚青楼上盼得心急。提衣入水摘来明月珠,徘徊上岸拾取香草美。怀念起我那二三好友,诗文词采金玉般华丽。延陵子轻宝剑而守信,汉季布名远扬而重义。身处富贵不忘贫贱者,有道之士众人方归依。

刘文学桢　感遇

题解

　　这首诗摹拟刘桢《赠从弟三首》和《公宴诗》。刘桢是建安七子中最富个性的一个。刚正不阿,礼俗不拘,遭际不佳,幸免一死。江淹拟其诗而悲其人。

　　前半是比体,以中山桂虽遭霜露,而劲直苍翠,本色不改,赞扬一种处逆境有操守的理想人格。后半是赋体,将"圣主私"与"文墨职"相对,"丹彩"与"雕饰"相对,"微臣"与"鸿恩"相对,皆以突出名与实的矛盾。因此,前半是自况,后半是自嘲。看是感戴,实含牢骚。

原文

　　苍苍中山桂[1],团圆霜露色[2]。霜露一何紧[3],桂枝生自直。橘柚在南国,因君为羽翼[4]。谬蒙圣主私[5],托身文墨职[6]。丹采既已过[7],敢不自雕饰[8]。华月照方池,列坐金殿侧。微臣固受赐[9],鸿恩良未测[10]。

注释

　　〔1〕苍苍:青翠的颜色。　桂:木名。乔木,叶长椭圆形,皮可入药或做香料。

〔2〕团圆:圆圆,此形容桂树之叶。

〔3〕紧:急。

〔4〕因:借。 君:指山中桂。 羽翼:鸟的翅膀。喻辅佐。此有陪衬意。李善注以上二句:"橘柚在南虽珍,须君羽翼乃贵也。"

〔5〕谬蒙:误受。自谦之辞。 圣主:指魏文帝曹丕。 私:恩惠。

〔6〕托身:寄身,安身。 文墨职:指文学之职。

〔7〕丹彩:光彩。喻圣主给予的荣誉。 雕饰:雕刻彩饰。喻人的自强奋勉。

〔8〕微臣:小臣,谦词。 赐:此指金殿赐宴。

〔9〕未测:深厚而不可测度。

今译

　　苍翠的桂树挺立山谷,傲霜的圆叶依然本色。寒霜侵袭任它多紧急,桂枝生来刚直不摧折。橘树柚树生长在南国,凭你辅佐炫耀花与果。我承受圣主恩深情厚,寄身之职却从事文墨。恩遇时日既已成往昔,岂敢不修饰勉励自我。月光明媚照耀方池水,君臣列坐在空殿一侧。小臣幸得圣主赐酒宴,皇恩浩荡高深不可度。

王侍中粲　怀德

题解

　　这首诗摹拟王粲的《七哀诗》与《公宴诗》。前半写汉末大乱的惨景,个人颠沛流离的哀情。后半写魏武知遇之恩,并以颂词作结。其中深含江淹欲逢笃于惠义的贤主的愿望。

原文

　　伊昔值世乱[1],秣马辞帝京[2]。既伤蔓草别[3],方知杕杜情[4]。崤函复丘墟[5]，冀阙缅纵横[6]。倚棹泛泾渭[7]，日暮山河清。蟋蟀依桑野[8]，严风吹若茎[9]。鹳鹢在幽草[10]，客子泪已零[11]。去乡二十载，幸遭天下平。贤主降嘉赏[12]，金貂服玄缨[13]。侍宴出河曲[14]，飞盖游邺城[15]。朝露竟几何[16]，忽如水上萍[17]。君子笃惠义[18]，柯叶终不倾[19]。福履既所绥[20]，千载垂令名[21]。

注释

〔1〕伊：语助词。　世乱：指后汉董卓之乱。董卓灵帝时为前将军，帝崩，将兵入朝，立献帝，拥其入长安，自为太师，凶暴为乱。

〔2〕秣马：喂马。　京师：指长安。董卓被杀之后，其部将李傕、郭汜曾攻入长安作乱。此时王粲离长安适荆州，投奔刘表。

〔3〕蔓草：蔓生的野草。典出《诗经·郑风·野有蔓草》。李善注引《毛诗序》："野有蔓草，思遇时也。君之泽未流，民穷于兵革，男女失时，不期而会焉。"此喻男女伤别之悲。

〔4〕杕(dì 弟)杜：《诗经·唐风》篇名。《毛诗序》："刺时也。君不能亲其宗族，骨肉离散，独居而无兄弟。"此喻兄弟离散之苦。

〔5〕崤函：指崤山函谷关，为古险要关隘之地。　丘墟：废墟。

〔6〕冀阙：秦所筑公布法令的门阙。　缅：尽，完全。　纵横：破乱不堪的样子。

〔7〕倚棹：乘船。棹，划船的工具。此代船。　泛：漂泊。　泾渭：泾水与渭水。皆在陕西。

〔8〕桑野：原野。

〔9〕严风：寒风。　若茎：一作"枯茎"，干枯的草茎。以上两句说蟋蟀伏于桑野，寒风吹打枯草，此言天寒蟋蟀已无屋宇可入。

〔10〕鹳鹢(guàn yì 贯义)：两种水鸟名。　幽草：深草。李善注："鹳鹢在幽草，谓鹳鸣于垤。"鹳当栖于水涯，而在幽草，亦谓无所栖。意义与"蟋蟀"句同。

〔11〕客子：浪游在外的人。此指王粲。

〔12〕贤主：指曹操。

〔13〕金貂：汉朝的冠饰。冠上加金珰，饰以貂尾。王粲入魏拜侍中。恰其

所用。　玄纓:丝做的礼冠上的饰物。此指礼冠。

〔14〕侍宴:陪侍宴饮。　河曲:河湾。

〔15〕飞盖:飞驰的车驾。盖,车盖。　邺城:曹操封地。今属河北临漳县。

〔16〕朝露:比喻人生短促。

〔17〕忽:速。　萍:水草名,浮萍。

〔18〕君子:贤德在上位的人。此指曹操。　笃:忠诚,崇尚。　惠义:恩德情义。

〔19〕柯叶:枝叶。　倾:败落。李善注引《礼记》:"其(指礼)在人也,如竹箭之有筠,如松柏之有心。二者虽贯四时,而不改柯易叶。"以上两句的意思说贤德在上位者广施恩德,而仁德美善永不改易,恰如松竹柯叶,虽经四时而不凋残。

〔20〕福履:福禄。　绥:安,安宁。

〔21〕垂:流传。　令名:美名。这两句与前两句互文,意思说贤德在上位者以福禄永远得享安宁,于是其自身的美名将永远流传。以上四句皆怀德颂美之辞,为王粲《公宴诗》结尾之化用。

今译

　　昔日遭遇社会大动乱,骑马离家告别汉帝京。内心感伤夫妻长别离,从此方知兄弟骨肉情。崤山函谷关塞成废墟,秦筑冀阙化做瓦砾场。乘舟漂流泾水与渭水,日暮远望山河更凄清。秋深蟋蟀悲吟荒野里,寒风凛冽吹折枯草茎。鹡鸰离水哀鸣深草中,流浪人满眼热泪盈盈。离乡背井至今二十载,幸得相逢天下已太平。贤主授予美好奖赏重,头戴礼冠荣耀为侍中。陪侍宴饮车马出河湾,飞驰游乐遍到邺都城。人生如朝露何其短促,忽然逝去似水上浮萍。君子高风广施恩义厚,仁德美善如松竹常青。福多禄多永世保安宁,千秋万代流传君美名。

嵇中散康　言志

题解

这首诗摹拟嵇康的《幽愤诗》。

前十句写超尘脱俗安时处顺的本性。次十二句写云罗四陈的现实和无为守贞的品格。后二句则感于《幽愤诗》传之不远,书于衣带以自警。

《幽愤诗》重自责,本诗多自宽。

原文

曰余不师训[1],潜志去世尘[2]。远想出宏域[3],高步超常伦[4]。灵凤振羽仪[5],戢景西海滨[6]。朝食琅玕实[7],夕饮玉池津[8]。处顺故无累[9],养德乃入神[10]。旷哉宇宙惠[11],云罗更四陈[12]。哲人贵识义[13],大雅明庇身[14]。庄生悟无为[15],老氏守其真[16]。天下皆得一[17],名实久相宾[18]。咸池飨爰居[19],钟鼓或愁辛[20]。柳惠善直道[21],孙登庶知人[22]。写怀良未远[23],感赠以书绅[24]。

注释

〔1〕曰:语助词。　师训:从师受教。

〔2〕潜志:静心专一。　世尘:污浊的现实。

〔3〕宏域:广大的人世之域。

〔4〕高步:清高脱俗的行为。　常伦:平凡之辈。

〔5〕灵凤:神灵的凤鸟。此喻嵇康。　羽仪:羽翼。

〔6〕戢景(jí yǐng 急影):隐迹。景,通"影",行迹。　西海:指西方。指远

离世尘的清静之界。

〔7〕琅玕(láng gān 郎干)：传说中的宝树。

〔8〕玉池：玉液之池。　津：液，水。

〔9〕处顺：顺应自然变化。这是道家的一种主张。《庄子·大宗师》："且夫得者，时也，失者，顺也；安时而处顺，哀乐不能入也。"即是说人的生是适时，死是顺应，两者皆属自然。所以人自身要安于适时，也要顺应变化，那么哀与乐皆不能入其心。　无累：不受牵累。指哀乐皆不能入于心，得失不能动其志。

〔10〕养德：修养道德。这也是一种道家的主张。即人的具体行为要依循自然之道，弃绝俗世的富贵荣利。　神：神明。指彻底摆脱开现实外物的牵累，而达到精神绝对自由的境界。

〔11〕宇宙：指时空。

〔12〕云罗：如云一样的罗网。　陈：陈设。布置。

〔13〕哲人：大智大勇者。此指依循自然之道的人。　识义：认识道义。

〔14〕大雅：指《诗经》中之一类。　明：明哲，明智。　庇身：保护自己。这句典出《诗经·大雅·烝民》："既明且哲，以保其身。"

〔15〕庄生：庄子，名周，战国时道家学说代表，主张清静无为。　无为：道家学说的基本主张，即万物皆顺其自然，不依人意而为。

〔16〕老氏：老子，性李，名耳。春秋时道家学说的创始人，主张无为而无不为。　真：真朴，即不受污染的自然本性。

〔17〕一：唯一的原则，即道家所主张的作为万物本源的自然之道。《老子·四十二章》："道生一，一生二，二生三，三生万物。"

〔18〕宾：宾位，与主位相对。道家认为实为主名为宾，名为实所派生所决定。所以不重虚名。《庄子·逍遥游》："许由曰：'子治天下，天下既已治也。而我犹代子，吾将为名乎？名者实之宾也。吾将为宾乎？'"

〔19〕咸池：古乐名。传说为黄帝之乐，尧曾增修沿用。　飨：供以享用。爰居：古海鸟名。

〔20〕钟鼓：两种古代乐器。李善注引《乐动声仪》："黄帝乐曰咸池。"又引《庄子》："海鸟止于鲁郊，鲁侯觞之于庙，奏九韶以为乐，具太牢以为膳。鸟眩视忧悲，不敢食一脔，不饮一杯，三日而死。此以己养养鸟也。"这两句的意思说，以咸池之乐娱乐海鸟爰居，尽管钟鼓齐奏，音声和美，但是它不但不感到畅快反而悲愁。此以喻嵇康之于富贵荣利，也如爰居之于咸池之乐钟鼓之音

一样。

〔21〕柳惠：柳下惠，春秋时鲁大夫展禽。鲁僖公时人，因封邑于柳下，谥惠，故称柳下惠。他为士师，曾三次被黜，有人问他为什么不离开鲁国而他去。他说："直道而事人，焉往而不三黜？枉道而事人，何必去父母之邦？"（《论语·微子篇》）　直道：正直的处世态度。

〔22〕孙登：三国魏人，隐居汲郡山中，好《易》，善啸，与嵇康相交。曾说："子才多识寡，难乎免于今之世也。"（见嵇康《幽愤诗》李善注引《魏氏春秋》）庶：几乎。

〔23〕写怀：抒发情怀。指嵇康写《幽愤诗》。

〔24〕书绅：书写在系腰的大带上。

▌▋今译

我不从师不愿受训诲，心志清静欲离污浊世。远大幻想越出俗人域，高尚行为超绝凡夫子。神灵凤鸟振起双羽翼，隐匿踪迹西海寻闲适。早晨进食琅玕生宝果，傍晚饮用玉池仙液汁。顺应自然身心无牵累，修养道德神明即可至。空旷啊宇宙虽有仁惠，如云罗网四方遍设置。哲人勤思贵在识义理，大雅诗言保身须明智。庄生体悟无为任自然。老氏信守真朴不趋时。天下万物本源皆为道，名为实宾名应在其次。演奏咸池娱乐爱居鸟，钟鼓齐鸣使之忧烦死。柳惠直道被免而无怨，孙登知我才多而寡识。抒发幽愤流传未久远，有感赠人写入衣带丝。

阮步兵籍　咏怀

▌▋题解

本诗摹拟阮籍《咏怀诗》。魏晋之交，名士少得保全。阮籍终日酣醉，不与世事，得以免祸。其忧患幽愤，发为咏怀之诗。本篇颇得神韵。

前六句把高翔海上的青鸟与低飞蒿下的鹥斯相对照，赞扬后者的退守自保，安然全生。后四句以朝云多变，精卫幽微，喻籍之心志，俗世莫测，与阮籍个性和全生之法甚合。

原文

青鸟海上游[1]，鹥斯蒿下飞[2]。沉浮不相宜[3]，羽翼各有归[4]。飘飘可终年[5]，沆漭安是非[6]。朝云乘变化[7]，光耀世所希[8]。精卫衔木石[9]，谁能测幽微[10]。

注释

〔1〕青鸟：传说中的海鸟。

〔2〕鹥（yù 玉）斯：小鸟名。 蒿：草名。

〔3〕沉浮：指高低。浮，指海上；沉，指蒿下。

〔4〕归：归依，归宿。

〔5〕飘飘：轻飞的样子。指鹥斯。

〔6〕沆漭（hàng yǎng）：水深广的样子。指青鸟。

〔7〕朝云：指高唐女神。宋玉《高唐赋》中描写楚王游高唐而遇神女事。神女说："妾在巫山之阳，高丘之阻。旦为朝云，暮为行雨。朝朝暮暮，阳台之下。"

〔8〕光耀：指朝云的光辉。 希：稀罕。

〔9〕精卫：传说神鸟名。传说炎帝少女，名女娃，游东海而溺死，化为精卫鸟，常衔西山之木石，以填于东海。

〔10〕幽微：深远微妙。指精卫填海事。

今译

青鸟于大海上高翱翔，鹥斯于蓬蒿下低翻飞。飞翔高低彼此虽不齐，同是羽翼同样有归依。飘飘低处安然保终生，遨游广远未必免是非。高唐神女乘云多变化，光辉闪耀世人所见稀。精卫神鸟衔木石填海，谁能揣测心志深而微。

张司空华　离情

题解

本篇摹拟张华《情诗》。

前四句月夜佳人,抚琴遣愁。次四句以景物衬托佳人孤苦寂寞的离情,红彩碧滋,无与共赏。后四句表忠贞不渝之情。

与张诗的"儿女情多",难分高下。

原文

秋月照帘笼[1],悬光入丹墀[2]。佳人抚鸣琴[3],清夜守空帷[4]。兰径少行迹[5],玉台生网丝[6]。庭树发红彩[7],闺草含碧滋[8]。延伫整绫绮[9],万里赠所思[10]。愿垂湛露惠[11],信我皎日期[12]。

注释

〔1〕帘笼:竹帘和栏杆。笼,笼槛,栏杆。

〔2〕丹墀(chí池):丹阶,漆成红色的石阶。

〔3〕佳人:美人,指闺中思妇。　抚:抚弄。

〔4〕空帷:空寂的帷幔。谓夫君远离。

〔5〕兰径:长满兰草的小路。谓无人行。

〔6〕玉台:镜台,妇女梳妆用具。　网丝:指蜘蛛结的丝网。

〔7〕红彩:指花。

〔8〕闺草:闺门前的野草。　碧滋:碧绿繁茂。

〔9〕延伫:久立。绫绮:精美的丝织品。古时或有以绫绮为赠物,以表男女情思。《古诗》:"客从远方来,遗我一端绮。相去万余里,故人心尚尔。"

〔10〕所思:指情人。

〔11〕垂:施与。 湛露:浓重的露珠。比喻恩情。

〔12〕皎日:光洁的太阳。喻忠贞的誓约。 期:期许,誓约。

◆今译

秋月照耀竹帘与栏杆,银辉洒遍朱红台阶石。美人抚弄低鸣琴瑟弦,清夜独守空帷盼相知。兰草小径少有人足迹,镜台满生蜘蛛结网丝。庭中花树散发鲜红彩,闺前蔓草饱含碧绿汁。久久站立整好绫与绮,赠与万里之外心所思。愿君恩情施与似浓露,信我盟誓忠贞如白日。

潘黄门岳 悼亡

◆题解

本篇摹拟潘岳《悼亡诗》。潘岳善写悲。入《选》的《寡妇赋》、《悼亡诗》,一叙丧夫之悲,一述亡妻之悲。其悲之极,所引起的心理错乱,由外在物象所化出的幻觉幻象,尤能揭示出男女相失之悲的深层心理状态。这是潘岳艺术上的成功之处。江淹于此颇多妙悟。

前十句直抒妻亡时久而悲思益切之情。次八句写悲思至极而至心理错乱:一是由月影所产生的"想蕙质"的幻觉,一是于梦境所呈现的"觌尔形"的幻象。后六句又复归现实,为感情宣泄寻出路,驾出远山而一哭,雨绝花落以自慰。委婉纡曲,深沉细腻。

然与潘作的喃喃自语,或泣或诉相比,总有一些为文造情之感。

◆原文

青春速天机[1],素秋驰白日[2]。美人归重泉[3],凄怆无终毕[4]。殡宫已肃清[5],松柏转萧瑟[6]。俯仰未能弭[7],

寻念非但一^[8]。抚襟悼寂寞^[9]，怳然若有失^[10]。明月入绮窗^[11]，仿佛想蕙质^[12]。消忧非萱草^[13]，永怀宁梦寐^[14]。梦寐复冥冥^[15]，何由觌尔形^[16]。我惭北海术^[17]，尔无帝女灵^[18]。驾言出远山^[19]，徘徊泣松铭^[20]。雨绝无还云^[21]，华落岂留英^[22]。日月方代序^[23]，寝兴何时平^[24]。

注释

〔1〕青春：指春天。　天机：璇玑（刘良注），星名，指北斗魁第四星。此指北斗，与下句白日相对。

〔2〕素秋：指秋天。以上两句的意思是北斗运行，春天很快过去，白日飞驰，秋天很快到来。

〔3〕美人：此指潘岳之妻。　重泉：深泉，九重泉。

〔4〕凄怆：悲伤。

〔5〕殡宫：古时停放灵柩之处。　肃清：清静。

〔6〕萧瑟：风吹树木所发的声音。

〔7〕俯仰：俯仰之间，谓时间短暂。　弭：止，忘。

〔8〕寻念：追思怀念。非但：不只。　一：指一种途径，一种方式，一时之间。

〔9〕悼：哀伤。

〔10〕怳（huǎng 谎）然：神志不定的样子。

〔11〕绮窗：雕画华美的窗户。

〔12〕仿佛：此有隐隐约约之意。吕向注："想见貌。"　蕙质：指女人温馨的形体。蕙，香草，喻温馨。质，形质，形体。

〔13〕萱草：一种草本植物，传说能够使人忘忧。

〔14〕宁：宁愿。

〔15〕冥冥：昏暗不明的样子。

〔16〕觌（dí 敌）：见。　尔：你。　形：形体。此指妻子的音容笑貌。

〔17〕北海术：指传说中使活人与死人相见的法术。传说北海营陵有个道人，能使活人与死人相见。其同郡人妻已死数年，求见他说：希望帮助我同死去的妻子见一面。道人就教给他见其妻之法。于是他果然与其妻相见，言语悲喜，恩情如生。（李善注引《列异传》）

〔18〕帝女：指借朝云行雨以显灵异的巫山神女。宋玉《高唐赋》；"昔者先王曾游高唐，怠而昼寝，梦见一妇人，曰：'妾巫山之女也，为高唐之客，闻君游高唐，愿荐枕席。'王因幸之。去而辞曰：'妾在巫山之阳，高丘之阻，旦为朝云，暮为行雨，朝朝暮暮，阳台之下。'旦朝视之，如言。"

〔19〕驾：车驾。此做动词用。　言：语助词。　远山：指坟墓。

〔20〕铭：指刻有铭文之碑。

〔21〕绝：止。　还云：归云。雨后尚留于空中的乌云。

〔22〕华：花。　英：此指花瓣。以上两句以雨绝花落喻人死而不能复活。

〔23〕代序：交替运行。

〔24〕寝兴：入睡与醒来。　平：平息，安宁。以上两句意思说人死时久而悲伤之情日夜不平。

今译

　　春日已逝北斗运行急，秋天来临白日似飞驰。美人葬入黄泉时已久，悲怆伤情终年无休止。灵堂空虚人去冷清清，墓上松柏风过声嘶嘶。朝朝暮暮情深不能忘，追思怀念并非只一时。手抚胸襟感伤寂寞情，神志恍惚心中若有失。天上明月照进绮窗来，隐约想见你优美身姿。萱草忘忧难以消我忧，永恒怀念宁愿梦中知。我梦所见复是昏暗暗，如何辨你容颜近咫尺。我惭不得北海道人术，你无神女朝云灵异事。乘上车马奔往远山间，徘徊低泣泪洒墓碑湿。雨过风清天再无归云，花凋叶落红绿岂留枝。日月交替时间永绵延，夜卧晨起伤痛难消释。

陆平原机　羁宦

题解

　　本篇摹拟陆机《入洛诗》、《赴洛道中作》，以及《吴王郎中时从梁陈作》等。吴亡入晋，陆机赴洛阳，先后做过太子洗马和吴王郎中令。诗中多述别离亲情，隐有违心之哀，且预感前途险恶，又婴尘网而身自难脱。江淹把这种处境与心理，融入一诗。

前八句写从吴入洛的悲哀离情。次六句写太子东宫的奉事生活。以卑微之身厕立朱绂长缨之间，深含困窘难堪之情。后八句写观洛川而兴生命无常之感与挣脱世网之愿。前后两层与中间一层相对照，入晋之后对官宦生涯的厌恶烦苦隐含其中。

江淹拟陆诗而写羁宦之苦，实在抒发自身于宋齐之交官场浮沉的辛酸体验。

原文

储后降嘉命[1]，恩纪被微身[2]。明发眷桑梓[3]，永叹怀密亲[4]。流念辞南澨[5]，衔怨别西津[6]。驰马遵淮泗[7]，旦夕见梁陈[8]。服义追上列[9]，矫迹厕宫臣[10]。朱绂咸耄士[11]，长缨皆俊人[12]。契阔承华内[13]，绸缪逾岁年[14]。日暮聊总驾[15]，逍遥观洛川[16]。徂没多拱木[17]，宿草凌寒烟[18]。游子易感忾[19]，踯躅还自怜[20]。愿言寄三鸟[21]，离思非徒然[22]。

注释

〔1〕储后：太子。　嘉命：美善的诏命。

〔2〕恩纪：恩情。　被：给予。　微身：对自己的谦称。

〔3〕明发：早晨。　桑梓：两种木名，古时常植于宅旁。故以喻故乡。

〔4〕密亲：密友近亲。

〔5〕流念：留连依恋。　南澨（shì 是）：南岸。

〔6〕衔怨：心怀哀怨。　西津：西岸的渡口。

〔7〕遵：循，沿。　淮泗：二水名。淮，今淮河，源出河南桐柏山；泗，泗河，源出山东泗水县陪尾山。

〔8〕梁陈：古时二封国名。梁，指汉梁孝王刘武封地；陈，指魏陈思王曹植

封地。

〔9〕服义：即服事。指陆机为太子洗马事。陆机《吴王郎中时从梁陈作》："谁谓伏事浅，契阔逾三年。"李善注引《周礼》："大司徒颁职事十有二，曰服事。"又引郑司农曰："服事，谓为公家服事也。""服"与伏同，古字通。 上列：上位，受尊重的席位。此指受梁孝王器重的枚乘、司马相如，和为陈思王爱重的刘桢、应玚等。

〔10〕矫迹：提高名位，得到拔擢升迁。矫，高举；迹，行迹。 厕：置身。宫臣：宫中近臣。

〔11〕朱黻(fú 伏)：古时佩玉和印章的红色丝带，侍臣所用。黻，通"绂"。髦士：英俊之士。

〔12〕长缨：古时冠上的饰带，亦侍臣所用。 俊人：俊杰之人。

〔13〕契阔：勤苦。 承华：太子宫门名。

〔14〕绸缪(móu 谋)：缠绕。此有连续不断意。

〔15〕总驾：驾车，乘车。

〔16〕逍遥：自由自在。 洛川：即洛河，源出陕西洛南县西北，东入河南，经过洛阳。

〔17〕徂没：死亡。徂，通"殂"。此指坟墓。 拱木：约两手合围粗的树木。拱，两手合围，表树木粗细。

〔18〕宿草：隔年的野草，喻指坟墓。《礼·檀弓上》："朋友之墓，有宿草而不哭焉。" 凌：笼罩。以上两句言观洛川所见的凄凉景象。

〔19〕游子：游宦。指陆机，先为太子洗马，后为吴王郎中令。 感忾(kài)：同感慨，心有感触而慨叹。

〔20〕踯躅(zhí zhú 直足)：徘徊不前，心情不安的样子。 自怜：自我哀怜。

〔21〕三鸟：指古代神话中西王母的使者。《山海经·大荒西经》："有三青鸟，赤首黑目，一名曰大鵹，一名曰少鵹，一名曰青鸟。"后以三鸟为使者代称。

〔22〕离思：离别的情思。 徒然：空无理由。以上两句意思说我愿把话语说给天上的三鸟听，向它申诉自己心中的离情，并不是空无理由的。

🏵️ 今译

　　太子降下美善的诏命，恩情赐予我这微贱民。清晨离家眷恋故乡树,长叹怀念密友与近亲。依依深情分手在南岸,哀哀含怨告别于西津。车马驰行沿着淮泗水,早经梁地傍晚便至陈。服事东宫效法有先辈,名位升迁置身宫臣间。身佩绶带全是杰出士,冠有缨饰皆为英俊人。勤勤苦苦于承华门内,日月绵延转眼过几年。日暮余暇暂且乘车马,悠闲自在游观洛水边。坟墓累累多生松柏茂,荒草丛丛笼罩似寒烟。游宦异乡最易生感慨,神志不宁还须自哀怜。我愿寄言天上三飞鸟,诉说离思并非归徒然。

左记室思　咏史

题解

本篇摹拟左思《咏史》。先说沦隐者强抑欲念,自苦心魂,以"何用"诘难,似讽实赞。再说腾达者建功立业,荫庇封爵,以"当学"领起,似赞实讽。后说高士淡泊功名,洁身自好,"顾念"以向慕,归结作者本意。

构思之妙在由反语以出正意。

但史事联缀颇繁,意趣反被冲淡,与左作稍逊。

原文

韩公沦卖药[1],梅生隐市门[2]。百年信荏苒[3],何用苦心魂[4]。当学卫霍将[5],建功在河源[6]。珪组贤君眄[7],青紫明主恩[8]。终军才始达[9],贾谊位方尊[10]。金张服貂冕[11],许史乘华轩[12]。王侯贵片议[13],公卿重一言[14]。太平多欢娱,飞盖东都门[15]。顾念张仲蔚[16],蓬蒿满中园[17]。

注释

〔1〕韩公:指东汉人韩康,字伯休。常采名药,卖于长安市,三十余年,口不二价。后被人认出,乃遁入霸陵山中。朝廷征召,终不至。 沦:沉没。

〔2〕梅生:指西汉人梅福,字子真。少学长安,通晓《尚书》、《穀梁春秋》。曾为郡文学,补南昌尉,后弃官家居。元始中,王莽专政,一朝弃妻子去。传以为仙。后有人见于会稽,改变姓名,为吴市门卒。 隐:隐退。

〔3〕百年:指一生。 荏苒:喻时光渐渐过去。

〔4〕何用:为何。 心魂:心灵精神。

〔5〕卫霍:卫青、霍去病。卫青,西汉河东平阳人,字仲卿。多次出击匈奴,屡有战功,官至大将军。霍去病,西汉河东平阳人,卫青姊子,善骑射。屡击匈奴有功,封冠军侯,为骠骑将军。

〔6〕河源:黄河之源,指西域。

〔7〕珪组:珪版印绶。珪版,上圆下方的瑞玉,古分封诸侯,不同的爵位,分颁不同的珪版。印绶,系印的丝带,此代封爵。 眄:照顾,关怀。

〔8〕青紫:印绶的颜色。官阶不同,印绶颜色也有别。汉制,丞相、太尉金印紫绶,御史大夫银印青绶。此亦指封爵。

〔9〕终军:汉济南人,字子云。武帝时年十八,至长安上书言事,拜谒者给事中。后出使南越,说南越王归汉,被杀。

〔10〕贾谊:汉洛阳人,年十八,善诗书属文,文帝召为博士。二十,擢迁太中大夫。以改革之志而被妒陷,出为长沙王太傅,后抑郁而死。终军贾谊,皆以才智而少年得志者。

〔11〕金张:金日磾、张安世。金日磾,本为匈奴休屠王太子,武帝时归汉,赐姓金。为侍中,武帝信爱。武帝崩,与霍光同受遗诏辅政,封秺侯。张安世,汉杜陵人,张汤子。以父荫为郎,擢尚书令,迁光禄大夫,封富平侯。 貂冕:饰貂尾的帽子,古时显官所用。

〔12〕许史:许伯、史高,皆汉时外戚。许,汉宣帝许皇后家;史,宣帝母家。华轩:有文采雕饰的车。

〔13〕王侯:指汉娄敬事。娄敬,汉齐人。赴戍陇西,过洛阳,劝说高祖都长安,赐姓刘,号奉春君,后封建信侯。 片议:简短的建议。指娄敬建都长安的建议。

〔14〕公卿:指最高的官职。此指田千秋事。田千秋,即车千秋,武帝时为高寝郎,上书辩戾太子冤屈,武帝悔悟,拜大鸿胪,迁丞相,封富民侯。

〔15〕飞盖:疾驰之车。盖,车上遮阳御雨的伞盖,此指车。 东都:古指洛阳。此泛指。以上两句指疏广、疏受事。疏广,汉兰陵人。明《春秋》。宣帝时为太傅。兄子受同时为少傅,在位五年。以官成名立,恐有后悔,乞归。帝赐金二十斤,太子赠五十斤。公卿大夫送者车数百辆。归日,散金与故旧,召乡父老欢饮,不治田宅,以寿终。

〔16〕顾念:想念。张仲蔚:后汉扶风人,少与同郡魏景卿隐身不仕,明天官,好诗赋,学问宏博,居处蓬蒿没人。

〔17〕蓬蒿:野草。

今译

韩公沦没卖药长安中,梅生隐身吴市守城门。人生一世岁月流逝速,为何心神苦恼寻清贫。当学将军卫青霍去病,建功立业征战在河源。颁珪封侯贤君多关注,青紫绶带明主赐厚恩。终军有才年少即显达,贾谊多智过早地位尊。金姓张姓世戴貂尾冠,许家史家总乘美车轩。简短建议贵得封王侯,一篇上书重获公卿衔。太平告退欢宴乡父老,百官相送车马塞东门。忽然想起扶风张仲蔚,甘愿寂寞蓬蒿长满园。

张黄门协　苦雨

题解

诗中的摹拟并不是消极的摹仿,也是创造。它是借用前人杰作的材料、事典、意象和声律,加以改造提炼,突出原作者与拟作者共鸣相通的情趣,剔除其他,从而熔铸新篇。其成功之作已脱旧窠,成为拟作者本身人格心理的具现。

这一篇,江淹基本上做到了这一点。所用的意象材料声韵,皆取自张协的《杂诗十首》,抒发的则是题目所标的苦雨之情。先写阴雨将临的物候。再写由春而夏而秋,并以秋为重点的绵绵淫雨。雨中含苦,苦借雨出,意象情趣相融合。后以百虑纠缠孤独难慰的寂寞者的形象作结。这不是别人,正是《恨》、《别》二赋中的江淹。

原文

丹霞蔽阳景[1],绿泉涌阴渚[2]。水鹳巢层甍[3],山云润柱础[4]。有弇兴春节[5],愁霖贯秋序[6]。燮燮凉叶夺[7],戾戾飚风举[8]。高谈玩四时[9],索居慕畴侣[10]。青苔日夜黄[11],芳蕤成宿楚[12]。岁暮百虑交[13],无以慰延伫[14]。

注释

〔1〕丹霞:朝霞。丹,红色。日光照射朝云,映成红色,故谓之丹。阳景,日光。

〔2〕阴渚:阴暗的水洲。渚,水洲。

〔3〕水鹳(guàn 贯):水鸟名。将阴雨而鸣。 层甍(méng 蒙):高高的屋中梁栋。

〔4〕山云:山间的云气。 柱础:柱下的基石。以上两句是写阴雨时节的物候,意思是水鹳长鸣不断,正飞来屋梁上作巢,空气潮湿难爽,梁柱下的基石也被水气润湿。

〔5〕有弇(yǎn 眼):乌云兴起的样子。 春节:春季。

〔6〕愁霖:连阴久雨。 秋序:秋季。

〔7〕燮燮(xiè xiè 谢谢):渐渐。 夺:凋落。

〔8〕戾戾(lì lì 立立):风急的样子。 飚风:急风。 举:吹起。

〔9〕高谈:高雅的言谈。 玩:玩赏。

〔10〕索居:寂然独居。 慕:思念。 畴侣:朋友。以上两句的意思当是上下倒置,"高谈玩四时"的情景,正是"索居慕畴侣"对往昔友朋交游的回味,从而愈见连阴久雨朋别离中的孤寂。

〔11〕黄:糜烂之色。

〔12〕芳蕤(ruí):繁茂的花草。 宿楚:草木之丛。吴伯其说:"青苔二句极写阴涔之害。天下最耐雨者莫草木之属,今草之青者禾之芳者皆为秋雨所糜烂,则不待太史岁抄之书,而已知其无麦无禾矣。"(《六朝选诗定论》)

〔13〕岁暮:一年之末,喻晚年。　交:聚集。

〔14〕延伫:久立,谓孤独寂寞。

今译

　　红霞遮蔽了初升阳光,绿泉奔涌过阴暗沙洲。水鹳飞来屋梁上做巢,山气浸润柱石生露珠。乌云漫漫在春季翻腾,细雨绵绵秋日更增愁。凄凉的树叶渐渐凋落,劲急的西风摧折树梢。高谈诗书玩赏四时景,独居回忆愈益念朋友。墙上青苔日夜变泥黄,庭前草花衰朽成焦枯。暮年忧虑愈多积在心,无以慰藉寂寞人孤苦。

刘太尉琨　伤乱

题解

　　这首诗主要是摹拟刘琨伤乱诗《重赠卢谌》。刘琨是西晋末民族战争中的爱国将领和卓越诗人。他的诗虽传世极少,但饱含家国忧患和悲壮情调。本诗先写国难危急,次引古人以述自我怀抱,复述功名未立和内心惭愧,后以天数之变自勉自励。刘琨诗"雅壮而多风"(刘勰语),本篇颇得神韵。

原文

　　皇晋遘阳九[1],天下横氛雾[2]。秦赵值薄蚀[3],幽并逢虎据[4]。伊余荷宠灵[5],感激殉驰鹜[6]。虽无六奇术[7],冀与张韩遇[8]。宁戚扣角歌[9],桓公遭乃举[10]。荀息冒险难[11],实以忠贞故[12]。空令日月逝[13],愧无古人度[14]。饮马出城濠,北望沙漠路。千里何萧条[15],白日隐寒树。投袂既愤懑[16],抚枕怀百虑[17]。功名惜未立,玄发已改素〔18〕。时或苟有会〔19〕,治乱惟冥数〔20〕。

〔1〕皇晋:大晋。皇,大,美盛。 遘:遭。 阳九:指天灾。道家以三千三百年为小阳九,小百六;九千九百年为大阳九,大百六。天厄谓之阳九,地亏谓之百六。此代国家灾难。

〔2〕横:塞,满。 氛雾:喻乱贼。西晋末,黄河流域已为北方游牧民族所侵占。

〔3〕秦赵:指中国北方为游牧民族所侵之地。秦为羌族姚泓所据,赵为羯族石勒所据。 薄蚀:以太阳薄蚀,比喻祖国土地为异族侵占。

〔4〕幽并:幽州与并州。鲜卑人段匹磾为幽州刺史,刘琨为并州刺史。虎据:喻武威之盛。

〔5〕伊:语首助词。 荷:蒙受。 宠灵:恩宠。

〔6〕殉:效命,牺牲。 驰骛:奔走。

〔7〕六奇:指陈平为汉高祖六出奇计,使之化险为夷,终至获胜。

〔8〕冀:希冀。 张韩:指西汉张良、韩信。良为谋臣,信为良将,皆有功于汉。

〔9〕宁戚:春秋时卫人。至齐,喂牛于车下,击牛角而歌,桓公以为非常人,举他做大田之官。

〔10〕桓公:春秋五霸之一,齐国君,名小白。 遭:遇。 举:推举。

〔11〕荀息:春秋时晋国大夫。曾受晋献公命,傅公子奚齐。奚齐被杀,又傅卓子,卓子也被杀,于是自己也为之死。

〔12〕忠贞:忠诚而坚定不移。李善注引《左传》:"初,献公使荀息傅奚齐。公疾,召之曰:'其若之何?'稽首而对曰:'臣竭其股肱之力,加之以忠贞。其济,君之灵也;不济,则以死继之。'"

〔13〕空:徒然。白白地。

〔14〕古人:指张韩宁戚等。 度:气度,品格。

〔15〕萧条:荒凉寂寞。

〔16〕投袂:犹奋袂,挥动衣袖,谓激动的神态。

〔17〕百虑:多种忧虑。

〔18〕玄发:黑发。 素:白。

[19]时：时运。　会：际会，机会。

[20]治乱：指国家的安定与动乱。　冥数：自然规律。冥，不可测度之意。

今译

　　伟大晋王朝遭遇灾难，天下笼罩妖氛与魔雾。秦赵一带被外族侵扰，幽并二州雄据有两虎。我蒙受皇帝恩惠宠信，衷心感激愿效命奔走。虽无汉陈平六出奇计，愿与张良韩信比智谋。宁戚拍击牛角而悲歌，桓公发现荐为朝大夫。荀息甘冒宫中残杀险，确实由于忠贞是缘故。年华虚掷随日月流逝，惭愧没有古人真气度。走出城濠饮马黄河边，眺望北方茫茫沙漠路。千里山川荒凉而寂寞，白日隐没凄寒老树后。抖动衣袖满腔生愤懑，抚弄床枕心内多忧愁。惋惜功名半生未建立，黑发已变斑白又稀疏。或许时运还能有所遇，或治或乱只得凭天数。

卢中郎谌　感交

题解

　　这首诗摹拟卢谌《赠刘琨并书》《答魏子悌》等。谌为晋并州刺史刘琨主簿、从事中郎。早年与琨有亲旧之谊，得其关怀提携，又与辗转北方各地，同刘聪、石勒等少数民族统治者作战。两人多经苦难，志气相合，悲戚与共，反复有诗赠答。

　　江淹的拟作再现了卢谌这种经历与心情。开头赞扬刘琨扶助晋室御敌建功的壮志。再说琨与谌的亲情和给予的关注，以及共同经历的苦难。复以马服、信陵比喻刘琨的高尚节概，以谌的慨无策、惭素丝，衬托琨大事不济誓愿未遂之憾。后述在并州与琨的琴瑟相得和勤勉自谦之情。

　　一、三层为议，二、四层为叙，叙议相承，时空相间。尤其第三层,实是江淹在评说古今得失,颇有宏观性和历史感。

原文

　　大厦须异材[1],廊庙非庸器[2]。英俊著世功[3],多士济斯位[4]。眷顾成绸缪[5],乃与时髦匹[6]。姻媾久不虚[7],契阔岂但一[8]。逢厄既已同[9],处危非所恤[10]。常慕先达概[11],观古论得失[12]。马服为赵将[13],疆场得清谧[14]。信陵佩魏印[15],秦兵不敢出[16]。慨无握中策[17],徒惭素丝质[18]。羁旅去旧乡[19],感遇喻琴瑟[20]。自顾非杞梓[21],勉力在无逸[22]。更以畏友朋[23],滥吹乖名实[24]。

注释

〔1〕异材:卓异的梁栋之材。喻杰出的人才。

〔2〕廊庙:指古时帝王与大臣议论政事的地方。此代朝廷。　庸器:平凡的器具,喻平庸的才能。

〔3〕著:昭著,显耀。　世功:济世之功勋。

〔4〕多士:众多的士人。　济:帮助,成就。　斯位:指晋帝之位。

〔5〕眷顾:爱护关怀。　绸缪(chóu móu 愁谋):缠绕,亲密。

〔6〕时髦:一时的杰出之士。义同"英俊"。　匹:匹配,并立平等。

〔7〕姻媾:由婚姻关系而结成的亲戚。此谓卢谌妹嫁与刘琨弟。

〔8〕契阔:离散,离乱。此指灾难,即刘琨与卢谌父母先后皆为刘聪所害事。

〔9〕逢厄:遭逢厄运。厄,厄运,不幸。

〔10〕恤:忧愁。

〔11〕先达:往昔的贤达。指马服君、僖信陵君。　概:气节,气概。

〔12〕得失:成败。

〔13〕马服:马服君,战国时赵国赵奢。秦军围韩阏与,韩请救于赵。赵王以奢为将,大破秦军。惠文王赐号马服君。

〔14〕疆场:指边疆。　清谧:清静。

〔15〕信陵:信陵君。名无忌,魏安僖王异母弟,封信陵君。秦围赵,求救于

魏。魏将晋鄙迟疑不进。信陵君窃得兵符,杀晋鄙,将兵救赵,大破秦军。后为上将军。

〔16〕出:指出函谷关。

〔17〕幄中:帷幄之中,军帐之中。东汉邓禹,初与光武帝刘秀友善,秀起兵,禹杖策往见,助秀运筹帷幄。秀称帝,拜为大司徒,封酇侯。

〔18〕徒惭:徒然惭愧。 素丝:白色的丝绢。喻变化。李善注引《淮南子》:"墨子见练丝而泣之,为其可以黄可以黑。"高诱曰:"闵其化也。"此以素丝随染而变,喻人随善恶而迁。以上两句的意思说身为刘琨属下而没有贡献出治国安邦的良策,因而不胜慨叹;也没有在刘琨良善的德风下,使自己的资质变得更美好,因而深感惭愧。

〔19〕羁旅:旅居异地。指随刘琨在并州作主簿与从事中郎。 旧乡:故乡。

〔20〕感遇:感激知遇之恩。 琴瑟:两种弦乐器名。同时弹奏,音声和谐,以喻情谊融洽。

〔21〕顾:思考,考虑。 杞梓:两种优质木材,喻杰出人材。

〔22〕无逸:无求逸乐,即勤奋的意思。原为《尚书》篇名,记周公戒成王勿耽于享乐之辞。

〔23〕畏:敬畏,钦服。 友朋:朋友,同辈。此指魏子悌。子悌亦为刘琨从事中郎,与谌同官。谌有《答魏子悌》诗。

〔24〕滥吹:假充吹竽。此喻假冒能者。谌自谦之词。《韩非子·内储篇上》:"齐宣王使人吹竽,必三百人,南郭处士请为王吹竽,宣王说之,廪食以数百人。宣王死,闵王立,好一一听之,处士逃。" 乖:违反,不和谐。

今译

建起大厦须用优质材,构筑庙堂不使平凡器。英雄人物显耀救世功,众多士人扶助晋王位。关怀爱护彼此情谊厚,令我得与俊杰并肩立。亲戚诚挚往来无虚礼,乱离连年灾祸岂一回。遭逢厄运先后既相同,身处危难坚韧不忧戚。时常向往先贤气概伟,纵观古事评论是与非。将军赵奢号为马服君,疆场破敌国家得安谧。公子信陵窃符夺帅印,秦兵不敢出关侵魏地。慨叹帐中不曾献良策,惭愧资质未向良善移。异地为官别离故乡亲,感激恩遇琴瑟和谐美。自认才智并非属优异，勤奋努力不敢图安逸。同辈好友尤其可敬畏，假冒吹竽名与实相离。

郭弘农璞　游仙

题解

　　这首摹拟郭璞《游仙诗》。郭诗十四首，江淹融合提炼，创制而为一首。先写游仙追寻之地，次写仙人所在之境，后写登仙长生之愿。

　　郭诗歌咏游仙，实则歌咏隐逸，中多愤世嫉俗之情（见余冠英《汉魏六朝诗选》）。江诗则仅取其仙山灵域之境，突出人对生命的追求与执著。

原文

　　崦山多灵草[1]，海滨饶奇石[2]。偃蹇寻青云[3]，隐沦驻精魄[4]。道人读丹经[5]，方士炼玉液[6]。朱霞入窗牖[7]，曜灵照空隙[8]。傲睨摘木芝[9]，凌波采水碧[10]。眇然万里游[11]，矫掌望烟客[12]。永得安期术[13]，岂愁濛汜迫[14]。

注释

　　〔1〕崦(yān 淹)山：即崦嵫山，在甘肃天水之西。此指神话中之山。　灵草：仙草，长生之药。

　　〔2〕海滨：东海之滨。此代传说中东海的三仙山：蓬莱、瀛洲、方丈。　奇石：奇异的玉石，食之可以成仙。

　　〔3〕偃蹇(yǎn jiǎn 眼俭)：高升的样子。

　　〔4〕隐沦：隐没，隐退。不留踪迹于人间。　驻：留。　精魄：魂魄。李善注引《抱朴子》："人无贤愚，皆知身之有魂魄。魂魄分去则人病，尽去则人死。"这

句说"驻精魄",即永留精魄于身,可长生不死。

〔5〕道人:有道术的人。 丹经:道人炼丹的经典。

〔6〕方士:方术之士。古时能求仙炼丹自言长生不死的人,即道人。 玉液:长生之液。

〔7〕窗牖(yǒu 友):窗户。

〔8〕曜灵:太阳。 空隙:墙缝。

〔9〕傲睨:傲然旁观。 木芝:即紫芝、灵芝,食之可长生。

〔10〕凌波:凌越波浪而行。 水碧:水玉,仙药。

〔11〕眇然:轻飘的样子。

〔12〕矫掌:举手。 烟客:指隐于烟霞的仙人。

〔13〕安期:古仙人名,传说约活千岁。 术:成仙之术。

〔14〕濛汜(sì 四):日落之处。 迫:近。以上两句的意思说若能获得安期先生的长生不老之术,还怕垂暮之年的临近吗?

今译

崦嵫山上处处生仙草,东海之滨遍地有奇石。耸然飞去升入青天云,超尘绝俗魂魄永不失。道人诵读丹药真经典,方士修炼玉液成可食。红霞漫漫飘入窗门里,阳光灿烂照进空屋室。仙家傲然旁视摘灵芝,凌越波涛采得水玉石。飘然遨游天外万里远,举手仰望烟霞众仙子。若能永得安期登仙术,何愁生命将近垂老时。

张廷尉绰杂述

题解

这首诗题《张廷尉绰》,五臣作孙廷尉绰,近是(见《文选考异》)。孙绰为玄言诗人。本诗也是阐释玄理,并以述志。先写宇宙的尽自然之性,万物的同齐一之态;但是自然大道早已沦没,世人皆以主观私见强分彭殇寿夭,长短曲直。次写欲求超拔私见笼罩的世俗,逍遥物外,体悟君子之道。后写参合宇宙万物,冥化于自然,以达精神的绝对自由。

通篇以庄学理念代替形象,缺乏意境的感性蕴涵。

原文

太素既已分[1],吹万著形兆[2]。寂动苟有源[3],因谓殇子夭[4]。道丧涉千载[5],津梁谁能了[6]。思乘扶摇翰[7],卓然凌风矫[8]。静观尺棰义[9],理足未常少[10]。囧囧秋月明[11],凭轩咏尧老[12]。浪迹无蚩妍[13],然后君子道[14]。领略归一致[15],南山有绮皓[16]。交臂久变化[17],传火乃薪草[18]。亹亹玄思清[19],胸中去机巧[20]。物我俱忘怀,可以狎鸥鸟[21]。

注释

〔1〕太素:指最初构成宇宙的物质。此代天地。

〔2〕吹万:元气吹煦,生养万物。此代万物。 著:显露,呈现。 形兆:指物象千姿百态的表现。《庄子·齐物论》:"子綦曰:'夫天籁者,吹万不同,而使其自己也,咸其自取,怒者其谁邪!'"以上两句化用此意,说天地初开之时,万物呈现出千姿百态,各尽其自然之性。

〔3〕寂:静。 源:本源,外在的动力。

〔4〕因:就。 殇子:未成年而死者。 夭:夭折,短命。以上两句的意思说,人们设想万物的静止与运动是由外力促使的,于是就以为夭折的婴儿是短命的。这里是通过假设条件及其导出的结论证明一个相反的相对主义的道理。即万物的静动并不是外力促使的,而是出于自然之性;既然万物皆尽自然之性,那么殇子就无所谓是短命的,彭祖也无所谓是长寿的。李善注说:"言大道之要动寂无源。今诚以有源,即寿夭异辙,故以殇子为夭也。"与诗意正合。《庄子·齐物论》:"天下莫大于秋毫之末,而大山为小;莫寿于殇子,而彭祖为夭。"这两句诗正是化用此意。

〔5〕道:指自然之道。 涉:经历。

〔6〕津梁：桥梁。此喻自然之道。　了：明了，通达。以上两句的意思说自然大道已经沦丧几千年，没有人能够理解其要领。承上申说把属于自然之性的寂动视为有源，对尽自然之性的殇子以寿夭衡量之，都是囿于人们主观上的时空局限，都是"道丧"和无"能了"的结果。下文说"乘扶摇"，正是要超拔时空，追求精神的绝对自由，以尽自然之性。

〔7〕扶摇：自下上腾的暴风。　翰：飞。

〔8〕卓然：高腾的样子。　凌：驾。　矫：高飞。以上两句的意思说凌驾平地腾起直冲天穹的飓风，向广阔无垠的宇宙飞翔而去。即超越时空的限制，使精神达到绝对悠然自由的境界。《庄子·逍遥游》："鹏之徙于南冥也，水击三千里，抟扶摇而上者九万里。"此化用其意。

〔9〕静观：指超越主观自我，观察万物自然之性。　尺棰（chuí 垂）：一尺长的木杖。《庄子·天下》："一尺之棰，日取其半，万世不竭。"此句化用其意。陈鼓应说："'一尺之棰'，今天取其一半，明天取其一半的一半，后天取其一半的一半的一半，如是'日取其半'，总有一半留下，所以'万世不竭'。"（《庄子今注今译》）

〔10〕理：指自然之理。以上两句意思说超越自我局限，静心无私地观察一尺长的木杖，其长则无限，也足尽自然之性，永不为少。

〔11〕冏冏（jiǒng 窘）：明亮的样子。

〔12〕轩：栏杆。　尧老：唐尧、老聃。指体悟自然之性的贤者。

〔13〕浪迹：放浪形迹，指弃绝尘俗，忘却欲念。　蚩妍：丑恶与美善。

〔14〕君子：指尧老。　道：指无为而任自然之道。

〔15〕领略：指自然之道的要旨。　一致：同一，齐一。

〔16〕南山：指商山，在今陕西商县东。秦末汉初四皓隐居地。　绮皓：指商山四皓，秦末汉初四个隐士，即东园公、绮里季、夏黄公、角里先生。因其须眉皆白，故称皓。

〔17〕交臂：两人以臂相交，形容往复变化。《庄子·田子方》："吾终身与女交一臂而失之，可不哀与！"郭象注："夫变化不可执而留也，故虽执臂相守而不能令停。若哀死者则此亦可哀也，今人未曾以此为哀，奚独哀死邪？"此句化用其意。

〔18〕传：延续。　薪草：指浸以油脂用来点燃照亮的烛薪。《庄子·养生主》："指（为脂之误）穷于为薪，火传也，不知其尽也。"以上两句是从庄子安时

处顺的思想衍化出来的,意思是说宇宙时刻变化,恒久不息,万物也依顺它而生生死死,自我也必须变旧图新,这好像烛薪烧尽,而火永远传续一样。

〔19〕亹亹(wěi wěi 尾尾):勤勉的样子。 玄思:玄妙的自然之理。

〔20〕机巧:机谋智巧。指功利物欲。

〔21〕狎:游玩。以上两句是从庄子"无己"、"丧我"的思想衍化而来的,意思说去除物欲贪心,就可以和宇宙融合为一,忘掉了自我的存在,与自然万物冥然相化,达到精神的至美至乐。

今译

宇宙初开天地始分明,元气吹生万物千百态。俗人假想动静有本源,偏说婴儿夭折是祸灾。大道沦丧历经上千年,宗旨深奥谁能了心怀。我想凌驾冲天龙卷风,超然离去飞升不徘徊。静心观照尺杖长无限,自然之理饱含常不亏。秋月当空光明照天下,倚栏吟咏尧老圣贤辈。放浪江湖泯灭美与丑,然后方知君子道所在。自然之性万物皆同一,商山四皓心领并神会。永恒不息宇宙是变化,薪草烧尽烛火传未来。勤勉体悟清静玄妙理,净化心灵功利抛身外。万物自我融合两相忘,可以伴随鸥鸟游大海。

许征君询 自序

题解

这首摹拟许询的玄言诗。吴伯其评曰:"则许亦诗人,非只清谈差胜者,故文通亦拟其体,但不知何所据也。"(《选诗定论》)

诗意在阐释庄子弃世全生之道。前六句以张毅、单豹养外养内之偏作衬,述排除功利生死之念,即可尽自然之性。次十句写采药之境并以药养内之情。后四句以匠石运斤而郢人不惊之喻,写内外(自我与外界)的默契和谐,实在释养外之术,即物我两忘的精神境界。

原文

张子暗内机[1]，单生蔽外像[2]。一时排冥筌[3]，泠然空中赏[4]。遣此弱丧情[5]，资神任独往[6]。采药白云隈[7]，聊以肆所养[8]。丹葩耀芳蕤[9]，绿竹荫闲敞[10]。苕苕寄意胜[11]，不觉陵虚上[12]。曲棂激鲜飙[13]，石室有幽响[14]。去矣从所欲，得失非外奖[15]。至哉操斤客[16]，重明固已朗[17]。五难既洒落[18]，超迹绝尘网[19]。

注释

〔1〕张子：张毅。　暗：不明白。　内机：修养内心的智巧。

〔2〕单生：单豹。　蔽：与"暗"同义。　外像：修养身外的法术。以上两句用《庄子·达生》的故事："鲁有单豹者，岩居而水饮，不与民共利，行年七十而犹有婴儿之色，不幸遇饿虎，饿虎杀而食之。有张毅者，高门悬薄（大家小户），无不走（无不交往）也，行年四十而有内热之病以死。豹养其内而虎食其外，毅养其外而病攻其内。此二子者，皆不鞭其后（勉励自所不足之处）者也。"诗中的意思说张毅善于修养对身外人际的态度，却不懂得调养自己的内心；单豹善于调养自己的内心，却不明白防治身外不测的法术。二人各有偏废，都不懂全面的养生之道。

〔3〕冥筌：喻尘俗，指财物、名位、权势之类。筌，捕鱼之器。

〔4〕泠（líng灵）然：轻举的样子。　空中：指超越俗世物欲精神绝对自由的境界。空，虚空，与现实物欲相对；中，圆环的中心，即虚空。以上两句的意思说，倏然之间摆脱尘世物欲的束缚，就可升入虚空的境界而享受到精神的绝对自由。

〔5〕弱丧：少年离乡忘归而安于异地。喻好生恶死。典出《庄子·齐物论》："予恶乎（怎么）知说（悦，乐）生之非惑邪！予恶乎知恶（惧）死之非弱丧而不知归者邪！"庄子把恶死看做少小离乡而不愿归。此句用其义。

〔6〕资：操持，凭借。　独往：指任随自然之性，不为尘俗所拘限。

〔7〕隈：山的弯曲之处。

昭明文选

译注

〔8〕肆：恣肆，无拘无束。　所养：指修养身心。

〔9〕丹葩：红花。　芳蕤(ruí)：芳香繁茂。

〔10〕闲敞：清静敞亮。

〔11〕苕苕：遥远的样子。　寄意：寄托至道的意念。

〔12〕陵虚：升空。

〔13〕曲枅：指深邃的密室。枅，窗枅，代屋室。　鲜飙：鲜风，清新之风。

〔14〕幽响：深沉的反响。

〔15〕外奖：外物的奖劝，指物欲的引诱。以上两句的意思说远离尘俗，顺应自然之性，得与失皆决定于我寄于至道之心，而不受物欲的牵动引诱。

〔16〕操斤客：持斧者。典出《庄子·徐无鬼》："郢人垩(白色土，用以涂墙)漫其鼻端，若蝇翼，使匠石斫(削去)之。匠石运斤(斧)成风，听而斫之，尽垩而鼻不伤，郢人立不失容。宋元君闻之，召匠石曰：'尝试为寡人为之。'匠石曰：'臣则尝能斫之。虽然，臣之质(对象)死久矣。'"

〔17〕重明：两人皆具眼力，配合默契。重，指匠石与郢人。　朗：明了，理解。

〔18〕五难：指养生的五种障碍，即名利、喜怒、声色、滋味、神虑。　洒落：排除。

〔19〕迹：指现实行迹。　尘网：指物欲的困扰束缚。

今译

张毅不通内心养生道，单豹未习身外防卫功。一时排除尘世名利欲，轻妙快乐身心入虚空。去掉此种乐生恶死念，可使精神顺应自然性。红花闪耀芬芳又繁茂，绿竹散荫清静又宽广。意念远寄至道胜俗情，不觉腾空飞升入奇境。深邃窗门激荡清新风，石室响起深沉回应声。离去尘世顺应自然性，任随得失不为外物奖。妙哉操斧削去鼻白粉，匠石郢人默契手眼明。养生五难既已尽摆脱，行迹超越决裂名利网。

殷东阳仲文　兴瞩

题解

　　这首摹拟殷仲文《南州桓公九井作》。但是,除感兴之体与殷诗近似之外,余则多为创意。全诗写晨游所见所感,即所谓兴瞩。先写近览云天树色,次写远眺清波石壁,后写求仁忘物。真趣融贯,玄远清淡。

　　而"极眺"四句,观照清波之深,倒映石壁之素,令人情思从而净化,品格从而超拔,物我全忘。人情、玄理、物象,已经浑然合一,尤为佳妙之极致。

原文

　　晨游任所萃[1],悠悠蕴真趣[2]。云天亦辽亮[3],时与赏心遇[4]。青松挺秀萼[5],惠色出乔树[6]。极眺清波深[7],缅映石壁素[8]。莹情无余滓[9],拂衣释尘务[10]。求仁既自我[11],玄风岂外慕[12]。直置忘所宰[13],萧散得遗虑[14]。

注释

　　〔1〕任:任随,听任。此有纵情意。　所萃:指聚拢于眼底的万物。萃,聚集。

　　〔2〕悠悠:闲静的样子。　蕴:藏有,孕育。　真趣:与至道相合的真朴情趣。

　　〔3〕辽亮:高远而明亮。

　　〔4〕赏心:玩赏愉悦的心情。　遇:接触,契合。

　　〔5〕挺:直伸。　秀萼:美丽的花朵。萼,花萼。

〔6〕惠色:明媚的色彩。　乔树:高树。

〔7〕极眺:尽目力远眺。

〔8〕缅:遥远。

〔9〕莹情:净化情感。莹,琢磨,纯净。　余滓:残剩的渣滓。此指鄙俗的思想成份。

〔10〕释:放弃,消除。　尘务:尘俗之事。

〔11〕求仁:追求仁德。仁,仁德,仁爱的思想。此指理想人格。

〔12〕玄风:合乎玄道的风范。此指高尚的品格。　慕:向往,寻求。

〔13〕直置:径直弃置。指弃绝俗世的欲望。　所宰:心所主宰之物。此指俗世的事物。

〔14〕萧散:虚空淡远。　遗虑:抛弃鄙俗的思虑。

今译

清晨出游万物聚眼底,悠然闲静蕴含真趣多。白云青天高远且明亮,时时与我心境两契合。青松挺立花枝茂而美,高树显出娇媚光与色。极目眺望清清水波深,远映石壁洁白而巍峨。净化情感涤除去卑污,抖动衣襟绝不沾尘俗。修养仁德既从自我始,清高品格身外无须求。摒弃欲念全忘尘世物,化入虚空尽脱私虑苦。

谢仆射混　游览

题解

这首摹拟谢混《游西池》。谢诗写游览而思友,江诗则借游览而述玄理。

头两句述主体与万物演化不能齐同而产生的忧心。次八句写为排忧而郊游,从天地的凄寒寥阔而对生命有所解悟。后六句则述万物迁移不居,运动而归虚静的循环之理,以及生命主体应持的物我两忘的人生态度。结尾回应开头,"忘怀"与"物化"合一,从而解脱"忧襟"。

全诗所述在道家死生如一的人生观与安化相忘的生活态度。与谢诗比较，意境寡淡，而由时景解悟卷舒动静之理，也未始不给人以启迪超拔之感。

原文

信矣劳物化[1]，忧襟未能整[2]。薄言遵郊衢[3]，总辔出台省[4]。凄凄节序高[5]，寥寥心悟永[6]。时菊耀岩阿[7]，云霞冠秋岭[8]。眷然惜良辰[9]，徘徊践落景[10]。卷舒虽万绪[11]，动复归有静[12]。曾是迫桑榆[13]，岁暮从所秉[14]。舟壑不可攀[15]，忘怀寄匠郢[16]。

注释

〔1〕劳：动而不止。　物化：万物的演化。此指由生而死的自然规律。

〔2〕忧襟：忧心。襟，指心。　整：齐，齐一。以上两句的意思说天地万物变化不止，生命也在方生方死、方死方生的进程中，而我的心总在忧愁，没有同万物的演化规律齐同一致。

〔3〕薄：语首助词，无义。　言：语助词。　郊衢：郊外的大道。

〔4〕总辔：揽辔，指驾车出发。辔，马缰绳。　台省：指官署。

〔5〕凄凄：寒冷。　节序：节令，季节。此指秋季。

〔6〕寥寥：空阔明朗。　悟：体验，感受。　永：长远，悠长。

〔7〕岩阿：山岩的曲处。

〔8〕冠：戴。

〔9〕眷然：依恋的样子。　良辰：美好的时光。

〔10〕落景：落日的光辉。

〔11〕卷舒：收缩舒展。指万物的运动变化。李善注引《淮南子》："至道无为，盈缩卷舒，与时变化。"　万绪：万端，多种多样。

〔12〕动：运动，指生。　有静：静止，虚静，指死。《老子·十五章》："夫物芸芸，各归其根，归根曰静，是曰复命，复命曰常，知常曰明。"　以上两句化用此

义,意思说天地万物变化万千,但是皆由运动而归静止,有生成必有死亡,总在循环往复之中。

〔13〕曾是:竟是,终竟。　迫:近。　桑榆:指夕阳照于桑榆之上,喻晚年。

〔14〕岁暮:年老。　所秉:所持。指前两句阐述的动静生死循环往复之理。

〔15〕舟壑:藏舟于壑。　攀:止,阻止。《庄子·大宗师》:"夫藏舟于壑,藏山(或说做汕,即渔网)于泽,谓之固矣。然而夜半有力者负之而走,昧者不知也。藏小大有宜,犹有所遁(亡失)。若夫藏天下于天下而不得所遁,是恒物之大情也。"这句诗化用此义,意思说舟船藏在深山大谷之中似乎很牢靠,但是夜半仍然可以被盗走,是不可防的,以喻天地万物总在默默地迁移演变,永无终止。

〔16〕匠郢:匠石郢人。典出《庄子·徐无鬼》:"郢人垩(白色土)漫其鼻端,若蝇翼,使匠石斫(削)之。匠石运斤(斧)成风,听而斫之,尽垩而鼻不伤,郢人立不失容。宋元君闻之,召匠石曰:'尝试为寡人为之。'匠石曰:'臣则尝能斫之。虽然,臣之质(对象)死久矣。'"这句的意思承上句,说天地万物变化不止,应如匠石与郢人那样物我相忘,对生死夭寿皆取安顺的态度。

▌今译

万物变化确然永无止,忧虑生死心未与物同。沿着郊外通衢与大道,驾御车马驰驱出台省。西风凄寒天际晴而高,大地寥阔心境转舒畅。秋菊朵朵耀彩于岩崖,云霞片片笼罩在山岭。依恋忘返爱惜良辰美,往来难舍踏破落日影。物象纷繁虽有万千种,运动复又回归入虚静。人生终如夕阳照桑榆,年老方悟循环自然性。舟藏山谷夜半可盗走,匠石郢人物我两相忘。

陶征君潜　田居

▌题解

这首诗摹拟陶渊明《归园田居》,颇得陶诗神韵。把荷锄之倦与浊酒之适,归人之望与稚子之候,劳动之苦与人生之乐,两相沟通,互为连贯。而"问君"两句,道出自食其力自享其成则是天理当然之理,由苦而得乐,其乐无穷。开径所望之友,必是地位与之相近情怀与之相通的田夫野老。这是大诗人陶渊明的人生理想。因而拟作与原作难分泾渭。

原文

种苗在东皋[1],苗生满阡陌[2]。虽有荷锄倦,浊酒聊自适[3]。日暮巾柴车[4],路暗光已夕。归人望烟火,稚子候檐隙[5]。问君亦何为,百年会有役[6]。但愿桑麻成,蚕月得纺绩[7]。素心正如此[8],开径望三益[9]。

注释

〔1〕东皋:东边的高地。皋,水边高地。

〔2〕阡陌:田间小路,南北为阡,东西为陌。此指田地。

〔3〕聊:暂且。 自适:自得其乐。适,安顺,快乐。

〔4〕巾柴车:柴车。巾,车帷。

〔5〕稚子:小孩子。 檐隙:檐下。

〔6〕百年:一生,终身。 会:应当。 役:事,农事。

〔7〕蚕月:指夏历三月,时忙于养蚕之事。 绩:缉线,此指丝线。

〔8〕素心:本心,宿愿。

〔9〕三益:指朋友。古时以为与三种人交友为有益,即正直的人、信实的人和见闻广博的人。

今译

禾苗种在东边山坡上,苗儿生长繁茂满田垅。荷锄田间虽说身疲倦,浊酒一杯饮尽自轻松。日暮下山赶回柴草车,夕阳落去路上暗朦胧。归家之人远望炊烟起,幼小儿女等候檐廊中。问君为何早晚多苦辛,人生本该自享来自耕。只愿桑叶肥嫩苎麻壮,三月才得纺线衣着丰。平生心志向往正如此,清扫院庭盼望来友朋。

谢临川灵运　游山

题解

这首摹拟谢灵运游山诗。

首四句泛写登山临水的阅历与灵境赏心的感受。次十八句写登临所见的奇景异物,全用赋体,铺排与俗世隔绝的物象,深含遁迹归真的情想。后六句述养生全命之理,名利皆不可靠,贵在安时处顺,归返自然。

写游览由清晨而入昏夜,以景物为主脑以玄理为归结,是灵运常用的模式,江淹则妙悟其本。

原文

江海经遭回[1],山峤备盈缺[2]。灵境信淹留[3],赏心非徒设[4]。平明登云峰[5],杳与庐霍绝[6]。碧鄣长周流[7],金潭恒澄澈[8]。桐林带晨霞,石壁映初晢[9]。乳窦即滴沥[10],丹井复寥泬[11]。岩崿转奇秀[12],岑崟还相蔽[13]。赤玉隐瑶溪[14],云锦被沙汭[15]。夜闻猩猩啼[16],朝见鼯鼠逝[17]。南中气候暖[18],朱华凌白雪[19]。幸游建德乡[20],观奇经禹穴[21]。身名竟谁辩[22],图史终磨灭[23]。且泛桂水潮[24],映月游海滢[25]。摄生贵处顺[26],将为智者说[27]。

注释

〔1〕遭(zhān 沾)回:旋转曲折。
〔2〕峤(qiáo 乔):尖而高的山。　盈缺:原指月光的满与缺。此指高峰与

低谷。

〔3〕灵境:神奇的境界。此指会稽山,在浙江绍兴东南。　淹留:久留。

〔4〕赏心:令人心情欢悦。　徒设:空设,指灵境言。

〔5〕平明:天刚亮的时候。

〔6〕杳(yǎo 咬):杳然,遥远的样子。　庐霍:二山名。庐山,在江西九江之南;霍山,即天柱山,在安徽霍山县。　绝:超绝,绝妙。

〔7〕碧鄣:即玉山。碧,玉;鄣,一作嶂,山峰。　周流:蜿蜒绵长。

〔8〕金潭:潭名。因下有金砂,故名。　澄澈:清澈明净。

〔9〕初晢(zhé 折):初升的日光。

〔10〕乳窦:石钟乳的洞。　滴沥:水下滴的声音。此做动词用。

〔11〕丹井:朱砂之井。　寥泬(xuè 穴):寥阔空虚。

〔12〕岩崿(yán è 岩饿):山崖。

〔13〕岑崟(cén yín):山势高峻。　蔽:遮掩。

〔14〕瑶溪:玉溪。

〔15〕云锦:五彩之云,喻砂石。　被:遍布。　沙汭(ruì 瑞):沙岸。

〔16〕猩猩:兽名。似猿,人面,能言语,夜闻其声,如小儿啼。(见李善《蜀都赋》注)

〔17〕鼯(wú 无)鼠:哺乳动物,像松鼠,前后肢之间有宽大的薄膜,能滑翔。故古人误认为鸟类,《尔雅》载于《释鸟》中。(见徐朝华《尔雅今注》)

〔18〕南中:泛指南方,即今川黔滇一带。

〔19〕凌:侵入。

〔20〕建德:县名。属浙江省。此指传说中的古朴奇异之地。李善注引《庄子》:"市南宜僚谓鲁侯曰:'南越有邑焉,名为建德之国。其民愚朴,少私寡欲,其生可乐,其死可葬。吾愿君去国捐俗,与道相辅而行。'"

〔21〕禹穴:传说为夏禹葬地,在浙江省绍兴县会稽山。

〔22〕身名:身份名位。辩;通"辨",分辨明白。

〔23〕图史:画像与史传。此指身后声名。

〔24〕桂水:水名,在湖南省。

〔25〕海澨(shì 事):海岸。

〔26〕摄生:养生。　处顺:安心适时顺应变化,指道家任自然忘忧乐的人生态度。

〔27〕智者:指尘世弄智巧贪利禄的俗人。

今译

经历江海曲折而回旋，攀登群山峰高而谷深。神奇佳境随意滞留久，心情愉悦山水最宜人。黎明登上峰巅入云天，辽远可与庐霍比绝险。出玉宝山绵延而周转，藏金深潭清澈起微澜。梧桐林上晨霞飘如带，石壁辉映朝日光炎炎。钟乳石洞泉水滴滴落，朱砂井里空旷而凄寒。巉岩陡峭奇伟而秀拔，峰峦重叠依倚互遮掩。赤玉如血隐藏瑶溪下，美石似锦遍布沙岸边。静夜忽闻猩猩厉声叫，清晨常见鼯鼠飞翩翩。南方土地湿润气候暖，山头白雪红花争芳艳。幸游古朴真淳建德乡，得观禹穴奇异礼先贤。身份名位谁能辨别清，画像纪传终将灭如烟。暂且泛舟划破桂水潮，还将趁月浮游东海滨。养生贵在安时处顺理，将以劝说俗世智巧人。

颜特进延之　侍宴

题解

这首摹拟颜延之侍宴诗。

前八句写刘宋丹阳宫殿法平天地雄奇宏大的景象。次四句写京畿的草木山水，皆含祥瑞之气。次十句写侍宴情景，以及宴上的远眺近览。后六句写臣子的感戴之情。

典重雕琢，极似应诏之作。其中"桂栋"、"兰橑"与"气生"、"烟灭"诸句，写宫宇冷暖与京畿阴晴，也属佳妙。

原文

太微凝帝宇[1]，瑶光正神县[2]。揆日粲书史[3]，相都丽闻见[4]。列汉构仙宫[5]，开天制宝殿[6]。桂栋留夏飙[7]，兰橑停冬霰[8]。青林结冥濛[9]，丹巘被葱茜[10]。山云备卿蔼[11]，池卉具灵变[12]。重阳集清气[13]，下辇降玄宴[14]。骛望分寰隧[15]，瞩目尽都甸[16]。气生川岳阴[17]，烟灭淮海见[18]。中坐溢朱组[19]，步櫩簉琼弁[20]。礼登佇睿情[21]，乐阕延皇盼[22]。测恩跻逾逸[23]，沿牒惜浮贱[24]。荣重馈兼金[25]，巡华过盈瑱[26]。敢饰舆人咏[27]，方惭绿水荐[28]。

注释

〔1〕太微：星宫名，天帝所居。　凝：建成。　帝宇：皇帝的宫宇。

〔2〕瑶光：星名，处北斗星的柄端。此代北斗星。正：端正，校正。　神县：神州赤县。古时指中国九州。李善注引《周礼》："匠人建国（都城），昼参诸日中之景，夜考之极星（北斗），以正朝夕。"这两句的意思说帝都的建筑是参照了天帝的太微之宫，按北极星的方向确定在赤县神州的位置。

〔3〕揆(kuí 奎)日：测度日影。古人建筑屋宇，立竿测日，以定方向。　粲：光明。　书史：历史。《诗·鄘风·定之方中》："定之方中，作于楚宫。揆之以日，作于楚室。"言春秋卫文公筑宫室于楚丘事。书史，此指关于这件事的记载。

〔4〕相都：视察都城。　闻见：见闻，与"书史"互文，指历史记载之事。李善注引《尚书序》："成王在丰（古地名），欲宅洛邑，使召公先相宅。"闻见，指关于周成王所筑洛邑的记载。这两句的意思说测度日影，宫宇的建筑比历史所记载的楚丘之宫更加光明敞亮，观览都城的规模，比传闻的洛京更加庄严宏丽。

〔5〕列汉：与银河相齐。列，并列，齐等。

〔6〕开天：冲天。

〔7〕桂栋：桂木的梁栋。　夏飙：夏日的暖风。

〔8〕兰橑：兰木的屋椽。　冬霰(xiàn 现)：冬日的雪糁。霰，雪糁子，此代雪。这两句比喻宫殿的广大与气温的变化，梁间时有暖风，椽下时有寒意。

〔9〕青林：青青的树林。　冥濛：幽暗不明。

〔10〕丹巘(yǎn 眼)：丹红的山峰。　葱茜(qiàn 欠)：葱翠茂盛。

〔11〕卿蔼：瑞云。卿，与"庆"通；蔼，与"霭"通。

〔12〕灵变：奇异的状态，千姿百态。

〔13〕重阳：指上天。天在上，上为阳；色清澄，亦为阳。故谓重阳。　集：

止,至。　清气:依李善注改为清都(用何焯、黄侃说),天帝所居之宫。此指君主所居之宫。

　〔14〕下辇:即辇下。辇,帝王与后妃所乘之车。此代君主。　降:降临。玄宴:圣宴。

　〔15〕骛望:纵目远望。　寰隧:指京都周围之地。寰,即京畿;隧,郊外。

　〔16〕睎(xǐ 喜)目:放眼远眺。　都甸:京都郊外。古都城百里以内为郊,郊外为甸。

　〔17〕气:云气。

　〔18〕烟:烟雾。　淮海:淮水与东海。

　〔19〕中坐:座中。　溢:满。　朱组:系佩玉或印章的红色丝带。组,组绶,丝带。

　〔20〕步檐:走廊。　篷(zào 造):比并,并列。　琼弁(biàn 便):饰玉的冠冕。

　〔21〕礼登:礼成。此指宴礼完成。　仁(zhù 住):久留。　睿(ruì 瑞)情:神圣的恩情。睿,指君主。

　〔22〕乐阕:乐舞终止。　延:久立。　皇眄(miàn 面):君主的目光。眄,斜眼看视,此代目光。这两句的意思说宴礼已经完毕,宾客们还久久回味君王的恩情和注视的目光。

　〔23〕测恩:深思。　跻(jī 基):升,登。　逾逸:愉悦安乐。(依李善注)

　〔24〕沿牒:随牒。随从选官的文牒。古时在朝廷没有高位而只列在选补名册中的不被提拔者,称随牒。此为谦词。　懵(měng 猛):羞惭。　浮贱:浮名微贱。

　〔25〕荣重:据五臣改做“承荣”,承受光荣。　馈:据五臣改做“重”,宝贵,贵重。　兼金:价值加倍的精金,极言贵重。

　〔26〕巡华:循省荣华。巡,通“循”,循省。华,荣华。(用黄侃说)　盈瑱(zhèn 镇):盈尺的美玉。这两句的意思说承受侍宴的光荣比精金还要值得珍重,得到皇帝省察的荣耀比盈尺的美玉还要宝贵。

　〔27〕敢饰:冒昧地借用。饰,假托,借用。此有摹拟意。　舆人:众人。李善注引《左传》:“晋侯听舆人之诵曰:‘原田每每,舍其旧而新是谋。’”此借舆人献给晋侯的歌,颂扬君王仁德盛大,忘旧事而谋立新功。

　〔28〕绿水:古诗名。　荐:献,进献。

今译

仿效太微建成丹阳新宫宇，参照北斗端正方位神州间。测日殿堂光明灿烂超书史，观览京都宏伟壮丽胜传闻。上接银河构建奇幻神仙宫，直冲云天筑出稀罕圣宝殿。丹桂梁栋温暖似夏风拂拂，兰木屋椽清凉如冬雪缤纷。青翠丛林茂密幽暗雾濛濛，丹红山崖草木遍布漫无边。山上彩云笼罩预示吉祥意，池中荷花竞放姿态变万千。帝宫巍然高耸直至九重天，君王降临赐予诸臣共圣宴。纵目远望都城郊外愈分明，放眼凝视京畿风物近在前。云气升起山岳江川转阴暗，烟雾消散淮水东海波光闪。殿堂坐满近臣身佩红绶带，长廊排列官宦头戴饰玉冠。宴礼完毕久留感念圣君情，乐舞终止立待皇帝抬眼看。赐恩登殿得享愉悦与欢乐，职位低下羞惭浮名身微贱。领受侍宴荣耀比真金还重，仰见天子光华比宝玉更珍。冒昧献上舆人的颂歌一首，又惭愧于古人的《绿水》诗篇。

谢法曹惠连　赠别

题解

这首摹拟谢惠连《西陵遇风献康乐》。

灵运与惠连，不只为同族兄弟，而且是"以文章赏会，共为山泽之游"的文友，交互酬唱，多有佳作。

这篇写惠连别灵运远行，抒发兄弟文友的离思恋念之情。

首章写惠连由赤亭渚至浦阳汭的行程，以及阻于风雪和路中离愁。二章回忆始宁墅登楼荡舟，切磋诗文与兄弟交欢之盛。三章感叹人事离散，并以延州、仲路自况，表达对友谊的坚贞不渝。四章写远行在外对灵运的殷切思念。末章写风静雪晴，继续征程，回应首章。

全诗从"阻风雪"至"风雪霁"，宣泄一夜间的主体意识流动。眼前景、忆中象,皆为意识流动的依托。前后章节,以顶针之法上下迭唱,节奏韵律和谐统一,情感意绪回复跌宕。

原文

昨发赤亭渚[1],今宿浦阳汭[2]。方作云峰异[3],岂伊千里别[4]。芳尘未歇席[5],涔泪犹在袂[6]。停舻望极浦[7],弭棹阻风雪[8]。

风雪既经时[9],夜永起怀思[10]。泛滥北湖游[11],岧亭南楼期[12]。点翰咏新赏[13],开袠莹所疑[14]。摘芳爱气馥[15],拾蕊怜色滋[16]。

色滋畏沃若[17],人事亦销铄[18]。子襟怨勿往[19],谷风消轻薄[20]。共秉延州信[21],无惭仲路诺[22]。灵芝望三秀[23],孤筠情所托[24]。

所托已殷勤[25],祗足搅怀人[26]。今行嵘嵊外[27],衔思至海滨[28]。觌子杳未俦[29],款睇在何辰[30]。杂佩虽可赠[31],疏华竟无陈[32]。

无陈心悁劳[33],旅人岂游遨[34]。幸及风雪霁[35],青春满江皋[36]。解缆候前侣[37],还望方郁陶[38]。烟景若离远[39],末响寄琼瑶[40]。

注释

〔1〕赤亭:亭名。在定山东十余里。(据谢灵运《富春渚》诗李善注)当属浙江杭县。　渚(zhǔ 主):水中小洲。此指水岸。

〔2〕浦阳:浦阳江。在浙江境内,源出浦江县西深袅山,经绍兴县入钱塘江。　汭(ruì 瑞):水流弯曲处。此指涯岸。

〔3〕异:隔绝,阻隔。

〔4〕伊:语中助词。　千里别:古曲名。

658

〔5〕芳尘:轻尘。芳,喻尘之美。　歇席:歇止于坐席。歇,止。

〔6〕浐泪:不断流下的眼泪。　袂:衣袖。这两句互文以见义,上言惠连回忆中灵运行止之处芳尘尚未凝结于席,人乍去而楼空,顿呈沉寂;下言惠连留宿之地,旅人泪痕在袂,一路伤悲,别情难遣。

〔7〕舻(lí卢):船头。此代船。　极浦:遥远的水边。

〔8〕弭(mǐ米):停止。　棹(zhào照):船桨,此代船。

〔9〕经:经历,经过。

〔10〕水:漫长。

〔11〕泛滥:水流漫溢的样子。　北湖:湖名。疑指灵运始宁别墅附近之湖,言"北"以与下"甫"相对,

〔12〕岧(tiáo条)亭:高峻险要的样子。　南楼:指灵运始宁别墅之南门楼。

〔13〕点翰:用笔一句一句点定。　新赏:指新颖的诗文作品。

〔14〕开袠(zhì至):打开书套。袠,同"帙",书套。　莹:琢磨,研讨。

〔15〕摘芳:摘花。　气:气味。　馥(fù复):香,香气。

〔16〕蕊:花蕊。　怜:怜爱。　滋:滋繁,繁茂。以上两句谓芳蕊味香色艳之时最令摘拾者喜爱不已,喻人情交谊至盛之时最令人留恋不忘。

〔17〕沃若:草木茂盛。此指由茂盛化为衰败。

〔18〕销铄(shuò硕):熔化金属,此指散亡。意谓由兴旺转做散亡。

〔19〕子衿:《诗经·郑风》篇名。其中说:"青青子衿,悠悠我心。纵我不往,子宁不嗣音?"描写一位姑娘思念恋人,怨他走后连个音信都不寄。此喻朋友断绝来往。

〔20〕谷风:《诗经·小雅》篇名。其中说;"习习谷风,维风及雨。将恐将惧,维予助女。将安将乐,女转弃予。"描写一位妇女控诉她丈夫背信弃义的行为。此喻世态炎凉人情淡薄。　诮:谴责。　轻薄:轻浮,不淳厚。

〔21〕秉:保持,信守。　延州:即延陵,春秋吴公子季札封地,此代吴季札。一次季札出使晋国,中途经过访徐君。徐君很羡慕季札佩的宝剑。季札因有出使大国的任务,没有把剑立即赠给他,但内心已经许诺。从晋国归来时,徐君已死,季札信守许诺,就把剑挂在徐君墓的树上。

〔22〕仲路:子路,孔子弟子。《论语·颜渊》:"子路无宿诺。"说他信守诺言,按时履行。

〔23〕灵芝:菌类植物。古以为瑞草。　三秀:灵芝一年三次开花,故谓三

秀。此喻忠实可信。

〔24〕孤筠(yún 云):孤竹。此喻坚定不移。　托:寄托。

〔25〕殷勤:情谊深厚。

〔26〕搅:扰乱。

〔27〕嵥嵊(hū shèng 呼剩):二山名。李善注引孔晔《会稽记》:"始宁县西南有嵥山,剡县有嵊山。"嵥山在今浙江嵊县北,嵊山在嵊县东。

〔28〕衔思:怀着思念之情。

〔29〕觌(dí 敌):相见。　杳:遥远。　偬(chán 馋):见。

〔30〕款睇(dì 弟):亲切地相见。款,诚恳,亲切。

〔31〕杂佩:挂在衣上以为饰物的玉佩。

〔32〕疏华:瑶华,美玉。　陈:寄予。

〔33〕悁劳:忧愁苦闷。

〔34〕旅人:指惠连。这句意思说并非此游览,只是为风雪所阻遏。

〔35〕霁:雨过天晴。

〔36〕青春:指春色。　江皋:江岸。

〔37〕缆:船上的缆索。　候:候望。　前侣:前行的旅伴。

〔38〕还望:回首而望。　郁陶:哀思。

〔39〕烟景:春天的美景。

〔40〕末响:余响,将来的反响。指将来。　琼瑶:美玉。此指玉音,书信的美称。

今译

昨日出发于赤亭岸边,今夜留宿在浦阳江畔。云重峰峦险彼此隔绝,古曲《千里别》听来心酸。人去楼空轻尘未落席,一路泪流襟袖留滴痕。停船凝望远方沙岸口,住桨不进风雪正满天。

风雪弥漫经历时间久,夜长怀友愁思难成眠。曾经同游辽阔北湖上,你我相约高耸南楼间。评点吟咏佳作风格新,打开书套琢磨解疑难。采摘花朵最爱香气浓,拾取花蕊珍惜颜色鲜。

颜色鲜艳忧虑转衰败,人间情谊也怕遭离散。《子衿》讽怨朋友无信息,《谷风》讥刺世俗德不淳。共怀延陵季札守忠信,无愧子路一诺值千金。灵芝可望一年三结实，情义寓寄孤竹愈坚贞。

情寄孤竹纯真而淳厚，只令怀友心思乱纷纷。而今远行嵯峨二山外，满怀思念直达东海滨。想要见君路遥不得见，会面倾谈更待在何年。身上玉佩虽愿赠与君，美玉再美无处可呈献。

无处呈献内心更愁苦，旅人远行岂有心游览。幸好风静雪停天放晴，青青春色遍布江两岸。解开船缆候望前旅伴，回首眺望心情增忧烦。春日美景愈离似愈远，未来回响寄托在玉音。

王征君微　养疾

杂体诗三十首

题解

这首摹拟王微《杂诗》。微素无尘想，淡泊禄位，曾被征召，而称疾不就，隐于潇湘。江诗因而题曰"征君"。

前六句写空寂淡远而悲凄的氛围，衬托其养疾弃世之情。中六句写炼药以养疾之志。水碧不黩，金膏不淄，是炼药，兼以喻自身高洁超拔，不为尘垢所染。后两句点出写诗意图，回应题目。

原文

窈蔼潇湘空[1]，翠磵澹无滋[2]。寂历百草晦[3]，欻吸鹍鸡悲[4]。清阴往来远[5]，月华散前墀[6]。炼药瞩虚幌[7]，泛瑟卧遥帷[8]。水碧验未黩[9]，金膏灵诇缁[10]。北渚有帝子[11]，荡漾不可期[12]。怅然山中暮[13]，怀疴属此诗[14]。

注释

〔1〕窈蔼：深远的样子。　潇湘：二水名。潇水，源出湖南蓝山县九嶷山，北流入湘江。湘水，源出广西兴安县，入湖南，至零陵与潇水汇合。

〔2〕翠磵：青青的涧水。磵，山磵中之水流。　滋：滋味。

〔3〕寂历:草木凋残。　晦:尽。

〔4〕歘(xū 虚)吸:呼吸之间,形容迅疾。　鹍鸡:鸟名,似鹤,黄白色。

〔5〕清阴:指太阳。　往来:指运行。　远:指晚。

〔6〕月华:月光。　前墀(chí 池):前阶。

〔7〕炼药:炼制丹药。道家服所炼丹药,以为长生。　瞩:对。　虚幌:虚室。幌,以帛为窗而透明。此代窗,指屋室。

〔8〕泛瑟:抚弄琴瑟。　遥帷:长帷,与"虚幌"互文以见义。

〔9〕水碧:水玉。　黩(dú 读):污浊。

〔10〕金膏:黄金膏。与水碧皆为道家用以长生的仙药。　讵:岂,难道。缁(zī 资):黑色,污黑。以上两句互文见义,意思说水碧有食而长生的神效,但是不可得而污染;金膏也确实灵验而使人长命,但是同样不可得而玷污。即仙药灵验却不可得,与以下两句说帝子虽有而不可相约,是意脉贯通的,并兼自喻之意。

〔11〕北渚:水北的沙洲,指潇湘之北。　帝子:指尧之二女娥皇、女英。尧以妻于舜,舜南巡而死,二女寻至洞庭而投湘江。

〔12〕荡漾:随水波起伏的样子。　期:期许,约会。

〔13〕怅然:失意的样子。

〔14〕怀疴(kē 科):抱病。　属(zhǔ 主):联缀,联缀文词。

今译

幽深的潇湘江流空旷,青青的涧水淡而无味。草木枝叶已凋残殆尽,瞬间朗鸡长鸣声凄悲。太阳运行已没入远方,月亮把前阶洒满银辉。炼制丹药在虚室之中,抚弄琴瑟隐卧于长帷。水碧灵验不能被污染,金膏神异岂可沾漆黑。江北沙洲有尧帝二女,随波浮动却不可约会。心情惆怅山中暮色浓,身缠疾病把此诗联缀。

袁太尉淑　从驾

这首写南朝宋袁淑随宋高祖拜宗庙并祭南郊事。其摹拟颇有颜延之的典雅雕饰之风。淑曾为御史中丞,死时赠侍中太尉。故题曰袁太尉。

前四句写祭庙的庄严肃穆与祈祷神明的用意。次八句写御驾出行的隆重威仪。次八句正写郊礼与宴享。后四句自叙作诗意图。

全用赋体,实为应诏之作。

原文

宫庙礼哀敬[1],枌邑道严玄[2]。恭洁由明祀[3],肃驾在祈年[4]。诏徒登季月[5],戒凤藻行川[6]。云旆象汉徙[7],宸网拟星悬[8]。朱棹丽寒渚[9],金镊映秋山[10]。羽卫蔼流景[11],彩吹震沉渊[12]。辩诗测京国[13],履籍鉴都廛[14]。氓谣响玉律[15],邑颂被丹弦[16]。文轸薄桂海[17],声教烛冰天[18]。和惠颁上笭[19],恩渥浃下筵[20]。幸侍观洛后[21],岂慕巡河前[22]。服义方无沬[23],展歌殊未宣[24]。

注释

〔1〕宫庙:帝王的宗庙。　礼:祭礼。祭祀。　哀敬:尽哀致敬。

〔2〕枌(fén 坟)邑:指帝王故乡。汉高祖为丰县枌榆乡人,起兵之初祷于枌榆社。后以枌邑代指帝乡。　道:祭祀之道。　严玄:严肃深远。

〔3〕恭洁:恭敬清洁。　明祀:祭祀神明。

〔4〕肃驾:肃然登车。指祭南郊。　祈年:祈求丰收的年景。

〔5〕诏徒:命令徒众。　登:升。　季月:春夏秋冬四季的末月,即三、六、九、十二月。此指九月。

〔6〕戒:警戒。此与"诏"互文。　凤:凤凰车,帝王所乘。　藻:文采。此做动词用。　行川:行经的河川。

〔7〕云旆(pèi 配):指旌旗。旆,旗上的装饰品,代指旌旗。　汉徙:银河移动。

〔8〕宸网:帝王车驾上的珠饰之网。宸,北极星,喻指帝位、帝王。

〔9〕朱棹(zhào 照):指红色的摇船用具,此代船。棹,摇船用具。朱,以朱漆饰之。　寒渚:凄寒的沙洲。

〔10〕金鍐(zōng 宗):铜制的马冠,高广各四寸,戴于马前额。

〔11〕羽卫:以鸟羽为饰的侍卫。帝王的仪仗。　蔼:通"霭",云雾。遮蔽。流景:日光。

〔12〕彩吹:著彩衣吹奏箫管者,指乐队。　沉渊:潜藏于深渊者,指鱼鳖之类。

〔13〕辩诗:陈诗,观诗。古时天子巡行天下,命太师收集民间诗歌,呈献演奏,从中观察民情。此谓陈诗。　京国:国都。

〔14〕履籍:履行听断之书中的原则。籍,图籍。指处理国家政务所依据的地图与书籍。《荀子·儒效》:"周公屏成王而及武王以属天下,恶天下之倍周也。履天下之籍,听天下之断。"唐杨倞注:"籍,谓天下之图籍也。"　鉴:鉴别,明察。　都壥(chán 廛):都市。壥,指京都工商所居之地。以上两句的意思说天子观诗,以了解国都的民情;履行图书所记的原则,处理社会问题。

〔15〕氓(méng 蒙)谣:民谣。氓,老百姓。　玉律:玉制的标准定音器。古时制乐器(如钟磬等)必以玉律定音。

〔16〕邑颂:市井歌谣,与"氓谣"互文。　被:置于。　丹弦:朱弦。指琴瑟之类。以上两句紧承"辩诗"句,意思说把民谣邑颂以玉律调正,以琴瑟加以演奏,从而观察民风。

〔17〕文轸:有彩饰的车。　薄:迫,近。　桂海:南海。南海有桂树,故称桂海。

〔18〕声教:声威教化。　烛:照耀。　冰天:指北极。北方古以为寒冰所积,故谓之冰天。

〔19〕和惠:恩惠。　颁:赐予。　上笏(hù 互):指朝中大臣。笏,大臣登朝所持的记事板。

〔20〕恩渥：恩惠。　浃：遍及。　下筵：下席，指普通的官吏。

〔21〕侍：随从，陪侍。　观洛：观察洛水。指观察祥瑞之事。李善注引《尚书中候》：“天乙在亳，东观乎洛，黄鱼（祥瑞）双跃，出跻于坛，化为黑玉。”

〔22〕巡：巡视。　河：黄河。李善注引《孝经·钩命决》曰：“舜即位，巡省中河，录图授文。”以上两句的意思说我有幸随侍天子，观赏洛水的祥瑞，岂能羡慕前人巡视黄河而得图书的业迹。

〔23〕服义：服事天子之义。　沫：已，止。

〔24〕展歌：作诗。　宣：表达，宣扬。

今译

　　宗庙礼仪悲哀而虔敬，天子故乡神道更深远。恭谨清静为了祭神明，肃然起驾意在求丰年。告示徒众时在秋九月，凤凰之车光彩照河川。旌旗招展像银河移动，珠玉车网似星辰绚烂。朱红航船耀动于江畔，金黄马冠辉映着秋山。鸟羽仪仗遮蔽阳光暗，箫管吹奏鱼鳖惊深渊。观诗测度京城民俗淳，遵循图籍明察都市间。民谣按玉律定调演唱，邑颂以琴瑟弹奏席前。彩饰车驾直通于南海，声威教化影响北极边。仁惠赐予朝中诸大臣，恩德遍施下层众官员。有幸侍从天子观洛水，岂羡舜帝巡河得图文。服事道义终生无休止，抒写歌诗也难表肝胆。

谢光禄庄　郊游

题解

　　这首摹拟谢庄。庄于宋明帝时做光禄大夫。诗赋善写清冷高洁的意境（如《月赋》、《怀园引》、《瑞雪咏》），本篇颇得谢诗韵致。

　　先点所游为郊际江阴，与尘务扰攘的京国对立隔绝。再写视角所及的深秋景色，一片凄清之感。复写静默所悟，超越耳目直观，已为心物互接，内外通感。因以“镜”、“乱”、“知”、“识”、“信”、“可”

这些响字出之。心灵由静默之态而入幻化之境。此已非身游,确属神游。后写绝尘出俗修炼登仙之志。

此为杂拟三十首纪游诗之最佳者。

原文

　　肃舲出郊际[1],徙乐逗江阴[2]。翠山方蔼蔼[3],青浦正沉沉[4]。凉叶照沙屿[5],秋荣冒水浔[6]。风散松架险[7],云郁石道深[8]。静默镜绵野[9],四睇乱曾岑[10]。气清知雁引[11],露华识猿音[12]。云装信解黻[13],烟驾可辞金[14]。始整丹泉术[15],终觎紫芳心[16]。行光自容裔[17],无使弱思侵[18]。

注释

〔1〕肃舲(líng 灵):快船。肃,速;舲,船窗,代指船。

〔2〕徙乐:行乐。　逗:留止。　江阴:江的南岸。

〔3〕翠山:青山。翠,指草木葱翠。　蔼蔼:草木茂盛的样子。

〔4〕青浦:指水滨。青,指水色。　沉沉:深静的样子。

〔5〕凉叶:指黄叶。　沙屿:沙石淤积而成的水中小山。

〔6〕秋荣:秋花。　冒:覆盖。　水浔:水畔。

〔7〕散:散乱。此指风把物吹乱。　松架:指松枝纵横交错的样子。

〔8〕郁:浓郁。

〔9〕静默:沉静缄默。此指超拔尘俗融入自然的心态。　镜:照,观照。绵野:辽远的旷野。

〔10〕四睇(dì 弟):环视。　曾岑:高耸的山峰。曾,重叠,高耸。

〔11〕引:导引,连续。此指雁行相引飞过。

〔12〕露华:露水的光辉。

〔13〕云装:云霓之衣,仙人所服。　黻(fú 服):古时官印上的丝带。

〔14〕烟驾:烟霞之车,仙人所乘。　金:金印。以上两句意思说云霓是仙人之衣,烟霞是仙人之车,见此景象,使人产生弃绝荣禄飘然登仙的想法。

〔15〕整:整治,修炼。   丹泉:仙泉,饮之可以使人长生不老。

〔16〕觌(dí 敌):见。   紫芳:紫芝,仙草。以上两句意思说最初修炼饮丹泉而成仙的法术,最终就可发现服紫芝而长生的心灵。

〔17〕行光:指神不灭。(据张铣注)   容裔:安然自得的样子。

〔18〕弱思:俗念。

今译

乘坐轻舟到郊野漫游,寻求快乐逗留江南岸。翠绿山峦草木郁葱葱,青青流水恬静而徐缓。黄叶辉耀着沙石小岛,秋花掩映着江畔水湾。西风吹乱松枝高而险,云雾漫漫石道更幽深。神思静默观照旷野远,四顾峰峦眼花也缭乱。天气清冷预知雁行过,朝露闪光可闻猿声寒。云如仙衣向往解绶带,烟似神车追随弃金印。始饮丹泉修炼长生术,终食紫芝养得成仙心。精神永生悠悠然自得,不使尘俗物欲侵我身。

鲍参军照 戎行

题解

这首摹拟鲍照的乐府诗。

开头把豪士殉义与宵人为利相对比,赞扬豪士出仕进取的志愿。中间述征行的进程。天时之寒,行路之难,以表现殉义之坚贞。末尾写殉义之志化为失意之怨。鹪鹏不飞,玄武隐伏,是自喻;竖儒云云,是自嘲。

原文

豪士枉尺璧^{〔1〕},宵人重恩光^{〔2〕}。殉义非为利^{〔3〕},执羁轻去乡^{〔4〕}。孟冬郊祀月^{〔5〕},杀气起严霜^{〔6〕}。戎马粟不暖^{〔7〕},

军士冰为浆[8]。晨上成皋坂[9]，碛砾皆羊肠[10]。寒阴笼白日[11]，太谷晦苍苍[12]。息徒税征驾[13]，倚剑临八荒[14]。鷦鹏不能飞[15]，玄武伏川梁[16]。铩翮由时至[17]，感物聊自伤[18]。竖儒守一经[19]，未足识行藏[20]。

注释

〔1〕豪士：豪放侠义之士，为正义而勇于献身的人。　枉：贱视。　尺璧：直径一尺的璧玉，极言其贵重。

〔2〕宵人：小人。宵，通"小"。　恩光：恩遇荣宠。

〔3〕殉义：为正义献身。

〔4〕执羁：指乘马。羁，马笼头。

〔5〕孟冬：冬季的第一个月，即十月。　郊祀：古于郊外祭祀天地。

〔6〕杀气：寒气。

〔7〕戎马：兵马。指征战。　粟：粮食的总称。指军粮。　不暖：犹不煮。（吕向注）

〔8〕浆：饮料。

〔9〕成皋：地名。属今河南境。古为军事重地。　坂：山坡。

〔10〕碛砾(qì lì 气立)：砂石。　羊肠：比喻路的盘旋曲折。

〔11〕寒阴：寒冷的乌云。

〔12〕太谷：山谷名。属今山西境。　晦：阴暗。　苍苍：昏暗的样子。

〔13〕徒：徒众，指士卒。　税(tuō 脱)驾：解驾，停车。

〔14〕倚剑：佩剑。　八荒：八方荒远之地。

〔15〕鷦鹏(jiāo míng 焦明)：神鸟。凤凰之类。

〔16〕玄武：神龟。　川梁：河堤。

〔17〕铩翮：羽毛摧落。喻失意。铩，残伤。

〔18〕聊：暂且。

〔19〕竖儒：卑贱的儒生。古以通于一经者为儒生。　经：经典。

〔20〕识：识别，辨明。　行藏：或行或藏之理。行，指出仕，行其所学之道；藏，指退隐，藏道以待时。典出《论语·述而》："子谓颜渊曰：'用之则行，舍之则藏，唯吾与尔有是夫！'"

今译

　　豪杰贱视征召的玉璧,小人看重赏赐的恩荣。献身正义不贪求利禄,跨上骏马毅然离故乡。孟冬十月郊外祭天地,寒气袭人遍地起严霜。行军苦寒米粮煮不熟,兵士渴急无水只饮冰。清晨攀登成皋山崖路,崎岖难行盘旋似羊肠。阴云密布白日暗无光,太谷雾重远近昏濛濛。士卒止步车驾暂停歇,身佩长剑放眼望远方。神鸟鹤鸊敛翅不能飞,神龟玄武隐伏河堤旁。羽翼摧折时势所使然,感触外物霎时心悲伤。小儒贱陋墨守一经书,不能鉴别出仕或隐藏。

休上人　别怨

题解

　　南朝宋僧人惠休,世称休上人。其诗文采绮艳,怨情之作尤佳。本诗即摹拟怨情。

　　前六句,秋风日暮,露彩月华,以空寂之景衬托出孤寂之心。次六句,宝书为掩,瑶琴不开,沉香熄灭,浮埃遍生,显露出别离之久怨思之深,联绵的物象表征着怀人者的情态。而相思云云,则把被怀念者幻化为神女,正是至真至诚的友谊之升华。最后则以无尽的桂水寄托无尽的情思,水中含情,情以水现。

　　《杂体诗三十首》中,此篇为怨别,首篇为离别,先后呼应。别情离恨,通贯江淹的诗赋,形成他艺术趣味的基本内涵。

原文

　　西北秋风至,楚客心悠哉[1]。日暮碧云合[2],佳人殊未来[3]。露采方泛艳[4],月华始徘徊[5]。宝书为君掩[6],瑶琴讵能开[7]。相思巫山渚[8]，怅望阳云台[9]。膏炉绝沉燎[10]，绮席生浮埃[11]。桂水日千里[12]，因之平生怀[13]。

注释

〔1〕楚客：寄旅楚地之客。　悠：深长。此指深长的思念。

〔2〕碧云：青云。　合：收敛，收拢。

〔3〕佳人：美人。此指友人。

〔4〕露采：露珠。　泛艳：泛出光彩。

〔5〕月华：月亮，月光。

〔6〕宝书：真经之书。

〔7〕瑶琴：玉饰之琴。　讵：岂。

〔8〕巫山：山名，在四川省巫山县东。此指神女所在之处。典出宋玉《高唐赋》："姜（神女）在巫山之阳，高丘之阻。旦为朝云，暮为行雨。朝朝暮暮，阳台之下。"　渚：水中小洲。此代崖畔。

〔9〕怅：怅惘，心情不舒畅的样子。　阳云台：即阳台，山名，在四川省巫山县北。此与巫山意同，亦神女所居之地。

〔10〕膏炉：芬芳的香炉。李善注："炉，熏炉也。取其芬芳，故加之膏，烟而无焰，故谓之沉。"　沉燎：指无焰而燃烧的香木。

〔11〕绮席：雕饰花纹的宴乐之席。　浮埃：轻尘。

〔12〕桂水：水名。在湖南境内。此与巫山、阳台意同，皆为诗人虚拟之名。

〔13〕因：凭借。　怀：怀念之情。

今译

秋风凄凄从西北吹来，楚地游子心中思念深。夕阳落去云雾相集聚，友人远游至今犹未还。露珠晶莹闪烁放异彩，月光荡漾银辉洒窗前。养生真经君去无意览，玉饰鸣琴岂能独自弹。深夜相思巫山神女美，怅然凝望似在阳台间。炉中香木轻烟已熄灭，宴乐座席渐渐生轻尘。桂水潺潺一日流千里，借此寄托平生怀友心。

（陈复兴译注并修订）